UN ALMA DE CENIZA Y SANGRE

UN ALMA DE CENIZA Y SANGRE

JENNIFER L. ARMENTROUT

Traducción de Guiomar Manso de Zúñiga

Argentina – Chile – Colombia – España
Estados Unidos – México – Perú – Uruguay

Título original: *A Soul of Ash and Blood*
Editor original: Blue Box Press
Traductora: Guiomar Manso de Zúñiga

1.ª edición: noviembre 2023

Plaza de los Reyes Magos, 8, piso 1.º C y D – 28007 Madrid
www.mundopuck.com

ISBN: 978-84-19252-48-7
E-ISBN: 978-84-19936-06-6
Depósito legal: B-17.407-2023

Fotocomposición: Ediciones Urano, S.A.U.

Impreso por: Rodesa, S.A. – Polígono Industrial San Miguel
Parcelas E7-E8 – 31132 Villatuerta (Navarra)

Impreso en España – *Printed in Spain*

Dedicado a ti, lector.

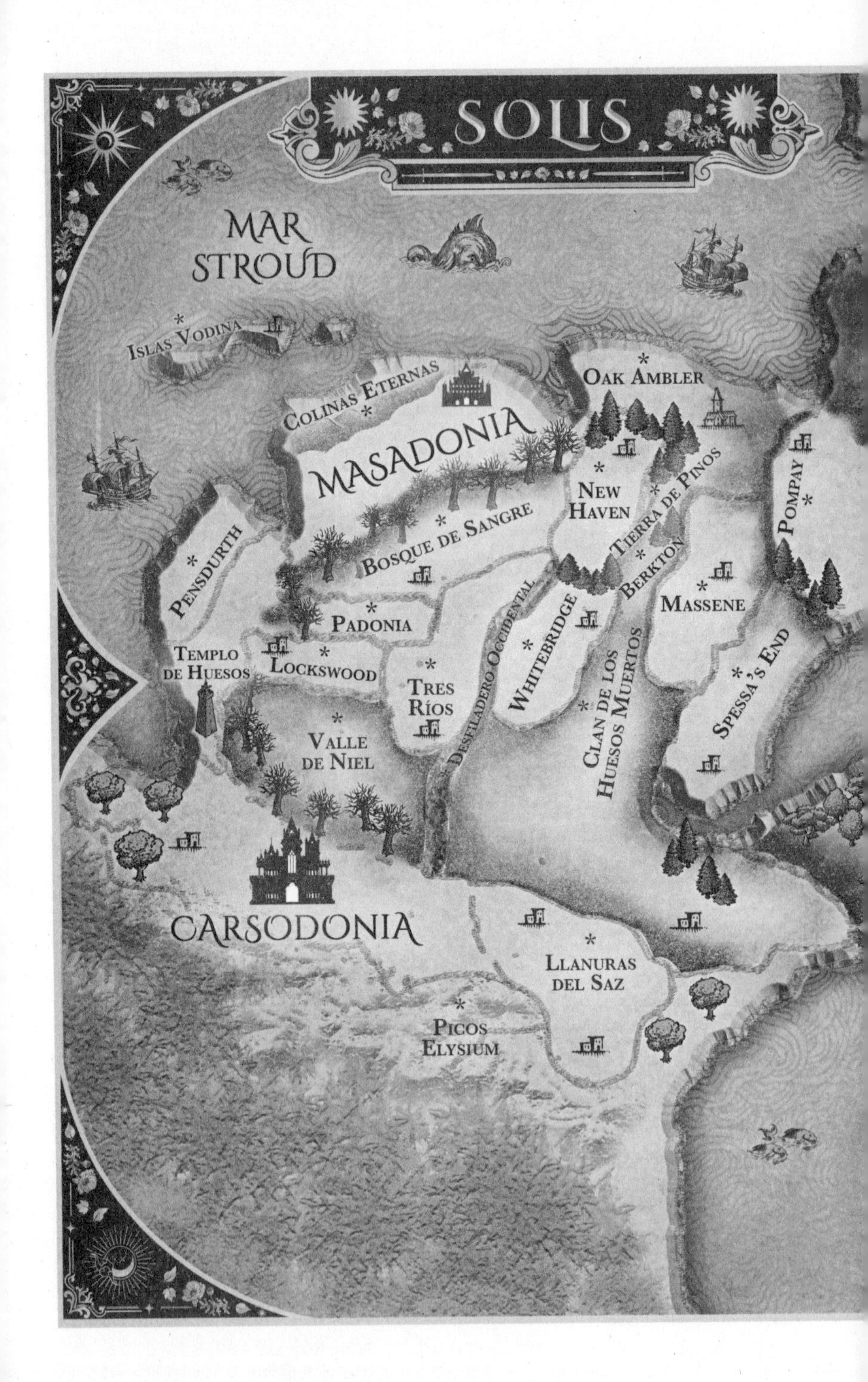
SOLIS
MAR STROUD
ISLAS VODINA
COLINAS ETERNAS
MASADONIA
OAK AMBLER
NEW HAVEN
TIERRA DE PINOS
POMPAY
BOSQUE DE SANGRE
PENSDURTH
BERKTON
MASSENE
PADONIA
DESFILADERO OCCIDENTAL
WHITEBRIDGE
TEMPLO DE HUESOS
LOCKSWOOD
TRES RÍOS
CLAN DE LOS HUESOS MUERTOS
SPESSA'S END
VALLE DE NIEL
CARSODONIA
LLANURAS DEL SAZ
PICOS ELYSIUM

ATLANTIA
Aegea
Montes Altos de Thronos
Evaemon
Montañas de Nyktos
Tadous
Bahía de Stygian
La Cala de Saion
Montañas Skotos
Mares de Saion
Acantilados de Ione
Islas de Bele
N
O
E
S

Nota al lector:

Aunque las vidas de los personajes descritos en estas páginas son ficticias, lo que experimentan ocurre en la vida fuera de estas páginas. Incluida en la mía. Por ello, por favor, sé consciente de que se tratan temas relacionados con los abusos, el maltrato y la autolesión.

Por favor, has de saber que no tienes por qué sufrir.

Que existe ayuda.

Visita crisistextline.org.

Presente I

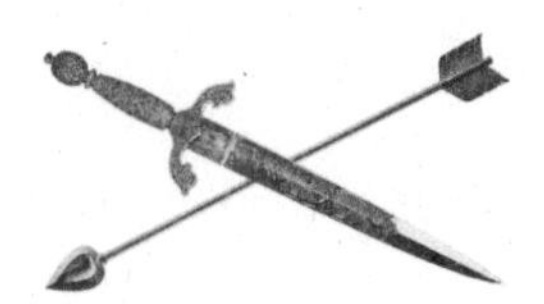

Un olor dulce pero rancio emanaba del oscuro pasillo. Giré la cabeza a toda velocidad al oír unas pisadas ligeras y apresuradas, al tiempo que llevaba una mano a mi cadera para desenvainar la daga de piedra de sangre.

Un *vampry* se deslizaba entre las columnas de arenisca e irrumpió en el pasillo iluminado por farolillos de la cripta de apariencia interminable bajo el castillo de Wayfair, no más que un destello de largo pelo oscuro, piel de alabastro y seda carmesí.

No hubo ni un momento de titubeo. Ni Kieran ni yo les habíamos dado ningún margen de maniobra desde que habíamos entrado en los subterráneos.

Lancé la daga, que voló por el pasillo a la velocidad del rayo. La hoja de heliotropo dio en el blanco: se clavó bien profundo en el pecho del *vampry* y cortó en seco el irritante y espantoso alarido del Ascendido, que cayó hacia atrás. Una telaraña de fisuras apareció al instante en su piel, antes de extenderse por sus mejillas y su cuello. La piel se agrietó y luego se retrajo, dejando los huesos al descubierto antes de convertirse en polvo. En cuestión de un segundo, mi daga rebotó contra el suelo de piedra junto a un montoncito de seda y nada más.

—Cas. —Salió como un suspiro, y mis labios se curvaron en una sonrisa a pesar de la frustración que impregnaba la palabra murmurada.

Cuando Poppy me llamaba así, no podía evitarlo. A veces, oír mi nombre en sus labios hacía que notase el pecho comprimido, pero al mismo tiempo me sentía tan ligero como el aire. Otras veces, me excitaba muchísimo. Pero siempre me provocaba una sonrisa.

—El Ascendido no nos atacó —me recriminó Poppy.

—Corría hacia nosotros. —Fui hasta donde había caído la daga y la recogí.

—O *huía* de nosotros —sugirió ella.

—Esa es una forma de verlo. —Limpié la hoja contra la pernera de mis pantalones, envainé la daga y me giré hacia Poppy… y casi se me cortó la maldita respiración.

Cada centímetro de Poppy revelaba que acababa de luchar una batalla aterradora. Tenía sangre y restos restregados por las mejillas, las manos y la ropa, por no mencionar todo lo que cubría sus pies descalzos. La trenza en la que había recogido su pelo rebelde estaba casi deshecha y los bucles brillaban como el vino tinto bueno a la tenue luz de las lámparas de gas, desparramados por sus hombros para caer luego por su espalda.

Y aun así, su belleza me parecía cautivadora.

Mi corazón gemelo.

Mi reina.

No una diosa sino una Primigenia. *La* Primigenia de Sangre y Hueso. De la Vida y la Muerte.

Me recorrió un escalofrío tan intenso que casi me tambaleé. Me había estado pasando cada par de minutos desde que se había puesto toda primigenia con la Reina de Sangre. Imaginaba que pasaría un montón de tiempo antes de que dejase de ocurrir.

—Pero lo último que debe hacer cualquiera que no quiera acabar hecho un montón de polvo es correr hacia ti. —Me incliné por la cintura—. Mi reina.

Poppy parpadeó despacio, claramente poco impresionada por mi caballerosidad. Eso alegró mi sonrisa y sus labios carnosos se crisparon mientras trataba de reprimir su propia sonrisa. Vi un asomo de sus afilados colmillos.

Una lujuria apabullante me invadió de golpe. Bajé la barbilla y mis ojos conectaron con los de ella. Cada vez que captaba un atisbo de sus colmillos, me entraban ganas de sentirlos en mi piel. *Corrección.* Me entraban ganas de sentirlos en mi piel mientras yo estaba enterrado bien hondo en ella.

Una garganta se aclaró.

—¿Podemos continuar? —preguntó una voz rasposa en tono inexpresivo—. ¿O queréis un momento de privacidad?

Las mejillas de Poppy se sonrojaron, lo cual tiñó su cara de un color que llevaba ausente desde que habíamos llegado a Wayfair. Deslicé la mirada hacia el que había hablado.

El enorme macho, con el pelo veteado de negro y plata, arqueó una ceja.

Jodido Nektas, el mayor y, sin duda alguna, más peligroso de los *drakens*, empezaba a cabrearme.

Le sostuve la mirada mientras recuperaba el control de mi deseo por mi mujer. No debido a la presencia del macho. Y ni siquiera porque estuviéramos aquí abajo para buscar al padre de Poppy. Sino por ella.

Algo no iba bien.

Me reuní con ella y el siempre alerta Delano, que se había quedado cerca de nosotros en su forma de *wolven*.

—¿Estás lista?

Tras asentir, Poppy echó a andar otra vez, pese a que el suelo de piedra debía de estar gélido contra sus pies descalzos.

Hacía un rato me había ofrecido a llevarla en brazos, pero la mirada que me había lanzado había servido para garantizar que no volviera a preguntárselo. Sin embargo, no había impedido que Kieran le hiciese la misma oferta, y recibiera una mirada de advertencia similar, del tipo que te hace querer protegerte las pelotas. Por suerte para nosotros, era posible que Poppy nos prefiriese a ambos con esas partes ilesas.

No le quité los ojos de encima cuando retomamos nuestro camino.

Allá fuera en el Templo de Huesos, antes de que Poppy desencadenara un infierno devastador en torno a la Reina de Sangre, había observado con un terror sin límites cómo una luz pura hacía explotar su armadura. Y había sido incapaz de hacer ni una maldita cosa. Solo había sentido semejante terror otra vez en mi vida, cuando aquel fogonazo la había golpeado en las Tierras Baldías y había sido testigo de cómo la vida la abandonaba. Ahora había sentido ese mismo terror al ver la sangre salir por su boca. Poppy había *cambiado*, aunque fuese solo por unos segundos. Su piel se había convertido en un caleidoscopio de luces y sombras y el contorno de unas alas había cobrado forma detrás de ella. Me había recordado a las estatuas aladas que protegían la Ciudad de los Dioses en Iliseeum.

Después, había visto cómo Poppy destruía a Isbeth.

Ninguno de nosotros echaría de menos a la mujer, pero la Reina de Sangre había sido la madre de Poppy.

En algún momento, la idea de que había matado a su madre la golpearía y le provocaría un caos de emociones enfrentadas y complicadas.

Y yo estaría ahí para ella.

Igual que lo estaría Kieran.

El *wolven* caminaba al otro lado de Poppy, sin dejar de hacer lo mismo que yo: cada pocos segundos, bajaba la vista hacia ella, una mezcla de preocupación y asombro pintada en su rostro manchado de sangre.

Estaba hecho un desastre.

Igual que yo.

Nuestra ropa y lo que quedaba de nuestra armadura estaban destrozadas por la batalla. Sabía que mi piel estaba salpicada de sangre; en parte mía y en parte de los *dakkais*. El resto eran gotas secas de aquellos que habíamos derribado. De aquellos que habían muerto pero no habían *seguido* muertos.

Eché un vistazo hacia donde Delano caminaba en silencio detrás de nosotros. Aunque en estos momentos, la mayoría de los *wolven* y los demás estaban recorriendo Carsodonia en busca de los Ascendidos y de mi hermano, él había elegido seguir a Poppy.

Notaba una sensación extraña e inquietante que no conseguía quitarme de encima cuando Delano levantó la cabeza y sus pálidos y luminosos ojos azules se cruzaron con los míos. Me preguntaba si la vida restaurada a los que habían caído en batalla había sido un regalo que podían arrebatarles en cualquier momento. No tenía ninguna razón real para sentirme así. Según Nektas, el acto de restaurar la vida a tantos no solo era conocido por los Primigenios de la Vida y la Muerte, sino que también habían ayudado a ello.

Además, esa sensación de inquietud podía deberse a un millar de cosas. Nos estábamos moviendo por el nido del enemigo y, aunque ninguno de los sirvientes mortales ni los guardias reales que quedaban en Wayfair habían opuesto resistencia al vernos entrar, y solo había habido tres Ascendidos en los subterráneos hasta ahora, ninguno de nosotros se sentía cómodo aquí. Wayfair no era nuestro. Nunca lo sería.

Otra cosa que rondaba por mi mente en este momento era mi hermano, que estaba en algún sitio ahí afuera, desesperado por encontrar a Millicent, que daba la casualidad de que era la hermana de Poppy. Y ninguno de nosotros sabía cuál era la posición de Millicent con respecto a su madre.

Aunque, bueno, por mi experiencia personal con Millie, no creía que ni ella misma supiera cuál era su posición con respecto a nada la mitad del tiempo.

También estaba el hecho de que los abuelos Primigenios de Poppy ya no estaban dormidos y, por lo que me había parecido deducir, uno de ellos podía entrar en el mundo mortal siempre que se le antojara.

Y después estaba Callum, ese maldito Retornado dorado del que todavía teníamos que ocuparnos, lo cual me llevaba a lo que seguramente debería ser el tema más preocupante de todos. Sí, habíamos derrotado a la Corona de Sangre, pero la batalla real estaba por llegar. Solo habíamos impedido que Kolis, el primer y verdadero Primigenio de la Muerte, cobrase una forma corpórea completa. Pero aun así, estaba libre, estaba despierto y no era el único. Todos ellos eran temas inquietantes y acuciantes, pero…

Mis ojos volvieron al perfil de Poppy, y mi pecho se comprimió de nuevo. La delgada cicatriz irregular de su mejilla y la que cortaba a través de su frente y su ceja destacaban de un modo más marcado de lo que lo habían hecho nunca. Estaba pálida, más pálida de lo que lo había estado cuando había recuperado el conocimiento en el Templo. ¿No debería ser al contrario? ¿No debería tener la piel congestionada por la acción? Aparte del rubor de hacía unos minutos, no había sido así, y eso era lo que más me preocupaba de todo.

Poppy giró la cabeza hacia mí. Nuestros ojos se cruzaron. Sus iris eran del color de la hierba primaveral cubierta de rocío, salpicados de vibrantes vetas plateadas. *Eather*. ¿Era cosa mía, o se habían vuelto más brillantes esas vetas luminosas en el tiempo que habíamos tardado en llegar a Wayfair? Sus labios carnosos se curvaron en una sonrisa tranquilizadora, y supe de inmediato que se había percatado de mi preocupación, ya fuese porque la estaba proyectando o solo porque ella estaba leyendo mis emociones, leyendo las emociones de todos los que estábamos a su alrededor.

Estiré el brazo y tomé su mano. Una presión aún mayor comprimió mi pecho. Su mano, mucho más pequeña que la mía, estaba *fría*. No helada, pero tampoco caliente.

—¿Te encuentras bien? —pregunté en voz baja, aunque aun así reverberó por la cavernosa sala. Poppy asintió.

—Sí. —Frunció el ceño y fijó los ojos en los míos—. ¿Y tú?

—Siempre —murmuré, al tiempo que miraba a Kieran de reojo.

Había más preocupación que asombro en su mirada. Sin que yo tuviese que decirle nada, se acercó un poco más a Poppy.

Algo no iba bien.

Empezando por Nektas, que caminaba ahora en silencio al otro lado de Kieran. Poppy había preguntado antes, si la cosa en la que se había convertido, una Primigenia que no había existido nunca antes, era algo bueno o malo. Yo ya sabía la respuesta a eso, pero ¿la contestación de Nektas?

«Está todavía por verse».

Sí, eso no me gustó para nada.

Tampoco me gustaba su expresión cuando miraba a Poppy. Me recordaba a la forma en que todos habíamos mirado a Malik, como si no estuviésemos seguros de poder confiar en él. Nadie quería que un *draken* lo mirase de ese modo.

Poppy se detuvo de pronto a la entrada de un largo pasillo oscuro. Había un olor rancio y húmedo en esta zona, uno que amenazó con enviar mi mente de vuelta a lugares más oscuros y fríos. Lo impedí antes de que pudiese suceder. Ahora no era el momento para esa mierda.

Poppy soltó su mano de la mía y se giró hacia nosotros.

—Vale, ¿por qué me miráis todos de ese modo? —exigió saber, al tiempo que se plantaba las manos en las caderas y levantaba la barbilla—. ¿Ha cambiado algo en mí de lo que no sea consciente?

—¿Aparte de tus adorables colmillos? —sugerí.

Me miró con los ojos entornados, pero yo sonreí, pendiente de cómo se movía la piel de alrededor de su boca mientras ella deslizaba la lengua por sus dientes. Entonces hizo una mueca; debía de haberse hecho otro cortecito en la lengua.

—Aparte de eso.

Kieran no dijo nada. Delano optó por plantar el trasero en el suelo y golpear con la cola las losas de piedra. No estaba seguro de qué pretendía decir con eso.

—Supongo que te miran con preocupación —repuso Nektas con esa voz cavernosa suya.

—¿Por qué? —Poppy nos miró, primero a Kieran, luego a mí—. ¿No soy yo la última cosa por la que cualquiera de vosotros debería preocuparse?

—Bueno… —Nektas alargó la palabra.

La cabeza de Kieran voló en dirección al *draken*, las aletas de la nariz muy abiertas, y recordé otra cosa que nos había dicho Nektas en el templo. El trascendental significado de sus palabras cuando dijo que más nos valía asegurarnos de que Poppy se hubiese convertido *de verdad* en algo bueno.

—Yo no diría tanto como que eres la última cosa por la que cualquiera debiese preocuparse —continuó Nektas—. Es probable que seas… la segunda cosa por la que deberían preocuparse.

—¿Qué se supone que significa eso? —inquirió Kieran.

Nektas le dedicó al *wolven* una mirada de pasada.

—Kolis es nuestra primera preocupación. —Ladeó la cabeza y parte de su largo pelo veteado de plata se deslizó por uno de sus hombros desnudos para revelar las tenues ondulaciones de unas escamas—. Y ella debería ser vuestra segunda.

Poppy frunció el ceño.

—Discrepo. Creo que mi padre y tu hija están empatados en primer lugar, luego Kolis. Yo ni siquiera debería estar en la lista de cosas por las que preocuparse.

Nektas abrió la boca.

—Si estuviera en tu lugar tendría cuidado con cómo contestas a eso —lo advertí.

Despacio, el anciano *draken* giró la cabeza hacia mí. Nuestras miradas se cruzaron. Sus pupilas verticales se contrajeron hasta no ser más que finas ranuras negras en el vibrante azul.

—Interesante.

—¿El qué? —pregunté, una ceja arqueada.

—Tú —contestó. Las orejas de Delano se aplanaron contra su cabeza en el tenso silencio que siguió a la palabra—. Te pusiste delante de ella como si creyeses que necesitaba tu protección.

No era en absoluto consciente de haberlo hecho. Aunque Kieran y Delano habían hecho lo mismo.

—¿Y?

Poppy suspiró desde detrás de nosotros.

—Es sabio por tu parte. Incluso los seres más poderosos necesitan protección en ocasiones —comentó Nektas—. Pero esta no es una de ellas.

—No estoy tan seguro de eso. —Apoyé la mano en el mango de la daga que llevaba a la cadera. No le haría una mierda a un *draken*, pero me aseguraría de que doliera.

—De verdad que todo esto es innecesario —empezó Poppy.

—Tampoco estoy tan seguro de eso. —Al notar que Poppy se movía un poco hacia mi derecha, di un paso a un lado para bloquearla sin apartar los ojos de Nektas—. Me importa una mierda quién seas. No tienes por qué preocuparte por ella en absoluto.

Un lado de la boca del *draken* se curvó hacia arriba y se produjo otro momento de silencio demasiado largo.

—Te pareces muchísimo a él.

—¿A quién? —preguntó Poppy. Las pupilas de Nektas se dilataron.

—A aquel de quien desciende su linaje.

—¿Qué diablos? —musitó Kieran en voz baja. Luego siguió en voz más alta—. ¿Quién era ese?

Una sombra de sonrisa apareció en la cara del *draken*.

—Querrás decir quién *es* ese.

Fruncí el ceño al instante.

—Voy a necesitar que…

Un sonido grave y retumbante me interrumpió. Delano se levantó y miró a su alrededor mientras el sonido aumentaba de volumen, cada vez más profundo. Mis ojos volaron hacia Kieran. Se giró cuando el mismísimo suelo bajo nuestros pies empezó a temblar. Me volví hacia Poppy a toda velocidad.

Sus ojos verde y plata estaban muy abiertos.

—¿Qué? —Unas nubecillas de polvo empezaron a caer como nieve del alto techo, cubriendo nuestros hombros y el suelo. El retumbar aumentó y el castillo entero empezó a temblar—. No soy yo —gritó Poppy por encima del ruido, y levantó las manos por los aires—. Lo juro.

Mi mirada salió disparada hacia el techo, donde unas delgadas fracturas acababan de aparecer de repente en la piedra.

—Mierda.

Me lancé hacia delante, Delano pegado a mis talones. Agarré a Poppy al tiempo que las columnas empezaban a agrietarse y las fisuras se extendían a toda velocidad por ellas. Temiendo que el maldito castillo entero estuviese a punto de caer sobre nuestras cabezas, mi primer pensamiento fue ella. Coloqué a Poppy de un empujón entre Kieran y yo, mientras Delano se apretaba contra sus piernas. Poppy dio un gritito al ver que la encajonábamos, usando nuestros cuerpos para proteger el de ella en el caso de que el techo acabase desplomándose sobre todos nosotros.

Delano gimió cuando algo pesado cayó con estrépito en algún lugar de los subterráneos. Más polvo caía en espesas nubes. El retumbar aumentó de volumen hasta que fue imposible oír nada más y el mismísimo mundo se estremeció.

Entonces paró. Todo ello.

El retumbar. Las grietas de la piedra y el yeso. El desplome de cosas que seguro que eran muy importantes, como vigas maestras. Todo cesó sin más, tan deprisa como había comenzado.

—Uhm —nos llegó la voz amortiguada de Poppy—. Apenas puedo respirar.

Podía ver solo la parte de arriba de su cabeza debajo de los brazos de Kieran y de los míos. Pero no estaba del todo listo para bajarlos.

—No ha sido ella —declaró Nektas, una expresión perpleja en el rostro—. Han sido ellos.

—¿Ellos? —repitió Kieran, que sí que bajó los brazos despacio para dejar respirar Poppy.

—Los dioses —explicó el *draken*—. Uno de ellos debe haber despertado por aquí cerca.

Uno de ellos debe haber…

Poppy salió disparada de debajo de mí, tan rápida como una flecha, los ojos aún abiertos de par en par, pero ahora iluminados por el entusiasmo.

—Penellaphe —exclamó, y nos miró de manera alterna a Kieran y a mí—. ¿Te acuerdas? ¡Dijiste que la diosa Penellaphe duerme bajo el Ateneo de la ciudad! —Le dio un empujón a Kieran en el brazo que lo hizo tambalearse un paso hacia atrás—. Ups, perdona.

—No pasa nada. —Kieran recuperó el equilibrio con una sonrisa—. Y, en efecto, eso dije.

Poppy giró en redondo hacia Nektas.

—¿Podemos verla? Quiero decir, después de liberar a mi padre y de localizar a Jadis. Verás, me llamo…

—Como la diosa que habló de ti tantísimos años antes de que nacieras —terminó Nektas—. La primera en llamarte la Heraldo y la Portadora de Muerte. Una profecía que has cumplido.

Poppy dejó caer los brazos despacio a sus lados.

—Bueno, cuando lo describes así… —Apretó los labios—. Creo que he cambiado de opinión.

Nunca había tenido más ganas de darle un puñetazo a nadie como al *draken* por haberle robado ese breve momento de entusiasmo a Poppy. Nektas se rio entre dientes.

—Estoy seguro de que ella estará interesada en conocerte. Todos ellos lo estarán cuando llegue el momento —murmuró, y su expresión se suavizó de un modo que nunca había visto en él—. Deberíamos ponernos en marcha, por si acaso hay alguno más dormido en la capital. No querría estar aquí abajo si vuelve a suceder. —Tenía razón. Ninguno de nosotros quería eso—. Por cierto —continuó, y nos miró a Kieran y a mí según retomábamos nuestro camino por el pasillo una vez más—. Vosotros dos sois… adorables.

La frente de Kieran se arrugó mientras se quitaba el polvo de un hombro.

—Creo que nunca se habían referido a mí como «adorable», pero gracias. —Hizo una pausa—. Supongo.

El *draken* se rio otra vez.

—Los tres corristeis a protegerla. —Asintió en dirección a Delano, que trotaba al lado de Poppy mientras ella nos conducía por otro pasillo. Este era más estrecho y una columna se había desplomado en él, apoyada ahora contra otra—. A la única persona que sobreviviría al derrumbe de un edificio.

Ni siquiera se me había ocurrido eso. Poppy sonrió.

—Es *verdad* que ha sido bastante adorable.

Kieran soltó un bufido suave y hubiese jurado ver cómo se intensificaba el color de sus mejillas café con leche.

—E innecesario por varias razones —prosiguió Nektas—. Vosotros tres estáis Unidos, ¿verdad?

Las orejas de Delano se pusieron tiesas y la cabeza de Poppy giró hacia él. Sus mejillas recuperaron algo de color. Delano meneó la cola. Estaba claro que el *wolven* le había comunicado algo intrigante a través del *notam* primigenio. Tendría que preguntarle qué había sido más tarde.

—Sí —contestó Poppy—, pero creo que nos va a costar a todos un poco recordar que, si yo estoy bien, entonces los tres lo estamos.

—Esa es una manera muy muy suave de describirlo —comentó Kieran, lo cual me hizo sonreír.

No obstante, la expresión desapareció, porque en cuanto el rubor de Poppy se difuminó, la palidez de su piel fue aún más notable.

Algo no va bien.

La sensación no hizo más que intensificarse a medida que caminábamos para adentrarnos cada vez más profundo en el laberinto subterráneo de salas y pasillos por el que Poppy se había movido de niña. No lograba entender por qué me sentía como me sentía. La presión seguía aferrada a mi pecho y a la parte de atrás de mi garganta.

Clic, clic, clic.

Poppy se detuvo de nuevo. Esta vez, sus manos se abrían y cerraban a sus lados. Me costó, pero aparté la vista de ella para mirar hacia el pasillo que teníamos por delante. Más allá, un brillo suave iluminaba el lugar y espantaba las sombras.

Ese sonido. Todos lo reconocimos. Ya lo habíamos oído antes, en Oak Ambler. El repiqueteo de unas garras sobre la piedra.

Nektas echó a andar, sus pasos rápidos y seguros, pero Poppy seguía paralizada. Toqué su hombro para llamar su atención.

—¿Estás bien? —le pregunté. Esta vez, no me refería a cómo se encontraba físicamente.

Poppy asintió sin apartar la vista de Nektas, que se detuvo al borde de la luz y giró la cabeza hacia nosotros.

—¿Estás segura? —preguntó Kieran, buscando los ojos de Poppy con la mirada.

—Sí. Sin problema. —Se aclaró la garganta—. Es solo que... eso es mi padre y no sé lo que pensar, no digamos ya lo que decir.

La entendía.

Poppy tenía un padre al que recordaba: Leopold. El hombre al que estaba a punto de liberar era un extraño para ella, aunque hubiese pasado tiempo buscándolo durante su infancia. Era alguien que llevaba una eternidad en cautividad. Y estaba seguro de que Poppy se sentía dividida entre la emoción y la culpa. Debía de sentirse como si, de algún modo, deshonrara el recuerdo de Leo, al tiempo que sentía remordimientos por no haberse dado cuenta de quién había estado enjaulado debajo de Wayfair y luego en Oak Ambler. Eran muchas cosas que digerir. Más a las que responder.

Apoyé una mano con suavidad en su mejilla y giré su cara hacia mí. Sonreí, aunque la presión se expandió por mi pecho y mi garganta. Tenía la piel tan tan fría…

—No tienes por qué sentir o pensar nada ahora mismo. Lo único que tienes que hacer es asegurarte de que sea liberado. —Bajé la voz—. Ni siquiera tienes por qué verlo, si no estás preparada. Nadie te juzgará por ello.

Kieran asintió para demostrar que estaba de acuerdo.

—Hagas lo que hagas, estaremos ahí mismo contigo.

Nos miró a uno y otro, luego se volvió hacia Nektas. Deslicé el pulgar por su mandíbula y noté cómo la recorría un leve escalofrío. Enseguida respiró hondo, cuadró los hombros y supe lo que había decidido antes de que hablara.

—Estoy lista.

—Por supuesto —murmuré, antes de agachar la cabeza para depositar un beso en su sien fría—. Tan valiente como siempre.

—No estoy segura de eso —dijo, pero asintió—. Pero lo seré.

Kieran sonrió y levantó una mano.

—Como siempre. —Tocó su otra mejilla y, al hacerlo, sus ojos se abrieron un poco. Por encima de la cabeza de Poppy, su mirada voló hacia mí.

Había notado lo fría que tenía la piel. Asentí con discreción para que supiera que ya me había percatado.

—Estoy lista —repitió Poppy. Se apartó de nosotros y echó a andar otra vez con Delano a su lado.

Nos demoramos un instante.

—¿Por qué tiene la piel tan gélida? —preguntó Kieran, en voz lo bastante baja para que ella no lo oyera.

—No lo sé —admití—. Pero algo…

—No va bien.

Lo miré a toda velocidad.

—¿Tú también lo sientes?

—Sí. En el pecho y aquí —dijo, al tiempo que se señalaba la garganta.

Diablos.

Eso no me hacía sentirme mejor acerca de nada de esto, pero ahora no era el momento de desentrañar el enigma. Le habíamos dicho a Poppy que estaríamos a su lado, así que los dos movimos el culo para reunirnos con ella justo cuando Delano y Poppy llegaban hasta Nektas.

El repiqueteo había subido de volumen.

—Sé que esto no es fácil para ti —empezó Nektas, mirando a Poppy desde lo alto. Su voz era apenas un susurro—. Tampoco será fácil para él. Ires siempre ha sido… —Negó con la cabeza—. Deberíamos darnos prisa.

Noté que Poppy quería preguntar qué había estado a punto de decir Nektas, pero en vez de hacerlo se adentró en la luz y giró. El arañar de garras contra piedra cesó. La seguimos al instante. Mi corazón se aceleró hasta alcanzar la velocidad del de ella, luego aparté la vista de Poppy para mirar a lo que esperaba más allá.

Había una jaula en el centro de una cámara iluminada con velas. Detrás de los barrotes negros, que era probable que fuesen de piedra umbra, había un gran felino gris con brillantes ojos verdes, clavados en Poppy. Igual que habían estado en Oak Ambler. No hubo ninguna duda en mi mente de que ya entonces había sabido quién era ella para él. Lo más probable era que lo hubiese sabido también hacía todos esos años.

—Por todos los dioses —susurró Nektas sobrecogido. Sus ojos se abrieron como platos y la piel de alrededor de su boca se tensó al ver a Ires.

El dios no había estado tan esquelético la última vez que lo habíamos visto. Las costillas presionaban contra su apagado pelaje gris. Tenía el estómago encogido y los tendones se marcaron con claridad en su cuello cuando giró la cabeza a toda velocidad hacia Nektas.

Ires reaccionó al ver al *draken* e intentó saltar con debilidad hacia los barrotes. Sus ojos aún brillantes volaron de Nektas a Poppy cuando entraron en la cámara.

—¿Eso es magia negra? —preguntó Kieran al ver las marcas grabadas en el techo y el suelo de piedra umbra; símbolos y letras en atlantiano antiguo. El idioma de los dioses.

—Sí. —Nektas fue hasta los barrotes—. Nadie en el mundo mortal debería estar en posesión de estos conocimientos.

—Callum —conjeturé, sin quitarle el ojo de encima a Poppy, que acababa de arrodillarse delante de la jaula. Nektas asintió.

—Pero ese no es el problema ahora mismo. —Agarró los barrotes, lo cual llamó la atención de Ires, aunque solo por un momento—. Puede que Ires esté un poco… inestable. Sobre todo si lleva en este estado desde hace tanto tiempo como me temo. Será más animal que cualquier otra cosa. Debemos ir con cuidado.

No hacía falta que nadie nos advirtiera de eso, visto que Ires no paraba de saltar contra los barrotes y apretaba los costados y la cabeza contra ellos mientras un ruido sordo emanaba de él, un sonido que era un híbrido entre gruñido y gemido.

Me acuclillé detrás de Poppy, y tuve que hacer un esfuerzo por evitar que mis manos la agarraran y tiraran de ella hacia atrás.

—¿Puedes romper estos barrotes? —preguntó Poppy, mientras se retorcía las manos, señal segura de que estaba ansiosa—. ¿O puedo hacerlo yo?

—Es posible que tú seas capaz. Con el tiempo —precisó Nektas—. Pero yo sí puedo. —Se concentró en Ires—. Ahora estás a salvo. Te lo prometo —le dijo al dios, la voz pastosa por la emoción—. Solo necesito que mantengas la calma. ¿Vale?

Ires saltó contra los barrotes otra vez.

—No creo que eso sea un «sí» —comentó Kieran, al tiempo que se arrodillaba a mi lado.

—Tranquilo —le dijo Nektas a Ires una vez más, pero cuanto más hablaba el *draken*, más errático era el comportamiento del dios, que no paraba de caminar de un lado para otro y de lanzarse contra los barrotes—. Maldita sea, se va a hacer daño.

—Apenas... apenas logro detectar nada en él. —La preocupación de Poppy impregnaba su tono, y hubiese jurado que se pegaba a mi garganta como nata demasiado espesa—. La última vez no estaba así.

—Lleva demasiado tiempo en esta forma —repuso Nektas—. No es como nosotros —añadió, con un gesto de asentimiento en dirección a Kieran y a Delano—. Nosotros somos de dos mundos. Él es solo de uno y es muy fácil, incluso para un dios y un Primigenio, perderse si permanece en su forma animal demasiado tiempo.

Mierda. ¿Cuánto tiempo era «demasiado tiempo» para un dios cuando lo más probable era que estuviésemos hablando de varios cientos de años? Pero entonces se me ocurrió otra cosa. Había dicho si un dios y un Primigenio permanecían en su forma animal demasiado tiempo. ¿Significaba eso que Poppy también...?

Sacudí la cabeza. Ahora no era el momento de pensar en eso. Froté la espalda de Poppy y observé a Ires caminar de un lado a otro de su jaula. Odié que Poppy tuviera que pasar por esto; que los dos tuvieran que pasar por esto.

—No lo sabía —repuso Poppy a lo que había dicho Nektas.

—Yo tampoco —aportó Kieran.

—Y para empeorar las cosas, es probable que haya sentido cómo los otros dioses despertaban —explicó Nektas—. Lo habrá sentido como una corriente de energía extrema para la cual no estaría preparado.

Kieran se puso de pie cuando Ires se apretó contra los barrotes delante de nosotros.

—Puedo intentar distraerlo mientras vosotros... maldita sea, *Poppy*.

Una retorcida sensación de *déjà vu* me atravesó de arriba abajo cuando Poppy se puso en movimiento. Alargué las manos hacia ella, pero, maldita sea, era rápida cuando quería… más rápida aún ahora.

—Poppy —grité, mientras ella se agachaba y estiraba una mano entre los barrotes—. No…

Demasiado tarde.

Para cuando enrosqué un brazo alrededor de su cintura, su mano ya estaba apretada contra el lado del cuello de Ires. El dios giró la cabeza hacia atrás a toda velocidad y sus labios se retrajeron para dejar al descubierto unos enormes caninos puntiagudos. Un gruñido grave de advertencia emanó de él. Empecé a tirar de Poppy hacia atrás. Se cabrearía, pero prefería que se enfadase conmigo que experimentar lo que pasaba, exactamente, cuando una Primigenia perdía una mano.

—No pasa nada —me dijo, al tiempo que respiraba hondo—. Solo dame un segundo. Por favor.

No quería hacerlo, pero había dicho «por favor». Aun así, me costó un esfuerzo supremo no tirar de ella hacia atrás otra vez. La única razón de que lo consiguiera fue que Poppy logró lo que pretendía.

Ires se estremeció y el gruñido grave se diluyó. Se quedó ahí plantado, resollando, y supe lo que estaba haciendo Poppy: transmitirle buenos pensamientos y emociones. Calmarlo.

La primera vez que me había hecho eso a mí, no había sido consciente de lo que ella podía hacer. El alivio, la *paz,* que me había proporcionado había sido inmediata e impactante. Un don. Aun así, seguía deseando que su bonita mano estuviese tan lejos de Ires como pudiera. Me gustaban sus manos y las cosas que estaba aprendiendo a hacer con ellas.

Los ojos de Poppy estaban medio cerrados y Delano se apretó contra su costado, su mirada recelosa, atenta y clavada en Ires.

—Está bien. Solo dadle unos segundos.

—Sea lo que sea lo que pienses hacer con estos barrotes… —le estaba diciendo Kieran a Nektas, una daga en la mano (una que yo sabía que no dudaría en utilizar)—. Te sugiero que lo hagas deprisa.

—Estoy en ello. —Nektas se apartó un poco de los barrotes.

Un escalofrío recorrió a Ires. Se le puso el pelo de punta y Poppy mantuvo una mano sobre él mientras doblaba las patas para tumbarse sobre la barriga. Sus orejas se movieron un poco. A nuestra derecha, se produjo un intenso fogonazo azul que iluminó todo el espacio. Fuego de *draken*. Nektas no se había transformado. Supuse que, de haberlo hecho, nos habríamos dado cuenta de que de repente había un enorme *draken* en la sala. Sentía curiosidad, pero no me atrevía a apartar los ojos de Ires y de Poppy.

Ires empezó a temblar a medida que un olor a metal caliente llenaba el aire. Una luz plateada brotó en sus ojos y se extendió. Su pelaje se retrajo y fue desapareciendo a medida que aparecían parches de piel dorada. Los músculos se encogieron y los huesos crujieron para adoptar posiciones diferentes. Le brotó una melena de pelo rojizo, pelo casi tan largo como el de Nektas. Pasé mi otro brazo alrededor de Poppy y la estreché contra mí mientras su padre forcejeaba con su transición. Daba la impresión de estar resistiéndose a ella. O quizá fuese el animal que había en él el que lo hacía. Era probable que el proceso durase menos de un minuto, pero parecía doloroso, distinto de cuando Kieran y los otros se transformaban. Era como si sintiese cómo cada una de sus garras se hundía de vuelta en su lúnula.

Otra oleada de luz rutilante lo recorrió de arriba abajo; después, apareció un macho en la jaula donde había estado el gran felino. Estaba de rodillas, el tronco replegado sobre la mitad inferior. Entre pegotes de pelo sucio, miró la mano de Poppy, que descansaba sobre lo que resultó ser su hombro.

Poppy levantó la mano y enroscó los dedos mientras retiraba el brazo. Se aferró con fuerza al brazo que yo había deslizado en torno a su cintura.

—Hola —susurró.

Los brillantes ojos verdes del dios se clavaron en los de Poppy. Unos ojos que eran casi idénticos a los de ella. El resplandor plateado de los de Ires, justo detrás de las pupilas, era tenue. Gran parte de su rostro estaba oculto, pero lo que pude distinguir era todo ángulos afilados y superficies hundidas. Temblaba.

—No sé si... si te acuerdas de mí en absoluto —empezó Poppy. Ella también temblaba. La abracé con fuerza—. Pero me llamo Poppy. Bueno, es Penellaphe, pero mis amigos me llaman Poppy. Soy tu... —Dejó la frase en el aire, pues se le cortó la respiración. Deslicé la mano por su costado y le di un apretoncito.

Ires estaba silencioso, pero no le quitaba el ojo de encima y parecía no darse ni cuenta de mi presencia y la de Kieran, incluso de la de Delano, que prácticamente nos estaba pisando a ambos. La respiración de Ires eran rápida y fatigosa, sus hombros huesudos se elevaban con cada inspiración.

—Ires —dijo Nektas en voz baja. El dios giró la cabeza para mirar al otro extremo de la jaula. Nektas no solo había fundido gran parte de los barrotes, sino que ahora estaba dentro de la celda con Ires—. Estoy aquí ahora —continuó el *draken*, con una voz más dulce de lo que lo hubiese creído capaz de utilizar mientras mantenía las manos a los lados—. He venido a llevarte a casa.

Otro escalofrío recorrió a Ires, que cerró los ojos despacio. Nektas se acercó un poco, con cuidado.

—Voy a ver si puedo encontrar algo para él. Una manta o algo así —anunció Kieran, la voz ronca.

—Gracias. —Poppy giró la cabeza para apretar la mejilla contra mi pecho. Había un leve brillo de humedad debajo de sus ojos. Por todos los dioses, si estaba percibiendo las emociones de su padre ahora, no podía ni empezar a imaginar lo que debía estar sintiendo de él.

En realidad, sí que podía.

En estos momentos, Ires estaba sintiéndolo todo y a la vez nada en absoluto. Alivio, pero también confusión; seguramente debido al hambre y a todo lo demás que le hubiesen hecho, que solo los dioses podían saber qué era. Tenía que estar aterrado. Yo lo había estado las dos veces, pues temía que mi rescate pudiera ser un sueño. Era muy probable que él estuviese preocupado por poder despertar y descubrir que ninguno de nosotros estábamos ahí de verdad. Que solo estaba *ella*. *Ellos*. Lanzándole pullas. Aterrorizándolo. Debía de estar aterrado también por que no fuese una ilusión y debía tener miedo de hacer daño a los que intentaban ayudarlo.

—Esto no es un sueño —le dije.

La barbilla de Ires dio un respingo y sus ojos conectaron con los míos a través de la enredada cortina de su pelo.

Asentí mientras deslizaba los dedos por debajo de los ojos de Poppy para secar sus lágrimas.

—Esto es real. Todo ha terminado. Está muerta. Isbeth. Eres libre de ella… de esto.

Un suspiro entrecortado escapó de los labios de Ires. Tragó saliva. Vi cómo movía los labios, pero solo salió un sonido rasposo. Daba la impresión de estar esforzándose por conseguir que su cuerpo y su cerebro se comunicasen para poder hablar. Solo los dioses sabían cuándo había hablado por última vez.

Kieran regresó. Le dio a Nektas lo que parecía ser uno de los estandartes de tela negra y carmesí.

El *draken* asintió para darle las gracias, luego se arrodilló al lado de Ires. Con suavidad, envolvió los hombros de Ires con la bandera. La tela parecía capaz de hacer caer al dios, pero después de un momento, apareció una mano demasiado delgada y unos dedos débiles se enroscaron alrededor de los bordes del estandarte. Ires sujetó la tela contra su cuerpo y, aunque no era más que un pequeño acto, al menos era algo.

—Lo sé —dijo, con un susurro ronco. Ires levantó su otra mano y la estiró entre los barrotes—. Sé… quién eres.

Poppy se echó atrás, el cuerpo rígido contra mí antes de inclinarse hacia delante.

—Vale —susurró, la voz quebrada. Liberó un brazo de mi agarre y llevó su mano hacia la de él. Sus dedos se entrelazaron. Los hombros de Poppy se relajaron—. Vale.

Agaché la cabeza para dar un beso a la de Poppy mientras Ires apretaba su mano con debilidad. Padre. Hija. No importaba si eran dos desconocidos.

—¿Dónde… dónde está? —preguntó Ires con voz rasposa, sin soltar la mano de Poppy—. Mi… otra niña.

—¿Millicent? —Poppy tragó saliva con esfuerzo—. No está aquí, pero…

—Está bien. Está con mi hermano. —No tenía ni idea de si Malik la había encontrado ya, ni si el hecho de que lo hubiese conseguido sería algo bueno para ninguno de los dos. Ese era un lío totalmente distinto del que Ires no tenía por qué saber nada.

El dios soltó un gran suspiro antes de girarse despacio hacia Nektas.

—Lo siento…

—No hay ninguna necesidad de eso ahora mismo —lo interrumpió Nektas—. Tengo que llevarte de vuelta a casa. No estás bien.

Kieran me lanzó una mirada inquisitiva; yo me limité a negar con la cabeza.

—Pero… sí que la hay. No sabía que… fuese a ocurrir esto. Yo… jamás la hubiera traído… conmigo, de haber sabido que… —Tosió. Todavía temblaba—. Lo siento.

Jadis. Estaban hablando de la hija de Nektas. Joder.

—Está… —El aire silbaba al entrar y salir con debilidad de Ires. Su mano resbaló de la de Poppy y cayó flácida a su lado. Ella se inclinó hacia delante, agarró los barrotes con fuerza—. Sé dónde… está. El Saz… —Ires inspiró una bocanada de aire superficial.

—¿El saz? —preguntó Nektas, todo su rostro en tensión.

—Las Llanuras del Saz —exclamó Poppy—. ¿Te refieres a la ciudad que hay ahí?

—Sí. Ella… ella está ahí. Lo siento. Estoy tan… cansado. No sé… —Ires se colapsó como un castillo de naipes. Cayó y Nektas apenas llegó a tiempo de atraparlo antes de golpearse con el suelo.

—¡No! —Poppy se levantó de un salto, aún aferrada a los barrotes—. ¿Está bien?

—Eso creo. —Nektas puso la palma de una mano sobre la frente inconsciente del dios.

—Puedo ayudarlo —se ofreció Poppy, que ya alargaba los brazos entre los barrotes una vez más—. Solo necesito tocarlo. Puedo curar…

—Esto no es algo que otra persona pueda curar. Está bien —se apresuró a añadir Nektas—. Solo se ha desmayado.

—¿Cómo puedes decir que está bien si se ha desmayado? —exigió saber Poppy—. A mí eso no me suena a estar bien.

—Es obvio que ha sido incapaz de alimentarse de ninguna manera desde hace demasiado tiempo. —La ira afinó los labios de Nektas, aunque siguió tratando de tranquilizar a Poppy—. Está demasiado débil.

—¿Estás seguro de que eso es todo? —La preocupación de Poppy me hizo un nudo en las entrañas, me asfixiaba.

Nektas acunó al dios inconsciente contra su pecho.

—Solo necesita volver a casa, donde podrá refugiarse en la tierra. Eso no puede hacerlo aquí —explicó—. No con la piedra umbra.

—Vale. Muy bien. —Poppy respiró hondo, luego soltó los barrotes—. Creo que se refería a las Llanuras del Saz. Están al este de la capital, un poco al norte. Es donde se entrenan la mayoría de los soldados. Allí hay unos cuantos templos, y si se parecen en algo a… —Dio un paso atrás, al tiempo que se llevaba una mano a la cabeza—. Uf.

—¿Qué pasa? —Ya estaba a su lado, mis manos sobre sus brazos.

—No lo sé. —Frunció el ceño—. Ha sido un mareo momentáneo.

—Estás pálida. —Miré a Kieran—. Está aún más pálida, ¿verdad?

—En efecto. —Kieran asintió.

—Seguramente es porque me duele la cabeza —nos informó—. Empezó hace un rato.

—¿Por qué no dijiste nada? —le pregunté. Forcé a mi voz a permanecer tranquila, aunque no me sentía tranquilo en absoluto.

—Porque no es más que un dolor de cabeza. —Lo dijo pronunciando las palabras despacio y con gran claridad.

—¿No más que un dolor de cabeza? —repetí como un tonto—. ¿A los Primigenios les duele la cabeza? —Miré a Nektas—. Si es así, parece de lo más incorrecto.

—Puede dolerles, sí —confirmó el *draken*—. Pero suele haber una razón para ello.

¿No había siempre una razón para un dolor de cabeza?

Kieran levantó una mano hacia la mejilla de Poppy.

—La piel está más fría. —Un músculo se abultó en su mandíbula—. Está superfría ahora.

Poppy nos miró a uno y otro.

—¿Qué? Yo no tengo frío.

Toqué su otra mejilla mientras ella se palpaba la piel de la barbilla. Se me cayó el alma a los pies. «Frío» era un adjetivo que no podía ni empezar a describir la gelidez de su piel. Entonces se me ocurrió.

—¿Necesitas alimentarte?

—No lo creo —repuso, al tiempo que retiraba nuestras manos de su cara—. Y si mi piel está fría es porque estamos bajo tierra.

—No creo que sea por eso —objetó Kieran.

Estaba de acuerdo con él.

—Ya estabas fría antes de bajar aquí.

Poppy nos lanzó a ambos una mirada de exasperación.

—Chicos, aprecio vuestra preocupación, pero no es necesaria. Tenemos cosas más importantes de las que preocuparnos.

—Discrepo —declaré—. Nadie es más importante que tú.

—Cas —me advirtió, los ojos entornados. Unos ojos que lucían ahora ensombrecidos, con tenues ojeras moradas debajo de ellos.

—¿Has dormido? —preguntó Nektas. El ceño de Poppy se frunció aún más.

—Uhm, ayer por la noche.

—No me refiero a ese tipo de sueño. —Nektas cambió de posición al dios inconsciente que tenía entre los brazos—. ¿Te has sumido en un sueño profundo? ¿Una estasis al final de tu Ascensión?

—No. —Poppy arrugó la nariz.

—Durmió un poco al principio, pero eso fue porque… —Kieran miró a Ires, luego claramente cambió de opinión acerca de cuántos detalles quería dar, a pesar de que el dios estuviese inconsciente—. No, no ha dormido de ese modo.

—Vaya, maldita sea. —La boca de Nektas se torció en un rictus sombrío—. ¿O sea que me estás diciendo que has realizado la Ascensión y has completado el Sacrificio *sin* entrar en estasis?

—Sí. Quiero decir, sí que estuve un poco de tiempo sin sentido —continuó Poppy—. Pero eso ya lo sabes.

—No me gusta nada hacia dónde va esta conversación —musitó Kieran.

A mí tampoco me gustaba.

—Este es un momento muy inoportuno para esto —refunfuñó Nektas. Me puse tenso.

—¿El qué?

—Lo que es probable que ocurra en cualquier momento —comentó.

—Tendrás que darnos algún detalle más —mascullé, mientras la frustración quemaba a través de mí.

—Estoy bien —insistió Poppy. Luego se giró hacia Nektas—. ¿Podemos, por favor, sacarlo de esta jaula?

Nektas asintió.

—Planeo hacer justo eso, pero creo que quizá deberías sentarte.

—Deberías escucharlo —le urgió Kieran a Poppy, su mirada intensa. Las sombras aún más oscuras bajo los ojos de ella.

—Por favor, dejad de preocuparos por mí —protestó Poppy—. Me siento totalmente… —Aspiró una repentina bocanada de aire al tiempo que su mano volaba hacia su sien.

—¿Es tu cabeza? —La agarré de los hombros y la giré hacia mí. Una intensa oleada de miedo cortó a través de mi pecho y mi estómago.

Poppy tenía los ojos cerrados con fuerza.

—Sí, es solo un dolor de cabeza. Estoy… —Sus piernas cedieron debajo de ella.

—¡Poppy! —La atrapé por la cintura al tiempo que Kieran se lanzaba hacia delante para sujetar la parte de atrás de su cabeza—. Abre los ojos. —Puse una mano en su mejilla… Por todos los dioses, su piel estaba demasiado fría. Deslicé un brazo por debajo de sus piernas y la acuné contra mi pecho—. Venga, Poppy. Por favor.

—No se va a despertar, por mucho que supliques.

—¿Qué diablos quiere decir eso? —Kieran giró la cabeza a toda velocidad hacia Nektas.

—Básicamente, significa que me equivoqué al suponer que ya había completado el Sacrificio del todo. Se ha sumido en una estasis para terminarlo —explicó Nektas—. Me sorprende que tardara tanto en suceder… o que se despertase antes. Supongo que el *eather* es fuerte en ella. Por eso…

—Me importa una mierda cómo es el *eather* en ella —gruñí—. ¿Qué le está pasando?

—Pues sí deberías preocuparte por el *eather* que hay en ella, sobre todo cuando te has Unido a una Primigenia. Aunque eso no tiene nada que ver con lo que estamos hablando ahora —respondió Nektas, con una calma irritante—. Poppy está en estasis, igual que su padre. Es algo que sucede cuando los Primigenios, incluso los dioses, terminan su Sacrificio. O cuando están debilitados y no son capaces de recuperar su fuerza. Si estuviera herida o en peligro de cualquier modo, lo sabríais.

—¿Qué quieres decir con eso? —Kieran se giró y sus ojos se posaron en Poppy mientras Delano gimoteaba y caminaba nervioso adelante y atrás a mi lado—. ¿Cómo lo sabríamos?

—La mismísima tierra trataría de protegerla —explicó Nektas—. Ella…

—Se refugiaría en la tierra —murmuré, al recordar las raíces que habían brotado del suelo y habían tratado de cubrirla cuando estaba herida de muerte en las Tierras Baldías. En aquel momento, no habíamos entendido lo que estaba pasando.

—*Duerme* —repitió Nektas—. Eso es todo.

¿Que eso era todo? Bajé la vista hacia Poppy. Su mejilla estaba apoyada contra mi pecho. Excepto por las oscuras ojeras bajo sus ojos y la frialdad de su piel, sí que parecía solo dormida.

—¿Cuánto…? —Me aclaré la garganta—. ¿Cuánto tiempo va a pasar dormida?

—Eso no puedo decirlo. Y sí, ya sé que eso no os alegra a ninguno de los dos —añadió al oír el gruñido de Kieran—. Podría ser un día o dos. Una semana. Es diferente para cada persona, pero es probable que su cuerpo esté poniéndose al día con todo el proceso. Despertará una vez que termine el Sacrificio del todo.

Kieran maldijo en voz baja, se pasó una mano por el pelo. Miré a Poppy y la presión de mi pecho se apretó aún más. ¿Era esto lo que tanto Kieran como yo habíamos sentido a través del vínculo que habíamos forjado durante la Unión? ¿Que Poppy estaba a punto de sumirse en una estasis? ¿Y que podría estar fuera de juego durante días? ¿Una semana?

—Por todos los dioses —mascullé. Me sentía inútil por completo y odiaba cada segundo de esa sensación.

—Llevadla a algún lugar cómodo y esperad a que se le pase. Eso es todo lo que podéis hacer —sentenció Nektas—. Yo me ocuparé de Ires.

¿Algún lugar cómodo? ¿Aquí? Intercambié una mirada con Kieran. Poppy no estaría cómoda en ningún sitio de Wayfair, pero ¿qué otra opción teníamos?

—Encontraremos un sitio —me aseguró Kieran, que acababa de adoptar el papel que siempre desempeñaba. El lógico. El calmado y práctico cuando las cosas se torcían. Pero yo sabía que, con mucha frecuencia, eso no era más que fachada. Empecé a girarme hacia él.

—Hay una sola cosa de la que deberíais ser conscientes —añadió Nektas, y eso nos hizo parar en seco—. La estasis que se produce al final de un Sacrificio puede tener… efectos secundarios inesperados y duraderos.

Un puño se cerró en torno a mi corazón. La inquietud subió como la espuma.

—¿Como cuáles?

—Pérdida de memoria. Incapacidad para reconocerse a sí mismo y a los que están a su alrededor —explicó.

Ese puño invisible…

Hizo añicos mi corazón.

El cuerpo entero de Kieran dio tal sacudida que tuvo que retroceder un paso entero.

—¿Es posible que Poppy…? —Su calma empezó a agrietarse—. ¿Es posible que no sepa quién es? ¿Que no sepa quiénes somos nosotros?

—Así es, pero es algo muy excepcional. Solo se me ocurren dos veces en que haya sucedido —aclaró Nektas, y dos surcos de tensión enmarcaban su boca—. Solo tenéis que ser conscientes de que existe esa posibilidad.

¿Y qué pasaba si se convertía en una realidad? Los ojos de Kieran se cruzaron con los míos. Tragué saliva.

—¿Y si ocurre?

Nektas tardó un buen rato en contestar.

—Entonces, será una extraña para sí misma y para vosotros.

Kieran cerró los ojos.

Yo no podía hacerlo. Los tenía clavados en Poppy. Ella era mi corazón. Mi todo. No podía ni imaginar que no supiese quién era. Que no nos reconociese a *nosotros*.

—Habla con ella. —La voz de Nektas se había suavizado—. Eso fue lo que hizo Nyktos cuando *ella* estaba en estasis. No sé si ella lo oía, pero creo que ayudó. —Ladeó la cabeza al bajar la vista hacia Ires—. Sé que a él lo ayudó.

Asentí y di media vuelta. Sabía que debería haberle preguntado al *draken* cuándo iba a volver, o si iba a hacerlo siquiera. Suponía que sí. Su hija estaba en este mundo, pero dado que yo no era más que un bastardo egoísta, mi única prioridad era llevar a Poppy a algún lugar cómodo. No estaba pensando en Nektas ni en su hija. Ni en el padre de Poppy. Ni en la corona que acabábamos de derrocar, el reino que habíamos conquistado, aunque solo fuese en sentido técnico. Todas esas cosas eran importantes, pero ninguna de ellas importaba ahora lo más mínimo.

Llevé a Poppy en brazos de vuelta por el laberinto subterráneo y hasta la planta baja, mi corazón calmado y regular porque seguía el ritmo del de ella. No hacía más que recordarme eso mientras Kieran caminaba más adelante y Delano iba pegado a mi lado. Aparte de eso, todo lo que me rodeaba era un borrón informe. De lo único que fui consciente fue de que Kieran y un trabajador del castillo mantuvieron una conversación en voz baja; también me pareció oír la voz de Emil mientras subíamos por unas escaleras estrechas. No supe cuántos pisos subimos. Solo hubo paredes de piedra encalada y unas pocas ventanas hasta que entramos en un pasillo desierto bordeado por pesadas cortinas negras. Una puerta se abrió más adelante y seguí a Kieran al interior de una habitación en penumbra. Él fue directo a las dos grandes ventanas que enmarcaban una cama, agarró las cortinas de brocado y las arrancó de sus rieles.

—Es un cuarto de invitados —explicó Kieran, al tiempo que tiraba las cortinas a un lado—. Hace tiempo que no se ha usado, pero se ha limpiado hace poco.

Una leve brisa entraba por las ventanas. Miré a mi alrededor. La habitación contaba con varios sofás, butacas y sillas, y parecía tener acceso a una sala de baño. Serviría.

Kieran me siguió cuando llevé a Poppy hasta la cama. Agarró el borde de una colcha color crema y la retiró. No quería soltar a Poppy. Era como si fuese físicamente incapaz de hacerlo. Me temblaban los brazos al tumbarla en la cama.

—No ha movido ni un músculo —me oí decir, mientras forzaba a mis brazos a deslizarse de debajo de ella. Me senté a su lado y sacudí la cabeza—. Sus pestañas no han ni aleteado.

—Se pondrá bien —me tranquilizó Kieran. Delano aprovechó para subirse a la cama de un salto y tumbarse al otro lado de Poppy, junto a su cadera, luego apoyó la cabeza sobre sus patas delanteras. Tenía los ojos fijos en la puerta—. No creo que Nektas nos mintiera.

—¿Eso te hace sentir mejor acerca de esto?

—Joder, no.

Me mordí el labio de abajo sin dejar de negar con la cabeza. Tenía un barullo ingente de cosas ahí dentro.

—No me gusta estar aquí, en este lugar dejado de la mano de los dioses, cuando ella se encuentra en un estado tan vulnerable.

—Me aseguraré de que no entre nadie en este piso, ni siquiera el personal del castillo —dijo Emil desde la entrada.

Miré al atlantiano. Había estado en lo cierto cuando creí haber oído su voz, pero no me había dado cuenta de que nos había seguido. Mierda. Tenía que recuperar la compostura.

—Gracias.

Los ojos dorados de Emil saltaron hacia Delano.

—Él hará lo mismo.

Asentí. Poppy parecía tan... inerte. Cerré los ojos un instante y me ordené calmarme de una jodida vez. Poppy no podía estar cómoda así, con armas amarradas por todo el cuerpo, los pies sucios de sangre y tierra. Giré la cabeza hacia la sala de baño.

—¿Hisa está por aquí? —pregunté, en referencia a la comandante de la guardia de la corona. Kieran asintió.

—¿Quieres que vaya a ver si puede encontrarle algo de ropa limpia?

—Sí. —Me aclaré la garganta. Luego deslicé la mano por la correa que Poppy llevaba en torno al muslo y empecé a abrir los cierres. Había algo extrañamente tranquilizador en la tarea. Hizo que todos los pensamientos que rugían en mi cabeza se ralentizasen lo suficiente para recordar quién era... quiénes éramos—. ¿Emil?

—¿Sí? —respondió al instante.

—Vamos a estar fuera de circulación durante unos días, pero nadie aparte de nuestra gente necesita saber por qué —empecé, al tiempo que retiraba la vaina y la daga de la pierna de Poppy—. Lo primero que tenemos que hacer es asegurarnos de que Wayfair sea seguro.

—Ya estamos en ello —repuso Emil—. Los *wolven* ya estaban vigilando todo el recinto mientras estabais ahí abajo, junto con Hisa y la guardia de la corona.

—Perfecto. —Observé a Kieran tomar la vaina de mi mano y dejarla sobre la mesilla—. Tenemos que encontrar a mi hermano y... y a Millicent.

—Naill fue tras ellos —me informó Emil.

—Yo... —Mis ojos se cruzaron con los de Kieran—. No quiero a ninguno de los dos cerca de este piso.

—Entendido —dijo Emil. No hubo ninguna broma o pulla por su parte. Ahora no—. ¿Y qué quieres que hagamos con los Ascendidos? No hemos encontrado más en el castillo, pero me han informado de la presencia de varios grupos en las mansiones cerca del Puente Dorado y dentro del Distrito Jardín.

Matadlos. Esa fue la primera respuesta que me vino a la mente. *Que sea un trabajo rápido y limpio*. Pero mientras retiraba un pegote de tierra de la mano de Poppy, supe que ella no querría eso. Sobre todo porque ahora no podía escudarme en que ninguno de ellos estuviese corriendo hacia nosotros.

—Retenedlos en sus casas. —Las palabras sabían a cenizas en mi lengua—. Asegúrate de que todos sepan que no hay que hacer ningún daño a los Ascendidos hasta que decidamos qué hacer con ellos.

—Hecho —contestó Emil. Hubo una pausa—. ¿Y qué pasa con tu padre?

Mierda. No había ni pensado en él y en los otros que estaban en Padonia.

—Debemos informarlo. —Kieran se había arrodillado a nuestro lado—. Comunicarle el estado de cosas. Aunque no tenemos por qué contarle lo de Poppy.

—De acuerdo. —Solté un gran suspiro, consciente de que se pondría en camino hacia aquí en el mismo instante en que recibiera la noticia de nuestra victoria. No sabía si Poppy se habría despertado para entonces. Pensé en su amiga—. Asegúrate de que Tawny venga con él.

—¿Y los habitantes de Carsodonia? —preguntó Emil después de un momento—. Siguen encerrados en sus casas, ahora mismo por elección propia, pero no creo que eso dure demasiado.

No, yo tampoco.

Qué hacer con ellos era una pregunta muy buena.

—Muchos se han pasado la vida entera convencidos de que somos monstruos. Van a estar asustados. Tendremos... tendremos que dirigirnos a ellos.

Kieran asintió en gesto de aquiescencia.

—Sí, pero creo que disponemos de un poco de tiempo antes de que eso sea necesario.

—Cruzaremos ese puente cuando estemos listos para pegarle fuego —declaré, con una sonrisa seca, al tiempo que deslizaba el dorso de la mano por mi barbilla—. Es importante que localicemos a Malik. Él conoce a muchos de los Descendentes de aquí.

—Podrían ser útiles. —Kieran se volvió hacia Emil—. ¿Algo más?

—Nada que se me ocurra ahora mismo, pero estoy seguro de que se me ocurrirá algo en unos cinco minutos. —Emil dio un paso atrás, luego se detuvo—. De hecho, solo he necesitado un segundo para que se me ocurriera otra cosa. —Una leve sonrisa tironeó de mis labios—. ¿Lo habéis encontrado? —preguntó Emil—. A su padre, quiero decir.

—Sí. —Entonces sonreí, una sonrisa más ancha y un poco más convencida—. Nektas lo llevará a… casa.

—Nektas —repitió Emil, y emitió un silbido grave—. Ese sí que es un *draken* jodidamente grande. —Se me escapó una carcajada áspera. En efecto, sí que lo era—. Y se me acaba de ocurrir otra cosa —añadió Emil, y Kieran esbozó una sonrisa—. Hubo algún tipo de… suceso en el Ateneo de la ciudad, casi como una explosión. Lo están investigando ahora mismo.

—No pasa nada —dije, al tiempo que contaba las respiraciones de Poppy—. Es la diosa Penellaphe.

—¿Cómo dices? —La voz de Emil sonó aguda de pronto.

—Lo has oído bien —dijo Kieran—. Los dioses se están despertando. Ella estaba dormida debajo del Ateneo. —Hizo una pausa—. Puede que haya más que estén despertando, aquí o en otros sitios de Solis, si es que no lo han hecho ya.

—Oh. Vale. Esas son un montón de cosas completamente normales y esperadas para decir en voz alta —repuso Emil despacio—. Yo… informaré a todos los demás. Y estoy seguro de que nadie tendrá ni una sola pregunta, ni cabe ninguna posibilidad de que alguien reaccione de manera desproporcionada a semejantes noticias. —Hizo ademán de marcharse.

—¿Emil? —Me giré por la cintura y lo miré de arriba abajo, prestando atención por primera vez. Lo vi ahí de pie, pero no lograba quitarme de la cabeza la imagen de él alanceado en pleno pecho—. ¿Cómo estás?

—Estoy… —Emil bajó la vista hacia los irregulares desgarros de su armadura. Tragó saliva, luego miró más allá de mí hacia Poppy—. Estoy contento de estar vivo. Cuando despierte, dile que tiene mi eterna devoción y mi más completa y absoluta adoración.

Entorné los ojos.

Emil guiñó un ojo y dio media vuelta para marcharse.

—Imbécil —musité, al tiempo que me giraba hacia Poppy de nuevo. No iba a decirle una mierda.

Kieran se rio entre dientes, pero el sonido se apagó enseguida. Por los dioses, Poppy odiaría esta situación… que estuviéramos aquí mirándola mientras dormía. Lo más probable era que nos apuñalara a alguno o a los dos nada más despertar. Me entraron ganas de reír, pero no logré producir el sonido.

—Se pondrá bien. Despertará y sabrá quién es. Sabrá quiénes somos nosotros. —Kieran apoyó una mano en mi hombro—. Solo tenemos que esperar.

—Sí. —Una emoción espesa atoró mi garganta y comprimió mi pecho.

Kieran me dio un apretoncito en el hombro, luego dejó caer la mano. Se aclaró la garganta.

—¿A qué crees que se refería Nektas cuando habló del *eather* y de que nos hubiéramos Unido con una Primigenia?

Me froté la barbilla y me hizo falta un momento para recordar de qué estaba hablando.

—Me había olvidado por completo de eso. No tengo ni idea. Y como es obvio, él no dio ningún tipo de detalle.

—Empiezo a pensar que la vaguedad es una habilidad única cuando de los *drakens* se trata —musitó Kieran. Solté una carcajada amarga.

—Sí, pero todos nosotros teníamos cosas mucho más importantes en la cabeza.

Todavía las teníamos.

—Habla con ella. —Miré a Kieran—. Eso fue lo que dijo Nektas.

—Cierto.

Pero ¿qué podía decirle? Sacudí la cabeza mientras contemplaba su rostro. Parecía demasiado pacífica, joder, mientras que yo tenía la sensación de que todo mi ser se estaba desgarrando. Deslicé las yemas de mis dedos por su mejilla fría. «Habla con ella». Rocé la cicatriz que empezaba en su sien y, por alguna razón, pensé en la primera vez que la había visto sin velo.

Después pensé en la primera vez que la había visto a *ella*.

No sabía si eso era lo que quería decir Nektas, pero era algo. Me forcé a aspirar una bocanada de aire larga y profunda mientras Kieran alisaba la manga de la camisa de Poppy.

«¿Alguna vez te he contado cómo vivía cuando estaba en Masadonia?», le pregunté a Poppy, y sentí que la atención de Kieran y Delano se posaba en mí. «No me acuerdo bien, pero no creo que te haya contado cómo eran las cosas antes de convertirme en tu guardia. Todo lo que hice». Esta vez solté el aire con más fuerza, porque había hecho *muchas cosas*. «Y cómo todo cambió… cómo cambié yo… gracias a ti».

Remetí un mechón de pelo detrás de su oreja.

«Pero ¿por dónde empiezo?». Rebusqué en mis recuerdos. Al principio, estaban borrosos, pero entonces… «Creo que empezaré por el Adarve».

En el Adarve

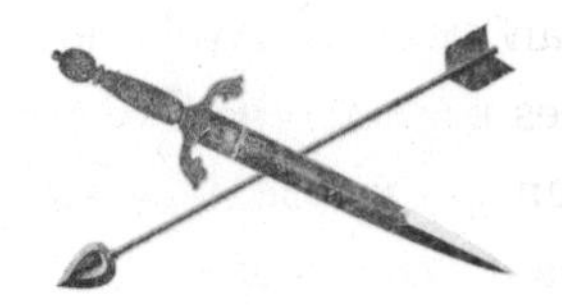

Un viento frío llegó al Adarve para arrastrar consigo lo que quedaba del calor de finales de la estación, que había perdurado hasta bien entrado el otoño. Un indicio de nieve venidera impregnaba el aire nocturno.

Esa no era la única cosa.

Me giré por la cintura y apoyé el pie en el murete mientras contemplaba los destartalados edificios a la sombra de la enorme muralla que rodeaba la cloaca de ciudad conocida como Masadonia. Las casas eran todas de lóbregos tonos grises y marrones, manchadas de tierra y humo, y amontonadas unas sobre otras, dejando poco espacio para que los carros rodasen por las calles, no digamos ya espacio suficiente para que la gente respirase nada que no fuese el hedor de las alcantarillas y la putrefacción.

Y la muerte.

Cerca del Adarve, siempre había muerte en el ambiente.

Mi labio se enroscó en una mueca de asco mientras observaba las filas y filas de casas del Distrito Bajo. Los edificios, iluminados por antorchas y unas cuantas farolas esporádicas, alimentadas por aceite en lugar de electricidad, parecían estar a una sola ráfaga de viento de desplomarse sobre sí mismos. Estaba claro que el duque y la duquesa de Teerman, los

Ascendidos que gobernaban Masadonia, creían que solo los ricos merecían lujos como aire limpio y espacio, electricidad y agua corriente.

Masadonia era una de las ciudades más antiguas del reino, y estaba seguro de que había sido preciosa cuando Atlantia gobernaba la totalidad del mundo mortal. Antes de la Guerra de los Dos Reyes. Antes de la Corona de Sangre, y de que se construyeran Adarves alrededor de ciudades y pueblos como prisiones para mantener fuera las consecuencias del mal que vivía en su interior. Antes de que mi gente se retirara al este de las montañas Skotos por el bien mayor del mundo.

Aunque no había producido ningún bien.

Los Ascendidos, aquellos que ahora gobernaban todo al oeste de las Skotos, eran expertos revisionistas que habían reescrito la historia para nombrarse héroes y condenar a los atlantianos como los villanos. Habían conseguido convencer a los mortales de que estaban «Bendecidos» por los dioses y se habían instalado como gobernantes de lo que ahora llamaban el Reino de Solis.

Un grito demasiado abrupto brotó de entre las sombras del Distrito Bajo.

Ese mal no necesitaba encontrar el camino de entrada. Ahora vivía entre los mortales.

Mi mano se apretó sobre la empuñadura del sable que llevaba a la cadera y levanté la vista hacia las luces centelleantes de Radiant Row, asentado al pie del castillo de Teerman. Ahora, la única belleza que podía encontrarse en la ciudad era más allá de la densa zona boscosa de la Arboleda de los Deseos, donde la élite de Masadonia vivía en grandes mansiones rodeadas por interminables acres de terreno. La mayoría eran Ascendidos. Solo unos pocos eran mortales que se habían beneficiado de la riqueza de generaciones pasadas. Y era probable que fuesen muy conscientes de *lo* que eran, exactamente, los Ascendidos.

Sería de esperar que los *vamprys* cuidasen mejor de su gente, partiendo de la base de que ellos se marchitarían y se consumirían sin ella. Sin embargo, en su conjunto, los Ascendidos parecían tan escasos de visión de futuro como de empatía. Trataban a su gente como ganado, y la mantenían viva en unas condiciones lamentables hasta llegar la hora de acabar con ella.

—Uno no se acostumbra nunca del todo a los olores o los sonidos. —La voz interrumpió mis pensamientos—. A menos que hayas crecido en el Distrito Bajo.

Giré la cabeza hacia Pence. El guardia rubio no podía haber cumplido más de un año o dos de su tercera década de vida. Dudaba que fuese a llegar mucho más allá si continuaba en el Adarve. La mayoría de los guardias no lo hacían.

—¿Tú te criaste ahí abajo?

A la luz de una antorcha cercana, Pence asintió mientras observaba las casas alineadas como dientes serrados e irregulares. Su respuesta no me sorprendió lo más mínimo. No había demasiadas oportunidades en Solis, a menos que hubieses nacido en una familia adinerada. O bien trabajabas en lo mismo que tus padres y apenas lograbas lo suficiente para sobrevivir, o bien te alistabas en el Ejército Real con la esperanza de ser uno de los pocos afortunados de vivir el tiempo suficiente para salir del Adarve y llegar a ocupar algo parecido a una posición relevante en la guardia real.

Pence frunció el ceño al oír varios gritos que provenían de una zona cercana a la Ciudadela, donde se gastaba dinero en casas de apuestas y antros de placer. Solo los dioses sabían lo que estaba pasando. ¿Un negocio que se había torcido? ¿Un asesinato aleatorio y sin sentido? ¿Los Ascendidos mismos? Las posibilidades eran infinitas.

—¿Y tú? —preguntó.

—Crecí en una granja en el este. —La mentira salió con facilidad por mis labios, y no era solo porque, de hecho, sí que era originario del este, del Lejano Este, sino porque se me daba igual de bien mentir que matar.

La arruga del ceño de Pence se profundizó.

—Había oído que eras de la capital.

—Trabajé en el Adarve de Carsodonia. —Otra mentira—. Pero no soy de ahí.

—Ah. —La piel entre sus ojos se alisó mientras volvía a girarse para observar el Distrito Bajo y las columnas de humo que salían de las chimeneas.

No me sorprendió en absoluto que no insistiera en saber más sobre lo que le había dicho. La mayoría de los mortales rara vez cuestionaban nada. Generación tras generación estaban educados para aceptar sin preguntas lo que les decían. Esa era una cosa que podía agradecer a los Ascendidos. Facilitaba muchísimo lo que había venido a hacer aquí.

—Apuesto a que Carsodonia no se parece nada a esto —comentó Pence con voz nostálgica.

Casi me reí. La capital era igualita a Masadonia, solo que aún más estratificada y peor. Pero reprimí el sonido burlón que pretendía brotar por mi boca.

—Las playas del mar Stroud son… agradables.

En el rostro de Pence apareció una breve sonrisa que lo hizo parecer aún más joven.

—Nunca he visto el mar.

Lo más probable era que jamás lo hiciera.

Una punzada dolorosa se extendió por mi pecho y mi estómago, lo cual me recordó que necesitaba alimentarme.

—Sin embargo, mi hermano sí que lo verá —añadió Pence con una sonrisa—. Owen es un segundo hijo, ¿sabes?

La ira sustituyó al dolor e inundó todo mi organismo, pero la mantuve a raya mientras me giraba otra vez hacia el Distrito Bajo.

—Entonces, ¿es un lord en espera?

—Sí. Está en el castillo. Lleva ahí desde que cumplió trece años, aprendiendo a ser un señor.

Sonreí con cierto desdén.

—¿Cómo se *aprende* a ser un señor?

—Supongo que es todo cuestión de qué tenedor y cuchara son los correctos para cada plato. Cosas elegantes como esas. —Pence soltó una risa rasposa que me recordó que acababa de recuperarse de una de las muchas enfermedades que plagaban la Ciudadela y el Distrito Bajo—. Supongo que se aburre como una mona teniendo que aprender toda la historia y a cómo actuar bien, sin darse ni cuenta de la suerte que tiene.

—¿Suerte? —Lo miré de reojo.

—Joder, sí. Todos los segundos hijos e hijas la tienen. —Pence ajustó la empuñadura de su espada—. Jamás tendrá que preocuparse de estar aquí arriba en el Adarve, ni de salir al otro lado. Lo tiene hecho, Hawke. De verdad que sí.

Miré al muy tonto. No, no era tonto. Puede que Pence no tuviese estudios (ninguno de los primeros hijos o hijas los tenían, a menos que fuesen de familias pudientes), pero el hombre no era tonto. Era solo que lo habían alimentado con la misma mierda que la Corona de Sangre repartía a cucharadas. Así que, como es obvio, pensaba que su hermano tenía suerte de haber sido entregado a la Corte Real en su decimotercer cumpleaños, durante el maldito Rito, como les pasaba a todos los segundos hijos e hijas. Los criaban en la corte y luego, en algún momento, recibían la Bendición de los dioses. Los Ascendían. Aunque, claro, era probable que Owen tuviese más suerte que los terceros hijos e hijas, aquellos entregados en su infancia, también durante el Rito, para servir a los dioses en los varios templos repartidos por todo el reino.

Rechiné los dientes. La fe que la gente tenía en los Ascendidos era fuerte, ¿verdad? En realidad, los lores y las damas en espera no recibían ni una mierda de los dioses cuando Ascendían, y esos bebés no se criaban para servir a los dioses, puesto que los dioses llevaban dormidos varios siglos.

No obstante, la mayoría de la gente de Solis no sabía eso y, si era justo, no era tan difícil entender cómo había tantas personas que creían en los Ascendidos. Si mirabas solo la superficie, no dudarías de que los dioses habían Bendecido a los Ascendidos. No cuando *parecían* haber recibido el don de la fuerza, la longevidad, la riqueza y el poder; cosas con las que los mortales solo podían soñar. Sin embargo, nada sobre los Ascendidos (es decir, la Corona de Sangre y todos sus duques y duquesas, y sus lores y damas Ascendidos) era una bendición.

Era todo una jodida pesadilla.

Se oyó un ruido extraño detrás de nosotros, un aullido grave que podía confundirse fácilmente con el viento, pero todo el mundo en el Adarve estaba entrenado para estar atento a ese sonido. La advertencia. Nos giramos al instante para mirar las tierras bañadas en luz de luna al otro lado del Adarve.

Crucé al otro lado de la muralla y me asomé hacia las tierras yermas. Se habían acumulado unas cuantas nubes que bloqueaban gran parte de la luz de la luna, pero mi vista era mucho mejor que la de los demás en el Adarve y ahí abajo, justo por fuera de la muralla, donde los caballos relinchaban con nerviosismo, vi aquello de lo que ese sonido nos advertía. Más allá de la hilera de antorchas colocadas a cierta distancia del Adarve, una espesa niebla emanaba por los bordes del Bosque de Sangre, una sombra solitaria en medio de la neblina.

Pence se reunió conmigo para escudriñar la tierra en sombras. Estaba más pálido que antes, pero tenía los hombros bien cuadrados cuando descolgó el arco que llevaba cruzado a la espalda. El guardia tenía miedo, pero eso no lo hacía menos valiente.

La Corona de Sangre no lo merecía, ni a los hombres de ahí abajo, que empezaron a avanzar a caballo. Algunos de ellos no regresarían.

Otro grito lúgubre y lastimero provino del Bosque de Sangre y apareció una segunda sombra en la niebla. Luego otra. Aunque la niebla no se espesó ni aumentó. No parecía haber una horda, pero tres Demonios podían ser bastante peligrosos.

—Jodidos atlantianos —escupió Pence.

Mi cabeza voló hacia él y tuve que hacer un esfuerzo por no tirar al muy imbécil del Adarve… o reírme, dado que acababa de maldecir a aquellos cuya sangre utilizarían para Ascender a su hermano cuando llegara el momento, puesto que los dioses no estaban Ascendiendo a nadie. Eso era lo que hacía la Corona de Sangre: se limitaba a emplear sangre atlantiana.

Y los Demonios no tenían nada que ver con mi gente. No eran el producto de nuestro beso envenenado, como habían hecho creer a los mortales. Esas eran solo más patrañas que la Corona de Sangre utilizaba para encubrir sus actos infames y asegurarse de que la gente odiara a los atlantianos. Ellos eran los únicos responsables de las criaturas que asesinaban de manera indiscriminada en su sed de sangre.

—Espero de todo corazón que mi hermano Ascienda pronto —murmuró Pence, antes de tragar saliva—. Entonces estará más seguro, ¿sabes?

Sí, estaría más seguro.

También estaría creando más Demonios que un día podrían matar a Pence.

—¿Cuántos años tiene tu hermano ahora? —Sabía que la Corona de Sangre no solía Ascender a los lores y damas en espera hasta que llegaban a la edad adulta.

—Acaba de cumplir dieciséis. —Pence guiñó los ojos—. No estoy seguro de si Ascenderá durante la Ascensión de la Doncella o si esperarán. Pero ya se acerca el momento. Es decir, si es que ocurre.

Me puse tenso, aunque forcé a mi mano a relajarse sobre mi espada.

La Doncella.

Respiré hondo e ignoré el hedor que casi podía saborear. Ella era la razón de que yo estuviese en este agujero inmundo que era la ciudad. Su Ascensión debía tener lugar durante este año, y debería haber sido la más grande desde el final de la guerra hacía ya varios cientos de años.

«Debería haber sido» era la frase clave en este caso. Porque Pence era lo bastante listo como para cuestionar si la Ascensión tendría lugar.

No lo tendría.

—¿Qué te hace pensar que la Ascensión no ocurrirá? —pregunté en tono neutro.

—¿En serio? ¿No crees que los Descendentes intentarán algo? —Me lanzó una mirada ceñuda mientras bajaba el arco—. Quieren usurpar el trono. Como muy poco, quieren causar problemas. Evitar la Ascensión de la Doncella sería una forma de hacer justo eso.

—¿Y por qué crees que tendrá tanto impacto sobre la Corona la Ascensión de la Doncella? —Giré el cuerpo hacia el suyo. Dudaba que pudiese contestar a lo que ni yo ni ninguno de mis espías habíamos conseguido dilucidar todavía.

Pence entornó los ojos.

—Porque la Doncella fue Elegida por los dioses —dijo, con el tono reverente que solía teñir la voz de cualquiera que hablase de la Doncella y con la confianza de todos y cada uno de los estúpidos que vomitaban esa mierda. Excepto que las palabras de Pence incluían un tono que indicaba que pensaba que yo era medio idiota por hacer esa pregunta siquiera.

Fue una suerte que consiguiese reprimirme de gritarle a la cara «¿Por qué?». *¿Por qué* habían Elegido a esta Doncella? La Corona de Sangre nunca explicaba nada más aparte de que su Ascensión propiciaría una nueva era. Daba igual a quién le preguntásemos o a cuántos Ascendidos interrogásemos, nunca habíamos averiguado la razón de esa creencia ni la forma en que la Doncella sería este… este heraldo de una nueva era.

—He oído al duque hablar con preocupación del inminente Rito —comentó Pence después de un momento, su delgado rostro lúgubre ahora—. Supongo que ha habido amenazas creíbles. Que tienen miedo de que el Señor Oscuro consiga enardecer a los Descendentes que hay aquí para que hagan algo.

El duque tenía todo el derecho del mundo a estar preocupado sobre el Rito que se avecinaba. Un lado de mis labios se curvó hacia arriba, pero giré la cabeza para que Pence no me viera, al tiempo que pensaba que el guardia seguramente se mearía encima si supiera quién estaba a su lado y con quién estaba hablando.

Con el supuesto Señor Oscuro.

El príncipe de un reino caído. El hombre que la Corona de Sangre afirmaba que estaba empecinado en asesinar y sembrar el caos. Muchos lo creían, pero el rey y la reina falsos no habían sido capaces de convencer a todo el mundo en Solis. Los Descendentes sabían que el reino de Atlantia no había caído. En vez de eso, habíamos prosperado y habíamos reconstruido nuestro reino durante los cuatro siglos posteriores a la guerra. También habíamos fortalecido nuestros ejércitos.

Si Atlantia invadiera Solis, algo que muchos habitantes de Atlantia deseaban, Solis sería derrotada. Pero en el proceso, morirían miles, si no millones, de personas. Y eso era justo lo que sucedería si no lograba salir de este maldito Adarve y echarle el guante a la Doncella.

Porque lo que no sabía la gente de Solis era que la Corona de Sangre había capturado a alguien muy importante para Atlantia. No solo era su príncipe, sino que además era el heredero del trono. Si no era liberado, habría una guerra. ¿Y esta vez?

Esta vez, no habría ninguna retirada para el bien mayor de la gente.

EL OLOR DE LA PUTREFACCIÓN

Seis guardias a caballo habían salido para ocuparse de los Demonios antes de que llegasen al Adarve.

Habían regresado solo tres.

Era raro que a los caídos fuera del Adarve los trajesen de vuelta para celebrar ritos funerarios por ellos. En ocasiones, era solo porque no quedaba nada del cuerpo para que sus seres queridos los llorasen. Por lo general, se debía a que los Ascendidos no querían que la gente supiese las cifras exactas de los que caían luchando contra los Demonios.

En otras palabras, no querían que la gente supiese el poco control que tenían de la situación.

Me puse tenso mientras observaba a uno de los guardias echar pie a tierra justo por dentro del Adarve. El hombre no estaba del todo estable sobre los pies. Inspiré hondo y capté el olor dulzón y rancio de… la *putrefacción*. Mierda. No me había gustado nada lo que había visto y olido, así que fui hasta el borde de la muralla y esperé a que el guardia se girase.

—Hawke Flynn. —La voz aguda y nasal del teniente Dolen Smyth cortó a través de la cháchara discreta de los hombres del Adarve—. No estabas al pasar revista esta tarde.

Pence hizo una reverencia, como requería la presencia de alguien del rango de Smyth. Yo no lo hice. En lugar de eso, observé los movimientos del guardia de pelo moreno mientras hablaba con varios de los otros guardias ahí abajo.

—Sí que estaba.

—Acabo de decir que no te vi —espetó el teniente Smyth, lo cual era una mentira flagrante. Me había visto. Lo sabía porque me había estado mirando fijamente, como si quisiera ver mi cabeza ensartada en una pica—. Así que ya me dirás cómo podías estar ahí, Flynn.

—No estoy seguro de cómo contestar a eso. —El guardia al que estaba observando había empezado a andar para llevar a su nervioso caballo de vuelta a los establos. Se giró un instante y su perfil lució pálido a la luz del fuego. Lo reconocí. Jole Crain. Era joven. Joder, era más joven que Pence—. Creo que debería preguntárselo más bien a un curandero.

—¿Y por qué demonios creerías eso? —exigió saber el teniente Smyth.

—Porque si no me vio… —empecé, y capté un atisbo de Pence por el rabillo del ojo. Daba la impresión de estar intentando desaparecer dentro de uno de los parapetos curvos—. Entonces parece que tiene algún problema de vista. —Me giré hacia el teniente con una sonrisa de labios apretados. La capa blanca de la guardia real aleteaba al viento desde sus delgados hombros como una bandera de rendición. Aunque Smyth abusaba de su autoridad sobre los demás como hacían muchos otros en su posición, se había ganado ese codiciado puesto en la guardia real. Solo los más fuertes y diestros conservaban la vida el tiempo suficiente para salir del Adarve—. Así que le sugeriría que se la examinaran de inmediato.

—No tengo ningún problema de vista —farfulló el teniente rubio, y sus mejillas ya de costumbre rubicundas se encendieron aún más por la ira.

Tuve que recordarme que tirarlo por el borde del Adarve no me haría ningún favor.

—Entonces, sí me vio. Quizá lo que tiene es un problema de memoria.

Las aletas de su nariz se abrieron mientras daba un paso hacia mí, pero luego se contuvo. Los nudillos de su mano derecha se habían puesto blancos de lo mucho que apretaba la empuñadura de su sable. No lo desenvainó, aunque estaba claro que deseaba hacerlo. Fuera cual fuere el instinto que el hombre poseía había evitado que tomara una decisión de lo más estúpida. O quizás había sido su cerebro. Smyth era igual de inteligente que de bastardo.

Y empezaba a pensar que tal vez fuese demasiado listo. Demasiado observador.

Porque había estado encima de mí desde el primer día, pendiente de cada uno de mis movimientos, haciendo demasiadas preguntas.

—Informaré de tu falta de respeto —dijo al final, su tono aún más agudo de lo habitual—. Y veremos lo que el comandante Jansen tiene que decir al respecto.

Mi sonrisa se amplió un pelín.

—Supongo que lo veremos.

—Solo para que lo sepas —mascullló, al tiempo que levantaba su barbilla puntiaguda—. Tengo un ojo puesto en ti, Flynn.

—La mayoría lo hace —repuse, luego le guiñé un ojo.

Los hombros del teniente Smyth se pusieron tensos. Parecía querer decir algo más, pero por desgracia, echó a andar, chocando con mi hombro mientras continuaba su patrulla.

Con una risita, miré hacia donde Pence casi se había fundido con las sombras del parapeto.

—¿Exactamente, cómo tienes de grandes las pelotas? —preguntó el guardia. Solté una carcajada.

—De un tamaño normal, la última vez que lo comprobé.

—No estoy muy seguro de eso. —Pence cruzó hasta mí, al tiempo que se pasaba una mano por el pelo revuelto por el viento—. Smyth es un capullo.

—Ya lo sé.

—Entonces, debes saber que va a hacer justo lo que ha dicho: va a ir a informar al comandante.

—Estoy seguro de que lo hará —afirmé. Luego enderecé la correa de mi tahalí mientras echaba un vistazo hacia donde había visto al guardia por última vez—. Jole Crain tiene una habitación en el barracón de los guardias, ¿verdad?

—Sí. Está en el segundo piso. —Pence frunció el ceño—. ¿Por qué lo preguntas? —Me encogí de hombros. Pence me miró durante un momento—. No estás preocupado para nada por el teniente, ¿verdad?

—Pues no, para nada. —Y no lo estaba.

El teniente Smyth ni siquiera estaba en la lista de las cosas que me preocupaban.

Levanté la vista hacia las torres de piedra de la Ciudadela; luego miré más allá de los límites del Distrito Bajo y la Arboleda de los Deseos, más allá de las calles más anchas y agradables y las lujosas mansiones. Mi vista se clavó en los muros arqueados del castillo de Teerman, donde lo más probable era que la Doncella durmiese plácidamente, a salvo en su jaula de piedra y cristal, fuera de mi alcance.

Aunque no por demasiado tiempo.

Murió con sus sueños

Corté a través del patio de la Ciudadela, donde parches de hierba pugnaban por crecer, a pesar de haber sido pisoteados por años y años de entrenamientos.

Por suerte para mí, solo los guardias nuevos entrenaban en la Ciudadela. El resto realizaba sesiones diarias en el castillo de Teerman. A mí no me importaba tener que entrenar; de hecho, solía tener ganas de hacerlo. El tiempo pasado en el patio me daba la oportunidad de familiarizarme con el castillo.

También me daba posibilidades de verla a *ella*.

Más o menos.

La Doncella no se mostraba en público fuera de las sesiones del Consejo de la Ciudad, pero la había visto más de una vez observando desde una de las muchas salitas del castillo que daban al patio de entrenamiento. Por lo general, era solo un atisbo del blanco de su vestido o su velo. Aún no había visto nada de sus facciones, aparte de una barbilla un poco afilada y una boca sorprendentemente sensual del color de las bayas maduras. Ni siquiera había oído su voz.

Para ser sincero, empezaba a creer que no tenía cuerdas vocales o que hablaba solo en susurros, como un ratoncillo aterrado por los sonidos fuertes. No me sorprendería que ese fuera el caso. Después de todo, la presunta Elegida tenía que ser una criatura sumisa y asustada, para dejar que le pusieran un velo y controlasen todos los aspectos de su vida, o bien creerse todas esas patrañas que le contaba la reina falsa, la Reina de Sangre. Esto último era la explicación más plausible para su sumisión voluntaria, sobre todo porque tenía un hermano que había Ascendido.

Había visto a la Doncella en la ventana con la duquesa unas cuantas veces, y la Ascendida observaba a los hombres entrenar como si deseara darse un festín con sus cuerpos, más que con su sangre. Las damas y los lores en espera hacían lo mismo, y solían reírse con nerviosismo desde detrás de sus abanicos de seda al tiempo que lanzaban miradas no tan discretas a los que estaban en el campo de entrenamiento. La atracción los incitaba a observar, pero la presencia de la Doncella era un misterio intrigante, y había muy pocas cosas que me intrigaran en estos tiempos.

Todo el mundo en Solis sabía que la Doncella estaba *intacta* tanto en el sentido literal como en el figurado, y que debía permanecer así. No podía ni empezar a imaginar qué tipo de razonamiento arcaico tenían los Ascendidos para justificar eso ni por qué querrían hacerlo. Para ser sincero, no me importaba lo más mínimo, pero no había habido ni un solo chismorreo que indicara que la Doncella se rebelara contra la jaula en la que la habían colocado. Así que dudaba que observara el espectáculo por las mismas razones que lo hacían la duquesa y los otros.

Aunque, claro, no había ningún chismorreo en absoluto sobre la Doncella; era muy probable que eso se debiera a que la mayoría de las personas tenían prohibido hablar con ella. Había incluso historias de guardias a los que habían relevado de sus puestos o degradado a trabajar al otro lado del Adarve solo por haber saludado a la Doncella con una sonrisa o un «hola» inofensivo.

Lo que sabía de ella era mínimo. Se suponía que la Doncella había nacido envuelta en el velo de los dioses, lo cual era una patraña más de los Ascendidos. La población trabajadora y de clase baja había desarrollado cierto afecto hacia su persona, cosa que se notaba con claridad en cómo hablaban de ella, con el mismo tono reverente que había utilizado Pence la otra noche. Y se decía que era amable. Cómo podían saberlo cuando no les permitían ni saludarla era una gran incógnita para mí. Lo más probable era que fuesen sus supersticiones las que propiciaban su lealtad, no nada basado en la realidad.

Seguramente, la Doncella era tan poco digna del apoyo de la gente como la Corona de Sangre a la que representaba. Porque, al fin y al cabo, era imposible que no fuese consciente de lo que eran en realidad los Ascendidos... cómo se producían las Ascensiones y que ellos eran los responsables de los monstruos que habían arrebatado tantas vidas.

Descarté esos pensamientos acerca de la Doncella y entré en el pasillo del fondo del barracón, luego giré a la izquierda y tomé unas escaleras. Estaba cansado, pero aunque me fuese a mi dormitorio, no podría dormir. Mi cabeza tardaba siempre varias horas en llegar al lugar correcto donde poder desconectar, cosa que solía ocurrir pocas horas antes del amanecer... si tenía suerte. Diablos, no podía recordar la última vez que había dormido una noche entera.

Esta noche, tenía una razón real para evitar el silencio de mi dormitorio y sus paredes desnudas y sin vida.

Subí las escaleras de tres en tres, al tiempo que me preguntaba qué estaría haciendo Kieran. Habíamos acordado hacer todo lo posible por que nuestros caminos no se cruzasen, en especial visto que el teniente estaba pegado a mi culo como una lapa. En cualquier caso, con Kieran infiltrado en la guardia de la ciudad, no había muchas oportunidades para que nos topásemos el uno con el otro.

Él tenía un poco más de libertad de movimientos, pero eso también significaba que veía mucha más mierda que yo. Abusos contra los que seguro que querría hacer algo, pero no podría lograrlo sin llamar la atención. Y la explotación y el maltrato de los más vulnerables de Masadonia no hacía más que empeorar.

Porque esa era otra forma en que los Ascendidos mantenían a la gente de Solis a raya y sin hacer preguntas: utilizaban el miedo.

Al llegar al segundo piso, salí al ancho pasillo. No tardé mucho en encontrar la habitación que buscaba. El hedor de la putrefacción todavía no sería notorio para los demás, pero *sí* era más fuerte ahí. Continué adelante mientras me preguntaba qué diablos creía que estaba haciendo.

El problema que se cocía en este pasillo no era mío.

De hecho, era una bendición. Podía seguir mi camino y dejar que pasara lo que tenía que pasar. Después de todo, que hubiera menos guardias haría que las cosas fuesen más fáciles para mí. Y si fuese listo, consideraría a todos y cada uno de los mortales, por endebles que fuesen sus lazos con la Corona de Sangre, como enemigos.

Pero oía ronquidos procedentes de detrás de puertas cerradas y sabía que la mayoría de los guardias que servían a la Corona de Sangre no sabían la verdad. Este piso estaba lleno de hombres inocentes y, si no hacía nada, la mitad de ellos estarían muertos para cuando saliera el sol.

O algo peor.

Me paré ante la puerta y llamé con los nudillos. Hubo unos segundos de silencio, después un «¿Sí?» amortiguado.

Apoyé la mano en el picaporte y lo giré. La puerta no estaba cerrada con llave, así que la empujé y entré en el cuarto. Mi vista se adaptó de inmediato a la pequeña habitación en penumbra y encontré a la persona que había ido a buscar.

Jole Crain estaba sentado en el borde de su cama, que era poco más que un catre elevado. Su pelo oscuro colgaba por delante de su cara apenas visible, una mano plantada en la parte de atrás del cuello. Algo en la forma en que estaba sentado me recordó a mi hermano después de una noche de juerga y demasiadas copas. Un dolor similar a una puñalada cortó a través de mi pecho. Tenía que ser por el pelo. El de mi hermano era un poco más claro, un tono en algún punto a medio camino entre rubio y castaño, pero lo llevaba igual de largo que Jole.

Pensar en mi hermano era lo ultimísimo que necesitaba en este momento.

Cerré la puerta a mi espalda mientras miraba por la habitación a mi alrededor. El guardia había dejado su armadura al lado de la entrada, las armas colocadas sobre el baúl al pie de su cama. Todas menos una. Había una daga a su lado sobre la manta, la hoja de color carmesí a la tenue luz. Heliotropo, o piedra de sangre.

Jole levantó la cabeza. El sudor empapaba los mechones de pelo que caían por su frente, señal de que la fiebre ya se había apoderado de él. Guiñó los ojos. Unas oscuras sombras ya habían aflorado bajo sus ojos, donde la piel era fina y tardaba poco en descomponerse.

Porque eso era justo lo que le estaba sucediendo a Jole. Se estaba descomponiendo. Pudriendo. Ya estaba muerto.

—¿Flynn? —preguntó.

Asentí y me apoyé contra la pared.

—Te vi volver de fuera del Adarve.

—¿Y? —Dejó caer la mano sobre su rodilla. Le temblaba el brazo.

—He pensado que podía venir a ver qué tal estabas.

Jole parpadeó, luego apartó la vista.

—Me encuentro… genial.

—¿Estás seguro? —Abrió la boca, pero todo lo que salió por ella fue una risa áspera—. Te mordieron, ¿verdad? —pregunté.

Volvió a reírse, pero esta vez fue una risa temblorosa y ruda. Esperé, y él no tardó demasiado en hacer lo correcto. En silencio, levantó el brazo izquierdo y retiró la manga de su túnica.

Ahí estaba. Más confirmación de lo que yo ya sabía.

Dos agujeros irregulares en su muñeca. La piel desgarrada rezumaba una sustancia oscura y aceitosa. Unas líneas azules rojizas irradiaban ya de lo que debería ser una herida más bien leve; subían por su antebrazo y desaparecían bajo la manga.

Jole iba a transformarse, a convertirse en lo que le habían enviado a matar. Una bestia violenta impulsada por la ira, con un hambre insaciable. Y lo haría más pronto que tarde.

Cada cuerpo reaccionaba a la infección de manera diferente. Muchos lograban pasar un día o dos sin mostrar ningún síntoma obvio. Otros se transformaban en cuestión de horas. Él era uno de estos últimos, y hubiese apostado a que el lugar donde le había mordido el Demonio tenía mucho que ver con ello. Era probable que hubiese perforado una vena, o que la hubiese arañado como poco.

Jole se estremeció.

—Estoy maldecido.

—No lo estás. —Ladeé la cabeza—. Solo eres desafortunado.

Giró la cabeza hacia mí. Sus mejillas estaban más huecas y macilentas.

—Si te diste cuenta de que me habían mordido cuando estabas en el Adarve, debiste delatarme. No hacerlo es traición.

Lo era.

Me separé de la pared y miré la daga de heliotropo. La piedra se había extraído de las rocas rojo rubí desperdigadas por la costa de los Mares de Saion siglos antes de que yo naciera. De niño, mi padre nos había contado a mi hermano y a mí que eran las lágrimas enfadadas o tristes de los dioses, que se habían petrificado al sol. Era una de las pocas cosas de este mundo que mataba a un Demonio o a los infectados por ellos.

También mataba a sus creadores.

Los Ascendidos.

—¿Ibas a intentar solucionarlo tú mismo? —Hice un gesto hacia la daga con la barbilla. Jole, abatido, siguió la dirección de mi mirada.

—Iba a hacerlo, pero no pude. No puedo ni tocarla.

La infección no lo permitiría. Era algo digno de asombro... que el mordisco pudiese tomar semejante control de una persona como para evitar que terminara con su vida.

—Yo... iba a entregarme al comandante —añadió Jole, y vi que sus hombros temblaban—. Pero me senté para tomarme un respiro y... pensaba que tendría más tiempo. De verdad que lo pensaba. Pero me iba a entregar. —Sus ojos acuosos se cruzaron con los míos—. Lo juro.

No sabía si era verdad. Seguramente no lo era, pero no podía culparlo. Entregarse significaba una muerte horrible, puesto que a los Ascendidos les gustaba montar un espectáculo público con las ejecuciones de los infectados. Los quemaban vivos, que era una manera espantosa de respetar y honrar su sacrificio. Si informaba del estado de Jole, su ultimísimo recuerdo, si era que seguía siendo él mismo para entonces, serían sus propios alaridos.

Avancé un poco y me paré delante de él.

—¿Tienes familia?

Soltó un suspiro tembloroso mientras negaba con la cabeza.

—Mamá y papá murieron hace unos años. Fue algo parecido a un... un resfriado. Estaban bien en un momento... pero al siguiente ya no. Murieron esa misma noche. —Levantó la vista hacia mí; parecía mayor a cada momento que pasaba—. No tengo hermanos ni hermanas. —Asentí, al tiempo que pensaba que al menos esto era una suerte. Siempre era mejor cuando no quedaba nadie para lamentar la pérdida—. Si los tuviera, habría acudido a ellos —continuó—. Ellos... habrían sabido qué hacer. Ella habría... venido a por mí. Me habría dado dignidad.

¿Estaba hablando de alguien que respondía a la llamada silenciosa de los pañuelos blancos colgados en ventanas y puertas? Nos había costado un mundo averiguar lo que significaban. La mitad de las personas a las que les preguntamos al respecto actuaron como si no tuviesen ningún conocimiento de su existencia. Una vez que averigüé lo que significaban esos retales blancos que aparecían de manera esporádica, solo para desaparecer enseguida, comprendí por qué. Significaban que un supuesto maldecido residía en el interior, alguien que había sido infectado por un Demonio del mismo modo que habían infectado a Jole Crain. El trozo de tela blanco se utilizaba para alertar a ciertas personas en Masadonia que se arriesgaban a ser acusadas de traición a cambio de proporcionar muertes rápidas y dignas a los infectados.

El hecho de que el acto pudiese considerarse traición siquiera y, por tanto, fuese castigable con la muerte, era algo que no me cabía en la cabeza, aunque tampoco me sorprendía. La Corona de Sangre era una maestra en ese tipo de crueldad sin sentido.

—¿Ella? —pregunté. Jole asintió, luego tragó saliva.

—La hija de los dioses.

La Doncella. La gente creía que era la hija de los dioses, pero no tenía ni idea de por qué Jole pensaba que su familia, de haber seguido con vida, hubiese acudido a ella.

—¿Y cómo lo hubiese hecho ella? ¿Cómo te hubiese dado dignidad?

—Ella… me hubiese proporcionado paz —me dijo. Mis cejas se arquearon mientras le daba otro ataque de tos. ¿Proporcionado paz? No estaba seguro de cómo era posible eso. La infección estaba confundiendo su mente—. ¿Qué… qué vas a hacer? —resolló Jole, y su respiración carraspeó en su pecho.

Me acuclillé delante de él y sonreí.

—Nada.

—¿Q... qué? Tienes que hacer algo. —La confusión y un toque de pánico llenaron sus facciones cada vez más demacradas—. Tienes... —Giró el cuello hacia un lado y las venas se abultaron de manera marcada mientras cerraba los ojos—. Tienes que...

—Jole —lo interrumpí, plantando las manos sobre sus mejillas sudorosas y febriles. Todo el cuerpo del joven dio una sacudida—. Abre los ojos.

Las pestañas aletearon y luego se levantaron. Sus iris lucían azules. Ni rastro de rojo en ellos. Aún. Empezó a bajar los párpados de nuevo.

—Mírame, Jole —susurré, mi voz aún más baja cuando el poder elemental de mis antepasados, los dioses mismos, se propagaba por mi interior, llenaba mis venas y se extendía por toda la habitación y por encima de Jole—. No cierres los ojos. Sigue mirándome y solo respira. —Los ojos de Jole se cruzaron con los míos—. Estate tranquilo. —Le sostuve la mirada—. Solo sigue respirando. Concéntrate solo en eso. Inspira. Espira.

Se le escapó una respiración larga y profunda. La tensión se alivió en su cuerpo rígido. Se relajó. Inspiró.

—Dime, Jole, ¿cuál es tu sitio favorito?

—Mis sueños —farfulló.

¿Sus sueños eran su sitio favorito? Por todos los dioses, ¿qué tipo de vida era esa? Una pelota de ira se instaló en mi pecho, pero no dejé que creciese.

—¿Cuál es tu sueño favorito?

No hubo vacilación alguna.

—Montar a caballo; voy tan deprisa que parece que tengo alas. Que podría despegar.

—Cierra los ojos y ve ahí. Ve a tu sueño favorito, en el que estás a caballo.

Obedeció sin dudar. Su mandíbula se aflojó bajo mis manos. El rápido movimiento detrás de sus párpados cerrados se aquietó. Sus respiraciones se regularizaron, cada vez más profundas.

—Galopas tan deprisa que tienes alas. Estás en el aire.

Jole Crain sonrió.

Giré su cabeza a toda velocidad. El hueso crujió y seccionó el bulbo raquídeo. Murió en un instante, siendo él mismo, y con sus sueños en lugar de sus gritos.

Un presagio

El viento soplaba a través del campo, azotando los muros del castillo de Teerman y colándose en las muchas salitas y balcones que daban al patio de entrenamiento. Un blanco rutilante ondulaba desde el interior de la oscuridad de uno de esos recovecos, como los espectros que se rumoreaba que rondaban por la Arboleda de los Deseos, pero lo que había captado mi atención esta mañana no era ningún espíritu que rondase por el castillo.

Era ella, con la precisión de un mecanismo de relojería.

La Elegida.

La Doncella.

Aparecía siempre en alguna de las salitas oscuras, por lo general dos horas después del amanecer. Como me gustaba apostar, estaba dispuesto a jugármela a que pensaba que no la veía nadie.

Pero yo siempre lo hacía.

Aparte de las veces en las que había logrado seguirla desde la muralla interior que rodeaba el castillo mientras paseaba por el jardín, esto era lo máximo que había conseguido acercarme a ella.

Eso, sin embargo, iba a cambiar.

Un lado de mi boca se curvó mientras el aire se removía a mi derecha. Levanté el sable para bloquear el golpe. Me agaché para esquivar el siguiente ataque al tiempo que mis ojos volaban de vuelta a esa ventana. La poca luz del sol que lograba penetrar en la oscuridad centelleaba en las cadenitas doradas que aseguraban el velo de la Doncella.

Las pisadas de mi compañero delataron sus movimientos antes de que golpease. Giré sobre mí mismo y asesté un golpe descendente contra su espada, que casi cayó de su mano, a pesar de que había reprimido mi fuerza. Eché otro vistazo al primer piso mientras me inclinaba hacia atrás para esquivar la estocada de una espada ancha.

Otra hilera de cadenitas doradas centelleó desde las sombras. La Doncella debía de haber girado la cabeza. ¿Para qué? ¿Quién podía saberlo? Estaba sola. Bueno, más o menos. No había nadie a su lado, pero Rylan Keal, uno de los dos guardias reales que ejercían como sus guardias personales, estaba al fondo de la sala. La Doncella no estaba del todo sola nunca. Cuando estaba con la dama en espera con la que solía verla, las seguía un guardia. Cuando estaba en sus aposentos, había hombres apostados a sus puertas.

No podía entender cómo lo soportaba, cómo podía hacerlo nadie. Si tuviera que estar rodeado por gente en todo momento como lo estaba ella me volvería loco.

Claro que la soledad tampoco era tan buena, ¿verdad? No cuando demasiado silencio me hacía pensar en piedra húmeda y fría, y en dolor. Me hacía pensar en mi hermano. Así que suponía que estaba más o menos jodido.

—*Hawke* —espetó el hombre, al tiempo que yo detenía su espada con la mía cuando estaba a un par de centímetros de mi cuello.

Despacio, giré la cabeza hacia mi compañero de entrenamiento para prestarle lo que, al parecer, deseaba: toda mi atención.

Un fogonazo de inquietud cruzó los ojos azul mar del veterano guardia real que debía de haber visto bastante mierda en su momento. Dio un pequeño paso hacia atrás, una reacción instintiva que no pudo evitar o ni siquiera empezar a entender. Ese instinto visceral solía hacer huir a la mayoría de los mortales antes de que pudieran cuestionarse la causa, pero a él no. El hombre recuperó la compostura antes de retroceder más, la piel tensa alrededor de los ojos. La irritación se apoderó enseguida del rostro curtido del otro guardia personal de la Doncella.

—Deberías prestar atención —me recriminó Vikter Wardwell, tras retirar un mechón de pelo rubio que había caído delante de su cara—. A menos que tengas ganas de perder una extremidad o la cabeza.

Una nube de polvo de la tierra compactada del suelo voló a nuestro alrededor cuando otra ráfaga de viento sopló a través del patio.

—Estoy prestando atención. —Hice una pausa y bajé la vista hacia donde nuestras espadas seguían conectadas. Después le dediqué una sonrisa de labios apretados—. Obviamente.

La tensión dibujaba profundos surcos a ambos lados de su boca.

—Deja que lo exprese de otra manera. Deberías estar prestando más atención al campo de entrenamiento.

—¿En lugar de a qué?

—En lugar de adonde sea que estén divagando tus ojos y tu atención —repuso, sin apartar los ojos de los míos. No desvió la mirada, ni por un maldito segundo—. Masadonia es mucho más susceptible de recibir ataques que la capital. Los enemigos a los que tendrás que enfrentarte aquí aprovecharán a fondo cualquier distracción.

Mantuve la sonrisa. Sabía que eso irritaba al muy bastardo. También sabía que se hacía una idea muy precisa de a dónde habían divagado mis ojos. Lo cual significaba que también tenía que reconocerle que supiera exactamente dónde estaba la Doncella, a pesar de que Keal estuviese a cargo de su protección en estos momentos.

Sonó un silbato para anunciar el final del entrenamiento. Ni Vikter ni yo nos movimos.

—No estoy seguro de saber de qué estás hablando —contesté, y eché un vistazo más a nuestras espadas antes de forzar sus puntas hacia el suelo—. Aunque aprecio tus sabios consejos de todos modos.

—Me alegra saberlo. —Un músculo palpitó en su mandíbula—. Porque tengo más «consejos sabios» para ti.

—¿Ah, sí?

Vikter se acercó más a mí, aunque eso lo forzó a echar la cabeza atrás para sostenerme la mirada. El hombre era valiente, pero no se daba cuenta de que era uno de los dos obstáculos que se interponían entre la Doncella y yo.

Y uno de los dos tenía que desaparecer.

—Me importan una mierda las deslumbrantes recomendaciones con las que llegaste desde la capital —empezó.

Arqueé una ceja, consciente de que el comandante de la guardia real nos observaba mientras los otros empezaban a marcharse del patio de entrenamiento.

—¿Ese es tu consejo?

Su mano libre se apretó y tuve la sensación de que tenía unas ganas inmensas de presentarle ese puño a mi cara.

—Eso ha sido solo el principio de mi consejo, chico.

¿Chico? Casi me reí. Vikter parecía estar en su quinta década de vida y, aunque puede que yo pareciese estar en mi tercera, hacía más de dos siglos que no era un «chico». En otras palabras, yo ya manejaba una espada con gran destreza cuando este hombre era un bebé lactante.

—Solo hace falta un segundo para que tu enemigo cobre ventaja —me dijo, la mirada impertérrita—. Nada más que un instante concedido a la arrogancia, o bien a la venganza, para perder todo lo que importa de verdad. Y si eso no lo has aprendido todavía —Vikter envainó su espada—, lo harás pronto.

No dije nada mientras lo observaba dar media vuelta y alejarse por el patio. La fría presión de la inquietud se asentó en el centro de mi pecho.

Lo que había dicho era algo que yo había aprendido por las malas, pero sus palabras…

Parecían una advertencia.

Un presagio de cosas por venir.

Presente II

«Vikter», dije, con una sonrisa rasposa mientras escurría el agua de la toalla. «No me tenía demasiado aprecio, incluso antes de que me convirtiese en tu guardia».

El silencio fue mi única respuesta.

Levanté la vista desde donde estaba sentado al pie de la cama hacia donde la cabeza de Poppy descansaba sobre la almohada. Tenía los labios un pelín entreabiertos y sus espesas pestañas enmarcaban las oscuras ojeras que habían aflorado bajo sus ojos.

No había habido ningún cambio en Poppy, aunque solo habían pasado unas pocas horas.

Unas pocas horas que me habían parecido una vida entera.

Me recordaba a la profundidad de su sueño después del asesinato de Vikter. Me sentí tan impotente entonces como me sentía ahora.

Mis ojos se deslizaron hacia la fina manta que cubría su pecho y se quedaron ahí hasta que lo vi subir con sus respiraciones profundas y regulares. Era absurdo. Sabía que estaba bien. Sabía que su corazón latía con calma porque el mío también lo hacía, pero no podía evitar comprobarlo a cada rato. El silencio de la habitación no ayudaba a atenuar mi paranoia.

Delano estaba en el pasillo para darnos algo de privacidad mientras yo retiraba la ropa sucia y ensangrentada de Poppy. Kieran había ido a hablar con Hisa mientras yo hacía todo lo posible por limpiar la tierra y los restos de la batalla del cuerpo de Poppy.

Habla con ella.

Me aclaré la garganta.

«Era casi como si Vikter percibiese mis motivos o algo, ¿sabes?, porque desde el primer día no estaba impresionado en absoluto». Deslicé el paño por su pie, con un esmero especial al limpiar la planta. «Pero ¿eso que me dijo? Parecía un presagio. Casi como si me estuviese advirtiendo de lo que estaba por venir. Y así fue».

Enjuagué la toalla y pasé a su otro pie, que apoyé con cuidado en mi regazo.

«Cuando estábamos en las Tierras Baldías, después de que te capturasen, yo estaba distraído en esas ruinas, perdido en mi ira y mi necesidad de venganza. Debería haber estado concentrado solo en ti, pero no lo estuve. Y te hicieron daño debido a ello».

Levanté la vista hacia ella y la vi como estaba aquella noche: ensangrentada y dolorida, aterrada y al mismo tiempo tratando de que no se le notase. El recuerdo me vino a la memoria con mucha facilidad. Tragué saliva.

«Mirando atrás, me pregunto si Vikter sabía lo que iba a pasar. En cierto modo, él era, bueno, *es* parte de los *Arae,* los Hados. ¿Lo sabría, a algún nivel inconsciente?».

No quedaba ni una mota de tierra en sus pies cuando por fin los remetí debajo de la manta y me levanté. Cambié el agua del cuenco por agua limpia antes de volver a sentarme a su lado. Sus manos eran lo último que me quedaba por limpiar.

Levanté su mano izquierda, la piel aún helada. Tenía tierra y sangre restregadas por el dorso y entre los dedos. Giré la mano y deslicé la toalla por encima de la rutilante espiral dorada. La marca de matrimonio. ¿Qué pasaría si… si Poppy olvidara esto? La ceremonia. Todo lo que nos había costado llegar hasta ese momento.

Bloqueé esos pensamientos y me forcé a dejar el miedo a un lado.

«Así que quizás esa fuese la razón de que no le gustase a Vikter desde un principio», continué, mientras limpiaba la sangre y la tierra de la palma de su mano. «Lo que él era… un *viktor*… podía percibir lo que yo tramaba». Sonreí al pensarlo. «Me pregunto qué opina ahora. Apuesto a que tendría unas cuantas cositas que decirme».

Me llevé la palma de su mano limpia a los labios y deposité un beso en la marca.

«En realidad, no puedo culparlo por no tener una gran opinión de mí cuando estábamos en Masadonia. Aunque no sospechara nunca quién era, es *verdad* que estaba ahí para raptarte».

Bajé su mano a mi regazo, enjuagué la toalla y luego pasé a limpiar sus dedos.

«Y maté a los hombres en los que él más confiaba. Hannes. Rylan». Apreté los labios mientras deslizaba los ojos por la cara de Poppy. «Pudo haber sido Vikter esa noche. Si hubiese sustituido a Rylan por cualquier razón, habría sido él».

Negué con la cabeza y volví a mirar su mano. Limpié el anillo.

«Entonces, no me hubiese importado. Quiero decir, no me gustaba terminar con las vidas de hombres buenos, pero lo hubiese sentido solo de pasada. Con poca sensación de culpa, o ninguna. Tenía un objetivo. Eso era todo lo que importaba, y yo…».

Suspiré. Dejé la mano sobre su tripa y pasé a la mano derecha.

«Aún no te conocía. Ni siquiera te había oído hablar y estaba convencido de que eras una criatura sumisa que solo hablaba en susurros». Me reí con ganas. «O que eras cómplice de los planes de los Ascendidos. Por todos los dioses, no podía haber estado más equivocado ni aunque lo hubiese intentado».

La mugre estaba mucho más agarrada a su mano derecha.

«Esa es la cosa. Tenía un montón de ideas preconcebidas sobre ti... ideas basadas en absolutamente nada. Porque nadie hablaba de verdad sobre ti. Creo que yo... bueno, simplemente necesitaba que fueses una enemiga, o alguien débil. Facilitaba mucho todo lo que tenía planeado hacer». Fruncí el ceño. «Lo cual, en realidad, me convierte *a mí* en el débil».

Si Poppy estuviese despierta, seguramente estaría de acuerdo con ese momento de autoconciencia.

Arrastré el paño entre sus dedos y me sentí extrañamente conmovido por lo frágil que parecía su mano en la mía, a pesar de saber lo letal que podía ser.

Las apariencias podían ser engañosas, ¿verdad?

«Pero estaba a punto de empezar a descubrir lo equivocado que estaba acerca de ti», proseguí. «Porque estaba a punto de conocerte por fin y tú...». Miré sus rasgos inmóviles y serenos. «Tú estabas a punto de conocer a quien yo solía ser».

QUIEN YO ERA

—Los guardias de la Doncella son buenas personas.

Levanté la vista del vaso de whisky que le ofrecía al hombre que estaba de pie al lado de la chimenea apagada.

—Mueren buenas personas todo el rato.

—Cierto —repuso Griffith Jansen, el comandante de la guardia real. Había estado en Solis más tiempo del que la mayoría de los atlantianos podía tolerar, y había conseguido mantener su identidad oculta. Él era la única razón de que mis hombres estuvieran ahora bien arraigados en el Ejército Real, sirviendo tanto en el Adarve como en la ciudad. No obstante, lo matarían, o algo peor, si alguien descubría alguna vez dónde estaban sus lealtades o qué era—. Sin embargo, quedan demasiado pocas en Solis.

—En eso, puedo estar de acuerdo contigo. —Observé a Jansen durante varios segundos—. ¿Un buen hombre menos va a ser un problema?

Me miró a los ojos.

—Si fuera un problema, no estaría aquí. Solo digo que será una pena perder a uno de ellos.

—Pena o no, necesito acercarme a ella. —Bebí un trago de whisky. El licor ahumado bajaba con mucha mayor suavidad que cualquier otra bebida alcohólica que esta miserable tierra podía ofrecer—. Estar en el Adarve no me servirá de nada. Ya lo sabes. También entiendes qué es lo que nos estamos jugando con esto. —Ladeé la cabeza—. Y puesto que no hay ninguna vacante ahora mismo entre los que la protegen, tenemos que crear una.

—Sí que lo entiendo. —Jansen se pasó una mano por la cabeza, sus hombros tensos bajo la anodina túnica marrón que llevaba—. Eso no significa que tenga que gustarme lo que debe hacerse.

Esbocé una leve sonrisa ante su respuesta.

—Si te gustara, significaría que serías de mayor utilidad para los Ascendidos, visto que ellos disfrutan del dolor y de la muerte sin sentido.

Levantó un poco la barbilla ante el recordatorio de que, aunque quizás estuviésemos hablando de manera casual de la muerte de un hombre inocente, nosotros no éramos el enemigo. Cualquier cantidad de mal que yo pudiese causar jamás superaría lo que los Ascendidos le habían hecho a nuestra gente, o a la suya propia.

Al menos eso era lo que me repetía una y otra vez.

—¿Qué sabes de la Doncella? —preguntó Jansen después de unos instantes.

Casi me reí, porque menuda pregunta más absurda. No había gran cosa que saber sobre ella.

Sabía que se llamaba Penellaphe.

Sabía que sus padres habían muerto en un ataque de los Demonios.

Sabía que tenía un hermano que había Ascendido; uno al que vigilaban mis hombres en la capital.

Pero lo siguiente que sabía era lo único que importaba: era la favorita de la reina. Y eso la convertía en la única cosa en todo este reino que podía utilizarse para chantajear a la falsa Corona. Ella era la única ruta posible para evitar la guerra.

—Sé lo suficiente —contesté. Jansen estiró el cuello de lado a lado.

—Tiene el favor de mucha gente, no solo de la reina.

—¿Cómo es posible? —preguntó el otro que estaba de pie al lado de la ventana—. Rara vez se la ve en público, y es incluso más raro oírla hablar.

—En eso tiene razón. —Lo cual era posible que fuese una sorpresa para todos los presentes en la sala.

—Para ser sincero, no lo sé. Pero mucha gente habla de su amabilidad —explicó Jansen—. Y sus guardias se preocupan por ella. La protegen porque quieren, mientras que la mayoría de los guardias reales protegen a las personas que tienen a su cargo porque eso lleva comida a la mesa de sus familias y mantiene sus cabezas sobre sus hombros. Y ya está.

—Sí, pero esa misma gente cree que fue Elegida por los dioses, cosa que ambos sabemos que es imposible, puesto que llevan varios siglos dormidos. Perdóname si no confío necesariamente en su buen juicio con respecto a lo que opinan de la Doncella.

Jansen me dedicó una sonrisa lacónica.

—Lo que quiero decir es que, cuando ella desaparezca, va a causar un revuelo importante. No solo entre los Ascendidos. La gente *en general* la va a buscar.

—Lo que causará un revuelo aún mayor es que los ejércitos de mi padre caigan sobre Solis y asolen toda ciudad y pueblo por los que pasen. Todo como venganza por lo que los Ascendidos me hicieron, y por lo que le están haciendo en estos mismos momentos al príncipe Malik —le dije—. Así que dime, ¿qué revuelo preferirías ver? ¿Preguntas acerca de una Doncella desaparecida? ¿O de una guerra?

—Lo que quiero ver es a los malditos Ascendidos erradicados —espetó Jansen. La única razón por la que le permití ese exabrupto fue lo que salió por su boca a continuación—. Ellos mataron a mis hijos. A mi primer hijo, y luego al segundo. —Se interrumpió para tragar saliva con esfuerzo. Apartó la vista unos instantes mientras hacía lo que fuese que necesitara hacer para ayudar a controlar el tipo de dolor que no se curaba nunca—. Haré cualquier cosa para detenerlos y proteger nuestro reino.

—Entonces, facilítame la oportunidad que necesito. —Deslicé el pulgar por el borde de mi vaso—. Una vez que libere al verdadero príncipe, mataré al rey y a la reina falsos. Eso, te lo prometo.

Jansen soltó el aire con brusquedad; era obvio que no le gustaba esto. Mi respeto por el hombre aumentó. Nada de todo este asunto era agradable. Si alguien disfrutaba de cualquier parte de ello, estaba viviendo tiempo prestado.

—La Doncella pasea por el jardín todas las noches al ponerse el sol —dijo.

—Eso ya lo sé. —Los había seguido, a ella y a su guardia, por los jardines muchas veces al atardecer, y me había acercado todo lo posible sin que me vieran. Lo cual, por desgracia, no era ni remotamente lo bastante cerca.

—Pero ¿sabes que va a ver las rosas de floración nocturna?

Me quedé muy quieto. Eso no lo sabía. La revelación de que buscaba flores nativas de Atlantia me dejó alterado de un modo extraño. Me moví incómodo en el sofá. A lo largo del día, a menudo me preguntaba qué encontraba la Doncella tan interesante en esos jardines.

Ahora lo sabía.

—¿O será porque están cerca de los jacarandás? —añadió Jansen. Una sonrisa curvó despacio las comisuras de mis labios.

—Donde una sección de la muralla interior se ha colapsado.

Jansen asintió.

—La misma parte que les he dicho a los Teerman que reparasen una y mil veces.

—Por suerte para mí, no lo han hecho.

—Sí. —Jansen se apartó de la chimenea—. Haz lo que debas y yo me encargaré del resto.

—¿Estás seguro de que podrás conseguirle ese puesto como guardia real? —intervino el *wolven* otra vez, al tiempo que salía de entre las sombras.

—Lo estoy. —Jansen miró de reojo al *wolven* de desgreñado pelo oscuro y luego volvió a concentrarse en mí—. Tienes unas referencias espectaculares de la capital —continuó, en alusión a las recomendaciones que él mismo había fabricado—. Y la duquesa te encuentra… agradable a la vista. No me resultará difícil.

Enrosqué el labio en una mueca de asco y miré al *wolven*.

—Ya sabes lo que debes hacer, Jericho.

El aludido sonrió y asintió.

—La Doncella tendrá un guardia de menos después de su siguiente visita al jardín.

—Bien. —*Cuanto antes mejor* fue algo que no hizo falta decir.

—¿Alguna cosa más? —preguntó Jansen, y yo negué con la cabeza. El comandante dio un paso al frente para cerrar la mano en torno a mi antebrazo—. De sangre y cenizas.

—Resurgiremos —le prometí.

Jansen me dedicó una leve inclinación de cabeza, luego dio media vuelta. Mis ojos se levantaron hacia los hombres cuando llegaban a la puerta. Jericho era un poco imprevisible, más que la mayoría de su especie, pero de todos los que habían viajado conmigo, él era de los pocos a los que los guardias no conocían. Nadie reconocería al *wolven*.

—La Doncella no debe sufrir ningún daño. ¿Entendido? —El comandante guardó silencio mientras Jericho asentía. Le sostuve la mirada de ojos azul pálido al *wolven*—. Lo digo en serio, Jericho. Ella debe salir ilesa de esto.

Su mandíbula, cubierta de una sombra de barba, se levantó.

—Mensaje recibido.

Mientras los observaba marchar, tuve que admitir para mí mismo que mis exigencias tenían poco sentido. Me recliné hacia atrás en el sofá.

Planeaba alejar a la Doncella de todo y todas las personas que conocía. Secuestrarla no sería precisamente un tema placentero, pero la idea de hacer daño a una mujer me ponía los pelos de punta. Incluso cuando tenía que hacerlo. Incluso cuando era una Ascendida. Sin embargo, lo que planeaba para ella era mucho mejor que lo que haría mi padre si lograse echarle el guante. Se la enviaría de vuelta a la Corona de Sangre cortada en pedacitos; y mi padre era alguien a quien el comandante Jansen también consideraría un buen hombre.

—No me gusta ese tipo.

Levanté la vista de mi vaso de whisky, las cejas arqueadas.

Kieran Contou estaba apoyado contra la pared, el cálido tono marrón claro de su cara fijo en una máscara de indiferencia perpetua. Había estado tan callado durante la reunión que dudaba que Jansen se hubiese percatado siquiera de que estaba aquí. El *wolven* no podía parecer más aburrido ni aunque lo intentara, pero yo sabía que no era así. Lo había visto con aspecto de estar a un instante de quedarse dormido, y luego arrancarle la garganta a quienquiera que estuviese hablando un segundo después.

—¿Cuál de ellos? —pregunté. Kieran ladeó la cabeza.

—¿Por qué habría de tener un problema con el comandante?

Hice un gesto de indiferencia con un hombro.

—Jansen hizo muchas preguntas.

—Si no las hubiese hecho, te estarías replanteando trabajar con él —repuso Kieran—. No me gusta Jericho.

—¿Y a quién sí? Es impredecible, pero cuando se trata de matar, no tiene escrúpulos.

—Ninguno de nosotros los tenemos. Ni siquiera tú. —Kieran hizo una pausa—. Al menos cuando estamos despiertos.

Aunque cuando dormíamos, la historia era muy diferente.

—Puedo matar a Jericho —se ofreció, su tono era el mismo que si estuviese preguntando si quería ir a comer algo—. Y ocuparme del guardia.

—No creo que eso sea necesario. Sospecho que terminará muerto en algún momento de todos modos.

—Me da la sensación de que eso es verdad.

Sonreí. Las «sensaciones» de Kieran solían convertirse en realidad, de algún modo. Igual que las de su padre.

—Además, contigo en la guardia de la ciudad, te arriesgas a que te reconozcan si las cosas se tuercen.

Kieran asintió y pasaron unos instantes.

—En cualquier caso, es una pena. Por lo que he oído de los guardias de la Doncella, Jansen está en lo cierto. Los dos son hombres buenos.

—Es la única manera de hacerlo —repetí, y pensé en Hannes. A él lo habían eliminado antes de que yo llegara a Masadonia. La necesidad de buscarle un sustituto me había abierto las puertas a la guardia del Adarve. La muerte de otro guardia personal era solo una nueva puerta que se abría.

Miré a Kieran de reojo. Íbamos igual vestidos, con el negro del Ejército Real y armas que llevaban el emblema de nuestros enemigos: un círculo con una flecha atravesada en el centro. El escudo real del Reino de Solis. Se suponía que representaba el infinito y el poder, pero en atlantiano antiguo, en el idioma de los dioses, el símbolo representaba algo muy distinto.

La muerte.

Lo cual encajaba bien con la Corona de Sangre.

—Al convertirme en uno de sus guardias personales, tendré lo más parecido a un acceso sin restricciones a ella, y sabes que no podemos limitarnos a agarrarla y huir —le recordé—. Tendríamos suerte de lograr salir de la ciudad siquiera. Y aunque lo consiguiésemos, no llegaríamos lejos. —Me eché atrás y estiré el brazo por el respaldo del sofá—. Acercarme a ella me permite ganarme su confianza, para que no se resista y nos ralentice cuando pasemos a la acción.

Kieran giró la cabeza hacia las oscuras calles de la ciudad al otro lado de la ventana y guardó silencio. Era consciente de que, si actuábamos ahora, no conseguiríamos salir del Adarve que rodeaba Masadonia antes de que nuestros actos saliesen a la luz. Y eso significaba que la única manera de salir sería con un montón de sangre y muerte.

Porque no pensaba dejarme capturar.

Nunca más en la vida.

Y si eso suponía matar a gente inocente, que así fuera. Aunque estaba procurando evitarlo. Kieran lo entendía. No tenía *tanta* sed de sangre. Jericho, sin embargo...

—No tendremos que esperar mucho tiempo más —le aseguré.

—Lo sé. El Rito se acerca.

Asentí. El Rito nos proporcionaba la oportunidad perfecta para actuar. La mayoría de los Ascendidos estaría en el castillo, lo cual quería decir que los guardias más veteranos y hábiles estarían ahí; lo cual, a su vez, dejaba el Adarve y la ciudad poco protegidos. Mis labios se curvaron hacia arriba. Esos guardias estarían bien ocupados, pues tendrían que lidiar con la distracción que crearan los Descendentes, y nosotros aprovecharíamos la ocasión para pasar a la acción. La clave era ganarse la confianza de la Doncella para que, cuando le dijese que había recibido órdenes de sacarla de la ciudad, no las cuestionara. Con el tiempo, lo haría, pero para entonces, estaríamos de camino a un lugar más seguro desde donde podríamos negociar con la Corona de Sangre.

El plan funcionaría, pero también requería algo de tiempo.

Y costaría más vidas.

Los hombros de Kieran subieron con una respiración profunda.

—Es solo que... es una pena que haya tan pocos guardias a los que pueda describirse como «buenos», y nosotros vamos a reducir ese número aún más. —En efecto, eso íbamos a hacer—. ¿Has averiguado algo que explique por qué la Doncella es tan importante para la Corona de Sangre? —preguntó—. Aparte de que se suponga que es hija de los dioses.

—Todo lo que he podido deducir es que, de algún modo, es clave para las Ascensiones de todos los lores y damas en espera. ¿Por qué? Ni siquiera Hansen, que lleva años aquí, puede responder a eso, así que tus suposiciones son tan buenas como las mías. —Solté un bufido de exasperación al tiempo que retiraba un mechón de pelo que me había caído por la cara—. Supongo que tú tampoco has averiguado nada nuevo, ¿no?

—Supones bien. Cada vez que saco el tema de la Doncella incita a la sospecha, por casual que sea el comentario. Según cómo habla la gente de ella, podrías creer que es algún tipo de diosa benévola. Incluso la guardia de la ciudad opina parecido. —Miró hacia donde había dejado mis armas cerca de la puerta—. Tiene que ser por lo de haber nacido envuelta en el velo de los dioses.

Arqueé una ceja.

—Repite eso.

—Ya sabes que se dice que nació envuelta en un velo.

—Lo sé. —Fruncí el ceño.

—Entonces, también sabes lo que significa.

Se creía que los atlantianos que nacían envueltos en un velo… un sudario… eran los Elegidos de los dioses. Bendecidos. No había habido un atlantiano nacido así desde los tiempos de esos dioses. Y además…

—La Doncella no tiene sangre atlantiana, Kieran. —Eso era obvio. Era imposible que fuese ni medio atlantiana siquiera, a menos que su hermano no tuviese parentesco de sangre con ella. No obstante, ninguna de las indagaciones que habíamos realizado indicaba que él fuese su hermanastro—. Es mortal.

—No jodas —repuso Kieran con sequedad—. ¿Y quién dice que los mortales no puedan nacer envueltos en un velo?

En efecto, ¿quién *podía* decirlo?

—Supongo que no es *im*posible —decidí—. Pero puesto que los *vamprys* son mentirosos patológicos, estoy seguro de que esta es una mentira más.

—Cierto —murmuró Kieran—. Pero tiene que haber una razón por la que la tienen encerrada y bien protegida en todo momento.

—Quizá lo descubramos cuando me convierta en uno de sus guardias.

—Joder, espero que así sea.

Esbocé una sonrisa.

—Y si no, puede que encontremos nuestra respuesta en uno de los Ascendidos con los que… entablemos amistad.

—¿Amistad? —se burló Kieran—. Menuda manera más bonita de describir la captura y tortura de *vamprys* para obtener información.

—¿A que sí?

Sacudió la cabeza y se rascó la mandíbula.

—Por cierto, ¿cómo, exactamente, te vas a ganar la confianza de alguien con quien todavía no has hablado siquiera? —preguntó.

—¿Aparte de con mi irresistible encanto?

—Aparte de eso —repuso en tono seco.

—Emplearé cualquier medio necesario.

Los ojos de Kieran se entornaron.

—Me da la impresión de que dices eso en serio.

Levanté la barbilla.

—En efecto.

—Ella podría ser inocente en todo esto —afirmó. Reprimí mi creciente irritación. Las palabras de Kieran tenían buena intención. Como casi siempre.

—Tienes razón. Podría serlo, pero su posible inocencia, o incluso su complicidad, no importa. Lo único que importa es ser capaz de utilizarla para liberar a Malik sin prender fuego a todo Solis. Eso es lo único que importa.

En silencio, me miró durante unos segundos, la cabeza ladeada.

—A veces lo olvido.

—¿Olvidas qué? —pregunté con el ceño fruncido.

—Que el Señor Oscuro fue una figura que crearon los Ascendidos para asustar a los mortales. Que en realidad no eres eso.

Me reí, pero no sonó bien en mis oídos. Nada en ese sonido grave y ronco sonó bien.

Aparté la mirada, la mandíbula apretada. Era probable que la Corona de Sangre hubiese contado historias sobre lo violento y despiadado que era el Señor Oscuro antes de que yo llegase a Solis siquiera. Habían creado una figura imaginaria para presentarla como ejemplo de lo malvados que eran los atlantianos, y luego habían utilizado la mera amenaza de ese espectro para asustar y controlar aún más a los habitantes del reino.

Pero ¿cuán lejos estaban de la realidad?

Mis manos estaban empapadas de sangre. Había acumulado más muertes que todos mis hombres juntos. Las personas que había matado al llegar a Solis. Los guardias de alto rango de Carsodonia. Las vidas con las que había acabado en la pequeña ciudad de Tres Ríos. Cuellos cortados en todos los pueblos por los que había pasado. Hannes. El guardia sin nombre que también vería su vida arrancada de cuajo. Algunos de ellos se lo merecían, pero demasiados de ellos simplemente estaban en mi camino.

Quería arrepentirme de haber arrebatado todas esas vidas.

Cuando el sol brillaba con fuerza, creía que lo hacía. Al menos las de aquellos que solo eran un obstáculo entre la liberación de mi hermano y yo. Pero ¿por las noches? ¿En el silencio, cuando no había licor alguno para acallar los pensamientos ni un cuerpo caliente con el que olvidar todo lo que había experimentado y lo que había perdido a manos de la

Corona de Sangre? Me daba la impresión de que en esos momentos no sentía ni la más mínima culpa.

¿Y no me convertía eso en una especie de *tulpa,* creado en las mentes de otros y luego convertido en realidad por el imaginario popular? Porque la verdad era que el Señor Oscuro no había sido real. Al principio, no.

Pero existía ahora.

DE LA ÚNICA MANERA QUE SABÍA

—¿Estás bien? —preguntó Kieran, observándome con atención. Asentí y recuperé mi vaso—. ¿Estás seguro?

Le lancé una mirada de advertencia.

—¿No tienes nada más que hacer? ¿O alguien a quien ver?

Kieran soltó una carcajada bajito.

—Voy a ver si han llegado los otros. —Echó a andar—. ¿Te quedas aquí?

—Un rato. —No estaba de humor para volver a los barracones, donde me quedaría tumbado en la cama y me dedicaría casi a suplicarles a los dioses durmientes que me ayudasen a descansar un poco *yo también*.

—¿Esperas compañía esta noche? —me preguntó, camino de la puerta.

—No. —Mis ojos volvieron a mi whisky. La tensión se apoderó de los músculos de mi cuello—. Esta noche no.

—La Perla Roja es un sitio extraño para pasar la noche sin compañía.

—¿Lo es? Supongo que tú no sabrías lo que es estar aquí solo.

—Como si lo supieras tú —contraatacó. Una sonrisa tensa torció mis labios, pero se esfumó cuando llegó a la puerta.

—Un segundo... ¿cómo está Setti? —pregunté. Kieran sonrió.

—Tu caballo está muy bien. Aunque creo que no está del todo contento con el heno que le dan. —Sonreí al oír eso. Ese caballo era un bastardo exigente con la comida en ocasiones. Me sorprendía que aún no hubiese mordido a Kieran mientras lo tenía estabulado—. ¿Algo más? —preguntó.

—Adiós, Kieran.

El *wolven* soltó una risita astuta mientras salía en silencio de la habitación. Cualquier otro se hubiese planteado qué significaba esa risa, pero con Kieran no tenía que hacerlo.

Y tenía razón.

La Perla Roja *sí* que era un lugar extraño para pasar el tiempo a solas. Estas habitaciones se utilizaban para el tipo de encuentros de los que no querías que los demás se enterasen. A veces, se intercambiaban palabras. Y en otras ocasiones tenía lugar un tipo de comunicación diferente, uno con mucha menos ropa y que no solía terminar con discusiones acerca de las probabilidades de que alguien muriera. Aunque en mi caso, ese tipo de reuniones había empezado a escasear hacía tiempo.

Apuré mi whisky y recibí con gusto el ardor que me causó, mientras echaba la cabeza atrás para apoyarla en el respaldo del sofá. Una inquietud pesada se asentó en mis huesos. Contemplé el techo oscuro y me pregunté cuándo, exactamente, unas horas de placer sin ataduras habían dejado de tener el efecto deseado de permitir a mi mente desconectar.

Aunque... ¿había funcionado de verdad alguna vez? ¿Durante más de unos segundos? Podía ocupar mis manos y mi lengua y todas las demás partes de mi cuerpo con curvas suaves y lugares calientes y ocultos, pero mi mente siempre acababa justo en el lugar de donde yo quería escapar.

En esa maldita jaula con esa hambre sin fin.

En esa sensación de estar muerto, pero aún respirar. Como si todo lo que hiciese que la vida fuese más que solo existir todavía estuviese en esa jaula.

Incluso en estos instantes, podía sentir las manos frías e hirientes y oír las risas burlonas mientras los Ascendidos me desposeían despacio de una parte de quien yo era. ¿Y Malik? Lo más probable era que estuviese experimentando lo mismo que yo y más, y era todo culpa mía.

Yo era la única razón de que la Corona de Sangre lo tuviese cautivo. La única razón de que Atlantia hubiese rebasado hacía mucho el momento en el que debía nombrar a un nuevo rey. Si no hubiese creído que podía terminar con la amenaza del oeste por mi cuenta, él estaría libre. En lugar de eso, me había rescatado a costa de su libertad.

La Reina de Sangre me había tenido cautivo durante cinco décadas. Él ya llevaba en la misma situación el doble de tiempo. Y yo sabía a la perfección lo que le estaban haciendo.

A mi *hermano*.

¿Cómo podía seguir con vida siquiera?

Bloqueé esos pensamientos. Malik tenía que sobrevivir. Lo *haría*. Porque era fuerte. No conocía a nadie más fuerte que él, y estaba muy cerca de liberarlo. Solo necesitaba…

El sonido de unas pisadas que se detenían al otro lado de la puerta me hizo levantar la cabeza a toda velocidad y abrir los ojos. El picaporte de la puerta que *no* estaba cerrada con llave empezó a girar.

Me moví deprisa. Dejé el vaso en la mesita junto al sofá y me refugié en las sombras que se aferraban a la pared. Cerré los dedos en torno a la empuñadura de una de las espadas cortas que había dejado cerca de la puerta. Ninguno de mis hombres se atrevería a entrar en la habitación sin llamar. Ni siquiera Kieran.

Al parecer, alguien tenía ganas de morir esta noche.

La puerta se abrió una rendija, justo lo bastante para dejar que un cuerpo se deslizara al interior. De inmediato, la curiosidad borró la tensión que se había filtrado en mis músculos; observé a la enjuta figura encapuchada cerrar la puerta. La capa me resultaba familiar. Inspiré hondo mientras la intrusa retrocedía y pasaba justo por delante de mí. La capa pertenecía a una sirvienta que conocía, pero esta mujer (y estaba claro que era mujer) no olía como Britta. Todo el mundo tenía un olor único, algo que los atlantianos y los *wolven* podíamos detectar con facilidad. El de Britta me recordaba a rosas y lavanda, pero el olor que me llegó ahora era distinto.

Sin embargo, ¿quién podía llevar su capa y estar en esta habitación? Sentí una oleada de irritación mientras la observaba mirar a su alrededor, pero justo detrás de esa emoción acechaba una sensación de anticipación. Ya fuese Britta u otra persona, la intromisión inesperada al menos me ofrecía algo de entretenimiento. Daba igual lo fugaz que fuese, seguía siendo un respiro de todos los malditos pensamientos que rondaban por mi cabeza.

De los recuerdos.

Del… *ahora*.

Sin apartar la vista de ella, solté la espada. Empezó a girarse y pasé a la acción. Aún más silencioso que un *wolven*, estaba sobre ella antes de que pudiese darse cuenta siquiera de que había alguien más en la habitación.

Pasé el brazo alrededor de su cintura y tiré de ella hacia atrás contra mí. Agaché la cabeza al tiempo que se ponía tensa. Capté su olor otra vez. Era fresco. Dulce.

—Esto —dije— sí que es inesperado.

Y al tacto, tampoco parecía Britta.

La sirvienta era de altura media para una mortal, con lo que apenas me llegaba a la barbilla. Sin embargo, la cadera bajo mi mano era más voluptuosa, y ese olor…

Me recordaba a miel.

Aunque, claro, tampoco era que me hubiese grabado demasiado acerca de esa sirvienta en la memoria. La cantidad de whisky que había consumido cuando me había encontrado con ella la última vez seguramente no había ayudado con eso.

—En cualquier caso, es una sorpresa agradable.

Giró en redondo hacia mí, al tiempo que su mano derecha bajaba hacia la zona de su muslo. Levantó la cabeza y se quedó paralizada. La bocanada de aire brusca que inspiró fue audible.

Pasó un largo momento, que dediqué a intentar ver algo dentro de la oscuridad de la capucha. Incluso con las densas sombras de la habitación iluminada solo con velas, mi vista superaba a la de cualquier mortal; sin embargo, no lograba distinguir sus rasgos. Aunque *sí* sentía la intensidad de su mirada y, por borrosos que fuesen mis recuerdos de las horas pasadas con Britta, no recordaba que hubiese mantenido la capucha sobre su cabeza.

—No te esperaba esta noche —admití, y pensé en lo que diría Kieran si regresara. Una media sonrisa asomó a mis labios cuando oí otra inspiración suave—. Solo han pasado unos días, cariñín. —Su figura encapuchada dio un pequeño respingo, pero no dijo nada y continuó observándome desde las profundidades de su capucha—. ¿Te ha dicho Pence que estaba aquí? —pregunté, en referencia al guardia con el que trabajaba a menudo en el Adarve, cosa que Britta sabía.

Pasó un momento y ella sacudió la cabeza. Britta no hubiese tenido forma de saber en qué habitación encontrarme. Cada vez que venía aquí, pedía una distinta.

—Entonces, ¿has estado atenta a ver si me veías? ¿Me has seguido? —pregunté, y chasqueé la lengua con suavidad, al tiempo que me volvía a invadir esa irritación—. Tendremos que hablar de eso, ¿no crees? —Y lo haríamos, porque eso no podía volver a ocurrir. Aunque, ¿ahora…? Ella estaba aquí. Los recuerdos y la inquietud estaban a raya por el momento, y ella… olía tan diferente… Tan bien…—. Aunque parece que no va a ser esta noche. Estás extrañamente callada.

Cosa que era rara.

Sí recordaba que Britta era lo contrario a callada. De hecho, era una charlatana. Mona, pero un poco abrumadora, en especial cuando su botella de whisky se había aligerado. Esta era la cara contraria de la sirvienta. Quizá buscase ser más misteriosa esta noche. Fuera como fuere, no iba a mirarle el dentado a un caballo regalado.

—No tenemos por qué hablar. —Alargué las manos hacia el faldón de mi túnica, me la quité por encima de la cabeza y la tiré a un lado.

Ella se quedó quieta como una estatua, pero ese aroma suyo, fresco y suave, se intensificó y se volvió más denso, más fuerte con su excitación. La promesa de un placer callado y primitivo fue como un cebo que me atrajo hacia ella.

—No sé a qué tipo de jueguecito estás jugando esta noche. —Agarré la parte de atrás de su capucha y pasé mi otro brazo alrededor de su cintura para tirar de ella hacia mí. Se le escapó una exclamación ahogada y me gustó el sonidito jadeante—. Pero estoy deseando averiguarlo.

La levanté, y sus manos, sus manos *enguantadas*, aterrizaron sobre mis hombros. El escalofrío que noté en ella avivó aún más mis sentidos. Todo en esta mujer parecía diferente y empezaba a preguntarme exactamente cuánto había bebido la última vez que habíamos estado juntos. La llevé hasta la cama, la guie hacia el colchón y la tumbé de espaldas. Luego caí sobre ella y la repentina mezcla de dureza y blandura debajo de mí me tomó por sorpresa.

Esta era otra cosa más que no recordaba.

Recordaba a Britta delgada, pero aquí había curvas. Curvas voluptuosas que estaba impaciente por desenvolver y explorar.

Y demonios, por equivocado que fuese, una parte de mí se alegró de haber estado como una cuba la última vez que había estado con ella. Porque esto… esto parecía nuevo y no un simple trámite que lo único que buscaba era el resultado final: esos momentos que borraban los recuerdos. Ahora, sin embargo, no pensaba en absoluto en esas manos frías e hirientes mientras agachaba la cabeza e infundía toda mi gratitud al beso, tratando de dar las gracias de la única manera que podía.

De la única manera que sabía.

Noté una boca blanda y dulce bajo la mía y, cuando aspiró una brusca bocanada de aire, profundicé el beso todo lo que pude sin revelar lo que era. Me deslicé entre esos labios entreabiertos del modo en que esperaba estar luego entre sus muslos. Pasé la lengua por encima de la de ella y absorbí su sabor. Sus dedos se clavaron en mis hombros y se estremeció contra mí. Y fue como un relámpago, me di cuenta de golpe, cuando el olor de su excitación aumentó y sentí lo que solo podía describirse como un roce tentativo de su lengua contra la mía.

La verdad era que ese cuerpo no se parecía en nada a lo que recordaba.

El sabor en mi lengua y el aroma dulce y fresco a miel no era en absoluto lo que me parecía haber vivido.

La vacilación en cómo me devolvía el beso… No había habido nada ni remotamente tentativo en la manera de besar de Britta. Eso sí que lo recordaba. Ella besaba como si estuviese hambrienta, desde el momento en que nuestros labios se habían tocado hasta el mismísimo segundo en que nuestras bocas se habían separado. La hembra que había debajo de mí besaba como…

Como alguien con mucha menos experiencia que las mujeres con las que solía pasar mi tiempo libre.

Con el corazón acelerado, interrumpí el beso y levanté la cabeza.

—¿Quién eres?

No hubo respuesta. La irritación se avivó de nuevo. Fuera cual fuere el jueguecito al que jugaba esta chica, no pensaba seguir jugando sin saber qué cartas me habían dado. Tiré de la capucha hacia atrás para dejar su rostro al descubierto…

Por todos los dioses.

Durante un momento, no podía creer lo que estaba viendo. Me quedé atascado en un estado de *shock* tan inusual que casi me reí, aunque no salió ningún sonido por mis labios mientras contemplaba su rostro desde lo alto; o al menos la parte de él que podía ver. Llevaba un antifaz blanco, como hacían muchas personas en la Perla Roja, pero aun así, sabía a quién pertenecía el cuerpo que acunaba el mío, la dueña del sabor que aún cosquilleaba sobre mis labios. Era solo que no podía creerlo. Mis ojos recorrieron el ancho antifaz que cubría su cara desde las mejillas hasta la frente.

Era imposible, pero era *ella*.

Reconocería la curva de esa mandíbula y esa boca, de esos carnosos labios curvos del color de las bayas, en cualquier parte. Eso era todo lo que era visible de ella a diario. Y los dioses sabían que había hecho todo lo posible por captar un atisbo del aspecto que tenía debajo de ese maldito velo cuando los seguía, a ella y a sus guardias reales, por los jardines o el castillo, o cuando la veía con su dama en espera. Había visto su sonrisa unas pocas veces. Había visto sus labios moverse aún menos, pero conocía esa boca.

Era la persona de la que había estado hablando hacía unos minutos en esta misma habitación.

Era ella.

La Doncella.

La Elegida.

La *favorita* de la reina.

La doncella y la Perla Roja

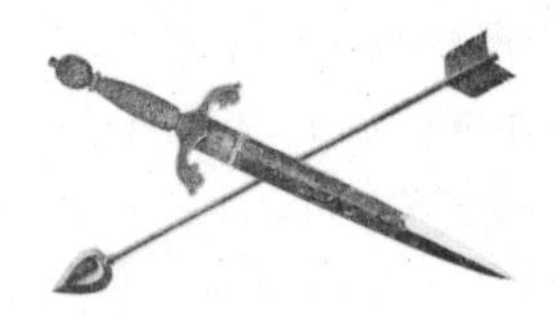

La Doncella estaba aquí, en la maldita Perla Roja, en una habitación conmigo… *debajo de mí…* alguien a quien debía temer más que a los dioses mismos. Porque no me cabía ninguna duda de que habría oído lo que se susurraba sobre mí. El nombre que me había dado la Corona de Sangre.

El nombre en el que me había convertido.

Había dedicado años a planear cómo secuestrarla, había orquestado muchas muertes y acababa de sellar el destino de otro hombre más, todo para poder acercarme a ella lo suficiente. Y ahora, había caído prácticamente en mi regazo.

O yo había caído en el suyo.

Lo que fuera.

Otra carcajada de incredulidad se acumuló en mi garganta porque ¿qué diablos estaba haciendo la *inalcanzable, invisible* e *intacta* Doncella en la Perla Roja? En una habitación privada. Besando a un hombre.

La carcajada nunca vio la luz, porque otra cosa llamó mi atención. Su pelo. Siempre había estado oculto bajo el velo, pero a la luz de la vela, vi que era del color del más rico vino tinto.

Saqué la mano de detrás de su cabeza y, aunque percibí cómo se tensaba, agarré un mechón y lo saqué de la capucha. Noté el cabello suave como la seda al resbalar entre mis dedos.

La Doncella era pelirroja.

No tenía ni idea de por qué me sorprendía, pero me parecía un descubrimiento tan sorprendente como encontrarla aquí.

—Desde luego que no eres quien pensaba que eras —murmuré.

—¿Cómo lo has notado? —exigió saber.

O sea que sí que hablaba. Su voz era más fuerte y franca de lo que había esperado.

La extrañeza de la situación me impulsó a darle una respuesta sincera.

—Porque la última vez que besé a la dueña de esta capa, le faltó un pelo para sorber mi lengua por su garganta.

—Oh —susurró, y lo que lograba distinguir de su nariz se arrugó.

Mi mirada se deslizó hacia la suya e hice otro descubrimiento. Sus ojos, que siempre iban ocultos tras el velo, eran de un asombroso tono verde, tan brillantes como la hierba primaveral.

La miré desde lo alto, aún tratando de asimilar que esta era la Doncella, y que la Doncella era una pelirroja de ojos verdes. Entonces se me ocurrió algo.

—¿Te habían besado alguna vez?

—¡Claro que sí!

Un lado de mis labios se curvó hacia arriba.

—¿Siempre mientes?

—¡No! —exclamó.

—Mentirosa —me burlé, incapaz de reprimirme.

La piel bajo el antifaz se tiñó de un color rosáceo, y ella empujó contra mi pecho.

—Deberías correrte.

—Eso pensaba hacer —musité, al tiempo que pensaba que ella no debía tener ni idea de lo que significaba.

Pero entonces sus ojos se entornaron detrás de la máscara de un modo que me dijo que sabía muy bien lo que significaba, y eso fue otra sorpresa.

Tenía… la Doncella tenía una mente calenturienta.

La risa que se había estado acumulando en mi interior se liberó de pronto, y fue una risa real que procedía de un lugar cálido que no había existido desde que había tomado la estúpida decisión de derrotar a la Corona de Sangre por mi cuenta. La carcajada me dejó estupefacto y me llenó de emociones que hacía mucho que creía muertas.

Interés.

Asombro.

Curiosidad genuina.

Una sensación de… alegría.

¿Alegría? ¿De dónde narices salía eso siquiera? No tenía ni idea, pero en este momento, no me importaba. Estaba interesado. Y por todos los dioses, no podía ni recordar la última vez que había pensado en nada que no fuese mi hermano. El calor que había invadido mi pecho se congeló al instante.

—De verdad que deberías moverte —me dijo.

Su petición me sacó del desastre hacia el que se habían encaminado mis pensamientos.

—Estoy bastante cómodo donde estoy.

—Pues yo no.

Sentí cómo mis labios querían sonreír y no supe si era la desesperación por reclamar esas emociones fugaces u otra cosa lo que me impulsó a comportarme como si no tuviese ni idea de quién era.

—¿Me vas a decir quién eres, princesa?

—¿Princesa? —Parpadeó.

—Eres bastante exigente. —Me encogí de hombros mientras pensaba que era un nombre mucho más apropiado que Doncella o Elegida—. Supongo que una princesa sería exigente.

—Yo no soy exigente —protestó—. Quítate de encima.

Arqueé una ceja y sentí ese calorcillo de nuevo, esa… diversión.

—¿En serio?

—Decirte que te quites no es ser exigente.

—Vaya, en eso no nos vamos a poner de acuerdo. —Hice una pausa—. Princesa.

Sus labios se curvaron, pero luego se aplanaron.

—No deberías llamarme así.

—Entonces, ¿cómo debería llamarte? ¿Un nombre, tal vez?

—Soy… soy… nadie —repuso.

—¿Nadie? Qué nombre más extraño. ¿Las niñas que se llaman así tienen la costumbre de usar la ropa de otras personas?

—No soy una niña —espetó, indignada.

—Eso espero. —Aunque… no tenía ni idea de la edad de la Doncella. Había estado de broma cuando la había llamado una niña, pero…—. ¿Cuántos años tienes?

—Los suficientes para estar aquí, si eso es lo que te preocupa.

La cantidad de alivio que sentí fue una advertencia.

—En otras palabras, bastante mayor como para hacerte pasar por otra persona, dejar que otros crean que eres otra persona y luego dejar que te besen…

—Vale, pillo lo que dices —me interrumpió, lo cual me sorprendió una vez más—. Sí, soy bastante mayor como para hacer todas esas cosas.

¿Sabría lo que eran «todas esas cosas»? ¿De verdad? Si era así, había muchísimas cosas que no sabía acerca de la Doncella. Sin embargo, no creía que ese fuera el caso. No besaba como alguien que supiera por experiencia personal lo que eran «todas esas cosas».

—Te diré quién soy, aunque tengo la sensación de que ya lo sabes. Soy Hawke Flynn.

Se quedó callada durante un momento, luego me saludó con una vocecilla aguda.

—Hola.

Eso... Eso fue muy mono. Sonreí de oreja a oreja.

—Esta es la parte en la que me dices tu nombre. —Cuando no dijo nada, mi interés solo aumentó. No era como si esperase que fuese a admitir quién era, pero me moría por descubrir qué cosas *sí* estaría dispuesta a compartir—. Entonces, tendré que seguir llamándote «princesa». Lo menos que puedes hacer es decirme por qué no me detuviste.

Sumida en su silencio testarudo, succionó su regordete labio de abajo entre los dientes.

Cada centímetro de mi ser se concentró en eso: en su boca. Y demonios, hacerlo llenó mi cabeza de todo tipo de cosas a las que mi cuerpo se apuntó de un modo vergonzoso. Me recoloqué un poco para ocultar mi reacción.

—Estoy seguro de que es algo más que mi aspecto arrebatador.

—Claro —dijo, arrugando la nariz. Me reí, sorprendido otra vez por ella; por mí mismo.

—Creo que me acabas de insultar.

—Eso no es lo que pretendía —se defendió, con una mueca arrepentida.

—Me has hecho daño, princesa.

—Lo dudo mucho. Tienes que ser más que consciente de tu aspecto.

—Lo soy. —Le sonreí—. Ha conducido a unas cuantas personas a tomar decisiones cuestionables en sus vidas.

Esperaba que la condujera a ella a tomar unas cuantas decisiones cuestionables en su vida, lo cual, visto dónde se encontraba, no debía resultarle tan desacostumbrado.

—Entonces, ¿por qué has dicho que te había insultado...? —Su boca se cerró de golpe y volvió a empujar contra mi pecho—. Sigues tumbado encima de mí.

—Lo sé.

—Es bastante grosero por tu parte seguir haciéndolo cuando he dejado claro que me gustaría que te quitaras.

—Es bastante grosero por tu parte colarte en mi habitación vestida como…

—¿Tu amante?

La miré durante un momento.

—Yo no la llamaría así.

—¿Cómo la llamarías?

Diablos, ¿cómo se suponía que debía contestar a eso?

—Una… buena amiga.

Me devolvió la mirada.

—No sabía que los amigos se comportaran de este modo.

—Apostaría a que no sabes demasiado sobre este tipo de cosas.

—¿Y apostarías todo eso basado en un solo beso?

—¿Un solo beso? Princesa, se pueden aprender un montón de cosas de un solo beso.

Se quedó callada y yo… necesitaba saber por qué estaba aquí, en la Perla Roja, en esta habitación, envuelta en la capa de una sirvienta. ¿Y dónde estaban sus guardias? Dudaba mucho que le hubiesen permitido venir aquí. Y si era así, necesitaba saber cuál de ellos lo había permitido, para asegurarme de que no fuese el que acabara muerto.

Sin embargo, empecé por la pregunta más acuciante.

—¿Por qué no me has detenido?

Mientras esperaba su respuesta, mis ojos se deslizaron por el antifaz y luego más abajo, hacia donde la capa se había abierto…

Cuando vi lo que llevaba puesto, fue como un puñetazo en el pecho.

O más bien, cuando vi lo que *no llevaba puesto*, para ser más exactos.

El escote era bajo y revelaba las sorprendentes curvas de sus pechos, y el sedoso vestido, fuese del material que fuese, acababa de convertirse en mi favorito. Era casi transparente y lo bastante fino como para que pensase por un momento que los dioses se habían despertado de su largo sueño para bendecirme.

O para maldecirme.

Aunque si esta era su idea de maldición, entonces ser condenado no era tan malo.

No obstante, nada de eso respondía a por qué la Doncella pura y virginal estaba en la Perla Roja, la famosa casa de placer de Masadonia, a solas. En una habitación con un hombre que ella creía que pensaba que era otra persona, nada menos. Alguien que la había besado sin que saliera una sola palabra de protesta por sus labios. Diablos, ella me había devuelto el beso. Había empezado a hacerlo, al menos. E iba vestida...

Iba vestida para el más absoluto libertinaje.

De repente, me dio la sensación de que me costaba respirar y levanté los ojos hacia los de ella. Una especie de comprensión me atravesó de lado a lado, seguida al instante por la incredulidad. Había solo una razón para que estuviese aquí.

Y estaba más interesado en todos los «porqués» de lo que lo había estado en cualquier otra cosa en... toda mi vida. No debería estarlo. Me acababan de entregar la gallina de los huevos de oro. Esta era la oportunidad perfecta para secuestrarla. Podía salir a hurtadillas de la ciudad ahora mismo.

No habría ninguna necesidad de seguir con la farsa de ser un guardia del Adarve diligente y leal. No habría ninguna necesidad de acercarme a ella. Diablos, no podía acercarme más de lo que estaba ahora mismo.

Bueno, sí... podía.

Podía acercarme *mucho* más.

No obstante, si la raptaba ahora, jamás oiría de sus labios por qué estaba aquí. Y *necesitaba* saberlo. Si pasaba a la acción, perdería este extraño palpitar en mi pecho. El calor. La diversión. Y era un hijo de puta muy egoísta cuando se trataba de algo que quería.

Además, yo no era el que la había encontrado. Ella me había encontrado a mí. Y en un instante, decidí que estaba más que dispuesto a dejar que esto siguiera todo el tiempo posible.

Porque en cualquier caso, todo acabaría muy pronto.

—Creo que estoy empezando a entenderlo —le dije.

—¿Eso significa que te vas a levantar para que pueda moverme?

Negué con la cabeza.

—Tengo una teoría.

—Estoy impaciente por oírla.

Vaya, la Doncella… tenía la lengua afilada.

Eso me gustaba.

Mucho.

—Creo que viniste a esta habitación en concreto con un propósito claro —empecé—. Por eso no hablaste ni intentaste corregir mi suposición errónea. A lo mejor la capa que tomaste prestada también fue una decisión muy calculada. Has venido porque quieres algo de mí.

Succionó ese labio entre sus dientes otra vez.

Me moví una vez más y apoyé una mano contra su mejilla derecha. Ese sencillo contacto le provocó un estremecimiento.

—Tengo razón, ¿verdad, princesa?

—Tal vez… tal vez vine en busca de… conversación.

—¿A hablar? —Casi me reí otra vez—. ¿De qué?

—De muchas cosas.

—¿Como cuáles? —pregunté, tras reprimir una sonrisa. Su garganta se movió arriba y abajo al tragar saliva con delicadeza.

—¿Por qué elegiste trabajar en el Adarve?

—¿Has venido aquí esta noche a preguntarme eso? —pregunté con un tono más seco que el que solía utilizar Kieran, aunque estaba claro solo con su mirada que esperaba una respuesta. Así que le di la misma que le daba a cualquiera que me lo preguntase—: Me uní al Adarve por la misma razón que la mayoría.

—¿Y esa es...? —preguntó.

La mentira salió casi sola.

—Mi padre era granjero y esa no era vida para mí. No existen muchas opciones más aparte de unirte al Ejército Real y proteger el Adarve, princesa.

—Es verdad.

Un destello de sorpresa me atravesó de arriba abajo.

—¿Qué quieres decir con eso?

—Quiero decir que no hay muchas oportunidades para que los niños se conviertan en algo distinto a lo que eran sus padres.

—¿Quieres decir que no hay muchas oportunidades para que los niños mejoren su posición en la vida, para que les vaya mejor que a los que vivieron antes que ellos?

Asintió con un movimiento breve.

—El... el orden natural de las cosas no permite algo así. El hijo de un granjero es granjero o...

¿El orden natural de las cosas? Quizá para Solis.

—O elige hacerse guardia, donde arriesga la vida por un sueldo estable, aunque lo más probable es que no viva lo suficiente para disfrutarlo. No suena como una opción demasiado interesante, ¿verdad?

—No —admitió, lo cual me provocó otra oleada de sorpresa. No había creído, ni por un momento, que la Doncella pudiese pasar un solo segundo de su vida pensando en aquellos que protegían la ciudad. Ninguna de las personas cercanas a la Corona de Sangre lo hacía—. Puede que no haya muchas opciones, pero sigo pensando... no, tengo muy claro... que unirse a la guardia requiere cierto nivel de fuerza y valentía innatas.

—¿Opinas eso de todos los guardias? ¿Que son valientes?

—Sí.

—No todos los guardias son buenas personas, princesa —musité, y lo decía en serio. Entornó los ojos.

—Ya lo sé. Valentía y fuerza no equivalen a bondad.

—En eso estamos de acuerdo. —Mis ojos se deslizaron hacia su boca.

—Has dicho que tu padre era granjero. ¿Está...? ¿Se ha reunido con los dioses?

Para muchas personas, mi padre era un dios entre los hombres.

—No. Está vivo y sano. ¿El tuyo? —pregunté, aunque ya lo sabía.

—Mi padre... los dos murieron.

—Lo siento —dije, consciente de que sus padres habían muerto hacía muchos años—. La pérdida de un padre o un familiar perdura mucho tiempo después de que se hayan marchado; el dolor disminuye, pero no desaparece nunca. Años después, seguirás pensando que harías cualquier cosa por recuperarlos.

Su mirada recorrió mi cara.

—Suenas como si lo supieras de primera mano.

—Es que así es —admití, al tiempo que me negaba a pensar en nada de ello.

—Lo siento —susurró—. Lo siento por quienquiera que sea que hayas perdido. La muerte es...

Ladeé la cabeza.

—La muerte es como una vieja amiga que viene de visita, a veces cuando menos se la espera y otras cuando la esperas. No es la primera ni la última vez que vendrá de visita, pero eso no hace que ninguna muerte sea menos dura o despiadada.

—Así es. —La tristeza tiñó su tono y tironeó de una parte de mí que necesitaba permanecer insensible.

Agaché la cabeza y noté cómo contenía la respiración cuando mis labios se acercaron a los suyos.

—Dudo que fuese la necesidad de conversación lo que te trajo aquí esta noche. No viniste a hablar de cosas tristes que no tienen remedio, princesa.

Sus ojos se abrieron detrás del antifaz y sentí cómo se tensaba debajo de mí. No necesitaba conocer sus pensamientos para darme cuenta de que estaba pugnando con lo que sabía que debería estar haciendo frente a lo que quería.

Esa misma batalla arreció por unos instantes en mi interior, excepto que ganó la curiosidad temeraria. Igual que lo hizo mi egoísmo. ¿Sería ella la responsable y pondría fin a esto? Si lo hacía, me marcharía de la habitación sin decir una palabra más.

Y lo haría.

No la tomaría esta noche, aunque eso tuviese más sentido que abandonar esta habitación sin la persona que había venido a buscar a este reino. Lo que me detuvo fue algún tipo de retorcido sentimiento de caballerosidad, por ridículo que pudiera sonar. Sin embargo, había averiguado por qué estaba ella aquí.

La Doncella quería conocer lo que era el placer.

Y eso significaba muchas cosas; cosas en las que no podía pensar con actitud crítica. Cosas que de verdad me harían cambiar lo que sabía, o había dado por sentado, acerca de la Doncella. Lo único que podía reconocer ahora mismo era que había algo muy… inocente detrás de sus razones para haber venido aquí. Algo valiente. Inesperado. No sabía qué había influido en su decisión de venir aquí, qué había tenido que hacer, cómo se había preparado. Ni siquiera sabía por qué. Y si yo revelaba quién era, quién era ella para mí, en una sociedad como la que habían creado los Ascendidos, en la que las mujeres necesitaban ocultar su rostro cuando buscaban placer y felicidad, podría verse como un castigo. Como si esto fuese lo que sucedía cuando tenías ese tipo de comportamientos y… y no quería ser el responsable de arruinar eso para ella.

Percibí el momento en que se decidió. Su cuerpo se relajó debajo del mío mientras volvía a morderse el labio de abajo.

Y por todos los dioses, no me lo había esperado. Había pensado que pondría fin a todo esto. Debería haberlo hecho. Pero, diablos, yo era un bastardo porque estaba… demasiado cautivado, demasiado intrigado, para no seguirle la corriente.

Aspiré una bocanada de aire que noté extrañamente superficial. Luego deslicé un dedo por la cinta de raso de su antifaz.

—¿Puedo quitarte esto?

Sacudió la cabeza.

Noté una chispa de desilusión. Quería ver su cara y las expresiones que hacía, pero ese antifaz... era solo un ridículo trozo de tela. Sin embargo, en ocasiones, la ridiculez alimentaba a la valentía, y ¿quién era yo para juzgarla? Después de todo, me pasaba el día entero fingiendo. Mi vida en este reino era mera fachada. Todo en mí era una mentira. Bueno, la mayor parte.

Deslicé el dedo por la línea de su mandíbula y bajé por su cuello, por encima de donde su pulso latía desbocado. Mis dedos se detuvieron donde se abrochaba la capa.

—¿Y esto?

Asintió.

Nunca había quitado una capa más deprisa en toda mi vida.

El estremecimiento que vi, la repentina subida y bajada del relieve de sus pechos mientras rozaba con el dedo ese escote de una indecencia maravillosa, me provocó un fogonazo de deseo crudo y palpitante que me atravesó de arriba abajo. En un arrebato de calor, vi ese vestido suyo hecho trizas, y a mí entre sus muslos, primero con mi lengua y después con mi miembro. Y ese deseo fue casi tan potente como la necesidad de permanecer donde estaba: caliente e interesado y vivo.

Así que controlé mis impulsos.

Apreté la mandíbula y me concentré en que el creciente palpitar se enfriase un poco. Estaba dispuesto a ir a donde fuera que llevase esto, pero no *ahí*. Eso sería tomar demasiado, y no importaba si se entregaba de manera voluntaria. Yo era un monstruo, pero no ese tipo de monstruo.

Aunque, por otra parte, había muchísimas cosas que *sí podíamos* hacer.

—¿Qué quieres de mí? —le pregunté, mientras jugueteaba con el pequeño arco entre las dulces ondulaciones de sus pechos—. Dímelo y lo haré.

—¿Por qué? —inquirió—. ¿Por qué harías... esto? No me conoces, y creías que era otra persona.

No era como si pudiese contestar a esa pregunta con sinceridad, y no tenía nada que ver con quién era ella. O quizá sí. En este momento, no podía estar seguro.

—No tengo nada más que hacer ahora mismo y estoy intrigado.

—¿Porque no tienes nada más que hacer ahora mismo?

—¿Preferirías que me pusiera poético y dijera lo embelesado que estoy por tu belleza, aunque solo pueda ver la mitad de tu cara? —pregunté—. Que, dicho sea de paso, por lo que puedo ver, es agradable. ¿Preferirías que te dijera que estoy cautivado por tus ojos? Que parecen de un bonito tono verde.

Las comisuras de sus labios se curvaron hacia abajo.

—Bueno, no. No quiero que mientas.

—Ninguna de esas cosas era mentira. —Tiré un poco del arco e incliné la cabeza. Rocé sus labios con los míos. Su olor fresco y suave se intensificó—. Te he dicho la verdad, princesa. Me intrigas, y es bastante raro que alguien me intrigue.

—¿Y?

—Y —repetí con una risita contra la curva de su mandíbula—, has cambiado mi noche. Había planeado regresar a mis aposentos. Quizá dormir a pierna suelta, por aburrido que eso pueda ser, pero tengo la sospecha de que esta noche será de todo menos aburrida si la paso contigo.

Sería un auténtico milagro.

—¿Estabas... estabas con alguien antes de que yo llegara? —preguntó. Levanté la cabeza.

—Esa es una pregunta inesperada.

—Hay dos copas al lado del sofá.

—También es una inesperada pregunta *personal* hecha por alguien cuyo nombre ni siquiera sé.

Sus mejillas se sonrojaron.

Y yo... podía comprender su pregunta, ¿verdad? Su preocupación.

—Estuve con alguien, sí —contesté—. Una amiga que no es como la dueña de esa capa. Una a la que no había visto desde hacía tiempo. Nos estábamos poniendo al día, en privado —expliqué, y eso me sorprendió, porque rara vez hacía tal cosa.

Mi respuesta, sin embargo, no era del todo mentira. Hacía unos días que no veía a mi amig*o* Kieran y, puesto que habíamos estado juntos desde que nacimos, sí que parecía «hacía tiempo». Era el máximo tiempo que habíamos estado separados desde que yo...

Corté en seco esos pensamientos antes de que pudieran apoderarse de mí y convertirse en algo más oscuro y difícil de quitarme de la cabeza.

—Entonces, princesa, ¿vas a decirme lo que quieres de mí?

Se le cortó la respiración otra vez.

—¿Cualquier cosa?

—Cualquier cosa. —Deslicé la mano hacia abajo y la cerré en torno al sorprendente peso de su pecho. Las túnicas blancas con las que la había visto hasta entonces ocultaban mucho.

Pero ahora, con la finísima tela de su vestido tensa contra su piel, distinguía con claridad el oscuro tono rosáceo y esa punta endurecida y tan tan intrigante. Mi pulgar siguió la dirección de mi mirada.

Soltó una exclamación ahogada al tiempo que arqueaba la espalda y apretaba el seno con más fuerza contra la palma de mi mano. Mi pecho se comprimió con una repentina oleada de deseo.

—Estoy esperando. —Deslicé el pulgar una vez más y disfruté a fondo del sonido jadeante que hizo y de cómo se enroscó su cuerpo—. Dime lo que te gusta, para que pueda hacer que te encante.

—Yo... —Se mordió el labio—. No lo sé.

Mis ojos volaron hacia los suyos y me quedé paralizado. Sus palabras eran un recordatorio. También fueron una chispa que encendió un fuego con la necesidad que sentía de enseñarle exactamente lo que quería.

—Te diré lo que quiero yo. —Moví el pulgar otra vez, más despacio, con más fuerza—. Quiero que te quites el antifaz.

—Yo... —Sus labios se entreabrieron—. ¿Por qué?

—Porque quiero verte.

—Ahora me ves.

—No, princesa. —Agaché la cabeza—. Quiero verte de verdad cuando haga esto sin tu vestido entre tú y mi boca.

Sin apartar la mirada de su cara, porque me negaba a perderme ni un instante, lamí con mi lengua la punta de su pezón. La seda apenas era una barrera y, cuando cerré la boca en torno al botón turgente, me imaginé sin problema haciendo algo que rara vez se me ocurría cuando estaba con una mortal.

Pude verme hundiendo mis dientes en esa carne mullida para descubrir si sabía tan dulce como olía. Apostaría a que sí. Mi cuerpo respondió al gemido de placer que entreabrió sus labios: mi miembro se engrosó y endureció.

—Quítate el antifaz. Por favor. —Deslicé una mano por la exuberante curva de su cadera y la bajé por su muslo hasta donde el vestido se abría. Su piel tenía el mismo tacto que la sedosa tela, suave cuando cerré los dedos... alrededor de algo duro—. ¿Qué demon...?

Mi mano se había cerrado sobre el mango de una *daga*. ¿Qué diablos? Desenvainé el arma y me eché atrás cuando ella se sentó a toda velocidad e hizo ademán de recuperarla.

La Doncella tenía una daga. Y no una cualquiera.

—Piedra de sangre y hueso de *wolven*.

—Devuélvemela —exigió, mientras se ponía de rodillas a toda prisa. Mis ojos saltaron de la daga a ella.

—Esta es un arma única.

—Lo sé. —Una cascada de ondas y rizos rojo vino cayó hacia delante por encima de sus hombros.

—Del tipo que no es barato. —Y un arma con un propósito en particular—. ¿Cómo es que tienes algo así, princesa?

—Fue un regalo, y no soy tan tonta como para venir desarmada a un sitio como este.

Esa era una decisión sensata.

—Llevar un arma y no tener idea de cómo utilizarla no te hace muy lista.

Sus ojos se entornaron de la irritación.

—¿Qué te hace pensar que no sé utilizarla? ¿Que soy mujer?

La miré pasmado.

—No puede sorprenderte que piense eso. Aprender a usar una daga no es exactamente habitual entre las mujeres de Solis.

—Tienes razón, pero sí sé cómo usarla.

La confianza en sus palabras me indicó que no estaba mintiendo. Así que la Doncella sabía cómo blandir una daga. Eso sí que era total y gloriosamente inesperado. En lugar de preocuparme, me hizo estar aún más interesado.

El lado derecho de mis labios se curvó hacia arriba.

—Ahora sí que estoy intrigado de verdad.

Sus ojos se abrieron como platos cuando clavé la hoja de la daga en el colchón y salté sobre ella. Volví a tirarla sobre la cama, me instalé entre sus piernas y dejé que sintiera con exactitud lo *intrigado* que estaba...

Un puño empezó a golpear la puerta.

—¿Hawke? —llamó la voz de Kieran—. ¿Estás ahí? —Me quedé muy quieto y cerré los ojos, al tiempo que me decía que no acababa de oír su voz—. Soy Kieran.

—Como si no lo supiera ya —mascullé en voz baja, y a ella se le escapó una risita. El sonido abrió mis ojos y trajo una sonrisa a mis labios.

—¿Hawke? —Kieran volvió a aporrear la puerta un poco más.

—Creo que deberías contestarle —susurró.

—Maldita sea. —Si no lo hacía, era probable que irrumpiera en la habitación empujado por la preocupación—. Estoy completa y felizmente ocupado en estos momentos.

—Siento oírlo —repuso Kieran, mientras volvía a centrarme en ella. El *wolven* llamó a la puerta de nuevo—. Pero la interrupción es inevitable.

—La única cosa inevitable que veo es cómo vas a acabar con la mano rota si vuelves a aporrear esa puerta una sola vez más —le advertí, lo cual hizo que la Doncella abriese mucho los ojos—. ¿Qué, princesa? —Bajé la voz—. Ya te había dicho que estaba intrigado de verdad.

—Entonces, debo arriesgarme a sufrir una mano rota —contestó Kieran y un gemido de frustración retumbó desde el fondo de mi ser. —El… enviado ha llegado.

Por todos los dioses.

Maldije de nuevo, en voz baja esta vez. Esto no podía haber sucedido en peor momento.

—¿Un… enviado? —preguntó ella.

—Los suministros que estábamos esperando —expliqué, lo cual era más o menos verdad—. Debo ir.

Asintió.

Era verdad que debía marcharme, pero no quería. Tardé unos instantes en forzarme a moverme. Me puse de pie y agarré mi túnica del suelo mientras le decía a Kieran que saldría en unos segundos. No me esperaría en el pasillo. Iría a algún lugar más tranquilo. Pasé la camisa de malos modos por encima de mi cabeza, al tiempo que giraba la cabeza hacia atrás para constatar que la Doncella había recuperado la daga. Sonreí.

Chica lista.

Deslicé un tahalí sobre mis hombros y recogí las dos espadas cortas que había dejado encima del baúl cerca de la puerta. Y fue como si no tuviese ningún control sobre lo que salió por mi boca.

—Volveré lo antes posible. —Envainé las espadas pegadas a mis costados, y me di cuenta de que lo que había dicho era verdad. *Sí* que volvería—. Lo juro. —Ella asintió una vez más. La miré con atención—. Dime que me esperarás, princesa.

—Lo haré.

Di media vuelta y me dirigí hacia la puerta. Luego me detuve y me empapé de su imagen: esa sorprendente masa de ondas rojas y esos labios entreabiertos, la forma en que estaba ahí sentada, ciñendo los bordes de su capa a su alrededor, valiente pero aun así vulnerable. Era una mezcla interesante, una que quería continuar explorando.

—Estoy impaciente por volver.

No dijo nada y supe que era poco probable que estuviera aquí cuando regresase, pero sí que volvería. La buscaría. Y si no estaba aquí…

La encontraría de nuevo.

Más pronto que tarde.

Sería mía.

MOMENTOS DEMASIADO BREVES

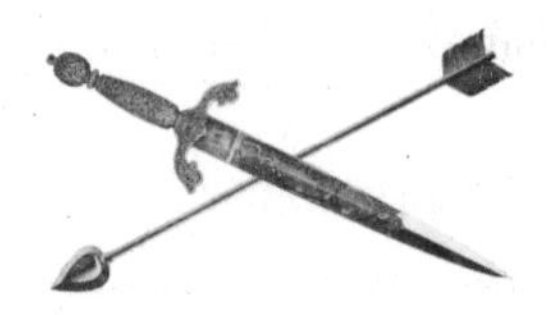

Caminaba a paso ligero entre la densa vegetación de la Arboleda de los Deseos, deseoso de terminar pronto con esta reunión. Solo los más finos rayos de luz se abrían paso entre las frondosas ramas de los pinos. El bosque ya era bastante inquietante durante el día, tenebroso en su silencio, excepto por la llamada aguda y lejana de un pájaro o el callado frufrú de alguna criatura salvaje. Pero ¿de noche? Incluso yo me sentía incómodo aquí. Sin embargo, dado que muy pocas personas entraban en esta parte de la Arboleda durante el día, algo que sabía solo por los caminos que había detectado marcados en la tierra, era uno de los pocos sitios en toda Masadonia donde se podía hablar con libertad sin temor a que te oyera nadie.

Y desde la Arboleda de los Deseos tardaría apenas unos minutos, si acaso, en volver a la Perla Roja.

Con *ella*.

—Sabes que no te hubiese interrumpido —empezó Kieran— si no fuera por esto. —Asentí. Estos *suministros* no eran precisamente en lo que uno pensaría en circunstancias normales—. Ha pasado demasiado tiempo desde que te alimentaste por última vez —añadió Kieran. —Sus palabras fueron como una llamada de sirena para despertar a un gigante adormilado. Mi mandíbula superior palpitó, al tiempo que un dolor afloraba en mi estómago—. Y como no te gusta utilizar a los que son solo en parte atlantianos…

—Ya conozco mis preferencias, Kieran —lo interrumpí. Una brisa fría removió las ramas en lo alto e hizo caer algo de pinocha al suelo. Él sabía por qué no me gustaba utilizarlos. Los medio atlantianos no estaban acostumbrados a esas cosas. También era muchísimo más fácil hacerles daño, o algo peor, y debido a la Corona de Sangre, yo… había arrebatado las vidas suficientes para durarme la vida entera. Prefería no repetir eso—. ¿Sabes que cuanto mayor te haces, más gallina clueca pareces?

Kieran soltó una carcajada detrás de mí.

—Alguien tiene que asegurarse de que no caigas en la locura. —Hizo una pausa—. Más de la habitual, quiero decir.

Si supiese con quién había estado hacía unos minutos, pensaría que había llegado a un nivel de locura completamente nuevo.

Y tendría razón.

Eso era exactamente lo que me había parecido el tiempo pasado con la Doncella. Una locura.

El recuerdo demasiado fresco de su cuerpo mullido debajo del mío, sin embargo, me indicó que sería un camino complicado de seguir, aunque planeaba hacer justo eso después de acabar aquí. Me volvería un poco loco cuando regresase a esa habitación. Es decir, si la Doncella cumplía su promesa de esperar a mi regreso.

Tenía que hacerlo.

—¿Quién ha venido? —pregunté, después de aclararme la garganta.

—Emil —repuso Kieran. Mis cejas salieron disparadas hacia arriba.

—Eso no me lo esperaba.

—Sí, yo tampoco; en especial porque no está tan familiarizado con Solis. Pero Naill no podía hacer el viaje esta vez. —Asentí. No me gustaba que ninguno de ellos tuviese que adentrarse tanto en Solis, pero todos me eran leales. Demasiado leales—. ¿Vas a contarme de qué iba todo eso? —preguntó Kieran después de un momento.

—No sé a qué te refieres. —Mantuve los ojos fijos al frente, un poco sorprendido por que hubiese tardado tanto en preguntar.

—Seguro. —Pronunció la palabra despacio, al tiempo que me adelantaba. Yo no dije nada—. Por si lo has olvidado —añadió Kieran, mientras levantaba una rama baja para pasar por debajo de ella—, puedo oler a otra persona en ti.

Diablos, incluso *yo* podía oler todavía a la Doncella. Todo mi cuerpo estaba impregnado de su olor dulzón.

Con una maldición, frené la rama que Kieran soltó antes de que me arreara en la cara.

—Imbécil.

—No estabas solo —dijo, y giró la cabeza hacia atrás para mirarme—. Y no reconozco ese olor.

—¿Conoces el olor de todos los habitantes de Masadonia? —Pasé por su lado para ponerme en cabeza otra vez.

—Conozco los olores de los que frecuentan la Perla Roja. —Pinocha caída y ramitas crujieron bajo nuestros pies—. Y conozco los olores de las mujeres con las que sueles pasar tus noches.

—Jodidas narices *wolven* —mascullé. Incluso yo era capaz de detectar las diferencias entre las mujeres con las que solía pasar la noche. Aunque según eso, debería haberme dado cuenta de que no era Britta desde el preciso momento en que la Doncella había entrado en esa habitación.

Sin embargo, ni en un millar de años hubiese imaginado que sería ella. Tampoco hubiese pensado nunca que tendría una lengua tan afilada. Y eso me intrigaba.

Igual que lo hacía su compasión por mí cuando había hablado de mis pérdidas. No me conocía, tampoco sabía nada acerca de lo que había perdido, pero su compasión había sido genuina.

—Cas. —Me paré en seco, la nuca tensa de repente. Desde que habíamos llegado al reino de Solis, Kieran no había empleado ese nombre ni una sola vez. Ni siquiera en este bosque, ni en la Perla Roja—. El hecho de que te estés mostrando tan reservado sobre la persona con la que estabas me tiene preocupado.

Me giré despacio hacia el *wolven* al que conocía desde que nacimos. Tenía derecho a estar preocupado. Teníamos un vínculo, pero nuestra conexión era más profunda que eso. Siempre lo había sido. Jamás le ocultaba cosas a Kieran, y él me lo contaba todo, pero me encontraba en una posición extraña en la que no tenía ganas de contarle lo que había ocurrido en esa habitación de la Perla Roja y con quién. No sabía por qué. No había nadie en quien confiara más, pero esto era…

Esta era la jodida Doncella.

Otra oleada de sorpresa persistente atravesó mi cuerpo. Si no fuese capaz de saborear aún su dulzura en mis labios, creería que había alucinado con respecto a su llegada inesperada.

Aparté la mirada, los hombros tensos. Si no se lo contaba, Kieran no dejaría el tema. Además, esta reunión con los que acababan de llegar nos llevaría más tiempo del necesario y, conociendo a Kieran, me seguiría sin dudarlo de vuelta a la Perla Roja.

—Estaba con la Doncella.

Silencio.

Un silencio total y absoluto.

Y Kieran siempre tenía respuesta para todo, sin importar lo que saliera por mi boca.

Mis ojos volvieron a él. Me miraba como si hubiese farfullado en atlantiano antiguo mientras estaba borracho como una cuba. Arqueé una ceja.

—¿Estás bien? ¿O te acabo de freír el cerebro?

Kieran parpadeó.

—¿Qué. Narices. Estás. Diciendo?

Se me escapó una risa grave.

—Sí. Eso es más o menos lo que pienso yo.

—No me estás tomando el pelo, ¿verdad? —Kieran ladeó la cabeza—. Estabas con la auténtica Doncella... —Se calló para respirar hondo. Entornó los ojos—. ¿Estabas *muy* cerca de la auténtica Doncella?

—Yo no iría tan lejos como para decir que estaba *muy* cerca —mentí, y no tenía ni idea de por qué—. Pero sí, era ella.

Kieran abrió la boca, luego la cerró. Hizo ademán de dar media vuelta, pero luego me miró de nuevo.

—Sabes que tengo preguntas acerca de esto, ¿verdad?

Suspiré.

—Sí, lo sé.

—Me la voy a jugar y voy a suponer que no llevaba guardias.

Le lancé una mirada divertida.

—Supondrías bien.

Una vez más, dio la impresión de que no sabía qué decir.

—¿Cómo? ¿Por qué? ¿Qué diab...?

—Me da la impresión de que salió a hurtadillas —lo interrumpí—. Y por lo lejos que había llegado, supongo que no era su primera vez.

—¿Qué diablos estaba haciendo en la Perla Roja? —preguntó Kieran.

Eso me sorprendió, pero justo entonces un pájaro chilló desde algún sitio por encima de nuestras cabezas.

—¿*Esa* es la pregunta que vas a hacer? ¿No por qué estamos ahora aquí sin ella?

—Oh, esa era mi siguiente pregunta, pero solo estoy tratando de discernir por qué la *virginal* Doncella estaba en una habitación *privada* de la Perla Roja, un conocido antro de juego y un *burdel*.

Había ido a esa habitación a descubrir lo que era el placer.

Había ido ahí esta noche a *vivir*.

Eso me seguía pareciendo valiente y totalmente inocente. Y también era algo privado. Lo bastante íntimo como para no compartirlo con nadie. Ni siquiera con Kieran.

—Eso, no puedo decirlo —declaré, y los ojos de Kieran se entornaron—. Simplemente entró en la habitación en un momento dado. No sé si sabía que yo estaba dentro.

Kieran se quedó callado un momento.

—¿Es posible que esperase que hubiese otra persona ahí dentro, o que se equivocara de habitación?

Por su inexperiencia, por sus respuestas inocentes y dubitativas pero muy entusiastas, no creía que estuviera ahí para encontrarse con nadie en particular. Aunque podía estar equivocado. Después de todo, estaba claro que ya me había equivocado con respecto a unas cuantas cosas de la Doncella.

—No lo sé. —Pasé los dedos por mi pelo—. No era como si mucha gente supiese de mi presencia ahí.

Dio la impresión de que Kieran lo pensaba un poco.

—Bueno, hay solo un par de razones por las que podría estar ahí, y dudo que quisiera arriesgarse a encontrarse cara a cara con un guardia. Tiene que haber sido una coincidencia.

Lo observé unos instantes y vi cómo las comisuras de sus labios se curvaban hacia abajo.

—Excepto que tú no crees en las coincidencias.

—¿Tú sí?

—Siempre hay una primera vez.

Kieran negó con la cabeza. Pasó otro momento.

—¿Por qué no aprovechaste para raptarla, aun con los riesgos que eso implicaría?

Un músculo se apretó en mi mandíbula.

—Porque, de haberlo hecho, hubiese tenido que silenciarla. Habría tenido que utilizar la coacción. Y eso no hubiese durado el tiempo suficiente para sacarla de la ciudad.

Kieran me miró con suspicacia.

—Suenas demasiado razonable.

Eso era verdad.

Y al mismo tiempo, no lo era.

Porque esa no era mi única razón.

También estaba el hecho de que, si la hubiera secuestrado entonces, ella lo habría considerado algún tipo de castigo por romper las normas de la sociedad que los Ascendidos habían creado y por salir de la jaula a la que ya no estaba tan seguro de que se sometiera de manera voluntaria.

Y por alguna razón, permitirle tener esos brevísimos instantes no era algo que estuviese dispuesto a estropear.

Al menos por el momento.

SUMINISTROS NECESARIOS

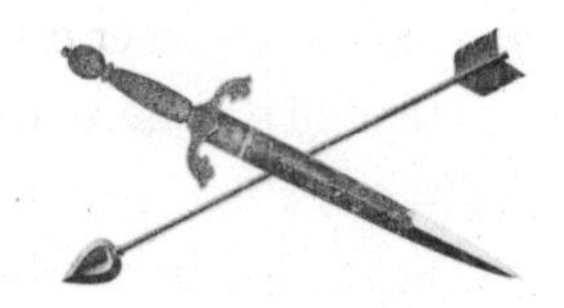

Emil Da'Lahr era un capullo.

Uno con el que disfrutabas de su presencia, o bien te pasabas todo ese tiempo planeando varias maneras de asesinarlo, algo que estaba convencido de que le producía un grado de felicidad perverso.

Fuera como fuere, yo alternaba de manera rutinaria entre esos dos estados.

En cualquier caso, cuando las cosas se ponían feas, el atlantiano de pelo castaño rojizo me cubría las espaldas y yo cubría las suyas. Era leal, tan rápido con una espada y una daga como lo era con sus réplicas mordaces y, aunque tenía bromas y pullas para dar y tomar, era una bestia para todo el que se enfrentaba a él.

Nos estaba esperando a la orilla de un lago tranquilo en las profundidades de la Arboleda, sentado sobre una roca plana.

Y Emil no estaba solo.

Tumbado a sus pies había un gran *wolven* blanco y plateado que se levantó al ver que nos acercábamos. Era casi tan alto como la roca sobre la que estaba sentado Emil. El tamaño del *wolven* por sí solo le hubiese parado el corazón a cualquier mortal nada más verlo, así que debía de haber viajado en su forma mortal, pero apostaría a que había descartado esa forma a la primera oportunidad que había tenido. A ninguno de los *wolven* le gustaba permanecer en su forma mortal durante demasiado tiempo, aunque fuese por elección o forzado por alguna situación.

—Arden —lo saludé, con una sonrisa.

El *wolven* trotó desde al lado de Emil para restregarse primero contra las piernas de Kieran y luego acercarse para empujar mi mano con su nariz. Pasé los dedos por el pelo entre sus orejas mientras Emil se ponía en pie y realizaba una amplia reverencia con una rimbombancia exagerada.

—¿No vas a saludarme con esa bonita sonrisa tuya? —preguntó el atlantiano de pelo rojizo al enderezarse—. ¿No me vas a enseñar esos hoyuelos?

—Ahora no.

Arden soltó una especie de jadeo grave que sonó como una carcajada. Emil se llevó una mano al pecho.

—Me hieres. —Hizo una pausa—. Mi príncipe.

Le lancé una mirada fulminante de ojos entornados y la sonrisa del hombre se ensanchó.

—A veces creo que de verdad tienes ganas de morir —musitó Kieran en voz baja.

Todo el que conocía a Emil lo creía.

Con una risita entre dientes, Emil se inclinó hacia atrás contra la roca. No llevaba espada alguna a la cadera. Vestido como iba, con los pantalones marrón mate de un plebeyo de Solis, una espada hubiese llamado demasiado la atención. Aun así, sabía que llevaba un armero entero debajo de su anodino abrigo negro.

—¿Qué tal vuestro viaje hasta aquí? —pregunté, al tiempo que Arden se giraba hacia el bosque oscuro—. ¿Os habéis topado con algún problema?

—Nada de lo que Arden no pudiese ocuparse. Solo unos pocos Demonios y unos cuantos guardias metomentodo

—repuso Emil—. En todos los años que he vivido, nunca antes había visto a un *wolven* comerse, básicamente, a una persona.

Fruncí el ceño y miré a Arden. El *wolven* me ignoró, la vista fija en los árboles.

—No tenemos costumbre de hacerlo —intervino Kieran—. La carne mortal sabe… fuerte.

—*¿Carne mortal?* —repetí en voz baja.

—Fue algo mórbidamente fascinante de ver. No podía apartar la mirada. También muy asqueroso. —Emil cruzó los brazos. Echó un vistazo hacia el este—. En cualquier caso, he de decir que no estoy demasiado impresionado con lo que he visto de Masadonia hasta ahora, en especial lo primero que salta a la vista cuando entras en la ciudad. —Hizo una mueca con el labio—. Por todos los dioses, no puedo creer que tengan a gente viviendo de ese modo.

—La mayoría de la gente no lo creería a menos que vieran el Distrito Bajo. —Claro que, de todos modos, aunque la Corona de Sangre cuidase mejor de su gente, sus ciudades saldrían muy mal paradas comparadas con Atlantia.

Estaba impaciente por volver a la Perla Roja, pero había cosas que necesitaba saber.

—¿Qué tal va todo en Spessa's End? —pregunté, en referencia a la ciudad atlantiana que se alzaba alrededor de la bahía de Stygian, a pocos días a caballo de las montañas Skotos. Todo el mundo creía que la antaño ajetreada ciudad comercial había resultado destruida en la guerra, igual que la ciudad cercana de Pompay, y como estaba tan lejos al este, la Corona de Sangre no tenía ni idea de su estado actual. Debía seguir así.

—Bien. Creo que algunos de los cultivos están a punto de cosecharse. Al menos, eso era de lo que hablaba Vonetta cuando partimos —explicó, mencionando a la hermana de Kieran—. Han construido muchas casas más. Apenas reconoceréis el lugar cuando volváis. —Sus ojos color ámbar se cruzaron con los míos—. Cosa que todos esperamos que sea pronto. Yo no, pero hay otros que sí. Esperan que sea pronto.

Con una carcajada, sacudí la cabeza y luego cambié el tema a uno mucho más delicado.

—¿Alguna noticia de Evaemon?

—El rey y la reina están… preocupados por tu paradero actual y tus motivos para estar ausente tanto tiempo —me informó, y el humor se esfumó de su rostro—. El comentario de Alastir al respecto no ha ayudado demasiado a aliviar esas preocupaciones.

Me pasé una mano por el pelo y suspiré. No me sorprendía nada oír eso. Como consejero de la Corona, el deber de Alastir Davenwell era mantener al rey y a la reina informados de todas las cosas. Sin embargo, el anciano *wolven* hacía muy poco por apaciguar el temperamento de mi padre y por reducir la escala de los planes de guerra. Quería ver arder a la Corona de Sangre. No podía culparlo demasiado por ello. Él, como muchos otros, tenía sus razones.

—Más vale que nos pongamos manos a la obra. —Emil hizo un gesto con la barbilla en dirección a Arden. Miré al *wolven*, cuyas orejas se habían aplanado contra su cabeza una vez más mientras caminaba con nerviosismo de un lado para otro cerca de las rocas—. Me da la impresión de que estos bosques no le gustan demasiado. Temo que vaya a empezar a comer a alguno de nosotros.

Arden le gruñó al atlantiano, y Emil se limitó a sonreír. Pensé que su viaje hasta aquí debía haber sido… interesante y largo.

—Malas vibraciones —murmuró Kieran, al tiempo que se giraba hacia el lago en calma.

Emil me miró con las cejas arqueadas. Negué con la cabeza.

—Kieran cree que este bosque está encantado.

—No lo creo —me contradijo Kieran—. Lo sé.

—Bueno, pues entonces sí que tenemos que darnos prisa. —Emil empezó a enrollar la manga de su abrigo—. Porque como vea un solo fantasma, nunca verás a un atlantiano correr más deprisa.

Kieran sonrió con suficiencia.

—Es imposible correr más rápido que los muertos.

Los dedos de Emil se detuvieron sobre la manga y el hombre giró la cabeza hacia el *wolven*.

—Eso ha sido... algo muy siniestro de decir.

—Es tan solo la verdad —dijo, con un encogimiento de hombros. Emil frunció el ceño.

—Eso no ha ayudado.

—Gracias por hacer esto —intervine, antes de que la conversación fuese más allá. Tomé la mano de Emil y bajé la vista hacia el macho un pelín más bajo que yo—. Aprecio mucho el riesgo que has corrido al venir hasta aquí.

—Por ti, cualquier cosa. —Emil me miró a los ojos—. Ya lo sabes.

—Lo sé. —Le di un apretoncito en la mano—. No tomaré más de lo necesario.

Los ojos de Kieran se clavaron en mí. Supe que no apartaría la mirada. Ni siquiera cuando me llevé la muñeca de Emil hacia la boca. Vacilé, pese a que mi mandíbula empezó a dolerme con aún más furia. Su sangre seguro que borraría el sabor de la Doncella, que aún perduraba en mi boca, y, joder, vaya cosa más estúpida en la que pensar en este momento.

Aún más estúpido fue el hecho de que vacilé *a causa* de eso.

Di un mordisco rápido y limpio donde el pulso de Emil latía con fuerza. Él se limitó a dar un pequeño respingo y yo retiré los colmillos a toda velocidad. Deslicé el pulgar por el interior de su muñeca para aliviar la breve punzada de dolor. Esta forma de alimentarse podía ser dolorosa o producir placer. También podía ser tan impersonal como una transacción comercial. Este era el caso ahora, mientras succionaba su sangre, su mismísima fuerza vital, al interior de mi cuerpo. En el instante en que el intenso sabor terroso tocó mi lengua, todas las células de mi cuerpo dieron la impresión de vibrar. Era como haber pasado demasiado tiempo sin comida ni agua. Quería engullirla, pero me forcé a succionar despacio y con regularidad. Emil se quedó muy quieto.

Alimentarse y que se alimentaran de uno eran cosas bastante comunes entre nuestra especie, pero si los implicados no confiaban el uno en el otro, había una reacción instintiva que no podía disimularse. Una reacción física. Emil no mostraba signo alguno de ello. No se apartó. No se puso tenso. Ni hizo ningún ruido. Emil confiaba en mí. De manera irrevocable. Y no estaba seguro de qué había hecho para merecérmelo.

Mientras bebía, trocitos y fragmentos de imágenes se fueron formando en mi mente. Densos árboles verde oscuro. El olor a tierra recién arada y serrín. Recuerdos. Este le pertenecía a Emil. Oí su risa burlona y vi a una chica con largas trenzas oscuras hasta la cintura y piel del color de las rosas de floración nocturna que la Doncella iba a ver por las noches. La reconocí al instante.

Era Vonetta, la hermana de Kieran. ¿Por qué demonios estaría Emil pensando en ella ahora mismo? Bueno, la respuesta era obvia.

Sonreí contra la mandíbula de Emil. Hombre, sí que tenía ganas de morir.

Pasaron unos momentos más antes de que me forzara a apartarme. Levanté la cabeza, luego limpié una gota solitaria de sangre que había humedecido mi labio. Mis ojos encontraron los de Emil. Arqueé una ceja y sonreí. Su mandíbula se apretó mientras miraba a Kieran. Mi sonrisa se ensanchó.

—Eso no es suficiente —empezó Kieran.

—Sí lo es. —Le ofrecí mi otra mano a Kieran—. Compruébalo tú mismo.

Cerró los dedos en torno a mi muñeca, el índice sobre mi pulso. Dado que Emil era como yo, de uno de los linajes elementales cuyo origen se remontaba a los primeros atlantianos creados por los dioses, su sangre era pura y poderosa. Ya notaba la piel más cálida. La leve neblina que empañaba mi mente había desaparecido. Mi frecuencia cardíaca se había ralentizado.

Kieran soltó un suspiro de alivio audible.

—¿Estás seguro? —Emil buscó mis ojos con los suyos—. Si necesitas más, estaré bien.

—Estoy seguro. —Le di un último apretoncito en la mano antes de soltarla—. Gracias otra vez.

—Puedo quedarme, ¿sabes? —Emil empezó a desenrollar su manga—. Mantener un perfil bajo mientras hago algo de turismo. Nadie sabrá siquiera que estoy aquí.

—Creía que habías dicho que no estabas nada impresionado con la ciudad.

—Estoy dispuesto a quedarme y ver si una mirada más a fondo cambiaría mi opinión —dijo.

Sonreí, consciente de que Emil, como todos nosotros, no tenía ningún deseo real de estar en cualquier sitio controlado por la Corona de Sangre. Se estaba ofreciendo para poder estar disponible en el caso de que necesitase alimentarme de nuevo. Con suerte, eso no sería necesario. Los atlantianos elementales podíamos pasar periodos largos sin alimentarnos, siempre y cuando no resultáramos heridos y nos mantuviéramos bien nutridos mediante los típicos medios mortales.

—Te agradezco la oferta, pero hay algo más que debo pedirte. Otro favor —precisé, y cambié el peso de pie. La creciente tensión que se había apoderado de mis músculos también se había diluido—. Me gustaría que volvieras a Atlantia y a Evaemon.

Emil ladeó la cabeza; Arden también escuchaba.

—Supongo que hay un propósito más detallado en esta petición.

—Lo hay. Me gustaría que mantuvieses un ojo puesto en Alastir.

Un fogonazo de sorpresa cruzó la cara de Emil.

—¿Sospechas de él?

—No. Conozco a Alastir desde que nací. Es como un segundo padre, pero aún más exigente —continué, y me gané una carcajada por parte de Kieran—. Pero lo ultimísimo que necesitamos es que descubra lo que planeo hacer.

—Como mínimo, tenemos que retrasar el momento en que lo averigüe —aportó Kieran—. Alastir tiene ojos y oídos en todas partes. Antes o después se enterará.

—Entonces, ¿quieres que cree interferencias? —dedujo Emil. Asentí. —Puedo hacerlo. —Miró hacia donde Arden se dedicaba a olisquear una hoja caída como si fuese una víbora venenosa—. Por curiosidad, ¿por qué queremos mantener a Alastir en la inopia durante todo el tiempo posible?

—Alastir quiere la guerra. Quizá más aún que mi padre. Si se entera de mis planes de secuestrar a la Doncella, querrá utilizarla para atacar a la Corona de Sangre.

Igual que haría mi padre.

Emil se giró hacia mí de nuevo.

—¿Y en qué difiere eso de lo que estás haciendo tú?

—Yo no planeo matarla —declaré en tono neutro—. Y eso es justo lo que harían ellos.

El atlantiano no dijo nada durante unos momentos.

—Bueno, pues espero que tu plan no resulte ser lo que esperas de *ellos*. En serio.

—Yo también lo espero —dije. La inquietud que había sentido la otra mañana mientras entrenaba con Vikter regresó para plantar su trasero sobre mi pecho, ahora demasiado frío y pesado para haberme alimentado hace unos minutos.

Tras desearles a Emil y a Arden buen viaje de vuelta a Atlantia, nos fuimos cada uno por nuestro lado. Kieran regresó a la ciudad, donde Jansen le había buscado un alojamiento más o menos privado en un pequeño apartamento encima de uno de los varios talleres. Y yo, bueno, me encaminé de vuelta a la Perla Roja, a la velocidad suficiente como para salir de la Arboleda en cuestión de segundos. Me moví demasiado deprisa para que ojos mortales pudiesen seguirme, pero me obligué a ralentizar el paso cuando llegué a la callejuela en la que estaba la Perla Roja. Mi corazón empezó a palpitar con fuerza, y no tenía nada que ver con el esfuerzo físico.

Subí por las escaleras de atrás, de tres en tres, para llegar al pasillo de la habitación. Me había ausentado solo una hora, si acaso, pero antes de llegar a la puerta, lo supe. Aun así, tenía que comprobarlo. Abrí la puerta, pero encontré solo restos de su olor dulce. La habitación estaba vacía.

La Doncella no había esperado.

PERSEGUIDA

La amarga punzada de desilusión al descubrir la promesa rota por la Doncella dio paso enseguida a una de preocupación al contemplar la cama arrugada.

Que no estuviera en la habitación significaba que estaba ahí fuera en alguna parte, en las calles a menudo demasiado violentas, ella sola, a unas horas de la noche en las que era fácil encontrar a los que no tramaban nada bueno. El tipo de personas que acechaban a los débiles e indefensos.

Sin embargo, la Doncella no estaba precisamente indefensa. Una sonrisa irónica curvó mis labios. Llevaba una daga, una daga de hueso de *wolven* y piedra de sangre, nada menos, y la manejaba de un modo que respaldaba su afirmación de que sabía cómo usarla.

Aun así, entré en la habitación. Cerré el puño en torno a la manta, la levanté y aspiré una bocanada de aire larga y profunda, teñida de su aroma dulce y fresco. A miel. Solté la manta, di media vuelta y salí de la Perla Roja. En el exterior, escudriñé las calles en penumbra, silenciosas excepto por el murmullo amortiguado de las risas y los gritos obscenos que salían de los numerosos establecimientos.

Podía estar en cualquier sitio si se había marchado de la Perla Roja nada más irme yo. Levanté la vista hacia el lejano resplandor de las luces que emanaba de las muchas ventanas del castillo de Teerman. Las calles no se volvían más seguras a medida que uno se acercaba al castillo.

De hecho, se volvían más peligrosas porque en esas zonas ya no vivían mortales. Cuanto más te aproximabas al castillo, más cerca estabas también de los Ascendidos y, después de ponerse el sol, se moverían por ahí con libertad.

Con la Doncella vestida no como sí misma sino como una plebeya, dudaba mucho de que ningún Ascendido fuese a vacilar antes de servirse.

La ira se arraigó en mis entrañas, aunque no estaba seguro de a quién iba destinada. ¿A la Doncella, por poner en peligro su vida de una manera tan tonta? ¿A los Ascendidos, que eran los verdaderos culpables? ¿O a mí mismo, por no asegurarme de que se quedara donde estaba hasta poder acompañarla de vuelta sana y salva?

La Doncella era demasiado valiosa para perderla a manos de un Ascendido sediento de sangre.

Crucé la calle y me dirigí hacia los puentes y caminos que cortaban a través de la parte de la Arboleda de los Deseos que había sido despejada, la que utilizaban como parque los más privilegiados de Masadonia. Todo el Distrito Alto que rodeaba Radiant Row, las casas, las tiendas y el parque, rebosaban de actividad, y mis oídos sensibles captaron los sonidos lejanos de las ruedas de los carruajes y la cháchara. A medio camino de ahí, me di cuenta de algo que me hizo detenerme en seco.

La Doncella era lista.

Debía serlo para haberse evadido con éxito de sus guardias y haber llegado a la Perla Roja. Además, dudaba que fuese la primera vez que escapaba de su guardia personal y su bonita jaula. No iría por zonas públicas, sobre todo las transitadas por Ascendidos, que solo podían vivir sus vidas una vez que el sol se había puesto. No los evitaría por miedo a resultar herida (aunque eso era porque no sabía la verdad), sino más bien por miedo a que la descubrieran. Iría…

A la entrada de una tranquila hilera de estrechas casas adosadas, miré atrás, hacia el límite de la zona que acababa de recorrer hacía unos minutos. El único sitio por el que muy pocas personas se aventuraban.

La Arboleda de los Deseos.

Una sonrisa se extendió por mis labios. La parte más profunda de la Arboleda llevaba directa a las murallas interiores del castillo de Teerman.

Crucé la calle, me adentré en las sombras de las casas adosadas y eché a correr. Llegué al muro de piedra bajo que separaba las casas del bosque y salté por encima de él para entrar en la Arboleda una vez más. Ralenticé el paso, pues al salir de ahí iba demasiado deprisa para haber podido detectar su olor. Era probable que aun así no fuese capaz de captarlo. Esos sentidos de *wolven* que había maldecido hacía un rato me hubiesen venido bien ahora.

Recordé las tenues huellas donde la hierba había quedado aplastada por pisadas. Corté entre los árboles y llegué al serpenteante camino de tierra compactada en cuestión de unos momentos. Siempre oculto en la oscuridad, seguí el rastro, que se curvaba cada vez más cerca de los límites de la zona que habían despejado para el parque. Solo un puñado de segundos más tarde, capté un olor inhabitual entre la tierra húmeda y rica del bosque.

Dulce. Un pelín afrutado.

Mis instintos vibraron mientras avanzaba con sigilo, mi paso cada vez más rápido, sin dejar de escrutar los árboles que tenía por delante, todos mis sentidos en alerta total. Me moví en silencio por el bosque, como un depredador que sigue a su presa. Era una de las únicas cosas que los atlantianos compartían con los Ascendidos. Con los *vamprys*. Nuestra concentración absoluta cuando perseguíamos algo.

Allí.

Una figura se movía deprisa entre las sombras varios metros más adelante. Una figura con capa y capucha. Recuperé la sonrisa, eché mano de mi extraordinaria velocidad y llegué a unos tres o cuatro metros de… ella. Porque era ella, eso estaba claro. La brisa llevaba su aroma y me lo lanzaba a la cara.

La seguí con pisadas de lo más silenciosas. La Arboleda era un laberinto por el que podía orientarme solo gracias a mi vista excepcional, que estaba muy por encima de la de un mortal. Cómo diablos podía orientarse la Doncella por este camino de noche era incomprensible para mí, pero sus pisadas eran seguras. Más de una vez, esquivó rocas que sobresalían y ramas caídas que estaba seguro de que no podía ver, pero era evidente que sabía dónde estaban.

Mi oído captó el murmullo apagado de conversaciones y los sonidos más suaves y sensuales del parque. Ruidos que habría preferido oír procedentes de la Doncella, si me hubiese salido con la mía.

No obstante, era probable que fuese una suerte que no lo hubiese hecho, pues me gustaba creer que era capaz de contenerme lo suficiente como para no haber llevado las cosas tan lejos. Que no era ese tipo de monstruo. Pero ¿en realidad? ¿Habría parado si ella hubiese querido experimentar más cosas? ¿Hubiese sido el tipo de *hombre bueno* que mi madre pretendía que fuera? ¿O hubiese sido egoísta y avaricioso? Un retumbar sordo emanó de mi garganta mientras la seguía. Incluso ahora, había una parte más elemental de mí, una más primitiva, que me presionaba con fuerza, que me urgía a cruzar la distancia entre nosotros. A revelar mi presencia. ¿Qué haría ella? ¿Se enfadaría por que la hubiera seguido? ¿Sería una sorpresa agradable? ¿Me hablaría de las cosas tristes que estaba claro que pesaban sobre su mente? ¿Me recibiría con los brazos abiertos, mi cuerpo contra el suyo una vez más? ¿O prevalecería el sentido común, como debía de haber prevalecido antes para que se marchara? ¿Trataría de huir? Si fuese así, no tendría ni una sola posibilidad. La atraparía. La…

Una ramita se partió a mi izquierda y mi cabeza voló en esa dirección. Fue un ruido demasiado suave para que ella lo hubiese oído. Escudriñé los árboles apelotonados y pronto detecté el sonido de unas pisadas rápidas y casi silenciosas. El ruido provenía de más adelante, entre la Doncella y yo.

No era el único que la perseguía.

Que trataba de darle caza.

Entorné los ojos, al tiempo que me agachaba por debajo de varias ramas para acercarme un poco más. Una sombra se movió a la izquierda de la Doncella y salió un momento de la oscuridad. El delgado rayo de luz de luna iluminó un pelo claro, unos rasgos redondos, casi infantiles, y unos hombros desnudos. Ese atisbo fue suficiente para indicarme que lo que seguía a la Doncella con sigilo no era ningún mortal convertido hacía poco en Demonio, algo que había descubierto que era un suceso desafortunado en cuestión de una semana de llegar aquí. Gente como Jole, que creían que tenían tiempo para entregarse, pero que al final no lo tenían. Lo mismo pasaba en Carsodonia y en todas las ciudades de Solis. Sin embargo, ese pelo espeso y lustroso, y la piel lisa y pálida significaban que lo que la seguía en su avance, ajena a todo peligro, era un tipo de muerte diferente.

Un Ascendido.

Uno que casi seguro que no tenía ni idea de a quién estaba siguiendo. Y para cuando se diese cuenta de a quién le había clavado los dientes, sería demasiado tarde. Solo los mayores entre los Ascendidos eran capaces de mostrar contención y detenerse antes de beber la última gota de la sangre de sus víctimas. Esa era la razón de que tantos Demonios rodearan la ciudad. Era lo que ocurría cuando un *vampry* drenaba por completo a un mortal.

Igual que pasaba con la mayoría de las mentiras, ese poco de la historia había empezado con parte de verdad. Pero eran los Ascendidos los que tenían el llamado «beso venenoso», no los atlantianos.

Aquí, solo unos pocos de los Ascendidos eran lo bastante mayores para tener ese tipo de contención. El duque y la duquesa. Unos pocos de los lores a los que había visto acechar por los alrededores. Este no era uno de ellos. Este no pararía. Mataría.

Consciente de que estábamos cada vez más cerca de la sección de la muralla del jardín que yo mismo aprovechaba, la que pronto utilizaría Jericho y la que era obvio que la Doncella también conocía, mis músculos se pusieron en tensión.

Entonces pasé a la acción.

Crucé por los estrechos espacios entre los árboles como un rayo. Salté por encima de un pino caído justo cuando la Doncella salía del borde de la Arboleda, donde la piedra de la muralla del castillo brillaba mortecina a la luz de la luna. Aterricé detrás del Ascendido.

El *vampry* giró en redondo, sus ojos negros como el carbón aún más insondables en la oscuridad. Sus rasgos se retorcieron en un gruñido, y retrajo los labios para revelar dos colmillos con afiladísimas puntas.

Yo también le enseñé los colmillos.

—Los míos son más grandes.

La boca del *vampry* se abrió aún más y supe que se estaba preparando para soltar un rugido atronador, uno que no solo alertaría a cualquiera de sus amigos cercanos, sino también quizás a la Doncella.

—Noup. —Lo agarré del cuello para cortar su gruñido en seco. Se me cruzó por la cabeza la idea de que *debería* interrogarlo, como habíamos hecho con todos los que habíamos atrapado en el pasado, pero la descarté enseguida.

Había estado de humor para disfrutar del placer.

Ahora estaba de humor para la violencia.

Se lanzó al ataque, pero agarré su brazo y lo levanté en volandas al tiempo que giraba sobre mí mismo y lo estampaba contra el suelo. El *vampry* se enderezó de inmediato por la cintura, pero caí sobre él, una rodilla clavada en su estómago. No eché mano de la daga que llevaba amarrada al pecho, la daga de *piedra de sangre*, muy parecida a la que portaba la Doncella, excepto por el mango de hueso de *wolven*. Era la forma más limpia de matar a un Ascendido, una forma que no dejaba más que polvo detrás.

Pero tenía ganas de que esto fuese truculento.

Planté la mano sobre su boca para silenciar sus gritos mientras mi otra mano se estrellaba contra el pecho del *vampry*. Atravesé hueso y cartílago antes de que mis dedos se hundieran en el corazón del muy bastardo. Con un tirón salvaje, arranqué el órgano de su pecho. El Ascendido se retorció, los ojos como platos, mientras la sangre salía a raudales por su pecho y resbalaba por mi brazo.

—Esta noche, no deberías haber entrado en el bosque —le dije, y estrujé el corazón hasta que no quedó más que una papilla sanguinolenta. Hasta que el *vampry* cesó su inútil forcejeo.

Me eché hacia atrás y varios pegotes de tejido cayeron de mi mano. Me la limpié como pude contra los pantalones del Ascendido, luego agarré al capullo del pelo y lo arrastré hasta el borde de la Arboleda. Lo levanté en volandas y tiré su cadáver por encima de una de las ramas bajas más gruesas, donde otros de su especie terminarían por descubrirlo. De lo contrario, el sol acabaría con lo que quedase de él cuando saliera.

Retrocedí para volver al camino marcado en el suelo. Miré el punto por el que había desaparecido la Doncella. Con una sonrisa en la cara, me encaminé de vuelta a la Ciudadela, silbando bajito.

Atormentado

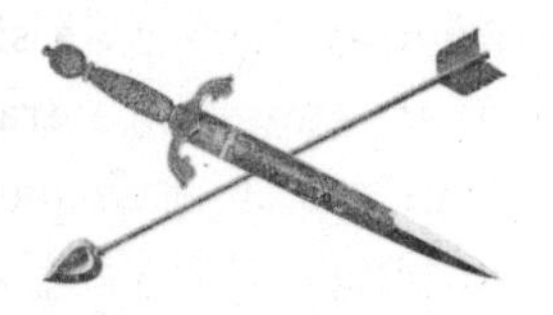

Me sumergí en el agua caliente del polibán mientras pensaba en lo que daría por tener una ducha. Sin embargo, como la infraestructura atlantiana parecía ser la única cosa que los Ascendidos no habían estado robando, tendría que contentarme con esto.

Excepto que no podía ni estirar las malditas piernas.

Maldije en voz baja, agarré el jabón de la banqueta cercana y empecé a frotarlo por mi pelo y mi piel. Antes de meterme en la escueta bañera ya me había limpiado la mayor parte de la sangre, puesto que no estaba de humor para pasar un rato a remojo en lo que quedaba del *vampry* sobre mi piel.

Mis pensamientos divagaron a medida que se acumulaba la espuma en la superficie del agua que me llegaba a la cadera. Repasé las noticias de Emil acerca de Alastir y mis padres. Conociendo a Emil, ya habría salido de la ciudad con Arden. Haría lo que le había pedido: se encargaría de retrasar el inevitable descubrimiento por parte de Alastir de lo que yo había estado tramando.

De lo que haría ya pronto.

Con las rodillas flexionadas, me recosté hacia atrás y apoyé la cabeza en el borde de cobre. Cerré los ojos y mis pensamientos divagaron hacia la Doncella. No hacia lo que planeaba hacer, sino a lo que había sucedido hacía apenas unas horas. No fue la mejor de las decisiones, puesto que un pálpito invadió mi pene, que se engrosó al instante.

Me estaba poniendo duro solo con pensar en la Doncella.

«Por todos los dioses», musité, y una risa áspera salió por mi boca mientras pasaba una mano por mi frente.

Hacía un mes, jamás se me hubiese pasado algo así por la imaginación. Hubiese sido imposible, y no tenía nada que ver con las informes túnicas blancas con las que la había visto ni con el hecho de que no tenía ni idea de su verdadero aspecto. Tenía que ver con *lo* que era: una Doncella virginal e intacta; y con el hecho de que seducir o estar con una doncella de verdad no me atraía lo más mínimo. No por su falta de experiencia. Eso me importaba una mierda. El placer era algo que podía aprenderse. No, mis reparos se debían al valor que se le daba a tal cosa. La idea de que todo su ser estaba vinculado a su virginidad. *Eso* era lo que evitaba que la hubiese mirado siquiera de ese modo.

Era *lo* que simbolizaba.

A los Ascendidos.

Había dado por sentado que era una participante totalmente voluntaria en el papel que desempeñaba. Debí ser más listo y no dar por sentado ese tipo de estupideces, porque era obvio que había estado equivocado.

Mis ojos se abrieron en finas ranuras. Eso me hacía preguntarme en qué más podía estar equivocado cuando de ella se trataba. Como por ejemplo en lo que sabría acerca de los Ascendidos. O lo que de verdad opinaba sobre cómo vivía.

Sacudí la cabeza. No quería pensar en nada de eso porque no conducía a ningún lugar bueno. Igual que pensar en cómo la había sentido debajo de mí, blanda, suave y caliente, tampoco estaba llevando a ningún lugar bueno. Aunque mi pene no estaba de acuerdo con eso. Se había apuntado al carro de mis pensamientos y mis recuerdos. Lo notaba duro y lleno y demasiado sensible cuando la punta asomó por encima del agua.

«Joder», musité. Deslicé la palma de una mano por mi cara mientras los dedos de la otra se clavaban en el borde de cobre de la bañera.

Mi mano cayó de mi cara y se sumergió debajo del agua. Pensando en lo instintiva y ansiosa que había sido su respuesta a mi contacto, cerré la mano en torno a la base de mi erección. El aire que aspiré no fue a ninguna parte. Parecía tan sorprendida por la perspectiva de pedir algo y recibirlo, como si hacerlo no se le hubiese cruzado nunca por la mente. Como si nunca hubiese sido posible. Estaba claro que no lo había sido, porque no había sabido qué pedir. No había sabido describir con palabras lo que su cuerpo ansiaba.

Pero se había estremecido de la anticipación cuando le había desabrochado la capa. En mi mente, todavía podía ver las dulces curvas de su pecho subir con brusquedad y tensar la endeble tela para revelar la piel más oscura de debajo, el intenso tono rosáceo de la punta de sus pezones, claramente visibles a través de la finísima tela de su vestido. Nunca, ni en un millar de años, hubiese pensado que la Doncella tenía unos pechos tan gloriosos, unos muslos suaves y fuertes, y una lengua afilada como un cuchillo.

La punzada de deseo crudo volvió a mí como una avalancha y me recorrió palpitante de arriba abajo. Por todos los dioses, lo que hubiese dado por meter mi boca entre esos muslos. Más de lo que daría por una ducha, porque estaba dispuesto a apostar que sabía igual de dulce que olía.

Si no nos hubiesen interrumpido, se lo hubiese demostrado, de habérmelo permitido ella. Gemí con un ruido gutural mientras pensaba en cómo la hubiera saboreado, bebido de ella… no su sangre, sino la humedad que sabía que se había estado acumulando entre esos muslos exuberantes.

Debería estar encontrando otra manera de satisfacer mis necesidades, ya fuese con violencia o con otra mujer. Era fácil encontrar voluntarias en Masadonia. Pero ninguna de las dos cosas me apetecía en este momento, así que seguí acariciándome.

Continuar con mis recuerdos sí me apetecía. Esos minutos en la habitación en la que no era Hawke Flynn, cuando todo en mí no era una mentira y no me había convertido en un fantasma de oscuridad y locura, me hacían real. Cuando estaba viviendo solo el momento, no en el pasado ni en el futuro. Y por todos los dioses, no había existido en el ahora… no había estado interesado en eso desde… desde hacía varias jodidas *décadas*.

Estaría loco si no quisiese seguir pensando en eso.

Habría perdido la cabeza si no reconociese los peligros de hacerlo.

Pero aun así, mi mano se apretó y mis pensamientos no tuvieron que hacer casi ningún esfuerzo por volver a esa habitación y verme ahí. Por conjurar la imagen de ella, esos labios color baya entreabiertos, sus ojos verdes centelleantes de deseo cuando mi boca se cerró sobre la punta de su pezón, la seda una barrera efímera.

Mi cabeza cayó hacia atrás mientras mi mano bombeaba. Hubiese jurado oír su voz, esa sorprendente lengua afilada suya, que era igual de excitante que sus suaves curvas. La forma en que había agarrado esa daga de heliotropo, cómo había liberado la hoja del colchón. La había manejado como si supiera hacerlo, lo cual era otra sorpresa que debería preocuparme, aunque tuvo justo el efecto contrario.

La espiral de tensión surgió de la nada y me golpeó con fuerza, antes de bajar rodando por mi columna. Mis caderas dieron una sacudida, con lo que el agua salpicó sobre el suelo de piedra. Apreté los dientes al llegar al clímax, la oleada de excitación como un intenso tsunami que se llevó un poco de mi aliento a medida que el placer ondulaba a través de mí.

Respiré hondo y me quedé ahí recostado, a la espera de que mi corazón se apaciguase. Maldita sea, no me había corrido tan deprisa ni con tanta intensidad en…

No lo recordaba siquiera.

Abrí los ojos y contemplé el anodino techo blanco, el cuerpo demasiado laxo para intentar siquiera salir de la bañera. La liberación había aliviado la tensión de mis músculos, había aquietado mi mente.

Aunque fue solo temporal.

Igual que cuando el calor de otra persona me proporcionaba placer. Porque mis pensamientos ya se habían disparado, para volver sin remedio a la misma mierda de siempre. Esto era justo lo que pasaba cuando intentaba dormir. Cuando me quedaba tumbado en la cama durante horas, haciendo justo lo que estaba haciendo ahora: contemplar el maldito techo como si pudiese responder a lo que yo no podía.

No obstante, eso no me impidió recordar la última vez que un clímax no me había parecido mecánico. Solo una cosa que mi cuerpo quería quitarse de encima cuando lo asaltaba esa necesidad. ¿Cuándo había sido la última vez que no había parecido como nada más que un alivio pasajero? ¿Una escapatoria demasiado breve? ¿Había sido antes de que fuese tan estúpido como para pensar que podía terminar con la amenaza de la Corona de Sangre yo solo y consiguiese que me capturaran? ¿Había sido cuando estaba con ella, con *Shea*? Mi puño se cerró en el agua contra mi muslo.

No quería que eso fuese cierto, así que rebusqué en mi memoria. El sexo era al mismo tiempo todo y nada para los atlantianos y los *wolven*. Compartirse los unos con los otros a un nivel íntimo era algo que celebrar. El placer venía de la cercanía y no tanto del clímax en sí.

Pero eso se había ido al garete de mil formas diferentes cuando los atlantianos me habían tenido preso, ¿verdad? Habían tomado algo que era una expresión de lujuria mutua y, a veces, de cariño, o incluso de amor, y lo habían convertido en un acto al que temer. No estaba seguro de qué había sido lo peor durante mi tiempo en esa jaula fría y húmeda. ¿Los numerosos cortes que me hicieron por todo el cuerpo para robarme la sangre; sangre que echaban en viales y cálices y luego dentro de sus bocas? ¿Saber que estaban utilizando una parte de mí para crear a más Ascendidos? ¿Los mordiscos mientras esa zorra de reina y ese bastardo de rey observaban, cachondos con mi dolor? ¿O cómo el rey me había obligado a observar cuando mataba, aunque no después de haber cometido los actos más atroces que uno podía infligirle a otra persona? Los dejaba volverse contra mí y atacarme hasta que uno de ellos por fin terminaba con la vida del pobre desgraciado en cuestión. Estaban los medio atlantianos a los que encontraban, y los atlantianos puros que se habían quedado en Solis después de la guerra; a estos últimos los tenían encerrados en otras jaulas desde antes de que yo naciese siquiera. Las cosas que les hacían... La sangre que tuve que beber para conservar la vida... ¿O habían sido los tocamientos? Las caricias que empezaban crueles para luego volverse tiernas sin previo aviso.

El cobre comenzó a abollarse bajo las yemas de mis dedos a medida que la imagen de la zorra de pelo castaño rojizo se formaba en mi mente, sin importar cuánto quería olvidar su aspecto. Porque *esa* era su especialidad.

La reina Ileana.

La Reina de Sangre.

Ella era la prueba viviente de que la belleza no era nada más que una fachada exterior, porque era la peor de todos ellos. Su contacto eran uñas afiladas que arañaban y me hacían surcos en la piel, para luego volverse caricias casi amorosas, siempre seductoras, siempre muy muy... *eficaces*.

Eso era de lo que más disfrutaba, más que de robarme mi sangre: observaba cómo mi cuerpo cedía a sus exigencias mientras yo la maldecía y forcejeaba contra las cadenas que me sujetaban, mientras le lanzaba todos los insultos que me venían a la mente. Incluso después de cansarse de ser la que me infligía semejante daño y de que otros iguales a Ileana empezaran a ocupar su lugar, seguía oyendo su risa, suave y tintineante, como los carillones que colgaban antaño en los jardines de Evaemon… los que había arrancado en un ataque de ira ciega al regresar a casa. Eso había asustado a mi madre y había dejado a mi padre sin palabras durante días.

Cinco décadas de que me arrancaran poco a poco pedacitos de quien yo era. Cinco décadas de sobrevivir con la promesa de poder vengarme, de poder cobrarme todo aquello. Cinco décadas mantenido al borde mismo de la sed de sangre, siempre hambriento, hasta el día en que mi hermano vino a por mí. Apenas lo reconocí. Apenas reconocí a Shea.

Y ya no me conocía a mí mismo.

Bajé la vista hacia mis manos y lo vi. Vi lo que había hecho con ellas. El primer acto que cometí después de que mis muñecas ya no estuviesen encadenadas. Un escalofrío me recorrió de arriba abajo. No quería pensar en lo que había hecho Shea, en el trato que había hecho con los Ascendidos.

No quería pensar en lo que yo le había hecho después.

Levanté las manos y apreté los dedos contra mis sienes, en lugar de hacer lo que había hecho en el pasado demasiadas veces como para contarlas cuando estaba solo y los recuerdos no querían marcharse. Cuando los pensamientos no dejaban de invadir mi cerebro.

El placer no era la única escapatoria temporal.

También estaba el dolor.

Y si a mi piel le quedasen cicatrices con la misma facilidad que la de un mortal, mis brazos serían un burdo mapa que conduciría a todas las veces que había buscado sentir algo, *cualquier cosa*, que no fuese lo que esos recuerdos me provocaban.

Ni el placer ni el dolor habían funcionado. Lo sabía, a pesar de que los años posteriores a mi rescate fueron un batiburrillo de hacer todo lo que podía por olvidar por cualquier medio necesario.

Dejé que mis dedos resbalasen de los lados de mi cabeza. Los miré una vez más, pensando en mi interminable retahíla de pesadillas. Las largas noches de beber. Los días aún más largos de fumar las semillas de amapola aún sin madurar hasta que estaba borracho o lo bastante colocado como para olvidar quién era. Y los incontables cuerpos sin nombre y sin rostro con los que había estado en esos oscuros años posteriores. Atlantianos. Mortales. Mujeres. Hombres. Cuerpos que me follaba solo para demostrarme que yo decidía quién me tocaba. A quién tocaba. Que yo tenía el control. Que aún podía encontrar placer en el acto. Pero, demonios, había estado hecho un desastre. No importaba cuántas veces lo demostraba, cuántas veces me miraba las manos como estaba haciendo ahora, casi un siglo después, y no veía cadenas incrustadas en mi piel.

Seguiría en ese estado mental de no haber sido por Kieran y los otros. Si no hubiesen hecho todo lo que estaba en sus manos por recordarme quién era y quién... *qué*... no era. Kieran había hecho gran parte del trabajo duro. Joder, seguía haciéndolo. Pero habían conseguido despertarme. Me habían sacado de la oscuridad, a una nueva vida que tenía un solo propósito.

Liberar a mi hermano.

Y eso era en quien me había convertido.

Todo lo que era ahora.

No exactamente quien era antes. Jamás volvería a ser esa persona, pero esto sería lo más cerca que llegaría nunca.

Ahora, las pesadillas solo me encontraban de verdad cuando dormía, y *sí* había habido veces desde entonces en las que el sexo había consistido en el placer de compartir mi cuerpo con otra persona, y no solo en el control o en demostrar ni una sola maldita cosa a nadie. Ni siquiera a mí mismo. Unos pocos minutos en los que había sido algo más profundo. Pero

¿el resto de las veces? Seguía habiendo muchas caras que no lograba recordar con ninguna claridad. Demasiadas.

No sentía ningún orgullo al pensarlo. Ninguna satisfacción engreída ni arrogancia. Porque la verdad era que todavía no había olvidado esa oscuridad. Perduraba. Me atormentaba. Igual de fría que todos esos orgasmos.

Igual de vacía.

PRESENTE III

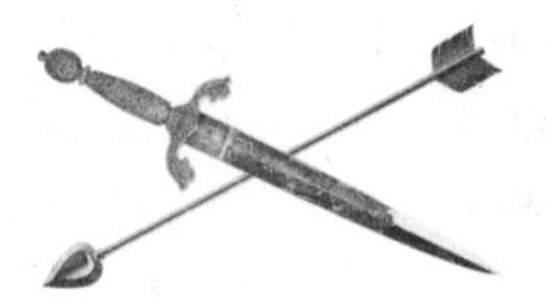

Estaba sentado con los ojos cerrados, la espalda contra el cabecero de la cama, sujetando a Poppy contra mi pecho. La parte de arriba de su cabeza estaba acurrucada contra mi hombro y sus caderas y sus piernas estaban asentadas entre las mías. Kieran había vuelto hacía un rato con una combinación azul pálido que Hisa había encontrado para ella. Había tardado bastante porque había tenido que buscar algo que no fuese blanco. Era probable que Hisa no hubiese entendido por qué importaba algo así, pero Kieran no había querido que Poppy despertase con el color de la Doncella.

Me concentré en el peso de su cuerpo sobre mí. ¿Podría sentir mi corazón latir, aun sumida en un sueño tan profundo? ¿En esta estasis?

«Me… me costó mucho procesarlo todo. Los errores estúpidos que llevaron a mi captura. Lo que tuve que pasar. Shea. Lo que hice después. A veces, era como si sintiera demasiado… la ira y también alivio, porque por fin era libre. Y eso parecía equivocado. También sentía culpa. Y todo ello era tan abrumador que no podía sentir nada más».

Deslicé mi mano por su pelo.

«En ocasiones, el sexo, las drogas y la bebida no eran suficiente para silenciar esos pensamientos. Los recuerdos. Así que ahí es cuando…». Fue como si mi garganta se sellase. Me fallaron las palabras.

No, las palabras no me habían fallado. Seguían ahí, empujaban contra mis labios. Lo que las detuvo fue la… esa vergüenza espantosa, incluso después de todos estos años. Aunque sabía que lo que me habían hecho y lo que me habían forzado a hacerles a otros no era mi culpa. Lo sabía.

Pero a la cabeza, joder… le gustaba ignorarlo.

Aun así, no lograba olvidar que la vergüenza no era mía.

«Fue por accidente… la primera vez que me di cuenta de que el dolor podía detenerlo todo, igual que el sexo», me forcé a explicar. Necesitaba que ella lo supiera, aunque no pudiese oírme. Necesitaba oírme decirlo en voz alta. «Estaba entrenando, tratando de que mis músculos volvieran a aprender a ser rápidos con una espada e incluso más rápidos con mis pies, pero era demasiado pronto. Seguía atascado demasiado profundo en mi cabeza. No estaba tan presente, aunque Naill, que estaba trabajando conmigo, no se dio cuenta».

Se me escapó una risa seca y odiosa.

«Aprendí a ocultárselo bien a los que podía. Se coló en mi guardia y me cortó en el pecho. No fue profundo, pero ese dolor vivo e intenso no me devolvió de golpe a la jaula como había pensado que haría. En lugar de eso, consiguió… *silenciarlo* todo. Me dejó lo bastante aturdido como para cortar a través de toda esa mierda que tenía en la cabeza. Interrumpió mis pensamientos y, por todos los dioses, solo tener un minuto de no estar ahí de vuelta, de no pensar en Malik ni en lo que yo había hecho o no hecho… Solo un maldito minuto de silencio fue como un orgasmo. No solo físico, sino mental. Porque después me quedó una enorme sensación de calma. De claridad».

Me estremecí.

«En ocasiones, utilizaba un cuchillo. En otras, mis colmillos». Apreté la mandíbula. «En cuanto veía rojo, me invadía una sensación de alivio. De nitidez. Y costaba mucho menos esfuerzo que el sexo». Se me escapó otra risa dura mientras sacudía la cabeza. «Pero ¿la verdad, Poppy? La verdad era que no duraba. Era solo otra vía de escape. Excepto que ahora era yo el que me hacía daño a mí mismo en lugar de que otra persona me lo hiciera. Cualquiera pensaría que me habría dado cuenta de eso al instante, pero me costó salir de ahí. Hablando. Sé que suena de lo más cliché, pero es la verdad. Porque aunque eso era doloroso de un modo diferente, la liberación de poner toda esa mierda desagradable en palabras sí que tuvo un efecto duradero».

Y así había sido.

Por supuesto, hablar no había sido un arreglo milagroso inmediato. Hablar de toda esa mierda llevó un tiempo. Un montón de reorientación. Exigió ser honesto, lo cual no siempre era fácil cuando mi reacción natural era decir que estaba bien, aun cuando por dentro era una tormenta a punto de estallar.

Rocé la parte de arriba de la cabeza de Poppy con mis labios.

«Nadie sabe nada de esto. Lo que solía hacer para escapar de todo». Sentía la garganta pastosa. «Excepto Kieran. Él lo sabe. No tenía elección con nuestro vínculo». Y aquí venía la cosa más jodida de reconocer. «Lo que me estaba haciendo a mí mismo lo estaba debilitando a él. Uno hubiese pensado que eso sería suficiente para sacarme de ese abismo, que ver lo que le estaba haciendo bastaría, pero no fue así. Estaba demasiado perdido en mi cabeza, aunque no tan perdido como para no saber lo jodidamente egoísta que estaba siendo».

—No fuiste egoísta, Cas. Estabas sufriendo. —Aspiré una bocanada de aire entrecortada y mis brazos se apretaron alrededor de Poppy como acto reflejo—. Por favor, dime que ahora ya lo sabes.

Abrí los ojos y bajé la vista hacia la mano que sujetaba una de las de Poppy, la mano que pertenecía a la única persona en la que confiaría de manera irrevocable para que la tocara de ese modo, para que se quedara con ella antes, cuando más vulnerable estaba, mientras yo lavaba a toda prisa la sangre y el sudor de mi propio cuerpo.

—Lo sé.

—¿De verdad?

Aspiré otra bocanada de aire antes de girar la cabeza hacia donde Kieran estaba sentado a mi lado, su hombro contra el mío. Tenía un aspecto demasiado solemne.

—A veces lo olvido, pero lo sé.

—No pasa nada por olvidar —dijo, y sus ojos buscaron los míos—. Siempre y cuando lo recuerdes después.

Una sonrisa arrepentida tironeó de mis labios.

—Sí, lo sé. —Tragué saliva—. Solo desearía no haberte hecho pasar por todo aquello.

—Y yo desearía que tú no hubieses tenido que pasar por toda esa mierda —replicó—. Sin embargo, no podemos cambiar nada de eso.

—No, no podemos.

Kieran me sostuvo la mirada, luego bajó la vista hacia Poppy.

—¿Le has contado la verdad sobre Shea? —Negué con la cabeza—. ¿Se lo vas a contar alguna vez? —preguntó.

—Lo haré.

—No te va a juzgar. —Deslizó el pulgar por los nudillos de Poppy—. Si alguien puede entenderlo, creo que será ella.

—Lo sé. —Eché la cabeza hacia atrás para apoyarla en la pared—. Es solo que… tiene que estar despierta para contárselo.

Kieran se quedó callado unos momentos.

—Todavía no puedo creer que estuvieras con ella en la Perla Roja. —Se rio en voz baja—. Aquello me dejó de piedra.

—A ti y a mí.

Kieran sonrió y un poco de silencio se coló en la habitación. No era desagradable como antes. Me sentía un poco más relajado cuando Kieran estaba aquí, al saber que todo el mundo estaba haciendo todo lo posible por darle tiempo a Poppy.

Tiempo.

Eso me hizo pensar en cómo mis planes habían empezado a ponerse en funcionamiento después de lo de la Perla Roja.

Mi mente voló hacia lo que había ocurrido tras el encuentro en la Perla Roja. Pensé en el hombre bueno que había tenido que morir. En los inocentes que habían sido asesinados. En los malos que debían ser castigados.

Y en la valentía de una Doncella.

Jardín desierto

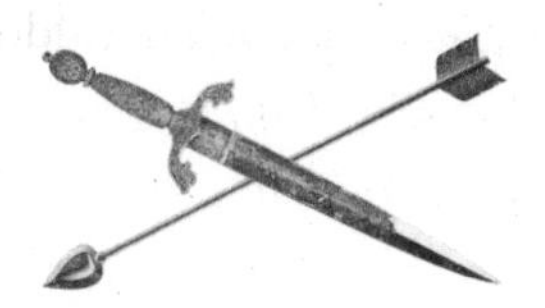

La Doncella no había salido al jardín la noche anterior; tampoco había estado en las salitas oscuras esta mañana durante mi entrenamiento. Sin duda, sus… aventuras nocturnas explicaban su ausencia. Ella no era consciente de que yo sabía quién era, pero supuse que haría todo lo posible por evitarme.

Sin embargo, eso cambiaría pronto. Diablos, debería haber cambiado ya.

No obstante, nuestros planes se habían demorado cuando recibí un mensaje de Jericho en el que decía que la Doncella no había aparecido por el jardín justo antes de oscurecer.

¿Qué la habría impedido ir al jardín?

¿La habrían descubierto al volver al castillo? No lo creía. Jansen no lo había mencionado cuando lo vi más temprano. Si la Doncella se hubiese metido en problemas, él se habría enterado y me habría trasladado esa información.

Aparté la vista del viejo sauce. Esa maldita cosa me fascinaba. Atlantia no tenía ninguno de esos árboles, que yo recordase. El cielo estaba cubierto de estrellas mientras recorría la muralla interior del castillo, pendiente del terreno más abajo. La impaciencia hacía que sintiese la piel igual de tensa que cuando tenía hambre. El jardín estaba desierto, pero no debería estarlo. Las únicas señales de vida estaban en el patio, cerca de las cuadras, donde el teniente Smyth estaba reprendiendo a un grupo de guardias por algo tan irrelevante como unas botas sin lustrar. Como si los Demonios o cualquier otro enemigo fuese a fijarse en el calzado de nadie.

Mis ojos se posaron en la capa blanca que colgaba de los hombros del comandante Jansen. El hombre estaba a la puerta de uno de los salones, acompañado de varios guardias reales. Las puertas estaban abiertas y la brillante luz emanaba por ellas. Desde la muralla, veía a grupos de sirvientes hablando en voz baja. Eso no era algo que viera a menudo. Los Teerman eran muy exigentes con sus sirvientes. Si uno no estaba ocupado, sabía fingir que lo estaba. Nunca había ninguno simplemente remoloneando por ahí.

Había pasado algo.

Una figura alta de pelo oscuro salió del salón, vestida toda de negro. Entorné los ojos para escrutar los apuestos rasgos pálidos del macho en cuestión. No sabía demasiado acerca de este lord, pero sí conocía su nombre.

Lord Mazeen.

Y no estaba solo.

A su lado caminaba la duquesa Jacinda Teerman, de pelo también moreno y enfundada en un vestido azul turquesa. La Ascendida era preciosa, eso no podía negarse, y cuando sonreía, casi parecía mortal. Viva. Compasiva. Se le daba mejor fingir que a la mayoría. Casi tan bien como a su Reina de Sangre, aunque sus ojos eran tan fríos y desalmados como los de los demás. Los seguían tres guardias reales.

Bajé por las escaleras interiores, pero me quedé pegado a las sombras de la pared mientras la duquesa y lord Mazeen llegaban hasta el grupo próximo a la puerta. Jansen y los otros hicieron una reverencia, los movimientos del primero rígidos. Sonreí para mis adentros al tiempo que me deslizaba detrás de una columna ancha del corredor cubierto de la planta baja. No necesitaba acercarme demasiado para oírlos.

—Hemos registrado todo el lugar, Excelencia. Como ordenó su Excelencia el duque —dijo el comandante Jansen mientras yo me apoyaba en la piedra fría—. No hemos encontrado ni rastro de un Descendente ni de un intruso de ningún tipo.

¿Estaban buscando a un Descendente? Sabía que no habían visto a Jericho; él me hubiese alertado si ese fuera el caso.

—Alguien debe haber estado aquí —objetó la duquesa, su voz engañosamente suave. El lord se había quedado un poco atrás—. Ese cuello no se rompió solo.

Detrás de ella, el lord dejó escapar una risa bajito.

—No lo creo, no —repuso Jansen, su tono todo educación y profesionalidad—. Pero nadie ha visto nada. Interrogaremos otra vez a todos los asignados a la planta baja, pero dudo que sus respuestas vayan a cambiar.

—Los Descendentes son tan listos como violentos, comandante Jansen. Ya lo sabes. —La duquesa levantó la vista hacia el comandante, sus manos cruzadas con delicadeza delante de la tripa—. Podríamos tenerlos trabajando entre nosotros en estos mismos momentos, como nuestros guardias o en nuestra casa.

Desde luego que podían. De hecho, así era. Aunque no tenía ni idea de a quién se referían ni por qué un Descendente atacaría a alguien que me daba la impresión de que era mortal. Al contrario de lo que los Ascendidos afirmaban o les gustaba creer, aunque tampoco estaba al tanto de todos sus ardides y estratagemas, los Descendentes no solían atacar a otros, ni siquiera a personas cercanas a los Ascendidos.

—Y si hay alguno, lo descubriremos —le aseguró el comandante, con tal sinceridad que casi lo creí—. Sin embargo, no estoy seguro de que un Descendente sea responsable de este ataque.

—¿Qué quieres decir? —preguntó la duquesa, el ceño fruncido mientras el teniente Smyth cruzaba el patio para reunirse con ellos.

—¿Ha...? —El comandante Jansen se aclaró la garganta; no parecía tener ganas de preguntar lo que debía preguntar.

Menudo actor más consumado estaba hecho—. ¿Ha visto el cuerpo, Excelencia? ¿O le han explicado su estado?

—He visto su cuerpo unos instantes. —La duquesa ladeó la cabeza. El gesto hizo que su rizado pelo negro como el carbón cayera por encima de un hombro—. El tiempo suficiente para saber que ya no es de este mundo.

—Había heridas punzantes en su cuello —informó Jansen—. Profundas.

Todos los músculos de mi cuerpo se pusieron rígidos mientras la duquesa fingía sorprenderse; y si había unas jodidas marcas de mordisco en el cuello de la fallecida, estaba claro que la duquesa estaba fingiendo esa exclamación ahogada. Lo del cuello roto cobraba sentido ahora. Lo más probable era que hubiesen drenado la sangre de la mujer y después le hubiesen roto el cuello para evitar que se volviese Demonio dentro de las paredes del castillo.

—Siento ser el portador de estas noticias —se excusó Jansen, del todo consciente de que a la duquesa no podía habérsele pasado eso por alto, por poco tiempo que hubiese visto el cuerpo—. Un Descendente no tendría ninguna razón para drenar la sangre de una mortal.

—No, ellos solo cuelgan cuerpos de árboles —aportó lord Mazeen—. Como hizo uno de ellos con lord Preston en algún momento de ayer por la noche.

Mis labios esbozaron una leve sonrisa. O sea que *sí* que lo habían encontrado antes de que el sol llegase hasta él. Eso me proporcionó una satisfacción salvaje.

—Pero eso no significa que no puedan hacer que parezca que otra persona es la culpable —sugirió el teniente Smyth, lo cual demostraba exactamente qué tipo de jodido imbécil era el hombre.

—A menos que alguien vaya por ahí con un picahielos u otro objeto pequeño y afilado, me resulta improbable —declaró Jansen con tono seco. El teniente Smyth bufó, ofendido.

—Solo digo que no es imposible.

La duquesa miró a Jansen el tiempo suficiente como para que el recelo bullera en mi pecho, pero entonces su expresión se suavizó.

—No, no lo es, pero es poco probable. Eso nos deja con solo otro sospechoso.

¿Ellos?

—Un atlantiano —conjeturó Smyth. Incorrecto una vez más.

Porque aparte de *yo mismo*, no había ni un atlantiano puro más pululando por ningún sitio cercano al castillo. Además, podíamos beber de mortales, y a veces ocurría durante momentos acalorados y apasionados, pero la sangre mortal no nos proporcionaba ningún sustento. No era algo que buscásemos.

—El Señor Oscuro —susurró la duquesa.

Oh, venga ya.

La cara de Jansen no mostraba emoción alguna al responder.

—Registraremos todo el recinto del castillo una vez más, Excelencia. —Se giró hacia Smyth—. Alerte a los guardias del Adarve y de la ciudad para que estén atentos a cualquier signo o evidencia de que el Señor Oscuro pudiese haber llegado a Masadonia.

El teniente Smyth asintió, luego hizo una reverencia en dirección a la duquesa y el lord antes de alejarse a toda prisa a hacer justo eso. El hombre caminaba tan rápido como le llevaban sus piernas huesudas, ansioso por cumplir la voluntad de la Ascendida.

Dispuesto a ignorar lo obvio y extender falsedades que conducirían, de manera inevitable, a que personas inocentes fuesen acusadas de crímenes en los que no habían tenido nada que ver y de los que incluso puede que no tuvieran constancia. Porque el hombre sabía muy bien lo que eran los Ascendidos, pues estos no ocultaban su verdadera naturaleza a los rangos superiores de la guardia real. Eso lo había aprendido durante el tiempo que había pasado en cautividad en la capital.

Después de todo, los miembros de la guardia real solían ser los que se encargaban de los cuerpos cuando los Ascendidos los drenaban; cuerpos que transportaban fuera de las murallas de la ciudad para dejar que se convirtiesen en Demonios.

Así era como operaban: les echaban la culpa a los Descendentes, al Señor Oscuro y a los atlantianos. Le daban a la gente algo que temer para que no los mirasen a ellos con demasiada atención. Observé con suspicacia a Smyth, que estaba subiendo al Adarve. Los mortales que colaboraban con los engaños de los Ascendidos constituían una raza única de maldad.

—Debemos asegurarnos de que no vuelva a ocurrir nada como esto —le dijo la duquesa a Jansen, pero era más bien un numerito para los otros guardias que flanqueaban al comandante. Guardias que no conocían la verdad. Con suerte, tendría esta misma conversación con los otros Ascendidos, puesto que uno de ellos había terminado con la vida de esa mujer—. El lugar debe ser seguro para el inminente Rito, pero, sobre todo, debe ser seguro para la Doncella.

La Doncella.

Me puse tenso.

—Por supuesto. Ella es demasiado importante —repuso Jansen, y esta vez hablaba con sinceridad—. Su seguridad es siempre lo primero.

Excepto que ninguno de ellos, ni siquiera Jansen, era consciente de lo cerca que había estado de resultar herida la noche anterior. O algo peor.

Entonces se fueron cada uno por su lado. Jansen giró la cabeza un poco hacia mí. O bien había percibido mi presencia, o bien me había visto. Vi una ligerísima curva ascendente en sus labios antes de desaparecer dentro del castillo de Teerman.

La duquesa de Teerman y lord Mazeen se marcharon en dirección contraria, hacia las puertas que daban a Radiant

Row. Ni ellos ni sus guardias eran conscientes de mi presencia a medida que se acercaban al punto donde permanecía escondido entre las sombras.

Me puse tenso de nuevo.

Clavé los ojos en el lord y los entorné cuando pasó por mi lado. La mayoría de los Ascendidos tenían el mismo olor, pero lord Mazeen olía diferente esta noche. Bajo ese aroma dulce y rancio que solían tener, había una pizca de jazmín, hierro y… algo más. No fue el olor floral ni el tenue aroma a sangre que detecté en él lo que me hizo apretar la mano en torno a la empuñadura de mi sable, aunque quizá debería, visto lo que acababan de estar discutiendo. Fue el aroma más dulce y un pelín terroso lo que hizo que se me abrieran las aletas de la nariz y un gruñido grave retumbase en mi pecho. El lord llevaba impregnado el olor de *ella*.

De la Doncella.

Unas pisadas suaves y rápidas resonaron a mi izquierda mientras contemplaba al lord desaparecer en la noche.

—¿Hawke? —me llegó una vocecilla—. ¿Eres tú?

Aparté la vista del punto donde había visto al lord por última vez y me giré para ver a Britta que se acercaba despacio y con disimulo por la pared.

—Creía que estaba bien escondido —protesté.

—Sí que eres tú —comentó, los brazos cruzados con fuerza delante del pecho—. Te vi desde ahí arriba. —Señaló con su barbilla redonda a una de las ventanas del primer piso—. Pensé que podía venir a decirte «hola».

Reprimí mi irritación y le sonreí. Justo entonces me llegó su olor. Era ácido. Como a limón. Deslicé los ojos por su cuerpo delgado a medida que se acercaba. Cómo no me había dado cuenta al instante de que no era ella la noche anterior era algo que no podía comprender. Supuse que se debía a mi necesidad de alimentarme. Nuestros sentidos se debilitaban cuando tardábamos demasiado en hacerlo, pero joder. Britta era una belleza, pero no tenía nada que ver con la Doncella.

—¿Ha pasado algo esta noche? —pregunté, aprovechando la interrupción en mi beneficio.

Varios rizos rubios botaron por debajo de los bordes de su cofia cuando asintió.

—Ha habido una muerte. —Se llevó una mano a su delgado cuello—. Un... un asesinato.

—Eso es lo que he oído. —Miré hacia las puertas del jardín. El lord y la duquesa hacía largo rato que habían desaparecido—. ¿Era una sirvienta?

—No. Era Malessa Axton. —Britta bajó la voz *y* se acercó lo suficiente como para que casi compartiésemos el mismo aire. Visto lo bajito que hablaba, esto último tenía poco que ver con lo que dijo—. Era la viuda de uno de los comerciantes y bastante cercana a lady Isherwood.

—¿Estaba aquí con esa dama?

Britta negó con la cabeza al tiempo que se inclinaba hacia mí y su pecho rozaba mi brazo.

—Por lo que sé, lady Isherwood no está aquí esta noche. —Echó la cabeza atrás para mirarme con ojos azul aciano—. La señora Axton estaba sola...

La forma en que dejó la frase en el aire me indicó que sabía más de lo que estaba diciendo. Aunque, claro, Britta siempre sabía un montón sobre todo tipo de cosas.

Excepto sobre la Doncella.

Cuando le preguntaba a Britta por ella, tenía muy poca información que compartir. En eso no difería de todos los demás, pero ¿cómo se había adueñado la Doncella de la capa de Britta?

Giré el cuerpo hacia ella y noté cómo se le cortaba la respiración cuando deslicé el brazo por su pecho. Bajé la barbilla y observé cómo sus pestañas aleteaban antes de entrecerrarse.

—He oído que ha sido un Descendente.

—Eso no lo sé. —La mano que tenía delante del cuello bajó. Sus dedos se enroscaron alrededor del cuello del uniforme bermellón que llevaban los sirvientes.

—Pero ¿no estaba sola? —insistí.

—No. —Alargó su otra mano para ajustar la correa de mi tahalí que no necesitaba ningún ajuste. Luego se mordió el labio de abajo. Sus pestañas subieron. Ligona—. Oí que estaba en uno de los saloncitos con un lord. —Sus dedos se demoraron en la correa que cruzaba mi pecho—. La sala en la que la encontraron. Tenía el cuello roto.

—¿Y le habían drenado la sangre?

Su nariz respingona se arrugó.

—Eso no lo había oído. Solo lo de su cuello. —Tragó saliva y retiró la mano—. ¿Le habían drenado la sangre?

—Eso es lo que he oído, pero podría estar equivocado —añadí, porque tampoco quería inquietarla—. ¿Sabes con qué lord estaba?

—Con lord Mazeen —contestó. Respiré hondo.

—No sé gran cosa sobre él. —Eso fue todo lo que dije antes de callarme, de darle la oportunidad de explayarse. Y Britta la aprovechó.

—Puede ser… muy amistoso —dijo con tono tentativo, cauto. Los sirvientes, incluso ella, sabían bien que no debían hablar mal de los Ascendidos. Su garganta subió y bajó al tragar de nuevo—. Hay quien diría que demasiado amistoso.

El hecho de que el lord oliera a la Doncella me gustó ahora aún menos.

—¿Es algo con lo que tienes experiencia personal?

—Tiendo a asegurarme de estar muy ocupada cuando él está cerca.

—Chica lista —comenté, y ella me regaló una sonrisa—. ¿Está en el castillo a menudo?

Britta encogió un hombro.

—No más que los demás, pero suele estar con el duque. Son buenos amigos.

El duque Dorian Teerman.

Ese Ascendido era en parte fantasma, porque rara vez lo veía.

No podía preguntarle sin más a Britta si lord Mazeen solía ser demasiado amistoso con la Doncella.

—¿Y muestra las mismas... atenciones a los demás del castillo? ¿A la duquesa? ¿A las damas o los lores en espera...?

—No lo sé, pero parecer tener poca conciencia del espacio personal con cualquier persona con la que entra en contacto —comentó, su sonrisa tensa al sacudir la cabeza de manera visible. Sus bonitos ojos azules se cruzaron con los míos una vez más—. ¿Vas a visitar la Perla Roja pronto?

Mi sonrisa fue un poco más genuina.

—Puede ser.

—Bien. —Dio un paso atrás al tiempo que giraba la cabeza para mirar a su alrededor—. Estaré pendiente de ti. Buenas noches.

—Buenas noches —murmuré, y observé cómo volvía al castillo antes de girarme otra vez hacia las puertas del jardín, sin ninguna intención de regresar a la Perla Roja pronto.

Ni de estar pendiente de Britta.

Lo cual tenía poco sentido. Britta era agradable y divertida y, en ocasiones, como esta noche, su cháchara me venía bien. Pero la idea de ese tipo de diversión me dejaba... desinteresado.

Mis ojos se deslizaron hacia el muro del jardín, donde la Doncella debería haber estado esta noche. Aunque ahora sabía por qué se había ausentado.

Lo que no sabía, sin embargo, era por qué el lord, que era muy probable que fuese el responsable de lo que le había pasado a esta mujer Axton, olía a la Doncella.

ESTÁ HECHO

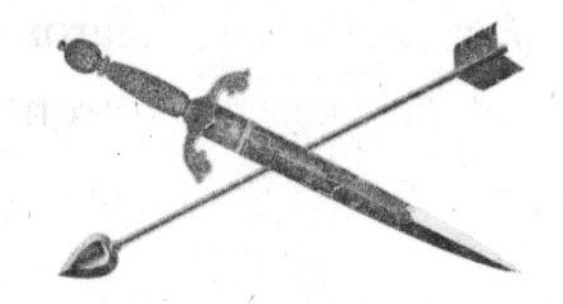

—Está hecho.

Me paré en la cima del Adarve, mirando hacia las hojas carmesís del Bosque de Sangre bañado en luz de luna. No sentí ninguna satisfacción o alivio al enterarme de otra muerte, una que había sucedido por orden mía. Solo sentía determinación.

—¿Cuál de ellos? —pregunté.

—Keal.

El tono de Jansen y la forma en que rumió el nombre del guardia y luego lo escupió hizo que la parte de atrás de mi cuello se tensara.

—¿Qué pasó?

El cambiaformas soltó un bufido.

—¿Los planes se modificaron?

Fruncí el ceño y giré la cabeza hacia atrás.

—¿Qué quieres decir?

El comandante estaba a poca distancia detrás de mí, pero mantuvo la vista sobre la ciudad.

—Según recuerdo, los planes consistían en crear una vacante entre los guardias personales de la Doncella. No en intentar secuestrarla. No debía haber ningún contacto con ella.

Hijo de puta.

Estiré el cuello a la izquierda y luego a la derecha.

—Eso es correcto.

Se produjo una pausa que Jansen aprovechó para acercarse a mí, consciente de los otros presentes en el Adarve.

—Intentó raptarla.

La ira hizo hervir mi sangre tan deprisa que tardé un momento en asimilar del todo lo que había dicho: que Jericho había *intentado* raptarla.

—¿Fracasó?

—Ella se resistió.

Mi cabeza giró a toda velocidad hacia la suya, al tiempo que una sorpresa gélida sofocaba parte de la ira.

—Explícate.

—La Doncella le hizo un corte en el costado. Debió de ser importante, dada la cantidad de sangre que dejó atrás. La única razón de que ella siga sana y salva en el castillo es que se resistió. De no haberlo hecho, los guardias no hubiesen llegado a tiempo de impedir que se la llevara. —Sus ojos se cruzaron un instante con los míos—. O que él le hiciera más daño.

Me quedé completamente quieto. Todo en mí se detuvo.

—¿Le hizo daño?

—La golpeó. —Jansen apartó la mirada y yo dejé de verlo—. Y probablemente lo habría hecho otra vez si Kieran no le hubiera hecho una señal.

La oscuridad cayó sobre mí al tiempo que una oleada de ira gélida surgía en mi interior. Jericho, ese hijo de puta, tenía un solo trabajo que hacer: eliminar a uno de los guardias de la Doncella y hacerlo sin que lo viera nadie. No debía interactuar con ella. Le habían advertido de que no debía tocarla. No debía hacerle daño.

—Cubre mi ausencia. —Giré sobre los talones y eché a andar—. Tengo que ocuparme de algo.

Jansen me siguió al instante, pero habló en voz baja.

—Hawke…

Me detuve el tiempo suficiente para mirarlo a los ojos.

Fuera lo que fuere lo que vio en ellos, lo incitó a pararse en seco. Me dedicó un asentimiento seco.

—Cubriré tu ausencia.

Sin una palabra más, abandoné el Adarve. Emergí al lado de una de las garitas. Unos cuantos guardias rondaban cerca, pero ninguno me miró, así que agarré una de las capas que había ahí colgadas y me la puse. No me importaba quién o cuántos se la hubieran puesto antes. Levanté la capucha y me fundí enseguida con la oscuridad de los que vivían a la sombra del Adarve.

Puesto que sabía con exactitud dónde estaría Jericho, no perdí tiempo alguno en cruzar las calles anegadas de humo y llenas de desperdicios del Distrito Bajo. Mi ira aumentaba a cada paso según me iba acercando a los Tres Chacales, un tugurio de apuestas conocido por sus deportes sangrientos y su clientela violenta.

Estaba a punto de convertirme en el cliente más violento que habían visto en la vida.

Una sombra se separó de las paredes para deslizarse en silencio por delante de un hombre inconsciente en la acera. Kieran se acercó a mí a la tenue luz de los farolillos que enmarcaban la entrada sin ventanas, vestido con los pantalones marrón mate y la chaqueta ajada de un plebeyo, un sombrero bien calado para ocultar sus rasgos.

—Sé que quieres hacer algo irresponsable e imprudente, pero no puedes matarlo —me dijo. No hubo ningún saludo. Ninguna necesidad de hacer preguntas. Sabía por qué estaba aquí.

—No voy a matarlo —repuse—. Solo voy a asesinarlo.

Kieran dio una zancada a un lado para bloquearme el paso.

—Eso es lo mismo.

—No, no lo es. Matar a alguien implica que podría haber sido un accidente. Lo que estoy a punto de hacer será del todo intencionado.

—Entiendo tu enfado. De verdad que sí…

—No creo que lo hagas. —Hice ademán de pasar por su lado, pero Kieran plantó una mano en mi hombro para detenerme. Bajé la vista hacia su mano, luego la levanté hacia sus ojos—. *De verdad* que no creo que lo hagas.

—Jericho no ha obedecido y se ha pasado muchísimo de la raya. Yo también estoy cabreado. —Sus pálidos ojos azules se iluminaron bajo el ala de su sombrero—. Pero no puedes asesinarlo, matarlo ni «desvivirlo» de ninguna manera.

Un retumbar de advertencia brotó en mi pecho.

—Puedo hacer lo que me plazca —gruñí. Me adentré en el espacio personal de Kieran y lo forcé a apartarse—. Soy su jodido príncipe y me ha desobedecido.

—Oh, ¿o sea que *ahora* reclamas ese título? —replicó Kieran, su voz tan baja como la mía—. ¿Vas a cargar con todas las responsabilidades de él? Bien. Ya era hora. Tus padres y Atlantia van a estar encantados. Lo más probable es que Alastir se corra en sus pantalones de la alegría, y bla bla bla, lo que sea, pero no vas a entrar ahí solo como su príncipe. Vas a entrar ahí como el príncipe de Atlantia, el príncipe que nos gobierna a todos.

Aparté su brazo a un lado.

—No puedo creer que estés aquí fuera defendiéndolo.

—Sabes muy bien que no puedo soportar al muy imbécil, pero no se trata de mí. Tampoco se trata de ti —espetó.

—Entonces, dime de qué trata esto, porque ahora mismo, el mundo es mi jodido patio de juegos.

—Jericho actuaba por orden tuya. Y sí, no tenía que haber intentado raptarla. —Sin preocuparse en absoluto por su propio bienestar, me agarró otra vez del hombro—. Pero ¿crees que alguien pensará que ha hecho mal al intentar acelerar toda esta mierda? ¿Aunque *fuese* un intento absurdo?

—Esa no es la única razón —escupí—. Tú estabas ahí.

—Lo estaba. —Su mano se apretó sobre mi hombro—. Vi lo que hizo. Vi lo que hizo ella. Le dio un buen tajo, uno lo bastante profundo como para estar muerto de haber sido mortal.

Ladeé la cabeza.

—¿Crees que me importa lo más mínimo que resultara herido? Le dije que ella no debía sufrir ningún daño.

—Lo sé, y ya le he devuelto con creces lo que hizo. Pero ¿cómo crees que encajarán los que están con él, los que viajaron a Solis contigo y están arriesgando sus vidas por ti, verlo morir a manos de su príncipe?

—Están arriesgando sus vidas por mi hermano —bufé, indignado.

—¿Existe alguna diferencia?

En mi mente, sí existía.

Kieran se inclinó hacia mí, hasta que el ala de su sombrero rozó la capucha de mi capa.

—A ninguno de los que están ahí dentro les importará que haya pegado a la Doncella. Esté bien o esté mal, no la ven como a una persona. Cuando la miran, todo lo que ven es a un símbolo de los Ascendidos, de los que han matado a muchos de sus familiares y amigos y han llevado a su gente casi hasta la extinción. Eso no significa que estén todos de acuerdo con lo que hizo Jericho, pero tienes que pensar en el efecto que tendrá si entras ahí y lo matas. A un *wolven* que desciende de una de las familias más antiguas.

Aspiré una bocanada de aire brusca. Parte de lo que decía empezaba a romper a través de la neblina de mi ira.

—Sé qué es lo que te ha alterado tanto. No es porque intentó secuestrarla —repitió Kieran, y volvió a apretar mi hombro—. Lo *sé*.

La siguiente bocanada de aire que inspiré fue demasiado escasa. La idea de hacer daño a una mujer me repugnaba; sin embargo, en ocasiones era una desafortunada necesidad, incluso cuando se trataba de los Ascendidos. Aun así, Kieran sabía la mayor parte de lo que la Corona de Sangre me había obligado a hacer cuando me tuvo cautivo. Me había sonsacado gran parte de ello cuando estaba en una de mis borracheras. Sabía la cantidad de vidas que me había visto forzado a arrebatar, con las que tuve que terminar despacio y con dolor. Se me empezó a revolver el estómago.

Di un paso atrás y solté el aire con fuerza. Kieran tenía razón. Ninguno de los otros esperaría que me enfadase tanto como para asesinar a ese *wolven* idiota por haber intentado raptar a la Doncella. Y también tenía razón en cuanto a cómo la veían.

Igual que la veía yo.

Como un símbolo para los Ascendidos, un recordatorio del derramamiento de sangre y las pérdidas con las que todos habíamos tenido que lidiar y por las que aún estábamos sufriendo. Mi tiempo con ella en la Perla Roja no cambiaba eso. Como tampoco lo hacía el hecho de que la Doncella hubiese querido experimentar el placer. No había cambiado ni una maldita cosa.

—¿Te has calmado? —preguntó Kieran. Asentí.

—Gracias.

—No he hecho nada por lo que tengas que darme las gracias —me dijo.

—No es verdad. —Lo miré a los ojos—. Lo has hecho todo. Como siempre.

Se lo había ganado

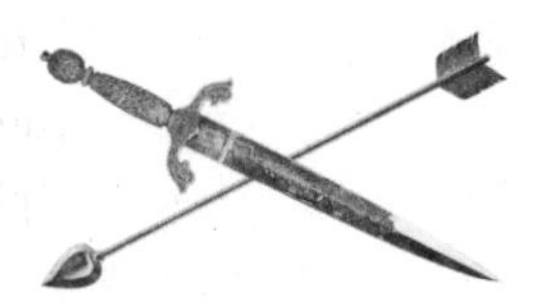

Con la ira más o menos controlada, me abrí paso entre los que se arremolinaban alrededor del ring donde dos hombres resolvían sus diferencias a puñetazos hasta un final roto y sangriento. Luego se dirigieron a una de las salas del fondo. Ninguna de las chicas que trabajaban ahí hizo ningún intento por que nos fuésemos con ellas, y nadie trató de detenernos. Podía ser por mi forma de caminar o por la expresión en el rostro de Kieran. Fuera lo que fuere, todo el mundo nos dejó espacio de sobra.

Entramos en un pasillo estrecho y pasamos por delante de hombres borrachos que recibían un placer que seguramente no recordarían, por delante de cuartos en los que se apostaba y de salas en las que se vendían armas diversas a personas que tenían prohibido llevarlas. Tanto hombres como mujeres obtenían la vida y la muerte en estos espacios reservados.

Llegué a una puerta cerrada al final del pasillo. Estampé la mano contra el centro y la puerta se abrió de golpe para estrellarse contra la pared.

Varios hombres saltaron al instante de sus sillas. Los miré de arriba abajo en cuestión de un segundo. Los dos *wolven* que habían viajado con Jericho, uno de ellos el castaño Rolf. Dos Descendentes: un medio atlantiano y un mortal de pelo rubio. Mis ojos se clavaron en Jericho mientras Kieran cerraba la puerta a nuestra espalda.

Jericho se puso de pie, desnudo de cintura para arriba. Sujetaba un paño manchado de carmesí contra su costado. Sobre la mesa, había una botella de whisky medio vacía y varios vasos.

Jericho palideció cuando fui hacia él.

—Cas…

Lo agarré del brazo para retirar la mano de su costado mientras repetía en mi cabeza lo que me había dicho Kieran a la puerta de los Tres Chacales. *No lo «mates». No lo «asesines». No lo «desvivas».* Le eché un breve vistazo a la irregular herida. Mis labios se curvaron en una sonrisa de satisfacción. *Sí* que le había dado un buen tajo; además justo debajo de la costilla. Era probable que hubiese afectado a algún órgano. No obstante, la herida ya se estaba curando y, a estas alturas, apenas rezumaba sangre ya.

—Vivirás —mascullé, al tiempo que retiraba mi capucha. El mortal rubio tragó saliva con nerviosismo al ver mi cara. Lev, se llamaba. O eso creía.

Dio la impresión de que todos los presentes en la sala iluminada con velas soltaban el aire de golpe.

—Así es. —Jericho tiró el trapo ensangrentado sobre la mesa. Luego levantó su barbilla de barba desaliñada—. No esperaba que llevase un arma encima. Una daga de piedra de sangre con hueso de *wolven*, nada menos.

—Y yo no esperaba que intentases raptarla —dije, eligiendo las palabras con sumo cuidado.

—Lo sé —admitió. Al menos, no amagó con mentir—. No había más guardias cerca. Vi una oportunidad y actué en consecuencia.

Mi mano se cerró por sí sola, pero me forcé a abrir el puño.

—No te pedí que buscases oportunidades.

Jericho asintió, luego se limpió la boca con el dorso de la mano.

—La fastidié.

—En efecto, lo hiciste. —Consciente de que Kieran se había acercado más por mi derecha, alargué la mano hacia la botella de whisky—. Y… no lo hiciste. Hiciste lo que te había pedido. —Señalé la silla con un gesto seco de la barbilla—. Siéntate. —Jericho era todo oídos ahora y sentó el culo al instante—. Has abierto esa vacante para mí. —Serví un trago de whisky en un vaso—. Y te estoy agradecido por ello.

El *wolven* me miraba desde detrás de sus mechones de pelo desgreñado.

Kieran se acercó aún más, con disimulo.

—¿Estás seguro de eso? —preguntó Jericho, al tiempo que apoyaba ambos antebrazos en la mesa.

—Así es. Ahora, podré seguir con nuestro plan de la manera prevista y con seguridad. —Dejé el vaso delante de él—. Bebe. Te lo has ganado.

El alivio se extendió por su rostro, relajó la tensión de su mandíbula.

—Gracias —dijo, y alargó la mano hacia el vaso.

—Una cosa. —Sonreí y él se detuvo—. Eres diestro, ¿verdad?

—Sí. —Un destello de desconfianza cruzó el rostro de Jericho—. ¿Por qué?

—Solo por curiosidad —le dije, y empujé con suavidad el vaso hacia él—. Bebe.

Observé cómo volvía a alargar el brazo hacia el vaso. Kieran se percató de mis intenciones un segundo antes de que me moviera. Maldijo en voz baja, pero yo fui más rápido. Metí la mano en mi capa y desenvainé una de las espadas cortas. Jericho ni siquiera había levantado el vaso todavía. No lo vio venir. Todo lo que sintió fue el tajo limpio y rápido de *mi* espada cuando la hice caer sobre su muñeca izquierda para cortarle la mano. Un chorro de sangre brotó al instante y salpicó toda la mesa.

—Por todos los dioses —exclamó alguien.

Jericho retrocedió tan deprisa que volcó su silla, los ojos clavados en donde antes había estado su mano.

—La próxima vez, haz lo que te ordeno, no lo que te parezca a ti. Necesitamos a la Doncella intacta cuando *yo* la rapte. Desobedéceme otra vez, y será tu cabeza. —Miré por la habitación, a los ojos de todos los presentes—. Eso va por todos vosotros.

Hubo rápidos gestos de aquiescencia.

Jericho empezó a gritar.

Di un paso atrás y limpié la hoja de mi espada con mi capa, mientras Jericho se doblaba por la cintura y apretaba el brazo contra su pecho. Sus aullidos se convirtieron enseguida en gemidos lastimeros. Envainé la espada, luego alargué la mano hacia el trapo que había estado usando Jericho.

—Vas a necesitar esto. —Se lo tiré, después di media vuelta y salí de la habitación.

Kieran me siguió hasta el pasillo. Lo miré y él se detuvo, los brazos cruzados delante del pecho.

—¿Qué? —le pregunté—. No lo he matado *y* le he servido una copa. —Los labios de Kieran se fruncieron—. Quería hacerle algo mucho peor —le recordé. Kieran suspiró.

—Lo sé.

—Lo quiero fuera de la ciudad —dije—. Envíalo a New Haven.

—De acuerdo. —No volvimos a hablar hasta que salimos del antro, pero Kieran parecía impaciente por hacerlo—. ¿Cómo diablos ha conseguido la Doncella con una daga de piedra de sangre con mango de hueso de *wolven*?

—No tengo ni la más remota idea. —Me detuve donde había estado ese hombre inconsciente cuando llegamos, aunque había desaparecido. Pasaron un par de segundos—. Ya la tenía la otra noche en la Perla Roja.

—¿En serio? —Lo preguntó arrastrando las palabras. Asentí.

—Me dejó alucinado. Afirmaba que sabía usarla. —Ladeé la cabeza—. Supongo que en cierta medida así es.

Kieran negó con la cabeza mientras se giraba para contemplar la luna.

—¿Una Doncella en posesión de una daga con mango de hueso de *wolven* y, como muy poco, sin miedo cuando de usarla se trata? —Un lado de sus labios se curvó hacia arriba—. ¿Por qué me da la sensación de que quizá la hayamos subestimado?

Solté una risa corta y grave.

—Porque creo que lo hicimos.

UN BUEN HOMBRE

Los ritos funerarios en Solis no eran tan diferentes de los que se realizaban en mi tierra. Celebrados al atardecer, o bien al amanecer, los cuerpos se envolvían con cuidado y luego se incineraban, pues en ambos reinos se pensaba que lo que quedaba tras la muerte no era más que un caparazón vacío. El alma ya había ido al Valle o al Abismo, en función del tipo de vida que cada uno hubiese vivido.

Al menos, los Ascendidos no habían corrompido eso del todo.

Las principales diferencias eran que todos los presentes mientras el sol empezaba a trepar por encima de las Colinas Eternas, su brillante resplandor reflejado en la piedra negra de las paredes del templo en honor de Rhahar, el dios eterno, e Ione, la diosa del renacimiento, creían que Rhahar estaba esperando el alma de Rylan Keal. Sin embargo, Rhahar, al igual que Ione y todos los otros dioses, incluso el Rey de los Dioses y su consorte, estaban dormidos. No tenía ni idea de cómo hacían la transición las almas, pero era de suponer que tenían algún proceso ya instaurado antes de irse a dormir.

La segunda diferencia era que no había acudido ningún representante de la Corona. En mi tierra, el rey y la reina, junto con el Consejo de Ancianos que ayudaba a gobernar

Atlantia, asistían a los últimos ritos de todos los guardias que los servían. En otras ciudades, los lores y las damas se ocupaban de los funerales, mostrando así el respeto debido a una vida o bien servida, o bien terminada al servicio del reino. Aquí, no asistió nadie de la Corona. Ni la duquesa, ni el duque, ni los numerosos miembros de la Corte. Claro que ninguno de ellos podía poner ni un pie a la luz del sol sin estallar en llamas. Como era de esperar, tenían una excusa para eso: afirmaban que no podían caminar al sol porque los dioses tampoco podían.

Lo cual tenía que ser la excusa menos creativa de la historia.

Podían haber celebrado los funerales al anochecer. O, como poco, haber enviado a los lores y las damas en espera, aquellos que todavía no habían Ascendido.

Sin embargo, no lo habían hecho.

No les importaba lo suficiente.

Froté la parte de atrás de mi cuello con una mano mientras esperaba entre los otros guardias, plenamente consciente de la hipocresía de mi irritación con respecto a la falta de respeto de la Corona de Sangre cuando estaba asistiendo a los últimos ritos de un hombre cuya muerte había ordenado yo.

Uno del que se decía que había sido bueno.

Que no merecía morir.

Cuya sangre mancharía mis manos para siempre.

Un murmullo apagado se extendió por la fila de guardias delante de mí y me sacó de mi ensimismamiento. Unos cuantos de ellos se giraron para mirar hacia atrás. Fruncí el ceño y seguí la dirección de sus miradas.

Mis labios se entreabrieron al tiempo que la sorpresa me atravesaba de arriba abajo. Parpadeé, convencido de que estaba alucinando. Debía ser por haber dormido solo una hora, cortesía de los viejos recuerdos que habían decidido hacerme una visita. Era la única explicación lógica para lo que estaba viendo. O a quién.

La *Doncella*.

Caminaba al lado de Vikter, vestida con su habitual túnica blanca y su velo, cuyas cadenitas doradas centelleaban al sol naciente mientras cumplían su función de mantener el velo en su sitio.

La observé tan pasmado como los otros. Estaba claro que nadie había esperado que ella asistiera al funeral. Yo desde luego que no lo había hecho. No importaba que Rylan Keal hubiese sido su guardia. La Doncella nunca se mostraba en público de este modo, no sin el duque o la duquesa. Contemplé cómo ella y Vikter se detenían cerca de la parte posterior de los asistentes. Él miraba recto al frente. Ella se quedó de pie con la barbilla un poco agachada, las manos cruzadas.

Me apresuré a apartar la mirada cuando los murmullos se acallaron. Me invadió una sensación extraña mientras estaba ahí de pie. Vi que transportaban hacia delante el cuerpo de Keal, envuelto en un sudario, y lo depositaban sobre la pira. Notaba… un revoltijo en el estómago y el pecho. La presencia de la Doncella me *alteraba*.

El respeto que le mostraba al guardia caído.

La miré de reojo, el corazón acelerado. Estaba tan quieta que hubiese podido tomarla por una de las estatuas que bordeaban los jardines que le gustaba visitar al anochecer. Dudaba que pudiese ver gran cosa de la pira desde su posición, pues casi todos los que estaban delante de ella eran más altos. Como la Doncella, podría haber ido directa a la primera fila y haberse colocado entre los guardias reales. Ahí es donde debería estar Vikter, pero permaneció pegado a su lado. La Doncella podía sentarse a los pies de esa maldita pira si quería, pero me dio la impresión de que su llegada silenciosa justo antes del comienzo del servicio indicaba que no quería llamar demasiado la atención.

Que sabía que este acto no tenía nada que ver con su presencia y no quería que lo tuviera.

A diferencia de mí, que había hecho que la noche anterior tuviese todo que ver con mi ira.

Bueno, si era sincero conmigo mismo, mi ira había tenido más que ver con que Jericho la hubiese golpeado que con que hubiese desobedecido mis órdenes. Entorné los ojos para concentrarme en lo que podía ver de su cara, solo la mitad inferior. La ira se avivó de nuevo cuando volví a entornar los ojos. La piel de la comisura de su labio estaba roja, con un tenue trasfondo azulado.

Debí cortarle la jodida cabeza a ese imbécil, aunque eso hubiese sido «irresponsable e imprudente». Al menos, según Kieran.

La observé mientras uno de los sacerdotes de vestiduras blancas empezaba a hablar en tono monótono, pronunciando las frases del servicio como si estuviese medio dormido. Lanzó sal y aceite sobre la pira, y el aire se llenó de un aroma dulce.

Entonces ella se movió.

No demasiado. Un ligero respingo cuando miró de reojo a Vikter y luego otra vez al cuerpo de Keal. Sus manos se descruzaron y luego se cruzaron de nuevo.

En la pira, mis ojos saltaron del teniente Smyth a donde Jansen esperaba. La brisa removía su capa blanca, sujetaba una antorcha en la mano y estaba mirando a…

Vikter.

Mierda.

La tradición entre los guardias dictaba que el que trabajaba en relación más estrecha con el difunto debería tener el honor de prender la pira, pero cuando Vikter hizo ademán de adelantarse, se detuvo y miró a la Doncella. Comprendí al instante lo que ella también había entendido.

Vikter no la dejaría desprotegida.

Las manos de la Doncella se retorcieron mientras cambiaba el peso de un pie al otro, su postura casi vibrante de la ansiedad después de haberse mantenido tan quieta.

Me puse en movimiento antes de darme cuenta siquiera de lo que estaba haciendo. Serpenteé en silencio entre los otros guardias. El hecho de que estuviese prohibido que otros guardias aparte de los suyos personales se acercasen a ella no me detuvo.

Me aproximé a ellos por detrás y hablé en voz baja.

—Yo la protejo.

La Doncella se quedó quieta como una estatua otra vez, tanto que me pregunté si había dejado de respirar. Los ojos de Vikter se levantaron hacia los míos. Por un breve instante, pensé en lo que me había dicho la otra mañana durante el entrenamiento. La fría presión de la inquietud volvió a mí.

—¿De veras? —preguntó Vikter.

Me moví para colocarme al lado de la Doncella, antes de pronunciar las palabras que pertenecían a Atlantia pero habían sido robadas por los Ascendidos.

—Con mi espada y con mi vida.

El pecho de Poppy se hinchó mucho de pronto, confirmando que, de hecho, aún respiraba. Gracias a los dioses.

—El comandante me ha dicho que eres uno de los mejores del Adarve. Dijo que hacía muchos años que no veía un nivel de destreza como el tuyo con un arco o una espada —declaró Vikter.

Ya sabía lo que opinaba Vikter sobre todo eso. Lo había dejado claro la mañana que habíamos entrenado juntos. Pero respondí de todos modos. Este no era el momento para portarme como un idiota.

—Se me da bien lo que hago.

—¿Y eso es...? —preguntó Vikter.

—Matar. —Respondí con la verdad. Siempre se me había dado bien, incluso antes de mi cautiverio. Solo que desde entonces había mejorado aún más.

—Ella es el futuro de este reino —dijo Vikter después de un momento y, por el rabillo del ojo, vi cómo la Doncella se retorcía las manos, con tal ferocidad que no me hubiese sorprendido que se hiciese moratones—. Sé muy consciente de quién está a tu lado.

Algo en cómo Vikter dijo eso tocó una fibra sensible. ¿Lo decía por quién era ella o por lo que simbolizaba? No estaba seguro de por qué me importaba siquiera, pero en ese momento, me importó.

—Sé bien quién está a mi lado.

Vikter no dijo nada.

Entonces dije la primera mentira de las que estaba seguro de que serían muchas.

—Está a salvo conmigo.

Vikter terminó de mirarme de arriba abajo y se giró hacia la Doncella. Me di cuenta enseguida de que estaba esperando a que ella le dijera que podía irse.

Maldición.

La verdad era que no tenía ni idea de cómo iba a gestionar ella esto. Antes de su aventurita en la Perla Roja, no lo hubiese sabido, pero ahora las cosas podían ir en cualquier dirección. No importaba que no fuese consciente de que yo sabía que se había tratado de ella, la Doncella sí que sabía que el que había estado ahí había sido yo. Y supuse que eso sería un poco... incómodo para ella.

La Doncella asintió.

Un poco sorprendido, apenas me percaté de la mirada de advertencia que me lanzó Vikter antes de dar media vuelta y dirigirse hacia Jansen. Era otro recordatorio de que la Doncella no estaba aquí por ella. Había acudido a mostrarle a Rylan Keal el respeto que se merecía. Si hubiese protestado, habría llamado la atención y habría impedido que Vikter honrase al hombre junto al que había servido.

Mantuve la cabeza dirigida al frente, pero aun así capté el ligero giro de la de ella. Me estaba mirando. No tenía ni idea de qué veía. Me había preguntado más de una vez cuánto podía ver a través del velo, pero *sentía* su mirada, por extraño que eso pudiera sonar.

Ella no era la única que me miraba. El teniente también lo hacía, y parecía cabreado, como si estuviese a punto de abrirse paso entre los guardias para encajar su cuerpo entre el de la Doncella y el mío. Pues tendría que fastidiarse.

Cuando Vikter tomó la antorcha, la Doncella aún me miraba. ¿Se estaría preguntando por qué me había presentado voluntario para esto? ¿O estaría preocupada por que pudiese reconocerla? ¿Me había creído cuando le había dicho a Vikter que estaba a salvo conmigo?

No debería, no cuando la única razón de que estuviese aquí de pie era yo. Me dio la sensación de que una gran piedra se asentaba en el fondo de mi estómago. Parecía culpabilidad. El músculo de mi mandíbula palpitó más fuerte.

La atención de la Doncella se desvió entonces, justo cuando yo me giraba para bajar la vista hacia ella. El velo onduló por efecto de la brisa y me proporcionó apenas un atisbo de un lado de su nariz. Bajé más la vista para fijarme bien en la comisura de su boca. Mi mano se cerró a mi lado. El moratón azul rojizo que marcaba su piel no era tan tenue para mí ahora, no cuando estaba tan cerca de ella.

No sentí ni un ápice de culpa por haberle cortado la mano a Jericho. Ni un poquito.

En la pira, Vikter bajó la antorcha. Había esperado que la Doncella apartase la mirada, pero no lo hizo. Respiró hondo, observó y…

Justo entonces, ahí, en ese mismo instante, dejé de *esperar*. Dejé de *asumir*. Kieran había dicho que quizás hubiésemos subestimado a la Doncella, y yo había estado de acuerdo, pero no había registrado hasta ahora mismo que de verdad lo habíamos hecho. Estaba claro que no tenía ni la más remota idea de quién estaba bajo ese velo. Tenía solo la escasa información que había obtenido acerca de ella y, ahora, lo que estaba descubriendo.

La Doncella sabía cómo salir a hurtadillas del castillo. Estaba claro que no quería permanecer tan pura e intacta.

Llevaba una daga de piedra de sangre con mango de hueso de *wolven*, y había tenido suerte cuando Jericho la había atacado, o bien tenía unas nociones básicas de cómo emplearla. Estaba claro que no era como los Ascendidos de aquí, al menos no cuando se trataba de mostrar a los guardias el respeto más básico.

La Doncella aspiró una bocanada de aire temblorosa cuando el fuego prendió la pira y se extendió deprisa por encima del cuerpo envuelto en el sudario.

¿Sería consciente de lo que debía significar para los otros guardias que estuviera aquí? ¿Incluso para los guardias reales? Si no lo sabía, debería.

—Le haces un gran honor al estar aquí —le dije, mientras Vikter se arrodillaba al lado de la pira. La atención de la Doncella voló hacia mí e inclinó la cabeza hacia atrás. El borde del velo danzó por encima de su boca—. Nos haces a todos un gran honor al estar aquí.

Abrió la boca y... joder, contuve la respiración, a la espera de oír si su voz era ahumada y cálida como la recordaba de la Perla Roja.

Pero no dijo nada.

Lo tenía prohibido.

Cerró la boca, lo cual llamó mi atención otra vez hacia la marca que mis órdenes habían dejado en ella sin querer.

—Te hicieron daño —dije, mientras reprimía la furia que tan rápido se prendía en mi interior—. Puedes tener la certeza de que no volverá a suceder jamás.

Lo que era necesario

Multitud de conversaciones amortiguadas resonaban tras las filas de puertas cerradas mientras seguía a Kieran por el estrecho y agobiante pasillo del edificio bajo cercano al barrio donde estaban la mayoría de los almacenes de la ciudad. El empalagoso olor del sándalo impregnaba el aire en un intento por ahogar el hedor de demasiada gente hacinada en un mismo lugar. Era todo lo que podían hacer los habitantes del edificio de apartamentos.

A Jansen le había llegado la noticia de que había ocurrido algo en el edificio, algo que no habían visto antes. Y por el revelador olor a muerte que ningún incienso podía ocultar, supe que era algo malo.

Al fondo del oscuro pasillo esperaba Lev Barron, un sombrero marrón bien calado sobre la cabeza. El Descendente mortal se separó de la pared al vernos llegar. Aunque tanto Kieran como yo llevábamos capas que ocultaban nuestro atuendo de guardia y patrullero, nos reconoció al instante.

—¿Qué ha pasado? —preguntó Kieran.

—Es algo que tenéis que ver —contestó Lev, y sus ojos saltaron de uno a otro. El mortal, que había perdido a un hermano debido a una fiebre y a otro en el Rito, apestaba a ansiedad—. No puedo… —Se aclaró la garganta—. No puedo describirlo con palabras.

Kieran intercambió una mirada conmigo. Di un paso adelante y hablé en voz baja.

—Enséñanoslo.

Lev asintió, se pasó el dorso de la mano por la barbilla y después cruzó el pasillo. Alargó la mano hacia el picaporte, pero la puerta de al lado se abrió un pelín.

—No hay nada que ver aquí, Maddie —le dijo Lev a la pequeña figura que apareció en la rendija de la puerta—. Vuelve con tu mamá.

Lev esperó a que la niña cerrase la puerta antes de abrir la que teníamos delante. El olor a muerte casi me hizo caer de espaldas.

—Por todos los dioses —musitó Kieran, al tiempo que bajaba una mano hacia la empuñadura de su espada corta.

Lev entró en la habitación, pero se detuvo a encender una lámpara de gas cercana. Una mortecina luz amarilla parpadeó antes de cobrar vida y proyectar un resplandor tenue por el saloncito. Había un cuerpo tendido en el suelo, envuelto en tela blanca.

—¿Quién es? —pregunté, los ojos fijos en el charco rojo que se había coagulado en el suelo de madera debajo de la cabeza.

—Werner Angus —dijo Lev, la mano apretada sobre la nariz—. Se volvió Demonio.

—¿Era un guardia? —preguntó Kieran, justo cuando un sonido leve nos llegó desde el fondo del apartamento—. ¿Un cazador?

Lev negó con la cabeza.

—Por lo que dicen los vecinos, era barrendero. Limpiaba las calles. Nacido y criado aquí. No había salido nunca de la ciudad. Ni una sola vez.

—¿O sea que se alimentaron de él y lo dejaron tirado para que se transformase aquí? —conjeturó Kieran, su tono cargado de hostilidad—. Los *vamprys* se están volviendo cada vez más descuidados.

Lev no dijo nada. Pasé por encima del pobre desgraciado que había dedicado toda su vida a limpiar las calles de todo tipo de inmundicias para aquellos que habían terminado por asesinarlo.

Eché un vistazo a la pequeña zona de cocina. Las encimeras estaban despejadas, el fuego de la chimenea apagado hacía mucho. Comprobé la olla y solo encontré caldo que se había enfriado. No había suciedad ni desorden. Las personas que vivían aquí hacían todo lo posible por mantener el sitio limpio y ordenado. Oí ese sonido otra vez. Mis ojos volaron hacia la puerta cerrada al fondo del apartamento, supuse que el dormitorio. No lograba ubicar del todo ese sonido extraño… como un gorjeo.

—¿Dónde está su esposa? —pregunté, pues sabía muy bien que Lev no habría llamado a nadie solo por un mortal que se había transformado dentro de la ciudad. Vale, siempre era algo sorprendente que los malditos Ascendidos fuesen tan descuidados, pero no era tan inusual.

—Por ahí. —Lev hizo un gesto afirmativo en dirección a la puerta cerrada—. Está muerta ahí dentro. —Se limpió la palma de una mano en el chaleco y la camisa de lino que llevaba. Le temblaba la mano—. Con… con *ello*.

—¿Ello? —repitió Kieran.

Me acerqué a la puerta, aunque vi que Lev no venía conmigo. Un Demonio muerto o una víctima de uno no debería hacer que el hombre se quedara atrás como estaba haciendo. Su reticencia debía tener que ver con lo que fuera que significase «ello».

Empujé la puerta para abrirla, al tiempo que bajaba una mano hacia la daga que llevaba a la cadera. El espantoso olor a podrido casi me provocó una arcada mientras escudriñaba la habitación de una sola ventana e iluminada por la mortecina luz del sol.

—Mierda —maldijo Kieran desde detrás de mí, y lo oí recoger algo del suelo. Parecía un sonajero—. ¿Hay un bebé?

Entré en la habitación y miré a un lado de la cama. Había encontrado a la mujer. Yacía en el suelo en posición fetal, su pelo castaño apelmazado a un lado de su cara. Tenía un brazo estirado, cubierto de profundos arañazos. Sus dedos estaban enroscados, como si hubiese muerto tratando de alcanzar el…

En el suelo había un pequeño capazo. En su interior, una *abultada* manta blanca manchada de una sustancia marrón óxido se *removió*.

Y oí ese sonido otra vez. Un suave gorjeo que dio paso a un gemido lastimero desde dentro del capazo. Se me pusieron de punta los pelos de la nuca.

Me quedé paralizado, la vista clavada en la cuna caída, incapaz de moverme durante lo que me pareció una eternidad. No pude hablar siquiera hasta sentir que Kieran se acercaba a mí.

—Por favor, dime que eso no es lo que creo que es.

—Oj… ojalá pudiera —murmuró Kieran, la voz ronca—. Pero creo que estoy pensando lo mismo que tú.

Ninguno de los dos nos movimos cuando lo que parecían ser dos brazos se agitaron bajo la manta. Dos brazos pequeños. Diminutos.

—Tenían un bebé —explicó Lev desde el otro lado de la puerta abierta. Se había acercado lo suficiente para que lo viéramos. Aunque no más. No podía culparlo—. Una… una niñita. De menos de un año, según la mamá de Maddie.

—Es imposible —renegó Kieran—. Es imposible que ellos…

—Me gustaría creerlo. —Tragué saliva—. Que ni siquiera los *vamprys* serían tan depravados y crueles, pero estaría mintiendo.

Me obligué a avanzar. Pasé junto a la madre y me llegó un ruido gutural de debajo de la manta, un sonido susurrante y distorsionado. *Por todos los dioses*, pensé mientras me agachaba. Con mis dedos enguantados, agarré el borde de lo que una vez había sido una manta guateada. Y la aparté de un tirón.

—Jodidos dioses. —Kieran se tambaleó hacia atrás y su mano resbaló de la empuñadura de su espada corta.

Un bebé medio arropado me miraba con ojos del color de la sangre, las cuencas como la más oscura de las noches, hundidas en unas mejillas regordetas pero de una palidez espantosa, cubiertas de sangre seca. Se estiró, levantó esos bracitos hacia mí, casi como si quisiera que lo cargara en brazos. Pero esos dedos diminutos tenían unas uñas afiladísimas. Garras que habían arañado su propia piel.

El bebé hizo un ruido sibilante y gimió, luego abrió la boca de par en par. Tenía solo dos dientes de abajo, incisivos que se habían aguzado. Parecían frágiles, no más que unos dientes de bebé grotescamente desfigurados, pero eran lo bastante fuertes para desgarrar la piel. Para infectar.

Ladeé la cabeza y vi las marcas en la cara interna de un brazo, por dentro del codo. Heridas punzantes. Solo dos de ellas. El brazo era demasiado pequeño para que el Demonio hubiese podido clavarle los cuatro colmillos. Aunque tampoco había sido necesario.

—Drenaron al bebé y lo dejaron para que se convirtiera en Demonio —declaré en tono neutro, haciendo un esfuerzo por mantener la calma, el control—. Y lo hizo.

—Eso es lo que yo creía —apuntó Lev—. El bebé infectó al padre y…

Y el resto era historia.

El bebé se retorció y agitó los brazos y las piernas por el aire. Giré la cabeza y cerré los ojos. Había visto mucha mierda desagradable. Cosas que había creído que no podían superarse. Pero ¿esto? Esto era algo totalmente distinto.

Alimentarse de bebés no era algo nuevo, por enfermizo que pudiera ser. Era lo que hacían en los templos con todos los terceros hijos e hijas… con el hermano de Lev. Pero ¿dejar que se transformaran? No había palabras para eso. Ninguna.

Abrí los ojos al oír el sonido más suave y grave del lamento de un Demonio.

—Hay que detenerlos. —Lev se quitó el sombrero para pasar una mano por su pelo rubio—. Hay que hacerlo.

—Lo haremos —juró Kieran—. Y pagarán por esto.

Me giré otra vez hacia el bebé, la ira apretada como un puño férreo alrededor de mi estómago. ¿Tenía la Doncella conocimiento de esto? ¿Que este tipo de horrores sucedían mientras ella se escabullía a la Perla Roja o asistía a sus clases con la sacerdotisa?

No estaba seguro.

Tampoco importaba ahora mismo. Saqué la daga de piedra de sangre e hice lo que tenía que hacer. Lo que era necesario.

Como continuaría haciendo.

ENCUENTRO CON EL DUQUE

—Así que este es el Hawke Flynn del que tanto he oído hablar —comentó Dorian Teerman, duque de Masadonia, desde donde estaba sentado en un sofá de terciopelo carmesí.

—Espero que haya oído solo cosas buenas —repuse, sin quitarle el ojo de encima al *vampry* que tenía ante mí.

Con las gruesas cortinas corridas sobre las ventanas para impedir la entrada del menguante sol del atardecer y la habitación iluminada solo por unas pocas lámparas de aceite desperdigadas, Teerman parecía tener casi tan poca sangre como uno podía albergar. Incluso su pelo, tan rubio que era casi blanco, estaba desprovisto de color, de vida.

El hombre no me gustaba.

No era solo porque fuese un Ascendido, uno viejo que debía de haber sido creado poco después de la guerra.

El depredador que había en mí reconocía al depredador que había en él.

Y deseaba a Teerman.

No dejé que se notara mientras estaba de pie en una habitación conectada a las dependencias privadas de los Teerman, que parecían construidas por entero en caoba. Las paredes. El escritorio. El aparador lleno de decantadores de licor. Había varias varas apoyadas contra una pared, todas excepto una fabricadas en caoba. Esa en particular era de un profundo rojo oscuro y parecía estar hecha de la madera de un árbol del Bosque de Sangre.

—Unas referencias espectaculares, tanto de la capital como del comandante —comentó el duque, y su mirada color obsidiana se posó por un instante en Jansen, de pie a mi lado—. Y de mi querida esposa.

Ladeé la cabeza, pensando en la familia del edificio de apartamentos. En el bebé. ¿Sabría siquiera el duque que uno de sus *vamprys* estaba dejando a niños pequeños por ahí tirados para que se convirtieran en Demonios? Si era así, dudaba que al muy bastardo le importase lo más mínimo.

—A ella le gusta mirarte —añadió, antes de beber un sorbito de whisky. La forma en que el alcohol afectaba a los Ascendidos era algo que siempre me divertía. A pesar de no necesitar ya comida ni agua para que sus cuerpos sobrevivieran, los Ascendidos tenían que disfrutar de las libaciones con cuidado, pues eran mucho más susceptibles a los efectos del alcohol—. Aunque imagino que eso no es algo que te sorprenda demasiado.

Me pregunté cuánto cuidado estaba teniendo con el whisky hoy, en especial antes del Consejo de la Ciudad que iba a celebrarse en un rato.

—No demasiado.

Teerman se rio entre dientes, aunque la piel tersa de alrededor de sus ojos ni siquiera se arrugó. El sonido fue tan frío como la sonrisa de labios apretados que seguro que creía que era cálida y amistosa. En lugar de eso, la curva de sus labios me recordaba a una víbora. Casi esperaba que asomara una lengua bífida.

—¿Ninguna falsa modestia? Refrescante. Lo apruebo. —Levantó la barbilla—. Soy de la opinión de que los que niegan lo que es obvio para todos los que los rodean son unos hipócritas. —No podían importarme menos sus opiniones—. Y eso requiere firmeza y confianza —continuó—. Dos cosas necesarias si vas a unirte a la guardia real como uno de los guardias personales de la Doncella. Sin embargo, uno necesita más que solo eso.

Dudaba mucho que el hombre supiera lo que hacía falta para proteger a una liebre recién nacida, no digamos ya a una persona de verdad, pero eso no le impidió detallar lo que él creía. Esa era una cosa que la mayoría de los Ascendidos tenía en común: les encantaba oírse hablar.

—Uno necesita no solo destreza con un arma y fuerza, sino también la habilidad para anticiparse a posibles amenazas. Esta última cualidad era algo que Ryan Keal, por desgracia, no tenía.

Espera. Fruncí el ceño. El nombre de pila de Keal era Rylan. No Ryan. No obstante, no me sorprendía lo más mínimo saber que Teerman no conocía el nombre del guardia.

—Pero se necesita algo más si uno va a asumir la responsabilidad de proteger a uno de los activos más valiosos del reino. Nada de lo que hayas conseguido o vayas a conseguir es tan importante como lo que la Doncella hará por nuestro reino. Ella dará paso a una nueva era —prosiguió y, por supuesto, no explicó con ningún tipo de detalle en qué consistía esta «nueva era» ni cómo se produciría—. Todo el que proteja a la Doncella debe estar dispuesto a entregar la vida por ella sin dudar. No debe tener miedo alguno a la muerte.

—No estoy de acuerdo con eso —declaré. La patética excusa de sonrisa se congeló en la cara del duque; Jansen se puso tenso a mi lado—. Con el debido respeto, Excelencia —añadí, la mirada fija en esos ojos oscuros e insondables—, si uno no teme a la muerte, entonces no teme al fracaso, y depositará demasiadas esperanzas en ser recibido como un héroe cuando se produzca esa muerte. Yo le temo a la muerte, pues significa que he fracasado. —Teerman ladeó la cabeza—. Asimismo, creo que la responsabilidad de proteger a la

Doncella no requiere sacrificar la vida de uno —continué—. Pues los que la protegen deberían ser lo bastante avezados como para defender su propia vida además de la de ella.

—Interesante —murmuró Teerman, antes de beber un sorbito de su whisky—. ¿Cómo hubieses lidiado tú con lo que ocurrió en los jardines?

No se me pasó por alto la ironía de que el suceso no habría ocurrido siquiera si yo hubiera estado ahí.

—El intento de rapto de la Doncella sucedió donde florecen las rosas nocturnas, ¿no es así? —Ya conocía la respuesta, pero esperé a que asintiera—. Ese es también el lugar donde los jacarandás han dañado la muralla interior del castillo de Teerman, un punto del jardín donde el peligro es mayor.

—O sea que no le permitirías ir a contemplar las rosas —dedujo Teerman.

—Restringir su acceso a donde le gusta ir en el jardín es innecesario —le dije—. Me limitaría a situarla de modo que permaneciese fuera de la vista de cualquiera que pudiese querer aprovecharse de esa debilidad.

—Entonces, ¿recibirías el flechazo en su lugar, como hizo Keal? —Teerman sonrió con suficiencia—. ¿No acabas de decir que el sacrificio era innecesario?

—Situarla de modo que no pueda ser atacada desde la distancia no equivale a ser eliminado por una flecha —lo contradije—. Hay maneras de admirar las rosas que no requieren que ninguno de los dos estemos en peligro.

Los ojos de Teerman saltaron hacia Jansen.

—Está en lo cierto, Excelencia —afirmó Jansen—. Existen varias barreras naturales que hubiesen dificultado cualquier ataque. Por desgracia, es posible que Keal se hubiese vuelto… demasiado confiado mientras protegía a la Doncella, dado que no había habido nunca ningún intento de hacerle nada.

—Y por eso está muerto —declaró Teerman—. Olvidó que la amenaza del Señor Oscuro no ha menguado y pagó ese precio con su sangre. —Sus ojos volvieron a mí—. ¿Y tú crees que ese es un precio que no es inevitable que pagues?

—Sí —repuse, sin un solo ápice de diversión.

Teerman se recolocó para cruzar un tobillo sobre la rodilla contraria.

—Con el inminente Rito, ya han aumentado las preocupaciones con respecto a los Descendentes y al Señor Oscuro. Y a medida que se acerque la fecha de la Ascensión de la Doncella, es probable que haya más intentos de atacarla.

—Estoy convencido de que los habrá, sí —convine—. Después de todo, si lo que cree la gente es verdad y el Señor Oscuro quiere impedir su Ascensión, lo que ocurrió en el jardín es solo el principio.

—Es verdad —confirmó el duque—. La flecha utilizada llevaba grabada su... —Enroscó el labio en una mueca de desagrado—. Su lema. O, para ser más precisos, su gimoteo moribundo.

Sonreí.

—¿De sangre y cenizas?

—Resurgiremos —terminó el duque por mí, para gran diversión mía. Se quedó en silencio mientras tamborileaba con los dedos contra la caña de su bota—. Con el reciente intento de secuestrar a la Doncella y la creciente... agitación aquí, es probable que el rey Jalara y la reina Ileana soliciten que la Doncella sea trasladada de vuelta a la capital. Lo cual significa que podrías recibir la orden de partir y viajar a Carsodonia en cualquier momento.

Sería una maldita bendición que ocurriese eso. Recibir permiso para marcharme con la Doncella sería muchísimo más fácil que darse a la fuga con ella por toda la ciudad. Sin embargo, no viajaría solo. Habría todo un equipo de guardias, lo cual sería un problema.

—¿Sería eso un problema? —preguntó el duque.

—No tengo nada que me ate aquí —repuse.

—Das todas las respuestas correctas, Hawke —comentó después de unos instantes—. Y el comandante Jansen cree que no solo estás cualificado, sino que también estás listo para asumir una responsabilidad tan enorme como esta. No obstante, he de reconocer que tengo mis dudas. Se te consideraría joven para un puesto como este, y me cuesta creer que ninguno de los hombres más mayores no sea más adecuado para él. Aunque también reconozco que eso no es necesariamente un defecto. Los ojos jóvenes y frescos llevan consigo experiencias distintas. Pero también eres apuesto.

—Gracias —contesté. El duque esbozó una leve sonrisa.

—La Doncella no es ninguna niña. Es una mujer joven con muy poca experiencia y conocimiento del mundo.

Casi me reí por lo equivocado que estaba.

Sus dedos continuaron su tamborileo.

—Tampoco ha interactuado nunca con un hombre de su edad.

—No tengo ningún interés en seducir a la Doncella, si eso es lo que le preocupa, Excelencia.

Teerman se rio, al tiempo que hacía un gesto despectivo con una mano.

—No estoy preocupado por eso —dijo, lo cual me hizo preguntarme por qué, exactamente, estaba tan confiado—. Estoy más preocupado por que ella se enamore y esto se convierta, por tanto, en una distracción. Sí que tiene la... costumbre de no fijar límites entre ella y otros.

Lo que había dicho, y lo que no, picó mi curiosidad.

—Tampoco tengo ninguna intención de convertirme en un compañero o un amigo para ella.

El duque arqueó una ceja.

—Puede ser sorprendentemente encantadora. Su inocencia, quiero decir.

Aunque el hombre tenía razón en lo de que era encantadora, no tenía nada que ver con su inocencia.

—Ella y yo no tendríamos absolutamente nada que pudiera unirnos o de lo que pudiéramos hablar. —Eso era verdad—. Es un trabajo. Un deber. Uno que me honraría desempeñar, pero nada más.

—Muy bien —musitó Teerman—. Tengo algunas cosas que necesito hablar con el comandante. Él te comunicará mi decisión.

—Gracias, Excelencia. —Hice una reverencia, luego me enderecé y giré hacia la puerta.

—Una cosa más —me dijo Teerman. Me giré otra vez hacia él.

—¿Sí, Excelencia?

—Si te conviertes en el guardia de la Doncella, debes saber que si sufre algún daño mientras está a tu cuidado… —La luz de la lámpara de aceite centelleó en sus ojos negros—. Serías despellejado vivo y colgado para que toda la ciudad fuese testigo de tu fracaso.

Asentí.

—No esperaría menos.

El orden natural de las cosas

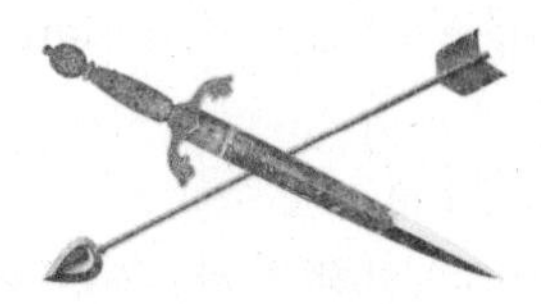

Cada vez que miraba a los once dioses pintados por el techo del Gran Salón, se me ocurrían un montón de preguntas.

Empezando por quién diablos era el pálido dios canoso de los ritos y la prosperidad. Los Ascendidos lo llamaban Perus, pero no había existido nunca. Supuse que habían tenido que crearlo para justificar sus Ritos.

Mis ojos se deslizaron por el techo mientras los habitantes de la ciudad entraban en la larga sala de mármol y oro, y serpenteaban con cuidado entre las urnas de plata llenas de flores de jazmín blancas y moradas. Quienquiera que hubiese pintado los frescos había tenido talento, pues había captado bien las expresiones serias de Ione, Rhahar y luego Rhain, el dios del hombre común y los finales que tan a menudo se representaba en Atlantia. El pelo rojo de Aios, la diosa del amor, la fertilidad y la belleza, lucía tan vibrante como el fuego, y no había perdido nada de su viveza en todos los años desde que el techo se había pintado. Penellaphe, la diosa de la sabiduría, la lealtad y el deber, parecía pacífica y serena, mientras que Bele, la diosa de la caza, tenía el aspecto que imaginaba que tendría si estuviese despierta: como si estuviera a punto de arrearle a alguien en la cabeza con su arco. Incluso los distintos tonos de piel, desde el lustroso tono marrón de Theon, dios de la concordia y la guerra, y su gemela, Lailah, diosa de la paz y la venganza, hasta la piel más negra y fría de Saion, el dios del cielo y la tierra, estaban representados con exquisito detalle. Me hizo pensar que el artista había sido atlantiano, o al menos alguien que descendía de Atlantia.

Sin embargo, Nyktos, el rey de los dioses, estaba pintado igual que en el resto de Solis: su rostro y su forma se representaban solo como una luz de luna plateada. Por qué lo ocultaban era algo que no comprendía, igual que el hecho de que los Ascendidos parecían haber eliminado toda mención de su consorte, cuyo nombre y rostro no conocíamos ni siquiera nosotros, aunque sí sabíamos de su existencia. Las leyendas decían que eso se debía a que Nyktos era muy sobreprotector con su reina, pero que los Ascendidos la hubiesen eliminado por completo siempre me había parecido un acto intencionado. Uno extraño, igual que la decisión de ocultar la apariencia de Nyktos. Tenía que haber una razón. Alastir había dicho una vez que se debía a que, en el fondo, los Ascendidos temían la cólera del rey de los dioses y no se atrevían a mirarlo. Y quizá fuese verdad, pero no explicaba la eliminación de todo registro de su consorte, hasta el punto de que la mayoría de los habitantes de Solis no tenían ningún conocimiento de su existencia.

Bajé la vista deprisa, en un intento por no fijarme demasiado en los estandartes blancos con el escudo real dorado que colgaban desde el techo hasta el suelo, entre las numerosas ventanas que bordeaban toda la sala. Una ira antigua bulló en mi interior. El blanco y el dorado eran los colores del emblema de Atlantia. Diseñar el suyo a imagen y semejanza del nuestro también era intencionado.

Con los ojos entornados, contemplé el estrado elevado a medida que el zumbido de las conversaciones llenaba la sala. Desde donde estaba, tenía una vista despejada. Varios guardias reales flanqueaban ya los asientos sobre los que pronto se sentarían el duque y la duquesa. Por lo general, el Consejo de la Ciudad no era más que un espectáculo de personas pudientes besándoles el culo a los Ascendidos. Como guardia del Adarve, no estaba obligado a asistir a estos eventos, pero lo hacía porque también asistía la Doncella. Era la misma razón por la que muchos de los que atestaban el espacio acudían cada semana, aunque no hablaran nunca.

Ellos también estaban aquí por ella.

Era probable que eso se debiera a que creyeran que la Doncella estaba aún más cerca de los dioses que los mismísimos Ascendidos. Me pregunté qué opinaría ella del asunto. ¿Creería lo mismo? ¿Que los dioses la habían Elegido? Hacía unos días, hubiese dado por sentado que así era. Había dado por sentado muchas cosas.

La multitud se acalló.

El duque y la duquesa entraron envueltos en una oleada de aplausos cuyo poco entusiasmo se notaba a la legua. Interesante. Mantuve los ojos clavados en la puerta lateral mientras los Ascendidos ocupaban sus asientos.

Vikter salió primero, la mano sobre la empuñadura de su espada, la alerta grabada en cada arruga de su curtido rostro.

Cuando apareció la Doncella, la multitud se quedó muy quieta y se sumió en un silencio absoluto. No se oía ni un solo ruido, ni siquiera una tos, mientras caminaba para colocarse de pie a la izquierda de los asientos. El silencio era digno de... Me apresuré a escudriñar todas las caras que podía ver. Todo el mundo miraba el estrado, todos los ojos fijos en ella, incluso los de los miembros de la Corte (los Ascendidos y los lores y damas en espera que estaban en la parte delantera del público). Reconocí a la dama en espera que veía a menudo con la Doncella, la de la cálida piel marrón y el pelo rizado. Parecía medio dormida. Los mortales, sin embargo, sonreían. Algunos parecían a punto de derramar lágrimas de felicidad. Otros se limitaban a contemplar la escena con un asombro boquiabierto. Las sonrisas cargadas de adoración.

Por todos los dioses.

El duque habló entonces, y empezó, como siempre, por leer una carta enviada desde la capital. Dudaba mucho que el rey Jalara o la reina Ileana la hubiesen escrito. Estaban demasiado ocupados en su papel de amenazas absolutas.

La Doncella estaba tan quieta como lo había estado la mañana anterior, cuando habían enviado a Keal a su eterno descanso. La columna recta, la vista al frente y las manos cruzadas a la cintura. Eso cambió cuando uno de los secretarios del duque empezó a anunciar a los asistentes al acto y los invitaba a dar un paso al frente para hablar. La cosa se inició con la Doncella moviendo las manos; puso la izquierda encima de la derecha, luego otra vez la derecha sobre la izquierda. Fruncí el ceño y me dediqué a observarla. Mientras la gente comenzaba la tradición semanal de besar culos, ella cambiaba el peso de un pie al otro sin moverse del sitio. Ya la había visto moverse con nerviosismo en ocasiones durante estas sesiones, pero solía limitarse al principio del acto y luego siempre parecía calmarse. ¿Estaría incómoda? ¿Nerviosa? ¿O serían los coletazos de lo que le había sucedido a Keal? Estaba claro que había sentido el suficiente afecto por el hombre como para asistir a su funeral.

Vikter se inclinó hacia ella desde detrás para susurrarle algo al oído. La Doncella asintió, luego se quedó quieta. Eché un vistazo al público y vi que muchos no prestaban atención a lo que la gente les decía al duque y a la duquesa. En lugar de eso, estaban tan concentrados en ella como yo. ¿Sería *esa* la razón de su incomodidad? ¿Por qué habría de molestarla más hoy que cualquier otro día hasta ahora? Mis ojos se deslizaron despacio hacia el techo y su tocaya: Penellaphe. No conocía a nadie más que se llamase como un dios. En Atlantia, nadie se atrevería a hacer tal cosa. Pero los padres de la Doncella sí lo habían hecho, y estaba seguro de que su nombre era otro acto deliberado iniciado por la Corona de Sangre…

—¿Te estás follando a la duquesa? —Esa fue la voz baja y nasal del teniente Smyth desde detrás de mí.

Sonreí ante su pregunta, pero mantuve la vista fija en el estrado. En la Doncella.

—No que yo sepa.

Se produjo un momento de silencio y supe que mi negativa a girarme hacia él tenía al teniente rebosante de ira callada. Smyth se movió para colocarse a mi lado.

—Entonces, ¿cómo demonios te nominaron para sustituir a Keal?

—Eso tendrá que preguntárselo al comandante —repuse.

—Ya lo hice —espeté—. Lo único que dijo fue que eras el más cualificado.

—Bueno, pues ya está. Ahí tiene su respuesta.

—Eso no son más que patrañas. Llevas aquí solo unos meses. Hay muchos más cualificados que tú.

En ese momento me giré hacia él.

—¿Como usted?

Sus mejillas rubicundas se encendieron aún más. No dijo nada. No necesitaba hacerlo. Sonreí, al tiempo que devolvía toda mi atención al estrado. A ella. La Doncella empezaba a moverse inquieta otra vez.

Smyth se inclinó hacia mí lo suficiente como para que su hombro tocase el mío. Sentí unas ganas inmensas de dar media vuelta y romperle el cuello. No fue la moralidad lo que me impidió hacerlo, aunque quizá debería haberlo sido. Era probable que matar a gente por ser irritante no se considerase una razón lo bastante buena. El hombre siguió viviendo solo porque asesinarlo delante de cientos de personas provocaría un poco de drama innecesario.

—Hay algo en esto que no huele bien —bufó Smyth—. Y llegaré al fondo del asunto.

—Buena suerte con eso —murmuré.

Maldijo en voz baja y dio media vuelta para alejarse enfurruñado por el borde de la zona reservada en la que me encontraba. Lo observé marchar, pensando que había bastantes posibilidades de que tuviera que morir.

Oh, vaya.

Devolví mi mirada a la Doncella. Un hombre estaba hablando de lo extraordinario que era el liderazgo del duque y la duquesa.

En ese momento, la Doncella giró la cabeza un poco hacia donde estaba yo y, aunque no podía ver sus ojos, supe que nuestras miradas habían conectado. Sentí un cosquilleo en la nuca y me invadió la más extraña de las sensaciones. Sentía cómo su mirada destapaba capas de quien yo era. Todos los músculos de mi cuerpo se pusieron en tensión. Pasaron unos segundos y entonces giró la cabeza otra vez. Esa sensación inexplicable, de una absurdidad innegable, tardó en irse. Una pareja se estaba aproximando al estrado. Miré a los mortales; creía haber oído al secretario presentarlos como los Tulis.

Continué pendiente de la Doncella mientras la pareja hablaba. Ella me había encontrado entre la multitud y eso era intrigante.

Porque le había mentido al duque de Teerman acerca de muchas cosas durante nuestra reunión, incluido lo que conllevaría mi relación con ella.

Tenía todas las intenciones de acercarme a ella todo lo posible. Ganarme su confianza era tan necesario como obtener la de ellos. Utilizaría cualquier táctica. ¿Amistad? ¿Convertirme en su confidente? ¿En algo más? Una leve sonrisa tironeó de mis labios. Pese a lo que le había dicho a Kieran la noche de la Perla Roja, no había tenido ningún plan real de seducir a la Doncella, ni ningún interés en hacerlo. Pero eso había sido antes de conocerla. De probar sus labios. De sentirla debajo de mí. La seducción desde luego que no estaba descartada.

—¿Es vuestro primer hijo? —preguntó el duque, sacándome de mi ensimismamiento. Se dirigía a la pareja al pie del estrado. La mujer sujetaba un pequeño fardo contra el pecho. Un bebé.

La nuez del señor Tulis se movió arriba y abajo.

—No, Excelencia, no lo es. Es nuestro tercer hijo.

Joder.

Se me apareció una imagen del bebé del edificio de apartamentos.

La duquesa tuvo justo la reacción contraria: dio una alegre palmada.

—Entonces, Tobias es una verdadera bendición, una que recibirá el honor de servir a los dioses.

—Por eso estamos aquí, Excelencia. —El señor Tulis dejó caer el brazo de los hombros de su mujer—. Nuestro primer hijo… nuestro querido Jamie… él… murió hace solo tres meses. —El hombre se aclaró la garganta para superar la emoción—. Una enfermedad de la sangre, según nos dijeron los curanderos. Fue todo muy rápido. Un día estaba bien, correteando por todas partes y metiéndose en todo tipo de líos. Y después, a la mañana siguiente, no se despertó. Aguantó unos días más, pero luego nos dejó.

¿Enfermedad de la sangre? Esa ira omnipresente bulló en lo más profundo de mi ser. La única enfermedad aquí eran los Ascendidos que acechaban a los mortales durante la noche, mientras dormían. Seguramente era lo que se había llevado a los padres de Jole Crain. Era lo que había acabado por transformar a esa niñita. Ni los jóvenes ni los mayores comprendían que lo que los visitaba por la noche no era ningún fantasma ni solo un sueño.

—Siento muchísimo oír eso —dijo la duquesa, que se echó hacia atrás en su asiento, sus delicados rasgos fijos en una expresión de simpatía y compasión—. ¿Y qué pasa con el segundo hijo?

—Lo perdimos a causa de la misma enfermedad que se llevó a Jamie —repuso la madre—. Con un año recién cumplido.

Joder.

—Es una verdadera tragedia —comentó la duquesa—. Espero que encontréis consuelo en la certeza de que vuestro querido Jamie está con los dioses, junto con vuestro segundo hijo.

—Sí, eso nos consuela —murmuró la señora Tulis—. Es lo que nos ha permitido superar su pérdida. Hemos venido hoy con la esperanza de… a pedir…

Oh, *joder*.

Lo supe antes de que lo dijesen siquiera. Supe lo que estaban a punto de pedir.

—Hemos venido aquí hoy a pedir que nuestro hijo no esté obligado a participar en el Rito cuando le llegue la edad —dijo el señor Tulis, y una exclamación ahogada se extendió por el Gran Salón. Sus hombros se tensaron, pero continuó hablando. —Sé que es mucho pedir de sus excelencias y de los dioses. Es nuestro tercer hijo, pero hemos perdido a los dos primeros y los curanderos le han dicho a mi mujer que no debería tener más, por mucho que lo desee. Es el único hijo que nos queda. Y será nuestro último hijo.

—Pero sigue siendo el tercero —respondió el duque de Teerman—. Que vuestro primer hijo haya salido adelante o no es algo que no cambia que vuestro segundo hijo, y ahora el tercero, estén destinados a servir a los dioses.

—Pero no tenemos más hijos, Excelencia. —La voz de la señora Tulis temblaba mientras su pecho subía y bajaba de manera espasmódica—. Si volviera a quedarme embarazada, podría morir. Nosotros…

—Lo entiendo —la interrumpió el duque de Teerman—. Y vosotros debéis entender que, aunque los dioses nos han concedido gran poder y autoridad, el tema del Rito no es algo que podamos cambiar.

—Pero pueden hablar con los dioses. —El señor Tulis hizo ademán de acercarse, pero se paró en seco cuando varios guardias reales dieron un paso adelante.

Esto era…

Era sobrecogedor. Te rompía el corazón.

—Pueden hablar con los dioses en nuestro nombre, ¿no es así? —preguntó el señor Tulis, la voz más rasposa ahora—. Somos buenas personas.

Por supuesto que lo eran.

Era solo que eso a los Ascendidos no les importaba. Necesitaban ese pequeño bulto sujeto entre los brazos de la madre para alimentarse de él.

—Por favor. —La señora Tulis lloraba abiertamente, las mejillas empapadas de lágrimas—. Les rogamos que al menos lo intenten. Sabemos que los dioses son misericordiosos. Hemos rezado a Aios y Nyktos cada mañana y cada noche para que nos concedieran este regalo. Todo lo que pedimos es…

—Lo que pedís no puede ser concedido. Tobias es vuestro tercer hijo y este es el orden natural de las cosas —sentenció la duquesa. Un sollozo desgarrador salió por la garganta de la mujer y rajó mi pecho de arriba abajo—. Sé que es duro y que ahora os duele, pero vuestro hijo es un regalo a los dioses, no un regalo de ellos a vosotros. Por eso nunca les pediríamos algo así.

No había nada natural en esto y, al mirar con disimulo hacia la multitud, pude ver que no era el único que lo pensaba. Gran parte de los presentes estaban consternados, incapaces de creer que los Tulis se hubiesen atrevido a hacer semejante petición. Otros, sin embargo, observaban la espantosa escena que se desarrollaba ante ellos, los rostros llenos de compasión y de una ira apenas reprimida mientras miraban al estrado. A los Ascendidos y a la Doncella. Cerré el puño y me separé de la columna. Vikter se acercó a ella; debía de percibir la intensa ira del público.

Y ella… la Doncella… parecía *incómoda*. Sus dedos se retorcían sin parar y su pecho subía y bajaba agitado. Parecía a punto de echar a correr…

O de dar un paso al frente.

—Por favor. Se lo suplico. Se lo suplico —les rogó el señor Tulis a los duques, luego se dejó caer de rodillas.

Esto era… por todos los dioses, era una de las peores cosas que había visto en mi vida, y había visto una buena dosis de situaciones desagradables. Había sido responsable de algunas de ellas. Pero ver a un padre y a una madre suplicar por tener la posibilidad de conservar a su hijo era algo completamente diferente.

Le di la espalda a esa pesadilla y me deslicé entre la gente del reservado para dirigirme hacia la salida. Tenía que hacerlo, porque estaba a punto de hacer algo extremadamente irresponsable e imprudente.

Como asesinar a los Ascendidos aquí y ahora.

No obstante, había algo que *sí podía* hacer. Al salir del Gran Salón, sentí que de repente tenía un propósito. Algo que no tenía nada que ver con mi hermano. Podía asegurarme de que la familia Tulis permaneciera unida y junta, y que Tobias no se convirtiese en otra víctima más de los Ascendidos.

La doncella sin velo

Después de haberme mostrado mi nueva habitación en el ala de servicio del castillo, un piso por debajo de la de la Doncella, el comandante Jansen y yo cruzamos el gran vestíbulo de entrada. Según él, yo seguía teniendo un cuarto en los barracones, pero los guardias personales de la Doncella tendían a quedarse en el castillo. Por mí, perfecto.

—Solo para que lo sepas —dijo Jansen en voz baja—, el duque aceptó convertirte en uno de los guardias de la Doncella, pero seguía dubitativo. Tendrá a otros pendientes de ti.

Asentí mientras pasábamos por delante de las estatuas de piedra caliza de la diosa Penellaphe y el dios Rhain. No me sorprendió oír eso; tampoco hizo nada por estropear la oleada de satisfacción al obtener por fin lo que quería. O al menos, por estar al fin en camino de conseguirlo.

—Supongo que Smyth será uno de los que vigile de manera obsesiva todos mis movimientos.

—Supones bien.

Me quedé callado mientras pasábamos por debajo de un arco en el que varios sirvientes con túnicas y vestidos bermellones con cofias blancas colgaban una guirnalda de hiedra. Una mujer morena se detuvo, sus manos enredadas en la vegetación. Sus ojos se cruzaron con los míos y me sonrió, lo que me hizo preguntarme si la conocía, mientras seguía mi camino. Me pregunté si sería una de esas personas sin nombre ni rostro con las que había pasado tiempo.

Aparté esos pensamientos a un lado.

—Empieza a ser un problema.

—Lo sé.

Miré a Jansen de reojo, mientras más trabajadores del castillo corrían de un lado para otro, cargados con cestas de ropa limpia y cristalerías sucias.

—Lo más probable es que haya que ocuparse de él en algún momento.

—Ya lo había pensado —respondió el comandante, sin molestarse en discutir como había hecho aquella noche en la Perla Roja. Sabía que Smyth no era un buen hombre.

El salón de banquetes estaba menos ajetreado. Solo había una mujer madura cuyo pelo gris se rizaba alrededor de los bordes de su cofia. Estaba ocupada colocando rosas de floración nocturna en un jarrón dorado sobre la larga mesa.

—¿Has comprobado lo que te pedí?

Jansen asintió.

—Los sacaremos de aquí antes del Rito —me aseguró—. Los trasladaremos a New Haven. Una vez ahí, podrán decidir lo que quieren hacer.

—Gracias. —Me permití sentir un poco de alivio al saber que lo que quedaba de la familia Tulis permanecería unido.

—No tienes por qué dármelas —repuso con voz ronca, al tiempo que se pasaba una mano por la barbilla.

Estaba equivocado. Organizar la fuga de los Tulis de esta ciudad entrañaba un gran riesgo, pero entendía por qué no quería la gratitud de nadie por hacer lo que parecía la más mínima expresión de una decencia normal y corriente.

—¿Listo? —preguntó Jansen cuando llegamos a uno de los muchos espacios de reuniones en la planta baja.

—Llevo listo mucho tiempo, amigo mío.

Esbozó una sonrisa rápida, algo raro en el cambiaformas, y luego abrió la puerta. Puesto que nunca antes había estado en esta sala, eché un vistazo rápido a las paredes de mármol, desnudas excepto por las guardasillas negras y el escudo real pintado en blanco y oro detrás de donde el duque estaba sentado ante un brillante y lustroso escritorio negro. La duquesa ocupaba una butaca color crema cerca de él, y delante de ellos había tres hileras de bancos de piedra caliza.

Tanto Jansen como yo nos paramos al entrar e hicimos una reverencia.

La duquesa sonrió.

—Por favor, incorporaos.

Consciente de la intensidad de su mirada, me enderecé.

—Está preciosa hoy, Excelencia —le dije. La mentira salió con suavidad por mi boca. Desde luego que la duquesa era preciosa, pero era una belleza superficial.

—Eres muy amable —repuso. Se levantó cuando entramos del todo en la habitación, luego cruzó las manos a la altura de la cintura de un modo que hizo que sus pechos tensaran el ceñido satén de su corpiño. Casi esperaba que uno de los botones de perlas saliera volando y nos sacara un ojo a alguno de los dos.

Su marido esbozó una sonrisa fría.

—Los otros llegarán enseguida. ¿Os gustaría algo para beber?

—Gracias, pero eso no será necesario —respondió Jansen, que fue a colocarse al lado de la duquesa. Yo lo seguí. La mujer parecía haberse ahogado en gardenias, porque *casi* no podía detectar el olor dulce y rancio de la Ascendida—. ¿Han informado ya a la Doncella?

El duque se echó atrás en su silla.

—Lo haremos en unos instantes.

Lo miré con atención. Había un brillo extraño y ansioso en sus ojos, que eran como esquirlas de obsidiana, pendientes de la puerta en todo momento. Me dio la clara impresión de que tramaba algo, mientras la duquesa hablaba con Jansen acerca de la siguiente promoción de guardias que concluiría pronto su entrenamiento. El duque no estaba prestando atención a la conversación, sino que optó por devolver la vista a los papeles que tenía sobre la mesa. Aunque en verdad, se sospechaba que tenía poco interés en dirigir los asuntos del castillo o de la ciudad.

Unas pisadas que se acercaban desde el exterior de la sala captaron mi atención, aunque no di muestras de ello, a pesar de que un intenso estallido de anticipación zumbó a través de mí. No tenía ni idea de cómo se iba a tomar esto la Doncella.

La puerta se abrió y ella entró. Sus pasos vacilaron al instante. Aunque la mayor parte de su cara estaba oculta, la consternación fue evidente cuando entreabrió los labios.

Tawny Lyon, la alta y esbelta dama en espera que a menudo estaba con ella, entró a continuación. Se detuvo en seco en el mismo momento en que su mirada de ojos oscuros se posó en mí. Un destello de sorpresa cruzó la lustrosa piel marrón de su rostro; su cabeza dio un respingo, lo cual hizo botar sus rizos dorados y castaños. Tawny le lanzó una mirada rápida a la Doncella y las comisuras de sus labios se curvaron un poco hacia arriba.

La Doncella seguía clavada en el sitio. Su pecho se hinchó de manera exagerada debajo de su túnica blanca y su mano derecha se abrió y cerró repetidas veces a su lado, más o menos donde había llevado la daga la noche en que había acudido a la Perla Roja.

¿La llevaría ahora?

Una oleada de calor se extendió por mis venas cuando mis ojos se deslizaron hacia la amplia mitad inferior de su túnica. El rápido palpitar de la excitación era extremadamente problemático.

—Por favor —dijo el duque—. Cierra la puerta, Vikter. —Esperó a que el guardia hiciera lo que le había pedido—. Gracias. —Teerman bajó el papel y posó los ojos en la Doncella.

Ese brillo extraño y ansioso volvió a ellos mientras le hacía gestos para que se acercara—. Por favor, siéntate, Penellaphe.

Penellaphe.

Mi cabeza dio una leve sacudida. Era obvio que conocía su nombre, pero no había oído nunca a nadie utilizarlo. Lo repetí en silencio; pensé que lo prefería a *la Doncella*. En cualquier caso, me di cuenta de inmediato de que era una preferencia irrelevante.

La Doncella se adelantó con una cautela que no había existido cuando estuvo en la Perla Roja. Sin volver a mirar en mi dirección, se sentó en el borde del banco del centro, su postura de una rigidez imposible. Luego cruzó las manos en su regazo. La dama en espera se colocó detrás de ella. Vikter, por su parte, se situó justo a la derecha de la Doncella, casi como si tratase de interponerse entre ella y yo.

—Espero que te encuentres bien, Penellaphe —dijo la duquesa al tiempo que volvía a la butaca al lado del escritorio. La Doncella asintió—. Me alegro. Me preocupaba que asistir a ese Consejo de la Ciudad tan pronto después de tu ataque fuese demasiado para ti —continuó la duquesa, y sonaba de una sinceridad sorprendente.

La respuesta de la Doncella fue mínima, una leve inclinación de la cabeza.

—Lo que ocurrió en el jardín es la razón de que todos estemos aquí hoy —intervino el duque, y aunque parecía imposible, la postura de la Doncella se volvió aún más tiesa—. Con la muerte de… —Frunció el ceño—. ¿Cómo se llamaba? —le preguntó a su esposa, cuya frente se frunció a su vez en señal de confusión—. El guardia.

Joder, ¿en serio?

—Rylan Keal, Excelencia —contestó Vikter en tono inexpresivo. El duque chasqueó los dedos.

—Ah, sí. Ryan —dijo. Eso hizo reaccionar a la Doncella, aunque dudaba que nadie se hubiese fijado porque ninguno de los otros la observaba con la intensidad que lo hacía yo en ese momento. Sus manos se cerraron, los puños tan apretados que se le pusieron los nudillos blancos—. Con la muerte de Ryan, se ha producido una baja en tu guardia personal. Otra vez —añadió el duque con una sonrisilla espantosa—. Dos guardias perdidos en un año. Espero que esto no vaya a convertirse en una costumbre. —Bueno, pues se iba a llevar una decepción, porque era muy probable que fuese a convertirse justo en eso—. De todos modos, con el Rito que se aproxima y a medida que te acercas a tu Ascensión, no podemos esperar que Vikter sea el único en ocuparse de tu protección —declaró el duque—. Tenemos que sustituir a Ryan. —Un músculo se apretó en la curva de la mandíbula de la Doncella—. Lo cual explica la presencia del comandante Jansen y el guardia Flynn; aunque estoy seguro de que eso ya lo habías deducido. —La Doncella no dio muestra alguna de haberlo oído—. El guardia Flynn ocupará el puesto de Ryan, desde este mismo momento —anunció el duque—. Estoy seguro de que esto es una sorpresa, puesto que es nuevo en nuestra ciudad y bastante joven para un miembro de la guardia real. —Las comisuras de mis labios amagaron con sonreír por voluntad propia—. Hay varios guardias del Adarve que esperan un ascenso y nombrar a Hawke por delante de ellos no pretende ser un menosprecio. —El duque se echó hacia atrás, cruzó una pierna sobre la otra—. No obstante, el comandante nos ha asegurado que Hawke se adaptará mejor a esta tarea.

—Puede que el guardia Flynn sea nuevo en la ciudad, pero esa no es una debilidad. Será capaz de analizar posibles amenazas con nuevos ojos —intervino el comandante Jansen, por sobre Vikter, supuse—. Muchos guardias hubiesen pasado por alto la posibilidad de que se produjese un ataque en los Jardines de la Reina. No por falta de habilidad…

Hubiese jurado que el duque de Teerman había murmurado: «Debatible».

—Sino porque estar en la misma ciudad demasiado tiempo puede producir una falsa sensación de seguridad y complacencia —continuó Jansen—. Hawke no tiene semejante familiaridad con el entorno.

Arqueé una ceja al oír cómo se había referido a mí Jansen, por mi nombre de pila. Así establecía las pautas. Muy listo.

—También tiene experiencia reciente con los peligros del exterior del Adarve —apuntó la duquesa—. Queda poco menos de un año para tu Ascensión, pero si ordenan tu regreso a la capital antes de lo esperado, o incluso en el momento de la Ascensión, tener a alguien con ese tipo de experiencia es inestimable. No tendremos que recurrir a nuestros cazadores para garantizar que tu viaje a la capital sea lo más seguro posible —explicó, en referencia a aquellos cuya tarea era escoltar a viajeros de ciudad en ciudad—. Los Descendentes y el Señor Oscuro no son las únicas cosas a las que temer ahí fuera, como bien sabes.

Tenía razón.

Aunque no creía que la Doncella fuese consciente de quiénes eran los verdaderos peligros en esta sala, ni en la ciudad y más allá.

—La posibilidad de que te hicieran regresar a la capital de manera inesperada desempeñó un papel importante en mi decisión —explicó Jansen—. Los viajes fuera del Adarve los planeamos con al menos seis meses de antelación y podría ocurrir que cuando la reina requiriera tu presencia en la capital tuviéramos que esperar al regreso de los cazadores. Con Hawke como guardia personal, seríamos capaces de evitar esa situación en gran medida.

La cabeza de la Doncella se giró entonces hacia donde estaba yo. Sentí un cosquilleo en la nuca. Sus manos apretadas se relajaron, estiró los dedos. Incliné la cabeza en su dirección y observé cómo el ritmo de su respiración se aceleraba.

—Como miembro de la guardia real personal de la Doncella, es probable que surja alguna situación en la que la veas sin velo. —Eso lo dijo la duquesa, pero su tono me hizo quedarme muy quieto. Su voz siempre era suave, pero ahora sonaba incluso compasiva—. Puede ser una distracción ver el rostro de alguien por primera vez, sobre todo el de una Elegida, y eso podría interferir con tu capacidad para protegerla. Esa es la razón de que los dioses autoricen esta transgresión.

Mis ojos volaron de vuelta a la Doncella y mi maldito corazón trastabilló. Santo cielo, iba a verla sin velo y sin antifaz.

—Comandante Jansen, si no te importa, sal de la habitación, por favor —pidió el duque.

Jansen asintió, antes de obedecer la petición a toda prisa. El brillo ansioso de los ojos del duque se reflejaba ahora en su sonrisa, y recordé lo que me había dicho el día anterior. Lo confiado que se había mostrado cuando había comentado que no estaba preocupado por que yo pudiera tener ningún tipo de interés en la Doncella.

—Estás a punto de ser testigo de algo que solo unos pocos elegidos han visto —declaró el duque, los ojos clavados en ella—. A la Doncella sin velo.

Las manos de la Doncella temblaban en su regazo.

—Penellaphe, por favor, descúbrete —solicitó el duque, y su jodida sonrisa activó todas mis alarmas.

Algo iba mal.

La Doncella no se movió durante varios segundos. Nadie lo hizo. Mis ojos volaron hacia su acompañante. Tawny había cerrado los ojos y, cuando los volvió a abrir, vi una leve humedad en ellos. Miré de reojo a Vikter. Tenía una expresión estoica mientras miraba a su protegida.

La Doncella aún no se había movido.

—Penellaphe —la advirtió el duque, y mis puños se cerraron—. No tenemos todo el día.

—Dale un momento, Dorian. —La duquesa se giró hacia su marido—. Ya sabes por qué duda. Tenemos tiempo.

¿Qué narices estaba pasando aquí?

La mitad inferior de la cara de la Doncella se sonrojó, pero esa barbilla suya, un poco puntiaguda, se levantó con estoicismo. Se puso en pie al mismo tiempo que Tawny. Su compañera alargó las manos hacia las cadenillas y los broches, pero la Doncella llegó a ellos antes.

Se me empezó a helar la piel mientras la observaba *arrancar* las cadenitas, sus movimientos rápidos y entrecortados. La tela se aflojó, luego resbaló. Tawny la atrapó y ayudó a retirar el velo.

Entonces, todo el lado derecho de su cara quedó expuesto a mí.

Era ovalada, de pómulos altos y definidos, la ceja bien marcada, con un arco natural. Estaba también ese pelo rojo que había vislumbrado en la Perla Roja, recogido en algún tipo de complicado moño trenzado que tenía pinta de requerir demasiado tiempo para crearlo. Con el velo retirado y en la sala bien iluminada, los mechones relucían de un intenso tono rojo vino. Su perfil era fuerte.

Precioso.

Un lado de sus labios se curvó hacia arriba mientras miraba al duque. Fue solo una sonrisita leve, pero se me hizo un nudo en el estómago.

Tawny regresó a su asiento con el velo, justo cuando la Doncella se giraba hacia mí.

Del todo.

Y lo vi.

Vi su carnosa boca al completo. Esa barbilla testaruda y la curva angulosa de su mandíbula. Su nariz tenía el puente un poco cóncavo y la punta un pelín respingona. Ambas cejas mostraban ese arco natural, para enmarcar sus vistosos ojos verdes.

Ahí es donde terminaban las similitudes entre los dos lados de su cara.

Aún se veía parte del moratón causado por Jericho, uno que dudé que fuese notorio para nadie más, pero también había una franja de piel irregular, de un rosa un poco más pálido que el resto de su cutis. Empezaba justo debajo de la línea del pelo y cortaba a través de su sien, pasaba casi tocando su ojo izquierdo y luego terminaba a un lado de su nariz. Una herida más pequeña y largo tiempo curada cortaba a través del lado izquierdo de su frente y su ceja, justo por medio de ese arco. Una vez más, muy muy cerca de su ojo color esmeralda.

Por todos los dioses, tenía una suerte inmensa de conservar ambos ojos. Sin embargo, el dolor que debían haberle causado las heridas que le habían dejado esas cicatrices... Debió de ser insoportable. En especial, las de ese tipo. Porque sabía bien qué había producido esas cicatrices. Un Demonio. Yo mismo había sentido esas garras clavarse en mi cuerpo más veces de las que podía contar, pero la única diferencia era que mi carne y mi piel *casi* siempre se curaban solas. Un mortal no tendría tanta suerte. Pero maldita sea. La fuerza interna que debía tener para sobrevivir a un ataque así era inconcebible.

La Doncella tenía *fuerza*. Una especie de resiliencia interna que muchas personas no tenían. También era... joder. Era *preciosa*.

Y esas dos cosas parecían un problema. Uno gordo.

Sus mejillas se tiñeron de rosa mientras yo continuaba mirándola. Le tembló el labio de abajo antes de apretar ambos con fuerza. Nuestros ojos conectaron. Su mirada se mantuvo firme, aunque no había manera de ignorar su evidente incomodidad. No lo entendía. Era preciosa, y esas cicatrices no le restaban ni un ápice de hermosura. Joder, en verdad, añadían un toque especial a sus rasgos, pero...

Pero vivía en el mundo de los Ascendidos.

Uno en el que la belleza inmaculada se codiciaba y se adoraba. Un mundo en el que algunas personas verían solo esos defectos, aunque no todas. Ni siquiera todos los Ascendidos verían solo esas cicatrices. Eso sí, los que lo hacían...

De repente, entendí por qué el duque había dicho lo que había dicho acerca de mi posible interés por la Doncella. Deduje el significado de esa jodida ansiedad malsana en sus ojos y en su sonrisa porque él también veía lo incómoda que estaba la Doncella. Todos los presentes en la maldita habitación lo veían, pero él se *deleitaba* en ella.

—Es realmente única —comentó el duque de Teerman con tono amigable—. ¿No crees? Una mitad de su cara es una obra maestra —prosiguió, y vi que ella se estremecía—. La otra mitad, una pesadilla.

Durante un momento, dejé de verla, a pesar de que no le había quitado los ojos de encima. Todo lo que vi en mi mente fue al duque y cómo mi puño se estrellaba repetidas veces contra su jodida cara. Me vi arrancando de cuajo esa lengua, antes de forzarla por su garganta para que se asfixiara con ella. Su comentario era innecesario. Joder, el *duque* era innecesario.

—Las cicatrices no son una pesadilla —dijo la duquesa—. Son… son solo un mal recuerdo.

No eran una pesadilla ni un mal recuerdo. Eran prueba de a lo que había sobrevivido. Distintivos de fuerza. No había nada malo en ellas ni en ella.

Di un paso al frente, harto ya de estos comentarios.

—Ambas mitades son tan preciosas como el conjunto.

Los labios de la Doncella se entreabrieron para aspirar una brusca bocanada de aire, pendiente de cómo apoyaba la mano en la empuñadura de mi sable. Hice una reverencia, sin apartar los ojos de los suyos en ningún momento. Luego recité el juramento que hacían los guardias reales y que Jansen me había indicado que debía pronunciar. El juramento que ya conocía porque era parte del pronunciado por el rey y la reina de Atlantia a sus súbditos.

—Con mi espada y con mi vida, juro mantenerte a salvo, Penellaphe. —Decir su nombre hizo que volviera a sentir ese cosquilleo en la nuca; ahora, además, se extendió por mis hombros y bajó por mi columna. En el fondo de mi mente, sabía que no debía haber dicho nada, pero era importante que ella supiese que *alguien* la veía en este momento, cuando el duque buscaba humillarla. No tenía nada que ver con mis planes, y quizá tuviera un poco que ver con el hecho de que sabía muy bien lo que era que te arrebatasen todo lo que te convertía en quien eras, para convertirte no en alguien, sino en *algo*. Y quizás eso también tuviese que ver con querer que ella supiera que la encontraba completamente exquisita, porque mi tono se volvió más profundo y lo oí en mi voz—. Desde este momento hasta el último, soy tuyo.

Poppy

No hubo ninguna transición suave de guardia del Adarve a guardia personal de la Doncella. Mi nuevo papel empezó de inmediato, mientras Vikter y yo acompañábamos a Penellaphe y a Tawny a…

En realidad, no lo sabía.

Los cuatro habíamos salido del estudio y en estos momentos estábamos cruzando el comedor.

Me detuve para girarme hacia ellos. La Doncella y la dama pararon en seco. Vikter entornó los ojos. Los de Tawny estaban muy abiertos y tenía ambos labios apretados entre los dientes, como si la hubiesen agarrado haciendo algo que no debería. La Doncella volvía a estar velada, oculta de nuevo.

—¿A dónde quieres ir? —le pregunté.

La Doncella no dijo nada, pero los ojos de Vikter se entornaron aún más. Su silencio me recordaba a cuando entró en esa habitación de la Perla Roja, allá cuando creía que era incapaz de hablar más que en susurros. Ahora sabía que no era así. Sí hablaba, de un modo muy claro y afilado.

Cuando quería.

Pasaron los segundos en un silencio cada vez más tenso, y pensé que todo lo que había sucedido en esa sala nos había seguido hasta aquí. Quería que contestara, que me hablase, pero estaba claro que todavía estaba afectada.

Miré a Tawny.

Sus labios salieron de golpe de entre sus dientes.

—A sus aposentos... —Hizo una pausa—. Señor Flynn.

Un lado de mis labios se curvó al instante hacia arriba.

—Puedes llamarme Hawke.

Esbozó una sonrisa mientras miraba de reojo a la Doncella.

—Querríamos volver a sus aposentos, Hawke.

—¿Tú estás de acuerdo con eso? —le pregunté a la Doncella, que se apresuró a asentir y pasó por delante de mí a toda prisa, dejando tras de sí su aroma fresco y dulce.

Tawny echó a andar con mucha más calma, su sonrisa radiante ahora. Vikter fue el único que no pareció capaz de pasar por delante de mí sin tocarme. Su hombro chocó con el mío. Reprimí una risa al tiempo que retomaba mi camino detrás de ellos.

Entramos en el vestíbulo y recibí de sopetón una muestra de lo que era estar en presencia de la Doncella. Dos mujeres estaban desempolvando las estatuas, charlando entre sí. Cuando nos vieron llegar, ambas se quedaron muy quietas, los ojos como platos, en silencio. Una dejó caer incluso su plumero. Sus ojos nos siguieron en nuestro recorrido hacia la escalinata principal que conducía a las plantas superiores. Todos los sirvientes con los que nos cruzamos en las escaleras hicieron lo mismo: miraron a la Doncella pasmados y no le quitaron los ojos de encima hasta que dejó de estar a la vista. Era como si tuviese una especie de poder especial que petrificaba a la gente según la veía.

Fruncí el ceño. Aunque estaba acostumbrado a llamar en cierta medida la atención de mujeres y hombres, jóvenes y mayores, esto era diferente. Sabía que los que me miraban, los que no tenían ni idea de quién era yo, todavía me veían como a una persona. Por lo general, alguien con quien querrían pasar unas cuantas horas. Sin embargo, cuando miraban a la

Doncella, estaba claro que solo veían *lo* que era: la Doncella; y *lo* que simbolizaba para ellos: la Elegida por los dioses.

Era igual que cuando el rey y la reina me habían tenido enjaulado y encadenado. Por aquel entonces, los Ascendidos solo veían *lo* que yo era: el príncipe de un reino que querían ver destruido; y *lo* que simbolizaba para ellos: el recipiente que llevaba la sangre que ellos necesitaban para sobrevivir y multiplicarse.

Miré las manos de la Doncella. Las llevaba cruzadas delante del cuerpo, pero apostaría a que se las estaba retorciendo como había estado haciendo en el Gran Salón. Era muy consciente de lo que invocaba su presencia.

Pero ¿era consciente de que no la veían a ella? Veían solo lo que representaba.

No estaba seguro de que lo supiese.

Por fin llegamos a su piso. Por qué estaba alojada en el ala más vacía del castillo, en una de las partes más antiguas de la estructura, era un misterio para mí. Aquí arriba, los pasillos eran más estrechos y seguro que las habitaciones eran frías en invierno. El único sonido que se oía era el de nuestras pisadas. Ni siquiera yo podía oír el revoloteo de actividad casi constante que dominaba todos los demás pisos y alas.

Cuando llegamos a la puerta de sus aposentos, no tuve ocasión de decir gran cosa antes de que ella la abriera y casi volara al interior. Solo capté un breve atisbo de suelos de piedra desnudos y una silla antes de que Tawny se despidiera de nosotros con un asentimiento seco. Luego, me quedé plantado ante la puerta cerrada de la habitación en la que necesitaba entrar. La Doncella había sido capaz de escabullirse de ese cuarto y llegar hasta la Perla Roja. Dudaba mucho que hubiese salido por esta puerta para hacerlo.

Ladeé la cabeza al oír un golpe suave contra dicha puerta.

—¿Deberíamos preocuparnos por eso? —pregunté, girándome hacia el hombre que sabía que no era mi fan.

—Están bien. —Me fulminó con la mirada desde detrás de un mechón de pelo rubio—. Debo hablar con el comandante, lo que significa que te vas a quedar aquí para proteger a la Doncella. —Asentí—. Desde el pasillo —añadió, como si eso fuese necesario—. Ni se te ocurra abandonar tu puesto. Por nada ni por nadie.

—Entendido.

—Ni siquiera por los dioses —insistió.

—Sé cuál es mi deber. —Lo miré a los ojos—. Las dos están a salvo mientras yo esté aquí.

Vikter parecía querer decir algo más, pero debió decidir que no merecía la pena. Giró con rigidez y echó a andar por el pasillo. Supuse que quería ver a Jansen para protestar por mi nombramiento.

No le serviría de nada.

Empecé a girarme hacia la puerta cuando oí la voz tenue y amortiguada de Tawny.

—Hawke Flynn es tu guardia personal, Poppy.

Mis cejas salieron volando hacia arriba. *¿Poppy?* ¿Así era como la llamaba Tawny? No Penellaphe. Sino… Poppy. «Amapola». Los campos de amapolas de Spessa's End se aparecieron en mi mente.

—Lo sé —llegó una voz más suave, aún más tenue.

Esa era ella. *Poppy*. El cosquilleo volvió a mi nuca. No había oído su voz desde la noche en la Perla Roja.

—¡Poppy! —La voz de Tawny sonó lo bastante fuerte para hacerme parpadear—. ¡Ese es tu guardia!

Las comisuras de mis labios se curvaron hacia arriba mientras me reposicionaba para colocarme aún más cerca de la puerta.

—Baja la voz —la conminó la Doncella, y tuve que morderme el labio de abajo. Tendrían que susurrar para que no las oyera, aunque entonces oí que sus pisadas se alejaban y recé por que su compañera siguiera hablando prácticamente a gritos—. Lo más probable es que esté justo al otro lado de la puerta…

—Como tu guardia personal —la interrumpió Tawny.

—Ya *lo sé* —llegó la respuesta exasperada.

—Sé que esto va a sonar fatal —oí decir a Tawny, al tiempo que inclinaba la cabeza hacia la puerta. Nunca había estado más agradecido de mi extraordinario oído—. Pero tengo que decirlo. No me lo puedo callar. Es una gran mejoría.

Se me escapó una risa silenciosa.

—*Tawny*.

—Lo sé. Reconozco que es algo horrible de decir, pero tenía que hacerlo —se excusó—. Es bastante… fascinante de mirar.

Sonreí.

—Y ha quedado claro que está interesado en trepar en el escalafón —declaró la Doncella.

La curva de mis labios se aplanó. ¿No estaba de acuerdo con su acompañante? Tenía que estarlo. Yo *sabía* que era bastante fascinante de mirar.

—¿Por qué dices eso?

Se produjo un momento de silencio.

—¿Alguna vez habías oído de un guardia real tan joven? —No pude culparla por decir eso. Era una pregunta legítima—. No, ¿verdad? Eso es lo que ganas cuando te haces amigo del comandante de la guardia real —sentenció la Doncella. Y, vaya, no sabía la razón que tenía—. No me puedo creer que no hubiese ningún otro guardia real igualmente cualificado.

Tawny no respondió durante unos instantes.

—Estás teniendo una reacción muy extraña e inesperada.

Crucé los brazos. Me daba la sensación de que la respuesta de la Doncella tenía más que ver con lo sucedido en la Perla Roja que con cualquier otra cosa.

—No sé a qué te refieres —se defendió la Doncella.

Seguro, pensé, con una sonrisa de suficiencia.

—¿Ah, no? —la retó Tawny, que se estaba convirtiendo a toda velocidad en una de mis personas favoritas del reino—. Lo has observado mientras entrenaba en el patio…

—¡No es verdad! —exclamó la Doncella.

Menuda mentirosa. Claro que me había observado.

Tawny me estaba haciendo un gran favor, aunque no lo supiese.

—He estado contigo más de una vez mientras observabas a los guardias entrenar desde el balcón. Y no te dedicabas a observar a un guardia cualquiera. Lo observabas a *él*. —Esta Tawny me gustaba cada vez más—. Pareces casi enfadada por que lo hayan nombrado tu guardia —continuó Tawny—. Y, a menos que haya algo que no me has contado, no tengo ni idea de por qué. —Hubo unos segundos de silencio—. ¿Qué es lo que no me has contado? —exigió saber Tawny, y estaba claro que la Doncella no había compartido detalles sobre su excursión a la Perla Roja con su compañera—. ¿Te ha dicho algo alguna vez?

Fruncí los labios. Menuda deducción más injustificada.

—¿Cuándo crees que hubiese tenido la oportunidad de decirme algo? —preguntó la Doncella.

—Con todas las veces que andas a hurtadillas por este castillo, estoy segura de que oyes muchas cosas que no requieren que llegues a hablar con alguien —replicó Tawny. Ese era otro poco de información interesante, además de demostrar que una de mis sospechas era correcta: la de que la Doncella tenía costumbre de ir por ahí a escondidas—. ¿Lo oíste decir algo horrible? —Entorné los ojos. Tawny estaba perdiendo deprisa ese codiciado puesto entre mis personas favoritas—. Poppy…

Se produjo un silencio largo durante el cual me planteé por un segundo apartarme un poco de la puerta para no escuchar más su conversación, que estaba claro que era privada, pero descarté esa idea enseguida.

—Lo besé —anunció entonces la Doncella.

Me quedé boquiabierto y mi cabeza voló hacia la puerta. No podía creer que lo hubiese admitido en voz alta.

—¿Qué? —farfulló Tawny.

—Él me besó a mí —añadió la Doncella, y en mi pecho afloró un pelín de preocupación. ¿Era sensato por su parte? ¿Podía confiarle a esta dama en espera este tipo de información? Joder, esperaba que así fuera. No solo ponía en peligro todo mi trabajo hasta entonces, dudaba que los Teerman fuesen a tomárselo bien, si se enterasen. No obstante, la forma en que Tawny hablaba con la Doncella indicaba que había cierto grado de cercanía y complicidad entre ellas—. Bueno, los dos nos besamos. Fue un beso mutuo…

—¡Vale, vale, lo capto! —chilló Tawny entusiasmada. Eso me hizo parpadear y mirar a un lado y a otro por el pasillo desierto—. ¿Cuándo pasó? ¿Cómo pasó? ¿Y por qué me estoy enterando ahora?

Oí ruido de pisadas otra vez, luego la Doncella se explicó.

—Fue… la noche en la que fui a la Perla Roja.

—Lo sabía. —Se oyó otro golpe. Esta vez sonó como si alguien, que supuse que sería Tawny, hubiese dado un pisotón—. Sabía que había pasado algo más. Actuabas de un modo muy extraño. Demasiado preocupada por haber podido meterte en un lío. ¡Oh! Tengo ganas de tirarte algo. No me puedo creer que no hayas dicho nada. Yo lo estaría pregonando a gritos desde el tejado del castillo.

Vale. Me sentía halagado y Tawny estaba recuperando el puesto de mi persona favorita.

—Tú lo pregonarías a gritos porque podrías —repuso la Doncella con ironía—. No te pasaría nada. Pero ¿a mí?

¿Qué le pasaría, exactamente? No dio más detalles y, por desgracia, sus voces bajaron lo suficiente como para que no pudiera distinguir lo que decían, aunque sí que conseguí oír la voz de la Doncella unos segundos después.

—Es solo que… he hecho un montón de cosas que no debía hacer, pero esto… esto es diferente —murmuró, y me pregunté qué serían esas «otras cosas»—. Pensé que, si no decía nada, no sé…

—¿Sería como si no hubiese pasado? ¿Que los dioses no lo sabrían? —preguntó Tawny. Puse los ojos en blanco—. Si los dioses lo saben ahora, también lo sabían entonces, Poppy.

En eso tenía razón. Excepto que los dioses no sabían una mierda y, si lo sabían, todo este asunto de la Doncella y la Elegida no era más que una gran parida, en cualquier caso. A pesar de todo lo que dijesen los Ascendidos. A pesar, incluso, de lo que se preguntase Kieran acerca de toda esa chorrada de haber nacido envuelta en un velo.

Si la Doncella respondió algo, no lo oí, pero sí oí a Tawny como si estuviese de pie a mi lado.

—Te perdonaré por no contármelo si me cuentas lo que pasó con pelos y señales.

Esperé, casi sin respirar, para oír con exactitud lo que decía.

—Quería, ya sabes, experimentar algo, cualquier cosa, y pensé que ese sería el mejor sitio. Vi a Vikter ahí —dijo la Doncella. Aunque eso no me sorprendió, pues yo mismo lo había visto ahí, sí me sorprendió que lo llamase por su nombre de pila—. Y me topé con una mujer… una que me reconoció.

—¿Qué? —casi chilló Tawny otra vez.

—No lo sé —admitió la Doncella—. Pero creo que era como una… una vidente o algo.

¿Eh? Fruncí el ceño. Que yo supiera, no había videntes en Masadonia. Ni cambiaformas, aparte de Jansen.

—Bueno, podría estar equivocada. A lo mejor solo me reconoció por alguna otra cosa —añadió la Doncella. Tenía que ser eso, porque era seguro que no había ninguna vidente en la Perla Roja. Yo lo sabría—. Es probable que se me viese tan fuera de lugar que mi identidad fuese obvia. En cualquier caso, entré en esta habitación, que creía que estaba vacía y él… él estaba ahí dentro.

—¿Y? —la instó Tawny.

—Creyó que era Britta.

—No te pareces en nada a Britta —objetó Tawny. Una pausa—. Su capa. Llevabas su capa.

—Supongo que los rumores sobre ellos son ciertos, porque me agarró... no de un modo desagradable, sino... de un modo apasionado, familiar —explicó, aunque su voz bajó hasta el punto de que tenía que hacer un verdadero esfuerzo para oírla. Lo cual significaba que ahora sí que estaba escuchando una conversación ajena a propósito.

Aquello no estaba bien. Lo sabía.

Aunque rara vez me portaba bien, así que ahí estaba.

—Fue... fue mi primer beso —declaró.

Todos los músculos de mi cuerpo se pusieron en tensión. Eso ya lo sabía, pero oírla decirlo ahora... Hizo que sintiera el pecho extraño. Ligero y pesado al mismo tiempo.

—¿Y continuó haciéndolo a pesar de creer que eras otra persona? —preguntó Tawny—. Porque si fue así, me voy a sentir muy desilusionada.

—¿Conmigo? —La voz de la Doncella subió de volumen de pronto.

—No, con él. Y también me preocuparía por tu seguridad, si después de meterse a saco en tu espacio personal no se dio cuenta de que no eras Britta. Si ese fuese el caso, no debería ser tu guardia, por muy agradable que sea a la vista.

Esbocé una sonrisa. Tawny tenía razón.

—Se dio cuenta bastante deprisa de que no era ella. No le dije quién era, pero él... creo que debió notar que yo no tenía, ya sabes, tanta experiencia. Tampoco es que se amilanara y echara a correr. En lugar de eso, se... —La voz de la Doncella bajó de tono otra vez—. Se ofreció a hacer lo que yo quisiera.

—Oh —musitó Tawny—. Oh, madre mía. ¿Cualquier cosa?

—Cualquier cosa —confirmó la Doncella.

Y en verdad habría hecho *casi* cualquier cosa que me hubiese pedido. ¿Quién no lo habría hecho, con su cuerpo suave y cálido debajo, sus labios hinchados de besar y sus ojos brillantes de deseo?

Maldita sea.

Un pulso de deseo se extendió por mi cuerpo y afectó a mi pene justo lo suficiente para que despertara.

Debería dejar de escuchar. Sería muy incómodo que Vikter regresase ahora y me encontrase con una erección.

—Solo nos besamos. Eso fue todo —continuó la Doncella. Sin embargo, eso no había sido todo. La había besado en más sitios.

Aunque no tenía la intención de pensar en eso ahora. Cambié de postura, separé las piernas y fruncí el ceño. Por el amor de los dioses, que ella hablase de besar y yo pensase en lo que, en realidad, habían sido actividades muy comedidas no debería ponerme duro.

—Oh, madre mía, Poppy —dijo Tawny después de unos instantes—. Cómo desearía que te hubieras quedado.

—Tawny —protestó ella con un suspiro.

—¿Qué? Es imposible que digas que no desearías haberte quedado. Ni por un momento. —Ladeé la cabeza de nuevo. Esperé… y esperé—. Apuesto a que ya no serías una Doncella si te hubieses quedado —comentó Tawny.

No, seguiría siéndolo. Yo jamás hubiese cruzado esa línea en un maldito burdel. No hubiese cruzado esa línea con *ella* en ninguna parte.

—¡Tawny! —Oí su expresión escandalizada y mis labios amagaron con sonreír.

—¿Qué? —Tawny se rio—. Estoy de broma, pero apuesto a que *apenas* serías una Doncella —añadió, y sí, apenas lo hubiese sido—. Dime, ¿te… gustó? ¿Lo de besaros?

—Sí —me llegó la respuesta casi demasiado callada—. Me gustó.

Ya lo sabía, pero sonreí de todos modos.

—Entonces, ¿por qué estás tan disgustada por que ahora sea tu guardia? —quiso saber Tawny.

—¿Por qué? —La incredulidad teñía la voz de la Doncella—. Tus hormonas deben de estar nublando tu buen juicio.

—Mis hormonas siempre están nublando mi buen juicio, muchas gracias.

Me reí entre dientes.

—Me va a reconocer —se quejó la Doncella—. Tendrá que hacerlo cuando me oiga hablar, ¿no crees?

Demasiado tarde para preocuparse por eso.

—Supongo —repuso su amiga.

—¿Qué pasa si acude al duque y le cuenta que estuve en la Perla Roja? —se preguntó la Doncella. Estaba claro que esto la preocupaba, pero no tenía por qué—. Que dejé... que me besara. Tiene que ser uno de los guardias reales más jóvenes, si no el *más* joven. Está claro que está interesado en ascender y ¿qué mejor forma de hacerlo que ganarse el favor del duque? ¡Ya sabes cómo tratan a sus guardias y empleados favoritos! Los tratan casi mejor que a los miembros de la Corte.

Esa era la ultimísima cosa de la que debía preocuparse con respecto a mí.

—No creo que tenga ningún interés en ganarse el favor de *Su Excelencia* —la contradijo Tawny—. Dijo que eras preciosa.

—Estoy segura de que solo estaba siendo amable.

Entorné los ojos. No había sido así. Había sido una de las pocas veces desde que regresé a esta cloaca de reino en las que había dicho la verdad. La Doncella era despampanante.

—En primer lugar —empezó Tawny—, eres preciosa. Ya sabes...

—No lo he dicho para que me hagas cumplidos.

—Lo sé, pero sentí la abrumadora necesidad de recordártelo —replicó Tawny, y me alegré de que lo hiciera—. Hawke no necesitaba decir nada en respuesta al hecho de que el duque fuera un patán. —Ya era un hecho que Tawny había recuperado el puesto de mi persona favorita—. Podía haberse limitado a ignorarlo —continuó— y pronunciar sin más el juramento de la guardia real, que, dicho sea de paso, hizo sonar como… *sexo.*

Sonreí.

—Sí —admitió la Doncella—. Sí, es verdad.

La curva de mis labios se ensanchó aún más, revelando la punta de mis colmillos al pasillo desierto.

—Casi tuve que abanicarme, solo para que lo sepas —declaró Tawny—. Pero volvamos a la parte más importante del asunto. ¿Crees que ya te ha reconocido?

—No lo sé. Aquella noche llevaba un antifaz y él no me lo quitó, pero creo que yo sería capaz de reconocer a alguien con y sin antifaz.

—Me gustaría pensar que yo también, y desde luego esperaría que un guardia real lo hiciera —comentó Tawny.

—Entonces, eso significa que eligió no decir nada —caviló la Doncella—. Aunque también es posible que no me reconociera. Aquella habitación estaba poco iluminada.

La hubiese reconocido en cualquier parte.

—Si no lo hizo, supongo que lo hará cuando hables, como dijiste antes. Tampoco vas a poder guardar silencio siempre que estés cerca de él —constató Tawny—. Eso sería sospechoso.

—Por supuesto.

—Y raro.

—Exacto —reconoció la Doncella—. No sé. O no me reconoció o sí lo hizo y eligió no decir nada. A lo mejor planea utilizarlo para restregármelo o algo.

—Eres una persona increíblemente suspicaz, ¿sabes?

Desde luego que lo era.

—Supongo que lo más probable es que no me reconociera. —La Doncella se quedó callada unos segundos antes de volver a hablar—. ¿Sabes qué?

—¿Qué?

—No sé si estoy aliviada o desilusionada por que no me reconociera. O si estoy nerviosa por que pudiera haberlo hecho. —Se oyó una risa suave—. Simplemente no lo sé, aunque tampoco importa. Lo… lo que ocurrió entre nosotros fue una vez y no más. Fue solo algo… excepcional. No puede volver a suceder. Tampoco es que piense que Hawke *querría* volver a hacer algo así jamás, sobre todo ahora que sabe quién soy. Si es que lo sabe.

—Ajá —murmuró Tawny.

—Lo que quiero decir es que es algo que no podemos ni siquiera plantearnos —insistió la Doncella—. Lo que él haga con esa información es lo único que importa.

—¿Sabes lo que pienso yo? —dijo Tawny.

—Casi me da miedo oírlo.

A mí no.

—Que las cosas están a punto de ponerse mucho más emocionantes por estos lares.

Eché la cabeza atrás y sonreí, mientras contemplaba las vigas desnudas del techo. Sí, *desde luego* que las cosas estaban a punto de ponerse más emocionantes.

Arrogante y engreído

Vikter regresó poco después de que Tawny se fuese a su cuarto por una puerta interior que conectaba sus aposentos con los de la Doncella. Se acercó por el pasillo con una tela blanca apretada entre los dedos que plantó de malos modos en mis manos.

Al bajar la vista hacia el blanco prístino con su destello de oro, apenas pude reprimir mi desagrado cuando vi que era la capa de la guardia real.

—Gracias —musité.

—Intenta no parecer demasiado emocionado —repuso Vikter con ironía. Levanté la vista hacia él.

—Lo mismo podría decirse de ti.

Estaba enfrente de mí y la tenue luz resaltaba los arañazos y las mellas de la armadura negra que cubría su pecho.

—¿Preferirías que fingiese que apruebo esta decisión?

—No. —Me eché la capa por encima de un hombro al tiempo que me preguntaba si él también llamaría *Poppy* a la Doncella—. Siempre y cuando entiendas que por mucho que te quejes ante el comandante, no conseguirás que se eche atrás en su decisión.

Vikter tosió una risa breve.

—¿Crees que no me doy cuenta de eso?

—¿Y tú crees que pienso que fuiste a ver al comandante solo para ser tan amable conmigo de traerme la capa?

—Me importa una mierda lo que pienses —masculló Vikter.

—Bueno —dije con voz melosa, al tiempo que ladeaba la cabeza—, ¿no crees que esto va a complicar un poco nuestro trabajo juntos?

—Nah. —Negó con la cabeza, sus ojos azules tan fríos como el hielo que cubría los picos de los Montes Altos de Thronos, cerca de Evaemon—. No necesito saber lo que piensas para que los dos seamos capaces de cumplir con nuestro deber. Ya sé lo suficiente.

—¿Y qué es eso que sabes? —pregunté.

—El comandante cree que no solo estás listo, sino que también eres lo bastante capaz para asumir esta responsabilidad. Es obvio que eres diestro y rápido con una espada, y fuerte como un toro.

—Me siento halagado —murmuré. Vikter esbozó una sonrisa afilada como una cuchilla.

—También eres arrogante y engreído.

Arqueé una ceja.

—Creo que son la misma cosa.

—Y un listillo —añadió Vikter.

Mis labios quisieron sonreír mientras mi respeto por el hombre aumentaba en contra de mi voluntad. Algo le decía que debía recelar de mí. Un instinto natural que había dado en el clavo.

—Has olvidado añadir que tengo un atractivo sin igual.

Resopló exasperado.

—Lo que he olvidado es que no sabes cuándo cerrar la boca, pero eso es algo que vas a aprender pronto.

Reprimí una carcajada y giré la cabeza para mirar hacia el final del pasillo, donde unas motas de polvo flotaban a la tenue luz del sol que entraba por una pequeña ventana.

—No eres el primero en desear que aprendiese a hacerlo.

—No me sorprende en absoluto oír eso —comentó—. La diferencia conmigo es que o bien aprendes por las buenas, o bien aprendes por las malas. —Ahora sí que se me escapó una sonrisa—. ¿Crees que estoy de broma? —me increpó Vikter—. Por aquí suelen ocurrir accidentes inesperados, incluso con los guardias reales… incluso con los guardias reales recién ascendidos.

Volví a girar la cabeza hacia él. ¿De verdad me estaba amenazando? El estallido de incredulidad dio paso a otra oleada de diversión.

—No me estoy riendo de ti, Vikter. Es solo que me recuerdas a alguien a quien conozco.

—Lo dudo —musitó.

—Deja que lo adivine. ¿Por las malas incluye romperme la mandíbula o algo peor? —Solté una risa breve cuando los ojos de Vikter se entornaron—. Así que tengo razón. Él me ha dicho lo mismo unas cuantas veces.

Vikter se quedó callado un momento.

—¿Y quién es esta persona claramente astuta?

—El padre de un amigo. —Lo miré a los ojos, el humor esfumado ya—. Mira, no tenemos por qué gustarnos el uno al otro. En realidad, ni siquiera tenemos que llevarnos bien. Tú tienes tu deber y yo tengo el mío, y compartimos esa responsabilidad. No la fallaré. Eso es todo lo que necesitas saber.

Me sostuvo la mirada, luego hizo un ruido ronco y grave y deslizó los ojos hacia la puerta, por encima de mi hombro. Pasó otro momento.

—¿Tawny sigue ahí dentro?

—No, se marchó hace un ratito. —Apoyé la mano en la empuñadura del sable y supuse que habíamos llegado a algún tipo de entendimiento—. ¿La Doncella permanecerá en sus aposentos el resto del día?

—Si ella lo decide así, sí —contestó—. ¿Para qué te preparó el comandante en lo que respecta a tu papel?

—Para lo básico —respondí—. En cuanto a sus horarios, no entró en demasiado detalle acerca de lo que está prohibido y lo que no.

Vikter asintió.

—Alternaremos días y noches. Eso es lo que hemos hecho siempre —explicó, y parte de la tensión se alivió de sus hombros—. Hay algo que deberías saber… para prepararte para cuando estés en el turno de noche. A veces, tiene… sueños desagradables.

La tensión que le había dejado a él se apoderó de mí.

—¿Pesadillas? —Pensé en lo que había visto cuando se quitó el velo—. ¿Qué es lo que las causa? —Vikter se limitó a mirarme—. ¿Tienen que ver con cuando sufrió las heridas que le dejaron esas cicatrices? —conjeturé. Solo recibí silencio. Traté de contener mi frustración—. Mira, entiendo que te muestres protector con ella. Más aún de lo que esperaría que lo fuese un guardia —añadí, y sus ojos se entornaron—. Pero necesito saberlo todo sobre ella para hacer mi trabajo.

—No necesitas saber nada para protegerla, aparte de saber cuál es tu jodido trabajo —espetó, después maldijo en voz baja—. Esas cicatrices son consecuencia de un ataque de Demonios cuando era niña. Tenía seis años. Sus padres murieron y a punto estuvo de costarle la vida también a ella.

—Joder —mascullé con voz ronca. Me froté la barbilla con la mano. Ya sabía lo del ataque de los Demonios, pero no tenía constancia de nada de esto, y si me lo habían contado, debía de haberlo olvidado—. ¿Tenía seis años? ¿Cómo diablos sobrevivió?

—Es la Elegida —contestó. Miré a Vikter asombrado. Sacudí la cabeza.

—Debe serlo —musité, al tiempo que miraba hacia atrás. ¿Había tenido seis años? Santo cielo—. No me extraña que tenga pesadillas.

—Sí. —Se aclaró la garganta—. Puede que la oigas gritar —precisó, cada palabra pronunciada despacio, como si se estuviese tomando su tiempo para elegirlas—. Estará bien, pero he de pedirte que no le comentes nada al respecto.

Como alguien que había pasado demasiadas décadas con sueños desagradables, entendí de inmediato lo que quería decir. No quería que ella se sintiese avergonzada. Eso podía respetarlo, excepto que…

—¿Cómo sabré cuándo un grito se debe a una pesadilla o a que tiene problemas?

Vikter soltó una carcajada amarga.

—Si tiene problemas, no gritará —afirmó, lo cual me hizo preguntarme qué narices quería decir con eso, pero siguió hablando—. En cuanto a sus horarios, no hay que molestarla durante las primeras horas de la mañana. Ese es un tiempo para los rezos y la meditación. Suele desayunar, comer y cenar en sus aposentos. —Proporcionó las horas aproximadas a las que los sirvientes servían las comidas, aunque solían entregar la bandeja a quienquiera que protegiese la puerta en ese momento—. Los sirvientes suelen entran en sus aposentos a limpiar cuando está recibiendo sus lecciones con la sacerdotisa Analia, a las que tú también asistirás cuando tengas turno de día. En ocasiones, ella estará presente cuando los sirvientes necesiten entrar. Intentamos evitarlo, pero… —Dejó la frase sin terminar y se aclaró la garganta—. En esas ocasiones, debe llevar el velo puesto y se te requerirá que entres en sus aposentos si ella está presente cuando haya sirvientes u otros miembros del personal ahí. Los únicos que tienen permitido estar en sus aposentos sin ti son los Teerman y Tawny. Por lo que…

—Espera —lo interrumpí—. ¿El duque visita sus aposentos?

—No lo ha hecho, pero no es una imposibilidad. —Un músculo se tensó en la mandíbula de Vikter, y no me gustó su expresión. Se apresuró a continuar—. A veces, la Doncella se sienta en el atrio, por lo general a primera hora de la tarde, cuando no hay nadie más. También le gusta dar paseos por los jardines del castillo por la mañana, y en especial después de la cena. Cuando se mueve por el recinto, no interactúa con los demás...

Mi ceño se fruncía cada vez más a medida que hablaba, y ambas cejas debían de estar casi conectadas para cuando llegó a la lista muy corta de cosas que la Doncella hacía. Eso no podía ser todo, aunque algo de lo que había dicho me hizo pensar en lord Mazeen.

—¿Qué pasa con los lores y las damas? —pregunté—. ¿Interactúan con ella?

—Algunos sí —confirmó—. Pero no la ven sin velo.

—¿Y no debe quedarse a solas con ellos? —insistí.

—Por lo general, no. Podrían, por supuesto, pedir hablar con ella en privado, pero es inusual. —Me miró con atención—. ¿Por qué lo preguntas?

—Solo quiero asegurarme de que sé con exactitud qué está permitido y qué no. —Crucé los brazos—. Y he oído que algunos de los lores y damas son conocidos por no respetar el espacio personal.

El ojo izquierdo de Vikter se guiñó.

—Unos pocos son conocidos por eso, sí.

—¿Alguno con el que debería estar atento cuando de la Doncella se trata?

Pasó un momento.

—No dejo que la Doncella se aleje demasiado de mí en presencia de lord Mazeen.

Apreté los dientes. Para que el lord llevase impregnado el olor de la Doncella aquel día, alguien debía haberlo permitido, aunque no creía que hubiese sido Vikter.

—¿Es un... problema?

—Puede serlo. —Deslizó una mano por la armadura de su pecho—. Aunque solo hasta el punto de ser un fastidio.

Por lo que me había contado Britta, yo no consideraría el comportamiento de lord Mazeen un «fastidio». No obstante, entendía que Vikter no podía decir demasiado acerca de los

Ascendidos; o no *querría* hacerlo, visto que no confiaba demasiado en mí.

Pero me había dicho lo suficiente para saber que debía mantener un ojo puesto en lord Mazeen. Cambié de tema.

—Entonces, ¿eso es todo lo que hace la Doncella?

—Aparte de asistir a los Consejos de la Ciudad, eso es más o menos todo —confirmó Vikter—. No sale en público.

Oh, sí que lo hacía, pero eso no venía a cuento. Eché un vistazo a las puertas cerradas detrás de mí mientras Vikter continuaba con una lista mucho más larga de cosas que no podía hacer. No debía hablar con otros, comer en compañía, salir del recinto del castillo… la lista seguía y seguía, hasta que me pregunté si podía ir a la sala de baño sin permiso, por el amor de los dioses.

—¿Qué hace con el resto de su tiempo?

—¿Por qué lo preguntas? —inquirió, el ceño fruncido.

—¿Por qué? —Me giré hacia él. ¿Hablaba en serio?—. ¿Pasa la mayor parte del tiempo en sus aposentos? ¿Sola?

El músculo de su mandíbula palpitaba el doble de deprisa ahora.

—Sí y, aparte de en las situaciones enumeradas antes, será raro que te encuentres dentro de sus habitaciones. —Bajó la barbilla—. *Muy* raro. Y cuando lo estés, las puertas deberán quedarse abiertas. Ella lo sabe.

No respondí a su advertencia clara y se hizo el silencio entre nosotros. Me había quedado atascado en el hecho de que la Doncella de verdad pasaba todo su tiempo sola o vigilada. Ya había sabido esto último, pero había supuesto que pasaba los días haciendo… bueno, lo que fuese que hiciera la supuesta Doncella.

Al parecer, esto… esto era todo.

Maldita sea. Me pasé una mano por encima de la cabeza. Su existencia tenía que ser muy solitaria. *Maldita sea.*

—Usaste su nombre.

Mis ojos volaron hacia el guardia real.

—¿Qué?

—Cuando pronunciaste tu juramento —aclaró Vikter—, usaste su nombre de pila. ¿Por qué?

Una retahíla de mentiras brotó en la punta de mi lengua. Podía limitarme a decir que no sabía por qué lo había hecho, pero ¿después de lo que había aprendido acerca de ella?

—Solo quería que supiese que alguien la veía como persona.

Vikter inclinó la cabeza, pero no hubo ningún gesto de reconocimiento más. Tampoco hubo ninguna reprimenda. Me dio la impresión de que no tenía ninguna queja al respecto, y mi respeto reticente hacia él aumentó.

Lo cual era una verdadera pena.

Porque si nos hacían volver a la capital, él sería uno de los guardias que escoltara a la Doncella. Lo cual significaba que era probable que Vikter Wardwell tuviese que morir para que yo consiguiese hacer lo que había ido a hacer ahí.

HE HECHO UN NUEVO AMIGO

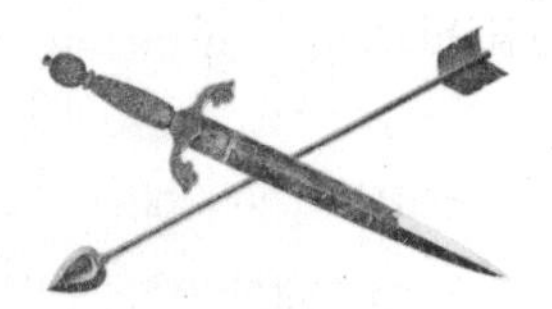

El olor acre del acero cortado en frío llenaba el aire cuando levanté una mano enguantada y retiré el ladrillo suelto en el taller del herrero. Detrás del bloque, alguien había escondido un trozo de pergamino que había pasado a través de una intrincada cadena de partidarios y espías. No estaba firmado e incluía solo cinco palabras.

He hecho un nuevo amigo.

Mis labios se curvaron en una sonrisa. Me guardé la nota en el bolsillo interior de la capa; la destruiría más tarde para que no quedara ni rastro de su existencia. Recorrí el camino de vuelta hasta la entrada de la callejuela, donde los charcos del breve pero intenso chaparrón formaban arroyuelos estrechos entre los adoquines con baches y agujeros.

Me fundí de inmediato con la masa de gente que se apresuraba por las atestadas calles al anochecer, algunos de camino a casa, otros justo empezando sus días. El aire era frío y muchas de las personas iban envueltas en capas como yo. Me confundí con la multitud sin problema, inadvertido u olvidado en cuanto pasaba por al lado de otra persona, mientras cruzaba el entramado de calles enrevesadas y retorcidas del Distrito Bajo. A la sombra del Adarve, siempre había penumbra, pero más aún con las densas nubes que ahogaban el sol antes y la luna ahora.

Tomé nota mental de los pañuelos blancos que colgaban de las puertas de algunas de las casas achaparradas y estrechas. Conté tres. Apreté la mandíbula, pero me forcé a seguir adelante y me dije que alguien respondería a sus llamadas silenciosas. Pensé en lo que Jole había dicho acerca de la Doncella y sacudí la cabeza.

Corté entre dos carretas cubiertas con lona, crucé la calle y de repente me vi engullido por un hedor a matadero y a animales. El distrito de envasado de carne se olía desde antes de entrar realmente en él. La lluvia no hacía nada por suavizar los olores. Aquí, muchas de las tiendas no cerraban en toda la noche, así que las calles estaban igual de llenas de plebeyos que de gente sin hogar.

Desde la última vez que había estado aquí, el número de personas sin hogar se había duplicado, si no triplicado. La Corona de Sangre no hacía nada por ellas, ni siquiera ahora que se acercaban los meses más fríos. En Atlantia, todo el que quería una casa la tenía. Dar techo y alimentar a los que eran incapaces de hacerlo por sí mismos, por la razón que fuera, no era fácil, pero tampoco era imposible. Atlantia siempre lo había hecho, incluso cuando gobernábamos sobre el continente entero.

Esquivé a un vendedor que ofrecía cerdo ahumado a voz en grito y llegué a una callejuela estrecha entre dos almacenes con las paredes manchadas de humo. Al titilante resplandor de las farolas de la calle, mientras me dirigía hacia la entrada lateral de uno de los edificios, casi no vi a los dos chiquillos; un niño y una niña. No podían tener más de diez años, sus cuerpos delgaduchos debajo de sus camisas y pantalones demasiado finos. Habían conseguido apretujarse en unas escaleras abandonadas, los ojos hundidos, aunque aún observaban con atención a la gente que pasaba por la acera con el recelo de un adulto que había visto una guerra.

Por todos los dioses, eran demasiado pequeños para este tipo de vida.

Ralenticé el paso, di media vuelta y me acerqué al vendedor. Le compré un paquete de cerdo ahumado.

Uno de los chiquillos se inclinó hacia delante, usando su cuerpo para proteger al otro cuando vio que me acercaba. ¿Eran hermanos de sangre o los habían unido las circunstancias?

Me acuclillé ante ellos, pero me mantuve a cierta distancia para no asustarlos. Aunque en verdad, todo lo que veían ellos era a una figura encapuchada envuelta en una capa negra y agachada delante de ellos, así que dudaba mucho que *no* fuesen a asustarse.

—Tomad. —Les tendí el paquete. El que se había inclinado hacia delante me observó con sus ojos marrones. Detrás de él, la niña se asomó por encima de su hombro—. Es vuestro.

El niño observó el paquete y el hambre se avivó en su rostro demacrado. Sin embargo, no agarró el cerdo. No lo culpaba. En las calles, nunca daban nada gratis.

Excepto esta noche.

Dejé el paquete al lado de las botas sucias del niño y luego, sin decir nada más, me levanté y retrocedí. Pasó un segundo antes de que el chiquillo agarrase el paquete a toda velocidad y los dos desaparecieran en las sombras de la escalera. El cerdo estaría salado, era probable que supiese fatal y no era lo más sano del mundo, pero era mejor que una barriga vacía. También era más sensato que darles dinero, que solo los convertiría en blancos fáciles para los delincuentes. Era lo mejor que podía hacer.

Por el momento.

Abrí la puerta lateral del edificio y entré en el ajetreado almacén. Oí cajas de madera golpear sobre mesas y afilados cuchillos de carnicero cortar a través de huesos y tejidos. Varias cabezas se levantaron al verme caminar entre las mesas, las envolturas de pergamino tiradas por el suelo crujían bajo mis botas. Hubo unas cuantas sonrisas. Nadie dijo ni una palabra. Me habían visto por ahí antes.

Podían adivinar quién era.

Al fondo de la nave, un hombretón al que conocía solo como Mac estaba sentado al lado de una puerta cerrada, la cabeza calva y un delantal manchado de sangre seca. Él tampoco dijo nada, aunque sí que asintió. Sabía quién era yo, y yo sabía con exactitud quién era *él*. Era el líder extraoficial de los Descendentes en la ciudad.

Empujé la puerta para abrirla. El pasillo estaba lleno de cajas sin usar y el sonido de los cerdos que hozaban en rediles en el exterior ahogaba los sonidos de la planta de envasado de carne. Había dos puertas al final; una conducía al exterior. Tomé la otra a la derecha para bajar por unas escaleras empinadas, tan oscuras que cualquiera que no llevase una luz o tuviese mi vista aumentada se rompería el cuello intentando bajar por ellas. Había una puerta más por cuyo marco se filtraban una mortecina luz amarilla y una brisa fría. La abrí y entré en la fresquera subterránea llena de grandes bloques de agua congelada utilizados para mantener la carne, que colgaba de las vigas, fresca el tiempo suficiente como para poder envasarla en el piso de arriba. El lugar estaba frío y olía a matanzas recientes, pero lo que pasaba aquí abajo no se oía ahí arriba.

—Ya era hora —oí decir a Kieran mientras pasaba entre dos enormes pedazos de carne colgada—. Creo que todas las partes de mí están a punto de congelarse.

Solté una carcajada, seguro de que Kieran estaba perfectamente. Los cuerpos de los *wolven* estaban siempre más calientes que los de cualquier otra persona o animal que yo conociera. Haría falta mucho más tiempo para que este tipo de temperaturas pudiesen hacerle ningún daño real. Llegué al parche de luz amarilla y encontré a Kieran apoyado contra una mesa de madera desnuda, los brazos cruzados. Iba vestido como yo, menos la capucha. Yo dejé la mía levantada. Había demostrado infundir más miedo de ese modo. Mis ojos se deslizaron hacia el hombre desplomado en la silla a la que estaba atado.

—Tengo el placer de presentarte a lord Hale Devries —anunció Kieran al seguir la dirección de mi mirada—. Justo llegaba de Pensdurth —explicó, en referencia a la cercana ciudad portuaria—. Pero es de Carsodonia y, según todo el que ha tenido que escuchar sus insufribles fanfarronadas durante el viaje hasta aquí, está bien conectado con la Corona de Sangre.

Sonreí mientras observaba al *vampry* inconsciente. Tenía el pelo moreno y parecía estar en algún punto de su tercera o cuarta década de vida, pero apostaría a que era unas cuantas décadas mayor.

—Por todos los dioses, cómo me gustan los fanfarrones. —Teníamos Descendentes en la guardia y entre los que escoltaban a los viajeros de una ciudad a otra. No muchos, pero los suficientes como para que unos pocos Ascendidos encontrasen el camino hasta aquí abajo. Caminé despacio en torno al lord. Me fijé en el violento moratón azulado de su sien—. ¿Cuánto tiempo lleva inconsciente?

—Desde que lo dejaron aquí tirado. ¿Quieres que lo despierte?

—Claro. —Fui a ponerme detrás de él.

Kieran se separó de la mesa y se agachó hacia un cubo que había debajo. Levantó un gran cucharón, me lanzó una sonrisa y fue hacia el Ascendido medio desplomado en su silla.

—Hola, hola —murmuró, al tiempo que volcaba el contenido equivalente a una taza de agua gélida sobre la cabeza del Ascendido.

El *vampry* se despertó con una exclamación. Sacudió la cabeza, lanzando gotas de agua en todas direcciones.

—¿Qué demon…? —Fuera lo que fuere lo que había estado a punto de decir el lord, lo olvidó al instante cuando vio a Kieran de pie delante de él.

—Hola. —Kieran tiró el cucharón sobre la mesa—. ¿Has dormido una siesta agradable?

—¿Quién… quién eres? —preguntó el lord, mientras giraba la cabeza a derecha e izquierda. Su cuerpo se puso rígido cuando vio los cortes de carne—. ¿Dónde estoy?

—Creo que debería ser obvio dónde estás. —El rostro de Kieran estaba desprovisto de toda emoción, pero sus ojos lucían de un azul brillante y luminoso—. Y no deberías preocuparte por mí. Deberías preguntar por el que está detrás de ti.

La cabeza del lord giró con brusquedad a un lado.

—¿Quién está ahí?

Planté la mano sobre su cabeza para detenerlo.

—Me alegro mucho de conocerte, lord Devries. Tengo unas cuantas preguntas para ti que espero puedas contestar.

—¿Cómo te atreves? —farfulló.

Sonreí mientras clavaba mis dedos enguantados en su cabeza.

—¿Que cómo me atrevo?

—¿Sabes quién soy? —inquirió el lord.

—Creo que eso ya ha quedado claro —comentó Kieran.

—Dudo que entendáis…

—Míralo a él cuando hables. —Giré su cabeza para que mirase a Kieran.

El lord forcejeó, pero perdió. Acabó mirando directo a Kieran, pero eso no le impidió mascullar una advertencia.

—Soy un lord, un miembro de la Corte Real, y has cometido un grave error. —Devries escupió en el suelo—. *Descendente.* —Kieran arqueó una ceja—. ¿Qué es lo que queréis que os ha llevado a tomar tan malas decisiones? —exigió saber Devries con ese irritante tono altivo con el que parecían venir equipados todos los Ascendidos—. ¿Tierras? ¿Dinero?

—No tenemos ninguna necesidad de tu dinero —dijo Kieran—. La tierra, sin embargo… Sí, pero tendrá que esperar.

Me reí entre dientes.

—Ahora te ríes, pero te arriesgas a sufrir la ira de los dioses —bufó Devries, que empujó con la cabeza contra mi agarre en su intento de girarse hacia mí—. Te arriesgas a hacer caer la Corona sobre tu cabeza.

Me incliné hacia delante, de modo que estuviese cerca de su oreja al susurrarle al oído.

—Que le den a la Corona.

—Palabras osadas del cobarde que está detrás de mí —espetó el lord.

Con una sonrisa, empujé su cabeza y di un paso atrás. El lord maldijo cuando él y su silla cayeron hacia delante. Kieran frenó su caída con una bota contra el pecho y yo giré en torno a él como un depredador. Recoloqué la silla sobre sus cuatro patas.

—Bárbaro estúpido. Arderás en… —Dejó la frase a medias cuando entré en su campo de visión. Sus ojos negros como el carbón se abrieron de par en par mientras me observaba plantado delante de él.

—¿Sabes quién soy? —pregunté.

El Ascendido miró la capa negra, la gruesa capucha que ocultaba mis rasgos, mis manos enguantadas. Por sí solo, todo eso no sería preocupante, pero combinado con el aprieto en el que se encontraba, no tardó nada en deducirlo.

La cabeza del lord se enderezó de golpe y retrajo los labios sobre sus dientes, toda pretensión desaparecida de un plumazo cuando reveló sus afilados colmillos.

—El Señor Oscuro.

—A tu servicio —repuse, con una reverencia.

—Serás dramático —musitó Kieran. Me enderecé con una sonrisa.

—Como estaba diciendo antes de que hiciésemos estas agradables presentaciones, tengo unas preguntas para ti.

—Que les den a tus preguntas —espetó—. Vas a morir.

—Dejad que os interrumpa, puesto que aquí hace un frío de mil demonios y apesta —intervino Kieran—. Tú nos vas a amenazar. Nosotros nos vamos a reír. Tú vas a jurar que no contestarás a nuestras preguntas, pero nosotros te obligaremos a hacerlo. —La cabeza del lord voló en dirección al *wolven*—. Y ahora mismo, crees que no tiene ningún sentido cooperar puesto que sabes que no vas a salir de aquí con vida —continuó Kieran—. Pero lo que todavía no has registrado es que existe una diferencia entre morir y sufrir una muerte muy larga, lenta y dolorosa. —Devries abrió mucho las aletas de la nariz mientras sus ojos saltaban de uno a otro de nosotros—. Y si tengo que estar aquí abajo más tiempo del necesario, puedo prometerte que suplicarás que te matemos —prosiguió Kieran—. Tienes elección.

—Lo que dice es cierto —apunté, los ojos entornados en dirección a Devries—. Quiero saber dónde tienen retenido al príncipe Malik.

—No sé nada sobre el príncipe Malik —gruñó, al tiempo que flexionaba el brazo.

—Sin embargo, durante el viaje hasta aquí, le dijiste a todo el mundo que estabas bien conectado con la Corona —dijo Kieran.

Los *vamprys* eran fuertes, lo bastante fuertes como para romper las cuerdas que lo inmovilizaban contra esa silla. Suspiré.

—Va a elegir mal.

Las ataduras se partieron y el *vampry* se levantó de la silla más rápido de lo que podía moverse un mortal.

Pero no más rápido que un *wolven*.

Kieran lo agarró del hombro y contuvo al *vampry*.

—¿Por qué hacen esto siempre? —preguntó, y bajó la barbilla.

—A lo mejor creen que es divertido —cavilé.

—No lo es. —Un gruñido retumbó desde las profundidades del pecho de Kieran, cuya nariz se aplanó y cuya piel del rostro se afinó. La mano que sujetaba el hombro del Ascendido se alargó, las uñas crecieron y se afilaron, antes de hincarse bien hondo en el hombro del *vampry*.

El lord aulló de dolor mientras Kieran desgarraba piel y músculo. A continuación, tiró a Devries al frío suelo de piedra. El Ascendido resbaló hacia atrás para frenar contra un gran pedazo de carne.

—Eres un... —Soltó una exclamación ahogada, aferrado a su hombro maltrecho—. *Wolven.*

—Puedes llamarme así. —Kieran respiró hondo para controlarse. Su piel recuperó cierto grosor, su mano volvió a su tamaño normal. De las puntas de sus dedos goteaba sangre y restos de tejido—. O puedes llamarme «muerte». Lo que tú prefieras.

Lo miré de reojo.

—Apuesto a que te has pasado el día entero esperando a decir eso.

Kieran me enseñó un dedo corazón ensangrentado.

—¿Qué tal si te llamo «perro inmundo»? —replicó Devries.

Me abalancé sobre él y planté mi bota sobre su hombro destrozado. El lord dio un alarido.

—Eso ha sido maleducado. —Seguí apretando—. Discúlpate.

—Que te den.

—Discúlpate. —Clavé más el pie; un hueso crujió—. Tienes muchísimos más huesos para romper.

Trató de atacar con su otra mano. Supuse que intentaba llegar a mis piernas, pero no estaba seguro de qué creía que podría conseguir. Kieran atrapó su brazo con facilidad, tiró de él hacia atrás y rompió el hueso en el proceso. Devries aulló y le lanzó una patada a Kieran mientras se enderezaba, los colmillos al descubierto cuando se lanzó a por mi muslo.

Suspiré.

La cosa continuó durante un rato, lo cual demostraba que el lord no era demasiado inteligente. Para cuando dejó de intentar mordernos, tenía ambas piernas rotas. También el brazo izquierdo. El derecho colgaba a su lado de un hilo. El lord era un batiburrillo de carne desgarrada y huesos destrozados que goteaba por todo el suelo.

Limpiar ese desaguisado costaría un mundo.

—Dime dónde tienen retenido al príncipe Malik —dije por enésima vez.

—No hay ningún príncipe retenido —gimió el *vampry* y eso, al menos, fue una mejoría con respecto a decirme que podía irme a la mierda.

Le di una patada en el pecho que lo tiró de espaldas al suelo.

—Hijo de puta —gimió Devries.

—¿Dónde lo tienen? —repetí.

—En ningún sitio —rugió el *vampry*, escupiendo sangre y saliva.

La furia se apoderó de mí. Fui hacia él, levanté la pierna, pero Kieran me agarró del brazo y me detuvo antes de que bajara la bota sobre la cabeza del *vampry*.

—¿Estás más tranquilo? —preguntó Kieran.

Respiré hondo, di un paso atrás y asentí. Ni siquiera sabía qué significaba «tranquilo» en este momento.

—Vale. Pasemos a otra cosa, Devries. Quiero que me hables de la Doncella. —El lord volvió a gemir y rodó sobre el costado—. ¿Por qué es importante para la Corona de Sangre?

—Ha sido Elegida —musitó el *vampry* con un quejido—. Por la reina. Por los dioses.

Kieran me miró.

—Has olvidado con quién estás hablando —lo advertí—. Sabemos que los dioses no han Elegido a nadie, mucho menos a una chica mortal.

—Sí que *es* la Elegida, estúpido. La portadora de una nueva era —boqueó, y su rostro pálido se contorsionó por el dolor—. Y tú eres un estúpido.

—Creo que quiere morir —comentó Kieran, las cejas arqueadas.

Un ojo negro se abrió y se clavó en mí.

—Re… recuerdo cuando tú querías morir. Cuando… cuando suplicabas morir.

Mi pecho dio una sacudida.

La cabeza de Kieran voló de vuelta al *vampry*.

—¿Cómo has dicho?

—No me reconoce. ¿Verdad? Por supuesto que no. —La risa de lord Devries fue sanguinolenta y mojada—. Habías perdido la cabeza. Gritabas y lanzabas mordiscos al aire en un momento…

Me puse rígido.

Kieran se dio cuenta al instante de lo que estaba relatando el lord.

—Cállate.

—Y luego suplicabas morir al siguiente —continuó el lord, que no dejó de reírse pero rodó sobre la espalda—. Yo estaba ahí, en la capital, cuando te tenían retenido.

Me había quedado paralizado, aunque mi pecho se movía con cada respiración acelerada.

—Cierra la jodida boca —gruñó Kieran.

—Recuerdo dónde te tenían, bajo tierra, en esa jaula. —Sus brazos se agitaron de manera inútil a sus lados mientras la imagen de esos barrotes húmedos se iluminó en mi mente. Destellos de piel exangüe. Ojos oscuros. Uñas afiladas—. Cómo te retorcías de dolor y luego de éxtasis…

Las palabras de lord Devries terminaron con un borboteo que me sobresaltó. Parpadeé y los alrededores volvieron a enfocarse ante mis ojos. La carne colgada. Los gruesos bloques de hielo. Sangre y pegotes de materia desperdigados por el suelo de piedra. El cuerpo de lord Devries sufrió varios espasmos y Kieran retrocedió, restregando más la sangre a cada paso.

—¿Cas? —Cuando no contesté, Kieran me agarró del hombro—. ¿Estás bien?

Cerré los ojos y asentí, pero no lo estaba. Kieran lo sabía. Daba igual las veces que dijera que sí lo estaba, no era cierto.

No lo estaría nunca.

PRESENTE IV

«Había olvidado todo eso», dije, admirando las elegantes curvas de su mandíbula y luego las valientes líneas cortadas a través de su mejilla y su frente. «Lord Devries. Lo que dijo sobre ti». Aspiré una bocanada de aire entrecortada. «Lo que me dijo a mí».

Era tarde, algún punto del medio de la noche. Kieran se había marchado a comprobar cómo iba todo y yo me había tumbado al lado de Poppy, su cuerpo acunado por el mío. No había ni un centímetro de espacio entre nosotros. Sin apartar los ojos de su cara, encontré sus manos en la habitación iluminada tan solo con unas velas. Estaban apoyadas sobre su estómago, justo debajo de su pecho. Deslicé los dedos por encima de los suyos. Estaban increíblemente quietos entre los míos, suaves. Los huesos bajo la piel parecían tan tan frágiles…

Su piel seguía gélida.

«El tipo tenía razón, ¿sabes? Sobre lo de que eras la Elegida. Ni Kieran ni yo lo entendimos entonces». Entrelacé los dedos con los suyos. Pasaron los segundos, que se convirtieron en minutos. «Creo que los dos bloqueamos todo aquel asunto en nuestras cabezas. Yo… yo lo hice porque era algo que no quería recordar. Kieran debió hacer lo mismo porque sabía que me causaba dolor».

Quería cerrar los ojos. Era duro pensar en mi tiempo en cautividad, no digamos ya hablar de ello. Era esa vergüenza que aún perduraba. Seguía siendo tan difícil hablar de ello como admitir que me había autolesionado.

«No lo reconocí, Poppy, y eso que pensaba que no olvidaría ni una sola cara de los que habían tomado parte en aquello. Pero no lo hice y… y me hizo dar vueltas a la cabeza. Me hizo preguntarme a cuántos más habría bloqueado en mi memoria. Ni siquiera sé por qué importaba. Creo que ahora no lo hace». Mis ojos se deslizaron por su perfil. «Pero me cabrea, ¿sabes? No ser capaz de recordar qué cosas vio ese lord. ¿Vio cómo me utilizaban? ¿Estuvo ahí cuando hice daño a otras personas… cuando me alimenté de ellas hasta que no quedó nada? ¿Estuvo ahí con Malik al principio?».

Deslicé el pulgar por el dorso de su mano.

«También tenía razón sobre Malik». Se me escapó una risa grave y ruda. «Dijo "no hay ningún príncipe retenido", y era verdad».

En el silencio subsiguiente, tuve que preguntarme si en realidad era verdad.

Puede que Malik no estuviese retenido en una jaula y encadenado durante todo el tiempo que estuvo con la Reina de Sangre, pero sí había estado *retenido.*

«Sus cadenas eran invisibles», dije en voz alta, al tiempo que miraba hacia la puerta cerrada de la habitación. «Y esas cadenas tenían un nombre».

Millicent.

Su corazón gemelo.

Miré a Poppy y no quise ni imaginar nuestros papeles invertidos. Poppy en el lugar de Millie. Yo en lugar de Malik. Pero sabía una cosa:

«Serviría *encantado* a cualquier ser monstruoso si eso significaba que tú estabas a salvo. No puedo culparlo por ello. De verdad que no. Pero…». Mi mirada volvió a su mejilla. A esas cicatrices. Me incliné sobre ella y besé la que había sobre su sien. «No sé cómo puedo perdonarlo por lo que planeaba hacerte. Quizá no te hiciera daño con sus propias manos, peros sus acciones te dejaron marcas».

Marcas que eran tanto físicas como emocionales. Unas que todavía llevaba encima y era muy probable que siempre llevara.

«Es probable que quieras que lo perdone. Y yo quiero perdonarlo, pero…». Pero necesitaba tiempo. Necesitaba hablar con él. Necesitaba entender, y nada de eso pasaría ahora mismo. Aun así, quería hacerlo.

Porque había visto a Malik morir en el Templo de Huesos. Abatido. Y joder. Eso me había robado una parte de mí. A fin de cuentas, era mi hermano, por muchas decisiones malas que hubiese tomado.

Aparté a un lado todos mis asuntos pendientes con Malik y una leve sonrisa volvió a mi cara al recordar mi primer día como guardia personal de Poppy.

«¿Recuerdas cuando por fin me hablaste? Fue después de haber estado en el atrio».

Mi sonrisa se diluyó enseguida cuando pensé en lo que venía a continuación.

El duque.

Y las pesadillas de Poppy.

LA DONCELLA HABLA

A la tarde siguiente, la Doncella estaba callada mientras esperábamos el regreso de Tawny a la entrada de uno de los pasillos que conducían a las cocinas.

Estaba tan callada como siempre, la barbilla baja y las manos cruzadas flojas delante de la cintura.

—¿Necesitas algo mientras esperamos? —Negó con la cabeza—. ¿Has descansado bien esta noche? —Asintió.

Me mordí el carrillo por dentro. Así era como respondía a cualquier pregunta que le hacía. Un asentimiento o un gesto negativo con la cabeza. No se había dirigido nunca a mí. Tampoco había hablado delante de mí.

Pensé en lo que las había oído decir a Tawny y a ella, y tuve que reprimir una sonrisa. Tendría que hablar en mi presencia en algún momento. Tenía que saberlo.

Tawny regresó antes de que pudiera incordiar a la Doncella con más preguntas inanes. Los bordes de la falda de la dama chasqueaban a la altura de sus talones. Levantó en alto una bandeja de sándwiches cortados.

—¡Mira lo que he conseguido! —exclamó—. Tus favoritos.

La Doncella sonrió. Más o menos. Las comisuras de sus labios, al menos, se curvaron hacia arriba.

—¿Cuál es tu favorito? —pregunté, la mano apoyada en la empuñadura de mi espada.

La Doncella se apresuró a apartar la mirada.

—Los de pepino —respondió Tawny. Varios rizos apretados color caramelo escaparon de su moño para caer sobre el hombro de la dama mientras le lanzaba una mirada de ojos entornados no demasiado disimulada a la Doncella, que había echado a andar por otro pasillo—. ¿Cuál es tu favorito, Hawke?

—¿Mi sándwich favorito? —Lo pensé un poco, y me fijé en que la Doncella había ladeado un poco la cabeza para escuchar mi respuesta—. No estoy seguro de tener uno.

—Todo el mundo tiene un sándwich favorito —insistió Tawny—. El mío es el de salmón y pepino, cosa que Poppy encuentra repugnante.

Poppy. Ese apodo era… mono. Apropiado de un modo extraño, pues la Doncella no era precisamente una persona a la que calificaría de «mona». Aunque su negativa a hablar delante de mí era… decididamente adorable.

—Tengo que estar de acuerdo con ella.

Tawny resopló con desdén, luego frunció los labios.

—¿Lo has probado siquiera?

Negué con la cabeza.

—Y no tengo ninguna intención de hacerlo.

Los labios de la Doncella se movieron un poco, pero no hubo sonrisa.

—Entonces, ¿cuál es tu favorito? —preguntó Tawny, después de suspirar con un dramatismo que incluso Emil hubiera encontrado impresionante.

—Supongo que cualquier cosa con carne —decidí, al tiempo que encogía los hombros bajo el peso de lo que me gustaba describir como mi «capa para conseguir que te maten deprisa en una batalla». Si me enfrentase a alguien con esa capa, sería lo primero que agarraría.

—Vaya, esa es la cosa de hombre más típica que he oído en la vida —replicó Tawny.

Con una risita, fui tras ellas y, al igual que el día anterior, todos los sirvientes y trabajadores del castillo con los que nos cruzábamos se paraban en seco y miraban pasmados. Tawny y la Doncella seguían su camino como si no se diesen cuenta, pero era imposible que fuese así. A menos que se hubiesen acostumbrado a ello.

Entramos en un amplio pasillo con rutilantes tapices blancos y dorados que nos llevó al luminoso y diáfano atrio que Wardwell había mencionado como uno de los lugares preferidos de la Doncella. Elegí una posición desde la que tenía una buena vista de todo el espacio y de la parte del jardín a la que daba. Tawny se encargó de gran parte de la conversación, si no de toda, mientras daban buena cuenta de los sándwiches. Habló del inminente Rito y luego comentó cotilleos relativamente inofensivos sobre qué lores y damas se sospechaba que se escondían por los rincones juntos. Durante todo ese tiempo, mantuve mi atención centrada en la Doncella. Era meticulosa al comer, cada pequeño movimiento parecía pensado de antemano, aunque fuese solo para beber un sorbito de su té o recolocar las servilletas de lino.

Unas pisadas y el sonido de unas risitas desviaron mi atención hacia la entrada. Aparecieron dos jóvenes damas en espera, una morena cargada con una bolsa, y la otra rubia. Las había visto por el castillo unas cuantas veces, observando a los guardias entrenar. ¿Cómo se llamaban? ¿Loren y Dafina? Eso creía, pero cuál era cuál se me escapaba. Y, a decir verdad, no importaba. Mis ojos volvieron a la Doncella.

Observé con atención cómo las dos damas en espera ocupaban las sillas más cercanas a la Doncella y sentí que me invadía una sensación de recelo. Según lo que había explicado Wardwell, la Doncella no debía interactuar con nadie más aparte de Tawny, pero ninguna de las dos hizo ademán de marcharse.

Tenía dos opciones. O bien me comportaba como su guardia y la escoltaba de vuelta a sus aposentos, donde era probable que se quedara sola durante quién podía saber cuánto tiempo, o bien podía seguirle el juego en esto. Y puesto que pensaba que las reglas eran una parida, me decidí por lo segundo.

Una parte de mí se arrepintió de ello en cuestión de minutos después de la llegada de las dos damas en espera.

Enseguida se convirtieron en un… engorro. Charlaban emocionadas sobre todo tipo de cosas, en un tono exagerado. Aun así, de algún modo, no tenía ni idea de qué hablaban. El hilo de su conversación era difícil de seguir.

Sin embargo, de lo que sí tomé nota fue del sutil cambio producido en la Doncella. No podía decir que hubiese parecido relajada del todo cuando estaban solo Tawny y ella, pero al menos había parecido… cómoda, suponía. Su postura no había sido, ni de lejos, tan rígida como ahora. No podía ni imaginar cómo alguien podía estar sentada tan recta y quieta. ¿La obligarían a llevar uno de esos corsés de hueso debajo del vestido, como los que sabía que les gustaban a muchas personas adineradas? El vestido que lucía hoy era diferente del que había usado el día anterior. Más elaborado. Las mangas eran largas y vaporosas, lo cual me hizo preguntarme cómo conseguía no arrastrarlas por encima de los sándwiches cada vez que extendía el brazo a por su té. El escote del vestido casi le llegaba al cuello; al mirarlo, sentí que me picaba la garganta. Mis ojos bajaron a sus hombros y el corpiño lleno de cuentas. La tela parecía fina, así que dudaba que llevase un corsé debajo. La postura era muy propia de ella. Eché un vistazo a la mitad inferior. Tenía las manos cruzadas en el regazo.

¿Portaría esa daga?

Cambié de postura. Entonces me di cuenta de que sus finas bailarinas blancas habían desaparecido bajo el dobladillo de su vestido. La forma en que estaba sentada hacía que pareciese que no tenía manos ni pies.

La rubia abrió su abanico con una floritura, lo cual captó mi atención. Era probable que esa fuese una de las razones por las que me costaba descifrar lo que estaban diciendo. Me miró desde detrás de los bordes de encaje de su abanico, sus grandes ojos azules llenos de algo más que solo un saludo. Era una promesa.

A las damas en espera no se les requería que fuesen tan estrictas con las personas con las que pasaban su tiempo, ni cómo elegían pasarlo, pero yo ya era muy consciente de eso.

La morena era incapaz de quedarse sentada. Dejó sobre la mesa la máscara a la que había estado cosiendo diminutas joyas y fue a contemplar el jardín, pendiente de algún pájaro en el exterior. Debía de llevar escasos momentos ante las ventanas cuando se oyó un ruido sordo y el subsiguiente tintineo de cristalitos. Miré y descubrí que un puñado de joyas de todos los colores bajo el sol rodaban fuera de la bolsita que la morena había llevado consigo por alguna razón.

—¡Oh, no! —exclamó, mientras contemplaba el desaguisado de un modo tan desesperado e impotente que uno hubiese creído que había dejado caer a un bebé—. ¡Mis cristalitos!

—Mira que eres torpe, Loren —se burló Tawny desde donde estaba sentada observando la escena.

—¡Ya lo sé! —Loren se agachó con una floritura dramática de seda y encaje, y empezó a recoger los cristalitos uno a uno.

—Permíteme ayudarte. —Fui hacia ella.

—Oh, es muy amable por tu parte —Loren sonrió de oreja a oreja al tiempo que se enderezaba—. Eres increíblemente galante.

—Lo intento —murmuré. Barrí los cristalitos con una mano hacia la otra y luego los eché dentro de la bolsita otra vez. Me puse en pie y se la ofrecí de vuelta.

—Gracias. —Loren aceptó la bolsita, aunque aprovechó para deslizar la mano por encima de la mía en el proceso—. Muchísimas gracias.

Reprimí una sonrisa, asentí y le dediqué una reverencia seca antes de volver a mi rincón. No estuve ahí demasiado tiempo antes de que la rubia se parase a medio camino de la mesa de los refrigerios.

—Oh, madre mía. —Dafina se llevó una mano flácida a la frente—. Me he mareado.

Empezó a oscilar sobre los pies. Por todos los dioses…

Fui a su lado antes de que acabase hecha un montón de seda azul en el suelo, como los cristalitos hacía unos instantes.

—Vamos. —La agarré del codo y ella prácticamente cayó contra mi costado—. Deberías sentarte —la aconsejé, al tiempo que la conducía de vuelta al diván próximo a la Doncella—. ¿Quieres que te traiga algo de beber?

—Si fueses tan amable. —Dafina hizo aletear sus espesas pestañas—. Agua con menta, si es posible. —Miró a las otras agitando su abanico—. Hace un calor terrible aquí, ¿verdad?

—En realidad, no. —Tawny observaba la escena impertérrita.

No tenía ni idea de lo que pensaba la Doncella mientras servía un vaso de agua mentolada.

—Debe de haber sido el calor lo que me ha hecho ser tan torpe —comentó Loren cuando le entregué el agua a la otra dama en espera, que también aprovechó para tocar mi mano de un modo que parecía más como una caricia. Loren se había tendido sobre el diván, curvando su cuerpo de una manera que uno debía ser muy poco observador para *no* fijarse en lo escotado que se había vuelto su vestido. Lo escotados que de repente se habían vuelto los vestidos de *ambas*—. Sí he de decir que me ha provocado un dolor de cabeza terrible.

Tawny suspiró y puso los ojos en blanco.

A su lado, la Doncella bajó la barbilla.

Impertérrita, Loren se llevó dos delicados dedos a la sien, y sospeché que estaba a punto de resbalar del diván.

—Entonces, te sugiero que permanezcas sentada —recomendé, pendiente de cortar de raíz cualquier intento de levantarse. Le lancé una sonrisa que me había abierto muchas puertas cerradas en el pasado, con hoyuelo y todo—. ¿Mejor así?

Loren contempló mi boca mientras dejaba caer una mano de la sien al encaje de su corpiño. Su descaro resultaba divertido. La dama asintió.

Les dediqué a todas una sonrisa más antes de volver a mi puesto. Cuando ambas damas se giraron hacia Tawny, solté un pequeño suspiro de alivio.

—¿Sabes lo que he oído? —preguntó Dafina, antes de cerrar su abanico de golpe y lanzar una mirada en mi dirección. Bajó la voz, pero no me costó nada oír todo lo que decía—. Que alguien ha visitado con cierta frecuencia uno de esos... uno de esos tugurios de la ciudad.

—¿Tugurios? —preguntó Tawny, y me di cuenta de que era la primera vez que interactuaba con ellas, aparte de los comentarios sobre su torpeza y la aparente debilidad de su constitución.

Dafina inclinó el tronco hacia delante.

—Ya sabes, esos sitios donde van hombres y mujeres a jugar a las cartas y *otras* cosas.

—¿Te refieres a la Perla Roja? —preguntó Tawny con las cejas arqueadas.

La Doncella seguía sentada, tan quieta como las estatuas de piedra caliza que veía en el jardín desde mi puesto.

—Intentaba ser discreta. —Dafina suspiró, antes de mirar en dirección a la Doncella—. Pero sí.

Me mordí el carrillo por dentro y deslicé la vista por unos instantes a los paneles de cristal por encima de nuestras cabezas.

—¿Y qué has oído que hace en un sitio así? —preguntó Tawny. La falda de su vestido se movió un poco y la punta de su bailarina asomó por debajo...

La Doncella dio un leve respingo.

¿Acababa Tawny de darle una *patada* a la Doncella por debajo de la mesa?

—Supongo que irá a jugar a las cartas, ¿no? ¿O crees que...? —Tawny se llevó una mano al pecho y se recostó hacia atrás en su silla—. ¿O crees que se dedica a otros juegos más... ilícitos?

—Estoy segura de que solo juega a las cartas. —Loren arqueó una ceja mientras presionaba su abanico contra su pecho—. Si eso es todo lo que hace, sería una... desilusión.

No me dio la impresión de que eso fuese a desilusionarla.

En gran medida.

No había vuelto a la Perla Roja desde la noche en que me había encontrado con la Doncella; antes, sin embargo, había acudido casi a diario.

—Supongo que hace lo que hace todo el mundo cuando va ahí —comentó Tawny—. Encuentra alguien con quien pasar... tiempo de calidad. —Ladeó un poco la cabeza en dirección a la Doncella.

Tuve que morderme el carrillo con fuerza.

—No deberías sugerir tales cosas en nuestra actual compañía —la reprendió Dafina.

Tawny se atragantó con su té mientras yo casi me atragantaba con mi respiración.

—Supongo que si la señorita Willa estuviese viva hoy en día, lo habría atrapado en sus redes —dijo Loren—. Y luego habría escrito sobre él en su diario.

¿Quién sería esa señorita Willa?

—Alguien me dijo que solo escribía sobre sus parejas más... *hábiles* —añadió Dafina con una risita ñoña—. O sea que, si lograra llegar a esas páginas, ya sabes lo que significaría.

Me sentía halagado de que ya hubiesen decidido que sería lo bastante hábil para lograr presencia en ese diario.

Por desgracia, su conversación pasó de mis supuestas habilidades al Rito, aunque yo aún ocupaba sus pensamientos, visto cómo tanto Loren como Dafina seguían lanzando miraditas en mi dirección.

Eso sí, no eran las únicas.

La Doncella también miraba.

No podía ver sus ojos, pero tenía la cabeza ligeramente inclinada hacia mí. En cualquier caso, lo que de verdad me lo hizo saber fue esa extraña sensación cosquillosa en la nuca sobre la que no pensaba preguntarle a Kieran porque, conociéndolo, era probable que dijese que se trataba de mi conciencia.

—Lo que espero es que «ya sabes quién» no esté en la ciudad, como dicen algunos —comentó Dafina—. Si fuese así, podrían cancelar el Rito.

—No van a cancelar el Rito —le aseguró Loren—. Y no creo que haya dudas. —Miró de reojo a la Doncella, luego le lanzó a su amiga una mirada significativa—. Sabes que eso tiene que significar que está cerca. —Loren levantó la barbilla—. El príncipe Casteel.

Maldita sea.

¿Acababa de decir mi nombre? Por lo general, solían referirse a mí solo como el Señor Oscuro.

Dafina frunció el ceño.

—¿Por lo de…? —Miró a la Doncella con un disimulo apenas notable—. ¿Por lo del ataque?

—Entre otras cosas. —Loren devolvió su atención a la máscara a la que estaba cosiendo un cristalito rojo. Las comisuras de mis labios se curvaron hacia abajo. ¿Cuántos malditos colores llevaba esa cosa?—. Oí a Britta comentarlo esta mañana.

—¿La sirvienta? —preguntó Dafina con desdén.

—Sí, la sirvienta. —Loren levantó la barbilla aún más—. Ellas lo saben todo.

Eso era verdad.

En gran medida.

—¿Todo? —preguntó Dafina con una carcajada. Loren asintió.

—La gente habla de *cualquier cosa* delante de ellas. Da igual lo íntimas o privadas que sean. Es casi como si fuesen fantasmas en una habitación. No hay nada de lo que ellas no se enteren.

—¿Qué dijo Britta? —Tawny dejó su taza sobre la mesa.

—Dijo que habían visto al príncipe Casteel en Tres Ríos —explicó Loren—. Que fue él quien provocó el incendio que acabó con la vida del duque de Everton.

Sí que lo había provocado yo.

Pero el duque de Everton ya estaba muerto para entonces.

—¿Cómo puede alguien decir eso? —exigió saber Tawny—. Nadie que haya visto jamás al Señor Oscuro quiere hablar del aspecto que tiene o ha vivido el tiempo suficiente como para dar una descripción.

—Eso no lo sé —se defendió Dafina—. Oí a Ramsey decir que es calvo y tiene las orejas puntiagudas y que es pálido, igual que... ya sabes.

Bueno, eso era... ofensivo. No me parecía en nada a un Demonio, que era lo que estaban insinuando.

—¿Ramsey? ¿Uno de los secretarios de Su Excelencia? —quiso saber Tawny—. Debí ser más precisa. ¿Cómo puede alguien *creíble* decir eso?

—Britta afirma que los pocos que han visto al príncipe Casteel dicen que, de hecho, es bastante guapo —añadió Loren.

—Oh, ¿en serio? —musitó Dafina. Loren asintió.

—Dice que así es como tuvo acceso a la mansión Goldcrest. Que la duquesa de Everton entabló una relación de naturaleza física con él sin darse cuenta de quién era y que así es como podía pasearse con libertad por la mansión.

Parte de eso era cierto. Mi aspecto me había proporcionado acceso fácil a la mansión. Pero eso era más o menos todo.

—Casi todo lo que dice acaba siendo verdad. —Loren se encogió de hombros y agarró un cristalito verde, uno de tono esmeralda que me recordaba a los ojos de la Doncella—. Así que tal vez tenga razón acerca del príncipe Casteel.

—De verdad que deberías dejar de decir ese nombre. —Tawny esbozó una sonrisa de labios apretados cuando las otras dos se giraron hacia ella—. Si alguien te oyera, te enviarían a los templos antes de que pudieras arrepentirte siquiera.

Loren se rio.

—No me preocupa. No soy tan tonta como para decir ese tipo de cosas donde puedan oírme oídos indeseados y dudo que ninguno de los presentes vaya a delatarme. —Hizo una pausa—. ¿Y si… si fuese verdad que está por aquí? —Loren se estremeció—. En la ciudad ahora mismo. ¿Y si ha sido también así como ha tenido acceso al castillo de Teerman? —Algo similar a la emoción llenó su tono—. ¿Y si ha trabado amistad con alguien aquí, incluso con la pobre Malessa?

—No suenas demasiado preocupada por el tema —comentó Tawny, y recuperó su taza—. Para ser sincera, pareces entusiasmada.

—¿Entusiasmada? No. ¿Intrigada? Es posible. —Dejó la máscara en su regazo con un suspiro. Arqueé las cejas—. Algunos días son tan espantosamente aburridos.

—O sea que una buena rebelión podría animar las cosas para ti, ¿no? ¿Hombres, mujeres y niños muertos son una fuente de entretenimiento?

Las expresiones de sorpresa del rostro de Loren y Dafina debían de reflejar la que sentía yo rodar por todo mi cuerpo. Giré la cabeza despacio hacia la Doncella. Porque esa había sido ella. Había hablado. *Por fin.*

Loren fue la primera en recuperarse.

—Supongo que… quizás he dicho algo equivocado, Doncella. Me disculpo.

—Por favor, ignora a Loren —suplicó Dafina—. A veces habla sin pensar, pero no lo dice en serio.

Loren asintió con energía.

La Doncella no dijo nada, pero tampoco apartó la mirada de ellas. En cualquier caso, no me cupo ninguna duda de que notaban esa mirada, porque poco después se marcharon.

—Creo que las has asustado —dijo Tawny. La Doncella bebió un trago y mis ojos se entornaron al ver que le temblaba un poco la mano. Me puse rígido y eché un vistazo a la puerta—. Poppy. —Tawny le tocó el brazo—. ¿Estás bien?

La Doncella asintió, luego dejó la taza en la mesa.

—Sí, es solo… —No parecía muy segura de qué decir en esos momentos. Supuse que las palabras descuidadas de Dafina y Loren le habían hecho pensar en Keal. Apreté la mandíbula. —Estoy bien —continuó, en voz baja—. Solo es que no puedo creer lo que ha dicho Loren.

—Yo tampoco —convino Tawny—, pero siempre le han… fascinado las cosas más morbosas. Como ha dicho Dafina, no lo dice en serio. —La Doncella asintió y Tawny se inclinó hacia ella—. ¿Qué vas a hacer? —susurró la dama.

—¿Sobre lo de que el Señor Oscuro pueda estar en la ciudad? —La Doncella sonaba confusa.

—¿Qué? No. —Tawny le dio un apretoncito en el brazo—. Sobre él.

—¿Él?

¿Yo?

La cabeza de la Doncella se inclinó hacia mí.

—Sí. Él. —Tawny soltó su brazo—. A menos que haya algún otro tipo con el que te hayas liado mientras ibas de incógnito.

Vale, esta conversación era mucho más interesante.

—Sí. Hay muchos. De hecho, han montado un club —respondió la Doncella con la sequedad que había detectado en su voz cuando estuvimos juntos en la Perla Roja—. No voy a hacer nada.

—¿Has hablado con él, siquiera? —preguntó Tawny.

—No.

—Sí eres consciente de que tendrás que hablar delante de él en algún momento, ¿verdad? —la informó Tawny y, una vez más, demostró ser mi persona favorita en el reino.

—Ya estoy hablando delante de él —objetó la Doncella, y tuve que tragarme una carcajada. Hablaba tan bajito que estaba seguro de que creía que no podía oírla. Tawny se lo echó en cara al instante siguiente.

—Estás susurrando, Poppy. *Yo misma* apenas te oigo.

—Me oyes muy bien.

Tawny negó con la cabeza.

—No tengo ni idea de cómo puedes no habérselo preguntado todavía. Comprendo el riesgo que conlleva, pero yo necesitaría saber si me ha reconocido. Y si lo ha hecho, ¿por qué no ha dicho nada?

—No es que no quiera saberlo, pero hay… —Dejó la frase en el aire, pero su rostro velado giró hacia mí.

Una vez más, sentí esa mirada y el extraño cosquilleo de mi nuca bajó rodando por mi columna. Y por imposible que pudiera sonar, no vi ese maldito velo. La vi a *ella*. Su cara desnuda, testaruda y orgullosa, con la barbilla levantada.

Incómodo por la intensidad de esa visión e irritado conmigo mismo por quedarme ahí plantado pensando en cosas absurdas, miré hacia la entrada cuando oí que se acercaba alguien. Un segundo después apareció uno de los guardias reales del duque. Me hizo un gesto breve con la barbilla. Miré de reojo a las dos mujeres antes de dirigirme deprisa hacia las puertas.

—Su Excelencia ha citado a la Doncella en sus oficinas del tercer piso.

—Entendido. —Le di la espalda al guardia real, aunque me pregunté qué podía querer el duque.

—Él solo está haciendo su trabajo —estaba diciendo la Doncella—. Y yo… acabo de perder el hilo de lo que estaba diciendo.

—¿Ah, sí? —preguntó Tawny, su tono tan seco como las Tierras Baldías del este.

—Por supuesto. —Poppy extendió las manos sobre la falda de su vestido.

—Así que solo se estaba asegurando de que sigues viva y…

—¿Respirando? —sugerí, justo cuando llegaba al lado de su mesa. Las dos jóvenes dieron un respingo—. Puesto que soy responsable de mantenerla con vida, asegurarme de que respira sería una prioridad.

La Doncella se puso rígida.

Tawny se llevó una servilleta a la boca y dio la impresión de querer asfixiarse con ella.

—Me alivia saberlo —consiguió decir. Le sonreí.

—Si no, estaría siendo negligente con mi deber, ¿no creéis?

—Ah, sí, tu deber. —Tawny bajó la servilleta—. Entre proteger a Poppy con tu vida y con tu espada y recoger cristalitos caídos, estás muy ocupado.

—No olvides ayudar a damiselas mareadas a llegar hasta la silla más cercana antes de que se desvanezcan —añadí, al tiempo que miraba de reojo a la Doncella, sin ninguna prisa por atender a la llamada del duque—. Soy un hombre con muchos talentos.

—Estoy segura de que lo eres. —Tawny me devolvió la sonrisa.

—Tu fe en mis habilidades me colma el corazón. —Miré a la Doncella—. ¿Poppy?

Su boca se cerró tan deprisa que me pregunté si no se habría partido una muela.

—Es su apodo —explicó Tawny—. Solo sus amigos la llaman así. Y su hermano.

—Ah, ¿el que vive en la capital? —le pregunté a ella. A la Doncella. La tensión de su mandíbula se relajó un poco. Luego asintió—. Poppy —repetí—. Me gusta.

Las comisuras de sus labios se curvaron un poco hacia arriba. Como sonrisa, no fue gran cosa, pero era algo.

—¿Hay alguna amenaza de cristalitos despistados de la que debamos ser conscientes o es que necesitas algo, Hawke? —preguntó Tawny.

—Necesito muchas cosas —repuse, y le dediqué una sonrisa a la Doncella—. Pero tendremos que hablar de ello más tarde. El duque te ha hecho llamar, Penellaphe. Debo llevarte con él de inmediato.

No llevaba con las dos jóvenes tanto tiempo, pero noté que su actitud cambiaba de inmediato. Las bromas desenfadadas de Tawny se esfumaron, igual que su sonrisa. La Doncella había vuelto a quedarse muy quieta durante unos segundos, después se levantó, una sonrisa plantada en la cara. Una sonrisa tensa y *ensayada*.

—Te esperaré en tus aposentos —le dijo Tawny.

Las reacciones de ambas hicieron saltar mis alarmas interiores, pero la Doncella pasó junto a mí y yo la seguí. Caminaba un poco a un lado de ella cuando entramos en el vestíbulo. Vi que se retorcía las manos una vez más, aunque no había sirvientes por ahí mientras nos acercábamos a las escaleras. Las alarmas continuaron sonando.

—¿Estás bien? —pregunté. Ella asintió. No la creí ni por un segundo—. Ha dado la impresión de que tanto a ti como a tu doncella os ha inquietado esta llamada.

—Tawny no es una doncella —respondió, y luego contuvo el aire de inmediato.

No había tenido la intención de contestarme.

No había esperado que se mostrase tan defensiva con respecto a su compañera. Su *amiga*. Pensé en cómo el duque había comentado que la Doncella tenía costumbre de no fijar límites. Me alegré mucho de que, al parecer, eso fuese verdad. Me facilitaba las cosas. Aunque ¿por qué narices importaba que la Doncella tuviese una amiga?

Fuera como fuere, tenía ganas de gritar por el triunfo de haber conseguido que me hablara. Ahora sabía cómo lograr que respondiera.

Si la irritaba, esa lengua suya se pondría en funcionamiento.

—¿Ah, no? —pregunté con una expresión neutra pintada en la cara—. Puede que sea una dama en espera, pero me dijeron que estaba obligada a asistirte. —Nadie me había dicho tal cosa, y además conocía la diferencia entre una doncella y la asistente de una dama—. A ser tu acompañante.

—Lo está, pero no es… Es… —Giró la cabeza en mi dirección a medida que la escalera se curvaba—. Da igual, no importa. No pasa nada. —Bajé la cabeza hacia ella, una ceja arqueada—. ¿Qué…? —Su pie se enganchó en los bajos del vestido y la hizo tropezar. La agarré del codo para ayudarla a mantener el equilibrio—. Gracias —murmuró.

Ahí estaba esa… actitud corajuda. El fuego que había visto en ella.

—No requiero ni necesito ningún agradecimiento poco sincero. Es mi deber mantenerte a salvo. Incluso de escaleras traicioneras.

Aspiró una bocanada de aire profunda y audible.

—Mi gratitud no era poco sincera.

Sonreí al notar la irritación en su tono.

—Entonces, me disculpo.

Llegamos al rellano del segundo piso y giramos a la izquierda, hacia el ala más nueva del castillo. Había vuelto a quedarse callada, como de costumbre, y empleé el tiempo en tramar lo que decirle a continuación. Estaba claro que le preocupaba que la hubiese reconocido y que pudiera dar parte de ello, lo cual era una tontería. Pero ¿de verdad pensaba que no había reconocido su voz? ¿O que no había visto lo suficiente de sus rasgos esa noche en la Perla Roja como para saber que era ella cuando se quitó el velo? No me pegaba que fuese tan tonta. A lo mejor *quería* creer que no la había reconocido, a pesar de lo que le había dicho a Tawny.

Al llegar a las anchas puertas de madera del final del pasillo, me aseguré de que mi brazo rozara a propósito contra el suyo mientras abría una de las hojas. Sus labios se entreabrieron un pelín en respuesta. Sujeté la puerta abierta para ella y esperé a que entrara.

—Ten cuidado —la advertí, aunque la escalera de caracol estaba bien iluminada por las numerosas ventanas ovaladas abiertas a lo largo de la pared. Tampoco creía que fuese a tropezar de nuevo, pero estaba convencido de que obtendría otra respuesta de ella—. Si te tropiezas y caes aquí, lo más probable es que me arrastres en tu caída.

—No me voy a tropezar —dijo con un bufido.

—Bueno, acabas de hacerlo.

—Eso ha sido una excepción.

—Bueno, pues entonces me siento honrado por haber sido testigo de ella. —Pasé por su lado, haciendo un esfuerzo por reprimir una carcajada—. Ya te había visto antes, ¿sabes? —Se le cortó la respiración—. En los balcones del piso de abajo. —Sujeté abierta la puerta del tercer piso—. Observándome entrenar.

—No te observaba a ti. Estaba…

—¿Tomando el aire? ¿Esperando a tu doncella que no es una doncella? —La agarré del codo una vez más para detenerla. Bajé la cabeza hasta que estuve a apenas unos centímetros de su oreja cubierta por el velo—. A lo mejor me equivoqué —añadí en voz baja— y no eras tú.

Ahí estaba otra vez: ese titubeo en su respiración. Esas pequeñas reacciones eran buena señal.

—Estás equivocado —me dijo, su voz suave, pero no de ese modo sumiso.

Un lado de mis labios se curvó hacia arriba. Solté su brazo y esa cabeza velada se inclinó hacia la mía, el fantasma de una sonrisa sobre los labios. Una no tan tensa. No tan ensayada. Entré en el vestíbulo y vi a dos guardias reales apostados a las puertas de la oficina donde había hablado con el duque por primera vez. Esperé a la Doncella, pero esta se había quedado paralizada otra vez. Bajé la vista para descubrir que no me miraba a mí, sino a los dos guardias reales del final del pasillo.

—¿Penellaphe? —musité.

Ella dio un ligero respingo, luego respiró hondo otra vez. Cruzó las manos y echó a andar. Los dos guardias reales mantuvieron la mirada al frente, sin mirarla a ella cuando se detuvo delante de ellos. Uno empezó a abrir la puerta, pero la Doncella giró la cabeza hacia mí.

Algo en ese gesto me hizo desear poder ver toda su cara. Esas campanas de advertencia retomaron su tañido. Mis ojos saltaron hacia las puertas de la oficina del duque.

—Te esperaré aquí —le aseguré.

Hubo un momento de vacilación, después asintió y dio media vuelta. El guardia real abrió la puerta lo justo para que ella entrase, solo lo suficiente para que el tenue olor dulce y rancio del Ascendido saliera por ella. Cuando perdí a la Doncella de vista, el impulso de seguirla me golpeó con fuerza y de manera inesperada. Más campanillas de advertencia. Sonaban aún más fuerte ahora.

Agucé el oído para tratar de oír algo al otro lado de las puertas, pero no hubo nada. Las paredes de las partes nuevas del castillo eran más gruesas.

Mi mano se apretó sobre la empuñadura de la espada mientras estudiaba a los dos guardias reales. No reconocí a ninguno de ellos.

—¿Esto es habitual? —pregunté, y señalé hacia la puerta con la barbilla.

—No demasiado —contestó el de piel más oscura después de un momento. Como respuesta, no era gran cosa.

—¿Cuánto duran estas… reuniones?

Una vez más, el que habló dudó.

—Depende.

Miré al otro guardia. Tenía la vista recta al frente, como si no estuviese oyendo ni una palabra de la conversación. Miré de uno a otro, seguro de que habrían sido testigos de algunas cosas espantosas.

Atrocidades con cuyo conocimiento habían decidido que podían vivir.

Podía forzarlos a decirme lo que habían visto, las cosas que la involucraban a ella, pero utilizar la coacción era un riesgo demasiado grande. Algunos mortales eran resistentes a ella y luego recordaban todo lo que los habían forzado a hacer.

En lugar de eso, envié a un secretario a buscar a Vikter. A lo mejor él podía decirme lo que estaba pasando.

Un músculo palpitaba en mi mandíbula; lo hacía al mismo ritmo de los segundos que dediqué a grabarme los rostros de ambos guardias en la memoria. Pasaron unos diez minutos hasta que las puertas del extremo del pasillo se abrieron de par en par. Wardwell entró con paso enérgico, su capa blanca ondeaba a su espalda. Me hizo un gesto para que avanzara al detenerse a varios pasos de mí.

No me moví. Durante varios segundos. Era como si mis malditos pies hubiesen echado raíces en el suelo. Lancé un vistazo rápido a las puertas de la oficina del duque, luego me obligué a moverme para reunirme con Wardwell.

—¿Cuánto tiempo lleva ahí dentro? —preguntó, al tiempo que pasaba una mano por su pelo pajizo.

—Algo más de diez minutos —respondí. Vi que las arrugas de los bordes de sus ojos se habían profundizado—. ¿Qué quiere el duque de ella?

—Es probable que quiera discutir detalles sobre su inminente Ascensión —contestó, sin apartar los ojos de las puertas a mi espalda—. Yo me ocupo a partir de ahora y continuaré con ella el resto del día.

Todo mi cuerpo se puso alerta.

—Mi turno no termina hasta dentro de unas horas.

—Lo sé. —Sus ojos se deslizaron hacia los míos—. Pero ahora yo estoy aquí. Si tienes un problema con eso, puedes discutirlo con el duque.

La irritación estalló en mi interior y la energía se disparó en lo más profundo de mi ser. Mientras le sostenía la mirada, sentí también cómo aumentaban mis ganas de utilizar la coacción para obligarlo a decirme qué estaba pasando. Debía reprimir ese impulso. Con la suerte que tenía, seguro que este capullo era de los que recordaban todo lo que hacían mientras estaban bajo coacción.

Respiré hondo y mantuve el impulso a raya. Giré la cabeza hacia atrás en dirección a esas puertas cerradas.

—Ella…

—¿Ella qué? —me instó cuando no terminé la frase.

Ella me había mirado como si necesitase saber que estaría aquí fuera, esperándola.

Y eso debería haberme agradado. Significaba que ya empezaba a confiar en mí, pese al poco tiempo transcurrido desde que era su guardia. Supuse que lo de la Perla Roja tenía mucho que ver con ello, pero fuera como fuere, necesitaba eso de ella: su confianza. No obstante, nada de esto me daba buena espina.

—Hawke —espetó Wardwell.

—Nada —mascullé. Aparté los ojos de las puertas y sonreí a los guardias reales más veteranos—. Buen día.

Entonces me marché.

Abandoné el tercer piso.

Abandoné a la Doncella.

Una especie de ironía retorcida

El motivo de la reunión entre el duque y la Doncella siguió siendo un misterio, para mi creciente enfado.

En especial cuando Vikter cambió los horarios al día siguiente y me asignó el turno de noche, cuando se suponía que debía vigilar a la Doncella durante el día. Había hecho lo mismo hoy y, cuando exigí saber por qué, había tirado de galones y me había llamado «chico». No estaba seguro de cuál de las dos cosas me irritaba más, mientras montaba guardia a la puerta de las habitaciones de la Doncella, el pasillo oscuro iluminado solo por unos pocos farolillos colgados de la pared a intervalos irregulares.

No había visto a la Doncella desde que la había dejado en la oficina del duque y, por lo que sabía, no había salido de sus aposentos. Eso sí, Tawny había estado con ella hasta altas horas de la noche, tanto ayer como hoy.

—No se encuentra muy bien —había afirmado Tawny cuando le había preguntado por ella. A continuación, había entrado a toda prisa en su habitación adyacente, sin demorarse el tiempo suficiente para que pudiera preguntarle nada más.

Abrí y cerré la mano mientras me decía que mi irritación solo tenía que ver con este nuevo retraso en mis planes. El Rito se celebraría más pronto que tarde y, para entonces, necesitaba la confianza irrevocable de la Doncella; debía haber llegado a un punto en el que no cuestionara órdenes ni sospechara nada. Y aún no habíamos llegado ahí. No estábamos ni cerca. Y yo no tenía ninguna intención de retrasar lo que estaba por venir.

Malik no disponía de ese tiempo.

Esa era la razón de mi frustración. No tenía nada que ver con cómo se había girado para mirarme a la puerta de las oficinas del duque, ni con la sensación de que buscaba algo que le diera confianza y tranquilidad.

Maldije en voz baja y eché un vistazo hacia la pequeña ventana del final del pasillo. Me llegó un tenue y acre olor a humo. Había habido incendios más temprano ese día. Una de las casas de Radiant Row había quedado reducida a cenizas, gracias a un grupo de Descendentes. Una sonrisa tironeó de mis labios. Habían terminado con unos cuantos de los Ascendidos, aunque tampoco era que los Teerman fuesen a reconocer su pérdida.

Estúpidos.

Podrían haber utilizado esas pérdidas como una forma de alimentar el odio y el miedo. En lugar de eso, no querían que nadie conociese sus debilidades. Querían que todo el mundo los viera como a dioses. Inmortales.

Los Descendentes habían actuado por su cuenta, impulsados por lo que había sucedido en el último Consejo de la Ciudad. La súplica de los Tulis no solo había alimentado la sed de venganza de los que habían estado ya en contra de los Ascendidos, sino que también había cambiado unas cuantas mentalidades. Cada vez había menos personas que se estremecían de miedo al oír hablar del Señor Oscuro. En vez de eso, la determinación había sustituido al miedo, igual que la esperanza de un futuro diferente, un futuro mejor. Y yo quería que eso continuara más allá de la liberación de mi hermano.

Quería que la gente de Solis luchara por sus vidas.

Solo necesitaban enterarse de que los Ascendidos no eran quienes afirmaban ser. Los dioses no los habían bendecido y el reino entero estaba construido sobre unos cimientos plagados de mentiras. Liberar a Malik sería la primera grieta. Sin él, no habría más Ascensiones, y debido a lo que ellos mismos habían hecho creer a su gente, daría la impresión de que los dioses les habían dado la espalda a los Ascendidos. Después de todo, la Corona de Sangre no podía admitir que habían utilizado la sangre de aquellos a quienes habían convertido en villanos para sus Ascensiones. Sus propias mentiras propiciarían su caída.

Aunque eso tampoco lo arreglaba todo.

Ni a ojos de mi padre ni a ojos de Alastir.

Todavía habría que ocuparse de los Ascendidos que aún gobernaban (la reina Ileana y el rey Jalara, y todos sus duques y duquesas, lores y damas). Todavía estaba el hecho de que Atlantia se estaba quedando sin espacio suficiente, a punto de sobreexplotar sus recursos y de sufrir una crisis de sobrepoblación. Teníamos tiempo, pero no mucho. No un…

Un grito abrupto y repentino me hizo girar la cabeza a toda velocidad hacia la puerta de la Doncella. Pesadillas. Vikter me había advertido, pero no estaba dispuesto a arriesgarme.

Desenvainé la daga que llevaba a la cadera y abrí la puerta de los aposentos oscuros de la Doncella. La noche estaba nublada, por lo que no entraba luz de luna alguna por las ventanas. No obstante, la encontré enseguida en la oscuridad.

Estaba en la cama, tumbada de lado, dormida y sola. Estaba claro que no la atacaba nadie.

Al menos, nada ni nadie que yo pudiera ver.

Sus manos se abrían y cerraban, apoyadas a pocos centímetros de sus labios entreabiertos. Solo era visible una mejilla, la izquierda. La que yo creía que era igual de bonita que la otra. Estaba húmeda, brillante. Lágrimas. Gimió y rodó sobre la espalda. Su exclamación ahogada hizo añicos el silencio.

Fue la única señal de advertencia.

Joder.

Me moví a la velocidad del rayo para apretarme contra la pared, donde las sombras de la noche eran más profundas y se aferraban con mayor fuerza.

Su espeso pelo cayó hacia delante cuando volvió a girarse sobre el costado y se incorporó sobre un codo. Sus respiraciones eran entrecortadas. Me quedé muy quieto mientras ella levantaba una mano temblorosa y retiraba el pelo de su cara.

Me dio un vuelco al corazón.

Miraba justo en mi dirección, aunque sabía que no podía verme.

Yo, sin embargo, sí que la veía a ella… y el horror en sus ojos. Un terror absoluto.

«Era solo un sueño», susurró, antes de acomodarse sobre el costado otra vez. Enroscó el cuerpo sobre sí mismo, los brazos y las piernas pegados al tronco. Mantuvo los ojos abiertos mientras se quedaba ahí tumbada, meciéndose adelante y atrás. Cada vez que sus ojos se cerraban, tardaban más en volver a abrirse.

Sabía lo que estaba haciendo: resistirse a quedarse dormida otra vez. Por todos los dioses, yo había hecho eso más veces de las que podía recordar. Pasaron varios minutos antes de que por fin perdiese la batalla y volviera a dormirse. En cualquier caso, no me moví. Me limité a… observarla. Como un pervertido. Me sacudió una leve risa. En realidad, estaba haciendo la cosa menos pervertida que había hecho en mucho tiempo; sin embargo, ya no tenía una buena razón para observarla. La Doncella estaba bien.

La Doncella.

Tiene nombre, me recordó una voz indeseada en el fondo de mi cabeza. Penellaphe. El duque y la duquesa la llamaban así, aunque, según Tawny, sus amigos la llamaban Poppy. Para mí, sin embargo, era solo la Doncella.

«Si tiene problemas, no gritará».

Sin tener aún ni noción de lo que había querido decir Vikter con eso, me acerqué a su cama. La manta se había arremolinado en torno a su cintura y dejaba a la vista la bata de manga larga con la que debía de haberse quedado dormida o que solía llevar en la cama. No me sorprendería. Miré por el dormitorio a mi alrededor; un dormitorio frío y *austero*. Apenas había nada aquí dentro. Una mesa. Un baúl. Un armario. Fruncí el ceño. Ningún artículo personal que destacar. Había visto a los más pobres del reino tener más cosas en sus casas.

¿Sería esa otra cosa prohibida? ¿Los artículos personales? Mis ojos volvieron a ella. Respiraba profundamente, aunque de un modo un poco irregular, como si no se fiase de que esos sueños desagradables pudiesen volver, incluso dormida. ¿Los recordaría cuando despertara? Yo no siempre lo hacía. En ocasiones, solo me quedaba una sensación general de aprensión al despertar, una sensación de miedo que perduraba todo el día.

Me incliné hacia delante y capté un aroma a pino y salvia que me recordó al árnica, una planta empleada para tratar todo tipo de afecciones. Levanté la manta con sumo cuidado y la extendí sobre sus hombros. Miré su rostro una vez más. Tenía los ojos cerrados, los labios relajados. Vi sus cicatrices y pensé en el origen de sus pesadillas.

Retrocedí en silencio, salí del dormitorio y pensé que había una especie de ironía retorcida en el hecho de que las mismas personas fueran responsables de lo que nos atormentaba a ambos en las horas más oscuras de la noche.

PRESENTE V

«No creo que te lo haya contado nunca. No era que quisiese tener secretos contigo. Solo era que no quería que te sintieras avergonzada», le dije a Poppy mientras dormía, uno de mis brazos enroscado alrededor de su cintura. «También pensé que era probable que me apuñalases si alguna vez te enterabas de que había estado en tu dormitorio mientras dormías». Hice una pausa. «Más de una vez».

Mi risa removió los pelos sueltos cerca de su sien, aunque mi diversión se diluyó pronto.

«No sabía lo del duque. Solo sabía que pasaba algo. La forma en que respondisteis Tawny y tú. El aspecto de Vikter cuando apareció. Ahora sé por qué me dijo que podía marcharme. Sabía que no hubieses querido que yo (ni nadie, en realidad) te viese después de haber terminado tu *lección*. Te estaba protegiendo lo mejor que podía».

Aunque, en mi opinión, lo mejor que podía no había sido suficiente. Él había sabido lo que le hacían a Poppy, y aun así se había quedado al margen. Esa opinión, sin embargo, me la guardé para mí mismo. Ella no necesitaba saberla.

La observé casi sin parpadear. El amanecer se aproximaba deprisa. Debería intentar dormir mientras Delano estuviese aquí, descansando al pie de la cama en su forma de *wolven*.

Podía intentar encontrarla en nuestros sueños. Mi mente, sin embargo, no parecía dispuesta a desconectar; quizá tuviese demasiado miedo de *no poder* encontrarnos el uno al otro. Ninguno de los dos sabíamos cómo caminar por los sueños del otro, si era algo que ocurría de manera natural cuando los dos dormíamos o si uno de nosotros lo iniciaba. Además, este no era un sueño normal. Poppy estaba en estasis.

Aun así, descansar sería la mejor opción en cualquier caso. Lo necesitaba. Excepto que no había forma de que pudiera hacerlo hasta que ella abriese esos preciosos ojos suyos y me reconociese. Se reconociese a sí misma.

Y lo haría.

Estaba convencido de ello.

Porque era fuerte y más testaruda que un mulo. Era valiente.

No siempre había sido consciente de lo fuerte que era Poppy.

Una sonrisa tiró de mis labios cuando pensé en la primera vez que me había percatado de verdad de lo valiente y habilidosa que era.

«¿Recuerdas cuando estuvimos en la Perla Roja y encontré esa daga? Dijiste que sabías usarla. Yo no estaba seguro de creerte. ¿Por qué habría de hacerlo? Tú eras la Doncella. Pero entonces le diste aquel tajo a Jericho y debí darme cuenta de que no eras para nada como esperaba. Para nada en absoluto».

Agaché la cabeza para besar la piel desnuda de su hombro, al lado del fino tirante del camisón que Vonetta había encontrado para ella.

«Pero la noche del Adarve, cuando atacaron los Demonios… ahí fui consciente de que Kieran y yo te *habíamos* subestimado de verdad». En mi mente, pude verla ahí ahora, su capa ondeando a su alrededor a causa del viento justo después de haberme lanzado una daga. «Ahí fue cuando todo empezó a cambiar. Lo que pensaba de ti. Cómo te veía. Dejaste de ser la Doncella y empezaste a convertirte… Empezaste a convertirte en Poppy».

El monstruo que había en mí

El ambiente había cambiado.

Lo sentí en el aire mientras caminaba por el Adarve después de que Vikter me relevara. Ya estaba de los nervios, rebosante de energía superflua. Parte de ello se debía a la frustración de estar a punto de cumplirse el segundo día de ausencia absoluta de la Doncella. Fuera lo que fuere esa mierda con el duque. Sus pesadillas. Las mías. Ese maldito lord Devries ya muerto.

Pero lo que hacía que ahora tuviera de punta todos los pelos del cuerpo era algo completamente diferente.

El silencio del Adarve era inquietante mientras caminaba hacia la parte anterior, la brisa fría azotando mi maldita capa. Delante de mí, vi a una fila entera de guardias que observaban las tierras yermas. Distinguí la cabeza rubia de Pence, así que me acerqué a él, apostado tras una aspillera, arco en mano.

—¿Qué está pas…? —Dejé la frase a medio terminar cuando levanté la vista hacia su cara pálida y miré más allá del Adarve y de la hilera de antorchas de acero.

Ya no necesitaba una respuesta.

La vi.

La neblina.

Era tan espesa que casi ocultaba por completo el Bosque de Sangre, y se movía bajo la luz de la luna, girando y ondulando por el terreno de un modo que no era en absoluto habitual.

—Joder —musité.

—Sí —convino Pence con voz rasposa—. La neblina estaba normal, ¿sabes? Solo palmo y medio o así por encima del suelo, pero entonces empezó a condensarse y a avanzar. Ha triplicado su tamaño en los últimos tres minutos.

No cabía duda de que eso no era una buena señal.

Todo el mundo en el Adarve lo sabía. Sabía lo que había dentro de esa neblina.

Los Demonios.

Aquí no había visto la neblina ponerse así nunca, pero me recordó a la niebla primigenia que cubría las montañas Skotos al este… la magia de los dioses que protegía el reino de Atlantia. Pero esa magia se había distorsionado de mil maneras diferentes aquí, a cual más siniestra, y ahora protegía a los monstruos que habían creado los Ascendidos.

Nadie podía explicar de verdad por qué la neblina se comportaba de este modo en Solis. Ni siquiera los Ancianos de Atlantia. Aunque la razón no era el tema más urgente en estos momentos. La neblina ya se había extendido a ambos lados hasta donde alcanzaba la vista y, aunque la distancia entre el Adarve y ella era más o menos de la anchura y la longitud del Distrito Bajo, no estaba lejos en absoluto. Observé cómo unos zarcillos brotaban de ella y se extendían varios metros por delante. En el Adarve, fue como si todo el mundo contuviese la respiración al mismo tiempo, y contemplamos cómo la neblina llegaba hasta la hilera de antorchas.

La brisa se aquietó.

Sin embargo, las llamas empezaron a titilar, luego a bailar en todas direcciones. El fuego proyectaba sombras frenéticas por el suelo. Lo que daría por tener una de nuestras ballestas atlantianas. Eran muy superiores y hacían muchísimo más daño que los arcos recurvos. Alargué la mano hacia la empuñadura de mi sable.

La antorcha del medio fue la primera en apagarse. El resto la siguió enseguida, sumiendo al terreno del exterior del Adarve en una oscuridad absoluta.

—¡Prendedlas! —La orden del teniente Smyth cortó a través del silencio.

A lo largo de todo el Adarve, los guardias corrieron a sus puestos con puntas de flechas envueltas en telas ceñidas que contenían una mezcla de pólvora. Una tras otra, las flechas se prendieron. Luego se dispararon. Cortaron a través del cielo nocturno para virar con brusquedad hacia abajo e impactar contra una trinchera llena de yesca. Unas violentas llamas brotaron del surco y proyectaron un amplio resplandor rojo anaranjado por la tierra y la neblina a su alrededor.

Se hizo el silencio de nuevo en el Adarve mientras la neblina continuaba su avance inexorable. Cuanto más se acercaba, más sólida se volvía. Guiñé los ojos cuando se coló en la trinchera y por debajo de la yesca, cuando se extendió por encima de las llamas y las sofocó instantes después de haber sido prendidas.

Entre la niebla, podían verse oscuras sombras iluminadas de plateado por la luz de la luna. Cuerpos deformes. La neblina entera estaba llena de ellos.

—¡Haced sonar las alarmas! —gritó alguien desde el suelo a nuestros pies—. ¡Haced sonar las alarmas!

Unos cuernos resonaron desde las cuatro esquinas del Adarve, señalando el inminente ataque a la ciudad. Aunque parecía más bien un asedio, pensé, al tiempo que daba media vuelta y me dirigía a las escaleras cercanas. En cuestión de momentos, las luces se apagaron por toda Masadonia, a medida que los hogares y los negocios se sumían en la oscuridad (todo excepto los templos), y el aire se acallaba impregnado de miedo.

Porque algunas hordas de Demonios ya habían conseguido entrar en ciudades antes e, incluso aunque ninguno lograse superar el Adarve, muchas familias perderían a seres queridos esta noche.

Con las primeras órdenes a los arqueros para disparar, oí un lejano retumbar, el rechinar de hierro contra piedra. Eché un vistazo al castillo. Sus gruesas puertas de hierro ya estaban iniciando su descenso en el mismísimo punto de entrada al bastión. Todo el mundo que hubiese en su interior estaría a salvo, sobre todo, la Doncella. Ella estaría detrás de varios palmos de piedra y hierro en pocos minutos, y Vikter estaba con ella.

—¿A dónde vas? —me llamó Pence mientras agarraba una aljaba de flechas.

—A luchar.

Consciente de lo que significaba eso, Pence se quedó boquiabierto.

—No tienes por qué. Eres un guardia real. Eres el guardia de la Doncella…

—Ya lo sé —lo corté—. Mantente con vida —añadí cuando llegué a las escaleras.

Pence se quedó estupefacto al verme bajar las estrechas escaleras. No podía culparlo. Nadie en su sano juicio querría ir al otro lado del Adarve en un día cualquiera, no digamos ahora, pero mientras los Ascendidos se encondían acobardados en sus elegantes casas, yo no temía al mordisco de un Demonio. Ningún atlantiano lo hacía. No tenía ningún efecto sobre nosotros.

Aunque la mayoría de los días no estaba en mi sano juicio, porque un Demonio todavía podía hacerle mucho daño a un atlantiano. Incluso podía matarlo, si cobraba ventaja.

No tenía previsto que eso ocurriera.

En cambio, sí pensaba dar rienda suelta a algo de agresividad acumulada, y parecía que iba a poder hacer justo eso, visto el tamaño de la horda. Era imposible que los arqueros pudiesen derribarlos a todos.

Una vez en tierra, me mantuve oculto entre las sombras del Adarve mientras desenganchaba la capa de mis hombros. Al acercarme a la garita, la tiré sobre uno de los bancos y me reuní a toda prisa con el grupo de unos cien guardias que esperaba a las puertas de la muralla.

No miré a ninguno de ellos mientras las flechas zumbaban por el aire. No necesitaba ver las caras de los que no regresarían. Mañana ondearían muchas banderas negras por toda la ciudad.

Los segundos se convirtieron en minutos y la ansiedad de los que me rodeaban iba en aumento. Bajé los brazos a ambos lados para desenganchar las espadas cortas, cuyas hojas un pelín curvas centellearon como la sangre a la luz de la luna. A mi lado, un guardia temblaba mientras murmuraba una plegaria en voz baja.

—Nosotros somos los únicos que podemos evitar la caída del Adarve —bramó el comandante Jansen desde lo alto— y la llegada de las bestias de la neblina que desean darse un festín con vuestra carne y vuestra sangre. Si se apoderan de nosotros, se apoderan del Adarve. Y después, de la ciudad. ¿Estamos dispuestos a encontrarnos con el dios Rhain esta noche?

Un aluvión de «noes» atronó por todas partes a mi alrededor, al tiempo que decenas de empuñaduras de espadas golpeaban contra escudos y pechos.

—Entonces, defenderemos el Adarve y las vidas detrás de él con nuestros escudos, flechas y espadas. —Jansen levantó su espada hacia el cielo—. Adelante, y hacedles a ellos lo que ellos os harían a vosotros y a los vuestros, pues los dioses Theon y Lailah cabalgan a vuestro lado. Destrozad sus cuerpos podridos y empapad el suelo de su sangre.

En cualquier otra situación, me hubiese reído de que Jansen hablase de los dioses de ese modo, pero no ahora. No cuando unos rugidos sedientos de sangre reverberaron por toda la muralla.

—Abrid las puertas —ordenó el teniente Smyth desde un extremo del Adarve—. ¡Abrid!

El hierro crujió y rechinó al desencajarse. Ninguno de los guardias presentes habló a medida que el hueco entre las puertas se ensanchaba. Palmo a palmo, la tierra empezó a revelarse al otro lado. Y no vimos nada más que la espesa neblina que se aproximaba a toda velocidad, y los cuerpos que había en ella.

—¡Que los dioses os acompañen! —gritó el comandante—. ¡Y que los dioses acojan como héroes a aquellos que lleguen a sus brazos!

Ni un solo guardia dudó. Sin importar lo pálidos que estuviesen sus rostros ni lo mucho que hubiesen temblado hacía segundos. Echaron a correr hacia la extensión de tierra justo al otro lado del Adarve, las espadas desenvainadas y gritos de guerra desgarrando el aire. Mientras las puertas se cerraban con un estruendo a nuestra espalda y las flechas continuaban lloviendo más adelante para eliminar a los monstruos de la neblina, se formaron varias líneas de guardias. Se prepararon para lo que se les venía encima, aunque yo sabía de buena tinta que muchos no habían visto una batalla en la vida. Que era probable que fuesen a enfrentarse a su primer Demonio.

Esperé junto a ellos, los ojos fijos en la neblina, en las formas que había en su interior.

No tuve que esperar demasiado.

A continuación, llegó un sonido. El aullido grave y lastimero de los Demonios aumentó, un *crescendo* que me provocó incluso *a mí* un escalofrío por la columna, mientras los arqueros disparaban otra andanada de flechas en llamas para volver a prender fuego a la trinchera.

Estiré el cuello despacio de izquierda a derecha, reajusté mi agarre sobre las espadas.

Entonces llegaron. Brotaron de la neblina, sus cuerpos en varios estados de descomposición. Algunos seguían frescos, vestidos en su mayor parte con la ropa que llevaban cuando se transformaron, sus rostros pálidos. Otros llevaban ya un tiempo como Demonios y su ropa colgaba en jirones de cuerpos blancos como la leche, brazos y piernas tan delgados como los huesos que había debajo, las caras aún más demacradas y esqueléticas.

Los ojos de todos ellos brillaban de un ardiente color carmesí.

Inundaron el terreno y nos rodearon en cuestión de *segundos*, arañando con dedos alargados y uñas tan afiladas como sus dos hileras de colmillos irregulares. Garras que habían dejado su marca en la Doncella. Garras que se habían hundido en mi piel.

La horda engulló a la primera fila de guardias, los hombres derribados entre gritos y chorros de sangre. La segunda línea se enzarzó con los Demonios y entonces ya no hubo más espera. Los Demonios estaban por todas partes.

Era hora de dejar salir al monstruo que había en mí.

Salí disparado, salté por encima de un guardia caído y columpié mi espada corta por el aire para seccionar la cabeza de los hombros de un Demonio cercano.

Giré en redondo, levanté la otra espada, justo contra la ingle de otro, al que corté por la mitad. Sus entrañas podridas se derramaron como una masa mojada por el suelo. El hedor a putrefacción y ese dulzor rancio aumentó mientras me echaba atrás. Otro Demonio había ocupado el puesto del que tenía delante, sus garras arañaron la armadura de mi pecho.

Bastardo.

Le arreé al Demonio tal patada en el esternón que cayó hacia atrás. Otro me atacó por el lado. Le di un tajo con la espada en el cuello al girar y columpié mi otra espada por el aire mientras los otros guardias luchaban también, tratando de no ceder ni un metro. Algunos cayeron y ni siquiera yo, con lo rápido que era, podía llegar hasta ellos antes de que los Demonios cayesen sobre sus cuerpos. No hubo más andanadas masivas de flechas, sino disparos precisos a objetivos concretos. Puntas de flecha afiladísimas que volaban entre los guardias para derribar a los Demonios.

Sin embargo, para los que estábamos al otro lado del Adarve, no había ninguna destreza especial en este tipo de batalla. Ningún arte. No había tiempo de pensar y, en cierto modo, fue una liberación. Era mera cuestión de cortar y clavar, para abrirse paso a través de lo que parecía una ola interminable de piel seca y gris. Corté brazos y piernas. Abrí cuerpos enteros en canal. Un icor oscuro y oleoso fluía por doquier, para luego mezclarse con la sangre roja más brillante que empapaba ya la tierra compactada. No había forma de saber con cuántos acabé. Una docena. ¿Dos? ¿Tres? Por lo menos la acción consiguió que mi corazón y mi sangre latiesen con fuerza otra vez.

Silenció mi mente.

Giré en redondo y estampé el codo contra la cara de un Demonio; sentí cómo sus huesos se hundían. Luego salté hacia delante y lancé una patada para apartar a otro de un guardia caído. Un mortal hizo caer su sable sobre el Demonio, un destello de blanco llamó mi atención. Levanté la cabeza justo cuando una flecha pasaba zumbando por mi lado para atravesar el cráneo de un Demonio que pretendía atacar a un guardia por la espalda.

Un guardia real.

Vikter.

Estaba a poca distancia de mí, las mejillas salpicadas de sangre. Se giró hacia el Adarve y hubo un momento, uno breve, en el que supe que podía golpear ahora y eliminarlo, herirlo lo suficiente como para que un Demonio pudiera terminar deprisa con él. Era necesario porque así no estaría por aquí cuando llegase el momento de sacar a la Doncella de la ciudad. Esta era mi oportunidad. Una perfecta. Mis dedos se apretaron en torno a la empuñadura de una espada. Nadie lo sabría. Nadie sospecharía nada.

Pero no lo hice.

Ni siquiera sabía por qué.

Vikter volvió a girarse y me vio casi al instante. Nuestras miradas se cruzaron durante un segundo, y fue como si los dos nos diésemos cuenta de lo mismo al mismo tiempo.

Si él estaba aquí fuera y yo también, eso significaba…

Hijo de puta, dibujó Vikter con los labios.

—Mierda. —Di media vuelta y envainé una espada.

Salté por encima de la masa de cuerpos sanguinolentos. La Doncella estaba a buen recaudo dentro del castillo, donde ningún Demonio podría llegar hasta ella, pero eso no significaba que estuviera a salvo.

En especial porque estaba encerrada con los Ascendidos y, aunque la Doncella fuese importante para ellos, yo no confiaba en uno solo.

Agarré la túnica medio rota de un Demonio, lo tiré al suelo y le incrusté la espada de heliotropo en pleno pecho. Con una maldición, extraje la hoja y continué adelante. No me gustaba la idea de abandonar la batalla, no cuando aún quedaba en pie una cantidad decente de la horda, pero la Doncella estaba desprotegida, y con la suerte que yo tenía…

Cerca del pie del Adarve, un guardia liberó su espada del pecho de un Demonio. El hombre se tambaleó hacia atrás, levantó el brazo con el que manejaba la espada. La piel de su mano estaba destrozada.

Lo habían mordido.

El guardia dio media vuelta y, en el caos de la batalla, sus ojos muy abiertos se cruzaron con los míos. No lo reconocí. No tenía ni idea de quién era, pero supe que comprendía lo que se le venía encima ahora. Un mordisco. Eso era todo lo que hacía falta. Apretó la mandíbula en una expresión de determinación.

El hombre dejó caer su espada y sacó la daga que llevaba a la cintura. Supe de inmediato lo que estaba a punto de hacer. No vaciló. Ni un maldito segundo, y no podía si quería tener alguna esperanza de *terminar* con esto. El mordisco haría que le resultase imposible en cuestión de minutos.

El guardia mortal demostró más honor en ese momento del que la mayoría de las personas eran capaces de exhibir. Más del que los Ascendidos habían merecido nunca.

Se cortó su propio cuello.

Joder.

Aparté la mirada. ¿La rapidez necesaria para poder hacerlo? ¿La valentía requerida para hacer lo que era, básicamente, el bien mayor?

Joder.

Ante las puertas, levanté la vista.

—¡Comandante! —grité, al tiempo que le asestaba a un Demonio un espadazo ascendente que cortó al bastardo en dos.

Jansen giró en redondo y miró hacia abajo. Por la forma en que su mandíbula se apretó, supe que no estaba contento de verme, el único príncipe libre de su reino, fuera del Adarve, pero tendría que aguantarse.

—¡Abrid la puerta! —bramó.

Pasé por encima del Demonio caído y me apresuré a entrar por la minúscula abertura. No perdí el tiempo en dejar que me examinasen; me limité a correr a las escaleras más cercanas para subir al Adarve. Ese era el camino más rápido para volver al castillo. Jansen me fulminó con la mirada cuando llegué arriba. Disimulé una sonrisa antes de echar a correr por la muralla, pasando una almena vacía y luego otra. Me acercaba ya a la parte del Adarve en la que no había habido guardias antes. Simplemente, no había suficientes arqueros avezados para ocupar cada…

Algo llamó mi atención. Frené en silencio y di media vuelta. Entorné los ojos. Una de las aspilleras ya no estaba vacía, pero eso no fue lo que me detuvo. Fruncí el ceño mientras retrocedía con sigilo y me asomaba al interior. Al principio, no estaba seguro de lo que estaba viendo.

Había alguien arrodillado en el nido del arquero, oculto detrás del borde de piedra. Alguien que llevaba capa y capucha. Tensó la cuerda de su arco y disparó una flecha, directa a un Demonio que se acercaba a la cima del Adarve.

Respiré hondo, olisqueé el aire. Olí la putrefacción de la sangre y los Demonios sobre mí, pero también detecté un aroma particular, uno fresco y dulce que pertenecía solo a…

La maldita *Doncella*.

Eres una criaturita absolutamente asombrosa y letal

—Debes de ser la diosa Bele o Lailah, en su forma mortal —murmuré, pensando que debía estar equivocado.

Era imposible que fuese ella.

La figura giró sobre una rodilla. Su capa y su *vestido* ondearon a su alrededor mientras apuntaba con una flecha directo a mi cabeza.

Por todos los demonios.

No podía ver sus rasgos debajo de la capucha, pero sabía que era ella. Era la Doncella, aquí fuera, en el Adarve, no en sus aposentos donde debería estar, sino con una maldita flecha apuntada a mi cabeza.

No sabía si debía reírme.

O gritar.

Su inspiración fue audible, pero no dijo nada. Se quedó arrodillada y, joder, los dedos que sujetaban la flecha no temblaron.

—Eres… —Envainé mi espada y me encontré sin palabras, aunque no durante mucho tiempo—. Eres absolutamente magnífica. Preciosa.

Vi una leve reacción en ella. Su cabeza encapuchada giró un centímetro, pero eso fue todo.

Mi mente daba vueltas a toda velocidad mientras la miraba. Estaba claro que me había reconocido, pero era probable que creyera que su identidad permanecía oculta, lo cual era comprensible. Ella no tenía ni idea de que yo podía detectar su olor.

Mi corazón seguía desbocado por la adrenalina, pero eso no era lo único que tenía mi sangre acelerada. Eché un rápido vistazo al Adarve. No había nadie cerca de nosotros, nadie nos prestaría atención. No con el caos apenas controlado en lo bajo.

Así que tomé una decisión rápida: decidí seguirle el juego. Ver hasta dónde llevaría esto. Hasta dónde lo llevaría *yo*.

Y ya sabía que a menudo llevaba las cosas demasiado lejos.

—Lo último que esperaba era encontrar a una dama encapuchada y con talento para el tiro con arco al mando de una de las aspilleras —comenté, y una sonrisa tironeó de mis labios mientras ella permanecía en silencio. Le ofrecí una mano—. ¿Puedo ayudarte?

No aceptó mi mano. Por supuesto que no. Pero bajó el arco y lo sujetó con una mano. No dijo nada mientras me hacía un gesto para que retrocediera.

Santo cielo, no pensaba hablar.

Arqueé una ceja, doblé la mano que le había ofrecido sobre mi pecho y di un paso atrás. Luego, reprimí una carcajada e hice una reverencia.

La Doncella hizo un ruidito suave que no pude descifrar del todo mientras dejaba el arco sobre el saliente inferior. Sentí sus ojos sobre mí mientras se acercaba a la escalera y la bajaba.

No me había quitado los ojos de encima.

Y recogió ese arco de nuevo.

Chica lista.

—Eres… —Me quedé callado de nuevo. Entorné los ojos cuando deslizó el arco *debajo* de su capa para colgárselo luego a la espalda.

¿Ese arco era suyo?

¿Para qué diablos tenía un arco?

Para matar a Demonios con él, obviamente, pero eso llevó a mi siguiente pregunta. ¿Cómo narices sabía cómo usar un arco para matar a un Demonio?

Oh, tenía un montón de preguntas.

La Doncella dio un paso a la derecha e hizo ademán de salir de la aspillera.

Le bloqueé el paso.

—¿Qué estás haciendo aquí arriba?

No hubo respuesta.

En lugar de eso, pasó por mi lado con toda la altivez de una… de una *princesa*. Mis labios se curvaron. Había olvidado que la había llamado así en la Perla Roja.

Di media vuelta y la agarré del brazo.

—Creo que…

La Doncella giró en redondo y se coló por debajo de mi brazo. Me quedé boquiabierto. La sorpresa me dejó de piedra. Ni me moví cuando se agachó detrás de mí y me lanzó una patada que me sacó las piernas de debajo.

Me había barrido las piernas de debajo del cuerpo.

—Joder —exclamé, y tuve que apoyarme en la pared para evitar caer. Seguía alucinado por la sorpresa. No podía creerlo.

La Doncella casi me había hecho caer de culo.

La Doncella, que en esos momentos estaba huyendo de mí.

Oh, ni hablar.

Me separé de la pared, alargué una mano y desenganché la daga de mi cadera. La lancé con precisión: se clavó en la parte de atrás de su capa. Eso hizo girar a la Doncella en el sitio y tiró de ella contra la pared. Su cabeza encapuchada se agachó.

Sonreí con suficiencia y fui hacia ella con parsimonia.

—Eso no ha sido muy simpático.

Agarró el mango de mi daga y dio un fuerte tirón para liberarla. Para mi más absoluta incredulidad… y mi creciente *interés*, le dio la vuelta a la maldita daga como una profesional para agarrarla por la hoja.

Me paré en seco.

—No lo hagas.

Lanzó la daga directa hacia mi rostro, aunque me moví rápido y logré atraparla por el mango. Medio irritado y medio, bueno, cautivado por su impresionante audacia, empecé a caminar hacia ella mientras chasqueaba la lengua con suavidad.

Emprendió la huida otra vez, corriendo por el estrecho Adarve, de una altura peligrosa, calzada con unas… sandalias. Estaba *como una cabra*.

Me tragué una risa, salté sobre la cornisa y tomé velocidad. No era más que una sombra cuando la adelanté por lo alto. Bajé de un salto para aterrizar en cuclillas delante de ella.

La Doncella dio un respingo y sus pies resbalaron debajo de ella. Cayó sobre la cadera y casi me sentí mal por ella.

Excepto que me había tirado una daga a la *cara*.

—Eso sí que no ha sido simpático para nada. —Me levanté mientras sus ojos volaban hacia la estrecha cornisa. —Soy consciente de que mi pelo necesita un buen corte, pero tu puntería está un poco desviada. De verdad que deberías trabajar en ello, porque le tengo bastante afecto a mi cara.

Caminé hasta ella y vi que se había quedado muy quieta. Debí tomar precauciones. De verdad que sí. Pero una parte de mi mente todavía no había asimilado del todo lo que estaba viendo. Lo que estaba averiguando sobre ella. Y la otra mitad seguía cautivada por sus acciones. Por el fuego que había en ella.

Me lanzó una patada, que conectó con mi espinilla. Emití un ruido gutural ante el fogonazo de dolor sordo mientras ella se levantaba de un salto y giraba hacia la derecha. Intenté bloquearle el paso, pero la maldita arpía hizo un quiebro hacia la izquierda y me engañó como a un novato.

Que era justo como me sentía en ese momento.

Le corté también ese camino.

Eso no le sentó demasiado bien. Estaba claro. Lo supe porque giró en el sitio y me lanzó una patada desde debajo de los pliegues de su capa...

La agarré del tobillo y no lo solté, aun cuando ambos lados de la capa se abrieron para revelar su pierna desnuda de rodilla para abajo. Arqueé una ceja en su dirección.

—Qué escándalo.

Ella gruñó.

La Doncella de verdad me *gruñó.*

Se me escapó una carcajada, una que no tuve ninguna posibilidad de reprimir.

—Y unos zapatitos tan delicados. ¿Raso y seda? —pregunté—. Son de tan bella manufactura como tu pierna. El tipo de zapatos que ningún guardia del Adarve llevaría. —Forcejeó contra mi agarre—. A menos que les hayan dado uniformes distintos del mío. —Solté su tobillo, pero aprendía rápido. Así que la agarré del brazo y tiré de ella contra mi pecho a fin de no dejarle espacio para dar patadas. Ese era mi plan.

Solo que su olor, toda esa dulzura, me rodeó de pronto, y sentí su cuerpo contra todas las partes del mío que no estaban cubiertas de cuero o hierro. No había ni un centímetro de separación entre nosotros y, la última vez que había estado tan cerca de un cuerpo tan agradable había sido...

Maldita sea, había sido cuando había estado con ella.

Un pulso de excitación palpitó a través de mí mientras contemplaba su rostro encapuchado. Fue tan repentino e intenso que tuve que aspirar una bocanada de aire y...

Su olor se intensificó a mi alrededor, se volvió aún más dulce, cosa que era muy muy intrigante.

Agaché la cabeza mientras levantaba mi otro brazo.

—¿Sabes lo que creo...?

La presión cálida de una hoja contra mi cuello me silenció.

La Doncella tenía un cuchillo contra mi cuello.

Esa maldita daga con el mango de hueso de *wolven*.

Había olvidado que la tenía.

Sentí aflorar mi ira, porque en mi sincera opinión, esto era llevar las cosas un poco demasiado lejos. Todo era juego y diversión hasta que tenías una daga al…

Una punzada de dolor me dejó aturdido. No tanto por el dolor en sí, que fue apenas perceptible. Y tampoco porque eso silenciara mi mente. El dolor no hizo nada esta vez. Fue por la sorpresa.

La Doncella me había hecho sangre.

A mí.

La ira se diluyó con la sorpresa mientras la miraba, ambas emociones sustituidas por una sensación de diversión, junto con algo más. Algo mucho más fuerte. Lujuria. Una lujuria pura y dura. Ardiente. Y por todos los dioses, sabía que eso decía muy poco bueno de mí, pero no fue el dolor lo que me puso duro como una piedra en un instante. El dolor nunca hacía eso por mí.

Fue su temeridad.

Su valentía.

Su destreza.

Su más absoluta imprudencia y ese fuego que brillaba con semejante intensidad en su interior.

Y jamás había deseado tanto a nadie como la deseaba a ella. Aquí y ahora.

Por todos los dioses, si fuese cualquier otra persona, actuaría de acuerdo con la excitación que había detectado en ella. La empujaría contra la pared y la penetraría tan deprisa y tan duro que las cabezas de ambos darían vueltas. Solo que ella no era cualquier otra persona.

—Me corrijo —dije, y se me escapó otra carcajada mientras un hilillo de sangre rodaba por mi cuello.—. Eres una criaturita absolutamente asombrosa y letal. —Bajé la vista hacia la daga y decidí dejar de seguirle la corriente permitiendo que creyera que no la reconocía—. Bonita arma. Piedra de sangre y hueso de *wolven*. Muy interesante... —Hice una pausa—. *Princesa*.

La sorpresa la golpeó como una ola. Retiró la daga al instante.

Aproveché para agarrarla de la muñeca.

—Tú y yo tenemos muchísimas cosas de que hablar.

—No tenemos nada de que hablar —espetó, cortante. Sentí una oleada de satisfacción salvaje.

—¡Habla! Creí que te gustaba hablar, princesa. ¿O es solo cuando estás en la Perla Roja? —Se quedó callada una vez más—. No vas a fingir que no tienes ni idea de lo que te estoy hablando, ¿verdad? Que no eres ella.

—Suéltame —exigió, tirando de mi brazo.

—Oh, creo que no. —Me giré con brusquedad para inmovilizarla contra la pared antes de que decidiera usar su brazo libre contra mí. Me incliné hacia ella, invadiendo por completo su espacio personal—. Después de todo lo que compartimos, ¿me tiras una daga a la cara?

—¿Todo lo que compartimos? Fueron solo unos minutos y un puñado de besos —dijo, al tiempo que daba un ligero tirón.

—Fueron más que un puñado de besos —le recordé, con una mirada no tan disimulada a donde sus pechos subían y bajaban con sus respiraciones profundas—. Si lo has olvidado, estoy más que dispuesto a recordártelo —me ofrecí.

El olor de su excitación aumentó y mi pene respondió con una palpitación casi dolorosa.

—No hubo nada que mereciera la pena recordar —declaró, la cabeza bien alta. Menuda mentirosilla.

—¿Ahora me insultas, después de haberme lanzado una daga a la cara? Has herido mis tiernos sentimientos.

—¿Tiernos sentimientos? —se burló—. No seas dramático.

—Es difícil no serlo cuando me has tirado una daga a la *cabeza* y luego me has cortado el cuello —repliqué.

—Sabía que la esquivarías.

—¿Ah, sí? ¿Por eso has intentado rajarme el cuello?

—Te he hecho un *cortecito* en la piel —me contradijo—. Porque me tenías agarrada y no me soltabas. Es obvio que no has aprendido la lección.

—De hecho, he aprendido mucho, princesa. Esa es la razón de que tus manos y tu daga no estén ya cerca de mi cuello. —Deslicé el pulgar por la cara interna de su muñeca—. Pero si sueltas esa daga, hay muchas partes de mí a las que dejaría que tus manos se acercaran.

Además, era verdad.

En ese momento, le dejaría hacer casi cualquier cosa.

Excepto dejar de hablarme.

—Qué generoso —comentó con ironía.

Un calor líquido invadió mi sangre y, joder, no había nada juguetón en lo que eso me hizo sentir.

—Una vez que me conozcas, descubrirás que puedo ser *bastante* benévolo.

Se le cortó la respiración.

—No tengo ninguna intención de conocerte.

—¿O sea que solo acostumbras a colarte en las habitaciones de hombres jóvenes para seducirlos antes de salir corriendo?

—¿Qué? —exclamó—. ¿Seducir a hombres?

—¿No es eso lo que hiciste conmigo, princesa? —Volví a deslizar el pulgar adelante y atrás por su muñeca.

—Estás siendo ridículo.

—Lo que estoy es *intrigado*. —Y lo estaba de verdad. Con un gruñido, tiró contra mí.

—¿Por qué insistes en sujetarme de este modo?

—Bueno, aparte de lo que ya hemos hablado, todo eso de tenerle afecto a mi cara *y* a mi cuello, también estás en un sitio en donde se supone que no debes estar. Así que estoy haciendo mi trabajo al detenerte e interrogarte.

—¿Sueles interrogar de este modo a todos los que ves en el Adarve y no reconoces? —preguntó—. Qué método de interrogatorio más raro.

—Solo a las damas bonitas con piernas desnudas y bien torneadas. —Me incliné hacia ella. Me divertía que creyera que no había hecho la conexión entre ella y la Perla Roja con el hecho de que fuese la Doncella—. ¿Qué estabas haciendo aquí arriba durante un ataque de los Demonios?

—Disfrutar de un relajante paseo vespertino.

Sonreí.

—¿Qué estabas haciendo aquí arriba, princesa?

—¿Qué parecía que estaba haciendo?

—Parecía que estabas siendo increíblemente tonta e imprudente —declaré.

—¿Perdona? —La incredulidad llenó su voz—. ¿Cuán imprudente estaba siendo cuando maté a Demonios y...?

—No sabía que tuviésemos una nueva política de reclutamiento en la que damiselas medio vestidas fuesen necesarias ahora en el Adarve —comenté—. ¿Necesitamos protección de manera tan desesperada?

—¿Desesperada? —Ya no había incredulidad en esa palabra. Ahora, había ira—. ¿Por qué crees que mi presencia en el Adarve sería reflejo de desesperación cuando, como has podido ver, sé bien cómo usar un arco? Oh, espera, ¿se debe a que da la casualidad de que tengo pechos?

Mis cejas salieron disparadas hacia arriba.

—He conocido a mujeres con pechos mucho menos bonitos que podían derribar a cualquier hombre sin parpadear siquiera, pero ninguna de esas mujeres está aquí en Masadonia. Y eres muy buena. No solo con una flecha. ¿Quién te ha enseñado a luchar y a usar una daga? —Silencio—. Apuesto a que fue la misma persona que te dio esa daga —aventuré—. Es una lástima que quienquiera que fuese no te enseñara a evitar ser capturada. Bueno, es una lástima *para ti*, quiero decir.

Eso la hizo reaccionar.

Levantó la rodilla con violencia, apuntando a una zona muy apreciada de mi cuerpo. Bloqueé el golpe antes de que me tuviera hablando con una voz varias octavas más aguda.

—Eres tan increíblemente agresiva. —Hice una pausa—. Creo que me gusta.

—¡Suéltame! —exigió.

—¿Para que me des una patada o me apuñales? —Intuí que estaba a punto de hacer lo primero otra vez, así que metí mi pierna entre las suyas para evitar justo eso—. Ya hemos hablado de eso, princesa. Más de una vez.

Separó las caderas de la pared y me dio la sensación de que intentaba empujarme hacia atrás. No, *sabía* lo que estaba haciendo. En realidad, era un movimiento astuto.

Pero eso no fue lo que consiguió.

Acabó, básicamente, *cabalgando* mi muslo, cosa de la que no pensaba quejarme. Ni lo más mínimo. Excepto que la excitación que tronaba por todo mi cuerpo me dejó un poco descolocado. Era demasiado intensa, joder. Demasiado rápida. Vamos, que si ella seguía así, quizás hiciese algo que no había hecho desde que era un hombre joven: correrme en los pantalones sin que me tocaran siquiera.

Y, joder, eso era…

No sabía lo que era.

Hacía que el suelo del Adarve diera la impresión de moverse cuando bajé la mejilla hacia su cabeza encapuchada. Descolocado por mi respuesta y por su… todo, hablé de nuevo.

—Volví a por ti esa noche. Te había dicho que lo haría. Volví a por ti y tú no estabas. Me lo habías prometido, princesa.

Inspiró con suavidad. Un tenue escalofrío la recorrió de arriba abajo.

—No… no podía quedarme.

—¿No podías? —Dejé que mis ojos se cerrasen un momento, pese a que era una tontería. Lo más probable era que me diese un cabezazo, pero me gustaban esa respiración suave y esas palabras susurradas—. Me da la sensación de que, si hay algo que quieres lo suficiente, nada te detendrá.

Se rio, una risa fría y dura. Abrí los ojos.

—No sabes nada —mascullό.

Pensé que tenía razón en eso.

—Quizá. —La solté, pero antes de que se moviera, deslicé la mano dentro de su capucha y la apoyé contra su mejilla derecha. Contuvo el aliento mientras yo me permitía disfrutar de la sensación de su piel cálida contra la mía, solo por un momento—. Quizá sepa más de lo que crees.

Se quedó muy quieta.

No trató de zafarse.

Eso me gustó. Inmensamente. Excepto que era probable que ella no se hubiese percatado de que conocía sus dos versiones. La joven curiosa y receptiva con una destreza sorprendente para la pelea, y la Doncella callada y sumisa vestida de blanco. O iba a fingir que yo no sabía que eran la misma persona.

No pensaba permitírselo.

Apreté la mejilla contra el lado izquierdo de su capucha.

—¿De verdad crees que no tengo ni idea de quién eres?

Se tensó contra mí.

Sip. Había estado en lo cierto. Sonreí.

—¿No tienes nada que decir a eso? —Bajé la voz para que fuese apenas un susurro—. *¿Penellaphe?*

Soltó un bufido sonoro. Pasó un momento, uno que aprovechó para afilar esa lengua suya.

—¿Lo acabas de descubrir? Si es así, me preocupa el hecho de que seas uno de mis guardias personales.

Me reí bajito.

—Lo supe en el momento en que te quitaste el velo. —Lo había sabido ya antes, pero no podía dejar que ella lo supiese.

—¿Por qué… no dijiste nada entonces?

—¿A ti? —pregunté—. ¿O al duque?

—A cualquiera de los dos —susurró.

—Quería ver si sacabas el tema. Parece ser que te ibas a limitar a fingir que no eres la misma chica que frecuenta la Perla Roja.

—No frecuento la Perla Roja —me informó—. Aunque he oído que tú sí.

—¿Has estado haciendo indagaciones sobre mí? Me siento halagado.

—No lo he hecho.

—No estoy seguro de poder creerte. Dices muchas mentiras, princesa.

—No me llames así —espetó.

—Me gusta más que como se supone que debo llamarte. *Doncella.* —Y eso era una verdad como un templo—. Tienes un nombre. Y no es ese.

—No te he preguntado lo que te gusta —me dijo.

—Pero sí has preguntado por qué no le conté al duque lo de tus escapaditas —repliqué—. ¿Por qué haría algo así? Soy tu guardia. Si te traicionara, no confiarías en mí, y eso seguro que haría mucho más difícil mi labor de mantenerte a salvo.

Su cabeza se ladeó un poco. Pasaron unos segundos más.

—Como has podido comprobar, soy capaz de mantenerme a salvo yo solita.

—Sí, ya lo veo. —Me eché un poco hacia atrás, el ceño fruncido, y entonces recordé lo que había dicho Vikter.

—¡Hawke! —llamó Pence. Me puse rígido—. ¿Va todo bien por ahí arriba?

Bajé la vista para asegurarme de que la capucha estuviera en su sitio antes de gritar de vuelta.

—Sí, todo en orden.

—Tienes que dejarme ir —susurró—. Alguien subirá aquí en cualquier momento…

—¿Y te pillará? ¿Te obligará a revelar tu identidad? —pregunté—. A lo mejor sería buena cosa.

Aspiró una bocanada de aire brusca.

—Dijiste que no me traicionarías…

—Dije que no te *había* traicionado, pero eso fue antes de que supiera que harías algo como esto. Mi trabajo sería muchísimo más fácil si no tuviese que preocuparme de que te escabullas de tus habitaciones para enfrentarte a los Demonios… o para encontrarte con hombres desconocidos en sitios como la Perla Roja —razoné, en gran parte para mí mismo—. Y quién sabe qué más haces cuando todo el mundo cree que estás tranquilita y a salvo en tus aposentos.

—Yo…

—Supongo que si se lo contara al duque y a la duquesa, tu afición a armarte con un arco y subir al Adarve sería una cosa menos de la que preocuparme.

—No tienes ni idea de lo que me haría si se lo contaras. Me… —Se calló de golpe. Yo me puse rígido.

—¿Te qué?

Levantó la barbilla.

—No importa. Haz lo que creas que tienes que hacer.

No tenía ninguna intención de decirle nada al duque. Solo la había estado tomando el pelo. En gran parte.

—Más vale que te des prisa en volver a tus aposentos, princesa. —Di un paso atrás. Tenía más preguntas, pero tendrían que esperar—. Tendremos que terminar esta conversación en otro momento.

Ese vestido será la causa de mi muerte

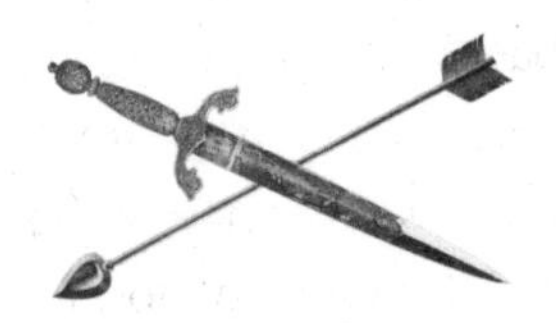

No perdí ni un segundo. Me paré justo el tiempo suficiente para lavarme la sangre de la cara y descartar el pesado sable. No tenía ni idea de cuánto tardaría Vikter en regresar a su puesto, y tenía preguntas para la…

Ya no podía pensar en ella como la Doncella. A decir verdad, me había costado pensar en ella de ese modo desde la noche de la Perla Roja.

Ahora, era… Penellaphe.

Mis manos se abrieron y cerraron de manera espasmódica a mi lado. Antes, podía forzarme a pensar en ella como solo la Doncella. Ya no. El cambio era como si alguien hubiese apretado un interruptor. Aunque cuándo había ocurrido, no lo tenía del todo claro. Pudo haber sido en el momento en que me percaté de que era ella la que estaba en el Adarve. O cuando casi me quitó las piernas de debajo del cuerpo.

O cuando me lanzó esa daga a la cara.

Una sonrisilla irónica asomó a mis labios mientras subía las escaleras. El «cuándo» no importaba. El «porqué» sí, aunque no debería, pero no podía ignorar lo que había pasado fuera en el Adarve. O lo que no había pasado.

En esos momentos, no había pensado por qué estaba ahí. Mi pasado. El futuro. Mi hermano. No había pensado en ninguno de mis planes. Solo había estado… viviendo el momento. No había existido. Ni planeado. No me había regodeado en la idea de la venganza. Ni había sobrevivido basado en que estaba haciendo todo esto por Malik.

No había sido yo mismo.

O quizá *sí* que lo había sido, aunque solo fuese por esos minutos.

Y eso me causaba una inquietud de mil pares de narices.

No obstante, en última instancia, eso no cambiaba nada.

Solté una bocanada de aire entrecortada, recorrí el pasillo desierto y me detuve a la puerta de los aposentos de Penellaphe. Oí a Tawny hablar.

— Izarán muchas banderas negras mañana —dijo.

Sí, por desgracia, lo harían.

Llamé a la puerta.

—Yo voy —anunció Tawny, y oí unas pisadas rápidas y ligeras. La puerta se abrió y un surtido de emociones parpadeó por la bonita cara de la dama antes de que apareciera una sonrisa—. La Doncella está durmiendo…

—Lo dudo. —Entré sin esperar una invitación, sin paciencia ya para la educación o la etiqueta. Deslicé los ojos por la habitación hasta encontrarla.

Me detuve justo al pasar la puerta mientras ella… mientras *Penellaphe* se levantaba de la cama y giraba sobre sí misma, los dedos enredados en la trenza que estaba deshaciendo.

No llevaba el velo.

Me quedé paralizado durante unos segundos mientras contemplaba sus rasgos. La frente orgullosa. La curva testaruda de su mandíbula. Su boca abierta, los labios separados por la sorpresa. Era…

Me forcé a salir de ese estado de embeleso y cerré la puerta de una patada a mi espalda. La irritación conmigo mismo fue en aumento.

—Es hora de que tengamos esa charla, princesa. —Miré hacia donde estaba Tawny—. Tus servicios ya no se requerirán esta noche.

Tawny se quedó boquiabierta.

Las manos de Penellaphe resbalaron de su pelo.

—¡No tienes autoridad para decirle que se retire!

—¿Ah, no? —Arqueé una ceja—. Como tu guardia real personal, tengo autoridad para deshacerme de cualquier amenaza.

—¿Amenaza? —Tawny frunció el ceño—. Yo no soy una amenaza.

—Amenazas con inventar excusas o mentir en nombre de Penellaphe. Como acabas de hacer cuando dijiste que estaba dormida, cuando sé a ciencia cierta que estaba en el Adarve —recalqué.

Tawny cerró la boca, luego se volvió hacia Penellaphe.

—Me da la sensación de que me he perdido cierta información muy importante.

—No he tenido la oportunidad de contártelo —empezó Penellaphe—. Y tampoco era tan importante.

Bufé, indignado.

—Estoy seguro de que ha sido una de las cosas más importantes que te han pasado en mucho tiempo.

Penellaphe entornó los ojos.

—Si de verdad crees eso, tienes una noción demasiado inflada de tu implicación en mi vida.

—Creo que me doy bastante buena cuenta del papel que desempeño en tu vida.

—Lo dudo mucho —replicó furiosa.

Mis labios hicieron ademán de sonreír, pero me limité a sostenerle la mirada.

—Me pregunto si de verdad te crees la mitad de las mentiras que cuentas.

—No estoy mintiendo —dijo, mientras Tawny nos miraba a uno y otro de manera alternativa—. Muchas gracias.

Entonces perdí la batalla conmigo mismo y sonreí.

—Di lo que quieras, princesa.

—¡No me llames así! —Dio un fuerte pisotón.

Arqueé una ceja. Había sido… adorable. Lo del pisotón. Sobre todo porque sospechaba que preferiría que mi cara estuviese debajo de ese pie.

—¿Eso te ha hecho sentir bien?

—¡Sí! —exclamó—. Porque la única otra opción es darte una patada.

Había estado en lo cierto. Me reí entre dientes. Esta faceta suya me divertía muchísimo.

—Qué violenta.

Cerró los puños.

—No deberías estar aquí dentro.

—Soy tu guardia personal —contesté—. Puedo estar donde crea que se me necesita para mantenerte a salvo.

—¿Y de qué crees que me tienes que defender aquí dentro? —Hizo alarde de mirar a su alrededor—. ¿Una pata de la cama rebelde contra la que podría machacarme el dedo gordo del pie? Oh, espera, ¿estás preocupado por que pueda desmayarme? Sé lo bien que se te da atender ese tipo de emergencias.

—Ahora que lo dices, sí pareces un poco pálida —repuse—. Mi habilidad para salvar a frágiles y delicadas damiselas podría venirme muy bien. —Penellaphe aspiró una bocanada de aire brusca—. Sin embargo, por lo que me parece haber deducido, aparte de un ocasional intento de secuestro, tú, princesa, eres la mayor amenaza para ti misma.

—Bueno… —Tawny alargó la palabra—. Ahí tiene algo de razón.

—No ayudas nada —espetó su amiga.

—De verdad que Penellaphe y yo tenemos que hablar —dije—. Puedo asegurarte que está a salvo conmigo y estoy convencido de que lo que sea que hablemos te lo contará luego con pelos y señales.

Tawny cruzó los brazos.

—Sí, seguro que lo hace, pero no será, ni de lejos, tan divertido como verlo en persona.

Penellaphe suspiró.

—Está bien, Tawny. Te veré por la mañana.

—¿En serio? —exclamó.

—En serio —confirmó—. Me da la sensación de que, si no te marchas, se va a quedar ahí plantado consumiendo el precioso aire de mi habitación…

—Con un aspecto excepcionalmente apuesto —añadí, solo para picarla. Funcionó. Sus cejas se juntaron al instante—. Olvidaste añadir eso.

Tawny se rio.

—Y me gustaría descansar un poco antes de que salga el sol —declaró Penellaphe.

—Vale —aceptó Tawny, con un suspiro exagerado. Me lanzó una miradita cómplice—. *Princesa.*

—Oh, por todos los dioses —musitó Penellaphe. Observé a Tawny partir.

—Me gusta.

—Es bueno saberlo —comentó—. ¿De qué querías hablar que no podía esperar hasta mañana por la mañana?

Me volví hacia ella y me permití mirarla, verla de verdad. El resto de la trenza se había deshecho sola. Tenía… mucho pelo. No me había dado cuenta de ello en la Perla Roja, y todas las otras veces que la había visto, lo había llevado recogido.

—Tienes un pelo precioso.

Parpadeó y dio la impresión de que eso la había agarrado desprevenida. Joder, me había agarrado desprevenido *a mí mismo*. Sin embargo, se recuperó deprisa.

—¿De eso querías hablar?

—No exactamente. —Entonces bajé la vista, que casi no se había apartado de su cara hasta entonces.

No debí permitirme hacerlo, porque gracias a la titilante luz del fuego de la chimenea y las lámparas de aceite, vi *mucho*.

Llevaba un finísimo camisón blanco que dejaba solo las partes más íntimas a la imaginación. Y los dioses sabían que yo tenía una imaginación inmensa. Aunque lo que vi…

Era la perfección personificada.

Desde la caída de sus hombros hasta los mismísimos dedos de sus pies enroscados contra la piedra… era de una perfección absoluta, en especial todo lo que había entre medias. El camisón era holgado, pero las amplias curvas de su cuerpo eran visibles debajo de la tela. El contorno de sus generosos pechos. La leve curva cóncava de su cintura, el ensanchamiento de sus caderas, y esos muslos voluptuosos.

Maldita sea.

Arrastré mis ojos de vuelta a los de ella. Había aparecido un bonito rubor en sus mejillas e hizo ademán de recuperar la bata tirada al pie de la cama.

Un lado de mis labios se curvó hacia arriba.

Ella interrumpió su movimiento y levantó la vista hacia mis ojos. Esa barbilla se elevó un pelín mientras yo esperaba a que se tapara. La mitad de mí deseaba que lo hiciera.

La otra mitad le suplicaba en silencio que no.

No lo hizo. Se mantuvo quieta, con una extraña e intrigante mezcla de timidez y atrevimiento que era… simplemente devastadora. Necesitaba salir de esta habitación y aclararme la cabeza. Centrarme.

No lo hice…

—¿Eso es todo lo que llevabas debajo de la capa? —pregunté.

—No es asunto tuyo —contestó.

O sea que *sí* había sido todo. Por el amor de los dioses, había luchado contra mí casi desnuda debajo de la capa. Esa idea hizo que la sangre bombeara por mi organismo aún más caliente, que era lo último que necesitaba.

—Parece que debería serlo —comenté. Su pecho se hinchó de repente.

—Eso suena como problema tuyo, no mío.

Una risa trepó por mi garganta mientras la miraba, completamente perplejo. Y excitado. Del todo intrigado. Y por todos los dioses, no podía recordar la última cosa que me había intrigado de verdad. Para ser sincero, no debería divertirme esta faceta suya. Una Doncella asustada y sumisa sería más fácil de manejar.

Pero nada en ella sería fácil.

—Eres… completamente distinta de lo que esperaba.

Me miró durante unos segundos largos.

—¿Ha sido por mi destreza con el arco o con la daga? ¿O porque te derribé?

—*Apenas* me derribaste —la corregí—. Por todas esas cosas. Aunque has olvidado añadir lo de la Perla Roja. Jamás esperé encontrar a la Doncella ahí.

Resopló con desdén.

—Supongo que no.

Me sostuvo la mirada durante un momento más, luego dio media vuelta. Caminaba de un modo completamente diferente al que le había visto hasta ahora. Sus pasos eran elegantes y medidos, mientras su pierna desnuda asomaba por la raja del camisón. ¿Sería porque sentía el peso, literal o figurado, de las cadenitas de su velo?

—Era la primera vez que iba a la Perla Roja. —Se sentó y dejó caer las manos en su regazo. Ya la había visto sentarse así como Doncella, pero ahora era distinto—. Y la razón de que estuviese en el primer piso fue que acababa de entrar Vikter. —Arrugó la nariz—. Me hubiese reconocido, con antifaz o sin él. Subí porque una mujer me dijo que la habitación estaba vacía. No te estoy diciendo esto porque crea que necesite explicarme. Solo estoy… diciendo la verdad. No sabía que estabas en la habitación.

—Pero sí sabías quién era —dije.

—Por supuesto. —Giró la cara hacia la chimenea. Las llamas ondulaban por encima del grueso tronco—. Tu llegada ya había provocado bastantes… habladurías.

—Halagador —murmuré. Sus labios se curvaron un poco.

—Por qué decidí quedarme en la habitación no está abierto a discusión.

Justo eso no era necesario discutirlo.

—Ya sé por qué te quedaste en la habitación.

—¿Ah, sí?

—Ahora tiene sentido. —Y había tenido sentido entonces. Estaba ahí porque quería vivir.

—¿Qué vas a hacer con respecto a que estuviera en el Adarve? —preguntó, y empezó a retorcerse los dedos en el regazo.

¿Creía que me iba a chivar? Fui hasta donde estaba sentada e hice un gesto hacia la butaca vacía.

—¿Puedo?

Asintió.

Me senté enfrente de ella, los codos apoyados en las rodillas, y contemplé las sombras del fuego danzar sobre su cara.

—Fue Vikter el que te entrenó, ¿verdad? —No hubo respuesta, pero su pulso se aceleró—. Tuvo que ser él —deduje—. Os lleváis bien y él ha estado contigo desde que llegaste a Masadonia.

—Has estado haciendo preguntas.

—Sería un estúpido si no investigase todo lo que pudiese sobre la persona a la que he jurado proteger con mi vida. —O secuestrar.

—No voy a contestar a tu pregunta.

—¿Porque tienes miedo de que vaya a contárselo al duque, aunque no lo haya hecho antes? —cavilé.

—En el Adarve dijiste que deberías —me recordó—. Que facilitaría tu trabajo. No voy a arrastrar a nadie en mi caída.

Ladeé la cabeza.

—Dije que *debería*, no que lo *haría*.

—¿Hay alguna diferencia?

—Deberías saber que la hay. —Mis ojos recorrieron las elegantes curvas de sus pómulos. Las cicatrices no hacían nada por empeorar su aspecto. ¿La mantendrían velada a causa de su belleza? Eso hacía que conservar su… *virtud* fuese más fácil. Aparté esos pensamientos a un lado—. ¿Qué habría hecho Su Excelencia si se lo hubiese contado?

Cerró los puños.

—No importa.

Y una mierda.

—Entonces, ¿por qué dijiste que no tenía ni idea de lo que haría? Sonabas como si fueras a decir algo más, pero te arrepentiste.

Respiró hondo y contempló el fuego.

—No iba a decir nada.

No la creí ni por un segundo. Pensé en cuando había ido a ver al duque. En su ausencia posterior.

—Tanto tú como Tawny reaccionasteis de una manera muy extraña cuando te citó.

—No esperábamos esa llamada —explicó.

—¿Por qué te quedaste dos días en tu habitación después de que te hiciera llamar? —La observé con atención. No se me pasó por alto cómo apretaba los dedos contra las palmas de sus manos y pensé en la pesadilla que había tenido esa noche. Lo que había olido en ella. Pino y salvia. Árnica. La planta se utilizaba para muchas cosas, incluido curar heridas y moratones. Me eché hacia atrás y cerré las manos alrededor de los reposabrazos de la butaca mientras una ira glacial se acumulaba en mi interior—. ¿Qué te hizo?

—¿Por qué te importa tanto?

—¿Por qué no habría de importarme? —pregunté. Ella no sabía nada de mis planes, y desde luego que no incluían hacerle daño; bueno, más daño del que le habían hecho hasta ahora.

Despacio, giró la cabeza de vuelta hacia mí.

—No me conoces…

—Apuesto a que te conozco mejor que la mayoría.

Se sonrojó otra vez.

—Eso no significa que me conozcas, Hawke. No lo bastante como para que te importe.

—Sé que no eres como los otros miembros de la Corte —razoné.

—Yo no soy un miembro de la Corte —señaló. Mis cejas volaron hacia arriba.

—Eres la Doncella. Los plebeyos te consideran una hija de los dioses. Te ven como algo más que un Ascendido, pero sé que eres compasiva. Esa noche en la Perla Roja, cuando hablamos de la muerte, sentiste una compasión genuina por las pérdidas que yo hubiera podido experimentar. No fue palabrería forzada.

—¿Cómo lo sabes?

—Se me da bien juzgar las palabras de las personas —expliqué—. No querías hablar por miedo a que te descubriera, pero entonces me referí a Tawny como tu sirvienta. La defendiste, aun a riesgo de exponerte. —Hice una pausa. Pensé en lo que había visto durante el Consejo de la Ciudad—. Y te vi.

—¿Viste qué?

Me incliné hacia delante otra vez, bajé la voz.

—Te vi durante el Consejo de la Ciudad. No estabas de acuerdo con el duque y la duquesa. No podía ver tu rostro, pero supe que te sentías incómoda. Te sentiste mal por esa familia.

Se había quedado muy quieta.

—Tawny también. —Casi me reí.

—Sin ofender, pero tu amiga parecía estar medio dormida durante la mayor parte de ese intercambio. Dudo que supiera lo que estaba ocurriendo. —Sus dedos dejaron de retorcerse en su regazo—. Y sabes cómo luchar... y luchas bien —continué—. No solo eso, es obvio que eres valiente. Hay muchos hombres, hombres *entrenados*, que no saldrían al Adarve durante un ataque de Demonios si no tuviesen que hacerlo. —La observé con atención al decir lo siguiente—. Los Ascendidos podrían haber ido ahí afuera y habrían tenido más probabilidades de sobrevivir, pero aun así, no lo hicieron. Tú, sí.

Sacudió la cabeza.

—Esas cosas son solo detalles. No significa que me conozcas lo suficiente como para que te preocupe lo que me pase o me deje de pasar.

No se me pasó por alto que no había comentado nada sobre lo que había dicho acerca de los Ascendidos, lo cual era intrigante.

—¿Te importaría lo que me pasara a mí?

—Bueno, sí. —Frunció el ceño—. Me importaría…

—Pero no me conoces.

Frunció los labios.

Me recosté hacia atrás y solté el aire acumulado. Sentí que arraigaba en mi interior una sensación de respeto por ella.

—Eres una persona decente, princesa. Por eso te importa.

—¿Y tú no eres una persona decente?

Solté un bufido.

—Soy muchas cosas. Decente no suele ser una de ellas. —Arrugó la nariz mientras parecía rumiar eso un poco. Era hora de llevar la conversación de vuelta a lo que ella no quería decir—. No me vas a contar lo que te hizo el duque, ¿verdad? —Me estiré un poco—. Sabes que me enteraré de una manera o de otra.

Esbozó una leve sonrisa.

—Si eso crees.

—No lo creo, lo sé —repuse, y volví a sentir ese cosquilleo en la nuca. Mi mano se relajó sobre la silla mientras nos quedábamos ahí sentados en silencio durante unos segundos. Me invadió una sensación de lo más extraña e inexplicable—. Es raro, ¿verdad?

—¿El qué?

Nuestros ojos se cruzaron y lo sentí de nuevo. Ese cosquilleo en la nuca y una pequeña sacudida en el pecho. La sensación de que…

—Tengo la impresión de conocerte desde hace tiempo. Tú también lo sientes.

En cuanto las palabras salieron por mi boca, pensé que quizá debería darme un puñetazo en mis partes. Sonaban absurdas. *Eran* absurdas. Aunque eso no cambiaba lo que sentía.

Penellaphe entreabrió los labios y pensé que tal vez respondería. O que como poco se reiría de mí. No hizo ni lo uno ni lo otro. Al parecer, tenía más sentido común que yo y mantuvo en silencio sus pensamientos más íntimos. Apartó la mirada, antes de posar los ojos en sus manos.

Decidí cambiar de tema.

—¿Por qué estabas en el Adarve?

—¿No era obvio?

—Tus motivos, no. Dime eso, al menos —insistí—. Dime qué te empujó a subir ahí a luchar contra ellos.

Se quedó callada mientras relajaba los dedos y deslizaba dos bajo la manga derecha.

—La cicatriz de mi cara. ¿Sabes cómo me la hice?

—Tu familia fue atacada por unos Demonios cuando eras niña —contestó—. Vikter…

—¿Te lo contó? —Una sonrisa cansada apareció en su rostro. Sacó la mano de debajo de la manga—. No es la única cicatriz. Cuando tenía seis años, mis padres decidieron dejar la capital para ir al Valle Niel. Querían una vida mucho más tranquila, o eso me han contado. No recuerdo demasiado del viaje, aparte de que mi madre y mi padre estaban supertensos a lo largo del trayecto. Ian y yo éramos pequeños y no sabíamos demasiado acerca de los Demonios, así que no teníamos miedo de estar ahí fuera ni de parar en uno de los pueblos pequeños; un lugar que luego me dijeron que no había visto un ataque de Demonios en décadas. —Guardé silencio mientras hablaba, toda mi concentración puesta en ella. Ni siquiera parpadeé—. Había solo un escueto muro, como en la mayoría de las poblaciones menores, e íbamos a quedarnos en la posada solo una noche. El lugar olía a canela y clavo. Eso lo recuerdo. —Cerró los ojos—. Vinieron por la noche, en la neblina. Una vez que aparecieron, no hubo tiempo de nada. Mi padre… salió a las calles para intentar ahuyentarlos mientras mi madre nos escondía, pero entraron por la puerta y las ventanas antes de que pudiese salir de la habitación siquiera.

Apreté las manos sobre los reposabrazos de la butaca mientras ella tragaba saliva. Por todos los dioses, debió de sentir auténtico terror.

—Una mujer… una clienta de la posada… consiguió agarrar a Ian y meterlo en una habitación secreta, pero yo no quise separarme de mi madre y… —Sus cejas se juntaron, al tiempo que su cutis palidecía—. Desperté días después, de vuelta en la capital. La reina Ileana estaba a mi lado. Me contó lo que había sucedido. Que nuestros padres ya no estaban.

—Lo siento —dije, y lo decía en serio—. De verdad. Es un milagro que sobrevivieras.

—Los dioses me protegieron. Eso es lo que me dijo la reina —explicó—. Que era la Elegida. Más adelante me enteré de que esa había sido una de las razones por las que la reina les había suplicado a mi madre y a mi padre que no abandonaran la seguridad de la capital. Que… si el Señor Oscuro se enteraba de que la Doncella estaba desprotegida, enviaría a los Demonios a por mí.

Me dolía la mandíbula de lo mucho que la apretaba. Yo no había tenido absolutamente nada que ver con lo que le había pasado a su familia. Por aquel entonces ni siquiera había sabido de su existencia.

—Entonces me quería muerta, aunque parece ser que ahora me quiere viva. —Se rio y me miró, pero sonaba dolida. Me obligué a hablar con serenidad.

—Lo que le ocurrió a tu familia no fue culpa tuya y podría haber un montón de razones por las que atacaron ese pueblo. —Levanté una mano de la butaca y la pasé por mi pelo—. ¿Qué más recuerdas?

—Nadie… nadie en aquella posada sabía cómo luchar. Ni mis padres, ni las mujeres, ni siquiera los hombres. Todos dependían del puñado de guardias. —Frotó sus manos entre sí—. Si mis padres hubiesen sabido cómo defenderse, podrían haber sobrevivido. Supongo que las posibilidades hubiesen sido muy escasas, pero habrían tenido alguna en cualquier caso.

Entonces lo entendí. Justo entonces. Por qué había aprendido a luchar.

—Y tú quieres esa posibilidad.

Asintió.

—No… Me niego a ser impotente.

Conocía esa promesa muy bien.

—No debería serlo nadie.

Soltó una respiración suave y dejó de retorcerse los dedos.

—Ya has visto lo que ha pasado esta noche. Llegaron a la cima del Adarve. Si uno solo consigue superarlo, le seguirán otros. Ninguna muralla es impenetrable e, incluso si lo fuera, hay mortales que vuelven malditos del exterior. Ocurre con más frecuencia de lo que la gente cree. En cualquier momento, esa maldición podría extenderse por esta ciudad. Si caigo…

—Caerás luchando.

Volvió a asentir. Me quedé callado, procesando todo eso.

—Como he dicho antes, eres muy valiente.

—No creo que sea valor. —Su mirada volvió a sus manos—. Creo que es… miedo.

—El miedo y el valor a menudo son la misma cosa. —Le dije lo que mi padre nos había dicho una vez a Malik y a mí, cuando empezábamos a aprender a manejar una espada—. Te convierten en una guerrera o en una cobarde. La única diferencia es la persona que reside en el interior.

Levantó la vista hacia mí.

—Suenas mucho mayor de lo que aparentas.

—Solo la mitad del tiempo —repuse, con una leve sonrisa—. Has salvado vidas esta noche, princesa.

—Pero murieron muchos.

—Demasiados —convine—. Los Demonios son una plaga sin fin.

Apoyó la cabeza contra el respaldo de la butaca y meneó los diminutos dedos de los pies en dirección al fuego.

—Mientras quede un solo atlantiano, habrá Demonios.

—Eso dicen. —Me giré hacia el fuego mortecino, al tiempo que me recordaba que ella no sabía la verdad. La mayoría de los mortales la ignoraban. Ellos… Entonces se me ocurrió algo. Las cosas empezaron a encajar. La admiración que la gente tenía por ella iba más allá de que le dijeran que había sido Elegida por los dioses. Lo que había dicho Jole Crain. Esos pañuelos blancos y la gente que ayudaba a proporcionar paz a los afectados—. Has dicho que vuelven más hombres malditos de fuera del Adarve de lo que la gente cree. ¿Cómo lo sabes? —Silencio—. He oído rumores —mentí. Deslicé los ojos hacia ella. —No es algo de lo que se hable demasiado. Y cuando se habla, solo es en susurros.

—Vas a tener que ser más preciso.

—He oído que la hija de los dioses ha ayudado a varios malditos —le dije, pensando en Jole—. Que los ha asistido, les ha dado una muerte digna.

Se humedeció los labios.

—¿Quién dice esas cosas? —preguntó.

—Unos cuantos de los guardias —le dije, aunque no era verdad. Un solo guardia lo había dicho, un guardia moribundo—. Para ser sincero, al principio no les creí.

—Pues debiste atenerte a tu reacción inicial —me informó—. Están equivocados si creen que cometería una traición abierta a la Corona.

Supe que no estaba diciendo la verdad.

—¿No te acabo de decir que se me da bien juzgar a las personas?

—¿Y?

—Y sé que estás mintiendo y entiendo por qué lo harías. Esos hombres hablan de ti con tal fascinación que, antes de conocerte, medio esperaba que de verdad fueses hija de los dioses —le dije—. Jamás te delatarían.

—Puede que sea así, pero tú los has oído hablar de ello. Podrían oírlos también otras personas.

—Quizá debería ser más claro con respecto a lo de oír rumores. Me estaban hablando a mí en persona —aclaré—. Puesto que yo también he ayudado a los malditos a morir con dignidad. Lo hacía en la capital y lo hago también aquí. —Lo cual era verdad. Jole no era el primero, ni sería el último.

Sus labios se entreabrieron mientras me miraba. Estaba claro que no había esperado que dijera eso.

—Los que regresan malditos ya lo han dado todo por el reino —musité—. Que los traten como a cualquier cosa aparte de los héroes que son, y que los arrastren delante de una multitud para ser asesinados es lo último que ellos o sus familias deberían tener que soportar.

Continuó mirándome, pero sus ojos verde joya brillaban húmedos ahora. Pasó un momento. Luego otro, mientras nos mirábamos. No sabía lo que estaba pensando. Maldita sea, no sabía ni lo que estaba pensando *yo*. Penellaphe me había dejado pasmado esta noche. Múltiples veces. Eran muchas cosas que procesar. Y estaba seguro de que ella tampoco sabía qué pensar de mí. Estaba claro que no confiaba en mí del todo, no tanto como para contarme sus secretos, al menos. Y necesitaba su confianza.

La *quería*.

Aunque no la obtendría esta noche.

Me incliné hacia delante en la butaca.

—Bueno, ya te he entretenido demasiado.

—¿Eso es todo lo que tienes que decir sobre mi presencia en el Adarve? —preguntó, una ceja arqueada.

—Solo te pido una cosa. —Me levanté—. La próxima vez que salgas ahí, lleva mejor calzado y ropa más gruesa. Esas sandalias podrían ser la causa de tu muerte. —Miré de reojo su camisón demasiado fino y casi gemí—. Y ese vestido… ser la causa de la mía.

Caer en gracia

—¿Por qué te lo estás callando?

Me giré hacia Vikter con el ceño fruncido. Llevábamos un rato ahí de pie, en silencio, mientras Tawny ayudaba a Penellaphe a prepararse para la comparecencia. Los Teerman tenían que dirigirse a los habitantes de la ciudad después del ataque de los Demonios. Habían muerto demasiadas personas para que pudieran tacharlo de incidente sin importancia.

—¿Por qué me estoy callando el qué?

Sus ojos azules, alertas y siempre desconfiados, conectaron con los míos.

—Que ella estuvo en el Adarve.

Eché un vistazo rápido a la puerta. En mi mente, se alternaron imágenes de ella apuntándome con una flecha con la visión de ella en su dormitorio, sin velo, el pelo como una cascada indómita sobre sus hombros.

—¿Por qué no me preguntaste nada al respecto cuando fui a verte ayer por la noche? —Había acudido a él en cuanto había salido de los aposentos de Penellaphe, en parte debido a la irritación y en parte por estrategia. Quería saber por qué narices había estado Vikter fuera del Adarve cuando se suponía que la estaba protegiendo. También pensé que, si ella se lo contaba antes que yo, creería que le estaba ocultando algo. Eso podría llevar a que se mostrase aún más receloso de lo que ya era, lo cual lo incitaría a hurgar e investigar hasta que empezase a descubrir todas las otras cosas más importantes que sí que le estaba ocultando.

—He tenido la oportunidad de consultarlo con la almohada —repuso Vikter—. Así que te lo pregunto ahora.

—¿No se supone que debería mantener lo que vi en secreto? —pregunté—. ¿Debería haberla delatado ante Su Excelencia?

Respiré hondo al tiempo que él se giraba hacia mí.

—Te he hecho una pregunta seria, Hawke.

—Y yo a ti —repliqué.

Su paciencia era casi inexistente, como empezaban a ser sus labios. Igual que la mía. En este momento, teníamos eso en común.

—Sabes muy bien que no debe estar fuera del castillo sin un guardia, no digamos ya en el Adarve.

—Técnicamente, sí informé sobre ella. A ti. El que se supone que debía estar vigilándola ayer por la noche —señalé, y Vikter cerró la boca con tal fuerza que juraría haber oído crujir sus huesos—. A lo mejor no habría estado ahí fuera en el Adarve si tú hubieses permanecido en tu puesto. —Dejé que asimilara eso—. Al menos ahora sé *por qué* dejarías desprotegida a la Doncella durante un ataque de Demonios. —Vikter no dijo nada a eso—. Sin embargo, me da la sensación de que ella habría encontrado la forma de salir aunque hubieras permanecido en tu puesto al lado de su puerta —continué. Volví a mirar la puerta cerrada y pensé en las razones de Penellaphe para estar en el Adarve—. Me contó por qué necesitaba estar ahí fuera.

—¿Y? —me instó Vikter.

Estudié las vetas de la madera mientras me preguntaba qué le había contado ella al guardia real para propiciar esta ronda de preguntas.

—Y lo respeto. La necesidad de hacer algo, en lugar de depender de otros para que te protejan.

—¿Debido a lo que ha sufrido?

Sí.

Y no.

Mi respeto por ello… por *ella*… era un caos complicado.

—Aunque no hubiese sufrido lo que sufrió a manos de los Demonios, entiendo por qué alguien querría tener una parte más activa en su protección y en la defensa de sus seres queridos.

—La mayoría no lo entendería; en especial, visto quién es ella.

Sentí un fogonazo de frustración.

—Yo no soy la mayoría de las personas. —Lo miré—. Tú tampoco.

—¿Qué se supone que significa eso? —preguntó, los ojos entornados.

—Venga ya, Vikter. —Me reí bajito y negué con la cabeza—. ¿Crees que no sé quién la entrenó para luchar y para manejar un arco? Has hecho un trabajo espectacular. Casi me hizo caer de culo.

—Es obvio que mi trabajo no ha sido lo bastante bueno —musitó—. De lo contrario, hubieses acabado sentado de culo.

Sonreí al oírlo. Vikter no tenía ni idea de lo verdaderamente impresionante que era ese «casi».

—Como le dije a ella, no voy a informar de sus acciones, ni a los Teerman ni a nadie más.

Vikter se quedó callado solo unos instantes.

—No tiene sentido. —Suspiré—. Podrías ganarte el favor de los Teerman solo con mantenerlos informados —razonó Vikter—. Conseguir una posición aún mejor con ellos.

Tuve que recordarme que darle un puñetazo a Vikter no me conseguiría ninguno de esos supuestos favores.

—No tengo ningún deseo de caerles en gracia —declaré.

Se había acercado tanto a mí que sentía su pecho moverse contra mi brazo cada vez que respiraba.

—Entonces, ¿lo que buscas es caerle en gracia a *ella*?

La irritación se avivó y me giré despacio hacia él.

—Ahora soy yo el que te pregunta qué se supone que significa eso.

Me sostuvo la mirada durante varios segundos tensos.

—Es la Doncella. Es mejor que no lo olvides.

Sabía muy bien a dónde quería ir a parar, e incluso tenía razones para recordarme eso. Más de las que él creía, porque yo ya no pensaba en ella como la Doncella. Durante las últimas doce horas o así, cuando no estaba pensando en ella, la veía como la había visto ayer por la noche, no en el Adarve, sino en su dormitorio, con ese camisón apenas existente. Con esto último no veía el problema, pero ¿con lo primero? ¿No pensar en ella como la Doncella? Eso podía ser problemático.

Porque igual que en el caso del respeto, esto también era un caos complicado.

—Me he pasado gran parte del día pensando por qué guardarías sus secretos. Qué ganarías con hacerlo —prosiguió Vikter—. ¿Sabes a qué conclusión he llegado?

—Estoy seguro de que vas a decírmelo —musité.

—Estás intentando ganarte su confianza.

Vikter estaba en lo cierto. Necesitaba su confianza. La quería. Y había un mundo entero de diferencia entre querer y necesitar. Y ese era el tercer caos complicado en el que me encontraba.

—Por supuesto que quiero su confianza —me defendí—. No podré hacer mi trabajo si no confía en mí.

—Eso es verdad. —Vikter se giró hacia la puerta—. Y más vale que esa sea la única razón por la que buscas su confianza.

—Corrígeme si me equivoco —dije—, aunque estoy bastante seguro de que no. Creo recordar que dijiste que no necesitabas saber qué pensaba para que ninguno de los dos cumpliéramos con nuestro deber.

Observé cómo un músculo palpitaba en su mandíbula. Con una sonrisa, retomé mi observación de la puerta.

—No estás equivocado —admitió Vikter después de un momento.

—Lo sé. Rara vez lo estoy. —Oí unas pisadas que se acercaban desde el otro lado, gracias a los dioses.

—¿Hawke?

—¿Sí?

—Puedes tener razón. —Vikter se movió para ponerse delante de mí cuando la puerta por fin se abrió—. Y estar equivocado al mismo tiempo.

De sangre y cenizas

—Gracias a la Bendición de los dioses, el Adarve no cayó anoche. —El duque de Teerman gritó su mentira para que todos en Masadonia y más allá lo oyeran.

Apenas pude evitar troncharme de risa ahí mismo en el balcón, detrás de Penellaphe y Tawny. El Adarve había aguantado gracias a los que lo habían defendido, muchos de los cuales habían muerto en el proceso. *Demasiados*, pensé, mientras observaba a la multitud en lo bajo. El aire seguía cargado del humo de las piras funerarias y el incienso. No podía ni contar cuántas personas vestían el blanco del luto, ni cuántas habían colgado banderas negras en sus casas.

—¡Llegaron arriba! —gritó un hombre desde abajo, donde la masa de gente se había reunido a la luz de las lámparas de aceite y las antorchas—. Casi superan la muralla. ¿Estamos a salvo?

—¿Cuando ocurra de nuevo? —contestó la duquesa—. Porque volverá a ocurrir.

—Eso seguro que aplacará miedos —murmuré.

—La verdad no está diseñada para aplacar miedos —respondió Vikter en voz igual de baja. Esbocé una sonrisilla.

—Entonces, ¿por eso contamos mentiras?

—¿Qué mentira se ha dicho aquí? —me retó Vikter. Como si solo hubiese una.

—Que los dioses fueron los responsables de que no cayera el Adarve. Los responsables son los que lo defendieron.

—Esas dos cosas no son mutuamente excluyentes —replicó.

Por un momento, me planteé la idea de agarrar a Vikter por el cuello y tirarlo del balcón. Sin embargo, supuse que eso no me ayudaría a ganarme la confianza de Penellaphe.

—Los dioses no os han fallado —dijo la duquesa de Teerman, al tiempo que daba un paso al frente y apoyaba las manos en la barandilla que le llegaba a la altura de la cintura—. Nosotros no os hemos fallado. Pero los dioses *están* descontentos. Por eso llegaron los Demonios a la cima del Adarve.

Una oleada de miedo se extendió entre el gentío como una inundación.

—Hemos hablado con ellos —continuó la duquesa con lo que tenía que ser el discurso menos tranquilizador que había oído en mi vida. Los que estaban entre el público palidecían más a cada segundo que pasaba—. No están contentos con los recientes acontecimientos, aquí y en ciudades cercanas. Temen que la gente buena de Solis haya empezado a perder la fe en sus decisiones y se esté volviendo hacia aquellos que desean ver el futuro de este gran reino en peligro.

Menuda sarta de patrañas.

Eso sí, patrañas eficaces. La muchedumbre gritó sus protestas, de un modo muy parecido a lo que habían hecho los guardias la noche anterior, cuando Jansen había preguntado si permitirían que cayera el Adarve. El bailoteo nervioso de los caballos llamó mi atención y escudriñé a la multitud hasta encontrar a Kieran sobre uno de los équidos.

—¿Qué creíais todos que iba a pasar cuando los que defienden al Señor Oscuro y traman acciones con él están de pie ahora mismo entre vosotros? —preguntó el duque—. Mientras hablo, en este mismo momento, hay Descendentes mirándome, encantados de que los Demonios se llevaran tantas vidas ayer por la noche.

Kieran inclinó la cabeza, y supe que era probable que estuviese haciendo el mismo esfuerzo que yo para no hacer nada mientras los Ascendidos vomitaban sus ridículas mentiras. El duque siguió hablando.

—En esta misma multitud, hay Descendentes que rezan por el día en que llegue el Señor Oscuro —dijo. Y eso era verdad—. Los que celebraron la masacre de Tres Ríos y la caída de la mansión Goldcrest. Mirad a vuestra derecha y a vuestra izquierda, y puede que veáis a alguien que ayudó a conspirar para secuestrar a la Doncella. —Entorné los ojos mientras Penellaphe se movía incómoda de un pie al otro. —Los dioses lo oyen y lo saben todo. Incluso lo que no se dice pero reside en el corazón —añadió el duque desde donde estaba al lado de su mujer—. ¿Qué podemos esperar ninguno de nosotros? Cuando esos dioses lo han hecho todo por protegernos y la gente acude a nosotros y cuestiona el Rito.

¿Qué demonios?

Penellaphe se quedó muy quieta y mis ojos entornados volaron hacia el duque. Lo que había sucedido ayer por la noche no tenía nada que ver con los dioses, no digamos ya con los Tulis, a quienes estaba claro que se refería.

—¿Qué podemos esperar cuando hay gente que quiere vernos muertos? —preguntó el duque, levantando las manos—. Cuando somos los dioses en carne y hueso, y lo único que se interpone entre vosotros y el Señor Oscuro y la maldición que sus huestes han lanzado sobre esta tierra.

Me costó un esfuerzo supremo no echarme a reír. Los Ascendidos no se interpondrían entre la gente y un ratón.

El duque continuó diciendo todo tipo de absurdidades, enardeciendo a la multitud y llenándola de ansiedad e ira, igual que haría un maldito Come Almas. Así era como se controlaba a las masas. Dales algo que temer, algo a lo que culpar por todas sus pérdidas, y algo que odiar. Nunca dejaba de asombrarme lo eficaz que era, y sin embargo…

Kieran captó mi atención y señaló con la barbilla hacia la parte delantera del gentío. Escruté los rostros ahí abajo, hasta detenerme en un hombre al que reconocí. Era rubio y ancho de hombros, y se estaba abriendo paso hacia delante.

Lev Barron.

Mierda.

¿Qué tramaba? Durante la última media hora o así, había estado avanzando con disimulo hacia la parte delantera de la masa de gente. Y no era el único. Otros tres lo flanqueaban; a esos no los reconocí. Al contrario de lo que diría el duque, yo no conocía a todos y cada uno de los Descendentes.

De repente, Penellaphe dio un paso atrás.

Vikter la agarró del hombro.

—¿Estás bien?

Me centré en ella. Estaba quieta, pero temblaba. Me dio la impresión de que no se había fijado nadie más. ¿Quién podía culparla, dado lo que estaba gritando el maldito duque a pleno pulmón?

—Pero si continuamos de este modo, es posible que los dioses no vuelvan a bendecirnos. Los Demonios abrirán una brecha en el Adarve y entonces no habrá nada más que aflicción —dijo el duque de Teerman—. Y si tenéis suerte, irán a por vuestro cuello y tendréis una muerte rápida. Aunque la mayoría no tendréis esa suerte. Desgarrarán vuestra carne y vuestros tejidos y se darán un festín con vuestra sangre mientras llamáis a gritos a los dioses en los que habéis perdido la fe.

Maravillosos esos dioses…

—Este es quizás el discurso menos tranquilizador dado jamás después de un ataque —mascullé.

Penellaphe dio un leve respingo, pero unos segundos después el temblor parecía haber cesado. La tensión bulló en mis entrañas mientras contemplaba la línea recta de su espalda. Según lo que había visto la noche anterior y lo que sabía ya antes, no era alguien que se asustase con facilidad.

Aunque ella sabía con exactitud qué se sentía cuando te hacían lo que acababa de describir el duque. Era un dolor y un miedo que conocía de primera mano.

Aun así, iba ahí afuera y ayudaba a los infectados, a sabiendas de que podían transformarse en cualquier momento.

Mi reticente respeto por ella aumentó.

Penellaphe inclinó la cabeza hacia Vikter.

—¿Lo ves? —susurró—. Al hombre rubio cerca de los guardias. Es ancho de hombros. Alto. Lleva una capa marrón. Y es obvio que está enfadado.

Sentí una oleada de sorpresa cuando la oí describir a Lev. ¿Cómo diablos se había fijado en él?

—Sí. —Vikter se acercó más a ella.

—Hay otros como él —dijo Penellaphe.

—Los veo —confirmó Vikter—. Estate atento, Hawke. Puede...

—¿Que haya problemas? —lo interrumpí, al tiempo que encontraba a Lev otra vez entre el público. Sí, era obvio que estaba enfadado. Lo llevaba escrito en la dura expresión de su cara. Los demás tenían el mismo aspecto que él. Callados. La furia grabada a fuego en sus rostros—. Llevo veinte minutos vigilando al rubio. Se está abriendo paso poco a poco hacia la parte de delante. Hay otros tres que también han avanzado.

—¿Estamos a salvo? —preguntó Tawny en voz baja.

—Siempre —murmuré. Ellas lo estaban. ¿Lev, en cambio? Me daba la sensación de que no lo estaría.

Penellaphe asintió cuando Tawny la miró; su mano bajó hacia el lado derecho de su vestido. Las comisuras de mis labios se curvaron al instante. Llevaba esa daga encima, ¿verdad?

Unos vítores estallaron de pronto, y supuse que los Teerman por fin habían dicho algo inspirador.

—Y honraremos su fe en la gente de Solis al no dar cobijo a aquellos que sospechéis que apoyan al Señor Oscuro, que no buscan nada más que destrucción y muerte —estaba diciendo la duquesa—. Obtendréis una gran recompensa en esta vida y en la siguiente. Eso os lo podemos prometer.

La multitud se mostró jubilosa en su respuesta; gritaba incluso cómo pensaban honrar a los dioses durante el Rito.

Si los dioses estuviesen despiertos, era muy probable que fulminasen a la duquesa aquí mismo.

La duquesa se apartó un poco de la barandilla para colocarse al lado de su marido.

—¿Qué mejor forma de mostrar a los dioses nuestra gratitud que celebrar el Rito?

—¡Mentiras! —gritó Lev desde el público—. *Mentirosos.* —Maldita sea, ¿en qué estaba pensando?—. ¡No hacéis nada para protegernos mientras os escondéis en vuestros castillos, detrás de vuestros guardias! ¡No hacéis nada más que robar niños en nombre de dioses falsos! —bramó Lev—. ¿Dónde están los terceros y cuartos hijos e hijas? ¿Dónde están en realidad?

Un murmullo de consternación se extendió entre el público y también procedente de Penellaphe.

Lev metió la mano en su capa y, maldita sea, era rápido. Echó el brazo atrás y...

—¡Atrapadle! —gritó Jansen.

Vikter empujó a Penellaphe hacia atrás con el hombro un segundo antes de que yo pasara un brazo alrededor de su cintura para pegarla contra mí, mientras un objeto pasaba volando por nuestro lado, se estrellaba contra la pared con un ruido mojado y caía al suelo del balcón.

Lev había tirado una mano. Una mano de Demonio.

Vikter se agachó y la recogió.

—En el nombre de todos los dioses, ¿qué demonios?

Sin soltar a Penellaphe, encontré a Lev de rodillas, los brazos retorcidos a la espalda, la boca manchada de sangre. Mi brazo se apretó en torno a la cintura de Penellaphe mientras pugnaba con el instinto de intervenir. No podía hacerlo. Ya nadie podía hacer nada por Lev. Él lo sabía. Aun así, levantó la vista hacia el balcón para lanzar una mirada cargada de odio y desafío. Miró a Penellaphe. *A mí*. Antes de empezar a gritar.

—De sangre y cenizas… —Un guardia lo agarró por la parte de atrás de la cabeza—. ¡Resurgiremos! ¡De sangre y cenizas, resurgiremos!

Y lo haríamos.

Por él.

Por todos aquellos que guardaban silencio, que no podían hablar.

Resurgiríamos.

Hay elección

—¿Dónde diablos ha podido encontrar ese hombre una mano de Demonio? —preguntó Tawny, mientras cruzábamos por debajo de los estandartes y pasábamos el Gran Salón. Vikter se había quedado atrás para hablar con el comandante.

—Puede que estuviera fuera del Adarve y se la cortara a uno de los que mataron anoche —cavilé. Caminaba al lado de Penellaphe, pero un paso por detrás, sin poder olvidar a Lev y su inevitable final. No conocía al hombre demasiado bien, pero odiaba no saber ni una maldita cosa sobre lo que le ocurriría.

Debería haber mantenido la boca cerrada, pero estaba claro que había llegado a un punto de ruptura, y estaba seguro de que el bebé que se había convertido en Demonio tenía muchísimo que ver con ello. Era comprensible. Habría más como él. Eso debería entusiasmarme, pero no lo hacía, porque encontrarían el mismo final que Lev.

—Eso es… —Tawny tragó saliva, una mano apretada contra el pecho—. En realidad, no tengo palabras para eso.

—No puedo creer que dijera lo que ha dicho sobre los niños. Lo de los terceros y cuartos hijos e hijas —comentó Penellaphe.

—Yo tampoco —convino Tawny.

Había hecho una pregunta muy pertinente. Esos niños no estaban sirviendo a los dioses. No eran nada más que ganado.

—No me sorprendería que más gente pensara lo mismo —comenté, y arqueé las cejas cuando me miraron escandalizadas. Bueno, solo podía suponer que esa era la expresión de Penellaphe, puesto que llevaba ese maldito velo otra vez—. Nadie ha vuelto a ver a esos niños jamás.

—Los ven los sacerdotes y las sacerdotisas. Y también los Ascendidos —dijo Tawny.

—Pero no sus familias. —Escudriñé el atrio con atención, pero no vi nada más que estatuas—. Tal vez si la gente pudiese ver a sus hijos de vez en cuando, ese tipo de ideas podrían rebatirse con facilidad. Aliviar los miedos.

—Nadie debería hacer ese tipo de afirmaciones sin pruebas —argumentó Penellaphe—. Todo lo que consiguen es provocar una preocupación y un pánico innecesarios. Un pánico que han creado los Descendentes y que luego aprovecharán en su beneficio.

—Estoy de acuerdo —murmuré. Cuando llegamos a las escaleras, bajé la vista—. Mira por dónde pisas. No querría que continuaras con tu nueva costumbre, princesa.

—Tropezar una vez no es una costumbre —espetó—. Y si estás de acuerdo, ¿por qué dices que no te sorprendería que hubiese más gente que se sintiese del mismo modo?

Porque no estaba de acuerdo. Sin embargo, no podía decir eso.

—Porque estar de acuerdo no significa que no entienda por qué algunas personas creerían eso. Si a los Ascendidos les preocupa lo más mínimo que la gente se crea esas acusaciones, todo lo que tienen que hacer es permitir que esos niños sean vistos. No creo que eso pudiera interferir demasiado con su servidumbre a los dioses.

Penellaphe miró a su amiga.

—¿Tú qué opinas?

—Creo que los dos estáis diciendo lo mismo —dijo.

Un lado de mis labios se curvó hacia arriba mientras subíamos las escaleras en silencio y entrábamos en la planta donde estaban sus habitaciones. Al llegar al cuarto de Tawny, me detuve.

—Si no te importa, necesito hablar con Penellaphe en privado un momento.

Tawny miró a Penellaphe como si estuviese a punto de gritar o de reír.

—Está bien —le aseguró Penellaphe. Tawny asintió y abrió su puerta.

—Si me necesitas, llámame. —Hizo una pausa dramática—. *Princesa*.

Penellaphe gimió mientras la puerta se cerraba. Yo me eché a reír.

—De verdad que me gusta.

—Estoy segura de que le encantaría oírlo.

—¿A ti te encantaría oír que de verdad me gustas? —me burlé, al tiempo que me giraba hacia ella.

—¿Te pondrías triste si dijera que no?

—Me sentiría devastado.

Penellaphe soltó una carcajada desdeñosa.

—Seguro que sí.

Sonreí. Su sarcasmo... Me encantaba. Hizo ademán de abrir su puerta.

—¿De qué querías hablar?

Me puse delante de ella.

—Debería entrar yo primero, princesa.

—¿Por qué? ¿Crees que podría haber alguien esperándome?

—Si el Señor Oscuro vino a por ti una vez, vendrá a por ti de nuevo —dije con una expresión de una neutralidad impresionante, y entré en sus aposentos.

Habían dejado dos lámparas de aceite encendidas al lado de la puerta y de la cama. La chimenea estaba ardiendo. Sin embargo, la habitación estaba fría y desprovista de vida.

Tomé nota mental de otra puerta, una más próxima a las ventanas. La otra noche, no me había fijado en ella, había estado demasiado ocupado mirándola a ella, pero me dio la sensación de que acababa de descubrir cómo salía de sus aposentos sin que la viera nadie. Supuse que esa puerta llevaba a una de las muchas escaleras de servicio que no se utilizaban en el ala vieja. Sonreí.

—¿Puedo pasar? —preguntó desde detrás de mí—. ¿O debo esperar aquí fuera mientras inspeccionas debajo de la cama en busca de pelusas perdidas?

Giré la cabeza hacia atrás.

—No son las pelusas lo que me preocupa. Las pisadas, en cambio, sí.

—Oh, por todos los dioses…

—Y el Señor Oscuro seguirá viniendo hasta que obtenga lo que quiere —expliqué y desvié la mirada—. Tu habitación debería comprobarse siempre antes de que entrases. —Me giré hacia ella y pensé en lo alterada que había estado antes—. ¿Estás bien?

—Sí. ¿Por qué lo preguntas?

—Dio la impresión de que te pasaba algo cuando el duque se estaba dirigiendo a la gente.

—Estaba… —Levantó un hombro—. Me mareé un poco. Supongo que no he comido lo suficiente hoy.

Incapaz de ver nada por encima de su boca, no podía distinguir si estaba diciendo la verdad.

—Odio esto.

—¿Qué odias? —preguntó, la cabeza ladeada.

—Odio hablarle al velo.

—Oh. —Levantó una mano para tocar las cadenitas—. Supongo que a la mayoría de la gente no le gusta.

—No puedo creer que *a ti* sí.

—No, no me gusta —admitió, y sentí un… arrebato de algo. ¿Satisfacción al oír que no le gustaba llevar el velo? No creí que fuese eso—. Quiero decir que preferiría que la gente pudiese verme.

Yo también lo prefería.

—¿Cómo te sientes ahí dentro?

Entreabrió los labios, pero guardó silencio. Un silencio insoportable. Caminó hasta una de las butacas y se sentó. Creí que no iba a contestar, pero entonces lo hizo.

—Es asfixiante.

Se me comprimió el corazón mientras la observaba. Casi deseé que no hubiese contestado. O no haber hecho esa pregunta.

—Entonces, ¿por qué lo llevas?

—No me había dado cuenta de que tuviera elección.

—Ahora tienes elección. —Me arrodillé delante de ella—. Estamos solos tú y yo, las paredes y un juego de muebles patético e inadecuado.

Sus labios se movieron solos, como para sonreír.

—¿Llevas el velo cuando estás con Tawny? —pregunté. Negó con la cabeza—. Entonces, ¿por qué lo llevas ahora?

—Porque… tengo permitido estar sin velo con ella.

—Me dijeron que se supone que debes llevarlo en todo momento, incluso con las personas que tienen permitido verte —le dije.

Penellaphe no tenía respuesta para eso.

Así que esperé.

Ella suspiró.

—No llevo el velo cuando estoy en mi habitación y no espero que vaya a entrar nadie aparte de Tawny. Y no lo llevo porque me siento… más en control de la situación. Puedo…

—¿Elegir no ponértelo? —conjeturé. Penellaphe asintió despacio—. Ahora puedes elegir —le dije.

—Lo sé —susurró.

Busqué en las profundidades del velo, incapaz de ver nada más que sombras debajo de él. Pero sus manos… se estaban retorciendo otra vez en su regazo. Revelaban lo que no podía ver en su cara. Me puse de pie.

—Estaré fuera si necesitas algo.

Penellaphe no dijo nada. Salí de sus aposentos y ocupé mi puesto al otro lado de su puerta, el corazón demasiado acelerado para no haber hecho nada. Contemplé la pared enfrente de mí. ¿Por qué le había hablado de elecciones? No estaba seguro, excepto que sentía que era importante que ella supiera que las había. Que supiera que no pasaba nada si no se ponía el velo en mi presencia. Y eso no tenía nada que ver con mi necesidad de que confiara en mí.

No tenía nada que ver en absoluto con mis planes.

Un toque de paz

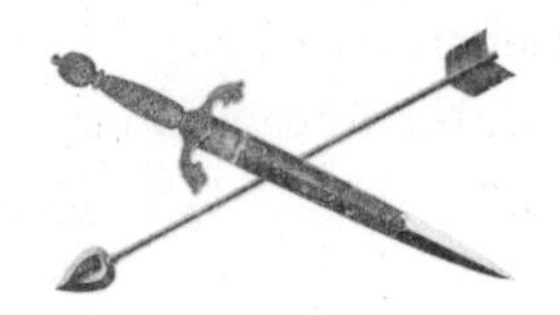

—Skotos —interrumpió la sacerdotisa Analia a Penellaphe—. Se pronuncia Sko*tis*. —Entorné los ojos en dirección a la espalda de la sacerdotisa. Así *no* era como se pronunciaba Skotos—. Sabes cómo se pronuncia, Doncella —continuó la sacerdotisa con ese tono cortante que me estaba crispando los nervios desde que habíamos entrado en la sala. Cada palabra que pronunciaba la mujer la asestaba como el picotazo de un avispón—. Hazlo bien.

Penellaphe respiró hondo y empezó otra vez, leyendo de un tomo que era demasiado gordo para estar lleno solo de mentiras.

Y, al parecer, palabras mal pronunciadas.

Aunque, claro, quién sabía lo que decía el libro de verdad o cuál era el propósito de leerlo en voz alta cuando la sacerdotisa no hacía más que interrumpir a Penellaphe cada cinco jodidos segundos. Tenía unas ganas inmensas de arrancarle el libro de las manos y arrearle a la mujer en la cabeza con él. Mejor aún, pagaría una fortuna por ver a Penellaphe agarrar la dura banqueta sobre la que estaba sentada y tirársela a la mujer. Sonreí con disimulo. Vale, quizás eso fuese algo extremo, pero estaba claro que encontraría gran satisfacción en ver cómo sucedía.

También encontraría una gran satisfacción en tirar a esa maldita sacerdotisa por la ventana.

Huelga decir que estaba de mal humor.

Y había un montón de razones para ello, en especial la falta de sueño, que no había sido más fácil de conciliar en mis nuevas dependencias que antes en los barracones. Se debía en parte a lo que seguro que le estaba pasando a Lev, y a las acusaciones sin fundamento que ya había inspirado el discurso menos motivacional de los Teerman en toda la década, al menos según Jansen. Habían denunciado a cinco personas ante el comandante, ninguna de las cuales tenía ni una maldita cosa que ver con los Descendentes. Después, cuando por fin había conseguido conciliar el sueño, las pesadillas me habían encontrado, solo que en lugar de ser sobre mi época enjaulado, eran sobre mi hermano.

—«Que se asentaba al pie de las montañas Skotis…».

—En realidad, se pronuncia Skotos —la interrumpí, incapaz de dejar pasar el asunto.

La cabeza velada de Penellaphe voló hacia mí, mientras la sacerdotisa vestida de rojo se ponía rígida donde estaba sentada frente a ella. Se giró para mirarme de arriba abajo. Llevaba el pelo castaño recogido en un moño tan tenso que era asombroso que los cabellos no se hubiesen roto. Tenía cara de halcón.

Los ojos marrones oscuros de la sacerdotisa Analia se volvieron desdeñosos.

—¿Y tú cómo lo sabes?

—Mi familia es originaria de las tierras de labor cercanas a Pompay, antes de que la zona fuese destruida y se convirtiera en las Tierras Baldías que conocemos hoy en día —expliqué, lo cual, técnicamente, no era mentira. Mi familia era originaria más o menos de las inmediaciones—. Mi familia y otros de la zona siempre han pronunciado el nombre de esa cordillera como lo dijo la Doncella la primera vez. El idioma y el acento de los oriundos del lejano oeste puede ser difícil…

de dominar. La Doncella, sin embargo, no parece caer en ese grupo.

Penellaphe se mordió el labio de abajo y bajó la barbilla, como si tratase de disimular una sonrisa.

La sacerdotisa no tuvo la misma reacción. Sus hombros huesudos se pusieron rígidos debajo del vestido carmesí.

—No sabía que hubiese pedido tu opinión.

—Mis disculpas. —Incliné la cabeza. *Solo unos pocos días más*, me recordé. Eso era todo.

La sacerdotisa Analia asintió.

—Disculpas…

—Era solo que no quería que la Doncella sonara ignorante —continué, disfrutando del rubor iracundo que empezaba a invadir las mejillas de la sacerdotisa—, si en algún momento surgiera una conversación sobre las montañas Skotos, pero permaneceré en silencio de ahora en adelante. —Miré a Penellaphe. Su boca formaba ahora un óvalo perfecto—. Por favor, continúa, Doncella. Tienes una voz tan bonita cuando lees en alto que incluso yo me siento cautivado por la historia de Solis.

Sus manos se aflojaron despacio alrededor del tomo.

—«Que se asentaba al pie de las montañas Skotos, los dioses por fin habían elegido un bando». —Eso era una falsedad absoluta—. «Nyktos, el rey de los dioses, y su hijo Theon, el dios de la guerra, se aparecieron ante Jalara y su ejército» —continuó Penellaphe, con otra mentira más. Theon no era hijo de Nyktos—. «Los dioses habían perdido la confianza en los atlantianos y su antinatural sed de sangre y poder, por lo que buscaban ahora ayudar a terminar con la crueldad y la opresión que habían asolado estas tierras bajo el yugo de Atlantia. Jalara Solis y su ejército eran valientes, pero Nyktos, en su sabiduría, vio que no podían derrotar a los atlantianos, que habían adquirido una fuerza similar a la de un dios con la sangría de personas inocentes…».

—Mataron a cientos de miles durante su reinado —puntualizó la sacerdotisa una vez más, y esta vez sonaba al borde del orgasmo—. «Sangría» es una descripción suave de lo que hicieron en realidad. *Mordían* a la gente. —A mí sí que me gustaría morderla a ella ahora mismo—. Bebían su sangre y se emborrachaban de poder… de fuerza y de algo cercano a la inmortalidad —continuó—. Y los que no morían, se convertían en la pestilencia que conocemos hoy en día como los Demonios. Nuestros amados reyes plantaron cara con valentía a esos monstruos y estuvieron dispuestos a morir para derrocarlos. —Penellaphe asintió—. Continúa —le ordenó la sacerdotisa.

—«Puesto que no quería ver fracasar a Jalara de las Islas Vodina, Nyktos impartió la primera Bendición de los dioses, en la que compartió con Jalara y su ejército la sangre de los dioses» —leyó Penellaphe con un ligero estremecimiento—. «Alentados por la fuerza y el poder, Jalara de las Islas Vodina y su ejército pudieron derrotar a los atlantianos en la Batalla de los Huesos Rotos, mediante la cual pusieron fin a ese reino corrupto y miserable».

¿De verdad era esto lo que le enseñaban a la gente en Solis? Santo cielo, era todo bazofia. No había habido ninguna Bendición dada por los dioses. Ellos ya estaban dormidos. El falso rey tampoco había derrotado a los ejércitos atlantianos. Atlantia se había retirado por el bien de la gente, para terminar con la guerra que estaba destruyendo las vidas y el futuro tanto de los atlantianos como de los mortales.

Penellaphe empezó a pasar la página y, madre mía, estaba impaciente por oír qué venía a continuación.

—¿Por qué? —preguntó la sacerdotisa. Confusa, Penellaphe la miró.

—¿Por qué, qué?

—¿Por qué acabas de estremecerte cuando has leído la parte sobre la Bendición?

—Yo… —No supo qué decir y sus dedos se apretaron otra vez sobre los bordes del libro.

—Parecías perturbada —señaló la sacerdotisa—. ¿Qué tiene la Bendición que pueda afectarte tanto?

—No estoy perturbada. La Bendición es un honor…

—Pero te estremeciste —insistió Analia—. A menos que encuentres el acto de la Bendición placentero, ¿no debería asumir que te perturba?

¿Qué mierda de pregunta era esa? No me gustó el tono de la sacerdotisa, ni la forma en que se inclinaba hacia delante en dirección a Penellaphe.

La mitad inferior de la cara de esta se puso roja.

—Es solo que… la Bendición parece ser similar a la forma en que los atlantianos se volvieron tan poderosos. Ellos bebían la sangre de los inocentes y los Ascendidos beben la sangre de los dioses…

—¿Cómo te atreves a comparar la Ascensión con lo que han hecho los atlantianos? —La sacerdotisa agarró la barbilla de Penellaphe. Mi mano resbaló de la empuñadura de mi espada—. No es lo mismo. A lo mejor es que te has aficionado a la vara y buscas a propósito decepcionarme no solo a mí sino también al duque.

¿La vara?

—No he dicho que lo fuera —se defendió Penellaphe mientras yo daba un paso al frente. No parecía sufrir dolor, pero esa mujer no debería estar tocándola—. Solo que me recordaba a…

—El hecho de que incluyas esas dos cosas en el mismo pensamiento me preocupa mucho, Doncella. Los atlantianos tomaron algo que no les habían dado. Durante la Ascensión, los dioses ofrecen su sangre libremente —la regañó la sacerdotisa con otro picotazo verbal—. Esto no es algo que debería tener que explicarle al futuro del reino, al legado de los Ascendidos.

—¿El futuro de todo el reino reside en el hecho de que me entreguen a los dioses en mi cumpleaños número diecinueve? —preguntó Penellaphe—. ¿Qué pasaría si no Ascendiera?

—inquirió. Me quedé muy quieto, pues necesitaba oír la respuesta a esto—. ¿Cómo impediría eso que los demás Ascendieran? ¿Se negarían los dioses a entregar su sangre con tanta libertad…?

La sacerdotisa Analia columpió la mano libre hacia atrás. Salí disparado y agarré la muñeca de la mujer. No iba a tolerar esto más.

—Retire los dedos de la barbilla de la Doncella. Ahora.

Los ojos como platos de la sacerdotisa Analia se cruzaron con los míos.

—¿Cómo te atreves a tocarme?

Diablos. Quería hacerle mucho más. Romper esos huesos bajo mis dedos por haber tenido el descaro siquiera de tocar a Penellaphe.

—¿Cómo se atreve usted a poner un solo dedo sobre la Doncella? Tal vez no me haya expresado con la suficiente claridad. Retire la mano de la Doncella, o asumiré que intenta hacerle daño y tendré que actuar en consecuencia —la advertí, y una enorme parte de mí deseó que no tuviese sentido común—. Y le puedo asegurar que el hecho de que yo la toque será la menor de sus preocupaciones.

Pasó un momento.

Luego otro. Y, por todos los dioses, esperaba que no la soltara. Lo esperaba con toda el alma.

Empecé a sonreír.

Por desgracia, la sacerdotisa tenía una pizca de sentido común. Retiró la mano de la barbilla de Penellaphe, así que tuve que forzarme a soltar su muñeca. No quería hacerlo. Quería que no pudiese volver a usar esas manos para hacer daño a Penellaphe o a cualquier otro nunca más.

La ira de la sacerdotisa era evidente cuando se giró otra vez hacia Penellaphe. Me quedé cerca de ella, justo detrás. No confiaba para nada en la mujer. Había levantado una mano contra Penellaphe de un modo demasiado casual, demasiado fácil para que fuese la primera vez. También tenía claro que nadie... ningún guardia y ni siquiera la propia Penellaphe... la había detenido en el pasado.

No podía ni imaginar cómo Penellaphe, que podía limpiar el suelo con la cara de esta mujer, se quedaba ahí sentada y lo aceptaba. Mi ira bullía mientras contemplaba la parte de arriba de la cabeza de la sacerdotisa.

—El mero hecho de que menciones siquiera algo así demuestra que no tienes ningún respeto por el honor que se te ha conferido —le dijo la sacerdotisa Analia a Penellaphe—. Aunque cuando acudas a los dioses, te tratarán con el mismo respeto que has mostrado hoy aquí.

—¿Y eso qué significa? —preguntó Penellaphe.

—Esta sesión ha terminado —La sacerdotisa se levantó—. Tengo demasiadas cosas que hacer. Solo quedan dos días para el Rito y no tengo tiempo que malgastar con alguien tan indigno como tú.

Mis ojos se entornaron y las aletas de mi nariz se abrieron. Esta mujer no distinguiría algo digno ni aunque cayera en su regazo.

—Estoy lista para regresar a mis aposentos —anunció Penellaphe antes de que yo pudiera decirle a la sacerdotisa lo que opinaba de su idea de dignidad. Luego asintió en dirección a la mujer—. Buen día.

Me obligué a seguir a Penellaphe fuera de la habitación, al tiempo que añadía a la mujer a mi lista de personas que quizá respondieran por sus mentiras más pronto que tarde.

Penellaphe no habló hasta que estuvimos a mitad del salón de banquetes.

—No debiste hacer eso.

La incredulidad tronó en mi interior.

—¿Debí dejar que te pegara? ¿En qué mundo hubiese sido aceptable algo así?

—En un mundo en el que acabas castigado por algo que ni siquiera hubiese dolido.

No podía creer lo que estaba oyendo.

—No me importa si pega como un ratoncito, este mundo está jodido si alguien encuentra que eso es aceptable.

Penellaphe se detuvo y levantó la vista hacia mí a través de ese maldito velo.

—¿Merece la pena perder tu puesto y ser condenado al ostracismo por ello?

¿Estaba preocupada por mi puesto? La incredulidad se convirtió de golpe en una ira ardiente.

—Si tienes que hacer esa pregunta, entonces es que no me conoces en absoluto.

—Es que apenas te conozco —susurró.

Maldita sea, tenía razón. Ella no me conocía. Joder. Ni siquiera me conocía yo mismo la mitad de las veces, pero en esto sí me conocía.

—Bueno, pues ahora sabes que jamás me quedaré a un lado mientras alguien te pega, a ti o a otra persona, sin ningún motivo aparte de que crea que puede.

Dio la impresión de que Penellaphe estaba a punto de decir algo, pero debió cambiar de idea. Dio media vuelta y retomó su camino. La alcancé y eché a andar a su lado, tratando de apaciguar mi ira.

—No es que esté conforme con cómo me trata —musitó después de unos instantes—. Me costó un mundo no tirarle el libro a la cabeza.

Tuve que reconocer que me alivió oír eso. La idea de que se quedase ahí sentada sin más y lo aceptase…

—Ojalá lo hubieras hecho.

—Si lo hubiera hecho, habría informado de ello. Supongo que informará sobre ti.

—¿Al duque? Que lo haga. —Me encogí de hombros—. No creo que el duque esté de acuerdo con que ella te pegue.

Soltó una carcajada amarga.

—No conoces al duque.

La forma en que lo dijo…

—¿Qué quieres decir?

—Que lo más probable es que aplaudiera —comentó Penellaphe—. Comparten una falta de control cuando de su temperamento se trata.

Todo encajó entonces, aunque parte de mí ya lo había deducido. Era solo que no había querido creerlo.

—El duque te ha pegado —mascullé, consciente de las miradas nerviosas de los sirvientes en nuestra dirección cuando pasaban por nuestro lado—. ¿Eso es lo que quiso decir esa arpía cuando comentó que te habías aficionado a la vara? —La agarré del brazo. Mi mente voló hacia esas varas en la oficina privada del duque y cómo Penellaphe había desaparecido durante varios días después de su reunión con él. ¿Y el olor a árnica…? Malditos fueran los dioses, iba a matar a ese bastardo—. ¿Te ha pegado con una vara?

Dio un pequeño respingo y luego liberó su brazo de mi agarre.

—Yo no he dicho eso.

—¿Qué estabas diciendo?

—So… solo que es más probable que el duque te castigue a ti que a la sacerdotisa. No tengo ni idea de a qué se refería con lo de la vara —añadió a toda prisa—. A veces dice cosas que no tienen ningún sentido.

Penellaphe no estaba diciendo la verdad ahora mismo, pero lo supe. Joder, *lo supe.* La sacerdotisa la había pegado ya antes. El duque la había azotado con una vara. Estaba acostumbrada a estos castigos. Castigos que no quería que yo supiese.

Me quedé helado por dentro.

No hueco ni vacío.

Sino lleno de una ira glacial. Y solo un enorme esfuerzo por mi parte evitó que fuese en busca del duque en ese mismo instante para poner punto final a su miserable y patética existencia. Cerré los ojos por un segundo.

—Entonces, debo de haber malinterpretado lo que has dicho.

—Sí —confirmó—. Además, no quiero que te metas en un lío.

¿Estaba preocupada por mí? ¿Otra vez?

—¿Y qué pasará contigo?

—Estaré bien. —Penellaphe echó a andar de nuevo—. El duque solo… me soltará un sermón, lo convertirá en una lección, pero tú…

—Yo nada —le prometí. Y a ella tampoco le pasaría nada. Forcé a mi cuello a relajarse—. ¿La sacerdotisa siempre se porta así?

Penellaphe suspiró.

—Sí.

—Parece una… —No se me ocurría nada apropiado que decir—. Una zorra. No es algo que diga a menudo, pero lo digo ahora. Con orgullo.

Soltó una carcajada medio ahogada.

—Sí… es algo así. Y siempre se muestra decepcionada por mi… compromiso en cuanto a lo de ser la Doncella.

—Exactamente, ¿cómo se supone que debes demostrar que lo eres? —pregunté con una curiosidad sincera—. Mejor aún, ¿con qué se supone que estás comprometida?

Su cabeza oculta por el velo giró hacia mí de golpe. Luego asintió.

—No estoy del todo segura. Tampoco es como si estuviera intentando huir o escapar de mi Ascensión.

La miré de reojo cuando entramos en un pasillo corto y estrecho lleno de ventanas. Menuda cosa más extraña de decir.

—¿Lo harías?

—Curiosa pregunta —musitó.

—Lo decía en serio.

Penellaphe no contestó y mi corazón empezó a latir de un modo un poco errático. ¿Se había planteado hacer eso? ¿Escapar de su propia Ascensión? Si era así…

Observé cómo se acercaba a una ventana que daba al patio. Estaba tan callada y quieta que parecía un espíritu vestido con el blanco de la Doncella. Entonces levantó la vista hacia mí.

—No puedo creer que me preguntes eso —dijo al fin.

Fui a ponerme detrás de ella y hablé en voz baja.

—¿Por qué?

—Porque no podría hacerlo —admitió, aunque no había ninguna pasión en su voz. Solo vacío—. No lo haría.

Mi corazón seguía acelerado.

—Me da la impresión de que este *honor* que te ha sido concedido viene con muy pocos beneficios. No se te permite mostrar el rostro, ni viajar a ninguna parte fuera del recinto del castillo. Ni siquiera parecías sorprendida cuando la sacerdotisa hizo ademán de pegarte. Eso me lleva a creer que es algo bastante habitual. No se te permite hablar con casi nadie y la gente tiene prohibido dirigirse a ti. Pasas la mayor parte del día encerrada en tu habitación, con tu libertad coartada. Todos los derechos que tienen los demás son privilegios para ti, recompensas que parece imposible que puedas ganar. —Abrió la boca, pero se limitó a apartar la mirada. No podía culparla por ello. —Así que no me sorprendería si de verdad trataras de huir de este *honor* —concluí.

—¿Me lo impedirías si lo intentara? —preguntó.

Diablos, no. Sujetaría la puerta abierta para ella. Me puse rígido. ¿En qué estaba pensando? Mi corazón galopaba ya.

—¿Lo haría Vikter?

—Sé que Vikter se preocupa por mí. Es como… es como supongo que hubiese sido mi padre si siguiese con vida —dijo—. Y yo soy como la hija de Vikter, que jamás consiguió respirar una bocanada de aire. Pero él sí me lo impediría. —En efecto, lo haría. Y lo mismo debería hacer yo si Penellaphe lo hiciese en los dos siguientes días. Necesitaba que ella…—. Entonces, ¿lo harías tú? —preguntó otra vez.

No sabía cómo contestar a eso, así que me decidí por la verdad.

—Creo que sentiría demasiada curiosidad por saber cómo planeabas escapar para impedírtelo.

Soltó una risa corta.

—¿Sabes? Eso me lo creo.

Aparté esa conversación a un lado para concentrarme en lo que era importante en este momento mientras admiraba los vibrantes colores del jardín.

—¿Informará sobre ti al duque?

—¿Por qué lo preguntas?

—¿Lo hará? —insistí.

—Es probable que no —respondió. No la creí—. Está demasiado ocupada con el Rito. Todo el mundo lo está. —Soltó una larga bocanada de aire, despacio—. Jamás he asistido a un Rito.

—¿Y nunca te has colado en uno?

Bajó la barbilla.

—Me ofende que sugieras siquiera algo así.

Me reí entre dientes, y el sonido se sintió raro en mis oídos.

—Qué raro que se me ocurriera que tú, que tienes un largo historial de desobediencias, pudieses hacer tal cosa.

Me regaló una pequeña sonrisa.

No fue una sonrisa radiante.

No creía que sonriera así nunca.

—Para ser sincero, no te has perdido gran cosa. Se habla mucho, todo el mundo llora y se bebe demasiado —le conté, pensando en los Ritos que había visto en el tiempo que había pasado en Solis—. Es después del Rito cuando las cosas pueden ponerse… interesantes. Ya sabes.

—No, no lo sé —comentó.

Esbocé una media sonrisa. Me daba la sensación de que sabía muy bien lo que ocurría después del Rito.

—Pero sí sabes lo fácil que es ser tú misma cuando llevas una máscara —le recordé—. Cómo cualquier cosa que quieras se vuelve factible cuando puedes fingir que nadie sabe quién eres.

—No deberías sacar ese tema. —Su voz sonó ahumada.

Ladeé la cabeza.

—No hay nadie cerca para oírnos.

—No importa. No… no deberíamos hablar de eso.

—¿Nunca?

Esperé a que dijera que sí, pero no lo hizo. En lugar de eso, se giró otra vez hacia el patio.

Sabía que Penellaphe no tenía ningún problema en contarme lo que rondaba por su mente. Si no quería que volviese a sacar ese tema nunca más, me lo hubiese dejado claro. La cosa era que… eso no era lo que quería.

Me daba la impresión de que no quería muchas cosas de las que sucedían a su alrededor… de las que le pasaban.

Mi corazón estaba haciendo eso de tronar otra vez, y el cosquilleo de mi nuca decidió unirse a la fiesta.

—¿Quieres regresar a tus aposentos?

Negó con la cabeza, lo cual hizo que las cadenitas doradas tintinearan con suavidad.

—No especialmente.

—¿Preferirías salir? —Señalé al exterior.

—¿Crees que sería seguro?

—Entre tú y yo, creo que sí.

Esbozó otra leve sonrisa.

—Antes me encantaba el jardín. Era el único sitio donde, no sé, mi cabeza estaba tranquila y podía limitarme a ser. No pensaba ni me preocupaba… por nada. Lo encontraba muy pacífico.

—Pero ¿ya no?

—No —susurró—. Ya no.

Una semilla de algo parecido a la culpa arraigó en mi interior. Yo era la causa de su pérdida de paz. Y ella tenía muy poca, algo de lo que solo ahora empezaba a percatarme. La idea no me sentó nada bien.

Nunca lo hubiese hecho.

—Es raro cómo nadie habla de Rylan o de Malessa —continuó—. Es casi como si no hubiesen existido nunca.

—A veces, recordar a los que han muerto significa tener que enfrentarte a tu propia mortalidad.

—¿Crees que a los Ascendidos les incomoda la idea de la muerte?

—Incluso a ellos, sí —respondí—. Tal vez sean como dioses, pero se los puede matar. Pueden morir.

Penellaphe guardó silencio cuando un puñado de damas en espera apareció en el pasillo por lo demás desierto. Contemplaron los jardines mientras charlaban sobre el Rito. Yo no paraba de lanzarle miradas de soslayo, deseoso de que me pidiera salir al jardín.

—¿Estás nerviosa por asistir al Rito?

—Curiosa, más bien —reconoció. Ya solo quedaban dos días.

Dos días. En vez de pensar en lo que de verdad significaba eso, me encontré pensando en *ella*. En los Ritos, todo el mundo iba vestido de rojo, así que supuse que sería igual para la Doncella.

—Yo siento curiosidad por verte a ti. Irás sin velo —supuse, puesto que todo el mundo llevaba máscara o antifaz en el Rito.

—Sí —confirmó—. Pero llevaré antifaz.

—Prefiero esa versión de ti.

—¿La versión enmascarada de mí misma?

—¿Quieres que sea sincero? —Agaché la cabeza y hablé en voz baja—. Prefiero la versión de ti que no lleva antifaz ni velo.

Un delicado escalofrío recorrió todo su cuerpo y sus labios se entreabrieron para soltar el aire con suavidad. Unos labios que recordaba con claridad que eran de una suavidad increíble. Un intenso calor bombeó por mis venas. Retrocedí un poco antes de ceder a mis impulsos y hacer algo que sería muy insensato.

Penellaphe se aclaró la garganta, pero cuando habló seguía habiendo un seductor tono ahumado en sus palabras.

—Antes has dicho que tu padre era granjero. ¿Tienes hermanos? ¿Algún lord en espera en la familia? ¿Una hermana? O… —Aspiró una pequeña bocanada de aire—. En mi caso, solo está Ian. Quiero decir, solo tengo un hermano. Estoy impaciente por verlo otra vez. Lo echo de menos.

Ian.

El hermano que había Ascendido.

El que estaba en la capital, donde tenían retenido al mío.

Traté de calmarme.

—Tenía un hermano.

Aparté la mirada. A veces, parecía eso. Tenía. En pasado. Otras veces, me daba la sensación de que llegaría demasiado tarde. Que perdería a Malik antes de poder liberarlo, y que su muerte y todo su dolor…

Eran culpa mía.

La angustia se acumuló en mi pecho y no importó cuántas respiraciones profundas realicé, el dolor se asentó ahí con el peso de cien rocas. Malik nunca debió…

La sensación de la mano de Penellaphe al apoyarse sobre la mía me dejó estupefacto. Empecé a girarme hacia ella, pero me dio un apretoncito en los dedos y… por todos los dioses, ese simple gesto de consuelo significó muchísimo. La presión se aligeró en mi pecho, la angustia retrocedió.

—Lo siento —dijo.

Tomé aire para hablar, pero fue una respiración más relajada y profunda que cualquiera de las que había tomado en semanas… en meses quizás, o incluso en años. Parpadeé, apenas consciente del hecho de que ya no me tocaba.

—¿Estás bien? —me preguntó.

Fruncí el ceño mientras presionaba una mano contra mi pecho. ¿Lo estaba? Me sentía bien. Genial, incluso. Más ligero.

Como si hubiese saboreado la paz.

En quién me estaba convirtiendo

Algo me llamaba, intentaba convencerme de salir poco a poco del tranquilo abismo del sueño y volver a la conciencia.

Me había ido a la cama pronto, al menos para mí. No había abierto el viejo libro que había tomado prestado en la sala donde Penellaphe daba sus clases. Una curiosidad malsana me había llevado a agarrar el libro, una versión mucho más delgada de la historia de Solis que la que ella se veía obligada a leer, pero igual de descabellada. No había acabado contemplando las finas grietas del techo de mi habitación, que eran aún más escasas que las de la de Penellaphe. Y durante las largas y oscuras horas de la noche, no había recuperado sin querer recuerdos del pasado. En lugar de eso, me sentía… No estaba seguro. ¿Más ligero? ¿Menos cargado de responsabilidades? ¿Aliviado?

¿En paz?

Fuera como fuere, en el mismo momento que mi cabeza había tocado la almohada, me había quedado dormido y había *permanecido* de ese modo, cosa que no había sucedido en *décadas*. No tenía ni idea de por qué, pero no era tan tonto como para mirarle el dentado a un caballo regalado.

Esa *cosa* vino otra vez. Un contacto suave sobre mi mano, luego sobre mi brazo. Un roce de dedos contra mi piel. Después ocurrió algo de lo más extraño. Pensé en *ella*. En Penellaphe. En la forma tentativa con que me había tocado en la Perla Roja. La forma en que su cuerpo había respondido con entusiasmo y la breve sensación de su mano envuelta alrededor de la mía. Medio dormido, mi mente conjuró imágenes de sus dedos cerrándose alrededor de una parte mucho más interesante de mí. Mi pene reaccionó a esos pensamientos calenturientos y se endureció, mientras unos latidos lujuriosos palpitaban a través de mí. Gemí con un ruido gutural.

Por todos los dioses, tenía ganas de…

—Hawke.

La voz. Esa caricia. No venían de mis sueños, y no eran de *ella*.

Respiré hondo y capté un olor a limón ácido antes de abrir los ojos. Motas de polvo danzaban en el rayo de sol que cortaba a través de la ranura entre las cortinas que cubrían la única ventana de la habitación. Su brillo me indicó que hacía mucho rato ya de la hora a la que solía despertarme.

Giré la cabeza a la derecha para encontrar a Britta sentada sobre el borde de mi cama, sus apretados rizos rubios al descubierto. Mis ojos se deslizaron hacia mi brazo, donde descansaba su mano.

—¿Qué estás haciendo aquí? —pregunté, la voz ronca de sueño.

El centro de sus mejillas se sonrojó.

—He venido a limpiar tu habitación. A estas horas no sueles estar ya aquí —explicó. Y la mayoría de los días *estaría* entrenando a esta hora—. Llamé a la puerta, como hago siempre, pero… —Dejó la frase en el aire y sus ojos azules abandonaron los míos para bajar por mi pecho y más allá, donde tenía la sábana arremolinada alrededor de la cintura y donde sabía muy bien que mi excitación era evidente contra la fina tela—. Pero no hubo respuesta.

Su voz se había vuelto más espesa, y un olor terroso empezaba a superar a su olor cítrico. Siguió hablando.

—Intenté despertarte al entrar. Te llamé por tu nombre varias veces. Tienes un sueño más profundo del que hubiese imaginado. —No solía ser así—. Pero supongo que es mi día de suerte —añadió, su respiración acelerada. No había apartado la vista del grueso bulto bajo la sábana—. Eres una sorpresa bastante atractiva de encontrar por la mañana. —Las yemas de sus dedos se deslizaron por mi brazo—. Una muy agradable e inesperada.

No dije nada mientras la observaba morderse el labio inferior. Se inclinó hacia mí, luego pasó la mano de mi brazo a mi tripa. Noté las yemas de sus dedos un poco ásperas de fregar mientras recorrían las curvas y valles de mi bajo vientre. Estaba diciendo algo sobre mi sueño o sobre mi cuerpo, pero no la estaba escuchando. En vez de eso, miraba su mano y me devanaba los sesos en busca de recuerdos de algún detalle relativo al tiempo que había pasado con ella. Había habido mucho whisky. Tenía la clara impresión de que el sexo había sido rápido e intenso, algo que los dos habíamos disfrutado. Ella había llegado al clímax. De un modo ruidoso. Yo también. De un modo silencioso. Eso había sido más o menos todo.

—No nos interrumpirá nadie —murmuró, mientras sus dedos dibujaban un círculo alrededor de mi ombligo.

Mi cuerpo reaccionó. Los músculos se tensaron mientras observaba su mano con los ojos medio cerrados. Por la intensidad de la luz que entraba por la raja de las cortinas, supe que tenía tiempo de sobra antes de mi turno de guardia con Penellaphe. Lo más probable era que ella todavía estuviese ocupada con sus rezos y el desayuno, aunque no estaba del todo seguro de que eso fuese lo que hacía por las mañanas. Aunque eso no tenía ninguna importancia ahora mismo, porque Britta estaba aquí y yo no había encontrado desahogo aparte de con mi propia mano en... mierda, hacía ya un tiempito.

Mi pene palpitó de necesidad, algo de lo que estaba seguro de que Britta era muy consciente, puesto que no había apartado la vista del contorno de mi miembro desde la primera vez que lo había mirado. Sin embargo, la erección casi dolorosa no tenía nada que ver con su presencia. La mayoría de las mañanas despertaba en este maldito estado, pero ¿hoy? Hoy había habido una razón. Levanté la vista hacia los rizos rubios. La causa de mi actual excitación tenía pelo del color del buen vino tinto.

Joder.

Aunque esa no era razón para interrumpir esto. Britta era divertida. Eso lo recordaba. Y le gustaba divertirse con muchos. Eso también lo sabía. No había ningún compromiso aquí. Ninguna complicación. Follaríamos, encontraríamos placer y nos iríamos cada uno por nuestro lado tan contentos.

No había absolutamente nada malo en ello.

La mano de Britta se deslizó debajo de la sábana, sus dedos apenas a unos centímetros (si acaso) de mi pene…

Estiré el brazo y agarré su muñeca delgada.

Britta abrió los ojos como platos y su mirada voló hacia mi cara.

—Perdona —le dije, y saqué su mano de debajo de la sábana con suavidad, pero con firmeza.

—Oh —susurró, al tiempo que parpadeaba—. Creía que…

—No pasa nada. Es solo que no es el momento adecuado —la interrumpí, mientras mi pene exigía saber exactamente cuándo sería el momento adecuado. Ni que yo lo supiera.

Dejó caer la mano en su regazo, donde estaba su cofia. Bajó la vista y luego me miró otra vez.

—¿Estás seguro?

—Muy seguro. —Aparté la sábana, columpié las piernas por el otro lado de la cama y me levanté—. Tengo que prepararme para el día.

Britta se puso en pie, aunque me siguió con la mirada mientras cruzaba la habitación.

—¿Quieres que vuelva más tarde? —Una pausa—. ¿A limpiar tu habitación?

Mientras abría la puerta de mi sala de baño, me dio la sensación de que «limpiar mi habitación» pretendía ser un sinónimo en clave de «cabalgar mi pene». Me detuve y giré la cabeza hacia ella. No me miraba a la cara. Tenía los ojos clavados bastante más abajo.

—Eso no será necesario.

Sin esperar su respuesta, cerré la puerta y encendí la lámpara de aceite. Agarré los bordes del tocador y miré mi reflejo en el espejo ovalado, bastante sorprendido conmigo mismo. Alucinado por haber renunciado a un placer fácil y sin complicaciones.

«¿Qué diablos?», musité.

No hubo respuesta, solo unos ojos dorados que me miraban desde el espejo. Reconocí mi cara, pero no tenía ni idea de quién era… en quién me estaba convirtiendo.

PRESENTE VI

«Espero de todo corazón que no recuerdes demasiado de esta última parte cuando despiertes», dije, mientras recorría con mis dedos los tendones de su mano.

—De todo lo que le has contado, lo de Britta en tu dormitorio será la cosa que seguro que recordará —comentó Kieran con una carcajada—. Es probable que le quiera causar algún daño a ese pene del que no haces más que hablar.

Me reí bajito y miré hacia donde Kieran estaba sentado al otro lado de Poppy.

—Nah, creo que está demasiado interesada en que me haga un *piercing* en el pene para eso.

Kieran arqueó una ceja.

—Pagaría una fortuna enorme por ver cómo dejas que alguien te haga un *piercing* ahí.

—Tiene que doler a rabiar. —Sonreí—. Pero debe merecer la pena.

—No estoy muy seguro de eso último y me da la sensación de que necesito pasar algo de tiempo convenciéndote de que no lo hagas.

Se me escapó otra carcajada y agaché la cabeza para depositar un beso en el hombro de Poppy.

—Solo pensé en ese día con Britta porque me dejó muy descolocado no estar dispuesto a hacerlo.

—Sí que estabas dispuesto a hacerlo —apuntó Kieran—. Solo que no con ella.

—Sí. —Me moví para apoyarme en el codo. Las espesas pestañas de Poppy ni siquiera aletearon mientras contemplaba su rostro con atención—. ¿Crees que las sombras bajo sus ojos se han reducido?

—Un poco. —Se inclinó hacia delante y retiró un mechón despistado de la mejilla de Poppy—. De verdad lo creo.

—Eso es bueno. —Tragué saliva.

—Es alucinante lo que hizo por ti esa noche. De lo que era capaz antes de todo esto —comentó Kieran, el ceño un poco fruncido—. Te proporcionó una paz real con solo tocarte, sin saber siquiera qué era lo que tanto te atormentaba.

—Lo sé. —Me dolía el maldito pecho con la intensidad de la emoción que bullía en su interior—. Lo hizo por amabilidad. Algo que no tenía por qué mostrarme; sobre todo cuando yo estaba haciendo todo lo posible por ser motivo de irritación absoluta para ella.

—Sí, pero creo que ya entonces le gustaba ese tipo de irritación.

Afloró una sonrisa mientras asentía.

—No podía resistirse a mis encantos.

Kieran resopló con desdén.

Solté un gran suspiro y lo miré. Estaba observando a Poppy, su expresión blanda de un modo que hacía mucho que no veía en él.

—¿Tienes alguna noticia para mí? —pregunté. Kieran había vuelto en medio de mi relato y no me había interrumpido.

—Por el momento, las cosas están tranquilas en la ciudad. Han venido varios Descendentes para ayudar a ello. —Rascó con una mano la pelusilla de su mandíbula—. Han localizado a docenas de Ascendidos; quizás incluso a cientos. No tengo las cifras exactas. Aún las estoy esperando.

—¿Y?

—Y están todos bajo arresto domiciliario, básicamente, como se ordenó.

—¿Cómo ha ido la cosa en ese aspecto?

—Por lo que tengo entendido, muchos hicieron lo que se les pedía. —Su expresión era seria—. Algunos no y encontraron un final desafortunado.

No era algo por lo que fuese a estresarme.

—Les estamos dando una oportunidad. Es más de lo que muchos de ellos nos hubiesen dado a nosotros.

Kieran asintió.

—Una Descendente, creo que de nombre Helenea… No estoy seguro. Bueno, en cualquier caso, acudió a Emil para advertirlo acerca de los túneles. Dijo que los Ascendidos los utilizan para desplazarse durante el día —me explicó. Ya lo habíamos imaginado, pero era buena cosa saber que teníamos partidarios aquí en la ciudad que estaban dispuestos a ayudar—. Hisa está conduciendo a un grupo hacia ahí ahora. —Noté cómo asentía, al tiempo que mi mano se cerraba con fuerza a mi lado—. Sé que es duro —me consoló Kieran—. No estar ahí fuera mientras nuestra gente está corriendo riesgos. Es duro incluso para mí, pero tienes que estar aquí.

—Tenemos que estar aquí. —Forcé a mi mano a relajarse—. ¿Alguna noticia sobre Malik?

—Todavía no.

Por todos los dioses, ¿dónde narices estaba? Donde fuera que estuviese Millicent, lo cual era un enigma total. No me cabía ninguna duda de que Naill terminaría por localizarlo, pero esperaba que fuese más pronto que tarde. Sería una cosa menos de la que preocuparse. Al menos por ahora.

—Es probable que a tu padre y a los otros los hayan retrasado en Padonia, pero llegarán pronto —añadió Kieran—. Deberías descansar, Cas.

—¿Tú has descansado?

—No estamos hablando de mí.

Esbocé una leve sonrisa.

—He descansado, sí. Mientras no estabas. —Levanté la mano de Poppy. Su piel seguía fría—. Dormí una hora o así. No caminé por sus sueños.

—Esa no es la razón de que te diga que deberías dormir.

—Lo sé. —Levanté la mano de Poppy y deposité un beso en la palma—. Estoy bien. —Encontré sus ojos—. ¿Y tú?

Asintió. Sin embargo, la cosa era que, aunque cualquiera de los dos consiguiese dormir más de una hora o dos, no sería un sueño reparador. No hasta que Poppy despertara. No hasta que supiésemos.

—¿Cuándo fue el Rito? —pregunto Kieran—. A partir de ese punto en tu historia, quiero decir.

—Diablos. Faltaban… dos días, creo. —Eché la cabeza atrás y me zambullí en mis recuerdos de aquella época—. La señorita Willa. —Kieran arqueó las cejas. Bajé la vista hacia Poppy—. Su diario. —Mis labios esbozaron una sonrisa—. Aunque también está cuando te conoció a ti. —Eché un breve vistazo a Kieran—. Y la noche antes de eso.

Deseo caliente e intenso

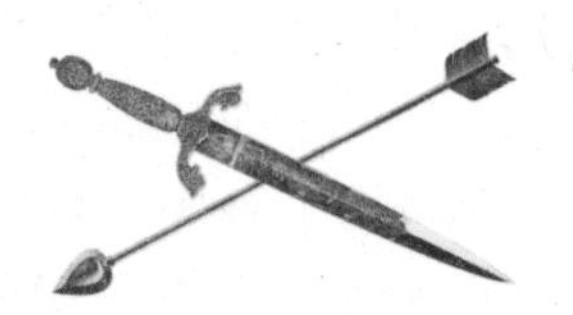

Entré en los aposentos de Penellaphe antes que ella después de su paseo vespertino. La habitación estaba desierta y helada, a pesar de las crepitantes llamas de la chimenea.

—¿También vas a mirar debajo de la cama? —preguntó Penellaphe cuando me vio cruzar la habitación—. ¿O en la sala de baño?

Con una sonrisa, empujé la puerta justo de ese cuarto.

—Soy muy exhaustivo cuando de mis deberes se trata, princesa.

—Ajá. —Cruzó las manos con resignación delante de ella—. Aquí no hay nadie más que nosotros dos.

Un rápido vistazo a la sala de baño a oscuras lo confirmó. Tampoco era que esperase que hubiera nadie ahí dentro. Era solo la excusa perfecta para hacerle unas cuantas preguntas en privado y pasar algo de tiempo con ella.

Me giré hacia ella y vi que había cerrado en parte la puerta de la habitación, que había quedado abierta apenas unos centímetros. Eso significaba que nadie sería capaz de ver el interior del cuarto sin dedicar algo de esfuerzo al tema. Se suponía que la puerta debía quedar abierta y, cada vez que se había cerrado, había sido cosa mía. Esto era un progreso.

—Tus aposentos siempre están muy fríos. —Fui hasta la chimenea y agarré el atizador.

—No me había dado cuenta nunca —repuso con tono seco.

—Supongo que es por culpa de esas ventanas. —Hice un gesto con la cabeza en su dirección mientras me arrodillaba al lado de la chimenea—. La piedra a su alrededor se está degradando.

—Supongo que esa es una de las muchas causas. Hay muchas secciones con corrientes a lo largo del muro exterior. —Echó la cabeza atrás para mirar. Aún llevaba el velo puesto—. Los techos tan altos tampoco ayudan, pero me gusta... la altura. Hace que la habitación parezca más... espaciosa.

Claro que le gustaba, cuando pasaba la mayor parte de su tiempo aquí dentro. Removí los troncos para ahuecarlos.

—Debe haber habitaciones más espaciosas en las alas más nuevas del castillo.

—Las hay.

Giré la cabeza hacia atrás para mirarla. Se había acercado un poco.

—¿Existe alguna razón por la que te colocarían a ti, la Elegida, la hija de los dioses, en la parte más decrépita del castillo?

Los labios de Penellaphe se curvaron en una sonrisa pícara.

—Ellos no lo hicieron. —Se acercó unos pocos centímetros más—. Lo elegí yo.

Esa no era la respuesta que había esperado.

—¿Y por qué elegirías algo así?

Un hombro cubierto de blanco se levantó.

—Es solo que prefiero el ala vieja.

Avivé las llamas, al tiempo que estudiaba la habitación de nuevo. Volví a fijarme en la puerta estrecha al lado de las ventanas, la que estaba seguro de que llevaba a la antigua escalera de servicio. Las comisuras de mis labios se curvaron hacia arriba.

—Esa parece una preferencia un poco rara.

—Puede ser. —Se quedó callada un momento—. ¿Y tus habitaciones? ¿También están en esta ala?

—¿Lo dices porque te gustaría venir de visita? —Dejé el atizador a un lado. La mitad inferior de sus mejillas se tiñó de rosa.

—Eso no es lo que te estaba preguntando.

—¿Estás segura? —me burlé, aunque sabía muy bien que esa no era la razón. Pero me divirtió el rubor que se extendió por la mitad inferior de su cara—. No pasa nada si era eso.

—No lo era —declaró, tras levantar la barbilla.

—A mí no me importaría en absoluto. —Despertar a su lado sería una delicia inesperada, a diferencia de lo que había ocurrido con Britta.

—Olvida que lo haya preguntado —musitó.

Me reí entre dientes. Su ira inmediata también me divertía.

—Sí, mis habitaciones están un piso más abajo. —Me limpié las manos en los pantalones y me levanté—. Aunque el techo no es tan alto como aquí. Tampoco hace tanto frío.

—Me alegro de oírlo. Que tus habitaciones sean cómodas, quiero decir. —Sus dedos cruzados se relajaron, aun cuando la piel de debajo de su velo estaba cada vez más roja—. ¿Todavía conservas tu habitación en el barracón? —Asentí—. ¿Y duermes ahí? —Los bajos de su túnica blanca se deslizaron en silencio por la piedra cuando avanzó—. Creo que Vikter no duerme ahí a menudo.

—Yo no lo he hecho desde que me he convertido en tu sirviente.

—No eres mi sirviente —se apresuró a corregirme.

—Pero estoy aquí para servirte. —Ladeé la cabeza para observar la mitad inferior de su cara con atención. La piel. La boca—. En todo lo necesario.

Penellaphe tosió un sonido que casi pareció una carcajada.

—Eres mi guardia, no mi sirviente. Me sirves de protección y…

—¿Y?

—Y sirves como fuente de irritación.

Me reí con ganas.

—Una vez más, me hieres, princesa.

—Lo dudo. —Sus labios se fruncieron un poco, como si estuviese tratando de reprimir una sonrisa—. Y no me llames así.

Yo sí que le sonreí.

—Por cierto, esta tarde me he llevado una desilusión.

—¿Por qué? —Había dejado de acercarse. Las cadenitas doradas de su velo centelleaban a la luz de la lámpara.

—Esperaba que me hubieses pedido que te acompañase a dar un paseo por el jardín.

—Oh. —Se mordió el regordete labio inferior mientras miraba hacia las ventanas—. Yo… lo pensé. —Un suspiro triste salió por su boca, me dio una punzada en el pecho—. Sí que echo de menos esos paseos.

Una emoción que no quería reconocer se enconó en mi interior. Culpabilidad. Mis ojos siguieron la dirección de su mirada hacia el cielo negro azulado al otro lado de las ventanas. Solo por un instante, me permití desear haber elegido un lugar distinto en el que proseguir con mi plan… algún sitio donde ella no hubiese encontrado paz. Porque entonces no le habría robado eso.

—Tal vez otra noche esta semana, después del Rito —dijo.

Me giré para descubrir que me había estado observando.

—Por supuesto —mentí. Despejar mi mente de lo que yo ya le había costado no fue fácil, pero pensé en mi hermano. En la paz que le habían robado a él. Eso funcionó—. Como ya te he dicho, vivo para servirte.

Su suspiro fue impresionante.

—Entonces, debes vivir una vida bastante aburrida.

—Así era. —Agaché la cabeza y fui despacio hacia donde estaba ella, justo más allá de las pequeñas zonas de estar que había creado al lado del fuego—. Hasta que me convertí en tu… —Hubiese jurado ver que entornaba los ojos—. Protector.

—Guardia —aclaró.

—Ahora soy *yo* el que está un poco confuso. —Crucé la distancia y me paré cuando solo había como un palmo entre nosotros. La observé con atención, en un intento de calibrar su reacción a mi proximidad. Su pulso se aceleró, pero no retrocedió—. ¿No son guardia y protector la misma cosa?

—No lo creo. Uno solo guarda; el otro protege.

Fruncí el ceño al mirarla.

—Una vez más, ¿no son lo mismo?

—No.

—Explícamelo. —Vi que dos de las cadenitas en la parte superior del velo estaban enredadas.

—Guardar es… más pasivo. Proteger es proactivo —sentenció, esbozó una pequeña sonrisa, una que solo podía describir como de estar contenta consigo misma.

—Las dos requieren pasividad y preparación —la contradije. Volvió a encoger un solo hombro.

—Bueno, es solo mi opinión.

—Está claro —murmuré. Penellaphe ladeó la cabeza.

—Creo que tus servicios ya no serán necesarios esta noche.

—¿O sea que sí estoy a tu servicio?

—Al parecer, no, si sigues aquí de pie —replicó.

Se me escapó otra carcajada, que tiró de las comisuras de mi boca.

—Estaré fuera de tu… velo muy pronto.

—¿Fuera de mi velo? —repitió—. ¿No debería ser fuera de mi vista?

—Sí, pero como no te veo los ojos, he pensado que «velo» tenía más sentido.

—Eres…

—¿Qué? —Silencio—. No seas tímida.

La parte delantera de su túnica con encaje se elevó con una respiración profunda.

—Eres raro.

—Bueno, estaba convencido de que ibas a decir algo mucho más insultante que eso. Aunque hablando de tu velo… —dije, y levanté una mano. Se puso rígida cuando la alargué hacia ella. Su pulso trastabilló—. Las cadenas están enredadas.

—Oh —susurró Penellaphe. Luego se aclaró la garganta y levantó su propia mano.

—Lo tengo. —Mi mano rozó la suya cuando deslicé los dedos debajo de las cadenas. Su inspiración suave y la repentina intensidad del aroma fresco y dulce llevó una sonrisa tensa a mis labios mientras me inclinaba hacia ella—. Me preguntaba una cosa.

—¿Qué cosa?

El deje ahumado de sus palabras tocó mi garganta y caldeó mi sangre.

—Estaba pensando en cuando los Teerman se dirigieron a la gente. —Empecé a desenredar las cadenas con suavidad, y constaté que eran tan pesadas como había imaginado—. Muchas personas del público no estaban contentas, y no solo debido al ataque.

Penellaphe no dijo nada mientras me afanaba con la cadena, pero sus manos se habían descruzado y las había dejado caer a los lados.

—¿Cómo supiste que algunos de los del público podían ponerse violentos? —pregunté, aunque no llamaría a las acciones de Lev demasiado violentas.

—Yo… no lo sabía a ciencia cierta —contestó. Sus dedos se movieron casi por voluntad propia—. Solo vi la forma en que se estaban acercando y me fijé en sus expresiones.

—Entonces, tienes muy buena vista. —Continué separando las cadenas con suavidad, aunque un niño pequeño podría haber completado la tarea ya, pero me estaba tomando mi tiempo.

—Supongo.

—Me sorprendiste. —Mantuve un ojo puesto en ella mientras soltaba las cadenas despacio, pendiente de cada mínima reacción. Su respiración se había acelerado un poco, junto con su pulso. Sus dedos se habían parado—. Viste lo que muchos de los guardias no vieron.

—Pero tú sí te habías dado cuenta.

—Mi trabajo es darme cuenta, princesa.

—Y como yo soy la Elegida, ¿he de suponer que no es mi deber fijarme en esas cosas?

—Eso no es lo que estoy diciendo.

—Entonces, ¿qué estás…? —Se le cortó la respiración cuando llegué al final de las cadenas y la parte superior de mis dedos rozó su hombro—. ¿Qué estás diciendo?

Mis ojos volaron de vuelta a su cara. Sus labios se entreabrieron cuando giré una única cadena de modo que mirase hacia arriba. Noté que la tela de su túnica era más fina de lo esperado. Su reacción me sorprendió, pero al mismo tiempo no. No había olvidado su increíble sensibilidad y su respuesta al contacto, aunque el roce de mi mano no fue gran cosa como caricia. Claro que, aparte de Tawny y quizá Vikter, ¿quién más la tocaba? ¿Con amabilidad? Cualquier contacto debía parecerle extremo, ya fuese sensual o no. Sería fácil seducirla y convencerla para hacer todo tipo de cosas prohibidas para ella.

—Estaba diciendo que tu destreza observadora era sorprendente —dije en respuesta a su pregunta anterior—. Y eso no tiene nada que ver con quién eres. Había mucha gente ahí fuera. Muchas caras y muchos cuerpos en movimiento.

—Lo sé. —Su mano derecha se levantó unos centímetros, pero luego la devolvió con brusquedad a su lado—. Solo dio la casualidad de que los miré en el momento justo.

¿Había estado a punto de tocarme? Eso creía. En lugar de sentir una oleada de satisfacción, todo lo que sentí fue *deseo*. Un deseo caliente e intenso.

—¿Qué crees que le ocurrirá a ese hombre? —preguntó.

Aparté la mano de las cadenas antes de arrancarle ese maldito velo de la cabeza y hacer algo imprudente pero también muy placentero. Luego bajé la vista hacia ella. Tenía la cabeza inclinada hacia atrás, y se había...

Me quedé estupefacto.

Penellaphe se había acercado más a mí. Debía de haber apenas un par de centímetros entre nosotros, pero eso no fue lo que me sorprendió. Fue el hecho de que no me había dado ni cuenta.

Una enorme parte de mí deseó no haberse dado cuenta ahora tampoco. Con lo cerca que estábamos, me resultaría facilísimo bajar la boca hacia la suya. Quería saber cómo reaccionaría. ¿Protestaría? ¿O se entregaría?

Pero era demasiado arriesgado por varias razones. Una de ellas más aún que la idea de que cualquiera podría pasar por delante de la habitación y echar un vistazo al interior, o que mi iniciativa podría incluso asustarla o agobiarla. Tenía unas ganas inmensas de averiguar cómo sabían sus labios sin whisky en los míos.

—¿Hawke?

Parpadeé.

—Lo siento. ¿Qué habías preguntado?

—Quería saber qué crees que le pasará a ese hombre.

Esa pregunta debería haber enfriado mi sangre.

—Lo más probable es que lo interroguen y luego lo condenen. —Di un paso atrás, los hombros más tensos al pensar en Lev. Según Jansen, el Descendente aún vivía. No estaba seguro de si eso era algo bueno o no—. No habrá juicio, pero supongo que eso ya lo sabías.

—Sí. —Sus dedos se posaron en una fila de cuentecitas que bajaban por el centro de su corpiño—. Pero a veces se...

Esperé a que continuara, pero no lo hizo.

—¿A veces se qué?

Penellaphe negó con la cabeza.

—¿Sabemos siquiera si de verdad es un Descendente?

La pregunta me intrigó.

—¿Acaso importa?

Apartó la mirada.

—Supongo que no.

—Recitó las palabras que suelen utilizar los Descendentes —dije—. Supongo que sí lo es.

Asintió y la observé mientras se hacía el silencio entre nosotros. Siempre la observaba, pero ahora parecía diferente. Como si estuviese buscando algo. El qué, no estaba seguro. Ni siquiera pude deducirlo después de darle las buenas noches y regresar al pasillo antes de que Vikter llegase para su turno. Pero tenía la clara sensación (una que era muy fuerte, aunque no tenía ni idea de lo que estaba buscando) de que sería mejor si no encontraba lo que fuera que estaba buscando.

LOS PLANES NO HAN CAMBIADO

Caminaba por el pasillo de uno de los pisos superiores de la Perla Roja, una botella de whisky de la que me había apoderado en una mano y un saco de lona en la otra. El piso no estaba silencioso. De ambos lados del pasillo llegaban gemidos y gruñidos, tantos que era difícil saber exactamente qué habitaciones estaban en uso y cuáles no.

Cuando llegué a la habitación designada para las reuniones, bebí un trago de whisky y no me molesté en llamar a la puerta. La abrí de un empujón.

El olor a sexo fue la primera cosa que me golpeó.

Después, la suave exclamación ahogada de placer que se convirtió en sorpresa.

Bajé la botella al tiempo que cerraba la puerta de una patada a mi espalda. Mis ojos volaron hacia la cama… la mismísima cama en la que había tumbado a Penellaphe.

Lo que estaba claro era que no era ella en esa cama.

La mujer que estaba de rodillas era todo curvas sensuales, pero su pelo era de un color a medio camino entre negro y castaño. Sus ojos, de un oscuro tono marrón, estaban muy abiertos y fijos en mí, mientras que las manos sobre sus caderas se apretaron y presionaron contra su piel. Guiñé los ojos; me dio la impresión de que reconocía a la mujer.

—Estaría bien que alguna vez llamaras a la puerta —comentó Kieran. Los músculos de sus caderas y de su culo se flexionaron mientras ralentizaba sus movimientos detrás de la mujer—. Pero es obvio que eso ni siquiera se te pasó por la imaginación.

Arqueé una ceja mientras él levantaba el amplio trasero de la mujer, que se sacudió con su embestida.

—No sabía que fueras a tener compañía.

—Supongo que no. —Su piel brillaba con una leve pátina de sudor—. Llegas antes de lo esperado.

—Es obvio —murmuré.

—Bueno, ya que estás aquí… —Kieran retiró una mano de la cadera de la mujer, la deslizó por la suave piel de su tripa y luego entre sus pechos oscilantes—. ¿Te apetece unirte a nosotros?

La mujer gimió mientras se deslizaba hacia delante a lo largo del reluciente pene de Kieran.

Este se rio, enroscó los dedos alrededor de la base del cuello de la mujer y tiró de ella hacia atrás hasta que estuvo bien pegada a su pecho.

—No creo que a Circe le importe.

—Para nada —jadeó Circe, luego extendió una mano—. Únete a nosotros.

Ahí fue cuando me di cuenta, cuando la otra mano de Kieran abandonó su cadera y se zambulló entre sus piernas. Ya sabía por qué me resultaba familiar. Era una Descendente.

Una que estaba bastante seguro de que me había follado.

La sonrisa de Kieran se ensanchó un poco cuando nuestros ojos conectaron. Agachó la cabeza y le dio a la mujer un mordisquito en el cuello que le provocó un grito de placer de la sorpresa. Mis ojos volvieron a la gran mano de Kieran entre los muslos de la mujer; que prometían una diversión bienvenida y placentera. Y dado que mi pene acababa de estar más o menos igual de duro que el de Kieran mientras estaba en los aposentos de Penellaphe, debería lanzarme de cabeza a lo que me ofrecían.

Sin embargo, igual que la mañana con Britta, el deseo no estaba ahí.

—Gracias —dije—. Pero estoy bien.

—¿Estás seguro? —Kieran le dio un toquecito juguetón en el clítoris.

—Muy seguro. —Di media vuelta y fui hacia el sofá. Había algo muy mal en mí. Me senté, botella de whisky en mano, y dejé el saco de lona en el suelo—. Pero, por favor, haced como si no estuviese aquí —dije, a sabiendas de que ninguno de los dos haría eso, pero que los dos harían a conciencia lo que les dije a continuación—. Y divertíos.

Kieran hizo un sonido que fue una mezcla entre risa y gemido. Sonreí con suficiencia. Bebí otro trago de whisky antes de plantar los pies en la mesita baja.

Circe debía de haber susurrado algo que se ganó una advertencia por parte de Kieran de que me dejase estar. Mi sonrisa se amplió y casi podía sentir la ardiente mirada ceñuda del *wolven*.

Mentiría si dijera que los sonidos de sus cuerpos en contacto o cómo follaba Kieran, el tenso control de sus embestidas y cómo empujaba contra el culo de ella, no tuvieron ningún efecto sobre mí, pero cuando mis ojos se deslizaron por la curva de los pechos de pezones rosáceos de Circe, no fue su cuerpo el que vi en mi mente.

Fue el de *ella*.

El de Penellaphe.

Mis fantasías decidieron ponerla en esa cama entre Kieran y yo, y joder, solo imaginarlo fue como un puñetazo de sensualidad.

Santo cielo, no debería estar pensando en ella de ese modo por multitud de razones, la menor de las cuales era que, aunque Penellaphe sentía curiosidad por la sensualidad, esto seguramente la escandalizaría hasta provocarle una muerte prematura.

No pasó mucho tiempo antes de que Circe encontrase su placer, gracias a los dioses. Kieran la tumbó sobre el estómago y la embistió. Yo sabía lo duro que podía follar Kieran, algo que Circe aprobaba de un modo muy elocuente y ruidoso. Para cuando Kieran alcanzó su clímax, tenía la sensación de que, a partir de ahora, la mujer compararía a todos sus amantes futuros con él.

Cerré los ojos despacio mientras se desenredaban y se levantaban de la cama. Kieran susurró algo que la hizo reír como una niña. El suave *clic* de la puerta al cerrarse anunció su partida.

—¿Te has divertido? —pregunté.

—¿Tú qué crees?

Sonreí y abrí los ojos.

—En realidad, me alegro de que tuvieses compañía esta noche. Te vendrá bien la práctica.

Kieran soltó una carcajada, luego sumergió un paño en un cuenco de agua.

—¿Te encuentras bien?

—Por supuesto. —Bebí otro trago de whisky—. ¿Por qué lo preguntas?

—Estás ahí sentado con una erección —señaló, al tiempo que pasaba el paño mojado por su propio pene—. Por elección.

—Sí —admití—. Tampoco es como si no hubiese elegido cosas más desconcertantes en el pasado.

—Cierto. —Tiró el paño a un lado—. ¿Alguna noticia para mí?

—Así es —dije, y le conté todo lo que había ocurrido, que no era de gran interés para él hasta que llegué a la parte sobre lo que planeaba hacerle al duque.

—No puedes matar al duque —dijo Kieran, antes de venir hacia mí, vistiéndose por el camino.

—Oh, sí que lo voy a matar. —Estiré la pierna—. Eso no es debatible. —Y si tenía el tiempo y la ocasión, lord Mazeen era otro hijo de puta muerto.

Igual que esa maldita sacerdotisa.

Y no podía olvidarme del teniente Smyth.

Habría un baño de sangre.

—Cuando los Demonios atacaron el Adarve, ella estaba ahí fuera —le conté, y tuvo que mirarme dos veces—. Mantuvo su identidad oculta, pero salvó a guardias esa noche. Es muy buena con un arco y una flecha, y es probable que sea igual de hábil con una daga. Es una luchadora, Kieran. ¿Sabes lo que significa que haya soportado lo que el duque le ha estado haciendo? ¿No ser capaz de impedirlo?

—Hawke…

—La ha estado pegando *con una vara*, Kieran —lo interrumpí. La ira palpitó por todo mi cuerpo y borró los últimos resquicios de esos extraños sentimientos de paz—. Y solo los dioses saben qué más le ha hecho. Debe morir. Doncella o no, lo que le están haciendo es inexcusable.

Kieran apretó la mandíbula.

—No trago con que maltraten a nadie, pero de lo que estás hablando es de venganza.

—¿Y?

Kieran me miró a los ojos.

—Que no es lo mismo que impedir las acciones de un maltratador.

—Pues a mí me parece exactamente lo mismo.

—Uno es un acto para proteger a otra persona —me contradijo—. El otro lo convierte en algo personal.

—¿Y esas dos cosas no pueden ser verdad al mismo tiempo? —pregunté. Solté una risa amarga—. Porque lo son.

—No he dicho que no puedan serlo.

—Entonces, ¿qué estás diciendo?

Durante unos segundos, no hubo más que los gritos de pasión amortiguados procedentes de la habitación adyacente.

—Ella te importa —dijo Kieran al fin.

—¿Qué? —Mi bota resbaló de la mesita baja y aterrizó cerca del saco de lona que había llenado de ropa para Poppy que estaba convencido más o menos al noventa por ciento de que le cabría. Pantalones. Jersey. Una capa. Kieran se lo llevaría consigo cuando se fuera, porque eso sería menos sospechoso que verme a mí corriendo con un saco a cuestas la noche del Rito—. Vas a tener que repetir eso, porque estoy seguro de que no te he oído bien.

—Me has oído muy bien. —Kieran cruzó los brazos.

Por un momento, todo lo que pude hacer fue mirarlo y preguntarme si habría sufrido algún tipo de enfermedad mental.

—Entonces, es una pregunta ridícula.

—No era una pregunta —dijo—, sino una afirmación. Una persona debe importarte para querer vengarte del daño que le han hecho. —¿Eso era verdad? No lo creía. No en todos los casos. No en este caso—. Y para ser sincero, no me sorprende demasiado. Te ves forzado a pasar mucho tiempo con ella. A protegerla —continuó—. Supongo que es natural que hayas desarrollado algún tipo de sentimientos hacia ella.

—La inminente muerte del duque tiene muy poco que ver con ella o con cualquier sentimiento percibido, y todo que ver con él. Porque si le está haciendo esto a ella, seguro que se lo está haciendo a otras. No voy a marcharme de aquí y permitir que siga ocurriendo, y sé muy bien que tú tampoco querrías que pudiese seguir haciendo daño a otras personas. —Busqué sus ojos—. Los planes no han cambiado, Kieran. El Rito tendrá lugar. Los Descendentes pasarán a la acción y yo la raptaré. Nada de eso ha cambiado.

Kieran me miró e inspiró una bocanada de aire brusca por la nariz.

—Me alegro de oírlo.

Fruncí el ceño.

—¿Creías que había cambiado algo?

—No lo sé. —Sus ojos se clavaron en la chimenea apagada. Pasaron unos instantes—. ¿Te he dicho ya lo mala idea que es todo este plan tuyo?

Una sonrisa tironeó de mis labios.

—Lo has hecho, sí. Muchas veces.

—Entonces, ¿te he dicho que me parece una equivocación colosal? —preguntó.

—Has dicho que es una equivocación enorme. También creo que la has llamado «gigantesca» en el pasado. «Descomunal», en otra ocasión —le recordé. La expresión grabada en su cara era una que había visto un millón de veces. Era la que advertía de que estaba a punto de darme un sermón que enorgullecería a su padre—. A estas alturas, debes de estar quedándote sin adjetivos.

—Tengo una lista enorme, empezando por «mamotrética».

Me reí.

—Empiezas a recordarme a Emil, ¿sabes?

Kieran soltó una carcajada.

—Eso es poco probable. —Sus pálidos ojos azules se pusieron serios—. No vas a cambiar de opinión acerca de todo este tema del duque, ¿verdad?

—No. —Pensé que era mejor callarme los nombres de los otros a los que quería ver muertos—. Creo que será una víctima desafortunada del ataque de la noche del Rito.

—Los Descendentes no van a asediar el castillo —dijo, los ojos guiñados.

—No, pero lo haré parecer como que uno consiguió infiltrarse —expliqué—. Sea como fuere, ya nos habremos ido, así que importa poco.

La arruga de su ceño decía que todavía importaba.

—¿Cómo narices aprendió la Doncella a usar un arco?

—Eso no es lo único que sabe hacer. También sabe luchar cuerpo a cuerpo. Casi me hizo caer de culo.

—Vaya, quiero saber más sobre eso.

Se me escapó una risa seca.

—No es tan interesante como crees.

—No estoy de acuerdo —murmuró.

—Creo que fue su otro guardia. Vikter —dije, como respuesta a su pregunta—. Debe de haberla entrenado.

—Eso es inesperado y un problema en potencia cuando estemos en carretera.

Suspiré y miré mi mano vacía.

—¿Crees que no lo sé?

Pasaron unos instantes.

—¿Una vara? —La ira bulló en mis entrañas mientras asentía—. Jodidos dioses. —Sus ojos, de un tono de azul más intenso ahora, conectaron con los míos—. Haz que sea doloroso.

—Eso pienso hacer.

—Bien. —Se rascó la mandíbula—. No veo el momento de salir de esta cloaca.

—Tú y yo —le dije. Y saldríamos de aquí. Pronto. *Nuestro* plan funcionaría.

Pero las cosas se pondrían desagradables y más sangrientas de lo que ya estaban, y no quería a Kieran en ningún sitio cerca de todo ello. No había querido que estuviera aquí para nada.

Él lo sabía y, aun así, había insistido en venir conmigo. No obstante, eso no significaba que no pudiese intentar infundirle algo de sentido común.

Me levanté y los ojos de Kieran se entornaron al instante.

—Sabes que preferiría que…

—No empieces —me interrumpió, su voz muy baja, a pesar de que no podía oírnos nadie—. Sé muy bien lo que vas a decir, Cas.

—No quería que estuvieras aquí en primer lugar —le dije—. Si pudiese hacer las cosas a mi manera, estarías de vuelta en Atlantia o, como muy poco, en Spessa's End, poniendo a tu hermana de los nervios.

—¿No acabo de pedirte que no empezaras con este rollo?

—No me lo has pedido. Has exigido que no lo hiciera, y eso lo voy a ignorar. —Lo agarré del hombro—. Aparte de los riesgos…

—Lo que quieres decir es «aparte del hecho de que mi padre te estrangularía si me pasase algo…».

—Eso también. —Esbocé una sonrisa, a pesar de que lo que había dicho Kieran era verdad. Su padre sí que me estrangularía si le pasase algo a su hijo. Quién era yo no lo detendría—. Sé que estar aquí, tener que permanecer en esta forma, no ha sido fácil.

—Me las apaño. Me las seguiré apañando, así que no te preocupes por mí.

¿Cómo no iba a decir Kieran eso?, pero a ningún *wolven* le divertía estar confinado en su forma mortal, aunque fuese por elección propia.

—Puedes adelantarte e ir a New Haven.

—Estoy contigo —dijo Kieran, cerrando la mano en torno a mi antebrazo estirado—. Siempre. Aunque crea que lo que estás haciendo es una idiotez.

Igual que él había sabido que no podría cambiar mi opinión acerca del duque, yo sabía que no tenía ni una sola posibilidad de cambiar la suya con respecto a esto. En cualquier caso, tenía que intentarlo. Le di un apretón en el hombro, luego dejé caer la mano.

—He hecho idioteces mucho mayores que esta.

—Dime una.

Retiré un mechón de pelo oscuro.

—Podría decirte cien, pero entonces estaríamos aquí hasta el Rito.

—Lo estaríamos. —El humor se esfumó cuando se inclinó para recoger el saco—. Si todo va bien, la próxima vez que nos veamos…

Respiré hondo.

—Será cuando nos estemos marchando de Masadonia.

La señorita Willa Colyns

No sabía si debía reír o gritar.

La muy rebelde Doncella se había escapado otra vez, y solo lo supe porque había entrado en sus aposentos cuando no había recibido respuesta a mi llamada. Había estado aburrido. Vikter no estaba por las inmediaciones y era la oportunidad perfecta para acercarme un poco más a ella. Sin embargo, había encontrado sus aposentos vacíos.

Mis sospechas acerca de esa puerta junto a las ventanas habían sido acertadas. Llevaba a una escalera cubierta de polvo y llena de telarañas que parecía estar a escasos minutos de desplomarse.

Había supuesto que utilizaría la sección rota de la muralla interior para salir del recinto del castillo y luego cruzar por la Arboleda de los Deseos hasta donde fuese que planeara ir. Había estado en lo cierto, con lo que la había alcanzado justo cuando salía del bosque.

No la detuve, lo cual me convertía, sin lugar a dudas, en un mal guardia *y* también cuestionaba mi cordura porque, una vez más, se me presentaba una oportunidad para raptarla, y no la estaba aprovechando.

Claro que, de hacerlo, tendría que ponerme en contacto con Kieran, cosa que no era exactamente rápida, y aún tendríamos que atravesar el Adarve con su guarnición completa.

Además, sentía curiosidad por averiguar qué tramaba. ¿Iría a la Perla Roja? ¿Habría quedado con alguien? No creía que ese fuera el caso.

La perdí durante unos minutos cuando entró en las atestadas calles, y me costó una cantidad de tiempo obscena detectar su aroma otra vez cerca del Ateneo.

Se había escabullido para ir a la biblioteca de la ciudad, cosa que era espantosamente mona… hasta que pensé en el hecho de que tuviera que *escabullirse* para ir a un sitio tan inofensivo como el Ateneo. Esta era su vida. Me sentí mal por ella.

Hasta que levanté la vista y la vi de pie en una maldita cornisa de ventana que daba a la Arboleda, demasiado lejos de un suelo muy duro. Mientras entraba en el Ateneo, no podía ni permitirme imaginar qué demonios estaba haciendo. Había habido muchos olores, pasillos y escaleras hasta llegar a la planta en la que creía que estaba Penellaphe. Y por fin había localizado lo que estaba seguro de que era un culo precioso en una sala privada y bastante fría, a pesar del calor de los otros espacios. Mis ojos volaron hacia la ventana abierta.

Y ahí fue más o menos cuando mi buen humor se esfumó.

Tras asegurarme de que la puerta a la sala privada estuviera cerrada con llave, me dirigí a la maldita *ventana*.

—¿Sigues ahí, princesa? —la llamé. —¿O ya te has estampado contra el suelo? De verdad espero que ese no sea el caso, pues estoy bastante seguro de que me dejaría en mal lugar, puesto que había dado por sentado que estabas en tu habitación. —Apoyé las manos en el alféizar de la ventana—. *Comportándote*. Y no sobre una cornisa a bastantes metros de altura, por razones que no puedo ni empezar a imaginar pero que me muero por saber.

«Maldita sea», susurró.

Reprimí una sonrisa y me recordé que estaba enfadado con ella. Con razón. Estaba poniendo en peligro su vida… y mis planes. Me asomé por la ventana para mirar a mi derecha. Ahí estaba, pegada como una lapa a la pared de piedra, un libro aferrado contra el pecho. Arqueé una ceja.

—¿Hola? —dijo, con un hilillo de voz. ¿Eso era todo lo que tenía que decir?

—Entra. —No se movió. Con un suspiro, estiré una mano hacia ella. Les juré a los dioses que si tenía que salir ahí…—. Ahora.

—Podrías decir *por favor*.

Entorné los ojos.

—Hay un montón de cosas que podría decirte que deberías estar contenta de que me esté guardando para mí mismo.

—Lo que tú digas —refunfuñó—. Aparta.

Esperé, ansioso por tomarla de la mano, solo para estar seguro de que no resbalaría para hacerse picadillo contra el suelo, pero cuando no dio muestras de ir a aceptarla, me tragué un carruaje lleno de blasfemias y di un paso atrás.

—Si te caes, te vas a meter en un gran lío.

—Si me caigo, estaré muerta —replicó—. Así que no sé muy bien cómo estaría también en un lío.

—Poppy —espeté.

Un segundo más tarde, la mitad inferior de su cuerpo, envuelto en una capa, apareció en la ventana. Se agarró al dintel, luego se agachó y empezó a soltarse…

Salí disparado hacia ella y pasé un brazo en torno a su cintura. Su aroma dulce y fresco se enroscó alrededor de mí mientras tiraba de ella hasta el interior. La parte frontal de su cuerpo estaba apretada contra el mío mientras depositaba sus pies en el suelo. Sin retirar el brazo de su cintura, levanté una mano para agarrar la parte posterior de su capucha. Si le iba a gritar, lo haría mirándola a la cara, no a un espacio oscuro.

—No lo…

Le quité la capucha de un tirón. Aun así, sus rasgos solo quedaron medio expuestos. Sentí una punzada de desilusión, aunque esto era mejor que un velo.

—Una máscara. —Eché un vistazo a los sedosos mechones de pelo que habían escapado de su trenza y caían contra su mejilla—. Esto me trae viejos recuerdos.

Sus mejillas se sonrojaron y forcejeó contra mi agarre, pero eso no la llevó a ninguna parte.

—Entiendo que es posible que estés enfadado...

—¿Es posible? —Me eché a reír.

—Vale. Es seguro que estás enfadado —se corrigió—. Pero te lo puedo explicar.

—Eso espero, porque tengo muchísimas preguntas. Empecemos por cómo has salido de tu habitación —le dije, aunque sabía muy bien cómo lo había hecho. Solo quería que ella lo admitiera—. Y terminemos con por qué diablos estabas sobre esa cornisa.

Esa barbilla testaruda se levantó.

—Puedes soltarme.

—Puedo, pero no sé si debería. Quizás hagas algo aún más imprudente que trepar a una cornisa que no puede medir más de veinte centímetros de anchura.

Detrás de la máscara blanca, sus ojos se entornaron.

—No me he caído —protestó.

—Como si eso mejorase de algún modo toda esta situación.

—No he dicho eso. Solo estoy señalando que tenía la situación completamente bajo control.

¿Pensaba que eso era tenerlo todo bajo control? Sí que lo pensaba, sí. Parpadeé y mi diversión volvió. Me eché a reír.

—¿Tenías la situación bajo control? No me gustaría saber lo que ocurre cuando no la tienes.

En verdad, seguramente me divertiría verlo.

Un escalofrío la recorrió de arriba abajo. Casi me lo perdí, pero la capa se había abierto y fuera lo que fuere que llevara debajo no era demasiado gordo. Por los dioses, esperaba que no fuese ese maldito camisón otra vez. O a lo mejor sí.

Se contoneó para intentar escurrirse de mi agarre. No funcionó. Lo único que consiguió fue que la parte inferior de nuestros cuerpos estuviese aún más cerca. Me tragué una maldición cuando su tripa blandita rozó mi pelvis y me provocó un repentino e intensísimo fogonazo de excitación.

Poppy se quedó muy quieta, se le aceleró la respiración. No me atreví a moverme. Nos quedamos ahí plantados, nuestros cuerpos muy juntos. Después, despacio, inclinó la cabeza hacia atrás y esos ojos verdes conectaron con los míos. Respiré hondo y capté su denso aroma. Joder, mi maldito corazón empezó a martillear con fuerza en mi pecho a modo de respuesta.

Cien cosas distintas pasaron por mi mente mientras la miraba desde lo alto. Esperaba que volviese a intentar zafarse de mí, pero no lo hizo. Su atracción hacia mí la tenía controlada, y supe que eso era bueno. Podía utilizarlo para ganarme aún más su confianza. El Rito era al día siguiente y las cosas… las cosas sucederían deprisa después de eso. La seducción era una necesidad.

Y también era un *anhelo*.

Levanté una mano y puse los dedos justo debajo de los bordes curvos de la máscara. Se me aflojó la mandíbula al sentir su piel suave bajo las yemas. No moví la mano, aunque debería haberlo hecho, porque sabía que le gustaba que la tocaran. Seducirla no sería difícil, pero esperé a ver qué hacía. Eso era importante para mí.

Poppy no se apartó.

No fue satisfacción lo que sentí, sino una lujuria pura y dura. Deslicé los dedos justo por debajo del borde inferior de la máscara y luego por la comisura de sus labios entreabiertos. Por todos los cielos, eran suaves y blanditos.

Agaché la cabeza y me gustó cómo se le entrecortó la respiración, cómo aumentó su dulzor. Mis labios siguieron el camino de mis dedos antes de que me diera cuenta siquiera de que habían tocado su piel. Su deseo se condensó en el aire cuando incliné su cabeza hacia atrás. Nuestras bocas estaban ahora a apenas unos centímetros de distancia. Podía besarla. Era probable que pudiese hacer muchísimas cosas más, pero sentía el pecho demasiado comprimido.

Así que no lo hice.

Ni siquiera podía explicar por qué. Porque necesitaba hacerlo. Quería hacerlo. Solo que no podía.

«Ella te importa».

Me maldije y maldije a Kieran por haber planteado siquiera esa idea. Incliné la cabeza para acercar la boca a su oreja.

—Poppy. —Mi voz sonó ronca en mis oídos.

—¿Sí? —susurró.

Deslicé los dedos por la elegante línea de su cuello.

—¿Cómo saliste de la habitación sin que yo te viera?

Dio un pequeño respingo.

—¿Qué?

La había sorprendido con esa pregunta. La había decepcionado, incluso, porque quería que mi boca hiciese otra cosa que no fuese interrogarla. Sonreí al pensarlo.

—¿Cómo saliste de tus aposentos?

—Maldita sea —musitó, al tiempo que forcejeaba contra mis brazos.

Esta vez, la solté, y mi cuerpo echó de menos al instante el calor del suyo. Me arrepentí de la decisión de inmediato.

Con la cara al rojo vivo, dio un paso atrás y bajó el libro que sujetaba. Su barbilla, por su parte, se levantó.

—A lo mejor salí caminando delante de tus propias narices.

—No, no lo hiciste. Y sé que no saliste por una ventana porque eso habría sido imposible. Así que ¿cómo lo hiciste?

Poppy me dio la espalda, antes de levantar la cara hacia la brisa fresca que entraba por la ventana.

—Hay un viejo acceso de servicio a mis aposentos. —Sonreí de oreja a oreja; tanto que, si me hubiese mirado, habría visto todas mis mentiras—. Desde ahí, puedo llegar a la planta baja sin ser vista.

—Interesante. —Mantuve la voz baja—. ¿Y dónde desemboca en la planta baja?

Se giró hacia mí.

—Si quieres saber eso, tendrás que averiguarlo por tu cuenta.

—Muy bien. —Dejé el tema, puesto que ya conocía la respuesta. —Así es como llegaste al Adarve sin que te vieran. —Poppy se encogió de hombros—. Supongo que Vikter lo sabe. ¿Lo sabía Rylan?

—¿Acaso importa?

Sí, importaba.

—¿Cuánta gente sabe de la existencia de esa entrada?

—¿Por qué lo preguntas? —preguntó a su vez.

—Porque es un problema para la seguridad, princesa. —Y en verdad, lo era—. Por si lo has olvidado, el Señor Oscuro te quiere atrapar. Una mujer ya ha sido asesinada y ha habido un intento de secuestro que sepamos. —Di un paso hacia ella—. Ser capaz de moverse por el castillo sin que lo vean, directo hasta tus aposentos, es el tipo de información que encontraría de lo más valiosa —le dije, aunque no era valiosa del modo que yo sugería. Me preocupaba más que los Ascendidos hicieran uso del acceso.

Tragó saliva.

—Algunos de los sirvientes que más tiempo llevan en el castillo de Teerman conocen la entrada, pero la gran mayoría no. No es un problema. La puerta se cierra por dentro. Alguien tendría que tirarla abajo y yo estaría preparada si eso sucediera.

—Estoy seguro de que sí —murmuré.

—Y no he olvidado lo que le pasó a Malessa, ni que alguien intentó secuestrarme.

—¿Ah, no? Entonces supongo que simplemente no tuviste nada de eso en cuenta cuando decidiste darte un paseíto por la ciudad hasta la *biblioteca*.

—No me he dado un *paseíto* por ningún sitio. Vine por la Arboleda de los Deseos y estuve en la calle menos de un minuto —protestó—. También llevaba la capa bien ceñida y esta máscara puesta. Nadie podía ver ni un solo centímetro de mi cara. No estaba preocupada por que pudieran secuestrarme, pero también vine preparada, solo por si acaso.

—¿Con tu pequeña daga de confianza? —Sonreí.

—Sí, con mi pequeña daga de confianza —replicó—. No me ha fallado nunca hasta ahora.

—¿Así es como evitaste que te secuestraran la noche que mataron a Rylan? —pregunté. Era otra cosa que ya sabía, pero de la que no habíamos hablado—. El hombre no huyó al oír que se aproximaban los guardias.

Soltó un resoplido sonoro y un poco dramático.

—Sí. Lo corté. Más de una vez. Estaba herido cuando le indicaron que se retirara. Espero que haya muerto.

—Qué violenta eres.

—No haces más que decir eso —espetó, cortante—, pero en realidad no lo soy.

Volví a reírme, divertido por lo deprisa que brotaba su ira.

—Lo que pasa es que no eres consciente de ello.

—Lo que tú digas —musitó—. ¿Cómo te diste cuenta siquiera de que me había marchado?

—Fui a ver cómo estabas —mentí, al tiempo que deslizaba una mano por el respaldo del sofá—. Pensé que a lo mejor querías compañía y parecía estúpido que yo estuviese ahí plantado en el pasillo, aburrido como una ostra, mientras tú estabas dentro de tu habitación, seguramente tan aburrida como yo. Cosa que es obvio que era cierta, puesto que te fuiste.

—¿De verdad? —Respiró hondo—. Quiero decir, ¿de verdad fuiste a verme para preguntarme… si quería compañía?

—¿Por qué mentiría sobre eso? —pregunté, mientras asentía.

—Yo… —Apartó la mirada y frunció los labios—. No importa.

Sin embargo, pensé que a lo mejor sí importaba. Me apoyé en el sofá.

—¿Cómo acabaste en la cornisa?

—Bueno, esa es una historia graciosa…

—Supongo que lo es. Así que, por favor, no te guardes ni un detalle. —Crucé los brazos. Ella suspiró.

—Vine a buscar algo que leer y me metí en esta salita. Yo… no quería volver a mi cuarto tan pronto y no pensé que esta habitación fuera especial en nada. —Seguí la dirección de su mirada hacia el armarito de los licores. ¿Eso no le había revelado que esta era una sala privada?—. Estaba aquí dentro y oí al duque en el pasillo. Así que esconderme en una cornisa era una opción muchísimo mejor que dejar que me pillara.

—¿Qué habría pasado si te hubiera pillado?

Se encogió de hombros otra vez.

—No lo hizo y eso es todo lo que importa. Tuvo una reunión aquí con un guardia de la prisión. Al menos, creo que era un guardia. Hablaron del Descendente que tiró la mano de Demonio. El guardia había conseguido hacer hablar al hombre. Dijo que el Descendente no creía que el Señor Oscuro estuviera en la ciudad.

—Bueno es saberlo —conseguí musitar, mi tono un poco forzado.

—¿No le crees?

—No creo que el Señor Oscuro haya sobrevivido tanto tiempo dejando que se supiera su paradero, ni siquiera por parte de sus más fervientes seguidores —respondí.

—Creo… —Sus manos se apretaron sobre el libro que sujetaba—. Creo que el duque va a matar al Descendente él mismo.

Recordé lo que me había preguntado Poppy.

—¿Eso te molesta?

—No lo sé.

Ladeé la cabeza.

—Creo que sí lo sabes, pero no quieres decirlo.

Frunció los labios.

—Es solo que no me gusta la idea de que alguien muera en una mazmorra.

—¿Y crees que morir en una ejecución pública es mejor?

Me miró.

—No exactamente, pero al menos entonces se hace de un modo que parece…

Mi corazón latía más deprisa ahora.

—¿Parece qué?

Poppy sacudió la cabeza.

—Al menos entonces no parece… —Me miró de reojo. Yo estaba conteniendo la maldita respiración, impaciente por oír su respuesta—. Que lo estén escondiendo.

La miré pasmado. No le gustaba cómo hacían las cosas los Ascendidos. Eso ya lo sospechaba, pero ver lo incómoda que se sentía al respecto era algo…

Importante.

Y tendría que pensar en ello más tarde, cuando todo estuviera en calma y pudiera averiguar lo que significaba de verdad.

—Interesante. —dije.

—¿El qué?

—Tú. —Miré con suspicacia el libro que sujetaba.

—¿Yo?

Asentí, luego pasé a la acción y agarré el libro.

—¡No! —exclamó.

Tarde.

Liberé el tomo de su agarre y di un paso atrás. Luego bajé la vista hacia él.

—¿El diario de la señorita Willa Colyns? —Fruncí el ceño mientras le daba la vuelta—. ¿Por qué me suena el nombre?

—Devuélvemelo. —Estiró la mano, pero me alejé de ella—. ¡Devuélvemelo ahora mismo!

—Lo haré si lees para mí. Estoy seguro de que esto tiene que ser más interesante que la historia del reino. —Sonriendo, abrí el libro y eché un vistazo rápido a la página. Una frase llamó mi atención al instante.

«Me tomó por detrás, penetrándome con el duro acero de su virilidad».

Me quedé boquiabierto. Parpadeé y pasé unas cuantas páginas más. Mis cejas trepaban cada vez más altas por mi frente a medida que veía palabras como «pezones» y «eyaculación salada».

¿Qué diablos estaba leyendo Poppy? Mejor aún, ¿por qué estaba leyendo esto?

—Qué material de lectura tan interesante —comenté, al tiempo que le lanzaba una miradita. Poppy parecía morirse por tirar un objeto romo o afilado a mi cara. Mi sonrisa regresó—. *Penellaphe.* —Pronuncié su nombre como si estuviese escandalizado—. Esto es… un material de lectura muy escandaloso para la Doncella.

—Cállate. —Cruzó los brazos.

—Eres una niña muy mala —me burlé, y esa barbilla subió de manera automática.

—No hay nada malo en que lea sobre amor.

—No he dicho que hubiera nada malo. —Bajé la vista hacia una página que incluía el tan romántico verso de «Por todos los dioses, estoy empapada solo con estar aquí sentada escribiendo esto». La miré—. Aunque no creo que las cosas de las que escribe tengan nada que ver con el amor.

—Oh, ¿eres un experto o qué?

—Más que tú, me parece.

Cerró la boca con fuerza. Pasó solo un segundo.

—Es verdad. Tus visitas a la Perla Roja han sido la comidilla de muchas sirvientas y damas en espera, así que supongo que tienes una tonelada de experiencia.

—Alguien suena celosa.

—¿Celosa? —se rio, mientras ponía los ojos en blanco—. Como he dicho antes, tienes una noción demasiado inflada de tu implicación en mi vida. —Solté una risotada burlona y volví a hojear el libro. Joder, esta señorita Willa era una escritora muy... descriptiva—. Solo porque tengas más experiencia con... lo que pasa en la Perla Roja, no significa que sepas lo que es el amor.

—¿Has estado enamorada alguna vez? —pregunté medio en broma, pero en cuanto la pregunta salió por mi boca, ya no parecía tan broma. Entorné los ojos—. ¿Alguno de los secretarios del duque ha llamado tu atención? ¿Uno de los lores? ¿O quizás un guardia valiente?

Poppy negó con la cabeza, los ojos clavados en el armarito de las bebidas.

—No me he enamorado nunca.

—Bueno, ¿cómo lo sabrías?

—Sé que mis padres se querían mucho. —Jugueteó con la tapa enjoyada de un decantador—. ¿Y tú qué? ¿Has estado enamorado, Hawke?

—Sí —respondí con sinceridad, y se me comprimió el pecho. Luego miré el libro, aunque no vi ninguna de las palabras mientras pensaba en Shea.

Poppy giró la cabeza hacia mí. Deslizó los dientes por su labio de abajo.

—¿Alguien de tu región?

—Así es —murmuré—. Pero fue hace mucho tiempo.

—¿Hace mucho tiempo? ¿Cuando eras qué? ¿Un niño? —preguntó.

Me reí ante la confusión patente en su tono y agradecí que su pregunta hiciese que me resultara más fácil de lo normal dejar a un lado todo lo relativo a Shea. Volví a centrarme en la página y leí un párrafo por encima.

—¿Cuánto de esto has leído?

—Eso no es asunto tuyo.

—Supongo que no, pero tengo que saber si llegaste a esta parte. —Me aclaré la garganta.

—Solo he leído el primer capítulo —dijo a toda prisa—. Y parece que tú estás por la mitad del libro, así que...

—Bien. Entonces esto te resultará fresco y nuevo. Déjame ver, ¿por dónde iba? —Deslicé un dedo por la página y paré hacia la mitad—. Oh, sí. Aquí. «Fulton había prometido que cuando acabara conmigo no sería capaz de caminar erguida durante un día entero, y tenía razón». Uf. Impresionante.

Hice una pausa. Poppy tenía los ojos como platos detrás de la máscara, pero quizás había estado equivocado al pensar que lo que Kieran había ofrecido la víspera la escandalizaría. Seguí leyendo.

—«Las cosas que el hombre hacía con su lengua y sus dedos solo habían sido superadas por su sorprendentemente grande, intensamente palpitante y maliciosamente habilidosa...» —Me reí entre dientes—. Esta mujer tiene buena mano para los adverbios, ¿verdad?

—Ya puedes parar.

—«Virilidad».

—¿Qué? —exclamó Poppy.

—Ese es el final de esa frase —le dije. Levanté la vista, pero reprimí mi sonrisa—. Oh, puede que no sepas lo que quiere decir con virilidad. Creo que está hablando de su pene. Verga. Pija. Su...

—Oh, por todos los dioses —susurró. Seguí hablando.

—Su... aparentemente... supergrande, palpitante y habilidoso...

—¡Lo pillo! —chilló, al tiempo que descruzaba los brazos—. Lo entiendo a la perfección.

—Solo quería asegurarme. —Me costó un mundo no reírme mientras ella aspiraba una gran bocanada de aire y luego contenía el aliento—. No querría que te diese demasiada vergüenza preguntar y creyeses que se refería a su amor por ella o algo.

El aire salió de golpe de sus pulmones.

—Te odio.

—No, qué va.

—Y estoy a punto de apuñalarte —prosiguió—. De un modo muy violento.

Puesto que su mano estaba cerca de su muslo, esa era una preocupación muy real.

—Vaya, eso me lo creo.

—Devuélveme el diario.

—Pues claro. —Se lo entregué y sonreí al ver que lo sujetaba contra su pecho como una joya preciosa—. Todo lo que tenías que hacer era pedírmelo.

—¿Qué? —Se quedó boquiabierta—. Ya te lo había pedido.

—Lo siento. Tengo un oído selectivo.

—Eres… —Entornó los ojos—. Eres lo peor.

—Te has equivocado de palabra. —Me separé del sofá, pasé por su lado y le di una palmadita en la cabeza. Ella me lanzó un manotazo, rápido además. De hecho, casi me dio en la espalda—. Quisiste decir que soy el mejor.

—No me he equivocado para nada.

Con otra sonrisa radiante, fui hacia la puerta.

—Vamos, tengo que llevarte de vuelta antes de que algo más que tu propia imprudencia te ponga en riesgo. —Me paré para esperarla—. Y no olvides tu libro. Espero recibir un resumen de cada capítulo mañana.

Poppy bufó indignada, pero vino hacia mí. Y no en silencio, sino dando pisotones.

—¿Cómo supiste dónde estaba?

Giré la cabeza para mirarla, mi sonrisa más débil ahora.

—Tengo una habilidad increíble para seguir rastros, princesa.

SOLO UN NOMBRE

—No tienes por qué seguirme —dijo Poppy mientras caminaba delante de mí, su capa oscura fundida con la oscuridad de la Arboleda de los Deseos—. Conozco el camino de vuelta al castillo.

—Ya lo sé. —Le mantuve el ritmo, un paso por detrás de ella—. Pero ¿qué tipo de guardia sería si te dejase caminar por el bosque sola de noche?

—¿Uno menos irritante? —La réplica me provocó una carcajada genuina—. Me alegro de que lo encuentres divertido. —Su cabeza encapuchada se giró un poco—. Porque yo no.

Me alegré de que volviese a hablar. Había estado muy callada cuando salimos del Ateneo, lo cual había permitido a mi mente divagar a lugares muy inquietantes, como la manera en que la inicial necesidad y el posterior deseo de seducirla no habían parecido cosas mutuamente excluyentes.

«Ella te importa».

Maldito Kieran.

—¿Sabes lo que encuentro divertido? —pregunté.

—Estoy impaciente por saberlo.

Una sonrisa jugueteó sobre mis labios, aunque no dejé de escudriñar las sombras en ningún momento en busca de algún Ascendido descarriado.

—La forma en que consigues contener la lengua con todos los demás.

—¿Eso te divierte? —Esquivó un saliente de rocas.

—Solo porque imagino que lo que debes pensar en esos momentos haría sonrojarse a los marineros más rudos.

Soltó una carcajada amarga.

—A veces. —El borde de su capa se enganchó en un arbusto. Como era un guardia servicial, aunque irritante, la desenredé por ella—. Gracias —murmuró, con el diario aún aferrado contra el pecho.

—Suenas un poco más sincera que la última vez que me diste las gracias —comenté.

—Entonces también fui sincera.

—Ya.

Su gran suspiro me hizo sonreír. Caminaba por delante de mí, evitando rocas cortantes y terreno irregular que uno solo conocería si pasara a menudo por esta zona de la Arboleda de los Deseos.

—No es fácil —dijo después de unos segundos.

—¿El qué?

Poppy no contestó de inmediato.

—Estar callada —murmuró—. Contener la lengua.

Casi le pregunté por qué lo hacía, pero ya sabía la respuesta. Era por la misma razón por la que permitía a la sacerdotisa maltratarla: no tenía elección.

—Sea como fuere —continuó, tras aclararse la garganta—, ¿sabías que se rumorea que este bosque está encantado? Al menos eso es lo que cree Tawny.

Dejé que cambiara de tema.

—Tengo un amigo que cree lo mismo.

—¿Tú tienes amigos?

—Sí, ya lo sé —dije con una carcajada—. Sorprendente, ¿verdad?

Me llegó un sonido suave desde las profundidades de su capucha, uno que pudo haber sido una risa. ¿Reía alguna vez... una risa que fuese ruidosa e incontrolada? No lo sabía, pero yo... yo no había reído, ni siquiera sonreído, con la facilidad que lo hacía con ella en muchísimo tiempo.

Tampoco sabía por qué era *así*.

Me froté el pecho, pasé por encima de unas cuantas ramas caídas y aparté esos pensamientos a un lado.

—Entonces, ¿te gusta leer?

—S... sí.

—¿Qué cosas te gusta leer? Aparte de relatos extremadamente detallados de gruesos y palpitantes...

—Leo de todo —me interrumpió a toda prisa—. No siempre tiene que ser algo... así. Y he leído prácticamente todo lo que tengo permitido leer.

—¿Permitido? —pregunté.

—La sacerdotisa Analia cree que debería pasar tiempo leyendo solo cosas apropiadas, como libros de historia y oraciones.

—La sacerdotisa Analia puede irse a la mierda.

Entonces Poppy se rio. Fue una risa breve y llena de sorpresa, pero ruidosa y real. Y me alegré de que lo hiciera, aunque no había nada gracioso acerca de esa sacerdotisa.

—No deberías decir eso —me regañó, la voz más ligera.

—Sí, ya lo sé.

—Pero ¿no te importa?

—Exacto.

—Debe de ser una sensación asombrosa que no lo haga.

La nostalgia en su voz atrajo mi mirada e hizo que la presión aumentase en mi pecho.

—Ojalá conocieras esa sensación.

Su cabeza encapuchada giró hacia mí, luego hacia delante otra vez. Se hizo el silencio entre nosotros, y no fue bueno, porque me dediqué a pensar en cómo Poppy no tenía permitido leer determinadas cosas, como si fuese una niña o no confiasen en que pudiese elegir por sí misma. En verdad, no había nada que los Ascendidos no controlaran cuando de ella se trataba.

Bueno, eso no era del todo cierto. El hecho de que estuviésemos caminando por la Arboleda después de que ella hubiese salido a hurtadillas era prueba de ello, igual que el tiempo que había robado para sí misma en la Perla Roja. No obstante, esos eran solo minutos aquí y allá a lo largo de los años.

No estaba bien.

Pero eso cambiaría cuando…

Corté en seco ese pensamiento, la nuca cosquillosa otra vez. ¿Qué cambiaría para ella una vez que yo consiguiera lo que quería? Acabaría de vuelta con esos monstruos, el rey y la reina falsos. Su vida volvería a esto o quizá fuese aún más estricta, mientras que la Corona de Sangre seguiría buscando más sangre atlantiana para completar sus Ascensiones. Al menos hasta que los derrotaran. La única cosa que cambiaría sería la localización de su jaula dorada y que ya no estaría sometida al duque. Sin embargo, en la capital había Ascendidos mucho peores. Eso lo sabía a ciencia cierta.

Contemplé su figura encapuchada, el corazón acelerado. ¿Cómo reaccionaría cuando descubriese la verdad sobre los Ascendidos, sobre su preciada reina Ileana? Llegaría un punto en el que descubriría la verdad, más pronto que tarde. Según lo que ya sabía, no creía que fuese a continuar con la farsa que los Ascendidos habían creado para ella. Pero ¿de qué serviría eso?

Cuando liberase a Malik, podría ofrecerle una elección, ¿o no? Permitirle quedarse con nosotros. Hacerlo sería complicado y supondría correr un montón de riesgos que ni mi gente ni yo necesitábamos. Ellos estaban en esto para liberar a Malik. No para liberarlo a él y a la Doncella. Además, ¿la aceptaría mi gente? Era probable que no. Los atlantianos podían guardar rencor desde lo más profundo de su alma.

Joder. Ahora no era el momento de pensar en toda esa mierda.

—Me he estado preguntando algo. —Al ver varias ramas que colgaban bajas, me acerqué para caminar a su izquierda—. ¿Qué haces todas las mañanas?

—Mis oraciones diarias. —Su cabeza encapuchada se inclinó hacia la mía—. Y desayunar.

Alargué la mano para sujetar una de las ramas y que ella pudiese pasar por debajo.

—¿Te enfadarías si te dijese que no te creo?

Poppy bufó con desdén.

—No te he dado ninguna razón para no creer lo que digo.

—¿En serio? —pregunté con voz melosa, al tiempo que levantaba otra rama—. Creo que lo sé.

—¿Lo sabes?

—Solo tengo que hacer una pregunta para estar seguro —dije, mientras cruzábamos por debajo de unas ramas más delgadas. Los rayos de luna perforaban la oscuridad por todas partes a nuestro alrededor—. ¿Por casualidad está Vikter contigo durante tus… oraciones?

Poppy no dijo absolutamente nada.

Sonreí. Había recibido mi respuesta sin necesidad de que ella la confirmara. Era probable que él dedicase ese tiempo a entrenarla en el uso de esa daga y a enseñarla a luchar.

—Yo también me preguntaba algo —dijo, ambos brazos cruzados sobre el libro ahora, como si le preocupase que pudiese arrebatárselo una vez más—. Sobre ti.

—Sí. Encuentro que las mujeres que saben utilizar una daga y son capaces casi de derribarme son extremadamente atractivas —repuse. La miré de reojo—. Y excitantes.

Su suave inspiración se convirtió en una exclamación ahogada cuando tropezó con algo entre el follaje. La agarré de la parte superior del brazo para evitar que cayera.

—No iba a preguntar eso. —Se recuperó a toda velocidad, luego se aclaró la garganta.

—Pero es verdad.

—No puede importarme menos.

Menuda mentirosilla. Mi mano resbaló de su capa.

—¿Qué te estabas preguntando?

Volvió a quedarse callada unos instantes.

—Me... me has llamado Poppy antes, en el Ateneo.

—¿Sí?—. Me habías estado llamando Penellaphe —continuó—. ¿Por qué?

—¿Te molesta? —pregunté.

—No. —Me miró con disimulo desde debajo de la capucha—. No has contestado a la pregunta.

No podía contestar a la pregunta. Diablos, ni siquiera me había dado cuenta de que la *había* llamado Poppy. Ni de que ahora pensase en ella de ese modo. Fruncí el ceño. No importaba. Un nombre era solo un nombre.

—No estoy seguro de por qué. —Recordé lo que había dicho Tawny—. Supongo que eso significa que somos amigos.

Hubo otra inspiración suave que traicionó a sus palabras cortantes.

—Yo no iría tan lejos.

—Yo sí —insistí, con una leve risa. Poppy suspiró. Volví a reírme—. Desde luego que somos amigos.

Presente VII

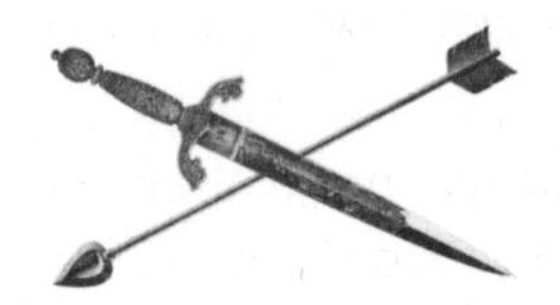

«¿Cuántas ganas tenías de apuñalarme cuando te quité ese diario?». Me reí y el sonido reverberó por la silenciosa habitación. «Supongo que muchas. Aunque habría merecido la pena».

Agaché la cabeza y deposité un beso sobre la cabeza de Poppy. Estaba acurrucada contra mí, la cabeza apoyada en mi pecho y mis piernas abrazando las suyas. Delano seguía al pie de la cama en su forma de *wolven*, un gran montículo de pelaje blanco. Aun así, sabía que estaba despierto y alerta. No se había alejado demasiado del lado de Poppy.

Casi había anochecido y Kieran estaba haciendo uso de la sala de baño adyacente. Poppy seguía en el mismo estado, aunque me daba la impresión de que su piel no estaba tan fría como antes, y las sombras bajo sus ojos se habían difuminado aún más. Un plato casi intacto de fiambre y fruta descansaba sobre una mesa cercana. Había conseguido comer unos cuantos bocados y no me había vuelto a dormir, pero por extraño que pudiera parecer, no estaba cansado. Como tampoco lo estaba Kieran, que no había dormido ni comido mucho más que yo. Vale, había un cansancio general, pero se debía a la preocupación. Por lo demás, me encontraba muy bien, y solo se me ocurría una cosa para explicarlo. El vínculo entre nosotros tres. La fuerza vital de Poppy, todo ese *eather* que tenía dentro y del que había hablado Nektas, nos proporcionaba energía y nos mantenía fuertes. No creía que ni Kieran ni yo nos sintiésemos especialmente dignos de esa fuerza.

«Pero ¿cuando te vi de pie en esa cornisa? Estaba furioso. No podía ni imaginar en qué diablos estabas pensando», continué. «Sin embargo, no pude seguir enfadado mucho tiempo. No cuando supe lo que tenías que hacer solo para leer un libro de tu elección».

Una ira antigua que nunca estaba demasiado lejos bulló en mi interior, y me costó volver a contenerla. Este no era el momento ni el lugar para ese tipo de emociones.

«Me alegro de que te llevaras ese diario. Ya sabes lo mucho que me gusta ese libro».

Lo que más me gustaba del diario de la señorita Willa era la bonita forma en que se sonrojaba Poppy cada vez que yo o cualquier otro sacaba el tema. Bueno, eso y la sensualidad ahumada de su voz cuando lo leía en voz alta… y lo mojada que acababa cuando lo hacía.

Joder.

Mi pene se endureció contra la curva de su trasero. Ahora sí que *no* era el momento para eso.

Eché la cabeza atrás.

«Supongo que tendríamos que darle las gracias a la señorita Willa por muchas cosas», murmuré, y pensé en esa primera vez que la había llamado Poppy, en el Ateneo. Y cómo se había convertido justo en eso desde esa noche. «Debí haberlo sabido entonces, y quizá lo supiera a algún nivel subconsciente, porque ahí fue cuando empecé a replantearme mis planes, a preguntarme cómo podía proporcionarte elección y libertad. Creo que supe ya entonces, antes de que pasásemos tiempo bajo el sauce, antes de abandonar Masadonia, que no podía limitarme a enviarte de vuelta con los Ascendidos. Pero no sabía cómo reconocerlo. Para ser sincero, no creo que hubiese sido capaz de hacerlo entonces».

Ella te importa.

«Kieran, sin embargo, sí lo sabía, o al menos empezó a sospecharlo debido a lo que le dije que quería hacerle al duque», comenté, y las orejas de Delano se pusieron atentas. «Matarlo no entraba en los planes iniciales. Si hubiese sido más o menos decente, podría haber vivido, o como muy poco, su muerte habría sido rápida». Mis labios se afinaron. «No lo fue».

Deslicé los dedos por su pelo y retiré los sedosos mechones de su mejilla mientras rememoraba aquel día en las dependencias del duque.

«Ni siquiera supe todo el alcance de las cosas que te había hecho, lo que había permitido, hasta mucho después. Y, por todos los dioses, he perdido la cuenta de las veces que he deseado poder volver atrás y hacer que su final fuese aún peor para él».

Una brisa cálida fluyó por la habitación.

«Pero me aseguré de que fuese doloroso, justo como le había dicho a Kieran que haría». Una sonrisa fría y brutal se extendió por mi boca. «Hay vidas que me arrepiento de haber quitado, pero ¿la del duque? Esa es una muerte de la que *jamás* me arrepentiré».

EL DUQUE

El día del Rito, me senté en el estudio del duque de Teerman, ante su mesa, en su silla y esperé con impaciencia.

La paciencia no era uno de mis puntos fuertes; en general, tampoco la consideraba una virtud.

Sin embargo, para esto, la tendría.

Bajé la vista hacia la espalda del guardia real sobre el que descansaban mis botas. Mediante coacción, le había sonsacado al hombre rubio lo que necesitaba saber antes de romperle el cuello. Matarlo no era necesario. No planeaba estar aquí cuando la coacción perdiese efecto, pero la cosa era que el guardia había sabido lo que pasaba aquí dentro durante las *lecciones* del duque. Estaba seguro de que el otro guardia real que solía vigilar la puerta también lo sabía, pero este se había puesto duro al relatar cómo el duque obligaba a Poppy a desnudarse de cintura para arriba y luego la hacía inclinarse sobre el mismísimo escritorio ante el que yo estaba sentado ahora. Entonces utilizaba la vara contra su piel. En ocasiones, lord Mazeen observaba. Más de una vez, Poppy había abandonado esta habitación apenas consciente. No había forma de saber lo que le habían hecho.

—Jodido bastardo. —Le di una patada en el costado al guardia muerto; el cuerpo resbaló por el suelo.

Mis ojos se quedaron atascados en la fina y larga vara apoyada contra una esquina del escritorio de caoba. ¿Sería esa la que había empleado para castigar a Poppy? ¿O una de las otras al lado del aparador? La ira bullía en mis entrañas, difícil de mantener a raya.

Había hecho muchas cosas terribles a lo largo de mi vida. Cosas espantosas. Había matado a sangre fría. Había matado por ira. Sangre que jamás podría eliminar de mis manos. Era un monstruo capaz de actos monstruosos, pero ¿lo que el duque de Teerman le había hecho a Poppy? ¿Lo que debía de haberle estado haciendo durante años? Eso era ruin incluso para mí.

«Ella te importa».

Mis dedos se enroscaron alrededor del reposabrazos de la silla. Estaba convencido de que a una persona no le tenía que importar alguien para sentirse furioso y asqueado por cómo lo trataba una tercera persona, pero le había mentido a Kieran.

No se trataba de venganza.

Se trataba de ella.

Giré la cabeza a un lado y a otro para aliviar la tensión, pero sin apartar los ojos de la vara. Todo lo que veía era cómo la sangre había desaparecido de la mitad inferior de la cara de Poppy cuando se había dado cuenta de lo que había dicho el día que salimos de sus lecciones con la sacerdotisa Analia. Podía oír el leve temblor en su voz incluso ahora. Sabía lo que era.

Miedo.

Un miedo real, de la chica que se había escabullido del castillo y había paseado por la ciudad de noche. La chica que había subido al Adarve durante un ataque de Demonios. Sentí que mi ira iba en aumento. Y era más que eso. Era el papel que habían desempeñado estos bastardos en todo lo prohibido para Poppy, lo que le habían arrebatado. La amistad. El contacto físico. La libertad para explorar. Para experimentar. No podía ni elegir lo que leía. Eran las cosas que se había visto obligada a hacer, los riesgos que había *tenido* que correr para saborear solo una pizca de esas cosas. Pero, peor aún, era la vergüenza que oía en sus negaciones.

Todo ello tenía que ver con por qué estaba dispuesto a correr estos riesgos.

No importaba lo que vendría a continuación. El hecho inevitable de que me convertiría en la causa del miedo que llenaría su voz. Que ella fuese otro acto monstruoso que yo estaba en proceso de cometer. No había pensado en eso mientras caminábamos de vuelta al castillo la noche anterior, cuando iba pensando en elecciones. Poppy no elegiría quedarse con nosotros una vez que conociese nuestra verdad.

Pero al menos yo no haría que sintiese *vergüenza.*

¿Y si al final lo hacía?

Entonces eso se convertiría en otro acto más que nunca podría limpiar de mi alma.

Me llegó el sonido de unas pisadas. Mis manos se relajaron sobre los reposabrazos de la silla.

El duque de Teerman abrió la puerta de su estudio y dejó que se cerrase sola a su espalda. Capté un tenue olor a hierro. Sangre. Dio unos tres pasos antes de que el bastardo se diera cuenta de que la habitación no estaba vacía.

—¿Qué…? —Teerman se paró en seco. Un lado de mis labios se curvó hacia arriba mientras giraba la silla despacio para mirarlo. Esos ojos oscuros y desalmados se abrieron como platos. Se abrieron aún más cuando vio al guardia muerto—. *¿Qué diablos?*

—Buenas tardes. —Me incliné hacia atrás y apoyé mis botas en la suave y brillante superficie de su escritorio. Crucé los tobillos con gran ostentación. El duque todavía no se había vestido para el Rito… demasiado ocupado con un tentempié—. *Excelencia.*

El capullo de pelo pálido se recuperó deprisa. Eso tuve que reconocérselo. Se enderezó y dejó caer su capa sobre el sofá. La ira tensaba la piel de alrededor de su boca.

—Debo admitir que la absoluta falta de respeto de tus acciones me ha dejado sin palabras, pero supongo que estás aquí para comunicarme tu dimisión.

Ladeé la cabeza en ademán inquisitivo.

—¿Y por qué creería tal cosa?

Indignado, abrió mucho las aletas de la nariz.

—Porque tendrías que ser un idiota para creer que conservarías tu puesto como guardia cuando salieras de esta oficina.

—Bueno, para empezar, no voy a ir a ninguna parte. —Mi sonrisa se ensanchó al mismo tiempo que el duque se ponía rígido—. Y en segundo lugar, no puedo mostrar ninguna falta de respeto hacia alguien a quien nunca respeté en primer lugar.

Sus labios demasiado rojos se entreabrieron. Mis ojos se posaron en el almidonado cuello de su camisa blanca. Vi que tenía una gotita roja. No comía con demasiado cuidado.

—Has perdido la cabeza.

—He perdido muchas cosas. —Alargué un brazo para agarrar la vara. Sus ojos volaron hacia ella. Dio un paso adelante, sus grandes manos se cerraron para apretar los puños a los lados—. La paciencia es una de ellas. Llevo esperando a que volvieras desde hace un buen rato. —Hice una pausa—. Dorian.

Se detuvo de nuevo y su espalda se puso rígida al mirarme. La comprensión se extendió por su cara. Por fin lo había deducido. Quién era yo. A quién había integrado por voluntad propia en su guardia y a quién había permitido dormir bajo su tejado. Por qué estaba ahora aquí. Sus ojos volaron hacia la puerta.

—*Huye* —lo insté—. Te reto a hacerlo. —El duque de Teerman se quedó inmóvil—. Ah, ahí está. —Deslicé los dedos a lo largo de la vara. Luego me incliné hacia delante—. Sí que hay un ápice de inteligencia en ti.

—Tú —escupió.

Cerré la mano en torno al extremo de la vara.

—¿Yo?

Teerman retrajo el labio. Su barbilla bajó y un gruñido grave retumbó en su interior.

—El Señor Oscuro.

—Eso dicen. —Le dediqué una sonrisa de labios apretados—. Pero preferiría que te dirigieses a mí de la manera apropiada. Es *príncipe* Casteel Da'Neer.

—Y yo que pensaba que sería «bastardo traidor».

Me reí bajito.

—Eso también funciona, pero has olvidado una parte de ese título. Es bastardo traidor *asesino*.

Su garganta subió y bajó al tragar saliva.

—¿Ah, sí?

Asentí.

—¿Planeas cometer un asesinato?

—Siempre —murmuré.

Un músculo palpitó en su sien y pasaron unos segundos largos.

—Sé lo que estás planeando. No te saldrás con la tuya. Tienes que saberlo.

—¿Lo sé?

—Estás en mi casa, en mi ciudad… y ambas están llenas de mis guardias. —Levantó la barbilla—. Todo lo que tengo que hacer es empezar a gritar y te encontrarás rodeado. No hay forma humana de que escapes.

—¿Y después qué? —pregunté. Él sonrió.

—Después le enviaré tu cabeza a la reina.

Solté una carcajada desdeñosa.

—Eso ha sonado de lo más dramático, pero del todo incorrecto.

—¿Y exactamente qué tiene de incorrecto? —Dio un discreto paso atrás, y estaba claro que creía que no me había dado cuenta.

—Tu ciudad no está llena de guardias leales a ti. Hace tiempo que no lo está —le informé. De algún modo, el Ascendido se había puesto aún más pálido—. Y no tienes ni idea de lo que planeo.

Teerman se rio entonces.

—¿Crees que no lo sé?

—Bueno, no tenías ni idea de que llevamos ya bastante tiempo en tu ciudad y en tu casa —destaqué—. Así que entenderás que no pueda darte demasiada credibilidad.

Se echó a reír, una risa grave y dura.

—¿Sabes? La reina dijo que tenías una boquita muy mordaz.

—¿Eso hizo? —pregunté—. No me sorprende nada saber que sigue obsesionada con mi boca después de todo este tiempo.

—Eso no es todo lo que dijo.

—Estoy seguro de que no. —No habría una repetición de la escena con lord Devries. No disponía de demasiado tiempo. Tenía un Rito para el que prepararme—. Pero no he venido aquí a hablar de esa zorra.

—Entonces, ¿por qué estás aquí? —Miró la vara de reojo—. ¿Por tu hermano?

Negué con la cabeza.

Sus mejillas se ahuecaron.

—La Doncella. —Sonreí—. No le pondrás las manos encima —juró, y sus ojos oscuros centellearon—. Te lo prometo. No…

—¿Sabes lo que encuentro fascinante sobre los árboles que crecen en el Bosque de Sangre? —lo interrumpí, al tiempo que deslizaba la palma de mi mano por el suave lateral de la vara marrón rojiza, disfrutando del retumbar de su ira—. ¿Aparte del hecho de que está claro que tratas estas varas como si fuesen una extensión de tu marchito pene?

El aire siseó entre sus dientes apretados.

Yo me reí.

—Mientras que la piedra de sangre no deja nada de un Ascendido, la madera de un árbol del Bosque de Sangre solo mata a un *vampry*. Despacio. Con mucho dolor. —Un lado de mis labios esbozó una sonrisa mientras lo miraba a los ojos—. Y luego deja los restos para que se pudran y descompongan, como cualquier otro cuerpo.

Teerman tragó saliva.

—Y a un atlantiano, ¿qué le hace?

—No gran cosa. —Sonreí con suficiencia—. Apuesto a que eso te cabrea. Los Ascendidos están tan desesperados por fingir que han sido Bendecidos por los dioses… Pero tú y yo sabemos que eso no son más que patrañas. No tenéis nada especial. Nunca lo habéis tenido. Ninguno de vosotros. Sois solo una imitación cutre de nosotros, aferrados con desesperación a los últimos vestigios de vuestro menguante poder y privilegio.

—¿Y acaso crees que vosotros sois mejores que nosotros? —replicó.

—La mayoría de nosotros lo es. ¿Yo? No. Yo no soy mucho mejor. Diablos, quizá sea incluso peor que algunos de los Ascendidos. Pero ¿tú? —Lo señalé con la vara—. Tú no eres ni estiércol de caballo comparado conmigo.

—Bastardo insolente y…

—Traidor y asesino. Lo sé. —Suspiré—. En cualquier caso, volviendo a lo de estas varas. —Lo observé con los ojos medio cerrados—. Sé lo que haces con ellas. —Teerman se quedó callado—. Sé que las has usado contra ella.

El hombre cuadró los hombros.

—¿Te lo ha dicho ella?

—Poppy no ha dicho ni una palabra.

Las cejas de Teerman salieron disparadas hacia arriba.

—¿Poppy? —repitió, y supe que había cometido un error con eso. Había tenido un *desliz*. El duque me miró pasmado, y una sonrisa lenta se fue extendiendo por sus mejillas—. Tienes que estar de coña.

Ahora fui yo el que se quedó callado.

Echó la cabeza hacia atrás y se rio con ganas antes de seguir hablando.

—Que cualquier otro se hubiese tomado un interés por ella no me habría sorprendido tanto. La verdad es que tiene... algo. Una especie de fuego interior. —Se rio otra vez. Yo me volví frío como el hielo—. Su último guardia tenía cierta debilidad por ella, pero ¿tú? ¿El Señor Oscuro? Esto no lo vi venir. —Esbozó una media sonrisa—. Aunque hay que admitir que *Poppy* es preciosa. Bueno, al menos la mitad de ella es...

Eso me hizo pasar a la acción. Dejé la vara sobre el escritorio y salté por encima de él. En un abrir y cerrar de ojos, tenía al duque agarrado del cuello de la camisa, la espalda contra el punto que mis botas acababan de ensuciar. Cerré una mano alrededor de su cuello, justo por debajo de su barbilla, y apreté los dedos contra su piel fría hasta que los frágiles huesos de la zona empezaron a crujir. Aunque no los rompí. Quería que el hijo de puta aún respirase, pero no gritase.

—No volverás a decir su nombre nunca más —dije, al tiempo que un hilillo de aire sibilante salía por su boca abierta—. Ni Penellaphe. Ni, sobre todo, Poppy.

Teerman trató de hacerse con la vara.

Agarré su brazo y lo rompí por el codo. El crujido del hueso me hizo sonreír y un gemido ronco salió entrecortado por su boca. Columpió el otro brazo. Ese lo rompí por el hombro.

—Haz un solo movimiento más, y lo siguiente serán tus piernas —lo advertí. La piel de su frente se había cubierto de una película de sudor—. ¿Lo entiendes? Parpadea una vez para decir que sí.

Teerman parpadeó.

—Perfecto. —Le di unas palmaditas en el pecho—. Hay algo que quiero que comprendas. Ya estabas muerto antes de que pusieras los ojos en mí siquiera. Ya te estabas quedando sin tiempo. Pero tu muerte, la razón de que ocurra ahora, no tiene absolutamente nada que ver con la Reina de Sangre ni con el trono y las tierras en cuyo robo has tomado parte. No tiene nada que ver con mi hermano. Tenías razón cuando dijiste que era por ella. Estás muriendo ahora mismo, aquí mismo, debido a ella.

Un escalofrío atravesó al duque de Teerman mientras pugnaba por respirar. Sin embargo, se quedó más quieto que una jodida estatua cuando agarré la vara.

—Estás muriendo debido a *esto*. —Observé cómo seguía la vara mientras la movía por encima de su cara—. La última vez que la usaste contra ella, ¿cuántas veces golpeaste su piel?

El duque gimió y se medio desplomó sobre el escritorio.

Me incliné hacia él hasta que nuestras caras estaban a apenas unos centímetros de distancia.

—Utiliza los ojos. Parpadea —le ordené—. Parpadea una vez por cada golpe que asestaste.

Los ojos de Teerman permanecieron abiertos durante unos momentos, luego parpadeó. Una vez. Dos. Cuando llegó a cinco, una ira que sabía a sangre se extendió por mi pecho. Cuando por fin terminó de parpadear, yo estaba temblando.

Temblando, joder.

Se debía en parte al horror de lo que le había hecho a Poppy, y en parte al asombro de que ella lo hubiese soportado. Y un par de días después, estaba ahí fuera en el Adarve. Maldita sea.

—¿Rompiste su piel? —exigí saber—. Una vez para «sí». Dos para «no».

Parpadeó dos veces a toda velocidad.

—¿Le has hecho sangre alguna vez antes?

El duque de Teerman parpadeó una vez mientras sus labios se afinaban y se retraían sobre sus dientes.

Respiré hondo antes de apartarme. Por supuesto que lo había hecho.

Lo agarré por el hombro roto y lo volteé de malos modos sobre el estómago. Su gemido de dolor amortiguado fue solo un precursor de lo que venía. Rasgué la parte posterior de su camisa, dejé al descubierto la pálida línea de su columna y me incliné sobre él para susurrarle al oído el número de veces que había parpadeado.

Entonces hice caer la vara sobre su espalda justo esa cantidad de veces. Cada zurriagazo silbaba por el aire y le provocaba espasmos a su cuerpo, además de abrir finas ranuras en la piel.

Le di un varazo de más solo porque me apetecía.

Cuando terminé y lo volteé sobre la espalda de nuevo, era un despojo tembloroso y el olor a pis impregnaba el aire a su alrededor. Sacudía la cabeza asqueado.

Sus labios se movieron para intentar hablar a pesar de la laringe quebrada. Al final, logró forzar unas palabras con un sonido sibilante y entrecortado que solo unos oídos atlantianos o de *wolven* hubiesen podido descifrar.

—Cuando... descubra... quién... eres, *te... odiará.*

—Ya lo sé. —Agarré bien la vara—. Y solo para que lo sepas, todas las partes de Poppy son preciosas.

—Lo... es. —Algo centelleó en sus ojos. Un destello de sol moribundo entre la oscuridad—. Y siempre... será... mía.

—Asqueroso bastardo —gruñí—. Jamás ha sido tuya.

A continuación, atravesé su pecho con la vara.

El cuerpo del duque de Teerman sufrió un espasmo y sus brazos se agitaron flácidos cuando solté la vara. Permaneció clavada en su pecho cuando retrocedí. Esta vez, tuve toda la paciencia del mundo para esperar. Su muerte no fue rápida. Había rozado a propósito su corazón, así que el árbol de sangre tardó unos minutos en hacer su trabajo.

El duque de Masadonia se apagó sin un gemido siquiera, el cuerpo roto y los pantalones manchados de orina. No obstante, el arrebato de satisfacción salvaje al ver cómo la vida se extinguía en sus ojos fue breve. No volvería a ponerle la mano encima a Poppy... ni a nadie más, de hecho... pero eso no borraría el dolor ni la humillación que le había infligido ya. No desharía nada de eso.

Deseé poder matar al muy bastardo otra vez.

Di media vuelta, pero me detuve. Pensé en lo que estaba por venir esta noche y en la oportunidad para montar algo de espectáculo dramático que se me había presentado.

«Bueno, Excelencia». Al girarme hacia él, mi sonrisa regresó. «Creo que vas a suponer una atracción principal magnífica para el Rito».

Se me cortó la respiración

Se me estaba haciendo tarde.

Mi visita al duque y los preparativos subsiguientes me habían llevado más de lo esperado.

Recién bañado, por fin estaba vestido de carmesí para el Rito, mi máscara en su sitio, mientras cruzaba el atestado vestíbulo. El plan era encontrar a Poppy, separarla de Vikter y Tawny, luego llevarla hasta el jardín, donde nos esperaría Kieran. Mis pasos, sin embargo, se ralentizaron. El lugar era un auténtico caos.

Los plebeyos se movían entre los Ascendidos y los lores y damas en espera como oleadas rojas. Distinguí a un puñado de guardias solo por las armas que llevaban. Había muchísima gente y el olor a rosas flotaba denso en el aire, hasta el punto de casi asfixiarme según me acercaba al Gran Salón.

Me había limpiado la sangre del duque de las manos, pero nada había borrado mi sonrisa, que estaba bien plantada en mi cara y era probable que fuese a quedarse ahí durante un tiempo.

En especial cuando pensaba en su preciada vara del Bosque de Sangre.

A través de las puertas abiertas, vi a cientos de personas pulular por la sala, esparcidas por el espacio principal y todas las salitas y los rincones a su alrededor. Habían retirado los estandartes blancos y dorados, sustituidos por los rojos del Rito, que me recordaban a los que colgaban en Wayfair. Enrosqué el labio de arriba. Cada dos o tres palmos, había jarrones llenos de rosas de todos los tonos, y verlos me recordó a cuando había oído a Tawny quejarse de ellos. Una sonrisa irónica tironeó de mis labios cuando me detuve cerca de las columnas para estudiar la escena delante de mí. Todo el mundo me parecía igual, todos vestidos y enmascarados del color de la sangre fresca. Mis ojos pasaron de manera somera por uno de los rincones y luego volaron de vuelta a una de las columnas…

Por todos los dioses.

Vi a Poppy ahí de pie con Vikter y Tawny, y esa extraña sensación de cosquilleo se extendió otra vez por mi nuca al tiempo que se me cortaba la respiración.

Mirando a Poppy desde las columnas, aún a varios metros de ella, el aire simplemente desapareció de mis pulmones como si hubiese olvidado cómo respirar. ¿Y cuán idiota sonaba eso? Uno no se olvidaba sin más de respirar, pero nunca en mi vida había sentido ese… ese *whoosh* en mi pecho. Nunca. No sabía si era porque no llevaba el velo o porque no iba de blanco.

O quizá porque era, sencillamente, la criatura más preciosa que había visto en toda mi vida.

Llevaba el pelo retirado de la cara para caer en ondas sueltas por su espalda. El color me recordó a frambuesas a la luz del Gran Salón. El antifaz era mil veces mejor que el velo e, incluso desde donde estaba, me pareció que sus labios lucían más oscuros, más carnosos. Y ese vestido…

Las mangas eran de gasa carmesí, como gran parte del resto. Solo la tela desde el corpiño hasta los muslos era opaca. Lo demás era traslúcido, y todo él abrazaba las tentadoras curvas de su cuerpo.

Poppy se giró en dirección contraria a donde estaba yo. Pude ver que el pelo le llegaba justo por encima de las dulces y sensuales curvas del trasero.

Ese vestido.

Era probable que fuese el origen de mi falta de aire, porque era de una exquisitez obscena, hecho para el pecado.

Mi imaginación se desmadró y llenó mi mente de todas las variadas y divertidas maneras en que uno podía pecar. Empecé a dirigirme hacia ella, sin dejar de notar ese cosquilleo en la nuca mientras serpenteaba entre la multitud, el corazón acelerado.

La curva de los hombros de Poppy se puso tensa, luego dio media vuelta. Sus labios rosados se entreabrieron y… Joder… un intenso deseo se apoderó de mí. Demasiado intenso. Los pantalones y la túnica eran demasiado finos para lo que sentía en esos momentos.

—Hola —dijo Poppy, luego cerró la boca de golpe. Sonreí mientras sus mejillas se teñían de rosa.

—Estás… —En verdad, no había una única palabra que pudiese hacerle justicia, así que me decidí por la mejor que se me ocurría en ese momento—: Preciosa. —Me giré hacia Tawny y, para ser del todo sincero, podría haber estado desnuda o llevar un saco puesto, para lo que me importaba—. Tú también.

—Gracias —repuso Tawny. Eché un rápido vistazo a Vikter.

—Tú también.

Vikter soltó un bufido y Tawny se rio, pero yo me sentí recompensado cuando vi la sonrisa de Poppy. Se giró hacia Vikter.

—Es verdad que estás muy guapo esta noche.

El hombre más mayor se sonrojó mientras negaba un poco con la cabeza. Fui a ponerme detrás de Poppy, lo más cerca que pude.

—Siento el retraso.

—¿Va todo bien? —preguntó. Sonaba nerviosa.

—Claro —la aseguré—. He tenido que ayudar a hacer unos barridos de seguridad. —Cosa que no era del todo falsa. Sí que había hablado con Jansen sobre los fuegos que los Descendentes planeaban provocar. Nadie resultaría herido esta noche, bueno, ningún mortal en cualquier caso, pero a muchos de los Ascendidos les costaría regresar a sus casas—. No creí que fuésemos a tardar tanto.

Poppy parecía tener ganas de decir algo más, pero se limitó a asentir y deslizó los ojos hacia el estrado. Empezó a sonar la música, al tiempo que decenas de sirvientes entraban por las muchas puertas laterales, cargados con bandejas llenas de copas frágiles y platos delicados.

—Tengo que hablar con el comandante —anunció Vikter, mirándome a mí.

—Yo me ocupo de ella —le confirmé.

En lugar de recordarme exactamente lo importante que era Poppy, como solía hacer, se limitó a asentir antes de dar media vuelta en el sitio. Sentí una oleada de alivio. No tendría que lidiar con la presencia de Vikter y a lo que eso llevaría de manera inevitable.

Fui a ocupar el puesto de Vikter al lado derecho de Poppy.

—¿Me he perdido algo?

—No —contestó Tawny—. A menos que te apeteciese escuchar un puñado de oraciones y ser testigo de unas cuantas despedidas lacrimosas.

—No en particular —comenté en tono seco. Poppy miró a Tawny.

—¿Han llamado a la familia Tulis?

—¿Sabes? —Frunció el ceño—. Creo que no.

Reprimí una sonrisa. De haberlo hecho, los Tulis no hubiesen podido responder. Estaban todos de camino a New Haven.

Un movimiento captó mi atención. La duquesa se abría paso hacia nosotros, seguida por varios guardias reales.

—Penellaphe —saludó la duquesa con una sonrisa.

—Excelencia —repuso Poppy, con tanta educación que casi costaba creer que hubiese maldecido alguna vez en su vida.

La duquesa asintió en dirección a Tawny y a mí, y sus ojos se deslizaron por mi cuerpo de la misma manera exacta en que yo había mirado a Poppy. ¿Echaría de menos a su marido? No lo creía. Sonreí.

—¿Estás disfrutando del Rito? —le preguntó a Poppy. Al parecer, si Tawny o yo lo estábamos pasando bien no importaba. Poppy asintió.

—¿Su Excelencia el duque no va a venir?

Mi sonrisa se ensanchó un poco.

—Se le ha debido de hacer tarde. —Las comisuras de la boca de la duquesa se tensaron, lo cual reveló su preocupación.

No debería estar preocupada.

El duque ya estaba aquí.

Se acercó más a Poppy para hablarle en voz baja, aunque oí sus palabras con claridad.

—Recuerda quién eres, Penellaphe. —Se me borró la sonrisa de la cara—. No debes mezclarte con los demás ni socializar —continuó la duquesa.

—Lo sé —la tranquilizó Poppy, mientras yo cerraba el puño a mi lado.

Observé cómo la duquesa se alejaba entre la masa de Ascendidos aduladores y lores y damas en espera que la miraban con adoración. Ese músculo empezó a palpitar en mi mandíbula otra vez.

—Tengo una pregunta.

—¿Sí? —dijo Poppy, la cabeza ladeada.

—Si se supone que no debes mezclarte con los demás ni socializar, que, por cierto, son la misma cosa —empecé, y sentí que mi ira se diluía un poco con la leve curva de sus labios—, ¿cuál es el objetivo de permitirte asistir al Rito?

Su pequeña sonrisa desapareció.

—En verdad, esa es una pregunta muy buena —señaló Tawny. Poppy frunció los labios.

—Para ser sincera, no estoy segura de cuál es el objetivo —admitió.

Yo tampoco.

Contemplé a la multitud, pero después de unos instantes, mis ojos volvieron a Poppy, atraídos por su pelo suelto y ese maldito vestido. Por todos los dioses, ¿por qué tenía que ser tan guapa? ¿Tan *fiera*?

Se estaba retorciendo las manos, así que miré su cara. Estaba pendiente de Tawny. Pasó un momento, luego llamó a su amiga.

Tawny se giró hacia ella.

—¿Sí?

—No tienes que quedarte aquí a mi lado —dijo—. Puedes ir allí y pasártelo bien.

—¿Qué? —Arrugó la nariz contra su antifaz—. Me lo estoy pasando bien. ¿Tú no?

—Claro que sí —le aseguró Poppy, aunque yo lo dudaba—, pero no tienes por qué quedarte aquí pegada a mí. Deberías estar ahí fuera. —Hizo un gesto hacia los que estaban en el espacio principal—. No pasa nada.

Tawny protestó, pero Poppy no quería saber nada del tema, y al final la convenció de que no pasaba nada por que se fuera. A socializar. Entonces Poppy sonrió. No fue una sonrisa enorme, pero capté un breve atisbo de dientes blancos. Que su amiga se divirtiese la hacía feliz, la hacía sonreír.

Maldita sea.

Yo quería que *ella* se divirtiera.

Que fuese feliz.

Quería esa sonrisa.

Y dentro de poco, pasaría mucho tiempo hasta que volviese a sonreír. Me había quedado a solas con Poppy sin tener que hacer esfuerzo alguno. El alivio que debería sentir no llegó nunca.

Me acerqué un poco más a ella.

—Eso ha sido muy amable por tu parte.

—No creas. ¿Por qué tendría que quedarse ella aquí plantada sin hacer nada, solo porque es todo lo que puedo hacer yo?

—¿De verdad es esto todo lo que se te permite hacer?

—Estabas ahí mismo cuando Su Excelencia me ha recordado que no debía mezclarme con los demás o…

—O fraternizar.

—Ha dicho «socializar» —me corrigió.

—Pero no tienes que quedarte aquí.

—No. —Se giró otra vez hacia el salón—. Me gustaría volver a mi habitación.

Rechiné los dientes.

—¿Estás segura?

—Por supuesto.

Di un paso a un lado.

—Después de ti, princesa.

—Tienes que dejar de llamarme así —me recriminó, los ojos entornados.

—Pero es que me gusta.

Pasó por mi lado y levantó un poco los bajos de su falda.

—Pero a mí no.

—Eso es mentira.

Sus labios amenazaron con sonreír mientras negaba con la cabeza. La seguí a través de la masa de asistentes enmascarados, ninguno de los cuales parecía consciente de quién caminaba entre ellos. El aire era más fresco fuera del Gran Salón. Poppy lanzó una breve mirada hacia una de las puertas abiertas que conducía al jardín.

—¿A dónde vas? —pregunté cuando vi que se apresuraba a apartar los ojos del jardín y continuaba su camino.

Poppy se giró hacia mí, la nariz arrugada contra la máscara en señal de confusión.

—A mis habitaciones, como te he…

Empecé a hablar, pero mis ojos se quedaron enganchados en la caída de su pelo y luego en el delicado encaje de su corpiño.

—Antes me equivoqué cuando dije que estabas preciosa.

—¿Qué? —susurró.

—Estás absolutamente exquisita, Poppy. Guapísima. —Y era verdad—. Solo… necesitaba decírtelo.

Sus ojos se abrieron como platos detrás del antifaz mientras me miraba… a la cara, por suerte. Si hubiese mirado más abajo, me habría dado miedo que viese lo muy verdaderas que eran mis palabras. Mis ojos volvieron al encaje de su corpiño.

De verdad que necesitaba tener más control de mí mismo.

Y necesitaba seguir adelante con el plan.

No había esperado estar a solas con ella tan deprisa ni con tanta facilidad. Disponía de algo de tiempo antes de que llegase Kieran. Podía llevarla a sus aposentos y convencerla para salir más tarde, pero…

El jardín era su lugar y quería que lo viese por última vez. Quería esa sonrisa de ella.

Y si era sincero conmigo mismo, sacarla al jardín ahora no tenía que ver solo con mis planes. También tenía que ver con el hecho de que pasaba algo cuando estaba con ella. Algo casi mágico.

Era… era solo yo.

Cas.

Y, joder, eso me parecía peligrosísimo. Quizás incluso estúpido. Porque tenía la suficiente autoconciencia como para reconocer que, en el poco tiempo desde que la conocía, se había formado una conexión entre nosotros, un vínculo que no era del todo unilateral. Si tuviese más sentido común o fuese más como había sido antes de que la Corona de Sangre me tuviese cautivo, cortaría esta mierda de raíz. Pero ya no era esa persona. Hacía décadas que no lo era. Ahora era mucho más impulsivo e imprudente. Egoísta. Cuando deseaba algo, lo *deseaba*.

Y no era como si fuese a haber muchas más oportunidades para esto después de esta noche.

—Tengo una idea —dije, y forcé a mis ojos a conectar con los suyos.

—¿Ah, sí?

Asentí.

—Y no incluye volver a tu cuarto.

Se mordió el labio con los dientes, pensativa.

—Estoy bastante segura de que, si no me quedo en el Rito, lo que se espera de mí es que vuelva a mi cuarto.

—Llevas antifaz, igual que yo. No vas vestida como la Doncella —señalé—. Según tu propia teoría de ayer por la noche, nadie sabrá quiénes somos ninguno de los dos.

—Sí, pero…

—A menos que quieras volver a la habitación. —Empecé a sonreír—. A lo mejor estás tan enfrascada en ese libro que…

—No estoy enfrascada en ese libro. —Se puso roja. Yo sentí una leve desilusión.

—Sé que no quieres quedarte enjaulada en tus aposentos. No tienes por qué mentirme.

—Yo… —Sus ojos saltaron de un lado para otro—. ¿Y a dónde sugieres que vaya?

—Que *vayamos*. —Señalé la entrada del jardín con la barbilla. Su pecho se hinchó con una respiración profunda.

—No sé. Es…

—Solía ser un sitio de refugio para ti. Ahora, se ha convertido en un sitio de pesadilla —dije, con el estómago revuelto, pues sabía que yo era la razón de que ella ya no tuviese eso—. Pero solo seguirá siendo así si tú lo permites.

—¿Si lo permito? ¿Cómo cambio el hecho de que Rylan muriera ahí afuera?

—No lo cambias.

Las comisuras de su boca se tensaron.

—No te sigo. No sé a dónde quieres ir a parar con esto.

Me acerqué a ella, la miré a los ojos.

—No puedes cambiar lo que ocurrió ahí. Igual que no puedes cambiar el hecho de que el jardín solía proporcionarte paz. Solo tienes que sustituir tu último recuerdo, uno malo, por uno nuevo, uno bueno —le expliqué, algo que había aprendido en mis propias carnes—. Y luego sigues haciendo lo mismo hasta que el recuerdo inicial deje de superar al sustituto.

Poppy abrió la boca y deslizó los ojos hacia la puerta del jardín.

—Haces que suene tan fácil…

—No lo es. Es difícil e incómodo, pero funciona. —Le tendí la mano—. Y no estarás sola. Yo estaré ahí contigo, y no solo para protegerte.

Sus ojos volaron hacia los míos. Dio la impresión de quedarse paralizada, como si mis palabras la hubiesen sorprendido. Al principio, no estaba seguro de qué había dicho para provocar semejante reacción, pero entonces pensé en lo que sabía de ella. Aparte de Tawny, quizá, todos los que pasaban tiempo con ella lo hacían porque era su deber. Incluso Vikter, en cierta medida. Incluso yo.

Joder. Eso pesó como una roca sobre mi pecho.

Poppy extendió la mano hacia la mía, pero luego se detuvo.

—Si alguien me viera… —murmuró—. Te viera…

—¿Nos viera? ¿Agarrados de la mano? Por los dioses en lo alto, menudo escándalo. —Sonreí, luego miré a nuestro alrededor—. No hay nadie. A menos que tú puedas ver a gente que yo no veo.

—Sí, veo los espíritus de aquellos que han hecho malas elecciones en sus vidas —repuso con sequedad. Me eché a reír.

—Dudo que nadie nos reconozca en el jardín. No cuando los dos llevamos máscara y solo con la luz de la luna y unas pocas farolas para iluminar el camino. —Meneé los dedos—.

Además, me da la sensación de que todo el que esté ahí fuera estará demasiado ocupado como para que le importe.

Poppy puso su mano en la mía.

—Eres muy mala influencia.

No tenía ni idea de en qué medida.

Cerré la mano en torno a la suya. Sentí ese cosquilleo en la nuca.

—Solo los malos pueden ser influenciados, princesa.

El sauce

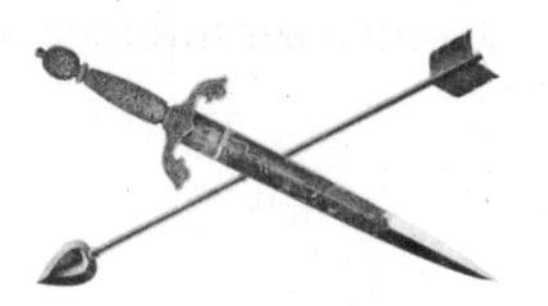

—Esa lógica me suena un poco defectuosa —comentó Poppy.

Me reí mientras la conducía al aire más fresco del exterior.

—Mi lógica nunca es defectuosa.

Con eso, me gané una sonrisa de labios apretados.

—Creo que eso es algo de lo que uno no sería consciente si lo fuera.

Sin embargo, a la luz de los farolillos, la pequeña sonrisa se diluyó demasiado deprisa cuando Poppy miró por el jardín a nuestro alrededor y la brisa revolvió los arbustos que bordeaban el sendero. Sus pasos se ralentizaron. Incluso sin mis sentidos realzados, supe que casi vibraba de la ansiedad.

Con el objetivo de distraerla, dije lo primero que me vino a la mente.

—Uno de los últimos sitios donde vi a mi hermano fue en uno de mis lugares favoritos. —Su atención se desvió de los oscuros senderos, en los que no penetraba la luz de los farolillos ni de la luna. Sus ojos muy abiertos se cruzaron con los míos. Apreté la mano en torno a la suya, pero sus dedos permanecieron rectos. Yo sujetaba su mano, pero ella no sujetaba la mía—. Allá en mi hogar, hay cavernas ocultas que muy poca gente conoce. Hay un túnel en particular por el que tienes que caminar bastante. Es estrecho y oscuro. No mucha gente está dispuesta a seguirlo para encontrar lo que aguarda al final.

—Pero ¿tu hermano y tú sí lo hicisteis? —preguntó.

—Mi hermano, un amigo nuestro y yo lo hicimos cuando éramos jóvenes y teníamos más valor que sentido común. —Fruncí el ceño—. Pero me alegro de que lo hiciéramos porque al final del túnel había una inmensa caverna con el agua más azul, burbujeante y caliente que he visto en la vida.

Poppy echó un vistazo a nuestra izquierda, donde un murmullo bajo de conversación emanaba de la oscuridad.

—¿Como un manantial de agua caliente?

—Sí y no. El agua de mi hogar… En realidad, no puede compararse con nada.

—¿De dónde…? —Su cabeza giró a la derecha al oír el sonido de un gemido suave. Sonreí al verla tragar saliva—. ¿De… de dónde eres?

—De un pueblecito del que estoy seguro de que no has oído hablar jamás —dije, y le di un apretoncito en la mano. Sus dedos siguieron rectos—. Nos escabullíamos a la caverna a cada oportunidad que teníamos. Los tres. Era como nuestro propio mundillo particular. —Me llené de una nostalgia que hacía mucho tiempo que no sentía. Entonces vi la fuente de mármol y piedra caliza esculpida a imagen y semejanza de la Doncella con velo. El agua brotaba de la jarra que sujetaba, para caer en el estanque a sus pies—. Y, al mismo tiempo, estaban pasando muchas cosas, cosas que eran demasiado serias y adultas para que las comprendiéramos entonces. Necesitábamos esa vía de escape, donde podíamos ir y no preocuparnos por lo que podía estar estresando a nuestros padres, ni asustarnos por todas las conversaciones susurradas que no entendíamos del todo. Comprendíamos lo suficiente como para saber que presagiaban algo malo. La caverna era nuestro refugio.

Me detuve al llegar a la fuente y me giré hacia ella. Seguí hablando.

—Del mismo modo que este jardín era el tuyo. Los perdí a los dos. A mi hermano cuando éramos más jóvenes, y luego a mi mejor amigo, unos años después —le conté, cosa que era verdad solo en parte. Los perdí a los dos a la vez. Uno debido a mi estupidez. El otro, que en verdad era *la* otra, a mis manos—. El lugar que antes estaba lleno de alegría y aventura se convirtió en un cementerio de recuerdos. No podía ni pensar en volver allí sin ellos. —Un leve escalofrío recorrió mi brazo a medida que el nudo de tristeza y amargura se aflojaba—. Era como si el sitio estuviese embrujado.

—Te entiendo —dijo, y levantó la vista hacia mí con sinceridad en los ojos—. Yo no hago más que mirar a nuestro alrededor y pensar que el jardín debería tener un aspecto distinto. Doy por sentado que debería haber un cambio visible para reflejar la sensación que me transmite ahora.

Me aclaré la garganta.

—Pero está igual que siempre, ¿verdad? —Poppy asintió—. Tardé mucho tiempo en reunir el valor suficiente para volver a la caverna. Yo también me sentía así. —No había vuelto solo. Kieran vino conmigo. No creía que hubiese sido capaz de ir yo solo—. Estaba seguro de que el agua se había vuelto lodosa en mi ausencia, sucia y fría. Pero no. Estaba tan tranquila, azul y caliente como siempre había estado.

—¿Sustituiste los recuerdos tristes por otros alegres? —preguntó Poppy. Negué con la cabeza.

—No he tenido la oportunidad, pero pienso hacerlo. —Esa era otra mentira. Dudaba que fuese a conseguirlo nunca. Y para ser sincero, no creía que me lo mereciese.

—Espero que así sea —dijo con un tono muy sentido. Y por todos los dioses, fue como un puñetazo en la tripa, mientras observaba la brisa juguetear con su pelo y revolver varios mechones por sus hombros y su pecho—. Siento lo de tu hermano y tu amigo.

Sí, estaba claro que no me merecía eso.

—Gracias. —Levanté la vista hacia el cielo estrellado. Sabía que era un monstruo, pero también sabía que no era el único monstruo aquí—. Sé que no es como lo que sucedió aquí, con Rylan, pero entiendo lo que se siente.

—A veces, creo... creo que es una bendición que fuera tan pequeña cuando Ian y yo perdimos a nuestros padres —musitó después de unos segundos—. Mis recuerdos de ellos son tenues y, debido a eso, hay una... no sé, una especie de ¿desapego? Por mal que pueda sonar, en cierto modo tengo suerte. Hace que lidiar con su muerte sea mucho más fácil, porque es casi como si no fueran reales. Pero para Ian no es lo mismo. Él tiene muchos más recuerdos que yo.

—No hay nada malo en ello, princesa. Creo que solo es la forma en que funcionan el cerebro y el corazón —comenté—. ¿No has vuelto a ver a tu hermano desde que se fue a la capital?

Poppy negó con la cabeza y miró cómo mi mano sujetaba la suya.

—Escribe tan a menudo como puede. Normalmente, una vez al mes, pero no lo he visto desde la mañana en que se fue. —Despacio, cerró los dedos alrededor de los míos y, joder, volví a sentir ese arrebato de triunfo. Ya no solo sujetaba su mano—. Lo echo de menos. —Levantó la vista y sus ojos encontraron los míos—. Estoy segura de que tú echas de menos a tu hermano y... espero que lo veas de nuevo.

Maldita sea.

Lo dijo con el mismo sentimiento que sus palabras anteriores. Empecé a decirle que lo haría, pero, joder, parecía muy equivocado decirle eso justo a *ella*.

La brisa captó otro mechón de su pelo. Atrapé el rizo con un dedo y la parte de atrás de mis nudillos rozó la piel desnuda justo debajo de su cuello. Noté un estremecimiento en la mano que sujetaba. Su aroma se condensó cuando su cuerpo respondió con entusiasmo a esa caricia apenas existente.

Poppy soltó mi mano y dio un paso atrás. Luego se giró.

—Yo… —Se aclaró la garganta y una sonrisa empezó a juguetear en las comisuras de mis labios—. Mi lugar favorito del jardín es el rincón de las rosas de floración nocturna. Hay un banco allí. Solía venir casi todas las noches a ver cómo se abrían. Eran mi flor favorita, pero ahora me cuesta incluso mirar las que han cortado y puesto en jarrones.

—¿Quieres que vayamos ahora? —pregunté.

—Creo… creo que no.

—¿Te gustaría ver mi sitio favorito? —le ofrecí. Poppy me miró por encima de mi hombro.

—¿Tienes un sitio favorito?

—Sí. —Le tendí la mano una vez más—. ¿Quieres verlo?

Dudó solo un segundo, luego devolvió su mano a la mía. Mi corazón latía con fuerzas redobladas mientras la alejaba de la fuente de la Doncella y la llevaba por otro sendero hacia la sección sur del jardín. Su aroma fresco y dulce invadió todos mis sentidos e incluso ahogó el de las flores de lavanda según nos acercábamos a ellas. Eso me dejó con la sensación de que Poppy sentía cierta aprensión. Su deseo la preocupaba.

—¿Eres fan del sauce llorón? —preguntó.

El gran sauce viejo del que hablaba apareció entonces a la luz de los farolillos, sus ramas casi rozaban el suelo. Asentí.

—Nunca había visto ninguno hasta que vine aquí.

—Ian y yo solíamos jugar dentro. Así nadie podía vernos.

—¿Jugar? ¿O esconderos? —pregunté—. Porque eso es lo que hubiese hecho yo.

—Bueno, sí —dijo con una sonrisita—. Yo me escondía e Ian venía conmigo como haría cualquier hermano mayor bueno. —Echó la cabeza hacia atrás—. ¿Te has metido debajo alguna vez? Hay bancos, aunque ahora no se ven. En realidad, cualquiera podría estar ahí debajo ahora mismo y no lo sabríamos.

Eché un rápido vistazo al sauce, capaz de ver a través de la oscuridad de la cubierta de ramas y hojas.

—No hay nadie ahí debajo.

—¿Cómo puedes estar tan seguro?

—Lo estoy y ya está. Vamos. —Tiré de ella hacia delante—. Mira por dónde pisas.

Poppy se quedó callada mientras la conducía hasta un extremo del murete de piedra. Separé las ramas con una mano para dejarla entrar, mientras mantenía la otra cerrada con firmeza en torno a la suya. Me reuní con ella bajo el sauce, consciente de que ella no sería capaz de ver tres en un burro.

—Por todos los dioses —murmuró—, había olvidado lo oscuro que está todo aquí dentro por la noche.

—Parece que estamos en un mundo diferente —comenté—. Como si hubiésemos atravesado un velo y entrado en un mundo encantado.

—Deberías verlo cuando hace más calor. Las hojas florecen y... ¡oh! —La emoción llenó su voz y llevó una sonrisa a mis labios—. O cuando nieva, al atardecer. Los copos espolvorean las hojas y el suelo, pero no muchos consiguen colarse aquí dentro. Entonces sí que es como un mundo diferente.

—A lo mejor lo vemos.

—¿Tú crees?

—¿Por qué no? —dije, consciente de que no lo haríamos. Me giré hacia ella en la oscuridad. Estábamos muy cerca de pronto, apenas unos centímetros entre nuestros cuerpos—. Nevará, ¿no? —pregunté, permitiéndome... bueno, fingir—. Vendremos a escondidas justo antes del atardecer.

—Pero ¿estaremos aquí todavía? —preguntó, y eso me sorprendió—. La reina podría pedirme que regresara a la capital antes de eso.

—Es posible. —Me forcé a hablar con tono ligero—. Si es así, supongo que tendremos que encontrar aventuras diferentes, ¿no crees? ¿O debería llamarlas *des*venturas?

Poppy se rio bajito, y el sonido suave hizo dos cosas al mismo tiempo: caldeó mi pecho y calentó mi sangre. Lo del pecho me dejó confuso.

—Creo que nos va a costar bastante escabullirnos a cualquier parte en la capital —musitó—. No cuando… falta tan poco para mi Ascensión.

—Deberías tener más fe en mí. ¿Qué crees, que no podré encontrar una manera de salir por ahí de incógnito? —le recriminé en broma, en lugar de decirle que eso no iba a suceder—. Puedo asegurarte que cualquier cosa que se me ocurra no acabará contigo encaramada en una cornisa. —Retiré un mechón de pelo de su mejilla—. Estamos aquí fuera en la noche del Rito, escondidos debajo de un sauce llorón.

—No ha parecido tan difícil.

—Eso es solo porque yo guiaba tu camino —bromeé. Eso le provocó otra risita suave.

—Claro.

—Tu duda me hiere. —En ese momento, di media vuelta—. ¿Dijiste que había bancos por aquí? Espera. Ya los veo.

—¿Cómo demonios ves esos bancos?

—¿Tú no los ves?

—Eh… no.

Sonreí en la oscuridad.

—Entonces, debo de tener mejor vista que tú.

—Creo que solo estás diciendo que puedes verlos y seguro que estamos a punto de tropezar…

—Aquí están. —Me paré al lado de uno y me senté. Poppy me miró boquiabierta. —¿Quieres sentarte? —le pregunté.

—Querría, pero a diferencia de ti, no puedo ver en la oscuridad… —Soltó una exclamación ahogada cuando tiré de ella de modo que quedó sentada sobre mi muslo.

Me alegré de que no pudiese ver, porque mi sonrisa era tan radiante que no me cabía duda de que mis colmillos eran bien visibles.

—¿Cómoda? —No hubo respuesta de Poppy, pero su olor era rico y maravilloso, e iba en aumento—. No puedes estar cómoda —le dije. Pasé un brazo a su alrededor y la atraje hacia mí, de modo que todo su costado quedó apretado con firmeza contra mi pecho y la parte de arriba de su cabeza se apoyó justo debajo de mi barbilla—. Eso es. Así tienes que estar mucho mejor.

Su respiración sonaba acelerada y superficial.

—No quiero que te enfríes —continué, con una sonrisa—. Tengo la sensación de que es una parte importante de mi deber como tu guardia real personal.

—¿Eso es lo que estás haciendo ahora mismo? —Su voz sonó más ahumada, más suave. ¿Se habría dado cuenta? Porque yo desde luego que lo hice—. ¿Protegerme del frío sentándome en tu regazo?

Apoyé la palma de la mano en su cintura, con gran cuidado y suavidad, sin olvidar la poca experiencia que tenía. Aunque me hubiese mostrado atrevido con la forma de sentarla, sabía que esto también era una «primera vez» para ella.

—Exacto.

Su respiración me hacía cosquillas en el cuello.

—Esto es increíblemente inapropiado.

—¿Más inapropiado que leer ese diario obsceno?

—*Sí* —insistió.

—No. —Me eché a reír—. Ni siquiera puedo mentir. Esto *es* muy inapropiado.

—Entonces, ¿por qué?

—¿Por qué? —Buena pregunta. Mi barbilla rozó la parte de arriba de su cabeza mientras contemplaba las ramas que nos ocultaban. Había muchas razones y todas ellas estaban por delante de una mera forma de pasar el rato. Su necesidad de mí. Mi deseo de ella… Mis ojos recorrieron sus labios curvos, la orgullosa punta de su nariz—. Porque quería —dije, ofreciéndole otro poco de sinceridad.

—¿Y qué hubiera pasado si yo no quería?

Me reí bajito.

—Princesa, estoy seguro de que si no quisieras que hiciera algo, estaría tumbado con una daga en el cuello antes de poder respirar mi siguiente bocanada de aire. Aunque no veas ni dos dedos delante de tu nariz. —No lo negó. Miré de reojo a la curva de su pierna—. Porque llevas la daga encima, ¿verdad?

—Sí —reconoció, con un suspiro.

—Lo sabía. —El deseo bulló en mi interior, así que solté su mano. No fue tanto la daga lo que me puso cachondo, sino lo que simbolizaba el arma. La resiliencia de Poppy. Su capacidad. Su fuerza. La prueba de que había agarrado las pesadillas y el miedo y los había convertido en poder. *Eso* fue lo que me puso cachondo—. No puede vernos nadie. Nadie sabe que estamos aquí siquiera. Todo el mundo cree que estás de vuelta en tu habitación.

—Sí, pero esto sigue siendo imprudente por multitud de razones —protestó—. Si alguien entrara aquí…

—Los oiría antes que ellos a nosotros —le dije. Tenía mis razones para estar aquí debajo. Muchas razones. Una de ellas era que quería que Poppy tuviese al menos un puñado de minutos en los que poder ser solo ella. No la Doncella. Minutos durante los cuales no tendría que preocuparse de que la pillasen. Quería que fuese como había sido en la Perla Roja, libre para experimentar. Para vivir—. Y si entrara alguien, no tendrían ni idea de quiénes somos.

Poppy se echó hacia atrás e intentó ver mi cara entre las sombras.

—¿Para esto me has traído a este sitio?

—¿Qué es *esto*, princesa?

—Esto tan… inapropiado.

Al principio no había sido por eso. ¿Ahora? Desde luego que sí. Toqué su brazo.

—¿Y por qué haría eso?

—¿Por qué? Creo que es bastante obvio, *Hawke* —me dijo—. Estoy sentada en tu regazo. Dudo de que sea la forma en que sueles mantener conversaciones inocentes con la gente.

—Las cosas que hago rara vez son inocentes, princesa.

—Chorradas —musitó.

—O sea que ¿estás sugiriendo que te traje aquí fuera, en lugar de a una habitación privada con una *cama...?* —Consciente de lo prohibido que tenía el contacto con otras personas, exploté ese hecho y deslicé las yemas de mis dedos por su brazo derecho—. ¿Para enfrascarme en un tipo especial de comportamiento inapropiado?

—Eso es justo lo que estoy diciendo, aunque mi habitación hubiese sido mejor opción.

—¿Qué pasa si digo que eso no es verdad?

—Yo... —Su espiración revoloteó alrededor de mi mandíbula cuando moví mi mano a su cadera—. No te creería.

—Y ¿qué pasa si digo que la cosa no empezó de ese modo? —Moví solo el pulgar por la piel suave y redondeada de la zona. Decía la verdad. No había planeado esto. Sobre todo no justo después de traicionarla. Eso me convertiría en el tipo de bastardo que... bueno, que era—. Pero que después apareció la luz de la luna y tú, con el pelo suelto, con este vestido, y *entonces* se me ocurrió la idea de que este sería el sitio ideal para algo de comportamiento extremadamente inapropiado.

—Entonces diría... que eso es más probable.

Deslicé la mano hacia abajo.

—Bueno, pues ha sido eso.

—Al menos eres sincero. —Se mordió el labio y sus ojos se entrecerraron.

—¿Sabes qué? —le dije, pendiente de su reacción—. Te ofrezco un trato.

—¿Un trato?

—Si hago cualquier cosa que no te guste... —Bajé mi mano con suavidad por la parte superior de su muslo; me detuve cuando sentí la daga bajo las capas de fina tela. Cerré la mano a su alrededor—. Te doy permiso para apuñalarme.

—Eso sería excesivo —declaró.

—Esperaba que me hicieras solo un cortecito superficial —dije—. Pero merecería la pena averiguarlo.

Sus labios se curvaron en una sonrisa.

—Eres muy mala influencia.

—Creo que ya dijimos que solo los malos pueden ser influenciados.

Los ojos de Poppy se cerraron al tiempo que mis dedos resbalaban del mango de la daga y se deslizaron por encima de la hoja.

—Y creo que yo ya te dije que tu lógica es defectuosa.

Mis sentidos aumentados captaron cómo su respiración y su pulso se aceleraban. Sentí la agitación caliente que se acumulaba en su interior.

Que se acumulaba también en mi interior.

—Soy la Doncella, Hawke —dijo, y sonó más como si se lo estuviese recordando a sí misma.

—No me importa.

Abrió los ojos de golpe.

—No puedo creer que hayas dicho eso.

—Lo he dicho. —Y lo decía muy en serio, porque incluso con todas las mentiras que había dicho, esto era verdad. Ahora mismo, debajo de este sauce, lo único que importaba era *quién* era ella—. Y lo diré otra vez. No me importa lo que eres. —Retiré la mano de su espalda para apoyarla en su mejilla—. Me importa quién eres —dije y… joder, el maldito Kieran tenía razón. Sí que me importaba Poppy.

Su labio de abajo tembló mientras mi mandíbula se apretaba.

—¿Por qué? —susurró—. ¿Por qué dices algo así?

Parpadeé, confuso; su pregunta me había tomado por sorpresa.

—¿En serio me estás preguntando eso?

—Sí. No tiene sentido.

—Tú no tienes sentido —la contradije.

Me dio un puñetazo en el hombro, y no fue suave, precisamente.

—Ay —me quejé.

—Venga, hombre.

—Me has hecho un magullón —protesté en broma.

—Eso es ridículo —replicó—. Y eres tú el que no tiene sentido.

—Yo soy el que está aquí sentado siendo sincero. —Cosa que era de lo más falsa, si pensaba demasiado en ella. No tenía intención de hacerlo, porque seguro que lo pagaría más tarde—. Tú eres la que me pega. ¿Cómo es que soy yo el que no tiene sentido?

—Porque todo esto no tiene sentido. Podrías estar con cualquiera, Hawke. Un montón de personas con las que no tendrías que esconderte debajo de un sauce llorón para pasar un rato con ellas.

Eso era verdad.

—Y aun así, estoy aquí contigo. Y antes de que empieces siquiera a pensar que es porque mi deber me obliga, no es por eso. Podría haberme limitado a acompañarte de vuelta a tu habitación y haberme quedado ahí en el pasillo.

—A eso voy. No tiene sentido. Podrías tener un montón de voluntarias para... lo que sea esto. Sería superfácil —argumentó—. A mí no puedes tenerme. Soy... soy in-te-nible.

Fruncí el ceño. *¿Intenible?*

—Estoy seguro de que eso ni siquiera es una palabra.

—Ese no es el tema. No se me permite hacer esto. Nada de esto. No debí hacer lo que hice en la Perla Roja —continuó—. No importa si quiero...

—Y *sí* quieres —susurré, mi voz baja porque me daba la sensación de que saldría huyendo si lo dijese demasiado alto—. Lo que quieres es a mí.

—Eso no importa —sentenció.

Menuda parida.

—Lo que quieres debería importar siempre.

Soltó una carcajada brutal.

—Pues no es así. Y ese tampoco es el tema. Podrías...

—Te he oído la primera vez, princesa. Tienes razón. Podría encontrar a alguien que fuese más fácil. —Tracé el borde de su antifaz, por encima de su mejilla—. Lores y damas en espera que no están reprimidos por reglas o limitaciones, que no son Doncellas que he jurado proteger. Hay muchas formas en las que podría ocupar mi tiempo que no incluyen explicar con gran detalle por qué he elegido estar *donde* estoy, con *quien* he elegido. —Poppy arrugó la nariz—. La cosa es —continué— que ninguna de esas personas me intriga. Tú sí.

—¿De verdad es tan simple para ti? —preguntó.

No.

Para nada.

Ni siquiera aquí bajo el sauce.

—Nada es simple nunca. —Apreté la frente contra la de ella—. Y cuando lo es, rara vez merece la pena.

—Entonces, ¿por qué? —susurró. Mis labios amagaron con sonreír.

—Empiezo a creer que es tu pregunta favorita.

—Quizá. Es solo que... por todos los dioses, hay muchas razones por las que no entiendo cómo puedes estar tan intrigado. Me has visto —insistió. No podía haberla oído bien—. Has visto el aspecto que tengo...

—Así es —la interrumpí, porque, santo cielo, *sí* que la había oído bien y eso jamás debía de haber cruzado su mente. Sin embargo, por culpa de bastardos como el duque, sí lo hacía. Por todos los dioses, me entraron ganas de asesinar al muy bastardo de nuevo—. Y creo que ya sabes lo que opino al respecto. Lo dije delante de ti, delante del duque, y te lo he repetido a la puerta del Gran Salón...

—Ya sé lo que dijiste, y no he sacado el tema de mi aspecto para que me llenes de cumplidos. Es solo que... —Sacudió la cabeza—. Da igual. Olvida que he dicho eso.

—No puedo. No quiero.

—Genial.

—Lo que pasa es que estás acostumbrada a imbéciles como el duque. —Pronuncié su título con un gruñido—. Puede que sea un Ascendido, pero no vale nada.

Se puso tensa.

—No deberías decir cosas como esa, Hawke. Te vas...

—No me da miedo decir la verdad. Puede que sea poderoso, pero no es más que un hombre débil —y uno muerto— que demuestra su fuerza intentando humillar a los que son más poderosos que él. ¿Alguien como tú, con tu fuerza? Lo hace sentir incompetente. Cosa que es. ¿Y tus cicatrices? Son un testimonio de tu fortaleza. Son prueba de a lo que sobreviviste. Son la evidencia de por qué tú estás aquí cuando muchos que te doblan en edad no lo estarían. No son feas. Lejos de eso. Son preciosas, Poppy.

Su tensión se relajó.

—Es la tercera vez que me llamas así —susurró.

—Cuarta —la corregí—. Somos amigos, ¿no? Solo tus amigos y tu hermano te llaman así, y puede que seas la Doncella y yo un guardia real, pero teniéndolo todo en cuenta, esperaría que pensaras que somos amigos.

—Lo somos.

Debería haberme sentido fatal por ello. Por convertirme en lo que debía ser. En su amigo. Por ganarme su confianza. Esa culpabilidad infecta se extendió. Mis ojos se posaron en las ramas oscilantes del sauce. No necesitaba llevarlo tan lejos. Lo sabía. Joder, lo sabía en el Ateneo, cuando no la besé. Tenía lo que necesitaba. El resto sería historia. Suspiré y apoyé la palma de la mano en su mejilla.

—Y no... no estoy siendo un buen amigo ni un buen guardia ahora mismo. No... —Moví la mano por detrás de la espesa cortina de su pelo para enroscar los dedos ahí y sujetarla cerca de mí. Solo unos segundos más, porque me gustaba cómo la sentía entre los brazos, y supuse que después de esta noche, la única vez que la sujetaría tan cerca sería para evitar que me diera un puñetazo—. Debería acompañarte de vuelta a tus aposentos. Se está haciendo tarde.

Su suspiro fue entrecortado.

—Es verdad. —Pugnando con el deseo de hacer justo lo contrario, empecé a levantarla de mi regazo—. ¿Hawke? —susurró—. Bésame. Por favor.

La sorpresa me dejó paralizado, pero mi maldito corazón martilleaba contra mis costillas mientras la miraba. Sabía lo que debería hacer. Había un pasado. Había un futuro fuera de este sauce. Necesitaba hacer lo que había hecho la noche anterior. No había ninguna necesidad de esto.

Excepto que me había pedido que la besara.

Y *quería* hacerlo.

Que les dieran a las buenas intenciones y a la pizca de mí que era un hombre decente.

—Por todos los dioses —murmuré con voz rasposa, y mi mano volvió a su mejilla. Seguro que pagaría por esto más tarde, pero ahora mismo, ningún precio parecía demasiado—. No tienes que pedírmelo dos veces, princesa, y jamás tienes que suplicar.

Cerré la distancia que nos separaba y rocé sus labios con los míos. No fue un beso. Para nada. Pero ella jadeó contra mi boca de un modo tan tierno que sonreí. Y ralenticé mis movimientos sin demasiado pensamiento consciente. No porque creyera que ella no podría gestionarlo. Sabía que podía. Que yo pudiera gestionarlo era debatible en este momento, pero también quería que ella disfrutara de esto. Quería que sintiese todo lo que pudiese.

Quería que tuviese más experiencias.

Poppy *podía* tener eso, sin importar cómo acabase todo este asunto. Lo *tendría*.

Moví la boca sobre la suya, al tiempo que desplazaba mi mano de modo que el pulgar llegase hasta el punto donde notaba el pulso en su cuello. Latía desenfrenado. Lo mismo que el mío cuando enroscó las manos en la parte delantera de mi túnica. Tiró de la tela. No estaba seguro de que ella fuese consciente de su exigencia, pero yo sí.

Quería más.

Y yo podía darle más.

Ladeé la cabeza para profundizar el beso. Succioné sus labios carnosos entre los míos, y eso le gustó, porque se apretó más contra mí. Cuando el beso terminó, me eché atrás justo lo suficiente para ver sus labios hinchados y centelleantes. Me gustó mucho el aspecto que le daban. Muchísimo.

Poppy se movió hacia mí un segundo antes de que pudiera reclamar sus labios… y, joder, eso me gustó aún más. Su ansia prendió fuego a mi sangre. Mientras deslizaba las manos por sus hombros, tuve que tener cuidado de que no sintiera mis afilados colmillos, pero ya no había nada juguetón en nuestra actitud. Ella se estremeció y me devolvió el beso con una pasión inexperta que sobrepasaba a cualquier beso anterior. Un gruñido de aprobación retumbó desde mi pecho y danzó sobre sus labios. Le di un mordisquito en el de abajo, y sonreí al notar cómo se le cortaba la respiración. Sus dedos se clavaron en mi túnica, su agarre casi desesperado mientras se contoneaba entre mis brazos. Y también sabía lo que significaba eso.

Quería más.

Y yo estaba más que dispuesto a dárselo.

La agarré por la cintura para levantarla, luego la guie hacia abajo de modo que sus piernas se abrieran y ella se deslizara hasta mis caderas. Tiré de ella contra mí, su blandura contra mi dureza. Y sabía que podía sentirme. El olor de su excitación impregnó el aire a nuestro alrededor. Sus caderas dieron una sacudida, lo cual hizo que la dulzura entre sus piernas arrastrara a lo largo de la dureza de mi pene. Gemí al sentir la fricción.

Y Poppy…

Me demostró exactamente lo mucho que le gustó la sensación de mí contra ella. Me agarró del pelo mientras su boca se movía contra la mía. Mis brazos se ciñeron a su alrededor y yo bebí de sus labios. Los dedos enterrados en mi pelo se apretaron y, joder, sus caderas empezaron a moverse. Las meció por instinto puro y duro, apoyando su blandeza contra mi pene. Pesqué su labio de abajo otra vez. Emitió un gemidito ahumado cuando sus movimientos la recompensaron con placer. Por los dioses, estaba *hambrienta*.

Y yo estaba dispuesto a dejar que me devorara.

Moví los brazos para agarrar su falda y levantarla justo lo suficiente para meter mis manos debajo. Las palmas de mis manos cayeron sobre sus pantorrillas desnudas y Poppy se estremeció.

—Recuerda —le dije, mientras mis manos recorrían los lados de sus piernas—. Cualquier cosa que no te guste, dilo y pararé.

Poppy asintió, antes de encontrar mi boca en la oscuridad. Mis manos subieron aún más mientras nos besábamos. Ella se acercó, presionó contra mí. Necesitaba más. Quería más. Estaba ávida.

Era una suerte que yo también.

Un fogonazo de deseo puro tronó a través de mí cuando ella se arqueó contra mi cuerpo. Mis dedos se cerraron sobre la piel de sus muslos al tiempo que empujaba con mis caderas hacia arriba. Poppy tembló y se pegó más a mí, y joder, era la más exquisita tortura que existía. Agarré sus piernas y la arrastré solo un pelín hacia la derecha, de modo que estuviese apretada del todo contra mi duro miembro.

—Hawke —gimió contra mi boca, al tiempo que se restregaba contra mí y luego se movía adelante y atrás. Y por todos los dioses, la ayudé a encontrar ese ritmo.

Poppy me cabalgó a través de mis pantalones y cualquiera que fuese la finísima ropa interior que llevara, el calor entre sus muslos tan adictivo como sus besos. Sus rodillas aprisionaron mis caderas y, joder, me entraron ganas de tirarla al suelo y perderme en ella. Perderlo todo en lo que sabía que era su calor resbaladizo. Me temblaban los brazos. Me estremecí de deseo. La imagen de ella debajo de mí, su corpiño bajado para dejar al descubierto esos oscuros pezones que había vislumbrado a través de su camisón, y su falda arremolinada alrededor de la cintura fue tan real que empecé a mover las manos hacia ahí. Para levantarla una vez más, para hacer justo lo que había imaginado, porque esa pizca de hombre decente era aún más pequeña ahora…

La lengua de Poppy se deslizó entre mis labios, rozó mis dientes.

Joder.

Me aparté de golpe antes de que pudiese toparse sin querer con algo que no esperaba. Algo que la aterraría.

—Poppy. —Jadeando, cerré los ojos con fuerza y dejé que mi frente cayera sobre la suya. Todo mi cuerpo vibraba de deseo. Mi pene palpitaba de un modo casi doloroso.

Los dedos de Poppy se abrían y cerraban en torno a mi pelo.

—¿Sí?

—Esa ha sido la quinta vez que he dicho tu nombre —dije, mientras pugnaba por recuperar el control de mi deseo—, por si todavía llevas la cuenta.

—Claro que la llevo.

—Bien. —Me forcé a sacar las manos de debajo de su vestido antes de ceder a la tentación y deslizarlas hacia arriba. No quería hacerlo, pero acababa de llegar demasiado cerca de tomar de ella lo que no me merecía. Tragué saliva, inquieto por lo deprisa que me había perdido en ella… Solté una respiración entrecortada. Luego puse una mano sobre su mejilla, la yema de mi dedo encontró su antifaz. Tracé su contorno—. No creo que haya sido sincero hace unos momentos.

—¿Sobre qué? —Poppy bajó sus manos a mis hombros.

—Sobre lo de parar —admití—. Sí pararía, pero no creo que tú me pararas.

—No entiendo muy bien qué quieres decir.

Abrí los ojos.

—¿Quieres que sea franco?

—Siempre quiero que seas sincero.

La culpa supuraba como una fea y vieja herida, pero podía ser sincero con ella en esto. Deposité un beso en su sien.

—Estaba a segundos de tirarte al suelo y convertirme en un guardia muy, muy malo.

Su pecho se hinchó de repente contra el mío y su aroma me inundó.

—¿De verdad?

—De verdad —confirmé.

—No creo que te hubiese parado —susurró. Yo gemí.

—No ayudas.

—Soy una Doncella mala.

—No. —Besé la otra sien—. Eres una chica perfectamente normal. Lo que se espera de ti es lo malo. —Lo pensé un poco—. Y sí, también eres una Doncella muy mala.

Entonces Poppy hizo lo que había querido de ella desde el principio de esta desventura.

Se rio.

Y fue una risa real y profunda. Echó la cabeza atrás y se rio con ganas. El sonido discurrió a través de todo mi cuerpo.

Por todos los dioses.

Envolví los brazos a su alrededor y tiré de ella de vuelta a mi pecho. Cerré los ojos de nuevo y guie su mejilla hacia mi hombro mientras pugnaba con el renovado deseo de hacer lo que los dos queríamos: tumbarla en el suelo. Follarla hasta que ninguno de los dos supiésemos quiénes éramos. Y Poppy había dicho la verdad. No me detendría. Me habría acogido con gusto en su interior. Y supe que no se habría arrepentido de ello.

Hasta más tarde.

Más tarde, se arrepentiría de cada momento pasado conmigo.

Besé la parte de arriba de su cabeza, luego apreté la mejilla contra los suaves mechones de su pelo. Necesitaba llevarla de vuelta sana y salva a sus aposentos. Pronto sucederían cosas, o quizá ya hubiesen empezado, lo cual significaba que Kieran debía de estar cerca.

—Tengo que llevarte de vuelta, princesa.

Poppy se aferró a mí con fuerzas redobladas.

—Lo sé.

Me reí entre dientes.

—Pero, para eso, tienes que soltarme.

—Lo sé. —Suspiró, pero se quedó donde estaba—. No quiero.

La sujeté contra mí, seguramente demasiado fuerte. Un poco demasiado tiempo. Pero era reacio a dejar escapar su calor y su peso, porque sentirla así en mis brazos, relajada y confiada, me provocó una miríada de emociones que me golpearon deprisa y duro. No hubiese podido describir la mayoría de ellas.

Excepto una.

Una sensación de corrección.

Como si las piezas encajasen donde debían hacerlo y quedasen así ensambladas. Sabía que sonaba fantasioso y que tenía poco sentido, pero me dejó agitado.

—Yo tampoco —admití. Luego lo bloqueé todo. Se me daba bien hacerlo. Igual que hacía cuando los recuerdos se volvían demasiado desagradables y oscuros. Era como dividirme en dos personas. Estaba Cas, y luego estaba este, el que tenía control.

Me puse de pie y levanté a Poppy con suavidad, pero seguimos aferrados el uno al otro, nuestros cuerpos apretados con fuerza. Puede que no tuviese tanto control.

Poppy fue la que dio un paso atrás. Con el pecho extrañamente hueco, la tomé de la mano. Mi agarre sobre ella era suave, igual que lo fue mi tono cuando hablé, pero ¿por dentro? Santo cielo, la ira y la frustración iban en aumento.

—¿Lista? —le pregunté.

—Sí —susurró.

La guie fuera del refugio del sauce en silencio, directo hacia el sendero iluminado por farolillos. El jardín estaba tranquilo, excepto por el viento que removía los tallos y las ramas. Nos acercamos a la fuente cuando un olor familiar llegó hasta mí.

Vikter.

Maldita sea.

Eso fue todo lo que pude pensar.

Maldita sea.

Kieran estaba listo. Estaba aquí. Necesitaba llevármela, pero me había quedado demasiado tiempo debajo del sauce y ahora… ahora Vikter era un obstáculo con el que tendría que lidiar. Así que estaba a punto de borrar el recuerdo bueno del jardín que acababa de proporcionarle a Poppy. Lo sustituiría por uno aún más horroroso que lo que le había sucedido a Keal.

Hasta el último rincón de mi ser empezó a rebelarse. No podía hacerlo, aunque había roto el cuello de un guardia real esta noche. Y al duque le había hecho algo mucho peor, pero no podía acabar con Vikter delante de ella.

Maldita sea.

Mis pensamientos corrían a toda velocidad. Esto no era un gran problema. Solo un ligero cambio de planes. Tendría que raptarla más tarde esta noche… hacer uso de esa puerta de servicio.

Doblamos otra esquina y Poppy se tambaleó de pronto hacia atrás cuando nos topamos con Vikter sin antifaz. Mi agarre se apretó sobre su mano mientras me giraba para sujetarla, pero ya había recuperado el equilibrio.

—Oh, por todos los dioses —susurró—. Casi me da un infarto.

La mirada dura de Vikter saltó de ella a mí. Las aletas de su nariz se abrieron cuando bajó la vista hacia donde yo aún sujetaba la mano de Poppy.

Quizá debería haberla soltado, pero no lo hice. No hubiese podido explicar por qué. Vikter levantó sus ojos furiosos hacia mi cara.

Poppy tiró para retirar la mano, pero, sin romper el contacto visual con el hombre, la retuve un momento más antes de soltarla.

—Es hora de volver a tu habitación, *Doncella* —gruñó Vikter, en dirección a Poppy, que se encogió un poco al oír su tono. Joder, eso no me gustó.

—Estaba en proceso de acompañar a *Penellaphe* a sus aposentos.

La cabeza de Vikter giró hacia mí a toda velocidad.

—Sé exactamente lo que estabas en proceso de hacer.

—Lo dudo —murmuré, para azuzar la ira de Vikter a propósito.

—¿Crees que no lo sé? —Vikter se encaró conmigo—. No hay que echaros más que un vistazo para saberlo.

Era probable que tuviese razón.

—No ha pasado nada, Vikter.

—¿Nada? —gruñó Vikter—. Chico, puede que haya nacido de noche, pero no nací anoche.

—Gracias por señalar lo obvio, pero te estás equivocando de plano.

—¿*Yo* me estoy equivocando? —Vikter tosió una carcajada—. ¿Es que no entiendes lo que es ella? ¿Entiendes siquiera lo que podrías haber provocado si cualquiera que no fuese yo se hubiese topado con vosotros dos?

Poppy se movió hacia él.

—Vikter…

—Sé muy bien quién es ella —intervine—. No *lo* que es. A lo mejor tú has olvidado que no es solo un maldito objeto inanimado cuyo único propósito es servir a un reino, pero yo no.

—Hawke. —Poppy se giró hacia mí.

—Oh, sí, qué caradura, viniendo de ti. ¿Cómo la ves tú, Hawke? —Vikter estaba tan cerca que solo un mosquito hubiese podido caber entre nosotros—. ¿Como otra muesca en el poste de tu cama?

Poppy soltó una exclamación y se giró de nuevo en dirección contraria.

—*Vikter*.

—¿La consideras el último desafío? —continuó.

—Mira, comprendo que te muestres protector con respecto a ella. —Bajé la barbilla al mismo tiempo que la voz—. Lo entiendo. Pero te lo voy a decir solo una vez más, te estás equivocando mucho.

—Y yo te prometo una cosa… tendrás que pasar por encima de mi cadáver para disfrutar de otro momento a solas con ella.

Entonces sonreí. Mi ira se apaciguó, pero eso no era buena noticia para Vikter. Tendía a hacer las cosas más horribles cuando estaba calmado, y podía hacer que su promesa se hiciese realidad. Aquí mismo. Ahora mismo. Terminar con él y llevarme a Poppy. Eso era lo que debería estar haciendo.

Sin embargo, no quería hacer eso delante de Poppy.

—Ella te ve casi como a un padre —dije con suavidad—. Le dolería mucho que te ocurriera algo desafortunado.

—¿Es una amenaza? —exigió saber Vikter.

—Solo te estoy informando de que esa es la única razón por la que no estoy haciendo que tu promesa se haga realidad en este mismo momento —lo advertí—. Pero ahora tienes que apartarte. Si no lo haces, alguien va a resultar herido y ese alguien no voy a ser yo. Entonces Poppy se disgustará. —Me volví hacia ella, que nos miraba a ambos con los ojos como platos—. Y esta es la sexta vez que lo digo —la informé. Ella parpadeó y yo me volví hacia Vikter una vez más—. No quiero verla disgustada, así que apártate. De una. Jodida. Vez.

Vikter parecía a punto de hacer justo lo contrario.

Mi sonrisa se ensanchó un pelín.

—Los dos tenéis que parar. —Poppy agarró el brazo de Vikter—. En serio. Estáis haciendo una montaña de nada. Por favor.

Le sostuve la mirada a Vikter, al tiempo que detectaba otro olor. Miré directo a los ojos del veterano guardia y dejé que un poco de lo que yo era saliese a la superficie. Solo lo suficiente como para que reconociese quiénes éramos en realidad el uno para el otro al final del día.

Depredador.

Y presa.

Vikter dio un paso atrás entonces. El hombre tenía pelotas. Eso tenía que reconocérselo.

—Yo me quedaré con ella el resto de la noche —me informó Vikter—. Puedes retirarte.

Esbocé una sonrisilla de suficiencia y mis ojos se posaron en donde Vikter tomó a Poppy del brazo para dar media vuelta con ella. El agarre era suave. Esa era la única razón de que el hombre aún tuviese brazo.

Di un paso atrás y le dediqué a Poppy una última mirada, registrando la caída de su pelo ahora enredado y las exuberantes curvas sobre las que había tenido mis manos. Después me adentré en las sombras de un sendero sin iluminar. El viento aumentó y revolvió varios mechones de pelo por mi frente mientras caminaba bajo los jacarandás. Capté un tenue aroma acre justo antes de ver a Kieran apoyado contra una de las estatuas más viejas, medio cubierta de musgo. Iba vestido con el negro de la guardia de la ciudad. Nadie, ni siquiera Nyktos mismo, hubiese conseguido que vistiera el rojo del Rito.

—¿No olvidas algo? —preguntó.

—No. —Levanté una mano para arrancarme el antifaz y tirarlo a un lado—. Apareció su otro guardia.

—¿Y? —Se separó de la estatua, el ceño fruncido—. Podrías haber acabado con él. Podrías haberle arrancado el corazón del pecho si hubieses querido.

—Yo jamás haría tal cosa.

Resopló exasperado y me lanzó una mirada sabedora.

—¿Qué diablos?

—No es un gran problema. Solo un ligero retraso —le informé—. Me la llevaré en un ratito y nos encontraremos en la Arboleda en lugar de aquí.

Kieran hizo un ruidito grave en su garganta.

—No me gusta esto…

—Lo sé. —La frustración conmigo mismo, con Vikter y con todo este maldito asunto bulló en mi interior—. Mira, si lo hubiese eliminado, ella se enfrentaría a nosotros aún más de lo que ya lo va a hacer. No necesitamos ese tipo de dolor de cabeza.

—Creo que ya tengo dolor de cabeza —replicó—. En cualquier caso, los Descendentes han puesto las cosas en marcha, así que más te vale conseguir llevarla a la Arboleda.

PRESENTE VIII

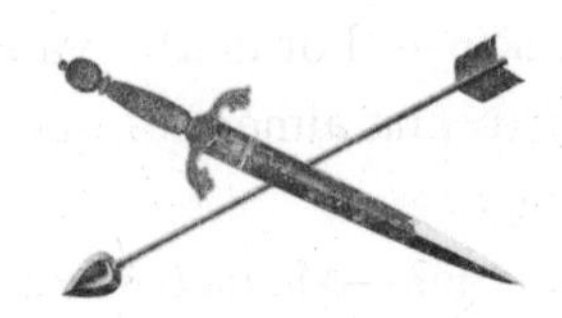

«¿Esa extraña sensación que había sentido cuando estábamos debajo del sauce?», le dije a Poppy, al tiempo que rozaba su coronilla con mis labios, igual que había hecho entonces. «¿Esa sensación de corrección? Era una parte de mi alma reconociendo a la tuya. Corazones gemelos. Eso es lo que sentí como piezas que encajaban en su sitio. Aunque en ese momento no tenía ni idea de que eso era lo que estaba sintiendo».

—Y no querías creerlo —apuntó Kieran. Estaba sentado con las piernas cruzadas entre Poppy y Delano, dando debida cuenta de un pequeño bol de almendras—. Cuando te dije que era tu corazón gemelo.

—¿Quién lo creería? —me defendí.

Kieran clavó en mí una mirada seca.

—Cualquiera que os viese a los dos juntos.

Me reí un poco y sacudí la cabeza.

—Solo es que era difícil de creer. Es excepcional encontrar a tu corazón gemelo.

Los ojos de Kieran se deslizaron hacia Poppy.

—Sí, pero ella también es excepcional.

Bajé la vista hacia ella.

—Eso es quedarse muy muy corto. —Retiré el mechón de pelo que no hacía más que encontrar el camino hasta su cara—. ¿Lo que se permitió hacer debajo del sauce? Fue valiente. Sé que a nosotros no nos lo parecería, pero lo fue.

—No, si lo entiendo. —Kieran se metió una almendra en la boca y la masticó con suavidad durante unos segundos—. Por aquel entonces no la conocía de verdad, pero sabía lo suficiente acerca de la sociedad que habían creado los Ascendidos y lo que se esperaba de ella... lo que tenía prohibido. —Asentí despacio—. Por cierto, ya entonces tenía mis sospechas. —Me tiró una almendra que atrapé al vuelo—. Sabía que pasaba algo.

—¿Por lo del duque? —Me metí el fruto seco en la boca.

Kieran se rio y negó con la cabeza mientras le ofrecía a Delano un puñado de almendras.

—Antes de eso. —Arqueé una ceja mientras Delano tomaba lo que le ofrecían, logrando de alguna manera no arrancarle a Kieran la mano de un bocado en el proceso—. Después de la Perla Roja, cuando no quisiste hablar sobre ella. Lo supe entonces. —Kieran se inclinó hacia delante para dejar el bol en el suelo—. Ya entonces te mostrabas protector con ella.

Era verdad, y parecía un poco ridículo incluso ahora, pero esa era la cosa con los corazones gemelos. No significaba que otros amores fuesen menos intensos o sinceros. De hecho, conocía a otras personas que se amaban con la misma fuerza que lo hacíamos Poppy y yo. Pero los corazones gemelos eran simplemente otra raza. Una emoción más fuerte y más segura, una que creaba una atracción innegable. No había importado que no conociese a Poppy en aquel momento. Éramos dos piezas que encajaban juntas y nuestras almas lo habían reconocido, aunque ninguno de los dos lo hubiésemos hecho.

Eso me hizo pensar en mi hermano. En lo que afirmaba. Lo que sabía que debía ser cierto para que se quedase en Carsodonia y no intentase escapar un montón de veces. Pero ¿Millicent? Solté el aire despacio. ¿Podía ella *tener* siquiera un corazón gemelo? Supuse que no era imposible, pero...

—¿Qué narices *es* Millicent?

Las cejas de Kieran salieron disparadas hacia arriba.

—Vaya, eso sí que ha sido aleatorio.

Lo era, pero era una pregunta legítima.

—Quiero decir, no es exactamente una Retornada, ¿verdad? Sigue siendo la hija de Ires. Eso la convertiría en una diosa.

—Pero no —me contradijo Kieran, sus oscuras cejas fruncidas ahora—. Porque no Ascendió. Tu sangre no fue... —La arruga de su ceño se profundizó—. Lo bastante buena.

—Gracias.

Apareció una breve sonrisa mientras Kieran recolocaba el dobladillo del camisón de Poppy.

—Seguimos sin saber a ciencia cierta cómo se hacen siquiera los Retornados. O cómo diablos ha conseguido ese capullo de Callum seguir con vida tanto tiempo. —Se inclinó hacia atrás y acarició a Delano; el *wolven* emitió un gruñido grave—. Pero apuesto a que Millicent lo sabe.

—Sí. —Con la cabeza echada hacia atrás, contemplé el techo mientras deslizaba el pulgar en círculos lentos por el hombro de Poppy—. La noche del Rito...

—Las cosas se fueron de las manos —terminó Kieran por mí. ¿Se fueron de las manos? Fue al mismo tiempo un éxito y un desastre—. Lo que ocurrió esa noche no fue lo que habías planeado —afirmó Kieran—. Tú no ordenaste a los Descendentes que atacasen el Rito, que atacasen a mortales. Se suponía que debían solo provocar un buen puñado de incendios menores y deshacerse de unos cuantos Ascendidos y sus ayudantes. Eso era todo.

—Lo sé. —Apreté la mandíbula—. Pero aun así, soy responsable. Encontraron su propio poder y su fuerza para luchar. Eso era lo que yo quería y lo hicieron en mi nombre. Debo aceptar mi responsabilidad en ello. Todos debemos.

Kieran se quedó callado, pero sabía que lo entendía.

Arrastré los dientes por mi labio inferior.

—Tuve que matar a algunos de ellos. Hombres que lo habían arriesgado todo por mí... por Atlantia y por la libertad. Y eso me puso enfermo.

—Nos puso enfermos a todos —murmuró Kieran en silencio. Él también había tenido que terminar con la vida de algunos Descendentes.

—Pero tenía que hacerse. —Los círculos que dibujaba sobre la piel de Poppy me calmaban—. Mi padre diría que solo porque uno empiece en el lado correcto de la historia no significa que vaya a quedarse ahí —comenté, a sabiendas de que podía decirse lo mismo de mí en cualquier momento.

Sin embargo, lo que había ocurrido aquella noche había sido diferente. Pensé en las dos damas en espera que habían revoloteado por el atrio como ruiseñores. Dafina y Loren. No habían merecido morir. Muchos de los lores y damas en espera no tenían ni idea de lo que eran de verdad los Ascendidos, pero la gente rota y desgraciada de Masadonia no podía distinguir entre los que no sabían lo que hacían y los que facilitaban la existencia de sus opresores.

—Mi padre también diría que las muertes de gente inocente son una consecuencia desafortunada de la lucha contra la tiranía —continué—. Y sería sincero, no desdeñoso ni desapasionado como alguien que jamás ha blandido una espada en batalla. Él conoce el precio de cada vida perdida. Por eso retiró las fuerzas atlantianas al final de la última guerra. —Guiñé los ojos—. Pero lo que sé, lo que he aprendido, es que la línea entre el bien y el mal se cruza con frecuencia sin ninguna intención ni conocimiento. La mayoría de nosotros vivimos con un pie plantado a cada lado.

»¿Y esa noche? —Mi pulgar se detuvo y estudió cómo los labios de Poppy estaban entreabiertos y cómo las pestañas inmóviles enmarcaban sus mejillas—. Pocos se encontraron en el lado del bien. —Deposité un beso en su frente—. Los dioses saben que yo no.

No lo que había planeado

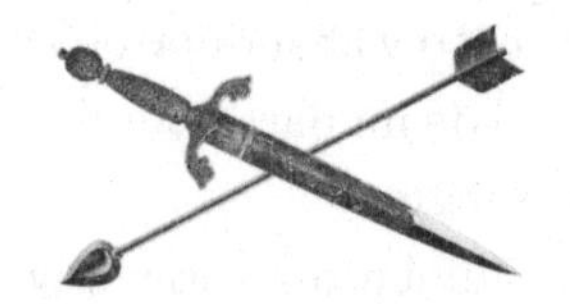

—¡De sangre y cenizas! —El grito amortiguado llegó desde detrás de la máscara plateada moldeada para parecer un *wolven*. El hombre se lanzó a la carga, su delgada espada de acero bien levantada por encima de su cabeza—. Resurg…

Con una maldición, clavé mi espada bien hondo en el pecho del hombre, cuya vida se apagó antes de tocar el suelo. Arranqué mi espada y di media vuelta para estudiar el horror en el que se había convertido el Gran Salón.

Había cuerpos desperdigados por doquier, un mar de tela carmesí y rojo brillante y fresco entre las rosas aplastadas y las máscaras de *wolven* caídas. Había extremidades seccionadas. Cráneos destrozados. Pechos empalados por flechas. Rostros desfigurados. La gente gimoteaba. Gritaba. El Gran Salón parecía un campo de batalla. Me giré y vi a una rubia en el suelo. Una esquirla de cristal sobresalía de su ojo. La conocía. Era Dafina.

Esto no debía haber pasado.

Miré al estrado, donde había dejado al duque. Ya no quedaba de él más que cenizas y un manchurrón negro sobre la piedra.

Tenía que encontrar a Poppy.

No estaba aquí, como tampoco lo estaban Tawny ni Vikter, pero sabía que no estaría a salvo ni aunque hubiese llegado a sus aposentos. En el momento en que esta mierda había empezado, ella habría estado en el meollo de la acción. El único beneficio era que nadie habría sabido quién era, cosa que era buena, porque ¿si los Descendentes le ponían las manos encima?

La sangre de Poppy se derramaría.

Giré sobre mí mismo y abandoné el Salón, el corazón desbocado. Pasé el dorso de mi mano por mi mejilla para limpiar una salpicadura de sangre.

La furia iba en aumento a cada paso que daba, a cada mortal que veía muerto o moribundo, trabajadores y Descendentes por igual. Nunca hubo la intención de que esto fuese tan lejos. Nada de esto debería haber ocurrido.

Entré en el vestíbulo. Ahí también había cadáveres. Alguien gimoteó. Mi cabeza giró hacia el lado. Había un Descendente agachado en un rincón, sujetando un cuchillo demasiado grande para su mano. Un niño. Era solo un jodido *chiquillo*. Yo no reclutaba niños.

Furioso, me giré al oír unas pisadas que se aproximaban a toda velocidad.

El teniente Smyth entró en el espacio circular, la espada desenvainada y goteando sangre. Por supuesto, ese hijo de puta tenía que seguir con vida.

—¿Sabes dónde está la Doncella? —pregunté. Me lanzó una mirada de pasada mientras se dirigía directo hacia el chico.

—Está a salvo con la duquesa. No gracias a ti, según parece. —Hizo una mueca desdeñosa y volvió la vista hacia el chico. Empecé a alejarme—. Levántate. —El niño no se movió—. Levántate y enfréntate a la espada, pequeño pedazo de mierda. —Unas gotas de saliva volaron de la boca de Smyth. Se oyó un gimoteo detrás de la máscara y el niño soltó el cuchillo. Eché un vistazo hacia el Gran Salón, apreté la mano sobre mi espada. No tenía tiempo para esta mierda. Necesitaba llegar hasta Poppy—. Demasiado tarde para eso.

Smyth se agachó, agarró un brazo huesudo, levantó al niño con brusquedad y lo empujó contra la pared.

Maldita sea

—Rhain te espera. —Smyth echó su espada atrás—. Pedazo de…

Salté hacia ellos y clavé mi espada en la espalda de Smyth.

Smyth se liberó de un tirón, pero se tambaleó hacia el lado y su espada resbaló de su mano. Luego bajó la vista hacia el desgarro irregular de la pechera de su túnica. La sangre resbalaba por la comisura de su boca cuando levantó la cabeza.

—Joder, qué bien me ha sentado eso —musité.

—Bastardo —boqueó Smyth con voz rasposa, al tiempo que caía hacia atrás contra la pared.

—Sí, bueno, tú eres de lo más irritante. —Observé cómo se deslizaba hasta el suelo, cómo la luz se apagaba en sus ojos—. Y ahora estás muerto. Sin más. —El niño seguía petrificado en el sitio—. Tienes que largarte de aquí. —Me acerqué a él, agarré el borde de la máscara y rompí la correa para destapar su rostro. Sentí un fogonazo de sorpresa. No era un niño, sino una *niña*. La que había visto fuera del almacén de carnicería el día que Kieran y yo habíamos entablado amistad con lord Devries. Por todos los dioses. Me agaché para mirar directo a sus ojos muy abiertos del terror. Tiré la máscara a un lado. Aterrizó al pie de la estatua de Penellaphe y se hizo añicos. La niña dio un respingo—. Márchate *ahora mismo*.

La chiquilla me miró aturdida durante un momento más, luego dio media vuelta y echó a correr tan deprisa como podían llevarla sus piernecitas delgadas como juncos y sus pies descalzos.

—Mierda —escupí. Tendría que tener una charla bien larga con Mac.

Salí del vestíbulo, cada vez más deprisa según avanzaba por el pasillo. Cada pocos pasos había guardias y Descendentes caídos. Me acercaba ya al final del corredor cuando oí reverberar el ruido de una espada chocando con otra. Después, silencio.

Entonces oí a Poppy gritar «¡No!».

Se me pusieron de punta todos los pelos del cuerpo y eché a correr. Me movía más deprisa de lo que un ojo mortal podía detectar y vi que la puerta de una sala de recepción estaba abierta. En el umbral, había un Descendente herido. Detrás de él, vi el familiar rostro curtido de Vikter, solo que no estaba bien. Lo noté incluso mientras me acercaba a la carrera y saltaba por encima de un sofá. Su piel tostada por el sol estaba desprovista de todo color.

Varios guardias más entraron en tromba, pero crucé el espacio justo cuando el Descendente ensangrentado tiraba de una espada hacia atrás para liberarla de…

Esto no tenía que haber pasado.

Todo pareció ralentizarse, columpié la espada en alto y separé la cabeza del Descendente del resto de su cuerpo. Ni siquiera sabía quién más había en la sala.

Solo veía lo que le había hecho a Poppy, no con mis propias manos, pero sí con mis acciones.

Estaba de rodillas al lado de Vikter, sus manos apretadas contra su pecho. La sangre bombeaba entre sus dedos y el pecho de Vikter subía demasiado deprisa, sus respiraciones demasiado superficiales. Esa herida. Toda esa sangre. Entreabrí los labios al tiempo que bajaba la espada. Esto no era lo que había planeado.

—No —dijo Poppy, y el horror en esa única palabra, la tristeza… Cerré los ojos mientras la presión se cerraba sobre mi pecho. No quería que sucediera esto—. No. No. No —repitió Poppy. Abrí los ojos—. No. Por todos los dioses, no. Por favor. Estás bien. Por favor…

—Lo siento —dijo Vikter con voz ahogada. Levantó una mano temblorosa para cerrarla sobre la de ella.

—¿Qué? —exclamó—. No puedes sentirlo. Te vas a poner bien. Hawke. —Sus ojos muy abiertos volaron hacia mí—. Tienes que ayudarlo. —Me arrodillé al lado de Vikter, puse una mano justo debajo de su hombro. Sentí lo que ya sabía. El crepitar y el burbujeo en su pecho. Dije el nombre de Poppy con voz queda—. Ayúdalo —exigió—. ¡Por favor! Ve a buscar a alguien. ¡Haz algo!

Por todos los dioses, no había nada que yo pudiera hacer. Si hubiera podido, lo habría hecho. Solo para detener el pánico y borrar el horror de su voz. No importaba que hubiese, básicamente, amenazado con quitarle la vida hacía un rato. Ni que esto fuese… joder, esto había sido inevitable. Pero nada de eso importaba.

Porque Poppy…

Se estaba desmoronando.

—No. No. —Cerró los ojos y negó con la cabeza sin querer creérselo.

—Poppy —murmuró Vikter con voz sibilante. La sangre resbalaba ya por la comisura de sus labios—. Mírame. —Poppy se estremeció, los labios apretados, pero, joder, era fuerte. Sus ojos se abrieron—. Siento no… —musitó Vikter— no… haberte protegido.

Poppy se inclinó hacia él.

—Claro que me has protegido. Todavía lo harás.

—No lo… hice. —Parpadeó deprisa, al tiempo que levantaba la mirada.

La seguí hasta donde estaba lord Mazeen de pie. El Ascendido de pelo oscuro parecía divertido y como si no hubiese movido un solo dedo por defender a una sola persona esta noche. Y podría haberlo hecho. Cualquiera de los *vamprys* podría haberlo hecho. Abrí las aletas de la nariz mientras tomaba nota mental de lidiar con ese hijo de puta más tarde esta noche.

—Yo… te fallé… como hombre —le dijo Vikter—. Perdóname.

—No hay nada que perdonar —juró ella—. No has hecho nada malo.

—Por favor —suplicó Vikter con voz áspera.

—Te perdono. —Poppy apoyó la frente en la de él y sentí unas ganas inmensas de terminar con esto—. Te perdono. De verdad. Te perdono. —Debajo de mi mano, Vikter se estremeció—. Por favor, no —suplicó Poppy—. Por favor, no me dejes. Por favor. No puedo… no puedo hacer esto sin ti. Por favor.

Por todos los dioses.

Los ojos de Poppy recorrieron frenéticos la cara de Vikter, en busca de signos de un milagro, pero no encontraría ninguno. Ya se había ido.

—¿Vikter? —Presionó la mano contra su pecho, justo cuando me percaté de la presencia de Tawny, que estaba de pie ahí cerca, llorando—. ¿Vikter?

—*Poppy*. —Cerré la mano sobre la de ella, para impedir que buscase un corazón que ya no latía. Levantó la vista hacia mí.

—No.

—Lo siento. —Y era verdad. Levanté su mano—. Lo siento muchísimo.

—No —repitió. Respiraba en jadeos cortos y rápidos—. *No*.

Entonces habló lord Mazeen.

—Creo que nuestra Doncella ha cruzado cierta línea roja con sus guardias reales. No creo que sus lecciones fuesen demasiado eficaces.

Despacio, me giré hacia donde estaba el lord. Ahí fue más o menos cuando me di cuenta de que la duquesa estaba aquí. Me importaba una mierda.

—Dirígele una sola palabra más y no tendrás lengua —le advertí.

Lord Mazeen arqueó una ceja.

—¿Perdona? —dijo, con una mueca de asco al mirarme. Sentí cómo Poppy sacaba la mano de debajo de la mía—. ¿Me estás hablando a mí?

Iba a hacer mucho más que hablar con él.

El suave chirrido de metal sobre piedra llamó mi atención hacia una espada caída. Hacia los dedos ensangrentados de Poppy, que se habían cerrado alrededor del mango.

Observé cómo se levantaba, las manos y los brazos cubiertos de sangre, las rodillas de su vestido empapadas de ella. Se giró hacia él.

Lord Mazeen esbozó una sonrisilla de superioridad.

Me puse en pie.

—*Eso* sí que no voy a olvidarlo pronto. —Lord Mazeen hizo un gesto con la barbilla hacia Vikter. Su sonrisa más amplia.

Podría haber detenido a Poppy. Podría haberle quitado esa espada de las manos. Podría haberla sacado de la sala y haberme encargado del hijo de puta yo mismo. Podría haber hecho todo eso son suma facilidad.

Pero lo *sabía*.

Por absurdo que pueda parecer, sabía por instinto que nada en este maldito mundo ni en el de más allá me hubiese incitado a detenerla.

El grito de Poppy llevaba tal dolor e ira que me encogí un poco. Era un sonido que había oído ya antes. Yo mismo lo había emitido al darme cuenta de lo que había hecho Shea.

Y quizá fue por eso por lo que no detuve a Poppy. Al menos era una de las razones, en cualquier caso. Porque sabía lo que estaba a punto de hacer.

Yo había hecho lo mismo.

Poppy columpió la espada a toda velocidad. El *vampry* levantó una mano, aunque quién sabía para qué. Fuera para lo que fuere, la cosa salió terriblemente mal para él. La hoja cortó justo a través de músculo y hueso, y se llevó esa maldita sonrisa junto con su brazo.

Mis cejas salieron disparadas por mi frente. Eso fue increíblemente… violento por parte de Poppy.

Alguien gritó mientras el lord soltaba una exclamación ahogada. ¿La duquesa? Tawny le gritó a Poppy.

Sonreí al ver cómo la sangre salía a borbotones del muñón donde debería estar el brazo de lord Mazeen. El *vampry* se tambaleó hacia atrás, los ojos clavados en su brazo seccionado como el maldito idiota que era.

Poppy volvió a columpiar esa espada para cortar ahora la mano izquierda del lord. Los gritos. Eran de *ella*. Mi sonrisa se esfumó.

Y Poppy… giró sobre sí misma y lucía *gloriosa*. Levantó la espada bien alto, directa hacia el cuello del lord. La cabeza del *vampry* voló en una dirección y su cuerpo en la otra.

A continuación, clavó la espada en su pecho, en el estómago, todo sin dejar de *chillar*. Su ira y su aflicción se habían apoderado de ella, haciendo que se desmoronara aún más. Se estaba rompiendo en mil pedazos.

Eso no podía permitirlo.

Fui hacia ella a toda velocidad y cerré el brazo en torno a su cintura. Tiré de ella hacia atrás contra mí y planté la mano sobre la empuñadura de la espada. Mierda, era la de Vikter. La arranqué de sus manos, pero ella forcejeó por volver al lord. Estampó un pie contra mi pierna, se retorció y dio golpes sobre mi brazo.

—Para. —La aparté de lo que quedaba de Mazeen. Luego agaché la cabeza para pegar mi mejilla a la suya—. Por todos los dioses, para. Para.

Lanzó una patada hacia atrás que me dio en la espinilla y luego en el muslo. Fuerte. Hice un ruido gutural cuando enderezó el cuerpo con brusquedad y casi perdí el equilibrio.

Por todos los dioses.

Crucé ambos brazos a su alrededor para arrastrarla hacia la puerta, por delante del cuerpo del Descendente. Los guardias presentes retrocedieron para dejarnos espacio de sobra mientras ella chillaba. Clavó las uñas en mi piel y me arañó hasta que sentí un escozor ardiente.

La forcé a arrodillarse y la sujeté en el sitio de modo que no pudiese levantarse.

—Para. Por favor. Poppy…

Su cabeza se estampó contra mi pecho. La piel de su mandíbula y de su garganta estaba congestionada, de un brillante tono rojo. Su respiración era errática y sus gritos…

Se me agrietó el pecho de un modo que no creía posible. Me incliné sobre ella para encajonarla con mi cuerpo. Y aun así, gritó. No sabía cuánto tiempo podría seguir con esto antes de hacerse daño. Cosa que haría. Esos gritos… Sonaban como si la estuviesen matando.

Giré la cabeza y apreté los labios contra su sien demasiado caliente.

—Lo siento —susurré. No podía oírme por encima de sus alaridos de dolor.

Consciente de que, en este estado, no sería capaz de llegar hasta ella sin utilizar la coacción, aunque tuviésemos la privacidad para hacerlo, hice lo siguiente mejor. Saqué un brazo de debajo de ella y puse los dedos sobre determinados puntos de su cuello, donde palpitaba su pulso. Apreté. Sus gritos se cortaron en seco. Un tembloroso segundo después, su cuerpo se quedó flácido en mis brazos y su cabeza cayó hacia atrás.

—Poppy —susurró Tawny detrás de mí—. ¿Poppy?

Me levanté con ella en brazos y eché a andar. La duquesa habló, pero todo lo que oía eran los gritos de Poppy.

El dolor de Poppy

—Se pondrá bien —dijo Tawny, dejando la mano flácida de Poppy en la cama—. Solo necesita tiempo.

—¿Cuánto tiempo más? —pregunté desde donde estaba al lado de las ventanas.

Tawny me miró mientras remetía la manta alrededor de Poppy.

—Ha pasado por mucho, Hawke, y Vikter… —Apretó los labios y se tomó un momento—. Vikter era importante para ella.

—Lo sé. —La pregunta había salido más dura de lo que pretendía. Deslicé los ojos hacia Poppy, luego los aparté y pasé una mano por mi pelo—. Lleva muchísimo tiempo dormida. Eso no puede ser sano. ¿Ha comido siquiera?

—Se ha despertado unas cuantas veces. —Tawny frunció el ceño al levantarse—. Y he conseguido que bebiera agua y tomara algo de sopa. —Una sonrisa tenue y cansada cruzó su cara cuando rodeó el pie de la cama. Deslizó las manos por su vestido verde pálido—. Pero todo eso ya lo sabes. Has preguntado lo mismo cada vez que hemos hablado.

Cierto, pero solo había visto a Poppy despierta una vez, que no había contado porque no había sido capaz de utilizar su voz en absoluto. Los gritos habían dañado su garganta. La duquesa había acudido con un curandero, y luego Tawny la había ayudado a limpiar la sangre de su piel. Pero ¿después de eso? Todo lo que había visto era una aflicción de la que no podía escapar ni cuando estaba dormida. Sumida en un sueño que parecía demasiado profundo. Y unos sorbitos de agua y algo de sopa no eran suficientes para nadie.

Me giré hacia la ventana para contemplar la piedra fría del Adarve, que se alzaba imponente contra el cielo gris del crepúsculo. Era una mierda. Muchas cosas lo eran. Una de ellas era que, de hecho, echaba de menos a ese bastardo picajoso. No podía decir que me gustara Vikter, y los dioses sabían que él no me tenía ningún aprecio, a pesar de que Poppy creyera que empezaba a gustarle. Pero lo respetaba. Por su lealtad hacia Poppy, no hacia lo que ella representaba. Ningún otro guardia le hubiese enseñado lo que le había enseñado él; ninguno hubiese corrido esos riesgos. Poppy seguía con vida gracias a él.

La muerte de Vikter no había sido inevitable. Si hubiese hecho justo lo que tenía planeado. Hubiese llevado a Poppy con Kieran antes de que Vikter nos encontrase siquiera, usando la coacción si fuese necesario. Vikter seguiría con vida y Poppy nunca hubiese visto lo que yo pretendía evitar. No hubiese tenido que ser testigo de ello. De vivir con ello.

No necesitaba esos recuerdos.

Sin embargo, esa no era la única cosa que era una mierda. Era obvio que no me había reunido con Kieran en la Arboleda. Jansen le había enviado un mensaje y estaba seguro de que debía de estar subiéndose por las paredes, pero no podía hacerle eso a Poppy ahora mismo. Simplemente no podía.

De todos modos, el retraso no importaba.

Noté que Tawny me observaba. Lo había estado haciendo mucho estos últimos días en los que habíamos compartido el mismo espacio, a la espera de que Poppy volviera con nosotros. Lo que no había hecho en ningún momento era preguntar por qué yo siempre estaba dentro de los aposentos de Poppy. No era que me pareciese que Tawny fuera alguien que cumpliese las normas a pies juntillas, pero tenía que sentir curiosidad, dado lo que sabía con respecto a Poppy y a mí.

Aunque no era la única que no había dicho nada acerca de dónde me situaba para proteger a Poppy. No me cabía ninguna duda de que la duquesa era muy consciente de que estaba realizando una vigilancia muy próxima y personal.

Tawny se aclaró la garganta.

—Tú… —empezó, pero luego se calló.

—¿Qué? —Me giré hacia ella.

Sacudió la cabeza un instante, lo cual hizo que sus apretados rizos rebotasen contra sus mejillas. Se volvió hacia la cama de nuevo.

—Ella te importa.

Me puse rígido. Era la misma maldita cosa que había dicho Kieran. No necesitaba oír ninguna de sus voces cuando ya tenía la mía dándome la barrila todo el rato.

Porque mi voz interior contestó a su afirmación sin vacilar. Sí, Poppy me importaba. Y la voz no paraba ahí. Oh, no. No había parado de parlotear, recordándome que no debería preocuparme más de lo que lo haría por cualquier otro que hubiese sufrido una pérdida. Que no debería importarme más debido a quien era.

A quien era yo.

Y lo que pensaba hacerle.

—No pasa nada —me tranquilizó Tawny en voz baja—. No se lo diré a nadie. —Mi cabeza voló en su dirección—. Tengo clases a las que asistir. Sería lógico suponer que las suspenderían, pero es obvio que no. —Tawny inclinó la cabeza—. Te veré luego.

Observé a Tawny marcharse de la habitación y cerrar la puerta en silencio a su espalda.

«Joder», musité, al tiempo que me apartaba de las ventanas.

Desenvainé las espadas cortas para dejarlas sobre el baúl, al lado del sable. La habitación estaba demasiado silenciosa mientras caminaba hasta Poppy, aunque siempre estaba así, ¿no es cierto? Era probable que ya fuese así mucho antes de que yo llegara a Masadonia.

Me senté al lado de Poppy como había hecho ya más de una docena de veces. Su pelo estaba desperdigado por la almohada como vino tinto derramado, los labios entreabiertos, sus respiraciones lentas y regulares. La piel alrededor de sus ojos estaba roja e hinchada, prueba de que el sueño pacífico del momento no era algo habitual.

Las pesadillas la habían atormentado. Si eran de hacía años o de la noche del Rito, no lo sabía, pero había llorado mientras dormía. Jamás había visto nada igual. Las lágrimas caían más deprisa de lo que yo podía secarlas, pero se calmaba cuando le hablaba. Cuando le decía que todo iba bien. Y que lo iría.

Y… no era verdad.

Bajé la vista hacia mis brazos, las mangas de mi túnica enrolladas hasta los codos. Miré la zona donde Poppy había clavado sus uñas en mi piel, sumida en su pánico y desesperación, su furia y su agonía. Los arañazos que había dejado en mis antebrazos ya se habían difuminado, pero juraría que todavía podía verlos.

Solté el aire con brusquedad, dejé caer la cabeza en mis manos y apreté las yemas de los dedos contra mi frente y mis sienes. La culpabilidad daba vueltas en mi interior mientras estaba ahí sentado. Lo que había sucedido en el Rito no había sido lo que tenía planeado. Lo que había querido. Pero seguía siendo el responsable. Cientos de personas habían muerto, la inmensa mayoría de ellas eran mortales. Algunas habían sido colaboradoras de los Ascendidos, pero muchas habían sido meros inocentes. Había habido tantos funerales que muchos de ellos se habían celebrado de manera conjunta. Mis manos estaban manchadas con la sangre de todos ellos.

Y por retorcido que pudiese sonar, podía vivir con ello. Tenía que vivir con ello. Lo que más me costaba digerir era haberle causado dolor a Poppy. Se me escapó una risa amarga mientras deslizaba las palmas de mis manos por mi cara. No era como si no hubiese sabido el tipo de infierno que desencadenaría cuando decidí llevarme a la Doncella y utilizarla para liberar a mi hermano. Había sabido que eso agitaría a los Descendentes, que seguramente los incitaría a iniciar una insurrección violenta. Había sabido que eso haría que gente inocente perdiera la vida. Y había sabido que yo entraría en la vida de la Doncella como una tormenta, una que destruiría todo lo que ella conocía en el proceso. Quizás incluso a ella.

Lo había aceptado.

Era un precio que había estado dispuesto a pagar y el precio que obligaría a los otros a soportar, porque sabía que, sin importar cuántos murieran a mis manos o debido a mis acciones, la cifra palidecería en comparación con las vidas perdidas si mi padre entrase en Solis con nuestros ejércitos. Morirían millones de personas. Esta era una de esas mierdas de «por el bien mayor»...

Con una dosis de represalia.

Pero lo que no había esperado era a ella. A Poppy. Todas las ideas preconcebidas que había tenido sobre ella habían estado equivocadas. Poppy no era callada y sumisa, tampoco era una cómplice voluntaria. Era como tantos otros que, o bien no sabían la verdad, o bien por supervivencia no querían mirar con demasiada atención todas las cosas que no cuadraban del todo a su alrededor. No había querido que fuese amable, pero hubiese podido lidiar con eso. Con lo que no podía lidiar era con lo valiente que era. Lo luchadora que era.

No había esperado que me *gustase* la Doncella, no tanto como para esforzarme por hacerla feliz, sonreír y reír.

No había esperado que la Doncella me importase, no tanto como para sentarme a pensar en otra forma de hacer que esto funcionara. Otra forma de conseguir lo que yo necesitaba *y* que ella tuviese lo que quería: una vida. Libertad.

No había esperado desear a la Doncella, no tanto como para que, incluso ahora, mi sangre se acelerara con el recuerdo del sabor de sus labios y la sensación de su piel desnuda bajo mis manos.

Y desde luego que no había esperado cambiar como lo había hecho cuando estaba con ella, tanto que enseguida había dejado de pensar en el pasado o en el futuro y había olvidado por qué estaba aquí. Me había sentido tranquilo. En paz.

Simplemente, no había esperado querer nada. Porque no lo había hecho en los años y décadas desde que me habían liberado. No había querido de verdad ni una maldita cosa.

Pero ahora quería esas cosas para Poppy, y la quería a *ella*.

Así que ¿ahora qué?

Dejé caer las manos al espacio entre mis rodillas y levanté la vista. El viento azotaba las ventanas, lo cual enfriaba la habitación. El día anterior la duquesa me había hecho llamar. Jansen había estado presente. Había sido una reunión rápida. Nada de sonrisas coquetas. Me había comunicado que la Corona estaba preocupada por la seguridad de la Doncella debido al reciente intento de secuestro, igual que había dicho el duque durante nuestro encuentro inicial, y que ya habían enviado un mensaje a la capital para notificarles lo ocurrido en el Rito. La duquesa estaba bastante segura de que la respuesta de la Corona sería ordenar el regreso de la Doncella. Tan segura estaba, que le había encargado al comandante que reuniera a un grupo para viajar con la Doncella a Carsodonia.

Acababa de conseguir lo que había ido ahí a buscar. Lo que necesitaba. Escoltaría a Poppy fuera de Masadonia con el permiso de la Corona.

Pero no era lo que quería.

Repasé en mi mente escenario tras escenario mientras estaba ahí sentado, tratando de averiguar cómo podría, al menos, proporcionarle libertad a Poppy cuando esto terminase.

Distintas opciones. Elecciones. Pero todas ellas eran imposibilidades a medio cocer.

Un gimoteo suave me sacó de mi ensimismamiento. Me giré por la cintura y vi a Poppy estremecerse, sus manos aferradas a la manta que con tanto cuidado había remetido Tawny a su alrededor.

Tenía las mejillas húmedas.

La presión atenazó mi pecho mientras secaba las lágrimas de su cara.

«No pasa nada», le dije. «No estás sola. Estoy aquí contigo. Todo va bien». Seguí el rastro de la humedad y las yemas de mis dedos rozaron la piel más áspera de la cicatriz de su mejilla izquierda. «Lo siento», le dije, como había dicho ya casi cien veces. «Siento todo lo ocurrido… siento lo de Vikter. A pesar de nuestra última conversación, no se merecía eso. Era… era un buen hombre y siento que esto haya sucedido».

También le había dicho ya todo eso. No dejé de susurrarlo, y su agarre sobre la manta se relajó después de unos instantes. Su respiración se apaciguó y algo de la presión se aflojó sobre mi pecho.

Pasaron los minutos. Solo los dioses sabían cuántos antes de darme cuenta de que había seguido acariciándola, trazando con suavidad la curva de su mandíbula. Ni siquiera había sido consciente de estar haciéndolo. Igual que me había pasado las dos últimas noches, cuando me había quedado dormido consolándola.

Y me había despertado aún tumbado a su lado.

No creía que ella fuese a apreciar nada de esto. No tanto mis acciones, sino más bien el hecho de que estuviese aquí y fuese testigo de lo que estaba sufriendo. Tracé el contorno de su barbilla con mi pulgar.

«¿Y ahora qué?», le susurré, el estómago hecho un nudo.

No hubo respuesta, pero capté un atisbo de algo rojo que asomaba por debajo de la almohada de al lado de la que usaba para dormir. Alargué el brazo por encima de ella y la levanté.

Una tenue sonrisa tiró de mis labios cuando reconocí el tomo con tapas de cuero rojo. El diario de la señorita Willa. Solté la almohada y miré a Poppy otra vez. ¿Lo estaría leyendo por las noches?

Corté esos pensamientos en seco antes de que pudiera preguntarme cómo se sentiría al leer esas páginas y si actuaría de acuerdo con alguno de los pasajes. Este no era el momento de pensar en nada de eso.

Cuando cayó la noche, oí el sonido de unas pisadas que se acercaban. Al percatarme de que era más de una persona, me levanté de la cama y agarré las espadas cortas. Las envainé al mismo tiempo que ocupaba mi puesto al lado de la ventana.

La puerta se abrió sin que nadie llamara antes. Al instante, apareció la duquesa vestida de blanco. El color del luto. Su piel impecable no mostraba signo alguno de aflicción, pero tampoco había visto nunca a un Ascendido llorar. Quizá no pudiesen. Sus ojos oscuros se clavaron de inmediato en donde estaba yo.

Le dediqué una reverencia escueta.

La duquesa entró en la habitación, pero sus dos guardias permanecieron en la puerta.

—Venía a ver cómo estaba Penellaphe. ¿Ha habido algún cambio?

—No, Excelencia. Sigue dormida.

—Supongo que es un sueño muy profundo. —Se detuvo al pie de la cama, las manos cruzadas sin apretar—. Pero le hará algún bien, supongo, utilizar el somnífero.

—¿Somnífero? —repetí. La duquesa asintió.

—El curandero trajo un poco cuando vino a examinarla para asegurarse de que no hubiera resultado herida —explicó.

La visita del curandero debía de haber tenido lugar cuando Tawny estaba con ella la primera vez que se despertó y yo me había ido a mi habitación a asearme.

Eso explicaba cómo podía dormir tanto tiempo y que no la molestara nada de lo que sucedía a su alrededor.

—Es una pena, ¿no crees? —empezó la duquesa—. Que una persona sufra semejante pérdida.

Lo era.

Se volvió hacia mí y esperé a que dijese algo sobre mi presencia ahí. Eso no cambiaría dónde estaba.

—¿Dónde está tu capa? —preguntó.

—La olvidé.

—Hmm. Es comprensible. Estoy segura de que tu mente está... ocupada con protegerla —comentó. ¿Qué diablos? ¿Eso era todo lo que tenía que decirme?—. Tu lealtad hacia ella es admirable. —Echó otro vistazo a Poppy—. ¿Quieres que te traigan algo aquí? ¿La cena, quizá?

—Estoy bien —dije. Tawny ya me había estado trayendo comida.

—Entonces, te dejaré seguir cumpliendo con tu deber. —La duquesa fue hacia la puerta, luego se detuvo. Entonces sonrió y un escalofrío bajó rodando por mi columna—. La reina estará muy complacida por tu devoción, Hawke. Estoy segura de que te recompensará de manera generosa por tu servicio a la Corona.

La venganza de Poppy

Había encontrado el somnífero poco después de que la duquesa se marchase. El vial estaba en el cajón de la mesilla. Lo hice desaparecer de los aposentos de Poppy. Podía enfadarse conmigo todo lo que quisiera. No me importaba. Necesitaba comer y beber, no drogarse para sumirse en el olvido.

La buena noticia era que Poppy ya no dormía.

La mala noticia era yo.

Yo era la mala noticia para ella mientras caminaba con sigilo por la Arboleda de los Deseos. Capté la figura encapuchada de Poppy delante de mí a la luz de la luna. La hubiese mantenido drogada, de haber sabido que se escabulliría de sus habitaciones a la primera oportunidad que tuviese. Y aunque estaba totalmente a favor de dejar que explorase todo lo que le diera la gana y más que curioso por saber, exactamente, qué tramaba, ahora no era el momento para eso.

No cuando los Ascendidos estaban buscando su venganza por las noches por lo sucedido en el Rito. Incluso ahora, el viento estaba cargado del olor a sangre fresca. Al llegar la mañana, encontrarían cuerpos en sus casas y en las calles, fríos y exangües. Y como muchos no tenían ni idea del aspecto de Poppy, su estatus no la protegería.

Alargué la mano y desenvainé la daga que llevaba a la cadera cuando los pasos de Poppy se ralentizaron para zigzaguear entre una maraña de raíces expuestas. Le di la vuelta a la daga en mi mano, de modo que sujetaba la hoja con los dedos. Entorné los ojos. El viento soplaba con fuerza entre los pinos y hacía caer pinocha al suelo mientras la capa de Poppy ondeaba a su alrededor.

Con una sonrisa, lancé la daga.

Poppy dio un gritito cuando la hoja enganchó su capa y tiró de ella hacia atrás. Tras recuperar el equilibrio, alargó la mano y arrancó la daga de donde se había clavado en las raíces.

—Ni se te ocurra —la advertí cuando empezó a girarse hacia mí, al tiempo que echaba el brazo hacia atrás. Poppy terminó de girar.

—¡Has podido matarme!

—Exacto —gruñí, cruzando la distancia entre nosotros—. Y no lo hubieses visto venir siquiera.

Su mano enguantada se apretó en torno al mango de la daga. No podía ver su cara entre las sombras de su capucha, pero intuí que estaba a punto de hacer algo estúpido con esa daga. Agarré su muñeca antes de que pudiera intentarlo.

—Prefiero recuperar eso. —La arranqué de su mano con expresión ceñuda, aunque mantuve un ojo puesto en ella, consciente de que seguro que había llevado un arma con ella, pese a no estar en posesión de la daga de heliotropo. Esa la tenía yo—. Veo que voy a tener que atrancar esa puerta de tu habitación. —Poppy soltó un gruñido de frustración—. Eso ha sido adorable. —Envainé la daga—. Me ha recordado a una criatura pequeña y enfadada. Una peluda. —Poppy forcejeó contra mi agarre—. No voy a soltarte. Y prefiero que no me den patadas en la espinilla, princesa. —Otra cascada de pinocha cayó sobre nosotros—. ¿A dónde ibas?

No recibí más que silencio.

No me sorprendió obtener esa respuesta. No había dicho gran cosa desde que había despertado, aunque yo tampoco. Porque me encontraba en una extraña encrucijada en la que no sabía qué decir, y también tenía algo que decir.

Esto era diferente.

Ella lo era.

Yo lo era.

Toda esta jodida *cosa* parecía diferente.

—Muy bien —espeté—. No me lo digas. No necesito saber qué cosa imprudente pensabas hacer, pero tú sí debes saber que no vas a volver a hacer algo como esto nunca más. Las cosas están demasiado inestables ahora mismo, y tú eres…

—¿Qué? ¿Soy demasiado importante para morir? ¿Mientras que nadie más lo es? —bufó, furiosa, y el sonido de su voz fue como un puñetazo en el pecho. Seguía ronca del daño que se había hecho al chillar. De su dolor—. Porque soy la Doncella y…

Tiré de ella contra mi pecho y sus palabras terminaron con una exclamación ahogada. La ira palpitaba con fuerza en mi interior. No estaba seguro de si estaba cabreado con ella o conmigo mismo en este momento.

—Como ya te he dicho antes, me importa una mierda que seas la Doncella. Hubiese pensado que ya te habrías dado cuenta de eso.

Tampoco tuvo respuesta para esa afirmación, lo cual era genial. Maravilloso. La conduje fuera de la maraña de raíces. El sonido de su voz todavía chirriaba en mis oídos, todavía sentía el pecho como si tuviese a un *wolven* de ciento cincuenta kilos sentado sobre él. Esta era la razón de que no hubiese hablado demasiado con ella desde que había despertado. Era por el papel que yo había desempeñado en su dolor. El papel protagonista. El único jodido papel. Tendría que superarlo.

Solo habíamos dado un puñado de pasos cuando habló.

—Ella lo sabía —dijo con voz rasposa. Un músculo palpitó en mi mandíbula.

—¿Quién?

—Agnes. —Fruncí el ceño—. Estaba en el Rito y nos advirtió... —Poppy aspiró una bocanada de aire temblorosa—. Nos advirtió de que el Señor Oscuro estaba planeando algo. Agnes sabía más de lo que nos dijo, y podría habernos advertido antes.

—¿Y entonces qué? —pregunté, un ojo fijo en la oscuridad delante de nosotros cuando oí un grito lejano, uno que Poppy no podía oír.

—Ella podría haber evitado lo que sucedió —argumentó. Negué con la cabeza.

—Una sola persona no podría haber evitado lo que sucedió.

—Hubiera ayudado —insistió, aunque su voz se quebró a media afirmación.

En realidad, no lo habría hecho, pero sabía que no había forma de convencerla.

—Bueno ¿y qué planeabas hacer? ¿Encontrar a esa Agnes y decírselo?

—No planeaba hablar con ella.

—¿Pensabas dar salida a tu ira contra ella? —Pensé en ese baúl de armas en su dormitorio. Era probable que tuviese que sacarlo de ahí—. ¿Contra la única persona que intentó advertirte?

—No fue suficiente —masculló.

Podía respetar su deseo de venganza y ese maldito fuego en su interior. En cualquier otra situación, quizá no la hubiese detenido, pero ¿ahora?

—Entonces, es una suerte que esté aquí —declaré, aunque casi me reí con mis propias palabras. Luego deslicé mi agarre de su muñeca a su mano.

—¿En serio? —preguntó sin escarnio alguno en su voz.

Ahora me pareció como si tuviese a dos *wolven* sentados sobre el pecho.

—Si hubieses conseguido lo que saliste a hacer, te habrías arrepentido. Puede que no ahora mismo, pero más adelante, seguro que sí.

Poppy se quedó callada durante unos instantes.

—¿De verdad lo crees? —Bajé la vista al notar que sus dedos se enroscaban alrededor de los míos, pero no podía ver su cara—. Pues estarías equivocado —sentenció.

—Yo nunca me equivoco.

—Esta vez, lo hubieras hecho.

Levanté la vista hacia el denso pinar delante de nosotros. Le di un apretoncito en la mano y sentí cómo una sonrisa reticente se dibujaba en mi boca. De algún modo, eso era más frustrante e irritante que sus escapadas nocturnas.

Más preocupante.

Así que mentí

—Empezaba a creer que te había pasado algo. —Kieran levantó la vista de donde estaba sentado cuando entré en la habitación privada de la Perla Roja—. Esperaba tener alguna noticia de ti antes de esto.

—Sí. —Cerré la puerta, crucé la habitación y me senté en la butaca enfrente de él—. No he conseguido escaparme hasta ahora.

Kieran arqueó una ceja.

Bueno, hasta ahora no me había sentido cómodo con la idea de dejar el castillo. De dejar a Poppy. La había dejado con Tawny y, con la vieja puerta de servicio atrancada y su arsenal de armas (que había sido de una diversidad sorprendente) retirado de su cuarto, estaba bastante confiado en que se quedaría donde estaba. Durante un ratito al menos. En cualquier caso, no la había dejado desprotegida. Jansen vigilaba desde el pasillo, aunque tampoco era que ahora mismo estuviese preocupado por ninguna amenaza contra ella. Con el duque y Mazeen ambos fuera de juego, yo era su mayor peligro.

Me preocupaba más que Poppy se pudiera poner furiosa.

—He oído que el otro guardia ya no será un problema —comentó Kieran. Aspiré una bocanada de aire que no fue a ninguna parte.

—No, no lo será.

—No suenas demasiado contento al respecto.

Al sentir su mirada sobre mí, forcé una sonrisa.

—¿Debería estarlo?

—No en exceso, pero suenas… —Agarró el decantador de whisky y me sirvió una copa—. Arrepentido.

Suspiré y acepté la bebida que me ofrecía. Luego me eché hacia atrás, el vaso sobre el reposabrazos de la butaca.

—¿Estás seguro de que no tienes algún vidente en la familia?

Kieran se rio.

—No hace falta uno para notar el conflicto en tu voz. —Ladeó la cabeza—. Ni la barba que te estás dejando.

Con un resoplido, pasé una mano por mi mandíbula y solo entonces recordé que no me había afeitado. Guiñé los ojos, luego dejé caer la mano de vuelta al otro reposabrazos de la butaca.

—La duquesa espera recibir noticias de la capital hoy o mañana.

—Eso he oído. —Kieran apoyó una bota en la mesita baja entre nosotros—. Me lo dijo Jansen. También me han ascendido. —Me lanzó una gran sonrisa burlona— A cazador.

—No creo que eso se considere un ascenso.

—Yo tampoco —se rio—, pero he recibido autorización para escoltar a la Doncella a la capital cuando llegue el momento.

La *Doncella*.

Bebí un sorbo de whisky. Esa bazofia me abrasó la garganta. Miré la cama de reojo, pero no vi a Kieran y a Circe ahí. Nos vi a Poppy y a mí. Por todos los dioses, esta maldita habitación.

—Sabes que ya podríamos habernos ido, ¿verdad? —Kieran se rascó el pecho—. Deberíamos.

—Lo sé, pero… las cosas se pusieron feas. —No estaba seguro de cuánta información había compartido Jansen con

Kieran, pero este no dijo nada—. ¿Su otro guardia? ¿Vikter? Era como un padre para ella y murió delante de sus narices. —El segundo sorbo de whisky fue más fácil de tragar—. Perdió un poco la cabeza después de aquello. Mató a un Ascendido.

—Eso no me lo habían contado. —Arqueó las cejas—. ¿Por qué hizo algo así?

—El muy bastardo se rio de la muerte de Vikter. Ella lo hizo pedazos. —Una breve sonrisa se dibujó en mis labios—. Y cuando digo pedazos, quiero decir auténticos pedazos.

—Joder —murmuró Kieran.

—Sí.

Se quedó callado mientras me miraba. Aunque no duró demasiado.

—¿Y no pudiste llevarla a la Arboleda en los días previos a saber que la Corona seguramente ordenaría su regreso a la capital?

—¿Que si pude? —Solté una risa seca antes de apurar el resto de la copa—. Se estaba automedicando y, antes de que creas que eso hubiese facilitado las cosas, te diré que no estaba comiendo ni bebiendo. Tenerla tan débil para el tipo de viaje en el que la vamos a embarcar no hubiese sido aconsejable. —Dejé el vaso a un lado—. Pero bueno, aquí estamos ahora, como si nos hubiesen concedido un deseo, ¿no crees?

—Supongo que esa es una forma de verlo, sí. Ahora tenemos permiso, lo cual significa que podremos llegar mucho más lejos antes de levantar sospechas —caviló, mientras tamborileaba con los dedos en la rodilla flexionada—. Pero eso también significa que tendremos que lidiar con algunos otros.

—En efecto, pero es probable que consigamos llegar a New Haven antes de que ella averigüe la verdad siquiera —argumenté—. Antes, nos hubiese tocado luchar por mantenerla bajo control de aquí hasta allí. Y créeme, queremos retrasar eso lo más posible. Puede ponerse muy violenta.

—Supongo que así es, si fue capaz de hacer pedazos a un Ascendido. —Kieran todavía me miraba con esa jodida e irritante astucia suya. El tamborileo de sus dedos cesó. Me puse tenso—. Te estás portando de un modo bastante extraño. Solo para que lo sepas.

Empecé a negarlo, pero ¿para qué? Mi cabeza era un jodido caos. Deslicé la vista hacia las vigas del techo.

—Ha sobrevivido a unas cuantas cosas horribles y tiene las cicatrices y la fuerza para demostrarlo. Es valiente, Kieran. Apasionada. Hambrienta de vida y de experiencia. —Apreté la mandíbula—. Es fiera, incluso un poco agresiva cuando se la provoca. —Hice una pausa—. O muy agresiva. Tenías razón cuando dijiste que la habíamos subestimado. No es para nada como esperábamos.

—Suena como que me va a gustar.

—En efecto, te gustará. —Sonreí al decirlo—. No sabe la verdad acerca de los Ascendidos, pero sé que no está de acuerdo con muchas de sus prácticas, en especial las relacionadas con los Ritos, e incluso con su posición entre ellos. No entiende por qué es la Elegida y sé... —Roté el cuello de un lado a otro—. Sé que, si hubiese podido escoger, jamás hubiese elegido la vida de la Doncella.

—¿Estás seguro de eso?

—Muy seguro. —Solté el aire de golpe—. Y aunque todavía no sepamos por qué es la Elegida o qué papel desempeña ella en todo el tema de la Ascensión, debemos dar por sentado que va a ser algo muy feo.

—Sin duda. —Alargó la mano hacia el decantador y se sirvió una copa—. ¿Qué estás pensando?

—Estoy pensando que... no se merece lo que sea que tengan planeado para ella. Se merece una oportunidad de tener una vida —terminé.

—Bueno, si los planes no han cambiado, Cas —dijo, y mis ojos volaron hacia los suyos—. ¿Qué significa todo eso?

—Nada. —Me reí, pero el sonido no llevaba alegría alguna—. Al final, no significa nada.

Kieran sacudió la cabeza.

—¿Estás seguro de eso?

Para nada. Significaba que Poppy se merecía un futuro, uno que la permitiese vivir. Pero eso no era algo en lo que fuese a involucrar a Kieran. Así que mentí.

—Sí.

ESTO ES UN PROGRESO

Esperé hasta que el guardia de la duquesa se marchase del pasillo que daba a la habitación de Poppy antes de acercarme a su puerta.

Estiré la mano hacia el picaporte, pero me detuve. Dudaba que fuese a interrumpir nada. Poppy estaría sentada al lado de la ventana. Eso era todo lo que había estado haciendo desde que había salido de sus aposentos en mitad de la noche para buscar venganza.

Poppy se había vuelto aún más callada de lo habitual, más retraída. La inclinación de su barbilla, más testaruda. Ni una sola vez desde que se había despertado la había visto llorar o con los ojos vidriosos. Al principio, pensé que eso era bueno.

Pero ¿ahora?

No lo creía.

Los dioses sabían que no era ningún experto en lidiar con emociones ajenas, obviamente, pero Poppy había perdido a alguien importante para ella. Ese dolor no desaparecía sin más al despertarse.

Llamé a la puerta, esperé un momento y luego entré. Poppy estaba al lado de la ventana, como esperaba. Sin embargo, al pararme en la entrada un momento y observar sus ojos cansados y su piel de un tono más pálido de lo normal, se me ocurrió algo.

No se había puesto ese maldito velo ni una sola vez desde que había despertado.

—¿Qué? —preguntó, los ojos entornados. Crucé los brazos.

—Nada.

—Entonces, ¿a qué has venido?

Su grosería amenazaba con llevar una sonrisa a mi cara. Una que era muy probable que la irritase aún más.

—¿Necesito una razón?

—Sí.

—No. —Aunque esta vez sí que tenía una razón para estar en sus aposentos; no obstante, Poppy estaba hablando en lugar de solo mirarme en silencio.

—¿Has venido a asegurarte de que no haya encontrado una forma de salir de esta habitación?

—Sé que no puedes salir de esta habitación, princesa.

—No me llames así —espetó, indignada. Hice un esfuerzo por reprimir una sonrisa, pero agradecí que mostrase ira en vez de silencio.

—Me voy a tomar un segundo para recordarme que esto es un progreso.

—¿Progreso con qué? —preguntó, con el ceño fruncido.

—Contigo —contesté—. No estás siendo demasiado agradable, pero al menos hablas. Eso es un progreso.

—No estoy siendo desagradable —replicó—. Es solo que no me gusta que me llames así.

—Ajá.

—Lo que sea. —Poppy apartó la mirada y se retorció un poco sobre el alféizar de piedra.

La observé mientras ella se miraba las manos y la tensión se aliviaba un poco en sus hombros rígidos. Me acerqué a ella en silencio. Parecía… no estaba seguro. ¿Un poco perdida? O quizás atascada entre la ira y la aflicción. Yo conocía bien ese sentimiento.

—Lo pillo —le dije.

—¿Ah, sí? —Sus cejas se arquearon—. ¿Lo entiendes?

—Lo siento.

—¿El qué? —La frialdad se había esfumado de su voz.

—Ya te dije esto antes, poco después de todo, pero no creo que me oyeras —le expliqué—. Debí volver a decírtelo antes de hoy. Siento todo lo que ha sucedido. Vikter era un buen hombre. A pesar de las últimas palabras que intercambiamos, lo respetaba. —Y lo decía en serio, cada palabra—. Y siento no haber podido hacer nada.

Se puso rígida.

—Hawke…

—No sé si estar ahí, como debería de haber estado, hubiese cambiado el resultado final —continué—, pero siento no haber estado. Siento que ya no hubiera nada que hacer cuando *por fin* llegué. Lo siento…

—No tienes de qué disculparte. —Se levantó, sus manos cayeron hacia la falda de su vestido—. No te culpo de lo ocurrido. No estoy enfadada contigo.

—Lo sé. —Parte de mí deseó que lo estuviera. Aparté la mirada de ella, encontré el Adarve en la distancia—. Pero eso no cambia que desearía haber hecho algo que pudiera haber impedido todo esto.

—Hay muchas cosas que yo desearía haber hecho de otro modo —reconoció—. Si hubiese vuelto a mi habitación…

—Si hubieses vuelto a tu habitación, todo esto habría pasado igual. No te culpes. —Me volví hacia ella. Aún se miraba las manos. Puse mis dedos debajo de su barbilla y la levanté con suavidad para que me mirase a los ojos—. Tú no tienes la culpa de esto, Poppy. Para nada. Si acaso, yo… —Me dio un vuelco al corazón y se me secó la garganta. ¿Qué había estado a punto de decir? Aspiré una bocanada de aire demasiado escasa—. No cargues con culpas que pertenecen a otros. ¿Lo entiendes?

Sus ojos cansados buscaron los míos.

—Diez.

—¿Qué?

—Diez veces me has llamado Poppy.

Sonreí y me relajé un poco.

—Me gusta llamarte así. Pero me gusta más llamarte *princesa*.

—Idiota —repuso.

Mis ojos recorrieron las líneas de sus cejas, su delicado arco, y la orgullosa cicatriz que cortaba a través de la izquierda. Pensé en cómo me había sentido después de que apresaran a Malik… después de la muerte de Shea. Había habido momentos en que había sentido demasiado, y otros en los que no sentía nada de nada. ¿Y estos últimos? Me había sentido avergonzado por ellos. Supuse que ella debía estar pasando por algo parecido. Aflicción, después nada, y quizás incluso normalidad, luego culpa por haberse sentido bien en cierta medida.

Le sostuve la mirada y bajé la barbilla.

—Está bien, ¿sabes?

—¿El qué?

—Todo lo que sientes y todo lo que no sientes.

Su pecho se hinchó con una respiración repentina, luego se movió deprisa para envolver los brazos a mi alrededor. Aquello me sorprendió muchísimo, pero antes de poder darme cuenta de lo que hacía, mis brazos estaban a su alrededor. La abracé con la misma fuerza que ella me sujetaba a mí. Deslicé además una mano por la parte de atrás de su cabeza, ella apretó la mejilla contra mi pecho. Poppy necesitaba esto.

Quizá yo también.

Nos quedamos así abrazados durante un rato y pensé que, tal vez en una vida diferente, hubiese estado hecho justo para esto.

Sin embargo, esta no era mi vida.

Y no sería la suya.

Me eché un poco hacia atrás y vi los bucles que siempre parecían escapar de su trenza. Los devolví a su sitio.

—Sí que había venido con un cometido concreto. La duquesa quiere hablar contigo.

Poppy cerró los ojos un instante.

—¿Y has esperado hasta ahora para decírmelo?

—Pensé que lo que teníamos que decirnos nosotros era mucho más importante.

—No creo que la duquesa opine lo mismo —me dijo—. Es hora de que averigüe cómo voy a ser castigada por… por lo que le hice al lord, ¿no?

Fruncí el ceño.

—Si creyera que te estoy llevando a recibir un castigo, no te llevaría.

Abrió mucho los ojos.

—¿A dónde me llevarías?

—A algún lugar lejos de aquí —dije, un poco aturdido por la verdad de mis palabras. Me provocó otro fogonazo de sorpresa en el pecho—. La duquesa quiere verte porque han llegado noticias de la capital.

Presente IX

Me quedé callado, tumbado al lado de Poppy, pensando en los días posteriores a la noche del Rito. Todavía oía los gritos de Poppy con tal claridad que pensar en ellos incluso ahora me hacía encogerme un poco.

Sabía que enterarse de lo que era Vikter en realidad no había aliviado el golpe de su pérdida.

«¿Aquellos días cuando dormías y yo te vigilaba?», murmuré, «me hacen pensar en lo que debió pasar Kieran cuando volví a casa por primera vez. Las situaciones eran diferentes, y yo me quedé mucho más tiempo sumido en esa aflicción y esa ira, incluso mucho después de despertar».

Pasé el brazo alrededor de su cintura.

«¿Y todo lo sucedido con el duque? ¿Saber lo que tuviste que soportar, cómo te hacía sentir? ¿Cómo todavía te afecta en ocasiones?».

Y sabía que lo hacía.

A veces, era cuando dormía y sus recuerdos la llevaban de vuelta al estudio del duque. Se notaba en cómo se quedaba muy quieta, de un modo casi antinatural, en las escasas ocasiones en que alguien mencionaba al duque de Teerman.

No pasamos por la misma mierda, pero el trauma era el trauma. Afectaba a todo el mundo de manera diferente, pero siempre afectaba.

Me aclaré la garganta.

«Solía decirme que lo que me habían hecho a mí no importaba porque lo había procesado. Había lidiado con esa mierda. Pero decirme eso demostraba que en realidad no había lidiado con nada. Porque lo que experimenté siempre importará de alguna manera; a veces de manera insignificante y apenas notable, y otras veces puede arruinarte todo el jodido día. Pero no pasa nada. Y lo digo en serio. Porque decir que alguien *elige* vivir en el pasado, repasando todas las cosas desagradables que le han hecho, es una chorrada. No puedes elegir eso. Las cosas en tu interior, partes de tu mente y de tu cuerpo que tú no controlas, son las que lo deciden. Y me costó una cantidad de tiempo obscena aprender que lo que *puedo* controlar es cómo actúo en respuesta a esos recuerdos… a esas heridas emocionales. Cómo me trato a mí mismo. Cómo trato a otros debido a ello. No es tan fácil como decirlo. Lo sé. Nada es fácil».

Respiré hondo.

«Aunque mis acciones estúpidas llevaron a mi captura, sé que lo que me hicieron no fue culpa mía. Tardé muchísimo tiempo en llegar a entenderlo, pero ahora lo entiendo. ¿Cómo responder a ello? Averiguar una buena manera de lidiar con ello era responsabilidad mía». Le dediqué a Poppy una sonrisa. «Pero creo que tú ya sabes eso. Porque lidias a diario con todo lo que has tenido que soportar. Solo quería que supieras que cuando creas que no estás lidiando bien con ello…». Me incliné hacia ella para darle un beso en la mejilla. «No pasa nada».

Deposité otro beso en el puente de su nariz antes de volver a acomodarme a su lado.

«Debí saber que la duquesa tramaba algo cuando dio la impresión de que no le importaba que estuviera en tus aposentos, pero las cosas siempre parecen distintas en retrospectiva, ¿no crees? En aquel momento, no podía ni plantearme que supiesen quién era y, no solo me permitieran sacarte de ahí, sino que prácticamente ayudaron a facilitarlo».

Mis ojos se deslizaron hacia el techo. Todavía me asombraba cuántas cosas había manipulado o controlado Isbeth, pero al final, incluso con todos sus planes y tejemanejes, había fracasado con Poppy.

Giré la cabeza hacia ella. Para que Isbeth pudiera devolverle a Kolis todo su poder, había elegido sacrificar a alguien a quien quería y había decidido dejar ir a su corazón gemelo antes que a su hija. Su *hija*. Joder. No podía asimilar esa pizca de decencia en Isbeth.

Era solo una pizca chiquitita, pero había estado ahí. Y si yo no sabía lo que pensar al respecto, ¿cómo podría saberlo Poppy?

Y no podía decir a ciencia cierta que yo no haría lo mismo.

Aunque, claro, yo no tenía un hijo. No tenía ni idea de cómo era ese tipo de amor. El tipo de vínculo que forjaba. Uno que podía propiciar decisiones y elecciones de las que nunca te creíste capaz.

Pero lo había visto en acción.

Mira lo que le había hecho a Isbeth. La pérdida de su hijo le había hecho perder la cabeza. ¿Y mis padres? Habían mentido durante siglos, convencidos de que nos estaban protegiendo a Malik y a mí. Habían matado. Y ese vínculo no era uno forjado con sangre. Coralena y Leopold eran ejemplos de eso. No solo habían arriesgado sus vidas, sino que las habían perdido, en un intento por proteger a su hijo y a Poppy, a quien habían criado como a una hija.

Ese amor hacía que uno fuese capaz de los más grandes actos de altruismo, pero también podía hacer que uno cayese de lleno en las profundidades del mal. E Isbeth, por depravada que fuera, todavía quería a su hija a su propia manera retorcida y enferma.

«Es difícil no preguntarse qué hubiese sido de Isbeth si Malec hubiera hecho elecciones diferentes. Diablos. Si mi madre no hubiese ido tras él, si no lo hubiese sepultado», cavilé, «¿se habrían marchado Malec y ella sin más a vivir sus vidas en otro lugar? Sin ella y sus conocimientos para guiarlos, ¿habrían podido arraigar con tanta fuerza los Ascendidos?».

No lo creía.

En realidad, el mundo hubiese sido un sitio distinto. Uno mejor. Kolis no sería una amenaza. Se hubiesen salvado muchísimas vidas. Pero eso también significaba que yo no estaría aquí ahora mismo.

Poppy no estaría viva.

Negué con la cabeza. En verdad, no tenía ningún sentido dar vueltas a lo que nunca había ocurrido ni podía haber ocurrido.

Solté el aire despacio y pensé en nuestro último día en Masadonia.

«¿Recuerdas...», pregunté con suavidad, «estar de pie al lado del Adarve con los ojos cerrados y la cara levantada hacia el sol? Yo sí».

UN MOMENTO SIGNIFICATIVO

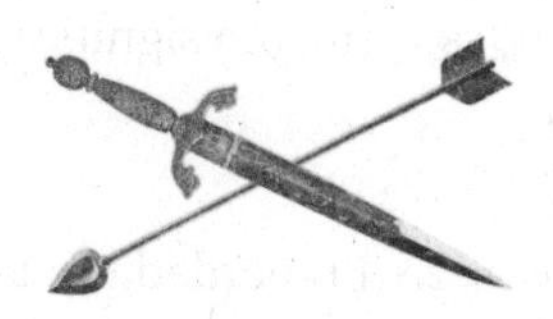

—Sé que estás ansioso por salir de aquí —le murmuré a Setti, mis ojos puestos no en el caballo sino en ella—. Pero ya no queda mucho.

Poppy estaba de pie junto al Adarve, y una fresca brisa mañanera jugueteaba con los suaves mechones de pelo de sus sienes.

No llevaba velo.

Y estaba claro que disfrutaba de la sensación del sol y el viento sobre su piel. Tenía la cabeza echada hacia atrás, los ojos cerrados y una sonrisa dulce dibujada en la boca. Hizo que me preguntase cuándo había sido la última vez que el sol había besado la piel de sus mejillas o su frente. Años, seguramente. Este era un momento significativo para ella.

No quería meterle prisa, pero los otros se reunirían con nosotros pronto. Así que me puse en marcha y conduje a Setti hasta su lado.

—Da la impresión de que estás disfrutando.

Poppy abrió los ojos al tiempo que giraba el cuerpo hacia mí. No sabía si seguía enfadada conmigo por mi negativa a permitir que Tawny la acompañase. Si lo estaba, no podía culparla. Tawny era su amiga y la necesitaba, pero les estaba haciendo a ambas un favor inmenso al asegurarme de que Tawny no la acompañara.

No obstante, cuanto más me miraba Poppy, menos sensación tenía de que todavía me lo tuviese en cuenta. Sus mejillas se sonrojaron cuando sus ojos recorrieron mi cuerpo; pareció quedarse un poco atascada en la parte de la túnica que cubría mi pecho y en los pantalones marrones ceñidos que llevaba.

Arqueé una ceja y esperé a que terminara de examinarme. Tampoco iba a quejarme. Me gustó que lo hiciera.

Por fin levantó la vista hacia mi cara.

—Es agradable.

—¿Que el aire toque tu cara? —Poppy asintió—. Supongo que sí —dije—. Prefiero mil veces esta versión.

Se mordió el labio y sus ojos volvieron al caballo negro. Acarició un lado del hocico de Setti.

—Es precioso. ¿Tiene nombre?

—Me han dicho que se llama Setti —dije, incapaz de contarle que yo mismo había elegido su nombre y lo había criado desde potro.

—¿Como el caballo de batalla de Theon? —Sus labios se curvaron en una sonrisa mientras Setti empujaba su mano, siempre en busca de atención—. Tiene un gran ejemplo al que emular.

—Es verdad —repuse—. Supongo que no sabes montar.

Negó con la cabeza.

—No me he subido a un caballo desde… —Su sonrisa se ensanchó—. Por todos los dioses, fue hace tres años. Tawny y yo nos colamos en los establos y conseguí encaramarme en uno antes de que Vikter llegara. —La sonrisa desapareció, dejó caer la mano y dio un paso atrás—. Así que no, no sé montar.

—Esto va a ser intrigante —comenté, en un intento por distraerla del dolor asociado al nombre de Vikter—. Y una tortura, ya que vas a montar conmigo.

—¿Y por qué es eso intrigante? —preguntó, la cabeza ladeada—. ¿Y una tortura?

—¿Aparte del hecho de que me va a permitir mantenerte vigilada muy de cerca? —Sonrió—. Usa tu imaginación, princesa.

Su frente se arrugó, luego se alisó.

—Eso es inapropiado —musitó, lo cual demostraba que tenía una imaginación estupenda.

—¿Ah, sí? —Bajé la barbilla—. Aquí fuera no eres la Doncella —le dije—. Eres Poppy, sin velo y sin cargas.

Esos impactantes ojos verdes se levantaron hacia los míos una vez más.

—¿Y qué pasará cuando llegue a la capital? Volveré a ser la Doncella.

—Sí, pero eso no será hoy ni mañana. —Me giré hacia una de las alforjas—. Te he traído algo.

Esperó con cierta impaciencia y trató de asomarse por un lado mientras yo hurgaba entre las mudas de ropa. Por fin encontré lo que buscaba, lo desenterré y luego retiré deprisa la tela en la que lo había envuelto.

—Mi daga —exclamó casi sin voz—. Creí… que se había perdido.

—La encontré más tarde esa noche —expliqué—. No quería dártela cuando tenía que preocuparme por que te escaparas para utilizarla, pero la necesitarás para este viaje.

—No sé qué decir. —Se aclaró la garganta. La miré mientras le entregaba la daga y la funda. Tenía los ojos humedecidos y le temblaban un poco los dedos cuando agarró el mango—. Vikter me la regaló en mi cumpleaños número dieciséis. Siempre ha sido mi favorita.

No me sorprendió saber que había sido un regalo de Vikter.

—Es un arma preciosa.

Asintió. Luego se giró un poco y abrió los pliegues de su capa para asegurar la daga a su muslo derecho. Eso me dio un breve atisbo de los pantalones que llevaba.

Pantalones de montar.

Bien ceñidos. Se me hizo un nudo en el estómago. No era que estuviese sorprendido. No había manera de que pudiese llevar un vestido en las carreteras por las que viajaríamos, pero no había pensado que llevaría unas prendas que revelarían cada curva sensual de su cuerpo.

Este iba a ser un viaje muy intrigante.

—Gracias —susurró. Asentí y me giré al oír a los otros.

—La partida ha llegado.

Poppy siguió la dirección de mi mirada y se acercó a mí mientras se los presentaba; no estaba seguro de que fuese consciente de ese acercamiento. Ninguno de los recién llegados la miró a los ojos al saludarla, pero en cuanto pasaba al siguiente, sus miradas se levantaban y los rostros de todos y cada uno de ellos se llenaban al instante de asombro o de sorpresa. Ninguno de ellos había visto nunca a la Doncella sin velo, y ahora veían por fin lo que siempre había habido debajo de él.

Una joven preciosa.

Entorné los ojos en dirección a Airrick, de pelo castaño y el más joven de los guardias encargados de escoltarla. Miraba a Poppy con un asombro boquiabierto, como un maldito pez fuera del agua.

Apreté la mandíbula antes de volverme hacia el último miembro del grupo.

—Este es Kieran —anuncié. El *wolven* me lanzó una rápida mirada de soslayo—. Vino de la capital conmigo y conoce la ruta por la que vamos a viajar.

—Un placer conocerte —dijo Kieran, mientras se montaba en su caballo.

—Lo mismo digo. —La cabeza de Poppy se ladeó un poco para mirarlo desde el suelo.

Los ojos de Kieran se demoraron en ella un instante, su cara aparentemente inexpresiva para cualquiera que no lo conociese. Pero yo sí que lo conocía. Capté el leve agrandamiento de sus ojos y la fugaz media sonrisa de sus labios. Él también la veía por fin.

—Tenemos que ponernos en marcha —dijo—, si queremos tener alguna posibilidad de cruzar las llanuras antes del anochecer.

—¿Lista? —le pregunté a Poppy.

Miró más allá de nosotros, hacia el centro de Masadonia y el castillo al que había llamado «hogar» durante los últimos años. Donde se quedaban su amiga Tawny y todos sus recuerdos más recientes. Los buenos y los malos. Y me percaté otra vez de lo trascendental que era este momento para ella. Se estaba marchando de la ciudad no como la Doncella, sino como Penellaphe Balfour.

Como Poppy.

Hechizado

Nunca en mi vida hubiera pensado que estaría tan entusiasmado por que otra persona fuese incapaz de montar a caballo por su cuenta.

Pero con Poppy sentada delante de mí y poco espacio (si es que había alguno) entre la mitad inferior de nuestros cuerpos, pensé que quizá debía rezar una oración de agradecimiento.

Me tragué un gemido cuando Poppy se movió delante de mí. Con la silla plana y sin asiento, la curva de su trasero estaba encajonada entre mis muslos y, cuando se contoneaba, que era a menudo, ese precioso trasero suyo rozaba mis partes más sensibles.

Lo cual hacía que, lo que por lo general sería una cabalgata aburrida por unas tierras yermas, fuese intrigante y un poco desafiante para mi autocontrol.

Y este era solo el primer día.

No nos habíamos dirigido recto hacia el Bosque de Sangre. Esa hubiese sido la ruta más rápida, pero también hubiese significado viajar por la sección más frondosa. Nadie, ni siquiera Kieran y yo, quería eso. Así que habíamos decidido dar un rodeo y dirigirnos más hacia Pensdurth, donde el Bosque de Sangre era menos tupido. Entraríamos por ahí.

Pendiente de Kieran, que cabalgaba más adelante con Phillips, uno de los guardias más veteranos, Poppy se meneó de nuevo.

Me moví un poco, deslicé un brazo por la abertura de su capa y agarré su muslo.

Ella se quedó paralizada.

Me incliné hacia delante y agaché la cabeza hacia la suya.

—¿Estás bien?

—En realidad, no siento las piernas.

—Te acostumbrarás en un par de días —dije con una carcajada.

Su repentina inspiración cuando moví el pulgar por su cadera llevó una sonrisa a mi cara.

—Genial.

—¿Estás segura de que comiste lo suficiente? —le pregunté. Solo había comido un poco de queso y frutos secos hacía un rato, y sabía que no estaba acostumbrada a comer y montar a caballo al mismo tiempo.

Poppy asintió.

—¿Vamos a parar?

—No.

—Entonces, ¿por qué vamos más despacio?

—Es el camino… —Airrick se interrumpió al percatarse de mi mirada ceñuda.

Por una vez, consiguió no llamarla «Doncella». Era probable que mi promesa de tirarlo del caballo de una patada si volvía a hacerlo tuviese algo que ver. Vi cómo Poppy le sonreía al joven guardia.

Quizás Airrick acabase rodando por el suelo de todos modos.

—El camino se vuelve irregular aquí —continuó Airrick—. Y hay un arroyo, pero cuesta verlo entre la maleza.

—Eso no es todo —añadí, sin dejar de mover el pulgar en círculo por la cadera de Poppy.

—¿Ah, no? —preguntó.

—¿Ves a Luddie? —le dije, en referencia al silencioso cazador que cabalgaba a nuestro lado—. Está atento a los *barrats*.

—Pensé que habían desaparecido todos —musitó con una mueca.

—Son la única cosa que no comen los Demonios.

Poppy se estremeció.

—¿Cuántos crees que hay ahí fuera?

Seguramente miles, pero pensé que Poppy no necesitaba saber eso.

—No lo sé.

Miró a Airrick, pero el joven guardia se apresuró a apartar la mirada. Chico listo. Poppy, como siempre, no se dio por vencida.

—¿Tú sabes cuántos hay, Airrick?

—Eh, bueno, sé que solía haber más —dijo, y su mirada voló hacia mí. Arqueé las cejas—. No solían ser un problema, ¿sabes? O al menos eso fue lo que me dijo mi abuelo cuando era pequeño. Él vivía por aquí. Uno de los últimos.

—¿De verdad? —La voz de Poppy sonó interesada. Airrick asintió.

—Cultivaba maíz y tomates, judías y patatas. —Esbozó una leve sonrisa—. Me contó que los *barrats* solían ser tan solo un incordio.

—No puedo imaginar que ratas que pesan casi cien kilos sean solo un incordio —declaró Poppy.

—Bueno, eran solo carroñeras y tenían más miedo de las personas del que les teníamos nosotros a ellas —explicó Airrick—. Pero cuando todo el mundo huyó de la zona, perdieron su…

—¿Fuente de alimento? —conjeturó Poppy. Airrick asintió mientras escudriñaba el horizonte.

—Ahora, cualquier cosa con la que se encuentran es comida.

—Incluidos nosotros —murmuró Poppy, con una mirada fugaz a Luddie.

Insté a Setti a avanzar un poco más deprisa para poner algo de distancia entre nosotros y los demás.

—Eres intrigante.

—«Intrigante» es tu palabra favorita —repuso.

—Lo es cuando estoy contigo.

—¿Por qué soy intrigante ahora? —preguntó, con una sonrisa.

—¿Cuándo *no* eres intrigante? —contesté—. No te dan miedo los Descendentes ni los Demonios, pero te estremeces como un gatito mojado ante la mera mención de un *barrat*.

—Los Demonios y los Descendentes no corretean por ahí a cuatro patas —comentó con un bufido—, y no tienen pelo.

—Bueno, los *barrats* no corretean —le dije—. Corren, más o menos tan deprisa como un sabueso obcecado con una presa.

Se estremeció de nuevo.

—Eso no ayuda.

—¿Sabes lo que me encantaría ahora mismo? —le pregunté entre risas.

—¿Que nadie hablara de ratas gigantes comehombres? —sugirió.

Le di un apretoncito.

—Aparte de eso.

Poppy resopló con desdén y pensé que me gustaba cuando hacía eso. Era un ruidito muy mono. Luego fruncí el ceño para mis adentros.

—Hazme un favor. Mete la mano en la alforja de al lado de tu pierna izquierda. Pero ten cuidado. Agárrate al pomo.

—No me voy a caer.

—Ajá.

Escuchó mi consejo, de todos modos, y agarrada a la silla, estiró una mano hacia la alforja para levantar su solapa.

La observé con atención mientras hurgaba en su interior. Supe el momento exacto en que lo encontró. Frunció el ceño, antes de sacar el diario encuadernado en cuero rojo.

—Oh, por todos los dioses —exclamó, y lo devolvió a toda prisa a la bolsa. Su reacción acabó con todo mi autocontrol y solté una carcajada, lo bastante sonora como para que Kieran y Phillips girasen la cabeza hacia nosotros—. No te creo. —Se retorció en la montura, pero parte del calor se diluyó de su tono—. ¿Cómo has encontrado este libro?

—¿Que cómo encontré ese pícaro diario de lady Willa Colyns? —Sonreí—. Tengo mis medios.

—¿Cómo? —exigió saber.

—No te lo diré nunca. —Poppy me dio un manotazo en el brazo y mi sonrisa se ensanchó aún más—. Qué violenta. —Puso los ojos en blanco—. ¿No me lo vas a leer un poquito?

—No. Desde luego que no.

Acerqué la cabeza más a la suya, incapaz de evitar tomarle el pelo.

—Tal vez te lo lea yo dentro de un rato.

—No será necesario —declaró, la barbilla bien alta.

—¿Estás segura?

—Segurísima —mascculló, y yo me reí, disfrutando del calor que había invadido sus mejillas.

—¿Hasta dónde llegaste, princesa?

Apretó los labios con actitud terca. Esperé una respuesta. Al final llegó, acompañada de un suspiro.

—Casi lo había terminado.

Un fogonazo de sorpresa me atravesó de arriba abajo, junto con algo caliente y ahumado. Eso era muchísimo más lejos de lo que había pensado que habría leído.

—Tendrás que contármelo todo.

Su nariz se arrugó. Las comisuras de sus labios se movieron casi de manera involuntaria, y entonces ocurrió.

Poppy sonrió. Fue una sonrisa amplia, una que arrugó los bordes de sus ojos. Fue preciosa.

A continuación, se rio, y no fue una risita callada, sino una carcajada profunda y ronca.

Y yo… me quedé sin respiración por segunda vez en mi vida. Sentí ese cosquilleo en la nuca. Jamás la había visto sonreír de ese modo. Jamás la había oído reír de ese modo. Y noté otra sensación que me agarrotó el estómago. Estaba… hechizado.

Tardé unos segundos en percatarme de que Poppy se había relajado contra mí. Hasta entonces, se había mantenido bien sentada, la espalda rígida, pero ya no. Se apoyó contra mí, la cabeza descansando contra mi pecho, y pensé que encajaba casi a la perfección con mi cuerpo. Una vez más no pude evitar pensar lo mismo que había pensado antes de llevarla ante la duquesa: que en una vida diferente, yo hubiese estado hecho para esto. Mi brazo se apretó a su alrededor.

La soltura con la que se sentaba, la familiaridad con la que me permitía sujetarla… no duró demasiado. No ahora que el sol se estaba poniendo. No con lo que alcanzaba a ver ya en la distancia.

Un horizonte rojo.

Apretamos el paso y Poppy no tardó mucho en verlo también. Se puso tensa, luego se sentó bien erguida a medida que cada paso nos llevaba hacia delante, hasta que lo único que podíamos ver cualquiera de nosotros eran la corteza gris y retorcida y las hojas del color de la sangre seca.

Habíamos llegado a las afueras del Bosque de Sangre. Ya no había lugar para bromas. Las manos de todos nosotros estaban preparadas para la acción, incluidas las de Poppy. Una de las suyas se había deslizado hacia el mango de su daga. Todos íbamos alerta. El único sonido era el de los cascos de los caballos al pisar sobre roca y luego el crujido de algo mucho más frágil.

Poppy empezó a asomarse para ver qué era.

—No —la advertí—. No mires abajo.

Pero, como era de esperar, miró.

Yo la miré a ella de reojo y vi cómo palidecía al ver los huesos blanquecinos desperdigados por el camino. Soltó una exclamación ahogada y apartó la vista.

—Los huesos… —Tragó saliva—. No son todos de animales, ¿verdad?

—No.

Su mano izquierda se posó en mi brazo.

—¿Son huesos de Demonios que murieron?

—Algunos —le dije, consciente de que no debía suavizar la verdad. Esto era mucho más peligroso que los *barrats*. Noté cómo temblaba y maldije en voz baja—. Te dije que no miraras.

—Ya lo sé —susurró.

Yo no les quitaba el ojo a los espacios entre los árboles, pero sobre todo al suelo. Estábamos bien. Por el momento. No había neblina.

El suelo se convirtió en una maraña de raíces al descubierto y rocas grandes, lo cual nos obligó a ralentizar el paso y avanzar en fila de a uno. La montura de Airrick se encabritó al captar el olor de algo que no le gustó. Kieran también lo había captado. Giró la cabeza hacia el norte, la mandíbula en tensión. A medida que avanzábamos y la temperatura bajaba, yo también detecté lo que ellos ya habían olido. El tenue hedor de la descomposición.

—No hay hojas —susurró Poppy.

Vi que estaba mirando el suelo del bosque. Luego miró arriba, a la espesa cubierta de hojas rojas por encima de nuestras cabezas. Mientras se ponía el sol, habían centelleado, pero ya no. Ahora, eran oscuras como charcos de sangre contra la noche que se acercaba a toda velocidad.

—¿Qué? —Me incliné hacia ella para poder mantener la voz baja.

—No hay hojas en el suelo —insistió—. Solo hierba. ¿Cómo es posible?

—Este sitio no es natural —contestó Phillips desde delante de nosotros.

—Eso es quedarse muy corto. —Airrick arrugó la nariz.

Con eso, podía estar de acuerdo. Me eché hacia atrás.

—Tendremos que parar pronto. Los caballos tienen que descansar.

La mano de Poppy se apretó sobre mi brazo. Notaba la presión de sus dedos a través del jersey que llevaba debajo de la capa. En cualquier caso, no protestó ni se quejó ni perdió los nervios. De haberlo hecho, nadie la hubiese culpado. El resto de nosotros habíamos estado en el Bosque de Sangre antes. Ella no. ¿Y con su experiencia de niña?

Poppy debía tener miedo, pero no estaba aterrada. Lo supe por su respiración relajada, por la manera calmada en que estaba pendiente de nuestros alrededores y por esa mano derecha firme sobre su daga.

Sonreí.

Su placer

Después de haber comprobado que Setti tuviera heno suficiente con el que entretenerse, crucé el campamento, sin que mis ojos se alejasen demasiado de donde estaba tumbada Poppy, envuelta en una manta. Me dirigí hacia Kieran en silencio, pues no quería despertar a los cuatro guardias que dormían en esos momentos. Tendrían que levantarse ya pronto para relevar a los otros.

—¿Qué miras? —le pregunté, al ver que miraba recto al frente.

—El arroyo —repuso en voz baja—. El agua es roja.

Guiñé los ojos y alcancé a ver lo que describía varios metros más allá, bajo la luz de la luna.

—Cuando Airrick dijo que este sitio no es natural, no se equivocaba.

—No fastidies —comentó Kieran, y cruzó los brazos.

Escudriñé las sombras. Mis ojos se posaron en Poppy. Estaba despierta y sus ojos se abrían de golpe cada vez que crujía una ramita o el viento sacudía las hojas. Incluso desde esta distancia, pude ver que estaba tiritando. Hacía un frío glacial. En cualquier caso, cuando se durmiera, ¿sería un sueño pacífico? ¿O la encontrarían las pesadillas? Parecía bastante probable en un lugar como este. Miré a Kieran de nuevo.

—Los Demonios cuyo olor detectaste hace un rato, ¿cuán lejos crees que estaban?

—Bastante lejos. —Hizo una pausa—. Por ahora.

Sabía a qué se refería. No podríamos descansar aquí demasiado tiempo. Más pronto que tarde, los Demonios se darían cuenta de que había carne y sangre frescas cruzando por sus dominios.

—He estado hablando un poco con Phillips —comentó.

—Ya lo he visto.

—Hace muchas preguntas y es de lo más observador. Sospecha algo.

—¿De nosotros? —Encontré a Phillips en la distancia, de guardia en el lado occidental de nuestro campamento.

—Por ahora, solo en general —repuso Kieran.

—Veo que «por ahora» es un tema común. —Eché una ojeada a Poppy, cuyos ojos estaban cerrados. Aún tiritaba.

—Antes me has sorprendido —comentó Kieran.

—¿Ah, sí? —Me volví otra vez hacia él. Kieran estaba mirando en dirección a Poppy.

—Te has reído. —Guiñó los ojos—. Te has reído de un modo que no te había oído hacer en años.

No sabía qué decir a eso, así que nos quedamos ahí de pie en silencio durante unos instantes.

—Tiene frío —señalé al final.

—Parece a punto de sacudirse tiritando por todo el suelo del bosque —comentó con tono seco.

—No está acostumbrada a eso. —Entorné los ojos sin apartarlos de Poppy—. Y no es nosotros.

—Solo estaba diciendo que tiene frío. —La diversión teñía su voz—. No hay ninguna necesidad de que te pongas a la defensiva.

—No me he… —Me callé, porque *sí* que lo había hecho. La había defendido. Mis hombros se tensaron.

—Deberías ir a ver si puedes calentarla —sugirió Kieran, y yo arqueé una ceja—. Antes de que se le ocurra a alguno de los otros.

—Eso no va a suceder —dije, la espalda rígida.

—Yo no contaría con ello.

Ignoré eso mientras la observaba.

—A veces, tiene pesadillas —le conté, bajando aún más la voz al tiempo que me giraba hacia Kieran—. Terrores nocturnos.

Kieran, que había sido testigo de los míos más veces de las que ninguno de los dos querríamos admitir, miró otra vez a Poppy.

—¿Las cicatrices? —Asentí—. Bueno, pues ahora tienes aún más razones para reunirte con ella.

—Cállate. —Me giré hacia Poppy de nuevo. Volvía a tener los ojos abiertos y tiritaba todavía más.

Me separé de Kieran y su sonrisa callada me siguió a través del pequeño claro. Me detuve para arrodillarme delante de Poppy, que ahora tenía los ojos cerrados, aunque yo sabía que estaba despierta. La miré con más atención. Sonreí al ver cómo se había envuelto en una especie de capullo que dejaba solo su cabeza a la vista.

—Tienes frío.

—Estoy bien —musitó, aunque le castañeteaban los dientes. Tenía la punta de la nariz roja, pero sus mejillas estaban pálidas.

Mi sonrisa se diluyó cuando me quité un guante, lo metí en el bolsillo de mi capa y toqué su mejilla. Eso la incitó a abrir los ojos. Mierda.

—Corrección. Estás helada.

—Ya entraré en calor. En un rato.

Apreciaba la fachada que estaba mostrando y su voluntad de no quejarse, pero esto podía ponerse peligroso.

—No estás acostumbrada a este tipo de frío, Poppy.

—¿Y tú sí? —preguntó, tras arrugar la nariz.

—No tienes ni idea de las cosas a las que estoy acostumbrado. —Había estado en situaciones mucho más frías y... desagradables que esta. Pero yo no era mortal.

Poppy sí.

Me levanté y fui a donde mi bolsa descansaba a poca distancia de su cabeza. Desenganché lo que necesitaba, pasé por encima de Poppy y lo deposité detrás de ella. Me observó mientras extendía la esterilla y luego me acomodaba al lado de la gruesa manta de pieles.

—¿Qué estás haciendo? —preguntó.

—Asegurarme de que no mueras congelada. —Eché la manta por encima de mis piernas. Yo no tenía tanto frío, porque me había estado moviendo por ahí, pero ¿tumbado quieto en el suelo? Mi cuerpo se enfriaría seguro. —Si lo hicieras, resultaría ser un guardia muy malo.

—No voy a morir congelada.

—Lo que vas a hacer es atraer a todos los Demonios en un radio de siete kilómetros con tu tembleque. —Me tendí a su lado y, por unos instantes, recordé esas pocas horas que me había quedado dormido a su lado después de la noche del Rito. Entonces, Poppy había estado básicamente inconsciente y no me había dado cuenta de la facilidad con que toda la longitud de mi cuerpo se curvaba alrededor del suyo.

—No puedes dormir a mi lado —me recriminó.

—No voy a hacerlo. —Rodé sobre el costado para mirarla, agarré mi manta y la pasé, junto con mi brazo, por encima de ella. En cualquier caso, dejé la mano colgando en el aire. Poppy parpadeó.

—Y ¿cómo llamas a esto?

—Dormir *contigo*.

Sus ojos, a escasos centímetros de los míos, se abrieron como platos.

—¿Qué diferencia hay?

—Hay una enorme diferencia. —Su cabeza giró hacia las ramas por encima de nosotros.

—No puedes dormir conmigo, Hawke.

—No puedo permitir que te congeles o te pongas enferma. Encender una hoguera es demasiado peligroso y, a menos que prefieras que le pida a uno de los otros que duerma contigo —continué (aunque, aparte de Kieran, eso no iba a pasar ni de casualidad)—, en realidad no hay muchas más opciones.

—No quiero que uno de los otros duerma conmigo —protestó.

—Eso ya lo sabía —murmuré en tono juguetón.

—No quiero que *nadie* duerma conmigo —matizó, y su cabeza giró hacia la mía de nuevo. Le sostuve la mirada.

—Sé que tienes pesadillas, Poppy, y sé que pueden ser intensas. Vikter me lo contó.

—¿Ah, sí? —Su voz sonó gruesa, ronca.

—Sí.

Apretó los ojos y, joder, deseé poder aliviar el dolor que vi cruzar su rostro pálido y en tensión.

Pero sabía que no podía.

—Quiero estar bastante cerca para intervenir si tienes una pesadilla —continué. Era verdad. También lo era que estaba preocupado por que pudiera hacer demasiado frío para ella—. Si gritas… —Poppy soltó el aire despacio—. Así que haz el favor de relajarte e intenta descansar. Mañana nos espera un día duro, si queremos tener alguna opción de no vernos obligados a pasar dos noches en el Bosque de Sangre.

Se quedó callada mientras me miraba. Así que yo hice lo mismo. Ella no sabía que ya había dormido a su lado una vez. Tener a alguien del sexo opuesto durmiendo a su lado no era algo que hubiese experimentado nunca.

Sin embargo, seguía mirándome. Mis labios amagaron con sonreír.

—Duérmete, Poppy.

Soltó el aire de un modo de lo más impresionante, como también lo fue la forma en que dejó caer la mejilla de vuelta sobre el saco que utilizaba de almohada. Me pregunté incluso si se habría hecho daño.

Se hizo el silencio entre nosotros, pero sabía que no se había dormido. Su tiritona y sus pequeños y constantes movimientos la delataban. Era como estar con ella sobre Setti otra vez.

—Esto es sumamente inapropiado —musitó.

Me reí bajito, siempre divertido por lo que encontraba inapropiado comparado con lo que había hecho de forma voluntaria.

—¿Más inapropiado que hacerte pasar por una doncella de otro tipo totalmente distinto en la Perla Roja? —Se quedó callada—. ¿O más inapropiado que la noche del Rito, cuando me dejaste…?

—Cállate —bufó.

—Todavía no he terminado. —Me acerqué más a ella—. ¿Y lo de escaparte para ir a luchar contra los Demonios en el Adarve? ¿O ese diario…?

—Lo pillo, Hawke. ¿Puedes dejar de hablar ya?

Sonreí en dirección a la parte posterior de su cabeza.

—Pero si has empezado tú.

—Qué va. Yo no he sido.

—¿Qué? —Me reí—. Tú has dicho, y cito textualmente, «esto es sumamente, extremadamente e irrefutablemente…».

—¿Acabas de aprender lo que son los adverbios o qué? —preguntó—. Porque eso no es lo que dije.

—Lo siento. —No lo sentía en absoluto—. No me había dado cuenta de que hubiésemos vuelto al punto de fingir que no habíamos hecho todas esas otras cosas inapropiadas. Tampoco es que me sorprenda. Después de todo, eres una Doncella pura, inmaculada e incólume. La Elegida. Que se está reservando para un marido Regio —añadí—. Que, por cierto, *no* será ni puro, ni inmaculado, ni incólume…

Poppy intentó darme un codazo, pero solo consiguió destapar la mitad de su cuerpo. Me eché a reír.

—Te odio. —Tiró de la manta hasta su barbilla otra vez.

—¿Ves? Ese es el problema. Que no me odias. —Poppy no podía negarlo—. ¿Sabes lo que creo? —pregunté.

—No. Y no quiero saberlo.

Por supuesto, eso era mentira.

—Que te gusto. —Una vez más, Poppy no podía negarlo—. Lo suficiente para ser *sumamente inapropiada* conmigo —señalé—. En múltiples ocasiones.

—Por todos los dioses, casi preferiría morir congelada ahora mismo.

Sonreí ante su brusquedad.

—Oh, es verdad. Estamos fingiendo que nada de eso ocurrió. No hago más que olvidarlo.

—Solo porque no hablo del tema cada cinco minutos no quiere decir que esté fingiendo que no ocurrió.

—Ya, pero es que hablar del tema cada cinco minutos es divertidísimo.

Poppy tiró del borde de su manta hacia arriba, pero capté la pequeña sonrisa antes de que su boca desapareciese detrás de ella.

—No estoy fingiendo que esas cosas no ocurrieron —murmuró después de unos instantes—. Es solo que...

—¿Que no debieron ocurrir? —pregunté, y ya no bromeaba. ¿Qué opinaba Poppy de lo que había sucedido debajo del sauce? No necesitaba saberlo, pero sí *quería* saberlo.

—Es solo que se supone que no debo... hacer nada de eso —musitó al cabo de unos segundos—. Sabes que soy la Doncella.

Pero eso no era *quien* era ella.

—¿Y cómo te sientes en realidad con respecto a eso, Poppy?

Se quedó callada durante tanto tiempo, que creí que no iba a contestar.

—No lo quiero. No quiero que me entreguen a los dioses. —En el momento que empezó a hablar, el resto salió de corrido, de un modo que sonó casi doloroso—. Y luego, después de eso, si es que hay un después, no quiero que me casen con alguien a quien no he visto jamás y que lo más seguro...

—¿Lo más seguro qué?

—Lo más seguro es que sea… —Poppy suspiró—. Ya sabes cómo son los Regios. Todo belleza exterior y defectos interiores; bueno, son inaceptables. Si acabo convertida en una Ascendida, estoy segura de que sea quien fuere con quien me empareje la reina, será igual.

Tuve que respirar hondo porque temía empezar a maldecir. De un modo sonoro. Odiaba a los Ascendidos por muchas razones, pero ¿esta? ¿La forma en que habían hecho creer a Poppy que era defectuosa de algún modo? ¿Alguien de quien avergonzarse? Esto ocupaba ahora el primer puesto en las razones para odiarlos.

—El duque de Teerman era un idiota —mascullé—. Y me alegro de que esté muerto.

Su risa fue intensa pero rápida.

—Oh, madre mía, qué ruido he hecho.

Sonreí, sin importarme si su risa atraía a una horda de Demonios.

—No pasa nada.

—Sí, desde luego que lo era, pero es que… aunque no tuviese estas cicatrices, no estaría emocionada. No entiendo cómo lo hizo Ian. Apenas conocía a su mujer y… no creo que sea feliz —murmuró, y estaba claro que eso la molestaba—. Jamás habla de ella y eso es triste, porque mis padres se querían. Él debería tener eso.

¿Y por qué no podía tenerlo ella?

—Oí que tu madre se negó a Ascender.

—Es verdad. Mi padre era hijo primogénito. Tenía dinero, pero no era un Elegido —me contó—. Mamá era una dama en espera cuando se conocieron. Fue accidental. Mi abuelo, por parte de padre, era amigo del rey Jalara. Mi padre acudió al castillo con él una vez y entonces fue cuando vio a mi madre. Se supone que fue amor a primera vista. —Se removió un poco dentro de su capullo—. Sé que parece una tontería, pero yo lo creo. Esas cosas ocurren… para algunas personas, al menos.

—No es una tontería. Claro que existe.

Levanté la vista hacia las ramas y las hojas oscuras. Sentía un gran vacío en el pecho de repente. ¿Qué le ocurriría a Poppy cuando la devolviéramos a la Reina de Sangre? ¿Le darían la sangre de mi hermano y la convertirían en un monstruo frío y desalmado? ¿La casarían con algún bastardo como el duque? Se me comprimió el pecho. No podía…

¿Qué es lo que no podía? ¿Permitir que ocurriera eso? Casi me reí. Una vez que el trato se cerrase, Poppy se convertiría en la Doncella otra vez. Se convertiría en eso de nuevo mucho antes de ese momento. Negué con la cabeza.

—¿Por eso estabas en la Perla Roja? ¿Buscabas amor?

—No creo que nadie vaya allí a buscar amor —dijo con tono seco.

—Nunca se sabe lo que puedes encontrar ahí. —Yo desde luego que no lo había sabido—. ¿Qué encontraste tú, Poppy?

—Vida.

—¿Vida?

Asintió.

—Solo quiero experimentar cosas antes de mi Ascensión. Hay tantísimas cosas que no he experimentado. Tú lo sabes. No fui en busca de nada en concreto. Solo quería experimentar…

—La vida —terminé por ella—. Lo pillo.

—¿Ah, sí? ¿De verdad?

Había tanta esperanza en sus palabras que supe que había tenido razón al hablar con Kieran sobre una estrategia de salida para ella.

—De verdad. Todos los que te rodean pueden hacer básicamente lo que les viene en gana, pero tú estás maniatada por unas reglas arcaicas.

—¿Estás diciendo que la palabra de los dioses es arcaica?

—Eso lo has dicho tú, no yo.

—Nunca he entendido por qué son así las cosas —admitió, en voz tan baja que era apenas más que un susurro—. Todo por la forma en que nací.

—Los dioses te eligieron antes de que nacieras siquiera. —Mi pecho rozó su espalda—. Todo porque «naciste bajo el amparo de los dioses, protegida incluso en el útero, velada desde el nacimiento».

—Sí. A veces, desearía… desearía ser…

—¿Qué? —esperé.

Y esperé.

—Da igual —dijo al cabo de unos instantes—. Y no duermo bien. Esa es otra razón de que estuviera en la Perla.

—¿Pesadillas?

—A veces. Otras veces, mi cabeza no se… calla. Repasa las cosas una y otra vez.

Esa sensación la conocía muy bien.

—¿Sobre qué habla tanto tu mente?

Hubo otro contoneo dentro del capullo.

—En los últimos tiempos, sobre la Ascensión.

—Supongo que estarás emocionada e impaciente por conocer a los dioses. —Puse los ojos en blanco y ella soltó ese bufido tan mono.

—Lejos de eso. En realidad, me aterra. —Cerró la boca de golpe con una exclamación repentina.

—No pasa nada —la tranquilicé, aliviado de que se sintiese así—. Yo no sé gran cosa acerca de la Ascensión y los dioses, pero estaría aterrado de conocerlos.

—¿Tú? —La incredulidad se apoderó de su voz—. ¿Aterrado?

—Lo creas o no, algunas cosas sí que me asustan. Todo el secretismo que rodea al ritual de la Ascensión es una de ellas. —Y eso era verdad, porque sabía muy bien cómo *Ascendían* a los demás. Lo que le estaban haciendo a mi hermano para posibilitar que ocurriera—. Tenías razón aquel día cuando estabas con la sacerdotisa —continué, eligiendo mis palabras con sumo cuidado—. Es tan parecido a lo que hacen los Demonios, lo que se hace para dejar de envejecer… para dejar de sufrir enfermedades durante lo que debe de ser una eternidad a ojos de un mortal.

—Son los dioses. Su Bendición. Se dejan ver durante la Ascensión. Solo mirarlos te cambia —explicó, pero sus palabras sonaron extrañas, huecas.

—Deben de constituir una imagen impresionante —repuse con sequedad—. Estoy sorprendido.

—¿Sobre qué?

—Sobre ti. No eres en absoluto lo que esperaba.

Me sorprendía cada vez que hablábamos. Ya fuese por curiosidad y por sus preguntas, su sed de conocimientos y comprensión. O solo por lo que pensaba. Lo que creía. Sus esperanzas. Sus miedos. Todo ello. Pero lo que de verdad me sorprendía era esa curiosidad. ¿Cómo podía no haber visto nunca más que la fachada de los Ascendidos? ¿Cómo podía no haberse dado cuenta de las incongruencias? ¿Visto a través de sus mentiras?

Pero eso no era justo.

Darse cuenta y ver esas cosas hubiese hecho añicos todo su mundo. Y hacía falta más que valentía y fuerza para hacer eso.

Hacía falta no tener nada que perder.

Ni siquiera a ti mismo.

—Debería estar durmiendo —dijo, y eso me sacó de mi ensimismamiento—. Igual que tú.

—El sol saldrá antes de lo que esperamos, pero tú no te vas a poder dormir pronto. Estás tan tensa como la cuerda de un arco.

—Bueno, dormir en el suelo duro y frío del Bosque de Sangre, a la espera de que un Demonio intente arrancarme la garganta o un *barrat* me coma la cara, no es demasiado tranquilizador.

Reprimí una carcajada.

—Ningún Demonio va a hacerte nada. Tampoco un *barrat*.

—Ya lo sé. Tengo la daga debajo de la bolsa.

—No lo dudaba. —Sonreí. Tenía un miedo real a los *barrats*, pero si venían a por nosotros, me daba la sensación de que ella sería la primera en matar uno.

En los momentos de silencio subsiguientes, lo que había compartido conmigo daba vueltas y vueltas en mi cabeza. Mientras estaba ahí tumbado, pensé en por qué había ido Poppy a la Perla Roja. Para vivir. Para experimentar.

Para experimentar algo que no fuesen las sensaciones de asfixia y dolor. Había ido ahí a encontrar placer.

Se me ocurrió una idea de lo más inapropiada. Me mordí el labio de abajo y ese lado impulsivo y totalmente indecente de mí que levantaba la cabeza cuando estaba en compañía de Poppy tomó el control. Podía darle lo que había ido a buscar aquella noche en la Perla Roja y ayudarla a dormir.

Cosa que todavía no estaba haciendo, visto lo mucho que se meneaba.

Sonreí en la oscuridad.

—Apuesto a que puedo relajarte lo suficiente para que puedas dormir como si estuvieses sobre una nube, disfrutando del sol. —Me regaló otro pequeño bufido—. ¿Lo dudas?

—Nadie ni nada en este mundo puede hacer que ocurra eso.

—Hay muchas cosas sobre las que no sabes nada —le dije.

—Puede que eso sea verdad, pero esta es una cosa que sí sé.

—Estás equivocada y puedo demostrarlo.

—Lo que tú digas. —Suspiró.

—Puedo y, cuando haya terminado, justo antes de que te duermas con una sonrisa en la cara, me vas a decir que tengo razón.

—Lo dudo. —Puse mi mano plana sobre su estómago. Giró la cabeza a toda velocidad. —¿Qué haces?

—Relajarte —Acerqué la cabeza a la suya.

—¿En qué crees que me relaja esto?

—Espera —insistí—. Y te lo enseñaré.

Las preguntas de Poppy cesaron mientras me abría paso entre lo que parecían interminables capas de tela envueltas a su alrededor, hasta que por fin encontré la fina camiseta que llevaba debajo del jersey. Pendiente de su respiración, avancé despacio. Moví los dedos en pequeños círculos mientras deslizaba el pulgar adelante y atrás, rozando casi sin querer las dulces curvas de la parte inferior de sus pechos hasta que sentí que algo de la tensión abandonaba su cuerpo, a pesar de que seguía mirándome. O al menos intentaba hacerlo. Después moví los dedos en círculos más grandes, hasta justo por debajo de su ombligo. Su respiración se aceleró.

—No creo que esto me esté relajando.

—Lo haría si dejaras de intentar estirar el cuello. —Agaché la cabeza y dejé que mis labios rozasen su mejilla al hablar—. Túmbate, Poppy. —Hizo lo que le decía, lo cual me dejó de piedra—. Cuando me haces caso, tengo la sensación de que las estrellas caerán del cielo —admití en voz baja—. Desearía poder capturar este momento de algún modo.

—Bueno, pues yo quiero volver a levantar la cabeza.

Esbocé una sonrisa.

—¿Por qué no me sorprende? —Poco a poco, fui avanzando con los dedos hasta llegar por debajo del ombligo—. Pero si lo hicieras, no averiguarías lo que he planeado. Y si algo sé de ti, es que eres curiosa.

Se estremeció contra mí, pero no tuvo nada que ver con lo que hacía antes a causa del frío.

—No… no creo que esto deba suceder.

—¿Qué es *esto*? —Las yemas de mis dedos rozaron la cinturilla de sus pantalones—. Tengo una pregunta mejor para ti. ¿Por qué fuiste a la Perla Roja, Poppy? ¿Por qué dejaste que te besara debajo del sauce? —Mis labios rozaron su mejilla otra vez—. Estabas ahí para vivir. ¿No es eso lo que dijiste? Dejaste que te arrastrara dentro de esa habitación vacía para experimentar la vida. Dejaste que te besara debajo del sauce porque querías sentir. No hay nada malo en ello. Nada en absoluto. ¿Por qué no puede ser igual esta noche?

Poppy se quedó en silencio.

Mi corazón empezó a latir con fuerza. Poppy solo se quedaba callada cuando quería algo.

—Déjame enseñarte solo un poco de lo que te perdiste al no regresar a la Perla Roja.

—Los guardias —susurró.

No se me pasó por alto que su preocupación no tuviese nada que ver con las reglas que le habían impuesto y las consecuencias en las que se había visto obligada a creer.

Eso llevó una sonrisa a mi cara mientras me movía un poco detrás de ella para deslizar mi mano entre sus piernas.

—Nadie puede ver lo que estoy haciendo. —Poppy reprimió una exclamación cuando cerré la mano sobre su entrepierna, por encima de los pantalones. Me puse duro al oír ese suave sonido ahogado—. Pero sabemos que están ahí. No tienen ni idea de lo que está pasando. Ni noción de que mi mano está entre los muslos de la Doncella. —Tiré de ella hacia atrás, de modo que mis caderas acunasen su trasero. Gemí con un sonido gutural al sentirla, pero me recordé que aquello no era para mí. Era para ella. Para su placer. Un leve escalofrío me recorrió de arriba abajo—. No tienen ni idea de que te estoy tocando.

Solo podía ver su perfil. Tenía los ojos abiertos mientras la acariciaba por encima de los pantalones. Arrastré dos dedos por la costura de la ingle y su dulce aroma se extendió a mi alrededor. Imaginé que podía saborearla en mis labios mientras seguía el recorrido de esa costura tan bien ubicada, con un contacto suave como una pluma al principio y después un poco más fuerte a cada pasada. Su respiración se entrecortó cuando presioné hacia abajo. Sus labios se movieron por voluntad propia y yo cerré los ojos unos momentos ante la oleada de ardiente e intenso deseo.

Pero abrí los ojos un instante después, porque no quería perderme ni un segundo de esto. Deslicé la mano hacia arriba, con lo que su camiseta interior se hizo un gurruño por encima de mi muñeca. Su piel desnuda estaba cálida contra mi brazo.

Encontré ese punto que había hecho que sus caderas se movieran, y apreté la mandíbula mientras acariciaba su clítoris por encima de los pantalones.

—Apuesto a que estás blanda y mojada y lista —le susurré al oído—. ¿Debería averiguarlo?

Poppy se estremeció y, joder, no quería otra cosa que meter mi mano en sus pantalones. Sentir su piel caliente y cálida contra la mía, y descubrir el húmedo calor que sabía que encontraría.

—¿Te gustaría? —le pregunté.

Poppy respondió con un contoneo de caderas para apretarse contra mi mano, las suyas aferradas a la manta con los nudillos blancos.

Un sonido grave de aprobación salió retumbando de mi interior antes de que pudiera evitarlo. Levanté la vista hacia donde Kieran montaba guardia. Había muchas posibilidades de que hubiese oído eso. Y de que pudiese percibir lo que estaba haciendo. Lo que *estábamos* haciendo. Si tuviese un ápice de decencia en mí, pararía. Diablos, no hubiera empezado esto siquiera. Seguro que había otras maneras de ayudarla a dormir.

Pero no era decente.

—Haría más que esto —le prometí, mi cabeza llena de todo tipo de cosas que quería hacer, empezando por descubrir lo dulce que era su sabor.

Sus labios se habían entreabierto y sus ojos estaban medio cerrados, pero continuó respondiendo a las caricias de mis dedos. Los movimientos de sus caderas eran pequeñas sacudidas inconscientes; cada una fue aumentando poco a poco el placer hasta que el contoneo de sus caderas era intencionado.

Y por todos los dioses, la forma en que se mecía contra mi mano convirtió mi sangre en fuego líquido.

—¿Notas lo que estoy haciendo, Poppy? —Asintió—. Imagina lo que sentirías si no hubiese nada entre mis dedos y tu piel. —Me estremecí. O lo hizo ella. Quizá lo hiciéramos los dos al mismo tiempo—. Haría esto. —Apreté un poco más fuerte y sus piernas se enroscaron—. Entraría dentro de ti, Poppy. Te saborearía. —Se me hizo la boca agua del deseo de hacerlo—. Apuesto a que eres tan dulce como la miel.

Se mordió el labio al tiempo que soltaba la manta. Prácticamente contuve la maldita respiración cuando su mano se movió debajo de la manta y sentí sus dedos sobre mi antebrazo. Esperé a ver si iba a retirar mi mano o no.

Sin embargo, los dedos de Poppy presionaron sobre el dorso de mi mano mientras levantaba las caderas.

Esa es mi chica, pensé, al tiempo que retomaba mis caricias.

—Te gustaría, ¿verdad?

—Sí —susurró.

Joder.

Una lujuria intensa palpitó por todo mi cuerpo. Y casi perdí el control en ese mismo momento.

—Incluiría otro dedo. Estarías tensa, pero también estás lista para más.

Su respiración era una serie de jadeos rápidos mientras sujetaba mi mano contra ella, sintiendo lo que estaba haciendo con mis dedos. Sus caderas siguieron mis movimientos.

—Metería y sacaría los dedos —murmuré contra la curva de su oreja—. Te acoplarías a ellos justo igual que estás acoplada a mi mano ahora mismo. —Poppy se estremeció, aferrada a mi brazo mientras hacía justo eso: restregarse acoplada a mi mano—. Pero esta noche no vamos a hacer eso. No podemos —me recordé más a mí mismo que a ella—. Porque si meto *cualquier* parte de mí dentro de ti, *todas* las partes de mí estarían dentro de ti, y quiero oír hasta el último sonido que hagas cuando eso ocurra.

Hice rodar mi pulgar por encima de su clítoris. Se le escapó un gemido y, ese sonido… por todos los dioses, podría vivir solo de él, beber y alimentarme de ese gemido. Pero ¿cuando sus muslos se apretaron sobre mi mano? *Joder*.

Metí mi otro brazo por debajo de ella y lo cerré por encima de la parte superior de su pecho para sujetarla con fuerza contra mí mientras sus caderas empezaban a moverse contra mi mano de una manera frenética. Sabía que ya estaba cerca. Todo su cuerpo temblaba. Sus respiraciones eran rápidas y superficiales. El agarre se apretó sobre mi brazo. Esos gemidos suaves danzaban en el aire nocturno, me estaban volviendo casi loco. Podía sentir cómo su clímax aumentaba con un rugido en su interior mientras apretaba mi boca contra el espacio detrás de su oreja. Retraje los labios por el deseo brutal que atronaba a través de mí. La besé ahí. Lamí su piel. Mi mandíbula palpitaba. Ladeé la cabeza. Sentí cómo mis colmillos rozaban su piel. El cuerpo de Poppy se puso rígido. Lo mismo que el mío.

Cerré la mano sobre su boca para ahogar sus gritos cuando alcanzó el clímax. Me costó un esfuerzo supremo controlar mi cuerpo. Intenté concentrarme en mi maldita respiración y apreté la mandíbula con fuerza mientras ella temblaba y se mecía contra mí.

Besé su garganta con un escalofrío, centrado en reprimir mi deseo. Al mismo tiempo, trataba de comprender el calor que sentía en el pecho. La repentina sensación de estar lleno. De estar completo sin haber alcanzado la completitud.

Los temblores de Poppy fueron amainando y su agarre se aflojó sobre mi mano. La saqué de entre sus muslos para apoyarla en su estómago. La mantuve ahí, mi corazón latía casi igual de deprisa que el de ella. Y seguí abrazándola, incluso cuando su cuerpo se quedó laxo contra el mío, saciado y relajado mientras yo seguía con una erección dura como una piedra. La abracé en el silencio, mientras la noche continuaba a nuestro alrededor.

Respiré hondo y levanté la cabeza justo lo suficiente para ver la cara de Poppy. Tenía los ojos cerrados, sus pestañas formaban pequeñas medialunas contra sus mejillas, y pensé que esa era la tontería más grande que podía habérseme ocurrido, pero, maldita sea, era absolutamente arrebatadora, resplandeciente en los momentos posteriores al placer.

—Sé que jamás lo reconocerás —dije, la voz cargada de deseo insatisfecho—. Pero tú y yo siempre sabremos que tenía razón.

Una sonrisa cansada apareció en los labios de Poppy, y los míos respondieron del mismo modo mientras me acomodaba detrás de ella, los brazos todavía envueltos a su alrededor. El pene me dolía incluso, y tardaría algún tiempo en relajarse, pero, joder, esa molestia menor merecía la pena con creces.

Porque mi propio desahogo jamás podría compararse con la idea de saber que yo había sido la primera persona con la que ella había experimentado placer en la vida. Una especie de satisfacción primitiva se apoderó de mí. Una de la que debería estar avergonzado, joder, pero no lo estaba. No podía estarlo. No cuando la había ayudado a encontrar placer.

A experimentarlo.

A vivirlo.

¿CÓMO PODÍA?

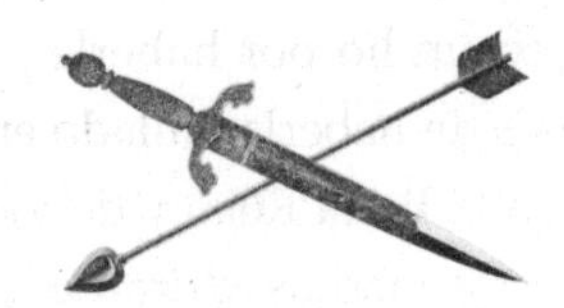

Me había sentido reacio a separarme de Poppy a medida que los cielos grises del inminente amanecer clareaban, pero llevaba despierto ya un rato. Me había dedicado a observarla y a pensar.

A pensar en lo que habíamos hablado la noche anterior. En lo que ella había experimentado. En cómo me había parecido un honor ser testigo de cómo ella *vivía*. En lo que estaba por venir.

Y durante todo ese rato, Poppy parecía de lo más pacífica, como si estuviese en un sitio donde los monstruos jamás podrían encontrarla.

Aunque ya lo habían hecho.

Yo era uno de ellos, igual de malo que los Ascendidos.

Porque una vez que obtuviese lo que quería, la enviaría de vuelta con las bestias capaces de atrocidades impensables. Debía hacerlo, porque ella era la única cosa por la que negociaría la Corona de Sangre. Ella era la única manera que tenía de liberar a mi hermano y evitar una guerra.

Pero ¿cómo haría eso?

Después de la noche anterior. Después de lo valiente que había sido Poppy al buscar algo para sí misma, al decir en voz alta que esta no era la vida que hubiese elegido, confirmando lo que yo ya sospechaba. Después de cómo se había aferrado a mí antes de llevarla ante la duquesa. Después de haber visto todo su dolor la noche del Rito y lo que hicimos debajo del sauce. Después de haberla encontrado en el Ateneo, leyendo un diario tan obsceno. Después de que hubiese admitido que no estaba de acuerdo con el Rito. Después de que el duque hubiera abusado de ella, y aun así ella se preocupase de que pudiera meterme en un lío por haberle parado los pies a la sacerdotisa. Después de haberla hallado en el Adarve, de haberla descubierto en la Perla Roja, y de todos esos segundos, minutos y horas entre medias, durante los cuales me había demostrado una y otra vez que no era lo que esperaba. Después de que, cuando estaba a su alrededor, consiguiera no pensar en el pasado o en el futuro, y simplemente viviera.

Pero ¿cómo podría no hacerlo?

Poppy era importante para la Corona de Sangre. Ella, y solo ella, era el motivo por el que estarían dispuestos a hacer cualquier cosa. Y aunque ese no fuese el caso, yo ya estaba metido hasta el cuello. Había demasiados cuerpos entre el momento en el que yo había empezado esto y ahora; había demasiadas vidas que ya estaban viviendo tiempo prestado como para cancelarlo todo ahora.

Joder, esta ni siquiera era la primera vez que pensaba esto.

Desde el momento en que me había dado cuenta de que era ella en la Perla Roja, la duda se había colado sin remedio en mi interior, y no había hecho más que aumentar. Había hecho todo lo posible por ignorarla, por borrar las dudas y la culpa, por decirme que mis razones eran justas. Que todo lo que hacía era por mi hermano y por el bien mayor.

La presión atenazó mi pecho mientras retiraba con cuidado un mechón de pelo de su mejilla. Poppy se contoneó para acurrucarse contra mí mientras dormía.

Cerré los ojos al tiempo que un enorme vacío se abría en mi pecho. Joder, no quería esto para ella.

Entonces, ¿por qué tenía que ser así?

Un músculo palpitó en mi sien. Abrí los ojos para encontrar a Kieran en marcha: se movía por el campamento y comprobaba el estado de los caballos. Tenía que haber otra manera de hacerlo. Mis pensamientos corrían a la misma velocidad que los latidos de mi corazón. En el tenebroso silencio del Bosque de Sangre, repasé escenario tras escenario como había hecho ya antes. A menos que lograse que, de algún modo, la Corona de Sangre liberase a Malik antes de entregar a Poppy, no había opciones factibles. Y esa ni siquiera era una opción. La Corona de Sangre era muchas cosas, pero no eran unos jodidos idiotas.

Tenía que haber algún modo.

Solo necesitaba tiempo para pensar en una solución que no fuese una imposibilidad mal planeada.

Una brisa despistada revolvió un mechón de pelo, pero lo atrapé y lo remetí de vuelta en su sitio. No disponía de demasiado tiempo. Se me hizo un nudo en el estómago. Más pronto que tarde, Poppy averiguaría la verdad. Averiguaría que le había estado mintiendo, que la había utilizado.

Que era igual que los Ascendidos.

Tenía que encontrar un plan de salida para ella antes de entonces, porque ¿una vez que se enterase? Poppy no volvería a confiar en nada de lo que le dijese. De hecho, trabajaría de un modo activo en mi contra.

Me odiaría.

Se odiaría a sí misma.

Yo no quería…

Maldije en voz baja y bloqueé ese pensamiento. Necesitaba tiempo. No esto. Retiré con cuidado el brazo de su alrededor, aunque me detuve cuando ella se removió. Sentí ese cosquilleo en la nuca cuando bajé la vista hacia ella, la mejilla izquierda expuesta. La de las cicatrices. Lo que había dicho la noche anterior acerca de cómo la vería un posible Ascendido se repitió en mi mente.

Si alguien no la veía por la belleza que era, esa persona era irrelevante.

Aunque, bien visto, la mayoría de los Ascendidos eran irrelevantes.

Levanté la manta de pieles para arropar a Poppy. Empecé a levantarme, pero volví a pararme. Fijé bien la manta y la remetí por la esterilla. Me agaché para depositar un beso sobre su cabeza. Luego me obligué a mover el culo de una vez. Al levantarme, vi a Kieran, que estaba cerca de un puñado de árboles de sangre, observando. Era probable que se estuviese preguntando qué narices había estado haciendo todo ese tiempo.

Di media vuelta, agarré mi bolsa y saqué mi cepillo y la pasta. Me lavé los dientes deprisa, aunque tuve que conformarme con solo un sorbito de agua para enjuagar los restos. Después, me adentré un poco en los árboles para ocuparme de mis necesidades personales. Cuando volví, Kieran todavía esperaba y Poppy todavía dormía. Me reuní con él.

—¿Has dormido bien?

—No tan bien como tú —repuso, una ceja arqueada. Entorné los ojos y le lancé una mirada significativa mientras recogía su esterilla y la doblaba—. ¿Con cuánta frecuencia duermes tan bien? —preguntó Kieran. Ya sabía a dónde quería ir a parar.

—Esa ha sido la primera. —Enganché su esterilla a sus alforjas—. La primera en mucho tiempo.

Kieran guardó silencio mientras me ponía en pie.

—Le gustas.

—¿Y qué te hace pensar eso? —pregunté, tras fruncir el ceño.

—¿Aparte del hecho de que te dejase hacer lo que fuese que estuvieseis haciendo debajo de esa manta? —Ignoré su comentario y opté, en cambio, por llevar sus alforjas hasta su caballo—. Ya me había dado cuenta antes. —Kieran me siguió mientras pasaba por debajo de una rama baja—. Lo noté en cuanto os vi juntos.

—Pues no dijiste una mierda al respecto ayer por la noche.

—No, no dije nada anoche. No sentí la necesidad de decirlo.

—¿Y ahora sí sientes esa necesidad?

—En efecto. —Tenía la mandíbula en tensión.

Enganché las alforjas a la montura y justo entonces todo lo que había estado pensando salió a la superficie, lo cual hizo que lo que tenía que decir brotase de un modo mucho más rudo.

—Que yo le guste significa que me he ganado su confianza —mascullé, al tiempo que tenía ganas de arrancarme la maldita piel—. Eso es parte del plan.

—¿Lo de ayer por la noche fue parte del plan? —Sus ojos se volvieron esquirlas de hielo—. Solo para que lo sepas, tengo unas ganas inmensas de darte un puñetazo. Ella es…

—Ya sé lo que es, Kieran.

—¿Y tú sabes quién eres?

Cerró el puño. Me puse en tensión, pero respiré hondo.

—Sí, lo sé.

Me lanzó una mirada larga y dura antes de soltar el aire.

—Tenemos que ponernos en marcha pronto.

Asentí y me giré hacia él. Tiempo. Me estaba quedando sin tiempo. Guiñé los ojos en la penumbra, mientras trataba de pensar en dónde podría sacar un día o dos antes de que llegásemos a New Haven. Era obvio que el Bosque de Sangre no sería el sitio ideal. Eso dejaba solo Tres Ríos, pero era una apuesta a ciegas.

—Llegamos más lejos de lo que creía —dije, y crucé los brazos—. Deberíamos llegar a Tres Ríos antes del anochecer.

—No podemos quedarnos ahí —repuso Kieran, casi como si supiera, de algún modo, que quería retrasar lo inevitable—. Ya lo sabes.

—Lo sé —repetí, frustrado. Demorarnos ahí llamaría demasiado la atención de los otros que viajaban con nosotros, lo cual nos obligaría a lidiar con ellos más pronto que tarde—. Si hacemos una parada a medio camino de Tres Ríos, podríamos cabalgar de noche y llegar hasta New Haven por la mañana.

—¿Estás listo para eso? —preguntó Kieran. Lo miré a los ojos.

—¿Por qué no habría de estarlo?

—¿Crees que no me he dado cuenta de lo que ha pasado? —La voz de Kieran bajó hasta ser apenas más que un susurro—. ¿En serio? ¿Crees que he olvidado lo que acabamos de hablar? Que ella sienta algo por ti no es la única cosa que me preocupa, *Hawke*. —La irritación se avivó en mi interior. Al percibirla, Kieran me dedicó una sonrisa tensa—. Recuerda cuál es tu cometido. —Habíamos querido pegarnos de puñetazos muchas veces a lo largo de nuestra vida, pero nunca había tenido más ganas de hacerlo que ahora mismo—. Recuerda tu cometido —repitió.

—No lo he olvidado ni por un segundo. —Mi tono se endureció—. Ni uno solo.

Kieran levantó la barbilla.

—Bueno es saberlo.

La forma en que me miró cuando pasé por su lado me indicó que no creía del todo lo que le estaba diciendo. Tendría que ponerlo al día de toda la mierda que rondaba por mi cabeza, pero ahora tampoco era el momento para eso.

Crucé la distancia que me separaba de Poppy y me arrodillé delante de ella. Todavía no quería despertarla, pero el tiempo… sí, nos estábamos quedando sin tiempo.

Toqué su mejilla y sus pestañas aletearon antes de abrirse. Unos ojos verdes conectaron con los míos, y lo poco que me costó dejar a un lado esa frustración y esa irritación fue como milagroso.

Deslicé el pulgar por la línea de su mejilla, luego por su labio de abajo, y sonreí. Eso tampoco me costó nada.

—Buenos días, princesa.

—Buenas.

—Has dormido bien.

—Sí.

—Te lo dije —bromeé. Poppy sonrió al tiempo que se sonrojaba.

—Tenías razón.

—Siempre tengo razón.

Puso los ojos en blanco.

—Lo dudo.

—¿Tengo que demostrártelo otra vez?

El olor de Poppy se condensó, un respiro maravilloso y bienvenido al olor rancio del Bosque de Sangre.

—No creo que sea necesario.

—Qué pena —murmuré—. Tenemos que ponernos en marcha.

—Vale. —Se sentó, con una mueca—. Solo necesito un par de minutos.

Cuando se hubo desenredado de las mantas, tomé su mano para ayudarla a levantarse. Porque prefería estar de un humor servicial que cabreado. Enderecé su jersey y lo estiré por sus caderas.

Los ojos de Poppy se levantaron hacia los míos, y me dio la impresión de que la conversación con Kieran había tenido lugar hacía diez o doce años. Había incertidumbre en los ojos de Poppy y en la expresión de su boca, y tardé solo un instante en recordar que lo que había experimentado la noche anterior había sido la primera vez para ella. Solo los dioses sabían qué estaba pasando por su cabeza. Lo más probable era que estuviese igual de caótica que la mía, aunque las razones eran diferentes.

—Gracias por lo de ayer por la noche —le dije en voz baja. Se quedó boquiabierta.

—Tengo la sensación de que debería ser yo la que te diera las gracias.

—Aunque a mi ego le complace que pienses eso —y de verdad lo hacía—, no tienes por qué hacerlo. —Entrelacé los dedos con los suyos—. Ayer por la noche confiaste en mí, pero, lo que es más importante, sé que lo que compartimos es un riesgo.

Un riesgo en muchos aspectos.

Me acerqué más a ella y dije una verdad que era tan triste como preciosa. Algo que cortó tan profundo que me dejó tiritando.

—Y es un honor que estuvieras dispuesta a correr ese riesgo conmigo, Poppy. Así que gracias.

SANGRE EN EL BOSQUE

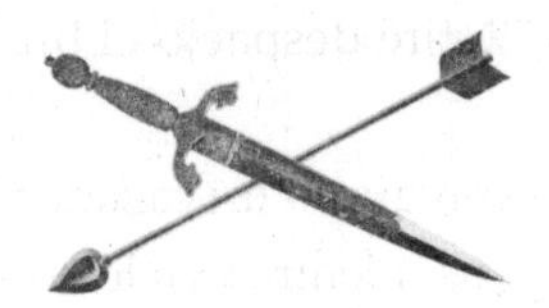

La nieve empezó a caer a medida que nos adentrábamos más en el Bosque de Sangre. Los árboles de sangre eran menos densos ahí, lo cual nos permitía abrirnos un poco más, pero no podíamos acelerar demasiado el paso si no queríamos arriesgarnos a lesionar a uno de nuestros caballos. El suelo del bosque era una nudosa maraña de gruesas raíces y rocas.

Bajé la vista hacia Poppy, que miraba el suelo, seguramente en busca de *barrats*. Una sonrisa afloró en mis labios. Hasta entonces, Poppy había estado contemplando los árboles, que eran mucho más raros en esta parte del Bosque de Sangre, con los troncos y las ramas retorcidos y enredados, la corteza centelleante de un modo que no era natural en absoluto, como diría Airrick.

Había estado callada la mayor parte del trayecto. Todos lo habíamos estado, tan profundo en el Bosque de Sangre, pero se había relajado de inmediato contra mí en el momento en que me había montado en Setti detrás de ella. Seguía haciendo esa inspiración ahogada que tanto me gustaba oír cuando pasaba el brazo a su alrededor y apoyaba la mano en su cadera. Me había contentado con dibujar círculos con el pulgar y líneas con el dedo índice, pero mi mano se había parado ahora.

Mis sentidos hormigueaban mientras escrutaba las oscuras sombras entre la maraña de árboles. Apreté la mandíbula. Un viento gélido sopló entre las ramas, cargado de un olor a podredumbre y descomposición.

El caballo de Kieran se encabritó de pronto un poco más adelante. Mis manos se apretaron sobre las riendas de Setti mientras Kieran trataba de tranquilizar a su corcel acariciándole el cuello. Retiré despacio el brazo de la cintura de Poppy.

—¿Qué pasa? —preguntó un cazador llamado Noah desde delante de nosotros mientras yo les hacía gestos a los que venían detrás para que se detuvieran.

Cerca de Kieran, Phillips se llevó un dedo a los labios. Entorné los ojos en dirección a los árboles. Poppy se puso tensa, al tiempo que los músculos de Setti se agarrotaban y el caballo empezaba a retroceder con un relincho nervioso. Hice ademán de tranquilizarlo, pero Poppy se me adelantó. Se estiró hacia delante y frotó su crin. A nuestro alrededor, todos los caballos empezaron a moverse inquietos.

Se acercaba algo.

Algo que correteaba sobre cuatro patas y era muy probable que le provocase a Poppy un ataque al corazón.

Di unos golpecitos discretos en la daga envainada de Poppy, que no necesitó más instrucciones. Asintió, luego metió la mano en su capa.

La cabeza de Kieran voló hacia nuestra izquierda al mismo tiempo que yo captaba un atisbo de pelaje negro rojizo. Ninguno de los dos dijimos ni una maldita palabra porque, bueno, un guardia menos era uno menos con el que lidiar.

El *barrat* salió de la nada. Un estallido de negro y rojo, más o menos del tamaño de un jabalí. Saltó por los aires para estrellarse contra el costado del caballo de Noah, mientras Poppy se echaba atrás contra mí. Sobresaltado, el caballo se encabritó y el mortal cayó al suelo. El *barrat*, siempre oportunista, se abalanzó sobre el hombre al instante. Le lanzó varios mordiscos a la cara mientras el cazador forcejeaba por sujetarse al pelo oleoso de la criatura.

Phillips se giró en su montura, arco en mano. Disparó la flecha ya cargada y le dio al muy bastardo en el cuello.

El *barrat* aulló mientras Noah se lo quitaba de encima. El mortal no perdió ni un instante. Desenvainó su espada corta, cuya hoja centelleó de color carmesí cuando la columpió para terminar con el sufrimiento del roedor. O el nuestro. Deslicé la vista hacia el punto por el que había brotado. Este no era el único.

—Por todos los dioses —gruñó Noah—. Gracias.

—Ni lo menciones —dijo Phillips, otra flecha ya cargada.

—Si hay uno, hay una horda —los advertí—. Tenemos que mov…

De pronto, había *barrats* por todas partes. Brotaron de entre la maleza y me sorprendió ver lo cerca que habían estado. Poppy se apretó hacia atrás contra mi cuerpo.

—Mierda —maldijo Noah, que justo saltó hasta una rama baja y levantó las piernas cuando un mar de pelaje negro rojizo se abalanzó sobre nosotros.

Sin embargo, los *barrats* volaron por nuestro lado, gimiendo y gruñendo entre los caballos nerviosos. Y desparecieron entre el denso follaje al otro lado.

Esa no era buena señal en absoluto.

Tampoco lo eran las volutas de neblina que empezaban a arremolinarse a lo largo de las raíces expuestas. El olor a putrefacción se intensificó, a medida que la neblina aumentaba y se condensaba a nuestra izquierda.

—Tenemos que salir de aquí —declaró Kieran—. Ahora.

Noah decidió por fin dejar de colgar de un árbol y aterrizó en el suelo. La neblina ya era lo bastante abundante como para que sus piernas desapareciesen en ella. Desenvainó su espada, corrió hacia su caballo y agarró las riendas. Justo entonces, Setti se puso todo tenso y…

Un Demonio salió corriendo de la niebla más deprisa que los malditos *barrats;* iba vestido con ropa andrajosa que colgaba de su cuerpo hecha jirones. Noah, el pobre bastardo, no tuvo ni una oportunidad. Ni siquiera con la advertencia. De repente estaba sobre él, desgarrando el pecho del hombre con sus afiladas garras y su cuello con sus dientes de sierra. Maldije cuando Noah cayó hacia atrás. Su espada resbaló de su mano y su caballo huyó como alma que lleva el diablo.

Entonces llegaron los aullidos, el gemido grave del hambre sin fin.

—Mierda —gruñí, mientras Luddie hacía girar a su caballo e incrustaba una lanza de heliotropo en la cabeza del Demonio que había terminado con Noah.

—Si huimos, no lo lograremos. —Luddie volteó la hoja de su arma hacia arriba—. No con todas estas raíces.

Tenía razón.

La neblina ya nos llegaba a la cintura. Nos cubriría la cabeza si tratábamos de huir.

Bajé la vista hacia Poppy.

—Sabes lo que tienes que hacer —le dije sin dudar—. Hazlo.

Poppy asintió.

Entonces salté de Setti y aterricé sobre una de las raíces más gruesas. Poppy hizo otro tanto: pasó una pierna por encima del caballo para dejarse caer sobre las raíces. Por el rabillo del ojo, vi que Airrick levantaba las cejas al ver la daga de Poppy.

—Sé usarla —le informó ella. La curva de los labios de Airrick fue de lo más bobalicona.

—Por alguna razón, no me sorprende.

Miré al joven con los ojos entornados.

—Ya están aquí —anunció Kieran, al tiempo que levantaba su espada.

Y así era.

Desenvainé mi espada corta y me preparé, mientras corrían hacia nosotros, una masa de pálida carne gris, ropa andrajosa y huesos. Di un paso al frente y atravesé el pecho de un Demonio con mi espada.

Giré en el sitio y deslicé la hoja por el cuello de otro. Justo entonces, vi a Poppy estrellar una mano contra el hombro de un Demonio para mantenerlo a distancia y poder clavar la daga en su corazón. Giró sobre sí misma, como había hecho yo, y sin dudarlo ni un segundo, agarró al Demonio que trataba de abalanzarse sobre Setti. Santo cielo, cómo se movía... Menuda seguridad mostraba en sus movimientos. Su pelo revuelto caía por su cara mientras rotaba por la cintura, su expresión era de determinación y absoluta valentía, a medida que dejaba un reguero de sangre roja negruzca entre la neblina. Simplemente no había nada... más sexi que eso. Atravesé a un Demonio por la espalda y perforé su corazón. Poppy levantó la vista y nuestros ojos se cruzaron.

—Jamás pensé que encontraría sexi nada que tuviera que ver con los Demonios. —Le corté la cabeza al Demonio más cercano—. Pero ver cómo luchas contra ellos es superexcitante.

—Qué inapropiado —musitó, y empujó a un lado a un Demonio inerte.

Me reí bajito y dancé por una raíz para cortar a un Demonio por la mitad, mientras Kieran columpiaba sus dos espadas cortas y hacía una mueca de asco cuando la sangre podrida salpicaba a su alrededor. Los chillidos arreciaron por todas partes. Corté con mi espada a través del cuello de un Demonio, al tiempo que agarraba la tela andrajosa de otro que se dirigía al grupo, todo sin quitarle el ojo de encima a Poppy. No era que no confiase en su habilidad. De hecho, en ese momento la vi incrustar su daga en el pecho de otro monstruo. Era *magnífica*, joder, pero su arma requería que se acercase mucho a los Demonios. Capté un atisbo de Luddie, que lanzaba estocadas con su lanza. La neblina nos llegaba a las rodillas. Un Demonio intentó agarrarme, lanzando tarascadas al aire con sus dientes manchados de sangre. Repelí al muy bastardo de una patada, y Kieran dio media vuelta para clavar su espada en él, al tiempo que una flecha zumbaba entre nosotros y se incrustaba en la cabeza de otro Demonio, uno más fresco, convertido hacía poco.

Me bajé de la raíz de un salto para aterrizar en el suelo. La neblina se desperdigó. Un Demonio se giró hacia mí, su pelo ralo caía desde un cuero cabelludo lleno de calvas y aleteaba ahora contra un lado de su cara. Había sido una mujer. Abrió la boca y… por todos los dioses. Incrusté la espada en su pecho para poner fin a su estridente gemido. Cayó hacia atrás, sobre Noah. Al ver la espada caída del guardia, la recogí y mi cabeza giró en redondo hacia Poppy.

Justo en ese momento, liberaba su daga de un pecho hundido. Se tambaleó hacia atrás.

—Princesa —la llamé—, tengo un arma mejor para ti.

Le tiré la espada. Poppy la atrapó al vuelo y envainó la daga a toda velocidad.

—Gracias. —Giró sobre los talones y acabó con otro Demonio.

Por todos los dioses, Poppy era…

Un Demonio chilló. Corría hacia mí, con otro pegado a los talones. Ninguno de los dos se parecía ya a nada vivo. Ambos eran más huesos y tejidos finos que cualquier otra cosa. Irritado por no poder observar a Poppy portarse como, bueno, una absoluta campeona, le corté la cabeza a uno y luego al otro. La neblina se removió por el suelo cuando un Demonio más pequeño se lanzó a la carga. Me puse rígido y di un paso atrás al ver el rostro pequeño y pálido de… de un *niño*.

«Maldita sea», musité, impactado por la imagen.

Siempre sentía compasión por los Demonios, incluso por los que habían desgarrado mi piel con un hambre insaciable cuando la Corona de Sangre me había tenido cautivo. Solía preguntarme quiénes habían sido antes de aquello. ¿Granjeros?

¿Cazadores? ¿Aldeanos? ¿Mortales inocentes con vidas, familias y futuros llenos de deseos y necesidades que les habían robado? Hacía mucho que había dejado de hacerme esas preguntas. Era más fácil verlos como eran ahora: criaturas que habían muerto hacía mucho tiempo.

Pero ¿esto? ¿Un niño? Y uno que no podía haber sido mayor que los dos que había visto en el exterior de la nave de envasado de carne. Quizás incluso de la edad de la niña pequeña que había acabado de algún modo en el castillo con una máscara de Descendente y muerta de miedo. Este podía muy bien ser su futuro, si los Ascendidos no eran detenidos.

Concentrado en la brutal tarea que tenía por delante, di un paso al frente y agarré al niño con la mano por debajo de su barbilla. Lanzaba mordiscos y bufaba como un animal salvaje. Me costaría dejar de ver esta imagen. Olvidar. Clavé mi espada en su pecho.

Maldita sea.

—La neblina se está diluyendo. —Kieran repelió a un Demonio de una patada. Luego miró más allá de mí—. Mierda.

Me giré justo cuando Poppy se tambaleaba hacia atrás. Fui hacia ella, pero Airrick llegó antes y la apartó a un lado. Unas garras engancharon mi maldita capa y tiraron de mí hacia atrás. Con una maldición, di media vuelta y corté la cabeza del Demonio. Volví a girar en redondo y me dio un vuelco al corazón. No veía a Poppy. El pánico se apoderó de mí. Si le ocurría algo…

Entonces la vi, levantándose de donde la neblina era más densa por el suelo. Con un grito, incrustó su espada en el pecho del macilento Demonio sin pelo.

El alivio casi me sacó todo el aire de los pulmones. Poppy estaba bien. Mejor que bien. Extrajo la espada del cuerpo de la criatura y avanzó alerta, los bordes de su capa ondeando a su alrededor, desperdigando la neblina cada vez más rala. Estampó el pie sobre la espalda de un Demonio herido para inmovilizarlo contra el suelo y, con una estocada rápida, puso fin a sus alaridos con una sonrisa salvaje.

—Por todos los dioses —musité, y mi sangre se caldeó a pesar de la muerte y la descomposición que nos rodeaba por todas partes—. ¿Has visto eso?

—Sí. —Kieran pasó una de sus mangas por su mejilla para limpiar manchas de sangre. Un lado de mis labios se curvó hacia arriba.

—Me ha puesto cachondo.

Kieran sonrió.

—Y a mí.

Me reí en voz baja, di media vuelta y escudriñé los árboles. La neblina ya casi había desaparecido y volvía a verse la corteza cenicienta de los árboles de sangre y sus centelleantes hojas carmesís. Luddie alanceó a un Demonio de cuya tripa sobresalía una flecha. Vi a otro forcejear entre las raíces, bufando y gruñendo, con el apelmazado pelo castaño rojizo colgando en pegotes enmarañados. Unas manos huesudas manchadas de sangre se agitaron por el aire mientras yo saltaba por encima de otro Demonio caído. Un rayo de sol cortó a través de los árboles y se reflejó en la fina piel cenicienta de sus desalmados ojos carmesís. Me lanzó un zarpazo en su hambre descerebrada. Yo clavé mi espada a través de su pecho.

Extraje la espada y empecé a tomar nota de los daños. Habíamos sufrido algunas bajas. Solo quedaban cuatro guardias en pie. Kieran y Luddie estaban mirando a un cazador tirado en el suelo ante ellos, el pecho y el estómago abiertos en canal. Levanté la vista y encontré a Poppy al lado de Phillips. El hombre más mayor tenía las manos apretadas contra el pecho desgarrado y ensangrentado de Airrick.

Limpié mi espada sobre la ropa andrajosa de un Demonio, la envainé y fijé los ojos en Poppy. Tenía el ceño fruncido, con expresión apenada, mientras se dejaba caer de rodillas al lado del castaño Airrick. Dejó la espada a su lado. Yo pasé por encima de las piernas de un cazador caído y me dirigí despacio hacia ellos. Poppy tenía la cara muy pálida. Yo estaba acostumbrado a este tipo de muerte, pero…

Pero ella también, ¿no?

—Me salvaste —dijo Poppy en voz baja.

La risa de Airrick fue débil. Un hilillo de sangre caía por la comisura de su boca.

—No… creo que… necesites que te salven.

—Pues lo necesité —le dijo, echando un rápido vistazo a su estómago. Seguí la dirección de su mirada y deseé de inmediato que Poppy no hubiese mirado. El Demonio había hecho trizas al joven. Había muchísima sangre y restos sanguinolentos—. Y tú estuviste ahí para mí. Sí que me salvaste, Airrick.

Me arrodillé al otro lado de Phillips justo cuando Airrick se retorcía de dolor. Poppy me miró con una esperanza desesperada mientras el pecho del pobre desgraciado subía y bajaba a toda velocidad. Negué con la cabeza para transmitirle lo que seguro que ya sabía. Lo único que podíamos hacer ahora era terminar con su dolor con un acto de misericordia. No había vuelta atrás de este tipo de heridas.

Poppy cerró los ojos un instante, luego tomó la mano pálida de Airrick. Frunció el ceño aún más, la mano temblorosa del joven guardia apretada entre las de ella. Parecía cien por cien concentrada en el joven, la piel de las comisuras de su boca en tensión…

Sucedió algo.

Airrick dejó de temblar. El dolor se esfumó de su rostro. Al principio, pensé que había fallecido, pero el hombre seguía vivo. Y miraba a Poppy otra vez con esos ojos muy abiertos, llenos de asombro.

—Ya… no me duele —susurró.

—¿No? —Poppy le sonrió, las manos aún envueltas alrededor de las de él.

—No. —La cabeza de Airrick se relajó sobre el suelo frío—. Sé que no lo estoy, pero… me siento bien.

—Me alivia saberlo —dijo Poppy, y una expresión pacífica se extendió por la cara de Airrick.

Empecé a fruncir el ceño. ¿Qué diablos estaba pasando aquí? Eché un vistazo a la espantosa herida de Airrick. El hombre tenía los intestinos medio desparramados por encima de las piernas. Esta no era una muerte pacífica.

—Te conozco —dijo Airrick, sus respiraciones más lentas, sus palabras ya no pastosas ni farfulladas por el dolor—. Creía que… no debería decir nada, pero ya nos conocíamos. —Salió más sangre de su boca—. Jugamos a las cartas.

La sonrisa de Poppy se ensanchó.

—Sí, es verdad.

¿Habían jugado a las cartas? ¿Había sido cuando ella se coló en la Perla Roja? ¿O en otro momento en el que Poppy estaba en algún lugar donde no debía estar? Tampoco importaba. Solo importaba lo que estaba pasando con Airrick ahora mismo.

Estaba claro que el joven no sentía dolor alguno. No solo eso, parecía relajado y *en paz.*

—Son… tus ojos —dijo Airrick—. Estabas perdiendo.

Mi corazón empezó a martillear en mi pecho. Un bucle había caído hacia delante y rozaba la punta de la nariz de Poppy. ¿Qué diablos estaba pasando aquí?

—Es cierto. —Poppy se inclinó sobre él—. Por lo general, se me dan mejor las cartas. Mi hermano me enseñó a jugar, pero no hacían más que llegarme cartas malas.

Airrick se rio… el hombre con las entrañas desparramadas *se rio.*

—Sí… eran cartas malas. Gracias… —Sus ojos se deslizaron más allá de Poppy, sus labios ensangrentados se desplegaron en una sonrisa temblorosa—. ¿Mami?

Airrick aspiró una bocanada de aire. Pasó un momento. Luego otro. Observé a Poppy bajar la mano del joven a su pecho. No podía creerme lo que acababa de ver.

«Nacida bajo el amparo de los dioses… velada desde el nacimiento».

Mi corazón seguía latiendo como un martillo pilón cuando Poppy levantó la vista.

—Le has hecho algo.

—Es verdad —murmuró Phillips con voz ronca, el veterano guardia claramente impactado—. Los rumores. Lo había oído, pero no lo había creído. Por todos los dioses. Tienes el toque.

Tres Ríos

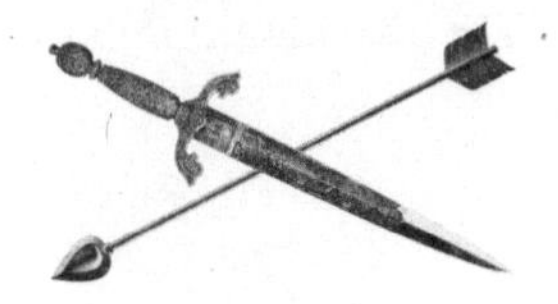

«Tienes el toque».

Las palabras de Phillips se repetían en mi cabeza una y otra vez mientras pasaba junto al caballo de Noah. Lo habíamos encontrado unas horas después de abandonar el Bosque de Sangre, pastando en un prado sin una sola preocupación en el mundo. Habíamos forzado mucho la marcha, de modo que llegamos a las afueras de Tres Ríos al anochecer con planes de tomarnos unas cuantas horas para descansar y luego recorrer el resto del camino hasta New Haven.

Al acercarme al pequeño bosquecillo, miré hacia donde Poppy estaba sentada cerca de una hoguera. Comía una cena de carne curada y queso; en su mayor parte queso, por lo que me había parecido ver. Estábamos en terreno elevado, con solo unos pocos pinos desperdigados y una vista clara en todas direcciones. Una hoguera pequeña para combatir el frío era segura, pero no me alejé mucho. Phillips estaba al lado de Poppy y, aunque no había vuelto a mencionar lo que habíamos visto con Airrick, no hacía más que mirarla con asombro en los ojos.

¿Y por qué no habría de hacerlo?

Phillips había sido testigo de cómo Poppy, la maldita Elegida, aliviaba las gravísimas y dolorosas heridas de un hombre moribundo solo con el contacto de sus *manos*.

Joder, *yo mismo* estaba lleno de asombro y un poco de incredulidad.

«Es la Elegida, nacida bajo el amparo de los dioses».

Santo cielo.

Busqué a Kieran. No habíamos tenido ocasión de hablar hasta ahora. Por suerte, no había ido demasiado lejos.

Apareció entre los árboles, el cuello de su túnica húmedo por el agua del arroyo que debía de haber utilizado para lavarse la sangre.

—¿Viste lo que ocurrió en el Bosque de Sangre? —No perdí el tiempo con tonterías.

—Oí a Phillips decir algunas cosas extrañas sobre un «toque». —Se detuvo delante de mí—. Pero no vi lo que sucedía.

—¿Recuerdas lo que dijiste sobre nacer en el velo de los dioses? —No aparté los ojos de Poppy mientras mis pensamientos corrían a la velocidad del rayo. Llevaban así durante el último par de horas—. ¿Que no era imposible que un mortal naciese envuelto en uno? Bueno, pues creo que esa parte acerca de Poppy es verdad.

—¿Poppy? —repitió Kieran.

—Así es como... no importa. Es solo un mote —expliqué—. ¿Alguna vez has oído hablar de algún mortal nacido envuelto en un velo?

—No que recuerde ahora mismo —contestó. Me miraba con atención—. Eso no significa que no lo haya hecho alguno en algún momento. —Ladeó la cabeza—. ¿Qué pasó ahí en el bosque?

Con las cejas arqueadas, sacudí la cabeza.

—Poppy alivió el dolor de Airrick con el contacto de sus manos. Y estoy seguro al cien por cien de que eso es lo que ocurrió.

—Eso no es...

—Posible —lo interrumpí—. Ya lo sé. Ella es mortal. —Mi maldito corazón trastabilló al mirar a Kieran—. A menos que no lo sea.

—¿Medio atlantiana? Ni siquiera estoy seguro de que eso explicara estas habilidades, este tipo de don —reflexionó Kieran—. La estirpe de los atlantianos capaces de hacer cosas así desapareció hace muchísimos años. Y sí, a veces determinadas habilidades se saltan una generación o dos, pero estas habrían sido un montón de generaciones.

—Su hermano es un *vampry* y, a menos que no sea su hermano biológico de padre y madre, que Poppy sea medio atlantiana no tiene sentido.

—¿Y nunca ha habido nada que indicase que sus padres no fuesen quienes ella cree que fueron? —Se rascó la barbilla cuando negué con la cabeza—. ¿Estás seguro de que eso fue lo que viste? Un cuerpo mortal pasa por unos estados un poco extraños al final.

—Es lo que vi. Su toque… su contacto alivió el dolor de Airrick. Le dio… le proporcionó paz. —Solté el aire despacio y observé a Poppy. Phillips le estaba ofreciendo una de las cantimploras—. No creo que fuera la primera vez que lo hacía. Phillips dijo «es verdad… Los rumores». —Pensé en Jole Crain—. Uno de los guardias habló de la hija de los dioses. De ella. Dijo que ella habría aliviado su sufrimiento y le habría dado dignidad. —Me pasé la mano por la cabeza—. Estaba infectado, así que no le hice caso. —Me giré hacia Kieran—. Pero eso es justo lo que hizo con Airrick.

Kieran me miró pasmado, abrió la boca y luego la cerró.

—Pero ¿cómo es eso posible siquiera?

—No tengo ni la más remota idea.

Un pájaro saltó de una rama a otra para mirarnos desde lo alto.

—Bueno, esta podría ser la razón de que sea tan importante para la Corona de Sangre. Al menos, parte de la razón. —Él también miraba a Poppy alucinado, las cejas arqueadas.

—Está claro. —Sin embargo, aunque la habilidad para aliviar la angustia de otras personas era destacable y asombrosa, ¿por qué tendría valor para los Ascendidos? Ellos buscaban poder y vida sin fin. No buscaban aportar paz a los demás. Poppy le devolvió la cantimplora a Phillips y giró la cabeza hacia atrás para escrutar las sombras de los pinos, donde estábamos Kieran y yo—. Supongo que tampoco has oído nunca de un mortal con ese tipo de habilidades, ¿no?

La carcajada de Kieran salió ronca.

—Tú has estado entre ellos más que yo. Si tú no lo has hecho, desde luego que yo tampoco. ¿Mi padre? Esa es otra historia. Puede que él sí, pero… —Maldijo entre dientes—. ¿Y si de verdad fue Elegida?

Miré a Kieran a los ojos.

—Los dioses están dormidos.

—¿Sabemos si eso significa que no pueden hacer lo que sea que hagan para elegir a alguien? —inquirió—. No lo sabemos. Lo que *sí* sabemos es que la vida y la muerte y todo lo demás entre medias sigue adelante mientras duermen.

—Cierto —murmuré. Los últimos rayos de sol se retiraron del valle occidental a nuestros pies—. Antes de hacer ningún trato, debemos averiguar cuáles son sus dones y cómo se supone que los Ascendidos planean utilizarlos. Esto tiene que estar relacionado con la razón de que sea tan importante para ellos.

Una intensidad astuta se avivó en sus ojos.

—Estoy de acuerdo en que necesitamos saber más acerca de lo que ella puede hacer, pero ¿es eso lo único que *yo* debo saber antes de que hagamos ese trato?

—Sí. —Aunque no era la única cosa. Necesitaba saber exactamente la postura de Poppy cuando de los Ascendidos se trataba. Vale, no quería ser la Doncella. Cuestionaba todo con respecto a eso y no apoyaba el Rito, pero no había expresado abiertamente ninguna disensión real con los Ascendidos, y menos que nadie con respecto a su amada reina Ileana. Tendría que conocer su postura antes del intercambio.

Pero ¿después qué? ¿Qué pasaría si averiguaba la verdad sobre los Ascendidos? Su hermano era uno de ellos. ¿Podría yo hacer el intercambio, liberar a mi hermano y luego volver a capturar a Poppy? Ya había entrado una vez en la capital sin que me atrapasen. Podía hacerlo otra vez. Esa era una opción.

Una opción arriesgadísima.

Entrar en Carsodonia era como caer de bruces en un nido de víboras. Mis ojos se deslizaron hacia donde Poppy estaba rehaciendo la trenza de su pelo.

Poppy… merecía la pena el riesgo. Para darle la oportunidad de vivir de verdad.

Pero no le pediría a ninguno de los míos que me ayudara con eso. Ni siquiera a Kieran. Tendría que hacerlo yo solo.

—¿Qué ronda por tu cabeza? —preguntó Kieran, llamando mi atención de vuelta a él—. Casi puedo ver girar los engranajes de alguna idea muy mala.

Solté una risa seca.

—Solo estoy pensando en todo. —Suspiré—. Hablaré con ella cuando lleguemos a New Haven y veré qué puedo averiguar. Ahora mismo, tenemos que descansar un poco.

Kieran asintió.

—Vale, pero tú y yo tenemos que hablar sobre ella un instante.

Los músculos de mi columna se tensaron.

—¿De qué sobre ella?

—Creía que se llamaba Penellaphe.

—Así es —repuse, el ceño fruncido.

—Pero la llamaste Poppy.

¿A dónde demonios quería ir a parar?

—De todas las cosas que acaban de pasar, ¿quieres hablar conmigo acerca de un apodo?

Kieran arqueó una ceja, poco impresionado.

—Solo quería comentar que parece… un apodo muy mono.

—¿Y?

—También suena como un apodo que utilizaría alguien cercano.

—Deja que me repita: ¿qué narices importa eso?

Kieran dio un paso hacia mí y me habló en voz baja, aunque los otros guardias no estaban al alcance del oído.

—Vale, seré más claro. *Sí* sigue siendo una doncella, ¿verdad? —Todo se quedó callado en mí mientras le sostenía la mirada—. Sé que dijiste que estabas dispuesto a hacer cualquier cosa para ganarte su confianza —continuó Kieran—. Está claro que ya la tienes.

Rechiné los dientes, pero aparté la mirada. Esta no era la conversación que quería tener con él. Ahora no. No cuando incluso pensaba en la confianza que me había ganado pero no me merecía.

Kieran lo vio, pero continuó adelante.

—Así que no hay ninguna razón para que hagas *nada*. Para que le hagas *eso*. En especial si lo que me has contado acerca de ella es verdad. No se merece el daño que eso le haría.

Mi cabeza voló en su dirección.

—¿Crees que no lo sé? —bufé—. ¿Crees que no he pensado en eso?

Kieran apretó la mandíbula, abrió las aletas de la nariz.

—Ya no sé lo que estás pensando la mitad de las veces.

Aspiré una bocanada de aire brusca, pues sentí esas palabras como un puñetazo en el pecho. Empecé a decirle que eso no era verdad. Que de todas las personas en este jodido mundo, él me conocía… mis pensamientos y todo, pero, *joder*. Era verdad que no tenía ni idea de lo que pensaba cuando de Poppy se trataba. ¿Lo sabía *yo* siquiera? Deslicé los dedos por mi pelo y mis ojos fueron más allá de Kieran para posarse en Poppy.

—Me dejará igual que llegó a mí —declaré, y lo miré a los ojos de nuevo—. No soy tan mala persona.

La piel de alrededor de la boca de Kieran se tensó.

—No he dicho que lo fueras. —Solté una risa ronca—. En serio. —Plantó una mano en mi hombro—. Todo el objetivo de esta conversación tan incómoda es que no te sientas así sobre ti mismo cuando esto acabe.

Cuando esto acabe…

Cuando me limite a entregar a Poppy a los Ascendidos.

—Lo sé. —Me aclaré la garganta, consciente de que Kieran también se estaba preocupando por Poppy, una chica a la que no conocía, pero a la que no quería hacer daño. Era una de las razones por las que lo quería. Se preocupaba cuando no tenía por qué—. Descansa un poco —le dije. Puse una mano en la parte de atrás de su cuello y le di un apretoncito—. Vamos a necesitarlo.

—Sí —murmuró Kieran.

Volvimos hacia la hoguera, aunque nos separamos a medio camino. Sabía que Kieran estaba preocupado; y con razón. Me acerqué a Setti y agarré las esterillas y una manta. Phillips vio que me aproximaba y se levantó. Me dedicó un gesto afirmativo con la cabeza antes de alejarse.

La brisa revolvía las llamas y lanzaba brasas al aire. Los rasgos de Poppy se veían suavizados a la luz del fuego, lo cual le daba un aspecto casi etéreo.

¿Y si había sido Elegida?

Desenrollé las esterillas, antes de colocar la suya en el lado que más caliente sería.

—Deberíamos descansar un poco.

—Vale. —Poppy se puso de pie, sacudió sus manos y levantó la vista hacia mí con sus brillantes ojos verdes.

Fue a donde había extendido las esterillas y se sentó justo cuando las estrellas empezaban a aparecer. Desaté mis espadas, las dejé al alcance de la mano y luego eché la manta por encima de sus piernas.

—¿No la necesitas? —preguntó, al tiempo que reprimía un bostezo.

—Estaré bien. —Ahí no hacía demasiado frío para mí—. Te tengo a ti para mantenerme caliente.

Eso le provocó un bonito rubor, y vi que se apresuraba a mirar al campamento a nuestro alrededor. No había nadie lo bastante cerca como para oírnos.

Me instalé en la esterilla a su lado.

—Solo vamos a descansar unas pocas horas. Luego viajaremos durante el resto de la noche.

—Vale —repitió. Se mordisqueaba el labio de abajo y me miró con timidez—. Lo que has visto antes… con Airrick…

Negué con la cabeza.

—Hablaremos de eso más tarde.

—Pero…

—Más tarde. —Atrapé su mano y tiré de ella hacia abajo. No quería que nadie pudiera oírnos cuando hablásemos de eso—. Tenemos que descansar. El trayecto será duro a partir de ahora.

El aire que soltó Poppy podría haber apagado el fuego si hubiese estado frente a él. Mis labios quisieron sonreír mientras la observaba cerrar los ojos. No se quedaron cerrados.

—Hawke…

—Duerme.

Esos ojos se entornaron.

—No estoy cansada.

—Acabas de bostezar con el mismo ruido que haría un oso de árbol.

—Yo no he… —Un bostezo interrumpió sus palabras.

Me eché a reír.

Pasó un segundo. Quizá dos. Su cabeza giró hacia la mía.

—¿Necesitas ayuda para relajarte otra vez? —me ofrecí—. Estaré más que contento de ayudarte a conciliar el sueño.

—No será necesario —espetó, cortante, y prácticamente se tiró sobre la esterilla de lado, de espaldas a mí. El repentino y embriagador aumento de su olor arruinó por completo su respuesta negativa.

Así como el hecho de que me echara una miradita por encima de su hombro.

Sonreí, pero no duró. ¿Y si Poppy había sido Elegida por los dioses? ¿Y si lo imposible fuese, de algún modo, posible?

Esa tenía que ser la razón de que fuese tan importante para la Corona de Sangre.

¿Qué significaba para ellos? ¿Cómo podrían utilizarlo, aparte de como lo hacían ya? Sospechaba que tenía algo que ver con las Ascensiones que tenían planeadas, pero ¿cómo? No lo sabía, pero estaba seguro de que era algo terrible.

En la carretera

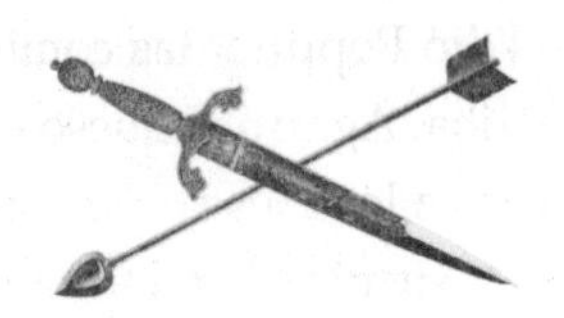

—Toma. —Kieran metió la mano en sus alforjas mientras cabalgábamos por el valle norteño y sacó un pedazo de queso envuelto en papel encerado.

Poppy miró lo que le ofrecía.

—¿Estás seguro? —preguntó. Kieran asintió, pero ella todavía dudaba—. Pero ¿no te entrará hambre más tarde?

—Llegaremos a New Haven en unas horas —la tranquilizó—. Comeré entonces.

—Yo también puedo comer entonces.

Con la vista fija en la espalda de Phillips y de Bryant, sonreí.

—Pero ya te has comido todo tu queso —insistió Kieran.

—Y el mío —añadí. La cabeza de Poppy voló hacia mí.

—Dijiste que no lo querías.

—Y no lo quería. —La miré desde lo alto—. Sabes que quieres su queso.

Poppy levantó la barbilla en actitud testaruda.

—No me voy a comer su comida.

—Si Kieran tuviese intención de comérselo, no te lo habría ofrecido.

—Eso es verdad —confirmó Kieran, el brazo aún estirado, el queso en el aire entre su caballo y Setti.

—Tómalo, princesa —la insté—. Si no lo haces, vas a herir sus sentimientos. —Kieran me lanzó una mirada entre inquisitiva y divertida que ignoré con mucho cuidado—. Es muy sensible, ¿sabes? Se lo tomará como algo personal.

—No me lo tomaré como algo personal.

Agaché la cabeza para susurrar al oído de Poppy.

—Sí que lo hará, te lo aseguro.

—Muy bien —cedió Poppy, y las comisuras de sus labios se curvaron hacia arriba. Agarró el queso—. Gracias.

—Más bien gracias a los dioses —musitó Kieran.

Poppy lo miró con suspicacia mientras se metía un trocito de queso en la boca.

—Entonces, ¿te vas a quedar en la capital, Kieran?

Mi sonrisa se ensanchó un poco más al tiempo que arqueaba una ceja en dirección al aludido. Cuando Kieran había empezado a cabalgar a nuestro lado, Poppy había guardado silencio mientras lo miraba con disimulo. Al principio estaba nerviosa y parecía no saber muy bien qué pensar de él; después había empezado a atosigarlo a preguntas, para la creciente incomodidad del *wolven*. ¿De dónde era? ¿Hacía cuánto que era guardia? ¿Llevaba mucho tiempo viviendo en Masadonia? ¿Su caballo tenía nombre? Esa fue mi pregunta favorita, porque fue la primera vez que Kieran había parecido genuinamente divertido por la letanía de preguntas que se le ocurrían a Poppy.

Kieran le había dicho que se llamaba Pulus, lo cual me resultó divertido por dos razones.

Para empezar, el caballo no se llamaba así. Ni siquiera estaba seguro de que Kieran supiese cómo se llamaba.

Y además Pulus era el nombre de un dios menor, uno que había servido a las órdenes de la diosa Penellaphe y que era conocido en nuestras historias por hacer muchas preguntas.

—No tengo ningún plan de quedarme en Carsodonia —repuso Kieran, mientras estudiaba las colinas a nuestra derecha.

—Oh. —Poppy mordisqueó el queso. Pasaron unos momentos—. Entonces, ¿vas a viajar de vuelta a Masadonia?

—Voy a volver a viajar —comentó.

Poppy levantó la vista cuando una gruesa nube se movió por encima de nuestras cabezas y dejó pasar un poco de la menguante luz solar. Era más tarde de lo que había esperado.

—Debe de ser cansado hacer viajes tan largos y luego tener que dar media vuelta y hacer lo mismo otra vez.

—No me importa. —Kieran se movió un poco en su silla—. Prefiero estar al aire libre.

—¿Prefieres estar fuera del Adarve? —preguntó Poppy, las cejas arqueadas. Kieran asintió—. Pero es muy peligroso. —Bajó el queso—. Ya has visto lo que les pasa a los que viven fuera del Adarve, o incluso a los que viven en ciudades que tienen murallas como Masadonia o la capital. Acaban convertidos en las criaturas con las que tuvimos que enfrentarnos en el Bosque de Sangre.

—Lo que hay dentro de esas murallas puede ser igual de peligroso que lo que hay fuera —le dijo él.

Poppy ladeó la cabeza. Empezó a decir algo, pero entonces le dio otro bocado pequeño al queso mientras yo deslizaba el pulgar por su cadera.

—Supongo que tienes razón.

Era probable que estuviese pensando en los Descendentes y la noche del Rito. En el presunto Señor Oscuro y los atlantianos que los Ascendidos juraban que vivían ocultos entre ellos.

—Tengo una pregunta para ti —anunció Kieran, justo cuando una brisa fresca llegaba a los árboles cercanos y sacudía sus ramas. El aire estaba impregnado de olor a nieve—. Si tuvieras elección, ¿qué estarías haciendo ahora mismo?

—¿En lugar de irritarte con preguntas? —respondió ella.

—Sí —confirmó Kieran en tono seco—. En lugar de eso.

—No lo estás irritando —la tranquilicé, al tiempo que le lanzaba a Kieran una mirada ceñuda y le daba a Poppy una palmadita suave en la cadera—. Le gusta que le hagan preguntas porque significa que alguien le está prestando atención. Le gusta recibir atención.

Kieran soltó un bufido suave.

—No parece alguien a quien le guste la atención —comentó Poppy mientras miraba a Kieran—. Pero para responder a tu pregunta, ¿qué elegiría hacer? Creo… creo que elegiría esto.

—¿Elegirías viajar a la capital? —preguntó, y a mí se me agarrotó el estómago.

—No. No digo eso. —Poppy jugueteó con lo que quedaba del queso dentro del papel encerado mientras una oleada de alivio un poco inquietante me atravesó de arriba abajo—. Quiero decir que elegiría estar aquí fuera. —Levantó la vista hacia el cielo cada vez más gris—. Solo aquí fuera. —Kieran la miró, una arruga entre las cejas—. Sé que no tiene demasiado sentido. —Poppy se rio, algo cohibida—. Es solo que nunca había estado aquí. En realidad, nunca he estado en ningún sitio. Que yo recuerde, quiero decir. Y no sé qué… —Dejó la frase sin terminar y se recolocó un poco—. Sea como fuere, elegiría esto, pero con más queso.

Me daba la sensación de que sabía lo que había estado a punto de decir. Que no sabía siquiera qué había ahí fuera que pudiera elegir distinto de esto. Y, joder, eso era… era trágico.

Vi que Kieran también había intuido lo que Poppy había estado a punto de decir. Lo vi en la tensión de sus hombros.

—Sí que tiene sentido —le dije, muy consciente de que la atención de Kieran se posaba en mí ahora. Mi brazo se apretó en torno a Poppy para pegarla más a mi pecho—. Yo elegiría lo mismo.

PRESENTE X

«Ni Kieran ni yo podíamos entender cómo podías tener estos dones. Simplemente no tenía sentido para nosotros. Nada de lo que había encontrado sobre Ian o lo que se había dicho sobre quienes creías que eran tus padres indicaba nada por el estilo», expliqué en voz baja, aún sentado al lado de Poppy.

Kieran dormía a su lado en su forma de *wolven*, igual que Delano, que estaba al pie de la cama. No quería despertar a ninguno de los dos.

«Todavía no había deducido del todo que habías usado tus habilidades conmigo. Lo intuía, pero no hasta que hablamos de ello». Me incliné hacia ella para recolocar el tirante de su combinación. «¿Y cuando lo hice? Me dejó estupefacto que hubieras hecho eso por mí».

Tragué saliva con esfuerzo. Seguía estupefacto por que hubiese corrido ese riesgo, pues había sido igual de arriesgado que lo que había hecho por Airrick en el Bosque de Sangre.

«No sé si detectaste lo que estaba sintiendo por aquel entonces. Era un…». Se me escapó una risa áspera. «Era un jodido caos de culpabilidad y preocupación, y esta desesperación que no comprendía del todo entonces. Solo sabía que no podía permitir que te quedases bajo el control de la Corona de Sangre. Que te merecías una oportunidad de tener una vida real».

Deposité un beso en su sien y me quedé ahí durante varios segundos largos, el puente de mi nariz apretado contra su mejilla. Hasta que oí unas pisadas que se acercaban por el pasillo.

—¿Qué estás haciendo tú aquí? —preguntó la voz de Emil desde el exterior de la habitación.

Kieran se espabiló al instante y levantó la cabeza, mientras yo fruncía el ceño y me enderezaba. Al pie de la cama, las orejas de Delano se aplastaron contra su cabeza. Bajó de la cama de un salto y sus garras repiquetearon con suavidad sobre el suelo. Un gruñido grave empezó a retumbar en su pecho. Yo me puse de pie, al tiempo que agarraba una daga de la mesilla.

Oímos un ruido gutural, seguido del sonido de alguien que chocaba con una pared. Kieran se movió: plantó dos enormes patazas al otro lado de las piernas de Poppy de modo que quedó de pie sobre ella. Yo di unos pasos y giré la daga en mi mano para sujetar la hoja entre los dedos. Eché el brazo atrás justo cuando la puerta se abría para revelar a una figura de pelo pálido vestida de negro.

Millicent entró en la habitación, con el faldón de su túnica ceñida chasqueando a la altura de las rodillas de sus mallas negras. Se detuvo en seco y entornó sus pálidos ojos azules.

—Por favor, no lo hagas —me pidió—. Agradecería mucho no tener que hacer todo eso de morir y volver a la vida en estos momentos. —Sus ojos saltaron hacia el *wolven* que gruñía delante de ella, y luego hacia el que hacía otro tanto sobre la cama—. O hacer que me vuelvan a crecer extremidades. Esa mierda es un asco. Hacer crecer piel y huesos no es divertido. Es doloroso, por si alguien se lo estaba preguntando.

—Yo no me lo estoy preguntando. —No bajé la daga, pero deslicé los ojos hacia el pasillo, donde solo podía ver la mitad de Emil. Un imbécil de pelo castaño dorado lo tenía inmovilizado contra la pared. Mi hermano—. Pero supongo que Naill os encontró a los dos.

—En realidad —nos llegó la voz incorpórea de Naill desde el pasillo—, lo hice y no lo hice. Encontré a uno, pero no al otro…

—¿Sabes? —dijo mi hermano arrastrando la palabra—, nada de eso es importante ahora mismo. —Entonces soltó a Emil y se giró hacia la habitación.

Me puse tenso. Malik no tenía aspecto de estar bien descansado. Llevaba el pelo castaño dorado recogido en un moño cerca de la nuca. Sus ojos tenían las mismas sombras que los de Poppy, y lucía un moratón ya medio descolorido en la mandíbula. Él también iba vestido de negro, pero su camisa de lino estaba arrugada y desgarrada por el pecho. Estaba casi seguro de que aún llevaba los mismos pantalones con los que lo había visto por última vez.

—Oí que me estabas buscando —comentó Malik, cruzando los brazos mientras Emil le enseñaba el dedo por encima del hombro—. Y aun así, cuando llegué aquí, me dijeron que no podía verte. Me lo dijeron Naill, Emil, Hisa y no sé qué otra *wolven* hembra…

—Y a pesar de eso, aquí estás —lo interrumpí—. Los dos lo estáis.

—Sí, aquí estamos. —Los ojos dorados de Malik se posaron en la daga que yo sujetaba aún—. ¿Eso es necesario?

—¿Tú qué crees? —repuse. Kieran emitió un gruñido gutural. Bajé la daga, pero desde luego que no pensaba soltarla.

Malik dio unos pasos dentro de la habitación.

—Tienes que estar de coña.

—¿Qué le pasa? —preguntó Millicent, al tiempo que se inclinaba para ver por un lado de Kieran. Todos los músculos de mi cuerpo se pusieron rígidos.

—No le pasa nada.

—Qué mentira más gorda —canturreó. Se enderezó despacio—. Nadie duerme con un *wolven* de más de doscientos kilos encima y gruñendo. —Las orejas de Kieran se aplanaron contra su cabeza—. ¿Qué le pasa? —repitió Millicent—. ¿Está... bien?

—Nada de eso es asunto tuyo —espeté. Su cabeza giró hacia mí a toda velocidad.

—¿Que no es asunto mío? Esa es mi *hermana*.

—Compartís la misma sangre, pero eres una desconocida para ella... una que pensó que era mejor que ella estuviese muerta —le recordé.

—Yo nunca dije eso.

—Dijiste que fallaste a la hora de matarla —mascullé—. Eso da la impresión de que querías verla muerta.

—Necesitaba que muriera, todos lo necesitábamos, y tú sabes por qué. Pero eso ya no viene a cuento, ¿no crees? —Sus dedos se movieron un poco a su lado—. Sin embargo, nunca *quise* verla muerta.

Su elección de palabras hizo que me pusiese tenso.

—¿Hay alguna diferencia?

—Cas —gruñó Malik—. No va a hacerle daño a...

—Nadie está hablando contigo —lo corté—. Así que ¿qué tal si cierras la bocaza?

Los ojos de Malik se entornaron, pero la forma en que se contrajeron sus pupilas fue inconfundible, así como la mirada que me lanzó. Había visto esa reacción un millar de veces cuando éramos niños y lo irritaba.

—Aparte del hecho de que no puedo hacerle ni una mierda a una Primigenia —empezó Millicent—. No tengo ningún deseo de hacerle daño.

—Ella mató a vuestra madre.

—¿Madre? —se rio Millicent, el sonido agudo y quizás un poco desquiciado. Delano se puso tenso al oírlo—. Sí. —Su risa se apagó, y cruzó las manos—. Era nuestra madre, pero si crees que voy a buscar venganza, debes creer que soy una idiota.

—Bueno... —Alargué la palabra y esbocé una sonrisilla de suficiencia al oír gruñir a Malik—. No diría idiota, pero ¿un poco desequilibrada? Eso sí.

—Me ofendería, si no fuese verdad —comentó, al tiempo que empezaba a retorcerse los dedos. Negó con la cabeza, luego levantó la vista hacia el techo—. No soy una desconocida para ella. Pasé tiempo con ella cuando era niña. —Sus ojos se deslizaron hacia donde estaba Kieran, aún de pie sobre Poppy, aunque ya no gruñía—. Es probable que ella no lo recuerde. Es probable que lo haya bloqueado en su memoria. Sea como fuere, ella no lo sabía, pero yo… la protegía. Siempre estaba en las cámaras subterráneas… —Dejó la frase a medio terminar, los nudillos de sus dedos se pusieron blancos.

—Vuestro padre ha sido liberado —la informé después de unos instantes.

Los ojos de Millicent se cerraron, la piel se tensó a su alrededor. Detrás de ella, Malik se había quedado callado, toda su concentración puesta en ella.

—Bien.

Pasó un segundo.

—Preguntó por ti. —Sus ojos se abrieron de golpe y su pecho se hinchó, pero no se deshinchó—. Le dijimos que estabas bien —le dije.

El aire que soltó fue tembloroso. Entonces miré a Millicent, la miré de verdad. No había ningún tinte oscuro en su pelo. Era de un rubio tan pálido que era casi blanco, y colgaba rizado hasta la mitad de su espalda. No llevaba ninguna máscara negra o roja pintada en la cara, tampoco llevaba nada pintado en los brazos. Su nariz respingona estaba salpicada de pecas, así como los altos pómulos de su cara ovalada. Era más delgada, pero ¿su boca, la frente fuerte y la barbilla testaruda? Sentí una sacudida de sorpresa, igual que la primera vez que la había visto sin tinte ni pintura. Se parecía muchísimo a Poppy.

Millicent me había preguntado si Poppy divagaba como ella. Eso y su aspecto físico no eran las únicas cosas que compartían. Miré sus manos, cómo se retorcía los dedos, igual que hacía Poppy siempre que estaba ansiosa o incómoda.

Miré de reojo a Kieran, luego volví a centrarme en Millicent. Tenía sentimientos encontrados. Técnicamente, Poppy no había completado su Ascensión, y apostaría a que eso la dejaba vulnerable en cierta medida. No quería correr ningún riesgo, en especial con Poppy, pero pensé en lo que le había dicho mientras dormía. Y en toda la mierda por la que Millicent debía de haber pasado al ser criada por esa zorra de madre. Vi a Malik, que aún la observaba. Sabía de primera mano por lo que él había tenido que pasar antes de seguirle el juego a Isbeth, y sabía que lo había hecho solo por ella.

Por Millicent.

La hermana de Poppy.

Y Poppy había perdido muchísimo. A Vikter. A su hermano. A las dos personas que eran sus padres. El tiempo con su padre biológico. Tiempo con Tawny. No sabía qué tipo de relación querría tener Poppy con Millicent. No había habido tiempo para discutirlo de verdad, pero no podía interponerme entre ellas. Aunque me molestase saber que habían usado mi sangre para intentar Ascender a Millicent a su divinidad.

—¿Por qué te marchaste? —le pregunté—. ¿Por qué huiste del templo?

—A lo mejor eso no es asunto tuyo —bufó Malik.

Puesto que eso era algo que diría yo si nuestros papeles se invirtiesen, lo ignoré.

—Creí… —Millicent parpadeó deprisa—. Cuando vi ese rayo de luz, cuando los mundos se desgarraron y llegó ese… ese *draken*… al principio, creí que era ella. —Sus pestañas bajaron—. La Primigenia de la Vida. E incluso cuando me di cuenta de que no era ella, supe… sé que ha despertado.

Fruncí el ceño sin entender.

—¿Por qué habrías de huir por eso? Es tu abuela —dije, y sí, eso sonaba extraño.

Los ojos de Millicent se posaron en mí.

—Nadie odia más a los Retornados que la Primigenia de la Vida, y no es porque seamos abominaciones…

—No eres una abominación —intervino Malik.

Ella sonrió, pero no había nada en esa sonrisa. Ninguna emoción.

—Sí que lo somos. Pero en el caso de la Primigenia de la Vida, es algo personal, y yo… hui porque pensé que… —Soltó una bocanada de aire apesadumbrada mientras centraba la vista en lo que alcanzaba a ver de Poppy—. Pensé que acabaría conmigo. —Levantó un hombro—. Tuve miedo.

—Poppy jamás haría eso —dije.

—¿Y cómo iba ella a saberlo? —objetó Malik desde la puerta.

Empecé a responder, pero en efecto, no había forma de que Millicent hubiese sabido eso. Sin embargo…

—No me pega que le tengas miedo a la muerte.

Los ojos de Millicent volvieron a mí. No dijo nada, así que estaba en lo cierto. Millicent no tenía miedo de morir, ya fuese una muerte definitiva o no. No era su propia muerte la que le había dado miedo.

Miré a mi hermano y maldije en voz baja.

—Está dormida… en estasis hasta que complete del todo su Sacrificio —expliqué en voz baja, y eso fue todo lo que dije. Ni ella ni Malik necesitaban saber que existía la posibilidad, una posibilidad pequeña, de que Poppy despertase sin saber quién era.

Millicent se sorprendió.

—¿Eso es habitual?

—¿Tú no lo sabes?

Negó con la cabeza.

—Sé lo que es la estasis, que pueden refugiarse en la tierra. Pero ¿cuánto durará?

—No mucho más. —Eso esperaba.

Kieran retrocedió despacio para tumbarse sobre la barriga al lado de Poppy. Delano hizo lo mismo; regresó al pie de la cama, pero se quedó en el suelo.

Y Millicent… contempló la cama.

—Tiene el mismo aspecto —murmuró después de unos instantes—. Quiero decir, está más pálida de lo normal.

No le dije que antes había estado mucho peor. Vi que se estaba retorciendo los dedos otra vez. Miré de reojo a Malik. Había cosas que necesitaba preguntar, sobre cómo narices se creaban los Retornados y todo lo que tenía que ver con Callum, pero ahora no era el momento.

—¿Quieres estar un rato con ella?

La cabeza de Millicent giró a toda velocidad hacia mí. No dijo nada, pero asintió. Miré a Malik otra vez, pero vi que había vuelto en silencio al pasillo. Necesitaba hablar con él, pero…

Kieran se levantó de la cama y se transformó en un santiamén. Me miró a los ojos.

—Yo me quedo con ellas.

—¿Te vas a poner algo de ropa? —preguntó Millicent.

—¿Tengo que hacerlo?

—Quiero decir, es tu pene el que está ahí colgando, no el mío. —Millicent se encogió de hombros antes de dar unos pasos, un ojo puesto en Delano, pero no en Kieran, para sentarse en el mismísimo borde de la cama.

Capté la atención de Kieran y él asintió. Le tiré la daga y él le sonrió a Millicent.

—¿Tienes miedo de los *wolven*?

—Eso es como preguntar si le tienes miedo a los *drakens* —replicó, con una mirada de soslayo a Delano. Hubiese jurado que el jodido *wolven* sonrió—. Todo el mundo debería tenerle miedo a cualquier cosa con garras y dientes afilados.

Entonces salí al pasillo, cerrando la puerta a mi espalda, aunque la dejé abierta una rendija. Malik no protestó. Sabía que Kieran no haría nada a menos que le dieran razones para hacerlo; supuse que eso también quería decir que él sabía que Millicent no le daría esas razones.

Eché un vistazo a donde estaba Emil con Naill.

—¿Nos concedéis un momento a solas?

Naill asintió, pero Emil no pudo reprimirse de hacer un comentario.

—Pues yo tengo ganas de ver este incómodo reencuentro y…

—Emil —musitó Naill, al tiempo que tiraba de la parte de atrás de su túnica—. Por todos los dioses.

Malik observó cómo Naill arrastraba al otro atlantiano pasillo abajo.

—Veo que Emil no ha cambiado nada.

—¿Qué diablos te ha pasado? —le pregunté. Él se giró hacia mí.

—No estoy seguro de a qué te refieres, exactamente.

—Tu cara. —Crucé los brazos—. Da la impresión de que has estado en una pelea.

—Lo estuve. Lo estuvimos, en realidad.

—¿Con?

—Otros Retornados. —Se apoyó en la pared—. Los leales a Isbeth.

Eso me sorprendió.

—¿Y qué tal fue la cosa?

—Sangrienta. Aún quedan unos pocos pululando por ahí fuera, pero eliminamos a la mayoría de los que serían un problema.

—Y por «eliminamos», ¿te refieres a matarlos? Porque eso es interesante. —Lo miré con suspicacia—. Tenía la sensación de que el fuego de un *draken* era lo único que podía matarlos.

Un lado de sus labios se curvó hacia arriba.

—Hay cosas que pueden matar a un Retornado.

—¿En serio? —No estaba seguro de creerlo. Esto no era lo que nos habían contado.

—El Primigenio de la Muerte puede, y supongo que eso significa los dos de ellos —precisó, en referencia a Nyktos y a Kolis—. Puesto que Kolis los creó… y, antes de que lo preguntes, no sé cómo lo hizo. Y ella también puede. La Primigenia de la Vida.

—Y Poppy. —La mandíbula de Malik se tensó—. Pero ninguno de vosotros sois ninguna de esas dos cosas, así que ¿cómo diablos matasteis a algunos de esos molestos Retornados? —Un músculo palpitó en su sien—. Vale, lo pillo —dije, cuando no contestó—. No quieres que sepa cómo matar a uno, lo cual es idiota, visto que mi mujer es una de esas formas de hacerlo, pero sobre todo porque si quisiese saber cómo matar a Millicent, no la hubiese dejado en la habitación con Poppy.

—No la dejaste sola con Millie —me contradijo—. En realidad, no.

Di un paso hacia él.

—¿Lo hubieses hecho tú, de haberse invertido nuestros papeles?

—No. —La risa de Malik fue seca—. El fuego de *draken* y la sangre de *draken* puede matarlos —me contó—. Por suerte para nosotros, Millie sabía dónde guardaba Isbeth viales de esa sangre. Puedes obligarlos a ingerirla o impregnar la punta de una espada, un cuchillo o una flecha. Siempre que llegue a su corazón o a su cabeza, están fritos. Me dio la impresión de que Reaver no sabía eso. ¿Dónde está?

—Llevó a Malec de vuelta a Iliseeum.

—Mierda —masculló, las cejas arqueadas—. ¿Seguía vivo?

—Apenas, según he podido saber. —Eché un vistazo por el pasillo—. ¿Hay más de esos viales?

—Los hay —confirmó, con una mirada penetrante.

—¿Y sabéis Millie o tú si el *draken* del que Isbeth obtuvo esa sangre está retenido en cautividad? —pregunté, aunque nosotros lo sabíamos—. Es la hija de Nektas. Ya sabes, ese *draken* enorme.

—Yo estaba... no sé... como temporalmente muerto cuando él llegó —comentó, y se me revolvió el estómago de golpe. Malik había muerto. Yo también lo había visto—. Así que no lo vi en esa forma, pero en respuesta a tu pregunta, yo no lo sé. ¿Millie? Es posible. Había muchas cosas que se suponía que no debía saber, pero averiguó, aunque dudo mucho que esa *draken* vaya a estar bien en absoluto. Así que cuando vayas en su busca, asegúrate de que haya otro *draken* contigo. Pueden hacerle un buen desaguisado a un Primigenio.

—Tomo nota —murmuré.

—Me sorprende que nuestro padre no haya llegado todavía —comentó Malik.

—Lo retrasamos un poco.

—¿Por lo de Poppy? —Cuando no dije nada, se rio—. Tampoco confías en él.

—Hay una sola persona en la que confío de manera irrevocable. No voy a correr riesgos con nadie más.

Malik me miró con atención.

—Eres un poquito sobreprotector con un ser que es, literalmente, inmortal.

Solo porque Poppy fuese una Primigenia no significaba que fuese indestructible. Yo no sabía gran cosa sobre Primigenios. Ninguno de nosotros lo sabía. Pero *siempre* había controles y equilibrios. Además, no temía que mi padre fuese a intentar hacer daño a Poppy.

Era esa remota posibilidad de que Poppy no recordase quién era cuando despertara.

—¿Por qué me da la sensación de que hay algo que no me estás contando? —preguntó. Yo no dije nada—. Muy bien. —Malik sonrió, pero el gesto no le llegó a los ojos. Me di cuenta entonces de que ninguna de sus sonrisas lo había hecho desde que nos habíamos vuelto a encontrar—. Entonces, ¿cuál es tu plan de juego aquí, Cas? Has derrocado a la Corona de Sangre, pero no ha habido ningún discurso público. Solo Descendentes en las calles que actúan como sacerdotes y sacerdotisas, y predican la bondad de Atlantia y de sus nuevos monarcas.

—Poppy y yo no somos sus monarcas.

Sus cejas salieron disparadas hacia arriba.

—Perdona, pero vosotros dos gobernáis Atlantia, ¿no? Acabáis de apoderaros de la capital y de destruir a la reina regente. ¿No os convierte eso en sus soberanos?

Entendía lo que estaba diciendo, pero esta era otra cosa que Poppy y yo no habíamos tenido mucho tiempo para debatir de verdad.

—No se tomará ninguna decisión al respecto hasta que despierte.

—Vale, como quieras, pero ellos creen que vosotros dos sois sus nuevos gobernantes. Un atlantiano y una diosa, por cierto. No tienen ni idea de que es una Primigenia.

—Lo sé. —Me froté la sien—. Esos son puentes que cruzaremos cuando lleguemos a ellos.

Malik me miró y luego se echó a reír. Esta vez, me recordó a una de sus viejas risas, y eso me golpeó en el pecho.

Fuerte.

Me aclaré la garganta.

—¿Qué?

—Es solo que… —Dejó la frase sin terminar y sacudió la cabeza—. De niños, tú siempre llegabas puntual a tus clases. A mí tenían que ir a buscarme. Tú aprendiste qué hacía falta para manejar disputas de tierras y qué cultivos crecían mejor dónde; a mí se me olvidaba todo en el mismo momento en que se marchaban nuestros tutores. Tú siempre hubieses sido mejor rey que yo. —Sus ojos volvieron a los míos—. Y aun así, me da la impresión de que no quieres ser rey.

—Ser rey significaba aceptar que estabas muerto —declaré, y su boca se tensó—. O, como muy poco, incapaz de gobernar. Así que quizá cuando era más joven y estaba celoso de lo que tú tenías, quería serlo, pero ahora no.

—Pero lo hiciste de todos modos —dijo con voz queda.

—Poppy es la que subió al trono —le recordé—. Ella nos desbancó a todos. Ella es la reina. Yo soy el rey debido a ella. ¿Si Poppy hubiese elegido otra cosa? Nuestra madre y nuestro padre seguirían sentados en ese trono. Todavía sería tuyo.

—La ira bulló en mi interior—. Diablos, podía haber sido tuyo años antes de que Poppy llegase a Atlantia, si hubieses vuelto a casa.

—No podía. —Malik se separó de la pared, y la ira se avivó en sus ojos—. No estaba dispuesto a dejar a Millie sola. Y no es como si tú no hubieses hecho lo mismo. Acabas de admitir que abdicarías del trono por ella. Y estoy seguro de que has hecho un montón de cosas por ella que van en contra de lo que está bien o mal. Así que ¿qué tal si olvidas un poco esta fachada de superioridad moral? No eres mejor que yo en…

—Jamás he dicho que lo fuese —escupí, y di un paso hacia él—. Me he pasado el último jodido siglo destrozado, pensando en lo que te estaban haciendo, pensando exactamente en el tipo de horrores que te estaban obligando a soportar. Y todo mientras sabía que yo… que eran mis acciones las que te habían puesto en esa situación.

Malik se quedó de piedra.

—Cas…

—Si no hubiese tenido esa obsesión estúpida de demostrar mi valía, no me habrían capturado. Jamás hubieses tenido que venir a salvarme. Ese es un hecho indiscutible. No fue Shea la que te puso ahí. Fui yo, así que me ahogué en esa culpa hasta que aprendí a existir con ella. —Abrí mucho las aletas de la nariz, al tiempo que apretaba los labios contra los dientes—. Y mira, no te culpo por haber hecho lo que necesitabas hacer para sobrevivir, por haber jugado cualquier juego retorcido que tuvieras que jugar. No te culpo por haberte quedado por Millicent. ¿Y todo lo que le pasó a Poppy de niña? No voy ni a pensar en eso, porque me dan ganas de estrangularte, joder. Pero ¿sabes qué es lo que no puedo entender? Tu silencio. Podías haberme enviado un mensaje. Podías haberme hecho saber que estabas sobreviviendo.

Malik me sostuvo la mirada, la mandíbula apretada. Cuando no dijo nada, seguí hablando.

—Tenías que saber lo que estaba haciendo estos últimos años para liberarte —lo acusé, los puños cerrados—. Toda la gente a la que he matado. Todos aquellos a los que he hecho daño. Todos los que han muerto para liberarte. Pero no. Te limitaste a dejarme existir durante todos estos jodidos años, convencido de que llegaría demasiado tarde. Que estarías muerto o ya no habría quien te ayudara, consumido por la culpa... —Me interrumpí, di un paso atrás, y tardé unos segundos en volver a confiar en mí mismo para seguir hablando—. ¿Por qué no dijiste nada?

—No es... —Malik tragó saliva, todavía negaba con la cabeza—. Lo pensé, Cas. Cien veces. Mil.

—Entonces, ¿por qué? —insistí, la voz ronca—. Podías haberme dicho que te habías unido a ellos. Podías haber dicho *cualquier cosa.*

—Eso no es verdad, y lo sabes.

—Una mierda. —Empecé a dar media vuelta antes de que pudiese hacer algo de lo que disfrutaría muchísimo ahora, pero de lo que podría arrepentirme más tarde.

Malik se movió deprisa para bloquear la puerta.

—¿Quieres tener esta conversación ahora? Entonces, vamos a tenerla. Si te hubiese hecho llegar un mensaje diciendo que me había unido a la Corona de Sangre, ¿me habrías creído? ¿O habrías pensado que era algún tipo de farsa? —Mi cabeza giró hacia él a toda velocidad—. ¿Habría cambiado alguna cosa de las que hiciste? —exigió saber, los centros de sus mejillas arreboladas de la ira—. ¿Y si te hubiese hablado de ella? ¿Habrías creído que había encontrado a mi corazón gemelo? ¿Por aquel entonces? Porque yo sé que no lo hubieras hecho. No creías de verdad en ello. Yo tampoco. Así que, a pesar de todo, hubieses hecho lo que has estado haciendo.

—Quizás tengas razón —escupí. Y, joder, quizá la tuviera—. Pero tenía que haber otras opciones, Malik. Podrías haber dicho cualquier cosa. La verdad, para empezar.

—¡No quería que vinieras a por mí! —gritó Malik. Me dio un empujón—. No te quería en ningún sitio cerca de la capital.

—¡Pero ya lo estaba! —chillé, y le devolví el empujón—. No decir nada desde luego que no lo evitó.

—Ya lo sé. Por todos los dioses, y tanto que lo sé. Pero estaba jodido, Cas. Condenado si lo hacía, condenado si no lo hacía —explicó, el pecho agitado—. Porque sabía que, si te decía la verdad acerca de lo que estaba intentando Isbeth, hubieses dejado de lado todos tus planes para liberarme. No hubieses ido a por ella. En lugar de eso, hubieses venido directo a la capital. —Señaló hacia las puertas con un dedo acusador—. Y si te hubiese dicho que me había unido a la Corona de Sangre, también habrías venido directo a la capital bajo el pretexto de hacer lo mismo. ¿Y si lo hubieses hecho? ¿Qué crees que habría hecho Isbeth?

—Tú la conocías mejor que yo —espeté, cortante—. Dímelo tú.

La sonrisa de Malik fue una mueca cruel.

—Estarías muerto.

Solté una carcajada corta y ruda.

—Lo dudo.

—Oh, ¿de verdad crees eso? —Su risa fue igual que la mía—. Creo que se te está olvidando el plan original, aquel en el que Isbeth no tenía ninguna necesidad de ti. Se suponía que sería yo el que Ascendiera a Poppy cuando llegase el momento.

Mi cabeza se ladeó de golpe y retraje los labios mientras agarraba a Malik por el cuello de su camisa para estamparlo contra la pared.

—Grúñeme todo lo que quieras, Cas, pero la verdad es que Isbeth no tenía ninguna necesidad de ti antes de que se te ocurriese raptar a la Doncella. Eso no lo había planeado. Se había limitado a adaptar sus planes, pero ¿si hubieses venido a por mí antes de eso? Me habría obligado a matarte. —Malik levantó los brazos para apartar los míos de golpe. Y entonces estaba justo delante de mis narices—. Isbeth sabía lo de Millie… lo que es para mí. Y créeme cuando te digo que aprovechaba cada oportunidad que tenía para utilizarlo como chantaje. Me habría obligado a elegir, Cas. Millie o tú. —Me puse rígido—. Y yo no hubiese confiado en cualesquiera que fuesen los vínculos maternales que la unían a ella. —Me sostuvo la mirada—. Porque pueden infligir cosas peores que la muerte, como muy bien sabes. Así que creo que sabes lo que hubiese elegido.

Lo sabía.

Le di la espalda y me pasé una mano por el pelo. Porque sabía muy bien lo que hubiese hecho yo de habernos encontrado en la posición inversa. *Mierda.*

—Lo odiaba —añadió Malik con voz queda—. Saber que estabas ahí fuera, arriesgando la vida por liberarme. Lo único que quería era que volvieses a casa y te olvidases de mí.

—Jamás hubiese sido capaz de hacer eso. —Me giré hacia él.

—Lo sé, pero quería que lo hicieras. —Sus hombros se tensaron—. Quería que te fueses a casa y *vivieses* sin culpa, porque no habrías tenido que sentir que tenías que demostrar tu valía si yo hubiese sido mejor hermano. Un heredero mejor.

—Malik —empecé.

—Vamos, la única razón de que prestases atención durante nuestras clases era la misma por la que sentías que tenías que ocuparte de la Corona de Sangre. Porque sabías que una vez que yo ocupase el trono, habría iniciado una guerra y habría conseguido que me matasen.

—Eso no es verdad —objeté—. Tú no querías la guerra.

—No la quería, pero me podrían haber convencido para declararla. Sabes que Alastir lo habría hecho —insistió, cuando me vio sacudir la cabeza—. Él quería la guerra mucho antes de que las cosas se torciesen con nosotros y Shea. Y lo hubiese escuchado. Joder, le hubiese dejado dirigir el maldito reino, siempre que yo pudiera hacer lo que quisiese, que era aquello que requiriese la menor cantidad de esfuerzo.

—No te das el reconocimiento suficiente —musité—. Nunca lo hiciste.

—Eso es algo más sobre lo que tendremos que disentir. —Se produjeron unos breves instantes de silencio durante los cuales nos miramos a los ojos. Él soltó el aire despacio—. Lo siento, Cas.

—No lo sientas.

—Pues así es. Siento lo que tuviste que creer. Siento todo lo que has tenido que hacer. Siento el dolor. Todas las muertes. —Bajó la voz—. Siento lo de Shea. —Cerré los ojos—. Ojalá el pasado fuese diferente para nosotros —continuó—. Pero no lo es, y no creo que ninguno de los dos fuese a cambiar demasiado, ¿no crees?

No si eso ponía en peligro el lugar en el que estábamos hoy, por retorcido que fuera. Me froté el pecho con el talón de la mano y miré a mi hermano, convencido de que yo no habría hecho ni una maldita cosa de otro modo si hubiese estado en el lugar de Malik.

Dejé caer la mano con un suspiro. Saber eso y esta conversación no borraban todos los sentimientos encontrados y desagradables que los dos teníamos con respecto a todo esto. Nuestras mentiras. Nuestra culpa. Nuestras cagadas. Toda la sangre que manchaba nuestras manos.

Pero éramos hermanos, y yo quería al muy capullo.

Solté el aire despacio, deslicé los ojos hacia la puerta. Cuando hablé, lo hice en voz baja.

—Supongo que Millicent todavía no tiene ni idea de que sois corazones gemelos, ¿me equivoco? —Los ojos de Malik fueron hacia donde habían ido los míos. Negó con la cabeza—. ¿Vas a decírselo?

—En realidad, ni siquiera he actuado al respecto —murmuró.

Mis cejas salieron disparadas. Solo podía asumir que se refería al contacto físico y no al tipo de contacto que lo dejaría ensangrentado.

—Entonces, supongo que es un «no».

Malik asintió.

—¿Por qué? —pregunté. Malik esbozó una sonrisa irónica.

—Porque ella me odia.

—No creo que eso sea verdad —lo contradije. Crucé los brazos—. Cuando te hirieron ahí fuera, ella…

—Sí es verdad —me interrumpió—. Me odia y tiene todas las razones del mundo para hacerlo.

Al principio, no supe qué decir a eso. No conocía esas razones de Millicent ni cuáles creía Malik que eran.

—Poppy también me odió durante un tiempo.

—Sí, pero tú no has hecho las cosas que he hecho yo —sentenció. Luego se aclaró la garganta—. En cualquier caso, hay algo que deberías saber. Es sobre los Retornados y Kolis.

Su cambio de tema no se me pasó por alto, pero decidí ignorarlo.

—¿El qué?

—Callum se aseguró de que todos los Retornados supieran quién había sido su creador. Así que ¿los que eran leales a Isbeth? Eso no llegaba mucho más allá de la superficie. En realidad, le eran leales a Kolis. ¿Y los que no hemos podido encontrar? —Malik me miró a los ojos—. Esos van a ser un problema. Van a intentar cualquier cosa para devolverle todo su poder y detener a cualquiera que trate de impedirlo.

Millicent no se quedó en la habitación cuando yo volví a ella. Según Kieran, no había dicho nada. Se había limitado a sentarse al lado de Poppy y darle la mano.

—¿Tú estás bien? —preguntó Kieran, al tiempo que se hacía con un par de pantalones limpios. El hecho de que había permanecido desnudo al lado de Poppy, para no dejar a Millie a solas con ella, me provocó una sonrisa que era en parte divertida y en parte, bueno, orgullosa.

—¿Nos oíste a Malik y a mí? —Regresé a mi sitio al lado de Poppy.

—Es probable que todo el mundo en este piso os haya oído —declaró con tono seco—. Al menos partes de la conversación.

Recuperé mi vaso de la mesilla con un resoplido desdeñoso.

—Todo está… tan bien como puede estarlo.

Kieran se subió los pantalones, luego abrochó la solapa.

—¿Crees que mejorará?

—Es probable. —Bebí un trago de agua, luego le ofrecí el vaso a Delano, pero negó con la cabeza—. ¿Oíste lo que dijo acerca de los Retornados? —pregunté, al tiempo que dejaba el vaso otra vez en la mesilla.

—Algunas partes. —Sin ponerse las botas, volvió a la cama y se sentó al otro lado de Poppy.

Le conté lo que había dicho Malik, nada de lo cual eran noticias demasiado buenas.

Pero como le había dicho una vez a Poppy, no me preocuparía hoy por los problemas de mañana.

Tomé la mano que había sujetado Millicent y me la llevé a los labios. Pospuse en mi cabeza toda esa mierda acerca de Kolis y mi hermano, e intenté recordar dónde me había quedado en mi relato. Habíamos estado en la carretera.

De camino a New Haven.

Donde todo cambió de verdad.

NEW HAVEN

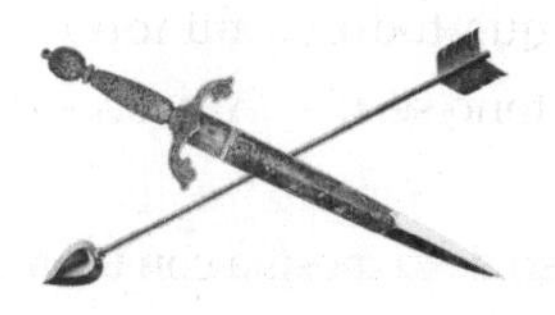

Llegamos a New Haven al anochecer, y sabía que Poppy tenía que estar cansada. Llevábamos a caballo casi veinticuatro horas, con unos descansos mínimos, y ya no quedaba nada de queso por ninguna parte. Sin embargo, en cuanto entramos en la ciudad, Poppy se sentó bien erguida y miró a su alrededor. Lo analizaba todo con una expresión muy cercana al asombro. Era probable que no hubiese esperado tanto de la pequeña ciudad comercial, en especial visto que la élite mortal no acudía en masa a esa ciudad remota. Eso nos beneficiaba. Los Ascendidos no tenían ninguna razón para comprobar qué tal le iba a lord Halverston, que había gobernado la ciudad durante un tiempo. Ahora, New Haven estaba bajo el control absoluto de Descendentes y descendientes mortales de Atlantia. Sin que la Corona de Sangre lo supiese. Esa era la razón de que el Adarve estuviera en buenas condiciones, y las filas de casas por las que pasamos estuviesen bien cuidadas y fuesen mucho más espaciosas que lo que uno podía encontrar cerca del Adarve de Masadonia.

Puesto que habíamos llegado a la hora de la cena, había albergado la esperanza de llegar a la fortaleza sin que nadie se fijase en nosotros.

No fue así.

Multitud de puertas y ventanas se abrieron, y hubo sonrisas y bastante agitar de brazos. Una pequeña horda de niños siguió nuestro progreso con sonrisas radiantes. Poppy los saludó con la mano, fue un movimiento breve y torpe, pero me hizo sonreír.

Se inclinó hacia atrás para hablarme en un susurro.

—Esto es un poco raro.

—No creo que reciban muchos visitantes —repuse, y le di un apretoncito en la cintura.

—Es un día emocionante para ellos —comentó Kieran en plan chistoso, porque sabía muy bien que nos (me) habían reconocido.

—¿Ah, sí? —Miré a Kieran con una advertencia en los ojos.

—Se comportan como si la realeza estuviese entre ellos —murmuró Poppy.

—Entonces, es verdad que no deben de recibir muchos visitantes —confirmé.

Kieran me lanzó una larga mirada de soslayo.

—¿Habías estado aquí alguna vez? —preguntó Poppy.

—Muy poco tiempo —le dije, al tiempo que sonreía a la niña de trenzas oscuras y lustrosa piel marrón que nos saludaba desde una de las ventanas del primer piso de una casa con puertas doradas. Poppy se giró hacia Kieran.

—¿Y tú?

—He estado de paso una o dos veces.

Más bien una o dos docenas de veces, pero por suerte la piedra gris verdosa de la fortaleza de Haven, de solo dos pisos de altura, apareció ante nosotros, enmarcada por el denso bosque que separaba la ciudad de Whitebridge. La estructura era vieja, construida antes de la Guerra de los Dos Reyes, y aparentaba todos los años que tenía.

Justo cuando entramos en el patio de la fortaleza, empezó a nevar. Vi a varios guardias de negro. A Poppy debían de parecerle guardias normales del Adarve, pero no lo eran.

Me relajé un poco al ver unas cuantas caras familiares mientras conducía a Setti hacia las cuadras. Una vez dentro del establo iluminado con farolillos, eché pie a tierra, le hice una rápida caricia al caballo y luego levanté los brazos para ayudar a Poppy.

Ella miró mis brazos, arqueó una ceja y después se bajó por el otro lado de la montura.

Suspiré, pero Poppy sonrió mientras frotaba el cuello de Setti, que estaba ocupado olisqueando la paja.

Agarré las alforjas, me las eché al hombro y fui hasta donde estaba ella.

—Quédate cerca de mí.

—Por supuesto.

La miré con los ojos entornados. Había aceptado demasiado deprisa. Cruzó las manos y se plantó lo que seguro que creía que era una expresión inocente en la cara, aunque solo la hizo parecer traviesa.

Kieran y los otros se reunieron con nosotros según salíamos de la cuadra de Setti, en la que había encontrado heno fresco en la forrajera. En el exterior, nevaba con más fuerza. Habíamos llegado justo a tiempo. Poppy se ciñó bien la capa a su alrededor mientras cruzábamos el patio. Mi mirada se cruzó con la de varios de mis hombres. Asentí en su dirección y vi que sus expresiones eran una mezcla de alivio y anticipación.

Yo me sentía igual.

Pero al mismo tiempo no.

Las puertas de la fortaleza se abrieron y, maldita sea, fue una alegría ver al *wolven* alto y rubio en la entrada. Hacía demasiado tiempo que no veía a Delano Amicu.

—Me alegro de verte. —Delano le dio la mano a Kieran mientras me miraba de reojo, luego a Poppy. Sus ojos se demoraron un segundo o así en ella y luego volvieron a Kieran—. Me alegro de veros a todos.

—Lo mismo digo, Delano —contestó Kieran, mientras yo ponía la mano sobre los riñones de Poppy—. Ha pasado mucho tiempo.

—No el tiempo suficiente.

Esbocé una sonrisa al oír la voz grave que bramó desde el interior de la fortaleza. Un segundo después, un gigantón barbudo de pelo moreno salió por la puerta. Elijah Payne llevaba una mano apoyada en la espada corta amarrada a su lado, aunque no era como si esa montaña de hombre la necesitase para nada. Una vez había visto al medio atlantiano levantar en volandas a un Demonio y *tirarlo* como si no fuese más que un saco de patatas.

Kieran sonrió y vi que Poppy lo miraba dos veces.

—Elijah —lo saludó Kieran con voz melosa—, tú me has echado de menos más que cualquiera de los otros.

Elijah demostró al instante lo fuerte que era, pues envolvió a Kieran en un abrazo de ojos y luego levantó al pesado *wolven* por los aires, al tiempo que su mirada de ojos castaño dorado se posaban sobre Poppy y sobre mí.

Una media sonrisa apareció en la cara de Elijah, que dejó caer a Kieran, antes de echar a andar. Kieran tuvo solo un segundo para quitarse de su camino.

—¿Qué tenemos aquí? —preguntó Elijah.

—Necesitamos refugio para la noche —respondí.

Elijah echó la cabeza atrás, muerto de risa. Reprimí un suspiro.

—Tenemos refugio de sobra —declaró.

—Es bueno saberlo. —Le lancé a Elijah una mirada de advertencia antes de guiar a Poppy hacia el vestíbulo de la fortaleza.

El lugar estaba atestado de gente. Mantuve la mano apoyada en la espalda de Poppy, aunque sabía que las miradas de desconfianza procedentes de algunos de ellos eran solo porque no la reconocían, ni a ella ni a los guardias que viajaban con nosotros. En cualquier caso, eso me ponía tenso. Necesitaba asegurarme de que ninguno de ellos fuese un problema, sobre todo si alguno acababa por deducir quién era Poppy. Ella no hacía más que mirar a su alrededor, y hubiese apostado a que estaba buscando al lord o a la dama que gobernaban la ciudad.

No encontraría ni a uno ni a otra.

—Tenemos muchas cosas que… contarnos para ponernos al día. —Elijah le dio a Kieran una sonora palmada en el hombro que lo hizo tambalearse. La sonrisa de Elijah se ensanchó. Al tipo le encantaba incordiar a los *wolven*, como un niño empeñado en toquetear a un oso dormido.

El destello de una túnica verde bosque y un chal color crema llamó mi atención. Me giré para ver a la verdadera señora de la fortaleza venir hacia nosotros. Su pelo negro como el carbón, retirado de la cara, y sus pantalones y túnica hasta la rodilla parecieron captar el interés de Poppy. Sin embargo, eso no fue lo que captó el mío. Fue más bien la barriguilla redonda de la sobrina de Elijah.

¿La pequeña Magda estaba embarazada? ¿Otra vez?

Bueno, ya no era exactamente pequeña, pero era difícil no pensar en ella como la chiquilla patilarga con coleta que daba puñetazos tan buenos como los de su tío.

La que en estos momentos miraba a Poppy, con aspecto de estar a meros segundos de decir algo que no necesitaba decirse.

—Yo tengo que hablar con unas cuantas personas, pero Magda te enseñará tu habitación. —Miré a Magda, confiado en que se mostraría mucho más circunspecta que su tío—. Asegúrate de que tenga una sala en la que bañarse y de que le envíen comida caliente.

—Sí… —Magda empezó a hacer una genuflexión, pero se paró a medio camino. Sus mejillas se sonrojaron y me lanzó una mirada de disculpa antes de volverse hacia Poppy—. Lo lamento. Estoy un poco desequilibrada estos días. —Se dio unas palmaditas en la tripa—. Le echo la culpa al bebé número dos.

—Enhorabuena —dijo Poppy, las mejillas ruborizadas. Se giró hacia mí—. Hawke…

—Luego —la interrumpí. Odiaba cortarla de ese modo, sobre todo rodeada de extraños y tan fuera de su elemento, pero tenía que hacerlo, porque Phillips había entrado ya en la fortaleza y las cosas… algunas cosas empezarían a suceder deprisa.

Decidido, me reuní con Elijah.

—¿Dónde están los otros?

—Comprobando que el exterior sea seguro —repuso Phillips, con los ojos clavados en Magda y en Poppy. Elijah se rio bajito.

—El exterior no puede ser más seguro.

Phillips posó sus ojos oscuros en el hombre y lo miró de arriba abajo.

—Eso lo comprobaremos por nosotros mismos, señor.

La sonrisa de la cara de Elijah se amplió; mis ojos se cruzaron unos instantes con los de Kieran.

—Como queráis.

Kieran se adelantó, plantó una mano sobre los hombros de Phillips.

—Vayamos a ver qué encontramos en las cocinas y, por el camino, podremos hacernos una idea mejor del lugar.

Phillips vaciló un instante, aún pendiente de la puerta lateral por la que había desaparecido Poppy.

—¿Es seguro que se quede a solas con esa mujer?

—¿Esa mujer? —La sonrisa se esfumó de la cara de Elijah. Yo me apresuré a interponerme entre ambos.

—Me han dicho que estas son personas buenas y de fiar. No las ofendamos —sugerí, más que consciente de Elijah furioso a mi espalda—. Además, Poppy no es ninguna damisela indefensa.

—Sí, pero…

—Está bien —lo interrumpí—. Ve con Kieran, para que yo pueda asegurarme de que nos proporcionen todo lo que necesitamos aquí.

Apretó los labios en una línea fina, pero esta vez se fue con Kieran.

—¿Vamos a matarlo? —preguntó Elijah—. Joder, espero que sí.

Suspiré y lo miré.

—Tenemos que hablar.

—En efecto. —Elijah miró a todos los que se habían congregado ahí—. Vamos, poneos en marcha. Tenéis cosas que hacer. Así que hacedlas. —Levantó una mano—. Y hacedlas *en silencio*. Tenemos invitados. —Hizo una pausa—. Invitados especiales.

Delano cerró los ojos un momento y sacudió la cabeza al tiempo que se oía refunfuñar a algunas personas. También una risa o dos. Aun así, la multitud se dispersó. La mayoría de la gente desapareció en alguna de las numerosas habitaciones o se dirigió hacia el comedor. Todos excepto uno. Un atlantiano alto de reluciente piel marrón.

—Naill —lo saludé, cruzándome con él a medio camino. Cerré la mano en torno a su antebrazo—. Hacía mucho tiempo que no te veía.

—Demasiado. —Su agarre fue igual de fuerte que el mío. Sonrió y la piel de los bordes de sus ojos dorados se arrugó—. Me alegro de que hayáis llegado.

—Lo mismo digo.

—Me siento un poco triste por no haber recibido el mismo saludo —comentó Delano con fingida voz lastimera. Me reí en voz baja antes de girarme hacia el *wolven* de pelo pálido.

—Podía ser un pelín sospechoso que os conociese a todos.

—Ya lo sé. —Delano vino hacia mí—. Solo tenía ganas de quejarme.

Nos agarramos del antebrazo.

—Me alegro de verte.

Sus invernales ojos azules conectaron con los míos.

—Estaba preocupado de que no fuésemos a... —Forzó una sonrisa—. ¿Qué tal estás?

Tiré del joven *wolven* para darle un abrazo, una mano sobre la parte de atrás de su cabeza.

—Estoy bien.

—Oh, venga ya —musitó Elijah—. Vas a convertirlo en una nube aún más grande.

—¿Una nube? —repetí, al tiempo que lo soltaba. Delano puso los ojos en blanco.

—Sí, dice que soy como las nubes que comen los niños, todo empalagoso y blandengue por dentro.

—¿Acaso me equivoco? —Elijah levantó las manos por los aires.

—Vas a ver exactamente lo *no* blandengue que soy cuando atravieses esa pared de piedra de una patada en el culo —lo advirtió Delano, mientras señalaba a la citada pared.

—No te atreverías. —Elijah se rio entre dientes, al tiempo que nos hacía un gesto para que lo siguiéramos a una de las puertas de madera cerradas—. ¿Quieres saber por qué? Te pondrías muy triste después por haberme hecho daño.

—No estoy tan seguro de eso —masculló Delano, pero lo hizo con una sonrisa.

Yo también sonreí, negando con la cabeza mientras los seguía a un estudio. Los había echado de menos... los había echado muchísimo de menos, a todos ellos. Había pasado un año desde la última vez que había visto a algunos. Varios años en el caso de otros. Era maravilloso oír cómo se lanzaban pullas los unos a los otros. El único que faltaba era mi hermano. Se me comprimió el pecho y tuve que forzarme a respirar hondo y aguantar la respiración hasta sentir que el nudo se aflojaba. Solo entonces solté el aire. Malik estaría con nosotros pronto.

Me guardé ese pensamiento cerca del corazón, luego miré a mi alrededor. Naill estaba cerrando la puerta a nuestra espalda. Unos apliques de gas proyectaban un tenue resplandor amarillento por todo el estudio. En un rincón, había un escritorio de roble con aspecto de viejo. Las paredes estaban desnudas, excepto por un aparador lleno de bebidas alcohólicas y un cuadro descolorido de la Fortaleza de Haven colgado sobre la chimenea. Había también varias sillas y butacas colocadas cerca de la chimenea encendida.

—¿Quieres beber algo? —Elijah fue detrás del escritorio, donde tomó asiento, mientras Delano se dirigía hacia el aparador—. Tenemos algo de whisky y, bueno, más whisky.

—Estoy bien. —Desenganché mi capa y la dejé caer sobre el respaldo de una silla—. Pero servíos lo que queráis.

Naill negó con la cabeza cuando Delano lo miró.

—Entonces —empezó Elijah—, ¿es ella? ¿La Doncella?

—En efecto. —Ajusté mi tahalí mientras Delano servía una copa para sí mismo y otra para Elijah—. Quiero darte las gracias otra vez, Elijah, por correr el riesgo de alojarnos.

—Haría cualquier cosa por ti y por nuestro príncipe —declaró, su tono muy serio—. Cualquier cosa para detener a esos bastardos de Ascendidos. No existe ningún riesgo demasiado grande para eso. —Aceptó el vaso de manos de Delano y asintió a modo de agradecimiento—. Y no hay nadie aquí, en esta fortaleza o en esta ciudad, que no esté dispuesto a correr ese riesgo.

—Lo sé, pero estar dispuesto a correr el riesgo no es lo mismo que vivirlo —le dije—. Es muy probable que la Corona de Sangre envíe una división de sus ejércitos. A sus Caballeros Reales.

—Y nosotros estaremos preparados para ellos si lo hacen. —Elijah se inclinó hacia delante—. Todos sabemos lo que está en riesgo aquí. No solo lo que hemos conseguido en New Haven, sino nuestras vidas. Nuestro futuro. El futuro de nuestros hijos. Y si tenemos que sangrar por ello, lo haremos. Mira, todos somos conscientes de que lo que hemos construido aquí puede desmoronarse en cualquier momento —continuó, y esa era la pura verdad—. Y si liberar a tu hermano y evitar que toda esta maldita tierra se suma en una guerra sin cuartel es lo que lo provoca... A mí me parece que sería una forma cojonuda de morir.

Mi respeto por ese hombre, por todos los que había aquí, no tenía límites.

—Ha hecho falta tanto tiempo para conseguir esto… —La incredulidad teñía su tono—. Casi no puedo creer que estemos aquí. Que la tengas a ella y todos tengamos la libertad de Malik al alcance de la mano.

A mí mismo me costaba creerlo, y sentía un montón de anticipación y de determinación por culminar este plan, pero también sentía una especie de aprensión subyacente. Y una creciente sensación de pérdida que no lograba quitarme de encima.

—No lo pregunto por ser un imbécil —comentó Delano, y eso me sacó de mi ensimismamiento—, pero ¿qué le pasó?

Una cosa con la que podía contar era con que Delano no se portase nunca como un imbécil.

—La atacaron unos Demonios cuando era niña.

—Maldita sea —murmuró Elijah—. ¿Sobrevivió al ataque de unos Demonios cuando era niña? Joder. —Se rio un poco, luego bebió un trago—. A lo mejor sí fue Elegida.

Pensé en lo que había hecho por Airrick.

—Por los dioses —murmuró Delano, apoyado en la mesa—. Tiene suerte.

—O mala suerte —comentó Naill desde donde estaba sentado cerca del fuego—. Teniéndolo todo en cuenta. —Levantó la vista hacia mí—. ¿Os habéis topado con algún problema de camino hacia aquí?

Les conté lo del Bosque se Sangre, aunque me salté la parte de Poppy.

—Aparte de eso, ha habido pocos incidentes.

Elijah me miró por encima del borde de su vaso. La mayoría de su whisky había desaparecido ya. El hombre nos daba mil vueltas a todos bebiendo—. Así que ya habéis sufrido unas cuantas bajas de guardias. ¿Qué pasa con el resto?

—Yo me encargaré de ellos —los informé. Delano bajó su vaso.

—¿No podemos convencer a ninguno de ellos para unirse a nuestra causa?

Esbocé una leve sonrisa ante su optimismo.

—No lo creo.

—¿Ves? Una nube. —Elijah se echó atrás y plantó los pies en la mesa—. ¿Lo primero que pregunta? ¿Cómo se hizo la Doncella esas cicatrices? ¿Lo segundo? —Se apuró el whisky y Naill disimuló su sonrisa detrás de una mano—. Que si puede salvarse alguno de los guardias. Pronto, va a preguntar… —Maldijo cuando Delano dio media vuelta e hizo caer las piernas del hombretón del escritorio con una pasada de su brazo. De hecho, Elijah casi se cayó de la silla incluso. Se enderezó con una mano—. Mis disculpas.

—Ya. —Delano se giró—. ¿Quieres que te sirva otra?

—Claro, como cualquier otro día—contestó Elijah, y se rio bajito cuando Delano tomó su vaso—. Supongo que tendremos que encargarnos de los otros deprisa.

—Cuanto antes, mejor —confirmé.

—Sé que has dicho que te encargarías de ellos tú mismo, pero podemos hacerlo nosotros. —Naill levantó la cara para mirarme—. Incluso la nube residente.

Delano suspiró, al tiempo que le daba el vaso a Elijah.

—No quiero esa sangre sobre vuestras manos —objeté. Yo había llevado a los guardias ahí. Eran mi responsabilidad.

—Tú no deberías ser el único que se ensuciara las manos —rebatió Delano—. Nos encargaremos nosotros, y no vamos a aceptar un «no» por respuesta. —Hizo una pausa, antes de esbozar una sonrisa tímida—. Mi príncipe.

Solté una carcajada.

—En serio. Nos encargamos nosotros. —Naill me miró a los ojos—. Déjalo de nuestra cuenta.

Apreté la mandíbula mientras estudiaba sus caras decididas; bueno, la de Delano y la de Naill, en cualquier caso. Elijah solo parecía ansioso, lo cual me dio ganas de reír.

—No son tu responsabilidad —precisó Naill, consciente de cuál era mi opinión al respecto. No era ninguna sorpresa.

Aparte de Kieran y su familia, Naill era el que hacía más tiempo que me conocía—. Ya has hecho lo suficiente.

Solo que no había ni empezado. Aun así, asentí. No les di las gracias. Esto no era algo por lo que mostrabas gratitud.

—Hablando de manos manchadas de sangre —comentó Elijah, los pies de vuelta sobre el escritorio—. He visto que a Jericho le falta una.

Mis ojos volaron hacia el medio atlantiano.

—Eso se lo ganó.

—A ninguno de los presentes le sorprende lo más mínimo —apuntó Delano.

—No ha dicho qué te incitó a cortársela. Como tampoco lo han hecho Ivan o Rolf —prosiguió Elijah, en referencia a los dos que habían estado con Jericho en Masadonia—. ¿Nos vas a contar lo que lo motivó? Me muero por saberlo.

—Tenía orden de no hacer daño a la Doncella. Se lo hizo. Así que le corté la mano —expliqué—. Y lo mismo va por todos los que residís en New Haven. Nadie debe hacerle nada.

—Entendido —confirmó Delano cuando lo miré a los ojos. Naill asintió.

—Tus deseos son órdenes para mí, como siempre —dijo Elijah con una sonrisa descarada—. Pero tengo preguntas.

—Estoy seguro de que las tienes.

Encogió un hombro grande.

—Soy cotilla, ¿qué quieres que le haga? Supongo que la Doncella no es consciente de quién eres. De quiénes somos.

El nudo volvió a mi pecho. Asentí.

—Por el momento, no.

—¿Por el momento? —Las frondosas cejas de Elijah treparon por su frente.

—Cree que vamos a estar aquí solo esta noche —expliqué—. Cuando no nos marchemos por la mañana, empezará a hacer preguntas.

—¿Y? —preguntó Delano.

—Y le contaré lo que pueda de la verdad. Quién soy. Quiénes son los Ascendidos en realidad —musité. Era consciente de que esa conversación se avecinaba, seguramente para el atardecer del día siguiente.

Elijah me miró a los ojos.

—También supongo que no se lo va a tomar bien.

No, era muy probable que no.

—¿Y entonces qué? —preguntó Naill.

—Yo me encargaré de ella —les dije, y sentí un frío tremendo en el pecho—. Nadie más lo hará.

Indigno y no merecedor

Magda había demostrado una vez más cómo siempre se adelantaba a las circunstancias, al asignarle a Poppy una habitación en el primer piso de la fortaleza, accesible solo a través del pasillo exterior cubierto. Las opciones de escapar de esas habitaciones eran limitadas, con solo una puerta y una ventana pequeña.

Me daba la sensación de que tendría que darle las gracias por ello a Magda más adelante, porque no creía que Poppy fuese a tomarse bien la verdad. No esperaría que lo hiciese.

Antes de ir a verla, utilicé una habitación cercana a la suya para comer algo rápido, darme un baño y ponerme ropa limpia. Cuando volví a salir al pasillo exterior, había caído más nieve y seguía cayendo; de hecho, tapizaba ya el patio y los pinos cercanos con una capa de un par de centímetros. Fui hasta la puerta de Poppy y me paré.

La reunión con los otros me había llevado más tiempo del que esperaba y, dado lo duro que había sido nuestro viaje, era probable que Poppy estuviese dormida. Le vendría bien el descanso, pero necesitaba hablar con ella. Tenía que averiguar todo lo que pudiera sobre sus habilidades antes de contarle todo lo demás. Dudaba que fuese a darme información de manera demasiado voluntaria a partir de entonces. O quizá sí lo hiciera, cuando se enterase de la verdad. Poppy era lista y amable. Indulgente... Interrumpí esos pensamientos. Nada de eso importaba. Poppy podía ser comprensiva o no. Podía aceptar mi oferta de liberarla al final o no. Fuera como fuere, no me perdonaría. No me lo merecía. De eso estaba seguro.

Me pasé una mano por el pelo húmedo y llamé a la puerta antes de abrirla.

Poppy no estaba durmiendo.

De hecho, estaba de pie al lado de la cama con su daga en la mano.

—Hawke —murmuró. Arqueé las cejas.

—Pensé que estarías dormida.

—¿Por eso has entrado en tromba? —preguntó, al tiempo que bajaba la daga.

—Puesto que antes he llamado, no creo que haya entrado en tromba. —Cerré la puerta y la miré con más atención. Llevaba una bata de terciopelo de algún color entre el verde y el azul. Su masa de pelo húmedo estaba suelto, rizado a la altura de su cuello y alrededor de sus mejillas arreboladas. Estaba preciosa, más aún con la daga en la mano—. Pero me alegro de que estuvieras preparada por si no era alguien a quien quisieras ver.

—¿Qué pasa si tú eres alguien a quien no quiero ver? —preguntó.

—Tanto tú como yo sabemos que ese no es el caso. Para nada —dije, ateniéndome a la verdad de momento. ¿Más tarde? Me daba la sensación de que tendría que quitarle esa daga y todos los objetos afilados, pesados y romos que tuviese al alcance.

Dejó el arma sobre la mesilla y se sentó en el borde de la cama.

—Tu ego nunca deja de asombrarme.

—Yo nunca dejo de asombrarte —la corregí. Poppy sonrió; fue una de sus sonrisas especiales: amplia y radiante.

—Gracias por demostrar lo que acabo de decir.

Me reí entre dientes.

—¿Has comido?

Asintió.

—¿Y tú?

—Mientras me bañaba.

—La multitarea en su máxima expresión.

—Soy muy hábil. —Me acerqué a ella, pero me paré a varios pasos de distancia—. ¿Por qué no estás dormida? Tienes que estar agotada.

—Sé que la mañana llegará más pronto que tarde y volveremos ahí afuera —admitió, y me costó un esfuerzo no reaccionar a sus palabras—, pero no puedo dormir. Todavía no. Te estaba esperando. —Jugueteó con el cinturón de la bata—. Este lugar es… diferente, ¿verdad?

—Supongo que, si uno está acostumbrado solo a la capital y a Masadonia, lo parecerá —respondí—. Las cosas son mucho más sencillas aquí, nada de pompa ni ceremonia.

—Sí, eso ya lo he notado. No he visto ni un solo escudo real.

—¿Me has esperado despierta para hablar de estandartes reales? —pregunté, la cabeza ladeada.

—No. —Poppy soltó el cinturón—. Te he esperado despierta para hablarte de lo que le hice a Airrick.

Observé cómo pasaba la mano por ambos lados de su pelo y retiraba el del lado izquierdo. Me di cuenta de algo entonces. Cuando hablaba con Kieran o los otros, Poppy siempre giraba la cabeza de modo que su lado derecho quedara hacia ellos. No era algo que hiciese conmigo.

—¿Este «luego» es suficiente para ti? —dijo—. ¿Es un buen momento?

—Este es un buen momento, princesa —confirmé con una sonrisa—. Es suficientemente privado, que es lo que pensé que necesitaríamos. —Dio la impresión de que Poppy iba a decir algo, pero debió cambiar de opinión. Una expresión de desazón se instaló en su cara—. ¿Me vas a explicar por qué ni tú ni Vikter mencionasteis nunca que tenías este… toque? —pregunté.

—Yo no lo llamo así —murmuró después de unos instantes—. Solo unos pocos que han oído… los rumores lo hacen. Es la razón de que algunas personas crean que soy hija de un dios. —Sus delicadas cejas, un tono o así más oscuras que su pelo, se fruncieron—. ¿Tú, que pareces oírlo todo y saberlo todo, no habías oído ese rumor?

—Sé muchas cosas, pero no. Jamás había oído nada semejante —admití—. Y jamás he visto a nadie hacer lo que sea que hayas hecho.

Se quedó callada un momento.

—Es un don de los dioses. Es la razón de que sea la Elegida. —Frunció el ceño una vez más, luego su frente se alisó—. La reina en persona me ha ordenado que jamás hable de él ni lo utilice. No hasta que me consideren digna. La mayor parte de las veces, he obedecido.

En esos momentos, me sentía como Elijah, porque tenía muchas preguntas.

—¿La mayor parte?

—Sí, la mayor parte de las veces. Vikter lo sabía, pero Tawny no. Tampoco Rylan ni Hannes. La duquesa sí lo sabe y el duque lo sabía, pero eso es todo. —Hizo una pausa—. Y no lo utilizo demasiado… *a menudo.*

¿A menudo?

—¿En qué consiste el don?

Frunció los labios para soltar todo el aire que tenía dentro.

—Puedo… sentir el dolor de otras personas, tanto físico como mental. Bueno, empezó así. Parece que cuanto más se acerca el momento de mi Ascensión, más evoluciona. Supongo que podría decir que ahora puedo sentir las emociones de las personas —explicó, hurgando con nerviosismo en los hilos de la manta sobre la que se sentaba—. No necesito tocarlas. Puedo solo mirarlas y es como… como si me abriera a ellas. Por lo general, puedo controlarlo y guardar mis sentidos para mí misma, pero a veces, es difícil.

Pensé de inmediato en el día que los Teerman se habían dirigido a los habitantes de la ciudad después del ataque.

—¿Como en una multitud?

—Sí. —Poppy asintió—. O cuando alguien proyecta su dolor sin darse cuenta. Aunque no suele ocurrir. No veo nada más de lo que tú o cualquier otra persona vería, pero siento lo que sienten ellas.

Lo que me estaba diciendo era… sonaba imposible para un mortal.

—¿Simple… simplemente sientes lo que sienten? —Espera. Abrí los ojos como platos—. O sea que… ¿sentiste el dolor que sentía Airrick, que había recibido una herida muy dolorosa? —Poppy levantó la vista hacia mí y volvió a asentir. Por todos los dioses. Cerré los ojos unos instantes—. Debió de ser…

—¿Una agonía? —sugirió—. Lo fue, pero no es lo peor que he sentido. El dolor físico siempre es caliente y es agudo, pero el dolor mental, emocional, es como… como bañarse en hielo el día más frío. Ese tipo de dolor es mucho peor.

Mi mente daba vueltas a toda velocidad otra vez, recordando las veces que la había visto incómoda, esas veces en que se retorcía las manos sin parar.

—¿Y puedes sentir otras emociones? ¿Como odio o felicidad? ¿Alivio… o culpabilidad?

—Puedo, pero es algo nuevo. Y con frecuencia no estoy segura de lo que estoy sintiendo. Tengo que fiarme de lo que sé, y bueno… —Se encogió de hombros—. En cualquier caso, la respuesta a tu pregunta es «sí». —No tenía ni idea de qué decir porque, aunque la había visto hacerlo, mi cerebro se rebelaba contra la idea—. Pero eso no es lo único que puedo hacer —añadió.

—Es obvio —musité con sequedad.

—También puedo aliviar el dolor de otras personas por medio del contacto. Por lo general, la gente no se da ni cuenta, no a menos que estén sintiendo una gran dosis de dolor evidente.

Algo removió los rincones de mi memoria.

—¿Cómo?

—Pienso en... momentos felices y se los transmito a través del vínculo que mi don establece, a través de la conexión —explicó.

—¿Piensas en cosas felices y ya está?

Arrugó la nariz.

—Bueno, yo no lo diría así. Pero sí.

Espera... Mis ojos volaron hacia los suyos.

—¿Has sentido mis emociones en algún momento?

Su garganta subió y bajó al tragar saliva.

—Sí. —Me eché hacia atrás. Joder, solo los dioses sabían qué habría detectado en mí—. Al principio, no lo hice a propósito... bueno, vale, sí fue a propósito, pero solo porque siempre parecías tan... no sé —musitó, y la miré otra vez—. Como un animal enjaulado cuando te veía por el castillo, y sentía curiosidad por averiguar por qué. Sé que no debería haberlo hecho. No lo hice... mucho. Me obligué a dejar de hacerlo. Más o menos —añadió, y mis cejas treparon por mi frente—. La mayor parte de las veces. En ocasiones, simplemente no puedo evitarlo. Es como si le estuviera negando a la naturaleza la posibilidad de...

Se me hizo un nudo en el estómago.

—¿Qué sentiste en mí?

Poppy se giró hacia mí y sacudió la cabeza con suavidad.

—Tristeza. —Me puse tenso—. Una profunda aflicción y pesar. —Sus ojos se clavaron en mi pecho—. Siempre está ahí, incluso cuando estás de broma o sonríes. No sé cómo lo gestionas. Supongo que mucho tiene que ver con tu hermano y tu amigo.

Mis labios se entreabrieron. Ese cosquilleo en la nuca… De repente pensé en lo que había pasado cuando salimos de sus clases. La inexplicable *paz* que había sentido.

—Lo siento —dijo—. No debí usar mi don contigo y supongo que ahora debí limitarme a mentir…

—¿Has aliviado mi dolor alguna vez? —pregunté.

—Sí —admitió, tras apoyar las manos en sus piernas.

—Dos veces, ¿verdad? Después de que estuvieras con la sacerdotisa y la noche del Rito. —Cuando estuvimos en el jardín, y yo había estado hablando de las cuevas. En esa ocasión también había sentido un extraño alivio de la aflicción y la amargura. Ahora me daba cuenta. No había sido tan fuerte como la primera vez, ni había durado tanto, pero esas emociones tan lúgubres *sí* que se habían aliviado. Poppy asintió—. Bueno, ahora entiendo por qué me sentía… más ligero. La primera vez duró… maldita sea, duró un buen rato. Dormí mejor que en muchos años. —Tosí una risa corta, un poco aturdido. Vale, muy aturdido.

—Qué pena que sea algo que no puede embotellarse y venderse.

—¿Por qué? —La pregunta brotó de repente de mi interior—. ¿Por qué me quitaste el dolor? Sí, es verdad que… siento tristeza. Echo de menos a mi hermano cada vez que respiro. Su ausencia me atormenta, pero es manejable. —Ahora. *Ahora* era manejable.

—Lo sé —dijo con voz queda—. No dejas que interfiera con tu vida, pero… no me gustaba saber que sentías dolor. Y podía ayudar, al menos durante un rato. Solo quería…

—¿Qué? —insistí.

—Quería ayudar. Quería utilizar mi don para ayudar a la gente.

Me eché atrás y solté el aire con fuerza.

—¿Y lo has hecho? ¿Con alguien más, aparte de Airrick y de mí?

—Sí. ¿Los malditos? A menudo alivio su dolor. Y Vikter sufría dolores de cabeza terribles. A veces lo ayudaba con ellos. Y a Tawny, pero ella no lo supo nunca.

—Así es como empezaron los rumores. —Maldita sea—. Lo has estado haciendo para ayudar a los malditos.

—Y a sus familias, a veces —me dijo, con una voz que sonó demasiado pequeñita, demasiado callada para alguien que se preocupaba tanto—. A menudo sufren tal aflicción que tengo que hacerlo.

—Pero lo tienes prohibido.

—Sí, y parece una estupidez tan grande no poder usarlo. —Poppy levantó las manos por los aires—. Tenerlo prohibido. La razón ni siquiera tiene sentido. ¿No me habrán considerado digna ya los dioses para entregarme este don?

—Diría que sí. —Y era una pregunta jodidamente buena—. ¿Tu hermano puede hacer lo mismo? ¿Alguien más en tu familia?

—No. Solo yo, y la Doncella anterior. Las dos nacimos con un velo —explicó—. Mi madre se dio cuenta de lo que era capaz de hacer cuando tenía unos tres o cuatro años. —Fruncí el ceño. ¿La Doncella anterior? No había ninguna otra Doncella, que yo supiese—. ¿Qué?

Me miró con timidez y yo sacudí la cabeza. Luego se me ocurrió algo y la miré con suspicacia.

—¿Estás leyendo mis sentimientos ahora?

—No —contestó, y bajó la vista hacia sus manos—. Hago grandes esfuerzos por no hacerlo, incluso cuando tengo muchas ganas de utilizarlo. Me da la sensación de estar haciendo trampas cuando es alguien...

Poppy se puso rígida. Se quedó muy muy quieta, después sus ojos muy abiertos volvieron hacia mí. Sus labios se entreabrieron mientras me miraba. Y siguió mirándome, las mejillas cada vez más sonrosadas.

—Ahora desearía tener tu don —le dije—, porque me encantaría saber lo que sientes en este momento.

—No siento nada de los Ascendidos —farfulló Poppy de pronto. Parpadeé, confuso—. Nada de nada, aunque sé que sienten dolor físico.

—Eso es…

—Raro, ¿verdad? —murmuró.

—Iba a decir «inquietante», pero desde luego que es raro.

—¿Sabes? —Se inclinó hacia mí y bajó la voz, como si hubiese alguien escondido en su sala de baño—. Siempre me ha molestado no poder sentir nada de ellos. Debería ser un alivio, pero nunca lo fue. Solo me hacía sentir… fría.

Quería decirle que había una razón para ello. Se debía a que no tenían alma, pero hubiese sido, básicamente, gritarle a la cara que su hermano tampoco la tenía.

—Sí, ya lo veo. —Imité sus movimientos y también me acerqué a ella—. Debería darte las gracias.

—¿Por qué?

—Por aliviar mi dolor.

—No tienes que dármelas —susurró.

—Lo sé, pero quiero hacerlo —dije, aún algo descolocado por el hecho de que pudiese hacer eso por mí. Por quien fuese. Sobre todo, sabiendo cómo la trataba el duque—. Gracias.

—De nada. —Sus espesas pestañas se deslizaron hacia abajo y ocultaron sus ojos a mi vista.

—Tenía razón.

—¿Sobre qué?

—Sobre lo de que eres valiente y fuerte —precisé—. Arriesgas mucho cuando utilizas tu don.

—No creo que haya arriesgado lo suficiente —confesó, al tiempo que se retorcía los dedos—. No pude ayudar a Vikter. Estaba demasiado… abrumada. Tal vez si no intentara reprimirlo tanto todo el rato, hubiese podido quitarle el dolor al menos.

—Pero se lo quitaste a Airrick —le recordé—. Lo ayudaste. —Y a muchos más. Apoyé la frente en la suya—. No eres en absoluto como esperaba.

—No haces más que decir eso —comentó—. ¿Qué esperabas?

—Sinceramente, ya ni lo sé —admití. Solo sabía que nunca esperé que fuese así. Jamás.

Por todos los dioses.

Poppy era…

Joder, simplemente estaba deslumbrado por *ella*. ¿Quién no lo estaría? Los que la habían mirado con desconfianza hacía un rato se arrodillarían ante ella si supiesen lo amable y fuerte que era. Diablos, yo mismo estaba medio tentado de arrodillarme ante ella.

—¿Poppy?

—¿Sí? —Su aliento suave danzó sobre mis labios. Llevé mis dedos a su mejilla.

—Espero que seas consciente de que, independientemente de lo que te haya dicho nadie jamás, eres más digna que cualquiera a quien haya conocido en toda mi vida.

—Entonces es que no has conocido a las personas suficientes —señaló.

—He conocido a demasiadas. —Cerré los ojos y besé su frente. Tuve que hacer un esfuerzo por echarme hacia atrás, en lugar de inclinar su cabeza y llevar mis labios hacia los suyos. No era digno de besarla. Deslicé el pulgar por su mandíbula. Tampoco era digno de tocarla—. Te mereces mucho más que lo que te espera.

Por todos los dioses, esa era la verdad más grande que había dicho en toda mi vida. Incluso aunque pudiese conseguirle la libertad, no se merecía la posición en la que yo la estaba poniendo. No se merecía lo que los Ascendidos ya le habían robado. Y no se merecía que yo fuese a robarle el sentido de la seguridad.

Poppy se estremeció. Cuando abrió los ojos, el verde lucía brillantísimo, completamente nítido.

Apreté los dientes y me eché hacia atrás. Deseé de todo corazón no estar… ¿cómo lo había llamado ella? Proyectando. Deseé no estar proyectando mis sentimientos.

—Gracias por confiarme todo esto.

Poppy no dijo nada. Se limitó a mirarme, los labios entreabiertos, como si estuviese a media respiración. Aunque no solo me estaba mirando. Esos luminosos ojos verdes estaban recorriendo despacio mi cara, luego bajaron por mis hombros y hasta la mano que descansaba entre nosotros. Sus ojos volvieron despacio hasta los míos, y la respiración que soltó hizo que a mí se me cortase la mía por tercera maldita vez.

—No deberías mirarme de ese modo —la advertí.

—¿De qué modo? —La voz de Poppy había adoptado una cualidad ahumada que acarició hasta el último centímetro de mí.

—Sabes muy bien cómo me estás mirando. —Cerré los ojos—. De hecho, puede que no lo sepas y por eso debería marcharme.

Porque *conocía bien* la expresión de esos preciosos ojos, aunque no hubiese captado el olor de su deseo creciente. Me miraba como si quisiera que la besase.

Me miraba como si necesitase más que eso. Como si quisiese más.

Y joder, estaba un poco sorprendido de que hiciese esa elección, debido a lo que significaba para ella… para el papel que le habían asignado. Era algo enorme. Mi cuerpo, sin embargo, no estaba sorprendido, sino que se había subido al carro de inmediato: mi sangre se caldeó, mi miembro se endureció. Empecé a inclinarme hacia ella en respuesta a la necesidad y al deseo que veía en su mirada. Cada fibra de mi ser lo exigía. Lo quería.

Pero ella era real. Toda ella.

Y yo no lo era. Todo en mí era una mentira.

—¿Cómo te estoy mirando, Hawke?

Me puse tenso. Abrí los ojos.

—Como no merezco que me miren. Que me mires tú.

—Eso no es verdad —protestó. Se me hizo un nudo en el pecho.

—Ojalá fuese así. Por los dioses, de verdad que tengo que marcharme. —Me levanté a toda prisa y retrocedí.

Necesitaba salir de esta habitación antes de que el frágil agarre que tenía sobre mi autocontrol saltase por los aires. Ya casi era inexistente. Porque ¿lo que le había dicho a Kieran antes? ¿Lo de que no era tan mala persona? Era mentira. Porque con Poppy, era demasiado fácil olvidar quien yo era en realidad. Era demasiado fácil perderme en ella, olvidar toda la mierda desagradable que me había llevado hasta ella. Era demasiado fácil… vivir a la vez que lo hacía ella.

Y por todos los dioses, cómo ansiaba eso. Muchísimo. Pero no podía ni engañarme a mí mismo para creer que podría quedarme y enseñarle lo que era el placer. Yo no era una persona altruista. Esto no era el Bosque de Sangre. Aquí no había barreras.

Tenía que marcharme.

—Buenas noches, Poppy. —Entonces hice una de las cosas más difíciles que había hecho en mi vida y me giré hacia la puerta.

—¿Hawke? —Me detuve, aunque sabía que no debía. Era como si su voz ejerciese la coacción—. ¿Te… te quedarías a pasar la noche conmigo?

Me estremecí hasta la médula.

—No hay nada que desee más en el mundo, pero no creo que te des cuenta de lo que ocurrirá si me quedo.

—¿Qué ocurrirá?

Me volví hacia ella. Desde donde estaba, podía ver su pulso palpitar en su cuello.

—Es imposible que me meta en esa cama contigo y no acabe acariciando todo tu cuerpo en, como mucho, diez segundos. No llegaríamos a la cama siquiera antes de que sucediera eso. Conozco mis limitaciones. —El pecho de su bata se hinchó con una inspiración dulce y repentina—. Sé que no soy un hombre bastante bueno como para recordar mi deber y el tuyo, y que soy tan increíblemente indigno de ti que debería ser pecado.

Pero a pesar de saberlo, sería imposible que no te quitara esa bata y te hiciera exactamente lo que te dije que haría cuando estábamos en el bosque.

Y esa era la maldita verdad. Pese a lo que sabía. Pese a mis mentiras. Pese a cómo se merecía algo muchísimo mejor que yo, la tomaría. Poppy me sostuvo la mirada.

—Lo sé.

Solté una exclamación ahogada.

—¿Lo sabes? —Poppy asintió—. No solo te voy a abrazar. No me limitaré a besarte. Mis dedos no serán lo único que esté dentro de ti —le prometí, la sangre más espesa de pronto—. Mi necesidad de ti es demasiado grande, Poppy. Si me quedo, no saldrás por esta puerta como Doncella.

Poppy temblaba ya.

—Lo sé.

Me había movido sin darme cuenta. Ya había dado demasiados pasos para alejarme de la puerta (de lo que era correcto) y hacia ella (lo que estaba tan condenadamente equivocado).

—¿De verdad lo sabes, Poppy?

No dijo nada, pero me sostuvo la mirada acalorada. En vez de eso, sus manos decididas fueron hacia el cinturón de su bata. Todo en mí se paró de golpe, luego se aceleró mientras lo desataba. La bata se entreabrió, revelando un atisbo de las curvas internas de sus pechos, un vistazo de su abdomen y el oscuro paraíso entre sus piernas.

A continuación, Poppy dejó que la bata resbalase de sus hombros y cayera al suelo.

Quería ser un hombre bueno que se alejaba de lo que sabía que no se merecía y de lo que sabía que no era digno. El tipo de hombre que Kieran creía que yo era. El tipo que me habían educado para ser. Pero yo no era un hombre bueno.

Era solo de ella.

Esto es real

Poppy no escondió nada cuando se desnudó ante mí, aunque temblaba, aunque nadie la había visto nunca de este modo. Así de valiente era, así de atrevida. Me quedé atascado en el sitio, el corazón tronando en mi pecho mientras levantaba la vista hacia sus ojos y seguía el dulce rubor que bajaba por su cuello.

Había visto muchos cuerpos. Mujeres. Hombres. Delgados. Redondos. Todos los que había entre medias. Cuerpos que eran suaves y no tenían defectos visibles. Otros cuya piel reflejaba la vida vivida. Había visto cuerpos que había olvidado por completo, pero sabía que no había visto nunca a nadie como ella.

Poppy tenía que ser una diosa.

Porque, santo cielo, era absolutamente *arrebatadora*… cada centímetro de la suavidad interminable y exuberante de sus curvas. La generosidad de sus pechos y sus vistosas puntas rosadas. La leve concavidad de su cintura y la forma en que sus caderas se expandían hacia los lados, la voluptuosidad de sus muslos y el valle oculto entre ellos. Vi las cicatrices de las que me había hablado: las marcas que habían dejado las garras de Demonio en su antebrazo fuerte, en su tripa mullida, y las de la cara interna de sus muslos. Y ellas también eran preciosas, un testamento a su fuerza y resiliencia.

—Eres tan condenadamente bella... y tan condenadamente inesperada... —murmuré sin aliento, al tiempo que levantaba la vista hacia su cara. No encontraba palabras más elocuentes, porque mirarla parecía al mismo tiempo un pecado y una bendición. Una recompensa que no me había ganado.

Pero una que aceptaría encantado.

Me moví más deprisa de lo que quizás hubiese debido, pero ya no era capaz de pensar. Había dejado de hacerlo en el momento en que Poppy había desatado ese cinturón de su bata. La envolví entre mis brazos y planté la boca sobre la suya. No hubo nada suave en la forma que la besé. Todo mi hambre y mi deseo salieron a la luz.

Y entonces me perdí en ella.

Poppy alargó las manos hacia mi túnica al mismo tiempo que lo hice yo. Cayó al suelo mientras me quitaba las botas de una patada. Mis pantalones fueron después, y entonces no hubo nada entre nosotros.

Me quedé de pie donde estaba, para dejar que Poppy mirase todo lo que quisiera. Y eso hizo. Sus ojos bajaron despacio por mi pecho y por mi tripa. Luego más abajo.

—¿La cicatriz del muslo? —empezó, los ojos fijos en la marca difuminada—. ¿Cuándo te la hiciste?

—Hace muchos años, cuando fui bastante tonto como para dejarme atrapar —contesté, al tiempo que retiraba varios mechones de pelo de su cara. Por lo general, odiaba cuando alguien mencionaba o miraba esa marca hecha a fuego, pero ¿con Poppy? No me importó.

No me importaba *nada* más que ella, nada más que este momento preciso.

Los ojos de Poppy siguieron su camino y supe el momento en que vio exactamente cuánto la deseaba. Se mordió el labio de abajo y me miró pasmada. Mi pene palpitó.

—Si sigues mirándome de ese modo —le dije—, esto habrá acabado antes de empezar siquiera.

Sus mejillas se tiñeron de un rosa aún más intenso.

—Yo... eres perfecto.

Se me comprimió el pecho porque, joder, ojalá lo fuese. De ser así, no estaría aquí.

—No, no lo soy. Te mereces a alguien que lo sea, pero soy demasiado bastardo como para permitirlo.

La piel entre sus cejas se arrugó mientras me miraba.

—No estoy de acuerdo con nada de lo que acabas de decir.

—Tonterías —murmuré, y entonces enrosqué un brazo a su alrededor.

La forma en que contuvo la respiración al sentir el contacto de nuestros cuerpos era adictiva. La levanté en volandas, la llevé hasta la cama, la tumbé con sumo cuidado y después me coloqué sobre ella.

Sin embargo, me quedé un poco retirado para darle tiempo, a pesar de que cada centímetro de mi ser ansiaba sentir todo su cuerpo contra el mío, descubrir lo que se sentía al estar bien profundo dentro de ella. Pero esta... esta era la primera vez para ella. Muchas cosas eran primeras veces. Y yo nunca había sido el «primero» de nadie. No era perfecto, pero quería que esto lo fuese para ella.

Poco a poco, dejé que parte de mi peso se asentase sobre ella. Me estremecí al sentir sus piernas contra las mías. Poppy tragó saliva.

—¿Estás...?

—¿Protegido? Tomo la ayuda mensual —le aseguré, en referencia a la hierba que se aseguraba de que este tipo de uniones no fuesen de las fructíferas. —Supongo que tú no. —Me regaló otro de esos resoplidos desdeñosos tan monos—. Eso sí que sería un escándalo —bromeé, deslizando mi mano por su brazo derecho. Las cicatrices eran profundas. Cómo no había perdido el brazo o la vida era algo que no entendía.

—Sí que lo sería. Pero esto... —Levanté los ojos hacia los suyos, y sentí como si la fortaleza entera se moviese debajo de nosotros y por todos lados a nuestro alrededor. Mi pecho dio la impresión de brincar y sentí ese cosquilleo en la nuca otra vez mientras nos mirábamos a los ojos. Se me aceleró el corazón. Este momento... parecía que siempre hubiese estado destinado a suceder. Como si cada elección que había hecho... que habíamos hecho los dos... hubiese llevado a esto. Era una sensación demencial, completamente sin sentido, y aun así...—. Esto lo cambia todo.

Apreté mi boca contra la suya y esta vez no perdí el control. Exploré la línea de su boca con la mía. La besé despacio, succioné su labio con los míos y luego los abrí. Quería besarla con más intensidad, más profundo, pero no podía. No podía dejar que sintiera la evidencia de quién era en realidad, pero la besé hasta que temblaba debajo de mí, hasta que supe que quería más.

Entonces me permití explorar.

Deslicé los dedos por su cuello y por la caída de sus hombros hasta la dulce curva de un pecho. Rocé su lengua con la mía mientras palpaba su pezón endurecido bajo la yema de mi dedo pulgar. Poppy arqueó la espalda y sus respiraciones se volvieron rápidas y superficiales contra mis labios. Bajé con las yemas de los dedos por su estómago, pasé con suavidad por las delgadas cicatrices irregulares que había ahí y luego bajé aún más. Deslicé los dedos entre sus piernas, por la suave capita de rizos.

Poppy gritó al sentir mi contacto, ligero como una pluma. Sonreí, obsesionado con la intensidad con la que respondía a mis caricias. Sería un sueño jugar con ella, provocarla, ser cruel de la forma más indecente y llevarla al borde de la locura, arrastrada por el deseo. Pero no teníamos tiempo para eso.

Lo más probable era que nunca lo hubiese.

Un intenso dolor cortó a través de mí y, por un momento, pensé que había sacado esa daga suya y la había utilizado contra mi pecho. Me quedé muy quieto, mis dedos se movieron por la parte más suave y blanda de ella, al mismo tiempo que se me hacía un nudo en el estómago.

Levantó la cabeza y presionó su boca contra la mía sin ningún arte. Eso me sacó de mi ensimismamiento. Su beso inexperto fue... joder, fue verdaderamente mágico. Más seductor que cualquier cosa que hubiese experimentado nunca.

Me estremecí cuando levanté la boca de la suya, luego seguí con ella el camino de mis dedos. Besé un lado de su cuello, un poco sorprendido por las ganas de demorarme en donde notaba su pulso. Mientras seguía mi camino, mi mandíbula palpitaba casi con la misma intensidad que mi pene. Deslicé los labios por la delicada línea de su clavícula y después saboreé la piel de su pecho. Ahí ralenticé mis movimientos, levanté la vista. Sus ojos estaban solo medio abiertos cuando cerré los labios alrededor de su pezón. Soltó una exclamación ahogada y sus dedos se cerraron con fuerza alrededor de la sábana que teníamos debajo. Sin dejar de observarla, succioné la piel turgente hasta tenerla por completo dentro de la boca.

El gemido de Poppy me provocó un gemido igual en respuesta, mientras ella se movía ansiosa, guiada por el instinto. Sonreí y bajé aún más para lamer su estómago con mi lengua. Poppy se puso tensa cuando me acerqué a sus cicatrices y, a pesar de lo valiente que era, sabía que tenerme tan cerca de ellas la preocupaba.

Le demostraría que no tenía ninguna razón para preocuparse.

Puse la boca sobre las heridas cicatrizadas para depositar un beso sobre ellas y prestarles el respeto debido. Se le cortó la respiración y seguí bajando, por debajo de su ombligo. Enrosqué una mano alrededor de su muslo para abrirle bien las piernas, lo suficiente para acoger la anchura de mis hombros. Con la boca a apenas unos centímetros de los rizos húmedos, levanté la vista hacia ella.

—Hawke —susurró. Sonreí.

—¿Te acuerdas de la primera página del diario de la señorita Willa?

—Sí.

Sin apartar los ojos de ella, la besé entre los muslos. La espalda de Poppy se arqueó. Seguí sin apartar la vista. Ella tampoco, pero mi corazón martilleaba en mi pecho cuando deslicé la lengua por ella, saboreándola, y por todos los dioses, sabía fenomenal. De un dulzor increíble. Introduje la lengua en su calor, todos los músculos de mi cuerpo agarrotados del deseo. Moví la cabeza y pasé la boca por ese apretado haz de nervios.

Las caderas de Poppy se levantaron de la cama, lo cual me sacó un retumbante gruñido de aprobación. La observé cuando introduje su clítoris en mi boca. Dejó caer la cabeza hacia atrás mientras se contoneaba.

Santo cielo, podría correrme solo con su sabor, con la imagen de sus pechos que subían y bajaban a toda velocidad, con cómo sacaba esa barbilla testaruda, con la forma tan dulce con la que se entregaba a las salvajes sensaciones que no hacían más que aumentar en su interior.

Y pude sentirlo, el temblor de sus piernas, su respiración entrecortada. Me di un *festín* con ella, lamiendo y succionando hasta que me estaba ahogando en su aroma. Hasta que supe que podría sobrevivir solo con su sabor.

—Oh, por todos los dioses —exclamó con voz ahogada, los dedos clavados en las sábanas. Sus piernas se estiraron—. Oh, por todos los dioses, Hawke… —Gritó y todo su cuerpo sufrió espasmos y tembló cuando alcanzó el clímax. Su espalda cayó de vuelta al colchón y sus ojos desenfocados conectaron con los míos.

Le di un último lametón, luego levanté la cabeza. Mientras ella me miraba, deslicé la lengua por mi labio de abajo.

—Miel —gruñí—. Justo lo que había dicho.

Poppy aún temblaba y yo sonreí.

El doloroso palpitar de mi pene y mi mandíbula se intensificó mientras subía acechante por todo su cuerpo. Pasé una mano por detrás de su cuello. Ella me observaba con esos ojos esmeraldas entrecerrados. Se estremeció cuando mis muslos rozaron los suyos. Mis malditos brazos temblaban cuando me coloqué sobre ella una vez más. Sus ojos se cerraron.

—Poppy —murmuré, y el deseo por ella se volvió algo primitivo. La besé y dejé que se saborease sobre mis labios mientras mi pene presionaba contra su humedad caliente. Mi corazón latía desbocado mientras la miraba—. Abre los ojos.

Hizo lo que le pedía.

—¿Qué?

—Quiero que mantengas los ojos abiertos —le dije.

—¿Por qué?

—Siempre tantas preguntas. —Me reí. Ella soltó una pequeña exclamación ahogada.

—Creo que te sentirías decepcionado si no tuviese ninguna.

—Cierto. —Deslicé una mano de su cuello a su pecho.

—Bueno, ¿por qué? —insistió.

—Porque quiero que me toques —dije—. Quiero que veas lo que me haces cuando me tocas.

Se estremeció.

—¿Cómo...? ¿Cómo quieres que te toque?

La forma en que preguntó eso... Joder, me mató.

—Como tú quieras, princesa. Es imposible que lo hagas mal.

Despacio, soltó la sábana. La observé levantar la mano hacia mi mejilla. Su contacto fue de lo más suave. Deslizó las yemas de los dedos por mi mandíbula, luego por mis labios, y sentí esa caricia por cada rincón de mi cuerpo.

A continuación, exploró como lo había hecho yo. Bajó la mano por mi pecho, lo cual me hizo aspirar una bocanada de aire brusca y profunda. Luego siguió su camino entre nosotros, trazando los músculos de mi bajo vientre. Cuando llegó a la línea de pelo hirsuto por debajo de mi ombligo, puede que dejase de respirar. Lo que seguro que no hice fue moverme, aparte de para trazar círculos perezosos alrededor de su pezón con mi pulgar. No me moví hasta que las puntas de sus dedos rozaron mi pene.

Todo mi cuerpo dio una sacudida entonces.

—Por favor. No pares —supliqué cuando hizo una pausa—. Por todos los dioses, no pares.

Poppy hizo lo que le pedía, sus ojos fijos en los míos mientras deslizaba los dedos por la base de mi miembro. Mis labios se entreabrieron cuando siguió la vena, aunque se detuvo a medio camino para cerrar los dedos alrededor de mí. Mi cabeza cayó hacia atrás y temblé cuando un placer exquisito onduló por mi interior. Sus dedos se aflojaron y mi respiración se aceleró cuando arrastró la mano hasta la punta. Todo mi cuerpo se estremeció cuando su mano se apretó una vez más.

—Por todos los dioses —gruñí.

—¿Esto está bien?

—Cualquier cosa que hagas está más que bien. —Mascullé con voz grave, al tiempo que ella movía la palma de la mano a lo largo de mi pene—. Pero sobre todo eso. Totalmente eso.

Poppy se rio y luego lo hizo otra vez. Mis caderas siguieron su movimiento y el deseo hizo un ruido retumbante en mi pecho.

—¿Ves lo que tu contacto me hace? —pregunté, sin que mis caderas dejaran de bombear contra su mano.

—Sí —susurró.

—Me mata. —Agaché la cabeza y me deleité en cómo me miraba. Jamás había sentido semejante anticipación, semejante placer—. Me mata de un modo que no creo que entiendas jamás.

—Pero… ¿de un modo bueno? —preguntó, al tiempo que buscaba mis ojos con los suyos.

Santo cielo, eso me llegó al alma. Levanté una mano para apoyarla en su mejilla.

—De un modo que jamás había sentido hasta ahora.

—Oh —murmuró.

Agaché la cabeza y la besé mientras desplazaba el peso hacia el brazo izquierdo. Dejé caer la mano de su mejilla para bajarla a lo largo de todo su cuerpo y meterla entre nosotros. Mi mano sustituyó entonces a la suya.

—¿Estás preparada? —Su pecho se hinchó contra el mío, pero asintió—. Quiero oírtelo decir.

Las comisuras de sus labios tiraron hacia arriba.

—Sí.

Gracias a los dioses.

—Bien, porque podría haber muerto aquí mismo si no lo estuvieras. —Poppy se rio como una niña, lo cual arrugó la piel de alrededor de sus ojos—. Crees que estoy de broma. Qué poco sabes. —La besé mientras guiaba la cabeza de mi pene a su entrada. La introduje, solo un poco, antes de detenerme. Gemí al sentir su calor y su humedad—. Oh, sí que estás preparada. —Levanté la vista hacia ella otra vez y vi cómo se ruborizaba aún más. Sonreí—. Me asombras.

—¿Cómo? —Sonaba muy confusa.

—Te enfrentas a Demonios sin miedo. —Rocé sus labios con los míos—. Pero te sonrojas y tiemblas cuando menciono cuán húmeda y maravillosa te siento contra mí.

—Eres muy inapropiado —musitó.

—Estoy a punto de ponerme realmente inapropiado —la advertí—. Pero al principio, puede que duela.

Su pecho se hinchó de nuevo con otra respiración profunda.

—Lo sé.

—¿Has estado leyendo libros obscenos otra vez?

Se mordió el labio.

—Es posible.

Me reí y, joder, fue una estupidez, porque eso solo me llevó más hondo. Con una inspiración profunda, presioné despacio. Estaba mojada y resbaladiza por la excitación, pero también estaba tensa. No quería hacerle daño. Antes me arrancaría el jodido corazón que hacer eso, y quizás eso debería haberme preocupado, pero estaba demasiado perdido en la sensación de su cuerpo aceptando el mío, en ella acogiéndome en su interior, como para pensar demasiado en ello. Las manos de Poppy se posaron en mis hombros y me gustó la sensación de tenerlas ahí. Me gustó mucho. Temblando, apreté los dientes y la penetré hasta el final. Con una exclamación, Poppy cerró los ojos y se quedó rígida debajo de mí. Resollando, me obligué a quedarme quieto, aun cuando todo mi cuerpo estaba ansioso por moverse.

—Lo siento. —Besé la punta de su nariz, luego cada uno de sus párpados cerrados y ambas mejillas—. Lo siento.

—No pasa nada —me tranquilizó.

Besé sus labios, luego apoyé la frente en la suya. Seguía sin moverme. Su cuerpo necesitaba tiempo. Ella lo necesitaba, no debido al dolor que sentía, sino porque el dolor, sin importar lo breve que fuese, tendía a hacer que todo fuese real. Poppy podía cambiar de opinión ahora y yo la dejaría tranquila, pero eso no borraría las elecciones que habíamos hecho hasta este punto. No cambiaría que ella había cruzado esa línea conmigo. Que yo la había cruzado con ella.

El pecho de Poppy se hinchó contra el mío, y entonces sus caderas se levantaron…

Santo cielo, mi preciosa y valiente Poppy. Apreté los ojos contra la sensación de ella al moverse a lo largo de mi miembro. Me estremecí cuando lo hizo otra vez, pero me mantuve muy quieto hasta que sus manos se aflojaron sobre mis hombros. Abrí los ojos.

Entonces me moví despacio, pendiente de cualquier señal de incomodidad. Si veía algo así, esto se acabaría. Retrocedí hasta que solo un par de centímetros o así quedaban dentro de ella; después volví a empujar hacia dentro despacio.

Los brazos de Poppy se deslizaron alrededor de mi cuello y otro escalofrío me recorrió de arriba abajo. Sus caderas se levantaron para seguir mi movimiento una vez más. Y entonces empezamos a movernos juntos: ella subía mientras yo empujaba hacia abajo. Un ritmo de toma y daca se apoderó de nosotros. Seguí con movimientos lentos y traté de no perder el control. Esto era suficiente… la fricción de su calor y mi dureza, sus gemidos suaves, la sensación de ella tan apretada a mi alrededor… Esta era su primera vez. No necesitaba que la follara. Necesitaba dulzura y suavidad.

Pero entonces Poppy… mi preciosa, valiente y *perversa* Poppy, enroscó las piernas alrededor de mis caderas y todo mi control saltó por los aires.

Metí un brazo debajo de su cabeza y agarré su hombro con la misma firmeza que agarraba su cadera. Mi boca se cerró sobre la suya y embestí más fuerte, más deprisa, mientras la sujetaba debajo de mí. Su boca se movió con la mía mientras gemía.

La tensión fue aumentando y supe que no sería capaz de aguantar mucho. No después de haberla saboreado. No después de notar cómo encontraba el placer en mi boca. No cuando estaba recibiendo con semejante pasión cada embestida de mis caderas. Solté su cadera para meter la mano entre nosotros. Encontré su clítoris mientras me apretaba contra ella, mi clímax cada vez más cercano. Era como descender a la locura. Aparté la boca de la suya, mis ojos clavados en su rostro.

Poppy gritó, sus piernas se tensaron alrededor de mis caderas y su cuerpo en torno a mi pene. Alcanzó el clímax y esa fue la gota que colmó el vaso. Sus espasmos me llevaron al borde de esa locura. Mi mandíbula palpitaba. Mis labios se entreabrieron mientras ella encontraba su placer de manera desvergonzada. Saqué la mano de entre nuestros cuerpos y la planté en la cama al lado de su cabeza, los dedos apretados contra el colchón. Mi deseo de ella aumentaba por segundos, la tensión giraba en espiral, y otro tipo de deseo cobró forma, uno más oscuro. Mis ojos recorrieron sus labios hinchados, su cuello. Su pulso. Mis colmillos presionaban contra mis labios. Cada centímetro de mi cuerpo se puso en tensión. Mi cabeza empezó a bajar, mis labios se abrieron un poco…

Los ojos de Poppy aletearon antes de abrirse, conectaron con los míos. Apoyó una mano en mi mejilla.

—Hawke —susurró.

El sonido de su voz me frenó. Apreté las muelas cuando sentí que dos necesidades rugían a través de mí. Mi mano presionó otra vez contra el espacio junto a su cabeza y reprimí el deseo de hundir mis colmillos en ella tan profundo como mi pene para dar rienda suelta a mi otro deseo.

Mi brazo se apretó en torno a sus hombros y entonces la follé. La embestí con fuerza, con más fuerza quizá de lo que debería, zarandeando nuestros cuerpos por toda la cama. Las sensaciones con ella eran demasiado buenas, demasiado perfectas, y la había deseado desde el primer momento que mis labios habían tocado los suyos. La tensión giró en espiral. Mi éxtasis bajó en tromba por mi columna. La embestí una vez más para sellar nuestros cuerpos juntos mientras alcanzaba el clímax en oleadas de placer. Me perdí un poco en ellas, y el instinto contra el que había estado luchando tomó el control de nuevo. Incliné la cabeza sobre ella, presioné debajo de su barbilla para forzarla a levantar la suya. Encontré su pulso con mi boca mientras mis caderas presionaban contra las suyas. Retraje los labios. Mis colmillos rozaron su piel. Poppy se estremeció y una sonrisa tironeó de las comisuras de mi boca. Estaba preparado, listo para morder…

Maldita sea.

Cerré la boca de golpe y me tragué un gemido, luego pegué el pecho al suyo. Mi corazón tronaba mientras pugnaba con mi hambre. Habían pasado semanas desde la última vez que me había alimentado, pero no necesitaba hacerlo. Podía aguantar mucho más tiempo sin hacerlo. El deseo de su sangre no tenía nada que ver con eso. Tenía todo que ver con *ella*, y nunca en mi vida había experimentado ese tipo de necesidad con una mortal.

No supe cuánto tiempo tardé en apaciguarme, en confiar en mí mismo otra vez. Poco a poco, fui consciente de sus dedos entre mi pelo, pero me quedé como estaba, aún unido a ella. No creía que tuviese elección. La necesidad casi abrumadora de tomar su sangre me tenía consternado, por no mencionar la sensación de completitud sin haberme alimentado siquiera de ella. Nunca había sentido nada igual antes. Jamás. No sabía lo que significaba. O quizá sí lo supiera, porque sabía que esto era real. Lo que había entre nosotros. Lo que ella sentía por mí. Lo que yo sentía por ella. Esto. Era real.

Solté una bocanada de aire brusca y desplacé el peso a mis codos. Giré la cabeza para buscar su boca. La besé.

—No olvides esto.

—No creo que pueda hacerlo jamás —me dijo, los dedos desplegados por mi mandíbula.

—Prométemelo —Levanté la cabeza para mirarla a los ojos—. Prométeme que no olvidarás esto, Poppy. Que pase lo que pase mañana, el próximo día, la próxima semana, no olvidarás esto… no olvidarás que esto fue real.

—Lo prometo —me tranquilizó, tras dudar un instante—. No lo olvidaré.

MUY INAPROPIADO

Volví a la cama, un vaso de vino especiado en una mano y un paño mojado en la otra. Poppy no se había movido desde que la había dejado; o sea que por una vez me había hecho caso. Estaba tumbada de lado, los brazos cruzados delante del pecho, las rodillas un poco flexionadas y gloriosamente desnuda. Mis ojos recorrieron las sensuales curvas de su cuerpo. Podría quedarme ahí de pie toda la noche y admirarla, aunque debía reconocer que eso sería raro.

—Princesa.

Poppy abrió los ojos justo cuando yo plantaba una rodilla en la cama.

—No me llames así.

—Pero es tan adecuado —murmuré, sonriendo cuando sus cejas se fruncieron de golpe—. Te he traído algo de beber.

—Gracias. —Poppy se sentó, bajó la barbilla, descruzó los brazos y tomó el vaso.

Percibí su timidez, así que me obligué a comportarme como un caballero. Por una vez. Esperé a que terminase antes de beber un sorbito yo mismo y luego dejé el vaso en la mesilla, al lado de su daga. Mi sonrisa se ensanchó.

—Túmbate. —Con los brazos apretados con fuerza contra los costados y el pelo desparramado de cualquier forma alrededor de sus hombros y sus pechos, levantó la vista hacia mí. No se movió—. Pareces de lo más disoluta —comenté. Se puso roja al instante—. Me gusta.

—Es muy inapropiado que comentes eso —me regañó.

—¿Más inapropiado que lamiera entre tus piernas? —Los labios de Poppy se abrieron—. ¿Decía la señorita Willa cómo se llamaba ese acto en ese diario suyo? —pregunté, al tiempo que me inclinaba sobre ella. Apoyé mis dedos debajo de su barbilla para echar su cabeza atrás y que me mirase a los ojos. La besé—. Hay muchos nombres para ello. Podría hacerte una lista…

—Eso no será necesario.

—¿Estás segura? —Besé la comisura de su boca mientras guiaba su cuerpo para tumbarla de lado y luego de espaldas.

—Estoy segura. —Su mano se posó en mi brazo, su agarre flojo mientras me sentaba a su lado. Me reí entre dientes.

—Lo que tú digas, princesa. —Bajé el paño que sujetaba e hice un esfuerzo por apartar la mirada de las puntas de sus pezones, que asomaban entre los mechones de su pelo—. ¿Puedes hacerme un favor?

—¿Qué?

—Separa las piernas para mí.

Poppy parpadeó, confusa.

—¿Para… para qué?

Agaché la cabeza y besé su mejilla.

—Me gustaría limpiarte —expliqué. Su inspiración fue brusca, su mano se apretó sobre mi brazo—. Me temo que es posible que haya dejado una… muestra inapropiada de mi afecto en ti.

—Oh —susurró.

Pasó un segundo y Poppy hizo lo que le pedía. Eché un somero vistazo a la humedad pegajosa de la parte superior de sus muslos. No miré durante mucho tiempo porque no quería abochornarla, pero vi evidencias de mi afecto inapropiado y tenues trazas de un color más oscuro que también había visto en mí cuando había hecho uso de la sala de baño. Sangre. La había olido en el mismo momento en que mi cuerpo abandonó el suyo. No era mucha, pero quería... no estaba seguro... limpiar los restos del breve momento de dolor que le había causado.

Lo cual era de lo más ridículo, dado que le iba a causar...

Silencié esos pensamientos, pues no estaba listo para enfrentarme a ellos. Aunque tendría que hacerlo, muy pronto.

Con dulzura pero deprisa, me ocupé de ella. Los dos guardamos silencio durante los momentos íntimos. Cuando terminé, me agaché y apreté los labios contra la zona que acababa de recorrer con el paño. Eso provocó una exclamación ahogada por parte de Poppy y un leve espasmo de deseo por parte de sus caderas. Sonreí ante la respuesta de la que dudaba que ella fuese consciente siquiera, me acerqué al fuego y tiré el paño dentro. Las llamas crepitaron, escupiendo chispas por doquier. Cuando me giré, descubrí que Poppy había vuelto a tumbarse de lado y me observaba.

Casi podía sentir su mirada mientras caminaba de vuelta a ella.

—¿Sabes? —murmuré con voz juguetona, al tiempo que recogía la manta de pieles del pie de la cama—. Hay quien diría que la forma en que estás mirándome a mí y a mis *inmencionables* es inapropiada, pero ¿sabes lo que creo yo?

—Casi me da miedo preguntar —contestó, los ojos entornados.

Me estiré a su lado y tiré de la manta para taparnos hasta la cadera.

—La verdad es que me gusta que contemples mis inmencionables como si fuesen lo bastante buenos para comer.

—No los miro de esa manera.

—Oh, sí que lo hacías. —Empujé su almohada hacia atrás para meter mi brazo debajo de su cabeza—. No pasa nada. —Llevé mi boca hacia la suya—. Si en algún momento quieres saborearme, solo házmelo saber.

—Oh, por todos los dioses. —Poppy se rio y yo atrapé esa risa con mis labios.

—Y lo mismo digo para cualquier momento que quieras que yo… *te coma a ti*.

Sus manos se posaron en mi pecho.

—¿Por qué me da la sensación de que esa última parte es de lo más inapropiada?

—Porque desde luego que lo es.

—Eres tan…

—¿Maravillosamente perverso y abrumadoramente encantador?

Poppy se rio de nuevo y, maldita sea, de verdad que no hacía eso lo suficiente.

—Incorregible.

—Hubiese sugerido «incomparable» —dije. Me incliné hacia atrás mientras sus dedos danzaban por mi piel. Quería dejar que me tocase todo lo que quisiera, así que la observé mientras deslizaba dos dedos por mi esternón—. ¿Qué tal te encuentras?

Levantó los ojos hacia los míos.

—Bien. Mejor que bien…

—¿Algún dolor? —la interrumpí con suavidad.

—No. Para nada. —Arqueé una ceja. Los dedos de Poppy se detuvieron al tiempo que levantaba un hombro—. Solo un poco escocida, pero nada grave. Lo juro.

—Bien.

Me sonrió. Una sonrisa dulce y tierna que me hizo pensar que cualquier cosa era posible. Sus dedos se pararon justo debajo de uno de mis pectorales.

—¿Cómo… cómo te hiciste esta cicatriz?

Tuve que pensarlo un poco.

—Luchando. Creo que es probable que me confiase en exceso y casi me llevé una estocada en el corazón.

Poppy hizo una mueca, luego arrastró sus dedos hasta otra marca poco profunda en mi piel.

—¿Y esta?

—Lo mismo. —Levanté un mechón de su pelo y sonreí cuando el dorso de mi mano rozó su seno y Poppy contuvo la respiración—. Un Demonio me hizo la de al lado de esa. Igual que la de la derecha de mi ombligo.

—Tienes… tienes muchas. —Me miró con timidez entre sus pestañas—. Cicatrices.

—En efecto. —Enrosqué su pelo alrededor de mi dedo. Hacía falta algo grave para que a la piel de un atlantiano de la estirpe elemental le quedaran cicatrices. Lo mismo pasaba con los *wolven*. De hecho, solía ocurrir solo cuando uno estaba debilitado, o cuando le hacían algo para impedir que la piel se curase a sí misma tan deprisa como de costumbre—. La mayoría de ellas son de cuando era mucho más joven y temerario.

—¿Y eso cuándo fue? —Bostezó, pero siguió recorriendo mi estómago con sus dedos—. ¿Hace un puñado de años?

—Sí —confirmé, con una leve sonrisa—. Algo así.

—¿Cómo te las hiciste cuando eras más joven y temerario?

—Entrenando. Buscando pelea durante los entrenamientos con hombres más grandes y rápidos que yo, empeñado en demostrar mi valía —expliqué. Parte de eso era verdad. Los comandantes que entrenaban los ejércitos atlantianos eran famosos por erradicar tu ego nada más verte, pero ¿las otras cicatrices, las marcas de los Demonios? ¿La marca grabada a fuego? Esas se habían producido mientras me tenían cautivo—. El padre de un buen amigo ayudó a entrenarme… y a mi hermano. Los dos aprendimos bastante deprisa que no éramos tan hábiles como creíamos.

—El ego de los chicos… —comentó con una sonrisa.

—¿Tu hermano también tenía ese defecto?

—No. —Poppy se rio y yo le di un tironcito del pelo—. Ian nunca ha tenido ningún interés en aprender a manejar una espada. Está mucho más interesado en inventar cuentos.

—Hombre listo, entonces —murmuré. Poppy asintió.

—Ian odia la violencia de cualquier tipo, incluso en defensa propia. Cree que todos los conflictos pueden resolverse con conversaciones… cuanto más entretenidas, mejor. Él… —Me miró con disimulo otra vez—. No le gustaba que yo entrenase para pelear. Bueno, no le gustaba la idea de la violencia, pero sabía que era necesario para mí.

—Suena como que era un buen hermano.

—Lo es.

Es.

En presente.

Aunque lo más probable era que ya no lo fuese. Cualesquiera ideas antiviolencia que hubiese podido albergar Ian las habría perdido hacía mucho. En el momento en que Ascendió.

Eso pesaba mucho en mi mente mientras le contaba cómo me había hecho la cicatriz de la cintura, un tajo de dos o tres centímetros cortesía de los colmillos de un jabalí salvaje que mi hermano me había retado a intentar atrapar.

Poppy hacía esfuerzos por mantenerse despierta mientras hablábamos, y la forma en que no hacía más que parpadear era… era de lo más adorable. Al final, el sueño se apoderó de ella, aunque a mí me rehuyó. Me quedé ahí tumbado, el dedo aún con un mechón de su pelo enroscado.

Cuando despertase, tendría que decirle la verdad y lo que estaba por venir. Tendría que convencerla de que los Ascendidos eran monstruos. Así, podría prepararla para lo que encontraría en la capital cuando la intercambiase por Malik. Poppy era una luchadora. Sobreviviría hasta que llegase a ella de nuevo.

No puedo hacer esto.

Joder. La idea de entregarla a la Corona de Sangre me ponía enfermo. Podía pasarle cualquier cosa. Cualquiera. La necesitaban para algo. No había ninguna razón para que afirmasen que era una Elegida, ni para convencer a un reino entero de ese hecho, a menos que los beneficiase de algún modo. Pero aunque fuese verdad que solo planeaban Ascenderla… Me dio un vuelco al corazón. No podía dejar que eso ocurriese. No podía dejar que la convirtieran en una criatura fría y desalmada que ya no buscase aliviar el sufrimiento de los otros, sino que disfrutase de causar agonía.

Pero tenía que liberar a mi hermano, y la única manera de hacerlo era a través de Poppy.

La realidad de la situación pesaba como una jodida losa sobre mi pecho. Había tantas incógnitas… ¿Y si no lograba volver por ella a tiempo? ¿Y si Poppy no me creía? ¿Y si elegía quedarse con los Ascendidos? ¿Y por qué no habría de hacerlo? Su amado hermano era uno de ellos. La reina a la que conocía era como una madre para ella. Y sí, Poppy entendía que algunos de ellos eran capaces de ser malvados, pero también sabría que le había estado mintiendo desde el principio.

Le diría que los Ascendidos la estaban utilizando para respaldar su afirmación de haber sido Bendecidos por los dioses y que podían hacerle daño, pero yo también la había utilizado. Todavía la estaba utilizando.

Y *seguro* que le haría daño con la verdad.

Observé a Poppy dormir, muy consciente de que en el momento en que descubriese la verdad, ya no habría más de *esto*. No habría más de solo… solo *vivir*. No habría más paz. Yo me convertiría en la figura que le habían enseñado a temer desde niña. Me odiaría. Y me lo merecía, pero Poppy debía recordar que lo que habíamos compartido era real. No había sido una mentira. Debía hacerlo.

Pasase lo que pasase, tenía que encontrar una manera de sacar a Poppy de esta.

Maldita sea, tenía que haber otra forma de hacerlo. Una que funcionase para liberar a mi hermano, que evitase una futura guerra, y que también garantizase la seguridad de Poppy, aunque nunca dejase de creer en los Ascendidos. Porque no era como si pudiese dejarla pasear libre, ni siquiera aquí, no con aquellos que creían que ella simbolizaba de manera voluntaria a la Corona que tanto les había arrebatado. En Spessa's End, asentado al pie de las Skotos, había personas en las que confiaba y con las que podría dejar a Poppy. Allí podría vivir una vida feliz y plena. Sin embargo, no podía poner en peligro todo por lo que tanto habíamos trabajado. Y eso ocurriría si al final Poppy nos traicionase y volviese corriendo con los Ascendidos a la primera oportunidad que tuviese.

Dejé los bucles sobre su brazo mientras mi mente hacía lo que siempre hacía en lo más profundo de la noche. Solo que esta vez no estaba repasando viejos recuerdos; estaba dando vueltas a toda velocidad para encontrar una solución.

Aunque ya conocía la respuesta, ¿verdad?

Cerré los ojos y maldije en voz baja. Esa era la única opción… a menos que incumpliésemos el trato justo después de hacer el intercambio y no permitiésemos que la Corona llegase lejos con ella. Pero tendríamos que ser *nosotros* los que incumpliésemos el trato. No solo yo. Era lo bastante sincero conmigo mismo para reconocer que necesitaría no solo a los que podían luchar aquí, sino también a otros.

Y era lo bastante listo como para darme cuenta de que ese acto, por sí solo, podría provocar la guerra que pretendía evitar.

TODO HABÍA TERMINADO

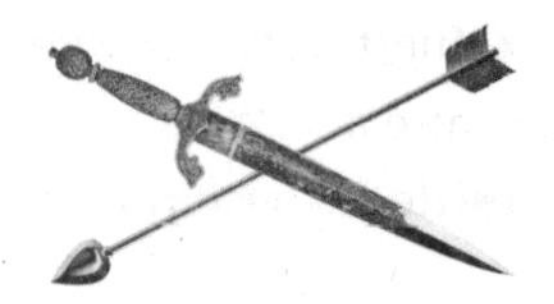

Un rato después, desperté para encontrarme enredado con Poppy. Ella todavía usaba mi brazo de almohada, pero se había girado mientras dormía, de modo que su espalda estaba contra mi pecho. Mi otro brazo ya se había enroscado alrededor de su cintura y una de mis piernas estaba metida entre las suyas.

Me quedé ahí tumbado en el silencio de la habitación, aún iluminada por la lámpara de gas. El fuego brillaba mortecino, pero el lugar estaba caliente. No podía haber dormido demasiado rato y no tenía ni idea de qué me había despertado. Jamás había dormido tan cerca de nadie antes. Solía querer mi propio espacio, pero esto me resultaba cómodo. Más que eso. Más que agradable. Podría dormir así, con su cuerpo apretado contra el mío, durante una eternidad.

Oí que llamaban a la puerta con suavidad. Fruncí el ceño y levanté la cabeza. Teníamos que estar aún a mitad de la noche, así que dudaba que quien estuviese a la puerta trajese buenas noticias. ¿Podía limitarme a fingir que no lo había oído?

No. No podía.

Me tragué una maldición. Bajé la vista hacia Poppy, reacio a separarme de ella, aunque tampoco quería que las llamadas constantes la despertasen, así que saqué la pierna de entre las dos suyas mientras deslizaba una mano por su brazo y por encima de la piel suave de su cintura. Agarré la manta y la arropé hasta los hombros. Saqué también el brazo de debajo de ella y deposité su cabeza sobre la almohada al tiempo que me levantaba. Me pasé una mano por el pelo, eché un vistazo rápido al suelo hasta encontrar mis pantalones. Me los puse deprisa y fui hacia la puerta antes de que volvieran a llamar.

Al otro lado, encontré a Magda.

—Tres cosas. Dos de los invitados ya no serán un problema.

Se refería a los guardias.

—¿Y los otros?

—Estamos en ello —repuso en voz baja—. La segunda cosa es que Elijah necesita verte. —Levantó el fardo que llevaba en la mano, con una expresión insulsa—. Y tercero, tengo la ropa de la *Doncella*.

Acepté el fardo de ropa para Poppy.

—¿Elijah no puede esperar?

—No. —Magda ladeó la cabeza en un intento por ver algo dentro de la habitación. Me moví un poco para bloquearle la vista—. Ha recibido noticias de casa.

Eso fue suficiente para ponerme tenso.

—Saldré enseguida.

Magda asintió, aún empeñada en ver el interior, una mirada de preocupación en la cara.

Cerré la puerta, antes de dejar el fardo de ropa limpia en la silla. Noticias de casa. Era probable que no augurase nada bueno. Me giré.

Poppy estaba despierta. En silencio, me acerqué a su lado y me incliné sobre ella para retirar ese mismo mechón de pelo que siempre encontraba el camino hasta su cara. Lo remetí detrás de su oreja.

—Hola —susurró Poppy. Cerró los ojos y apretó la mejilla contra la palma de mi mano—. ¿Ya es hora de levantarse?

—No.

—¿Va todo bien?

—Sí, no te preocupes. Solo tengo que ir a encargarme de un asunto —respondí. Deslicé el pulgar por su mejilla, justo por debajo de la cicatriz—. No tienes que levantarte aún.

—¿Estás seguro?

Sonreí al ver su bostezo soñoliento.

—Sí, princesa. Duerme. —La arropé con la manta una vez más—. Volveré en cuanto pueda.

Poppy se había vuelto a dormir antes de que terminase de ponerme el jersey y las botas siquiera. Fui hacia la puerta de nuevo, pero me detuve. Tenía ganas de mirarla, de asegurarme de que estuviera cómoda, pero me reprimí. Si lo hacía, era probable que pensase *que le den a todo esto* y volviese a la cama con ella.

Salí de la habitación en silencio. No me gustaba la idea de dejarla sola, aunque Kieran estaba a solo dos puertas de distancia y oiría cualquier ruido preocupante.

Sin molestarme en usar las escaleras, puse una mano en la barandilla y salté por encima de ella. El frío aire nocturno y unos remolinos de nieve subieron a mi encuentro para engullirme. Aterricé en cuclillas, luego me levanté. Mis botas barrían a través de la nieve mientras cruzaba bajo el tejado del pasillo del primer piso y entraba por una puerta lateral. La fortaleza estaba silenciosa mientras recorría el camino de vuelta al estudio.

Elijah estaba ahí, detrás del escritorio otra vez. Delano estaba con él. Había bastantes posibilidades de que ninguno de los dos se hubiese marchado, aunque se había unido a ellos otra figura. Un hombre rubio que trabajaba con Alastir. Me invadió una sensación de irritación cuando se giró hacia mí y me dedicó una reverencia rígida. Delano arqueó las cejas en mi dirección, al tiempo que bebía un sorbo del mismo vaso de whisky que debía de llevar horas sujetando.

—Orion —saludé al atlantiano, antes de estrecharle la mano—. Hacía tiempo que no te veía.

—Así es. —Orion esbozó una sonrisa de labios apretados—. Hace bastante tiempo que no pasas por la capital.

—En efecto. —Crucé los brazos—. No esperaba verte por estos lares.

—Preferiría arrancarme el corazón que estar aquí, pero me han enviado con una carta de la máxima importancia. —Orion metió la mano en su capa y sacó un pedazo de pergamino doblado.

Lo agarré y le di la vuelta para examinarlo mientras Elijah le preguntaba a Orion por su viaje. El sello dorado con el escudo atlantiano (el sol con una espada y una flecha) me hizo sentir algo… ¿Nostalgia por mi hogar? Quizá. En cualquier caso, la tenue línea que cortaba por el centro del sello me indicó que lo habían roto y luego habían vuelto a fundir la cera.

Con una sonrisa tensa, levanté la vista hacia Orion antes de romper el sello. Él me devolvió la sonrisa mientras contestaba a la pregunta de Elijah. Ni una sola parte de mí se sorprendía de que la hubiese leído. Después de todo, él era leal a la Corona y a Alastir, y querría saber qué tenía que decirle Emil al príncipe de Atlantia.

Desdoblé el pergamino y el músculo de mi mandíbula empezó a palpitar en el mismo momento en que leí la primera línea. Le eché al resto un rápido vistazo. La carta estaba escrita de un modo que la mayoría de las personas no entenderían. El astuto Emil la había cifrado, pero para mí el mensaje estaba claro. Había hecho todo lo posible por interferir con las noticias recibidas por Alastir, pero de algún modo, la información acerca de mi paradero había conseguido llegar a oídos del consejero de todas formas.

Lo cual significaba que mi padre, el rey, también sabía lo que yo estaba haciendo. Que pretendía capturar a la Doncella.

No me sorprendía demasiado que esa información hubiese acabado por llegarle a Alastir. Sin embargo, lo que no esperaba leer era la última parte.

Mi padre, el rey, venía de camino a New Haven.

Por todos los dioses.

—Me alegro de que consiguieses llegar aquí antes de la tormenta —comentó Delano—. Pero estoy confuso.

Levanté la vista y mis ojos saltaron de Delano a Orion. Este último levantó una ceja.

—¿Sobre qué estás confuso?

—Bueno, tal vez «confuso» no sea la palabra adecuada —caviló Delano. Dejó su vaso sobre la mesa—. Supongo que «asombrado» sería mejor opción. Estoy asombrado de que hayas aparecido con una misiva para el príncipe el mismo día que él ha llegado a New Haven.

Doblé la carta despacio.

—A mí también me asombra —comentó Elijah, los pies sobre el escritorio y una sonrisa enorme en su cara barbuda—. Menuda sincronización más perfecta.

—Sí que lo ha sido —declaró Orion con voz inexpresiva. Nada en su tono sugería engaño, pero el extremo de su ojo derecho tenía como un tic—. Supongo que he tenido suerte.

—Supongo que sí. —Delano sonrió y sus ojos azules se avivaron—. Oh, espera. Hay algo sobre lo que tanto Elijah como yo estamos confusos. Llegaste poco después que el príncipe.

—¿Y aun así has esperado hasta ahora para verme? —pregunté.

—Cabalgué durante mucho tiempo a un ritmo fuerte, alteza. —Orion levantó la barbilla—. Tenía hambre y necesitaba un poco de tiempo para ordenar mis pensamientos.

—Bueno, todos necesitamos momentos para ordenar nuestros pensamientos. —Sonreí—. ¿Cuándo partió mi padre hacia New Haven?

Los ojos de Elijah volaron hacia mí y la sonrisa se borró de su cara.

—¿Perdón? —Orion frunció el ceño.

—No vamos a fingir que no has leído esta carta y luego has intentado ocultar ese hecho. —Tiré la carta sobre la mesa.

Los hombros de Orion se tensaron. Pasó un momento.

—Es mi deber mantener informado a Alastir, y por tanto también al rey y a la reina...

—Sí. Sí. Lo sé. Solo estabas haciendo tu trabajo. Ahora, hazlo otra vez —continué—. ¿Cuándo partió mi padre?

—Supongo que poco después de que Alastir me enviase. Lo más probable es que llegue dentro de un día o dos, según la trayectoria que tome esta tormenta —nos informó Orion—. Debo reunirme con él en Berkton.

Disimulé mi sorpresa. Berkton estaba como a medio día a caballo de aquí si forzabas la marcha. Un pueblo largo tiempo olvidado, justo en el límite del bosque del clan de los Huesos Muertos. Hacía mucho que no existía Adarve ahí. Todas las casas habían quedado reducidas a escombros, pero la fortaleza todavía estaba en pie y se utilizaba a menudo como escondite. Uno adecuado para el rey y el consejero de la Corona; porque si venía mi padre, también vendría Alastir.

Malditos fueran los dioses, este era un desarrollo de los acontecimientos muy problemático. Uno con el que tendría que lidiar pronto.

Miré a Orion. No conocía bien al hombre, pero sí conocía a Alastir. Era como un segundo padre para mí. La única razón por la que había permitido que Orion me entregase la misiva de Emil era porque le aportaba a él información adicional. A Alastir siempre le gustaba saber más de lo que le decían. Había enviado a Orion a husmear, razón por la cual se iba a reunir con ellos en Berkton, en lugar de esperarlos aquí, donde los aguardaban unas instalaciones mucho más cómodas.

—Oh, no —murmuró Delano—. Ya se le ha puesto esa cara.

Orion frunció el ceño al mirar de reojo al *wolven* de pelo rubio.

—Sip. — Elijah asintió—. Sí que la tiene. —Delano se inclinó hacia delante.

—¿Sabes lo que significa esa cara? —señaló con la barbilla en mi dirección.

No perdí mi sonrisa tensa.

El atlantiano negó con la cabeza mientras me miraba de arriba abajo.

—No, no lo sé.

—La he visto más de cien veces —continuó Delano—. ¿Esa sonrisa que ves? Es siempre una advertencia. —La inspiración de Orion fue rápida y sus ojos saltaron de uno a otro—. Suele aparecer justo después de haber derramado un montón de sangre —terminó Delano.

—Un montón —confirmó Elijah.

—Dicen la verdad. —Mi sonrisa se amplió y las puntas de mis colmillos asomaron por detrás de los labios—. Voy a dejarte algo muy claro, Orion. Sé que sirves a Alastir, y por tanto a la Corona, y debes de ser un hombre de una lealtad tremenda para viajar tú solo a tierras infestadas por los *vamprys*.

—Soy muy leal. —Su barbilla se levantó un pelín.

—Sí, pero esa es la cosa. Tu lealtad hacia Alastir o hacia mi padre no me importa lo más mínimo. Porque ¿aquí? —Desplegué mis brazos a mi alrededor—. No soy el hijo de mi padre, no soy tu príncipe. Soy solo un hombre al que no hay que joder, así que te voy a preguntar esto una sola vez. ¿Qué planeas decirle al rey cuando te reúnas con ellos?

Los labios de Orion se apretaron cuando fijó sus ojos color ámbar en mí.

—Les diré que los rumores son ciertos. Que has capturado a la Doncella y que está aquí contigo.

—Supongo que eso hará muy feliz a mi padre —murmuré—. Supongo que ya tiene planes para ella.

—Así es —confirmó Orion, más relajado ahora. Ladeé la cabeza.

—¿Y cuáles son esos planes?

—No conozco los detalles —objetó.

—Pero estoy seguro de que Alastir sí —lo contradije—. Lo cual significa que tú también. ¿Cuáles son sus planes? —Hice una pausa—. Eso *sí* que te lo pregunto como tu príncipe.

La risa de Orion fue tan frágil como el hielo.

—Es interesante cómo utilizas tu título solo cuando te conviene.

Sonreí con suficiencia.

—Lo es, ¿verdad?

—Deberías estar en casa, Casteel. —Orion dio un paso hacia mí. Por encima de su hombro, vi que Elijah fruncía los labios—. Tu padre y tu madre ten necesitan ahí. Alastir te necesita. El reino te necesita.

—¿Qué supones que estoy haciendo aquí, Orion? —pregunté.

—Sé lo que crees que estás haciendo. Como también lo saben tus padres y Alastir, pero si quieres salvar a tu gente, tendrás que hacerlo desde casa, adonde perteneces —imploró, sacudiendo la cabeza—. La corona debió pasar a ti hace años.

—La corona le pertenece a mi hermano —lo interrumpí—. El príncipe Malik es el heredero.

—El príncipe Malik está…

—Yo que tú no terminaría esa frase —lo advirtió Delano.

Orion cerró la boca de golpe y yo me forcé a contener mi creciente ira.

—Todavía no has respondido a mi pregunta.

Orion apartó su capa a un lado de malos modos, antes de plantarse una mano en la cintura.

—Planea enviar un mensaje a la Corona de Sangre.

Todo en mí se ralentizó, excepto la ira… Notaba su sabor amargo y caliente.

—¿Y ese mensaje es…?

—La Doncella —repuso—. Se la devolverá. Es decir, su cabeza. Después, nuestros ejércitos…

Ahí perdí la paciencia. Mi puño atravesó el pecho de Orion. Los huesos y los cartílagos crujieron antes de ceder.

—Auch —murmuró Delano.

La sangre caliente brotó de golpe y Orion abrió mucho los ojos. Se quedó boquiabierto cuando mi puño partió sus costillas. Sufrió un espasmo cuando mis dedos se hundieron en su corazón.

Con una sonrisa, tiré hacia atrás.

—Tal vez le envíe esto a mi padre en lugar de a ti.

Despacio, Orion bajó la barbilla para contemplar el enorme boquete abierto en su pecho.

Una respiración muda y sanguinolenta escapó por su boca antes de caer de rodillas y desplomarse de bruces.

—Pero no lo haré. —Di media vuelta y tiré el corazón del atlantiano al fuego. Las llamas crepitaron y se avivaron, escupiendo chispas en todas direcciones—. Tengo más clase que eso.

El labio de Delano se enroscó mientras contemplaba la chimenea.

—Eso ha sido bastante asqueroso.

—Bueno —dijo Elijah, arrastrando la palabra, al tiempo que levantaba su vaso y se apuraba el contenido—. No esperaba oír que nuestro rey está viniendo para acá. —Entonces se inclinó hacia el lado, deslizó una gruesa mano por el escritorio, agarró el vaso de Delano y se apuró también lo que quedaba en él—. Tampoco esperaba ver el corazón de un hombre esta noche.

—Pero aquí estamos. —Me arrodillé a fin de utilizar la capa de Orion para limpiar la sangre y demás restos de mi mano. No sirvió de mucho. Me levanté—. Por desgracia, nuestro leal correo habrá encontrado una muerte prematura durante su viaje de regreso a Berkton.

—Comprendido —repuso Elijah mientras Delano resoplaba con desdén. El *wolven* se levantó y fue hacia el aparador. La silla detrás del escritorio crujió cuando el medio atlantiano se echó hacia atrás otra vez—. ¿De verdad está el rey en Solis?

—Eso parece. —Las llamas se apaciguaron.

—¿Y crees que eso es lo que planea tu padre de verdad? —prosiguió Elijah—. Quiero decir, es brutal. Aún más brutal que eso. —Hizo un gesto con la barbilla hacia el cuerpo desplomado de Orion mientras Delano levantaba la jarra de agua—. Era un bastardo engreído, como demasiados de vuestros elementales. Sin ofender.

—No me ofendo —dije con una carcajada seca.

—¿Pero cortarle la cabeza a la Doncella? —Emitió un silbido grave—. Es solo una chica.

Solo una chica.

Poppy no era *solo* nada.

—Mi padre no es un hombre cruel —declaré, justo cuando Delano llegaba a mi lado con una toalla mojada—. Gracias —murmuré, y la tomé para limpiarme la mano. La ironía de que yo hubiese hecho algo parecido más temprano esta noche era… bueno, era algo—. ¿Hace años? ¿Antes de todo? No se lo hubiese ni planteado. —En especial si hubiese pasado algo de tiempo con Poppy y hubiese visto que ella no había elegido esa vida en absoluto—. Pero ¿después de lo que me hicieron a mí? ¿A Malik? ¿Y a todos los que ha capturado la Corona de Sangre? —Froté la sangre de mi mano—. Es capaz de cualquier cosa.

Delano recuperó su asiento.

—¿Y tú qué vas a hacer con ella, Cas?

Tiré otra toalla manchada al fuego y me reí, aunque sonó igual que las llamas chisporroteantes y crepitantes.

—No planeo hacer eso, desde luego.

—No fastidies —se burló Elijah—. Había dado por sentado que mantener su cabeza sobre sus hombros entraba dentro de la advertencia de «nadie la toca ni le hace daño» que nos diste antes. —Sonrió con ironía en dirección al cuerpo de Orion—. Supongo que él estaba demasiado ocupado ordenando sus pensamientos como para oírlo.

—¿Sabías que estaba aquí? —Pasé por encima de las piernas de Orion para acercarme al aparador. De repente, sentí una leve punzada de malestar en un lado de mi estómago, pero desapareció tan deprisa como había aparecido.

—Sabía que estaba aquí, pero no sabía *quién* era. Solo que era atlantiano —apunto Elijah—. ¿Vas a ir a Berkton?

Quité el corcho del whisky y bebí un trago. El licor era suave.

—Debo hacerlo. —Bebí otro trago y esperé a que esa sensación fugaz volviera. No lo hizo—. ¿En qué condiciones está la fortaleza de Berkton?

—La mantenemos en pie y bien abastecida —repuso Elijah.

—Bien. —Tendrían que hacer uso de los víveres y suministros que hubiese ahí, porque no podía permitir que mi padre viniese aquí. Todavía no—. Me marcharé por la mañana. Llegaré ahí por la tarde y luego regresaré.

—Tendrás que cabalgar rápido para dejar atrás esta tormenta. Ahora mismo no parece gran cosa, y habrá franjas más débiles, pero una vez que se ponga en marcha, será una gorda —dijo Delano, al tiempo que apoyaba los codos en las rodillas.

—Jodidos *wolven*. —Elijah se rio, lo cual hizo temblar la mesa entera—. Son como tus hombres del tiempo personales.

Delano hizo caso omiso de su comentario.

—Viene del este, así que si pasas solo una hora más de lo debido en Berkton, te quedarás ahí atascado o entre medias.

—No lo haré.

—Iré contigo —decidió Delano.

—No. Te quiero aquí. —Devolví el corcho a la botella de whisky—. Para protegerla.

—El mensaje ha sido enviado y recibido por todos los presentes en la Fortaleza de Haven —me aseguró Elijah, con una mirada significativa al suelo—. Nadie aquí sería tan tonto como para enfrentarse a ti en esto.

—Prefiero no correr ese riesgo. —Me pasé los dedos por el pelo—. Por cierto, se llama Penellaphe. Sería mejor llamarla así, en lugar de la Doncella.

—Sí. —Elijah asintió con una risita suave—. Lo sería. —Retiró los pies de la mesa—. Magda dijo que era agradable, pero un poco nerviosa.

—Es… —Giré la cabeza al oír unas fuertes pisadas—. ¿Qué diablos pasa ahora?

La puerta se abrió de par en par y Naill irrumpió en el estudio.

—Tenemos un problema.

Arqueé una ceja en dirección a la ballesta que sujetaba en la mano.

—¿Qué tipo de problema?

—Los guardias restantes están tratando de huir con tu Doncella —repuso Naill, al tiempo que fruncía el ceño en dirección al cuerpo tirado en el suelo.

—¿Qué diablos? —escupí, y me puse en marcha al instante—. ¿Dónde están? —pregunté, de camino a la puerta.

—En los establos —contestó Naill. Delano y Elijah se pusieron en pie, y sus largas piernas me alcanzaron enseguida para echar a andar a mi lado por el pasillo—. Cas, tenemos un problema más gordo que solo los guardias intentando huir con ella —añadió Naill—. Vieron a Kieran. —Sus brillantes ojos dorados se cruzaron con los míos—. En su forma de *wolven*.

—Mierda —masculló Delano.

—Por lo que he deducido a partir de lo que vi, Phillips trató de llevársela. Ella se resistió y Kieran intervino. Estaba herido… pero está bien —añadió Naill a toda velocidad. Esa sensación extraña que había notado antes…—. Pero se transformó —continuó Naill—. Está en las cuadras. Ellos han atrancado la puerta desde dentro.

Ellos.

Poppy.

Por un momento, me quedé petrificado donde estaba, en medio del pasillo de la fortaleza. No podía moverme. Algo similar al *terror* explotó en mi interior. Podría habérselo dicho. Debería habérselo dicho. Eso hubiese evitado que lo descubriera de este modo, pero ya era demasiado tarde. Todo había terminado. Toda esta historia con Poppy. La cercanía. Su calor. La capacidad para estar en el presente y no en el pasado, tampoco en el futuro. La paz que había encontrado con ella. Lo supe de inmediato. Todo había terminado. Entonces me moví, tambaleándome hacia atrás bajo el peso del dolor. Sentía como si una mano me hubiese atravesado el pecho y me hubiese arrancado el corazón. Bajé la vista, igual que había hecho Orion, pero no había ningún boquete enorme. Aun así, sentí una agonía absoluta.

—Kieran no podía controlarlo si estaba herido —aportó Delano, y yo lo miré medio embobado. Él miraba mis puños cerrados, su tono cargado de preocupación—. Eso activa nuestro instinto.

Ya lo sabía.

—No le habías dicho nada a ella, ¿verdad? —preguntó Elijah.

Por fin, encontré mi jodida voz.

—No. No había… no había tenido ocasión de hacerlo.

—Vale, entonces, ¿cuál es el plan de juego? —Los ojos de Elijah estaban entornados y alerta. Vigilantes y *sabedores*—. ¿Los dejamos huir? ¿Los sacamos de ahí? Podemos hacer que Kieran mantenga un perfil bajo durante un tiempo, hacer como que no teníamos ni idea de lo que era. Eso te daría tiempo de lidiar con tu…

—No. —No tenía ningún sentido hacer eso. Todo había terminado—. No se llevarán a la Doncella. Ella se queda aquí.

Bloqueé mis sentimientos como había hecho debajo del sauce. Lo bloqueé todo. El dolor. La culpa. El terror de que ella pudiese olvidar que lo que habíamos compartido no era una mentira. Que era real. Tenía que recuperar la compostura.

Apenas habría tiempo para las explicaciones, no digamos ya para una mentira enrevesada para apaciguar a Poppy de manera temporal. Guardé esas emociones detrás de un muro tan grueso que ni siquiera podía sentirlas. El hielo llenó mi pecho y mis entrañas, y no sentí nada cuando tomé la ballesta de manos de Naill. No duraría mucho, pero por el momento...

Yo no era nada.

—Delano, ve por la parte de atrás de los establos. —Miré de reojo a Naill—. Ve con él.

Ambos asintieron.

—No podrán sacar a los animales por las puertas de atrás —me informó Elijah—. Si planean huir, tendrán que hacerlo a caballo.

—Si alguno de ellos ha descubierto de verdad quiénes somos, irán a pie —lo contradije, luego me giré hacia Naill y Delano—. Eliminad a los guardias, pero a ella no la toquéis.

—Entendido —repuso Delano.

Di media vuelta y salí como un depredador de la fortaleza al suelo congelado en el exterior. La nieve había cesado. La noche estaba tranquila y silenciosa. Excepto por el crujido de la madera procedente de los establos. Apreté la mandíbula.

—Espera —me dijo Elijah. Seguí caminando.

Los establos se alzaron ante mí, las ventanas iluminadas por la luz amarillenta de unos farolillos. A la entrada, había un gran *wolven* de pelaje pardo que arañaba la puerta y rascaba el suelo de la entrada.

—Maldita sea. —Elijah me agarró del brazo—. Dame un segundo. —Me paré en seco. Bajé la vista hacia donde su mano se había cerrado en torno a mi brazo. Despacio, levanté la vista hacia su cara—. Vale, ya lo sé. Acabo de ver cómo le arrancabas de cuajo el corazón a un hombre. Probablemente no debería estarte agarrando, pero tienes que escucharme —insistió Elijah—. No sé qué diablos está pasando entre esa chica y tú, pero sé que no es «nada». Ni te molestes en decirme que lo es. No soy tonto.

Apreté aún más la mandíbula, pero él siguió hablando.

—Y ahora mismo, no me importa. Lo que sí me importa eres tú, y por lo que has estado trabajando todos estos años. No solo por tu hermano. Lo que has iniciado aquí y en Spessa's End. Ha estado funcionando porque estos hombres y mujeres te son leales. Creen en ti —dijo, su rostro a apenas unos centímetros del mío—. Y esté bien o esté mal, verán a la Doncella solo por lo que creen que es: un símbolo de aquello que tanto les ha arrebatado.

Me sostuvo la mirada impertérrito, antes de continuar.

—Y aunque obedecerán tus órdenes, más que unas pocas cejas se arquearon cuando se enteraron de lo que le habías hecho a Jericho. Y más que unas cuantas lenguas se pusieron en movimiento cuando llegasteis, comentando cómo estabas actuando con ella. Esta fortaleza es grande, pero no tan grande como para que no sepan dónde has pasado varias horas esta noche.

Por todos los dioses. Pero aún no había terminado.

—Y apuesto a que eso era lo que le estaban contando a Orion antes de que decidiera arrastrar su culo hasta mi estudio —conjeturó. Justo entonces, una ráfaga de viento levantó la nieve del suelo y la revolvió a nuestro alrededor—. Si entras ahí y la tratas como cualquier otra cosa que lo que se supone que es… Con tu padre de camino hacia aquí… Pidiendo a gritos su cabeza… —Por encima de su voz, oí a Kieran embestir contra la madera—. La gente de este lugar estaría dispuesta a enfrentarse incluso a su rey por ti, pero si creen que tienes algún tipo de lío con la maldita Doncella, corres el riesgo de perder su apoyo. Y no quieres eso.

Elijah tenía toda la razón del mundo. Mi padre venía hacia acá. Quería la cabeza de Poppy, y era el rey. Sus órdenes eran superiores en rango a las mías, excepto aquí. En Solis, la gente me era leal a mí. Era la única razón de que yo estuviese donde estaba en estos momentos. Pero ¿si perdía su apoyo?

Poppy perdería su vida.

Ese pánico y ese dolor amenazaron con volver a mí, pero no se lo permití. Haría cualquier cosa por asegurarme de que eso no ocurriera. Cualquier cosa. Aunque eso significase convertirme en lo que ella más odiaba.

En el Señor Oscuro.

—Lo sé —le dije.

Elijah asintió y soltó mi brazo. Di media vuelta y doblé la esquina de la fortaleza.

Kieran retrocedió de las puertas de las cuadras. Su cabeza voló en mi dirección. Emitió un gruñido grave y furioso.

—No ocurre nada. —Deslicé mi mano izquierda por su lomo al pasar por su lado. La furia que sentí al oler la sangre y al ver el pelaje apelmazado en su pata y su cintura rompió a través del hielo que cubría mis entrañas.

Dejé paso a esa ira mientras me acercaba a las puertas de los establos. No reprimí mi fuerza en absoluto cuando me incliné hacia atrás y le di una patada al centro de la puerta. La madera se astilló antes de ceder. Las puertas se abrieron de par en par y todo lo que me permití sentir fue ira, al tiempo que registraba deprisa la escena que se desarrollaba ante mis ojos.

Vi a los guardias. Los caballos encabritados. Al jodido Jericho. Y a Poppy. La vi, tan valiente y atrevida como siempre, la daga de heliotropo en la mano.

—¡Hawke! —exclamó Poppy, el alivio evidente en su voz, pero no me permití sentir ni una maldita cosa. Vino hacia mí—. Gracias a los dioses que estás bien.

Phillips se abalanzó hacia ella y la agarró del brazo.

—Aléjate de él.

Mis ojos volaron hacia él, hacia la mano cerrada sobre el brazo de Poppy, pero ella se soltó de un tirón. Luego se volvió hacia Jericho.

—¡Mátalo! —gritó—. Él fue quien… —Abrió los ojos como platos. Acababa de ver a Kieran entrar y acercarse por mi espalda—. ¡Hawke, detrás de ti!

Phillips la agarró de nuevo, esta vez por la cintura.

—No te preocupes —la tranquilicé. Luego levanté la ballesta y apreté el gatillo.

El virote dio en el blanco. Phillips salió volando hacia atrás con tal fuerza que el guardia quedó clavado al poste que tenían detrás, mientras Poppy caía hacia delante de rodillas.

Bajé la ballesta, pero Poppy aún miraba hacia donde estaba Jericho, y el bastardo de pelo desgreñado estaba sonriendo. Entonces Poppy vio la espada de Phillips tirada entre la paja. Me di cuenta del momento exacto en que se percató de la sangre que goteaba sobre ella… el momento en que vio a Phillips. Se sobresaltó.

Luddie, el otro guardia, gritó mientras levantaba la espada y se lanzaba a la carga.

—Con mi espada y mi…

Delano disparó un virote tras salir de las sombras de las cuadras. El proyectil impactó en la espalda de Luddie y lo derribó al suelo cubierto de paja.

El último guardia trató de huir. No recordaba su nombre.

Kieran fue más rápido. Saltó por los aires para aterrizar sobre el mortal. Sus garras se clavaron en su espalda al tiempo que cerraba sus poderosas fauces en torno al cuello del cazador para rompérselo.

Se hizo el silencio.

Aunque no duró demasiado.

Jericho se adelantó, una sonrisilla de suficiencia plantada en la cara cuando bajó la vista hacia Poppy.

—Me alegro tanto de estar aquí para ser testigo de este momento.

—Cállate, Jericho —mascullé, y otra ráfaga de viento azotó mi espalda.

Poppy levantó la cabeza, me miró a los ojos. Su trenza había caído por encima de uno de sus hombros, y el mismo mechón de siempre rondaba por su cara, como de costumbre. Me di cuenta de que no llevaba su capa. ¿Phillips había planeado llevarla ahí afuera, con este clima, sin ningún tipo de protección? Hubiese muerto congelada o hubiese enfermado. No sentí ni un ápice de culpa por haber matado al muy imbécil.

—¿Hawke? —susurró Poppy, y su mano libre se cerró en torno a la paja húmeda.

No sentí nada.

Poppy retrocedió, su pecho se hinchó de pronto.

Yo no era nada.

—Por favor, dime que puedo matarla —dijo Jericho—. Sé exactamente qué pedazos quiero cortar y enviar de vuelta.

—Tócala y perderás más que la mano esta vez —lo advertí, sin apartar los ojos de Poppy en ningún momento—. La necesitamos viva.

Una respiración rota

—Eres un aguafiestas —musitó Jericho. Poppy seguía mirándome desde el suelo—. ¿Te lo había dicho alguna vez?

—Una vez o una docena —le dije. Poppy se encogió un poco.

Se *encogió* debido a mí. No podía permitirme procesar eso. Tampoco podía permitirme ver lo que había hecho en sus ojos. Ya sabía lo que había ahí. Incredulidad. Una repentina comprensión. Horror. Dolor. Traición…

Aparté la vista. Mis ojos se deslizaron por la paja y los cuerpos ensangrentados.

—Habrá que limpiar todo este lío.

Kieran sacudió la cabeza, luego se levantó. El sonido de sus huesos al acortarse y volver con un crujido a su sitio duró solo unos segundos. Enseguida estuvo otra vez a mi lado en su forma mortal. Busqué señales de su herida, pero vi solo una tenue marca en su costado. Arqueé una ceja en dirección a los pantalones rotos. Por lo general, no hacía ningún intento por asegurarse de que su ropa sobreviviese a la transición. Supuse que lo había hecho por ella. Apreté la mandíbula una vez más.

—Este no es el único lío que hay que limpiar —dijo Kieran, al tiempo que estiraba los músculos del cuello.

Sabía que no se refería a ella. Se refería a mí. A este lío que yo había creado; uno que empezaba a tener público. La gente estaba llenando las sombras del establo y las de detrás de mí, atraída por el tumulto.

Miré a Poppy, que se había sentado, el pecho todavía agitado, con unas respiraciones demasiado rápidas, demasiado superficiales.

—Tú y yo tenemos que hablar.

—¿Hablar? —Poppy se rio, pero me recordó al crepitar de unas llamas.

—Estoy seguro de que tienes muchas preguntas —dije con tono más suave, aunque vi cómo apretaba la mano en torno a su daga.

Se encogió de nuevo.

Yo inspiré con brusquedad por la nariz.

—¿Dónde...? —intentó Poppy otra vez—. ¿Dónde están los otros dos guardias?

—Muertos —admití, sin quitarle el ojo de encima—. Ha sido una necesidad desafortunada.

Poppy se quedó callada. Yo mantuve el ojo puesto en esa daga. Necesitaba sacarla de ahí antes de que hiciese algo que provocase una reacción de los otros, así que di un paso hacia ella.

—No. —Poppy se levantó de un salto—. Dime qué está pasando aquí.

Me detuve y forcé a mi voz a mantenerse aún más calmada.

—Sabes bien lo que está pasando aquí.

Poppy abrió la boca. Sus ojos saltaron hacia donde Elijah estaba al lado de Magda, ambos detrás de mí. Sonaron unas pisadas suaves y supe que al menos Magda se había marchado. Tenía buen corazón y alma. No quería ver esto.

—Phillips tenía razón —dijo Poppy, la voz temblorosa.

—¿Ah, sí? —Le entregué la ballesta a Naill cuando se acercó por mi espalda.

—Sí, creo que Phillips había empezado a deducir cosas —contestó Kieran. Se miró el estómago; las tenues marcas rosas ya habían desaparecido—. Salía con ella de su habitación cuando fui a comprobar cómo estaba. Aunque ella no parecía creer lo que fuese que él le hubiera dicho.

Lo vi otra vez en la cara de Poppy: otro momento de comprensión. La manera en que palideció su cara, cómo hizo que sus cicatrices destacaran aún más. Cómo su pecho se hinchó de repente. El escalofrío que la recorrió.

Apreté los labios al sentir que el muro que había levantado, ese desaguisado en mi interior, empezaba a agrietarse. *Elijah tenía razón*, me recordé. Ninguno de los presentes podía ver nada de eso, ni siquiera Poppy.

—Bueno, pues no va a deducir nada nunca más —comentó Jericho en tono casi burlón. Luego agarró el virote que inmovilizaba a Phillips, lo arrancó de la madera y dejó que el mortal cayese al suelo. Le dio un empujoncito al hombre con la bota—. Eso seguro.

Uno de estos días, iba a matar a ese cabrón.

—Eres un Descendente —boqueó Poppy.

—¿Un Descendente? —Elijah se echó a reír. Porque, claro, eso le parecía gracioso. Jericho frunció el ceño en dirección a Poppy.

—Y yo que acababa de decir que eras lista.

Poppy les hizo caso omiso.

—Estáis trabajando contra los Ascendidos. —Asentí. La inspiración que realizó sonó rota—. ¿Tú… tú conocías a… esta cosa que mató a Rylan?

—¿Cosa? —Jericho se echó atrás—. Me siento insultado.

—Eso suena como que es tu problema, no el mío —espetó Poppy, y tuve que reprimir una sonrisa—. Creía que los *wolven* se habían extinguido.

—Hay muchas cosas que creías que eran verdad pero que no lo son —le dije—. No obstante, aunque los *wolven* no se han extinguido, no quedan muchos.

—¿Sabías que él había matado a Rylan? —Poppy había abierto mucho las aletas de la nariz.

—Pensé que podía acelerar las cosas y atraparte, pero todos sabemos cómo acabó eso —aportó Jericho. La cabeza de Poppy giró en su dirección.

—Sí, recuerdo muy bien cómo acabó eso para ti. —El gruñido de Jericho provino de lo más profundo de su ser. Di un paso hacia Poppy.

—Sabía que iba a proporcionar una oportunidad.

—¿Para que tú… pudieras convertirte en mi guardia real personal?

—Necesitaba acercarme a ti.

Poppy se estremeció.

—Bueno, lo conseguiste, ¿verdad?

Ese muro en mi interior tembló.

—Lo que estás pensando… —Sabía que estaba pensando en esta noche, más temprano. En nosotros—. No puede estar más lejos de la realidad.

—No tienes ni idea de lo que estoy pensando. —Poppy sujetaba la daga con los nudillos blancos—. Todo esto era… ¿qué? ¿Un truco? ¿Te enviaron para acercarte a mí?

—Enviar… —empezó Kieran, las cejas arqueadas. Le cerré la boca con una mirada.

—Te envió el Señor Oscuro —sentenció Poppy.

No se había… Joder. Todavía no se había dado cuenta de que yo era el supuesto Señor Oscuro. O, como muy poco, se estaba negando a reconocer lo que claramente tenía delante de las narices. No podía culparla por ello, pero haría lo que mejor sabía hacer: lo explotaría en mi favor. Había bastantes posibilidades de que pudiese hablar con ella… con sensatez si no se permitía pensar que el Señor Oscuro y yo éramos la misma persona.

—Vine a Masadonia con un objetivo en mente —respondí—. Y ese eras tú.

—¿Cómo? —Poppy levantó la barbilla, tragó saliva—. ¿Por qué?

—Te sorprendería cuántas de las personas próximas a ti apoyan a Atlantia y quieren ver el reino restaurado —la informé—. Muchos me allanaron el camino.

—¿El comandante Jansen? —conjeturó Poppy.

—Es lista —comenté, con solo una leve sonrisa, porque, maldita sea, era asombrosa. Incluso en estos instantes, enfrentada a mi traición, mantenía la calma. Estaba deduciendo cosas. Me tenía estupefacto—. Como os dije a todos.

Poppy parpadeó deprisa varias veces.

—¿Trabajabas siquiera en la capital? —Sus ojos saltaron hacia Kieran—. La noche de… —No logró terminar, pero supe que estaba pensando en la Perla Roja—. Sabías quién era desde el principio.

—Llevaba observándote el mismo tiempo que me habías estado observando tú a mí —dije con suavidad—. Más, incluso.

Un escalofrío la recorrió de arriba abajo, más intenso que los anteriores.

—Lleváis… lleváis planeando esto desde hace tiempo.

—Desde hace *mucho* tiempo —confirmé.

—Hannes. —Su voz sonó pastosa, ronca—. No murió de una afección cardíaca, ¿verdad?

—Sí creo que fue su corazón el que cedió —contesté—. El veneno que bebió en su cerveza esa noche en la Perla Roja seguro que tuvo algo que ver en el asunto.

—¿Lo ayudó cierta mujer con su bebida? —exigió saber—. ¿La misma que me envió arriba?

¿A qué mujer se refería? ¿La de la Perla Roja que creyó que era una vidente?

—Me da la sensación de que me he perdido unas cuantas piezas fundamentales —murmuró Delano en voz baja.

—Luego te lo cuento —aportó Kieran.

El temblor de Poppy aumentó.

—¿Vikter? —susurró. Negué con la cabeza. Yo era responsable, pero no había ordenado su muerte—. ¡No me mientas! —gritó Poppy—. ¿Sabías que iba a haber un ataque en el Rito?

¿Por eso desapareciste? ¿Por eso no estabas ahí cuando mataron a Vikter?

Vi que su calma empezaba a resquebrajarse. Necesitaba sacarla de ahí antes de que desapareciese por completo, porque si algo sabía de Poppy era que era igual que yo cuando se sentía arrinconada: peligrosa. Y demasiados de los presentes se estaban acercando demasiado a ella. El idiota de Jericho. Rolf, que solía ser más inteligente que eso. Un medio atlantiano con una espada en la mano. Delano.

—Lo que sé es que estás disgustada. Y no te culpo, pero he visto lo que ocurre cuando te enfadas de verdad. —Levanté las manos y las mantuve donde Poppy podía verlas—. Hay muchas cosas que tengo que contart…

Lo vi venir un segundo antes de que se moviera.

Poppy hizo justo lo que me temía. Arrinconada, atacó. Y con esa maldita daga suya, además. Echó el brazo atrás y tiró el cuchillo directo a mi maldito *pecho*.

—Joder —escupí. Giré hacia un lado al tiempo que alargaba el brazo para atrapar la daga antes de que encontrase una nueva víctima.

Naill silbó con suavidad.

Me volví hacia Poppy a toda velocidad. Maldita sea, qué violenta era.

También era lista.

Poppy tenía que saber que atraparía el arma.

Maldita sea.

Se agachó para agarrar la espada de Phillips, tirada sobre la paja. Vacilé medio segundo. Eso fue todo lo que le hizo falta. Giró sobre sí misma y columpió la espada por el aire. No hacia mí. Sino hacia Jericho.

El *wolven* saltó hacia atrás, pero el ataque le había tomado desprevenido y era obvio que todavía la subestimaba. Poppy le dio un tajo en el estómago de lado a lado.

Casi me reí, excepto que se había derramado sangre y toda esta situación de mierda estaba a punto de descontrolarse.

—Zorra —gruñó Jericho, al tiempo que plantaba la mano que le quedaba sobre la herida.

Poppy dio media vuelta justo cuando varios de los otros cargaban hacia ella. Salí disparado, contuve a uno de los medio atlantianos con una mano en el pecho y lo empujé hacia atrás mientras Kieran se ponía también en marcha. Una espada cortó a través del aire al tiempo que Kieran atrapaba a Poppy por la cintura y la alejaba de Rolf y de otro hombre. Agarré al *wolven* por el faldón de su camisa y tiré de él hacia atrás.

—No —gruñí, y lo empujé contra el medio atlantiano. Me giré solo el tiempo suficiente para ver a Kieran caer de espaldas.

Poppy dio un cabezazo hacia atrás contra su cara. Kieran soltó un gemido y su agarre se aflojó.

Poppy se zafó de él y se lanzó a por la espada. Llegó a ella antes que Delano, que fue lo bastante sensato como para retroceder cuando ella se levantó. La vi girar en redondo y sus ojos desquiciados conectaron con los míos.

Se quedó paralizada. No desaproveché el momento.

—Has sido muy mala. —Agarré la espada y se la quité de la mano. Tenía que mantener su atención, su ira, concentrada en mí. Si iba a por otro de ellos, tendría que matar a todos los imbéciles que había en este establo—. Eres de una violencia increíble. —Bajé la barbilla y susurré lo que sabía que garantizaría que no le prestase atención a nadie más—: Todavía me excita. —Gritó y me lanzó un codazo directo a la barbilla—. Maldita sea —dije, y me reí cuando una punzada de dolor que me merecía bajó por mi columna—. No cambia lo que acabo de decir.

Poppy dio media vuelta y echó a correr hacia la puerta.

Elijah bloqueó la entrada, chasqueando la lengua en voz baja mientras negaba con la cabeza.

Poppy dio un paso atrás, giró hacia su izquierda, donde estaba Kieran, que parpadeó despacio. Poppy giró sobre los talones y emprendió la huida de nuevo.

La agarré antes de que pudiese dar dos pasos siquiera. La hice girar sobre sí misma, sus piernas enredadas con las mías. Nos tropezamos y caímos, ella por delante. Me retorcí en apenas una décima de segundo para que lo primero en impactar contra el suelo fuese mi espalda.

—De nada —gruñí.

Con un alarido similar al de un gato de cueva, estampó el talón de su bota contra mi espinilla. El dolor subió como un rayo por mi pierna y me sacó el aire de los pulmones. Ella aprovechó para retorcerse, forcejeando contra mis brazos hasta que tuve miedo de que se hiciese daño. Aflojé mi agarre solo un pelín. Se giró entre mis brazos y se sentó a horcajadas sobre mí. Le sonreí.

—Me está gustando hacia dónde nos lleva esto.

Me dio un puñetazo en la mejilla con una fuerza *inaudita*, y mi cabeza dio un latigazo hacia atrás sobre la paja. Volvió a armar el brazo.

La agarré de la muñeca y tiré de ella hacia abajo para que no tuviese el espacio necesario para mover esa otra mano.

—Pegas como si estuvieras enfadada conmigo. —Se movió un poco y trató de darme un rodillazo entre las piernas. Y aunque estaba dispuesto a dejar que me diese un par de buenos golpes, ese era un «no» tajante. Bloqueé su movimiento con mi muslo—. Eso hubiese causado ciertos daños.

—Bien —escupió, la trenza colgando por encima de su hombro y ese mechón de pelo delante de su cara. Lo retiraría de sus ojos por ella, pero era probable que aprovechase ese momento para sacarme los ojos con las uñas, o peor aún, para ir a por alguna otra persona.

—Bueno —murmuré en voz baja, consciente de que solo Kieran debía estar lo bastante cerca para oírme—, después te sentirías decepcionada si no pudiese usarlo.

Entreabrió los labios y me miró desde lo alto, la incredulidad muy patente en sus ojos.

—Preferiría cortártelo del cuerpo.

—Mentirosa —susurré, tras levantar la cabeza de la paja.

Quizá me había excedido en mi intento por mantenerla concentrada en mí, porque la rabia que emanó de su interior me recordó al sonido que había hecho cuando se volvió contra Mazeen.

Joder.

Ese tipo de ira le proporcionaba a una persona una fuerza increíble. Se echó hacia atrás y se zafó de mi agarre. Después, se incorporó de un salto, levantó el pie... Lo agarré antes de que pudiese estamparlo contra mi cuello y tiré de su pierna hacia abajo para que no pudiese huir. De hacerlo, lo más probable era que se enzarzase con cualquiera de los otros.

Poppy cayó al suelo a mi lado y, ni un segundo más tarde, sentí cómo su puño golpeaba mi costado con la fuerza suficiente para partirme las costillas.

—Maldita sea —farfulló Kieran.

—¿Deberíamos intervenir? —preguntó Delano, mientras Poppy se disponía a darme otro puñetazo. Lo bloqueé con mi brazo.

—No —contestó Elijah con una carcajada. El muy capullo—. Esto es lo mejor que he visto en mucho tiempo. ¿Quién se hubiese imaginado que la Doncella podía presentar semejante batalla?

—Esta es la razón de que no haya que mezclar los negocios con el placer —comentó Kieran.

—¿Eso es lo que ha pasado? —Elijah silbó, aunque yo sabía muy bien que ya lo sospechaba, pero el tipo era un bastardo—. Entonces, apuesto por ella.

—Traidores —boqueé, al tiempo que apartaba las manos de Poppy a un lado cuando hizo ademán de agarrar mi cabeza, supuse que para partirme el cuello. Para ser sinceros, se lo habría permitido, solo para ver si podía hacerlo, pero esto tenía que terminar antes de que se hiciese daño.

O de que me lo hiciese a mí.

Me moví más rápido de lo que ella podía interceptar. Me coloqué encima de ella y pegué su espalda al suelo. Esta vez se lanzó a por mi cara. La agarré de las muñecas.

—Para.

Pero Poppy no estaba dispuesta a parar.

Levantó las caderas en un intento por quitarme de encima. Después empujó con el tronco, pero la mantuve inmovilizada mientras estudiaba la parte delantera de su camisa. La tela era oscura, pero parecía más oscura por la cintura.

—¡Quítate de encima! —gritó.

—Para —repetí—. Poppy, para.

—¡Te odio! —Liberó una mano de mi agarre, sorprendiéndome con su fuerza. Era fuerte, más fuerte de lo que había pensado nunca. Entonces… Su puño hizo que mi cabeza diese *otro* latigazo hacia atrás. Un dolor intenso brotó por mi boca—. ¡Te odio! —gritó, al tiempo que yo agarraba su mano de nuevo.

La sujeté contra el suelo mientras mis labios se retraían al notar que la sangre resbalaba de mi boca.

—¡Para ya!

Poppy paró.

Por fin.

Solo se movía su pecho mientras me miraba estupefacta.

—Por eso no sonreías nunca de verdad —susurró.

Al principio no entendí a qué se refería, pero enseguida me di cuenta de que había visto lo que apenas había sido capaz de ocultarle durante todo este tiempo. Mis colmillos.

Poppy se estremeció debajo de mí, sus brazos se quedaron flojos.

—Eres un monstruo.

Me quedé muy quieto. El dolor de sus palabras, la verdad que había en ellas, me hirieron en lo más profundo, pero bloqueé ese dolor. No sentía nada. No *era* nada.

—Por fin me ves por lo que soy.

Los labios de Poppy temblaban, los ojos centelleantes. Apretó la boca con fuerza para contener las lágrimas. El deseo de consolarla, de ver en qué medida estaba herida, amenazó con hacer añicos el control que tenía sobre mí mismo. Poppy ya no tenía ningunas ganas de pelear. Yo necesitaba eso.

Pero no era lo que quería.

Aun así, era lo que me merecía.

No todo fue mentira

—Cuando le dije a Delano que la metiese en algún lugar seguro… —le dije a Kieran, que me esperaba en los establos ahora vacíos mientras me lavaba la sangre de la cara con un cubo de agua limpia.

Se había quedado ahí después de que yo dejara a Poppy en manos de Delano y advirtiera a los otros de que no la tocaran, después de que me fuese al bosque helado.

Tenía que enfriarme. Física y mentalmente. Y en todos los demás aspectos. Porque estaba a punto de perder el control, y seguramente haría algo de lo que luego me arrepentiría.

Como arrancarles el corazón a todos los que habían exigido la muerte de Poppy.

Si hacía eso, las cosas se pondrían muy feas. La vida de Poppy estaba en la cuerda floja. Igual que la de Malik. El jodido reino entero estaba en riesgo. Necesitaba esa calma. La encontré.

Me pasé la toalla por la cara.

—No me refería a las mazmorras.

—Sí, bueno, es probable que sea el único sitio del que no será capaz de escapar para asesinar a todo el que se encuentre —repuso con tono seco.

—Cierto. ¿Sabes cómo dedujo Phillips la verdad?

—No estoy seguro, pero como he dicho antes, había empezado a hacer preguntas en el mismo momento que salimos de Masadonia.

Supuse que ya no importaba, pero si se hubiese guardado las sospechas para sí mismo… Joder, no era culpa del hombre. Solo había estado cumpliendo con su deber.

—Han llegado noticias de casa. —Abrí la puerta del establo de un empujón y eché a andar por la nieve compactada—. Alastir por fin se ha enterado de mis planes.

Kieran maldijo en voz baja.

—Bueno, sabíamos que esto iba a ocurrir, por mucho que consiguiese despistarlo Emil.

—Sí, excepto que eso no es todo. —Abrí de un tirón la puerta lateral de la fortaleza y la sujeté para que pasase Kieran—. Mi padre está en camino.

Se paró en seco, las cejas levantadas.

—¿Qué diablos?

—Esa fue mi reacción. —Le conté a toda prisa lo de Berkton y mi plan de retenerlos ahí—. Tendré que convencerlo de que mantenerla con vida es el mejor rumbo de acción.

—¿Y si no lo consigues?

—Entonces la guerra entre Solis y Atlantia será la menor de las preocupaciones de nuestra gente. —Pasé por delante de las puertas cerradas del Gran Salón—. No permitiré que mi padre le haga daño. —Me detuve para girarme hacia Kieran—. Y no espero que estés a mi lado para eso. —Se puso rígido—. Si te mantienes a mi lado contra mi padre, cometerás un acto de traición —le recordé—. No permitiré que te destierren del reino, que te alejen de tu familia.

—Pero el vínculo…

—Es una orden —declaré, consciente de que eso le proporcionaba a Kieran una salida. Sus ojos se tornaron de un azul vívido y luminoso.

—Eso es una jodida parida, Cas.

—Es más bien que, por una vez, voy a hacer lo correcto.

—No, es más como que estás siendo un imbécil testarudo, como de costumbre —replicó—. ¿Qué crees que hará Delano, si la cosa se reduce a ti y a tu padre? ¿Y Naill? ¿Elijah? ¿Mi hermana? ¿Emil? Puedo seguir enumerando a todos los que te apoyarán.

—Recibirán la misma orden.

—¿De verdad crees que eso importará? Por todos los dioses, Cas. Sabes bien que no será así. —Kieran negó con la cabeza—. No solo te son leales porque seas el príncipe. Te son leales porque les importas.

—Ya lo sé —exclamé—. Y esa es la razón de que no los quiera involucrados en esto.

—Tengo que hacerte un *spoiler*: todos nosotros ya estamos involucrados en esto.

—No, en esto no. —Sacudí la cabeza, luego miré por el pasillo—. Todo el mundo aceptó ayudarme a liberar a mi hermano. Nadie aceptó esto.

—¿Y qué es *esto*?

No estaba seguro de poder responder a esa pregunta siquiera. Lo único que sabía era que no permitiría que nadie la quitase la vida a Poppy.

—Es lo que es —repuse, antes de echar a andar de nuevo—. Quiero a Jericho fuera de aquí. Envíalo a Spessa's End o de vuelta a Atlantia, pero tiene que marcharse.

—Buena idea. Es un problema. —Kieran hizo una pausa—. Esto también lo es.

Se me escapó una risa seca mientras alargaba la mano hacia la puerta de salida.

—¡Joder, no creas que no lo sé!

—Tenemos que hablar. —Kieran plantó la mano sobre la puerta para impedir que la abriese—. Esta noche has estado con ella.

—Por supuesto que sí.

Sus escarchados ojos azules se clavaron en los míos.

—No me refiero a eso, y lo sabes. —En efecto, lo sabía—. Creí que habías dicho que te dejaría igual que llegó a ti —me acusó Kieran con voz queda—. Está claro que ese no es el caso. ¿Qué diablos, Cas?

Me pasé una mano por el pelo.

—Resulta que sí soy tan mala persona. ¿Vale?

Hice ademán de abrir la puerta otra vez, pero la palma de la mano de Kieran se plantó sobre ella.

—No, no vale.

Cerré el puño mientras miraba la mano de Kieran. La ira se avivó en mi interior.

—De verdad que no tenemos tiempo para esta conversación, Kieran.

—Pues vamos a encontrar ese tiempo, porque ¿lo que vi ahí en los establos? Dejaste que cobrara ventaja sobre ti. Múltiples veces.

—Ya sabes que es muy capaz de pelear —dije con una risa irónica.

—No jodas. Pero tú eres un maldito atlantiano elemental y ella sigue siendo solo una mortal, con o sin dones. Podrías haberla controlado sin problema. No lo hiciste. A cualquier otro, sin importar del sexo que fuera, lo hubieses dominado —Kieran señaló a los establos con el pulgar—, en un santiamén. Con ella no lo hiciste. ¿Por qué?

Deslicé la lengua por mis dientes de arriba, luego negué con la cabeza.

—¿Qué está pasando contigo? ¿Con ella? Y no me des una respuesta absurda, no cuando estás dispuesto a enfrentarte a tu propio padre por ella. —La ira tensaba los rasgos de Kieran—. Ni se te ocurra ocultarme cosas, Cas. Ya hemos pasado por mucho como para que empieces a hacer eso otra vez, así que no tengamos una repetición de la jugada. ¿Qué pasa?

¿Qué pasa?

—No tengo tiempo para entrar en detalles. No tenemos tiempo. Hablaremos —le dije, mientras reprimía mi irritación.

Kieran tenía todo el derecho del mundo a cuestionar las cosas—. Te lo prometo.

Kieran me sostuvo la mirada durante un momento. La línea de su mandíbula estaba en tensión cuando retiró la mano. No dijo nada más. Se limitó a dejarme pasar. Estaba portándome fatal al ocultarle cosas, pero esto… lo que fuese esto con Poppy, era diferente.

Entré en la estrecha escalera, molesto nada más verla. El piso subterráneo de la Fortaleza de Haven era húmedo e insano. Aciago. La comodidad no había estado en la mente de los que habían construido el edificio. Solo habían tenido en cuenta el miedo.

Poppy no pertenecía aquí abajo.

Pertenecía al sol.

Me preparé para lo que se avecinaba, me agaché para pasar por el marco de una puerta pequeña y entré en un pasillo en penumbra. El tenue resplandor de los huesos retorcidos de los viejos dioses que adornaban el techo acechaba sobre cada uno de mis pasos mientras me dirigía hacia donde esperaba Delano.

—Márchate —le dije. El *wolven* vaciló, se giró hacia la celda, pero se marchó. Me acerqué a los barrotes, miré a Poppy de arriba abajo. Estaba sentada sobre un jergón delgado y sucio, la espalda apoyada en la pared. Su cara estaba pálida, pero su mirada era más desafiante que nunca. Valiente. Atrevida—. Poppy —suspiré. Odiaba que estuviera aquí. Odiaba que estuviera aquí por mi culpa, pero sabía que en el momento en que la dejase salir, las cosas empeorarían—. ¿Qué voy a hacer contigo?

—No me llames así. —Se puso de pie de un salto. Unas cadenas entrechocaron y mis ojos volaron hacia ellas.

Apreté la mandíbula. Delano no la hubiese encadenado a menos que tuviera una razón; eso significaba que Poppy debía de haberlo atacado. Levanté la vista hacia ella.

—Creí que te gustaba.

—Estabas equivocado —replicó—. ¿Qué quieres?

¿La dureza de su voz? ¿La frialdad? Eran brutales, pero era todo muy endeble. Frágil.

—Más de lo que podrías imaginar jamás —admití.

—¿Has venido a matarme?

Su pregunta me sorprendió.

—¿Por qué querría hacerlo?

Poppy levantó las manos y meneó las cadenas.

—Me tienes encadenada.

En realidad, no era yo el que la tenía encadenada, pero no había ninguna razón para que su ira se volviese contra Delano más de lo que seguramente lo estaba ya.

—Cierto.

—¡Todo el mundo ahí fuera quiere verme muerta! —exclamó, las aletas de la nariz muy abiertas.

—Es verdad.

—Y eres un atlantiano —dijo, con la misma repugnancia en la voz que cuando había hablado de los *barrats*—. Eso es lo que hacéis. Matáis. Destruís. Maldecís.

Solté una risa breve y seca.

—Qué irónico, viniendo de alguien que ha estado rodeada de Ascendidos toda su vida.

—Ellos no asesinan a inocentes ni convierten a las personas en monstruos…

—No —la interrumpí—. Solo fuerzan a las jovencitas que los hacen sentir inferiores a dejar su piel al descubierto para la vara y les hacen solo los dioses saben qué más —le recordé—. Sí, princesa, son unos verdaderos ejemplos de todo lo que es bueno y correcto en este mundo. —Su pecho se hinchó con brusquedad al tiempo que sus labios se entreabrían—. ¿Creías que no iba a averiguar en qué consistían las *lecciones* del duque? —le pregunté—. Te dije que lo haría.

Se tambaleó hacia atrás, la piel de su cuello y de sus mejillas roja como un tomate. De todos modos, seguí hablando.

—Utilizaba una vara sacada de un árbol del Bosque de Sangre y te obligaba a desnudarte parcialmente. —Levanté las manos para agarrar los barrotes cuando sentí la furia resurgir—. Y te decía que te lo merecías. Que era por tu propio bien. Pero, en realidad, todo lo que hacía era satisfacer su enfermiza necesidad de infligir dolor.

—¿Cómo? —susurró.

—Puedo ser *muy* convincente.

Poppy giró la mejilla, apretó los ojos con fuerza. Un escalofrío recorrió su cuerpo. Entonces sus ojos volaron de vuelta a los míos.

—Tú lo mataste.

Al recordar la forma en que había muerto el duque, sonreí.

—Así es, y nunca he disfrutado más contemplando cómo la vida se escapa de los ojos de alguien que cuando observé morir al duque. Se lo merecía. —Le sostuve la mirada—. Y créeme cuando digo que su muy lenta y muy dolorosa muerte no tuvo nada que ver con que fuese un Ascendido. Con el tiempo me hubiese encargado también del lord, pero de ese bastardo enfermo te encargaste tú misma.

Poppy me miró durante unos instantes, después negó con la cabeza y ese mechón de pelo volvió a caer por su cara.

—Que el duque y el lord fuesen horribles y malvados no te hace mejor que ellos. Eso no convierte a todos los Ascendidos en culpables.

—No sabes nada de nada, Poppy.

Di unos pasos hacia el lado y abrí la puerta de la celda. No pensaba hablar con ella a través de los barrotes.

Sin quitarle el ojo de encima, entré en la celda, aunque lo hice con cautela. Conociéndola, utilizaría esas cadenas para estrangularme a la primera ocasión que tuviera. Cerré la puerta a mi espalda.

—Tenemos que hablar.

Levantó la barbilla.

—No, no tenemos que hacer nada.

—Bueno, en realidad no tienes elección, ¿no crees? —Miré de reojo los grilletes de sus muñecas mientras daba un paso al frente. Me detuve, respiré hondo. El aroma de Poppy me golpeó al instante, pero también lo hizo el olor a sangre. Su sangre. Y sabía que era la de ella y no la de ninguno de los que había fallecido en los establos. Era demasiado dulce, demasiado fresca. La preocupación se apoderó de mí—. Estás herida.

—Estoy bien —declaró Poppy, dando un paso atrás.

—No, no lo estás. —La miré de arriba abajo, y mis ojos se detuvieron en la mancha húmeda de su camisa—. Estás sangrando.

—Apenas.

En ese instante dejó de importarme que pudiese estrangularme con las cadenas. Crucé la distancia que nos separaba a toda velocidad, lo cual la sorprendió. Soltó una exclamación ahogada y se tambaleó hacia atrás para chocar con la pared. Me aproveché de eso y alargué la mano hacia el faldón de la basta camisa de lino.

—¡No me toques! —Hizo un gesto brusco hacia un lado, luego una mueca. Me quedé quieto como una estatua mientras la miraba. El pánico que había oído en su voz… El *dolor…*—. No lo hagas —insistió.

Guardar todo detrás de ese muro en mi interior fue más difícil que nunca.

—Ayer por la noche no tuviste ningún problema con que te tocara.

Sus labios se retrajeron en una mueca de asco.

—Eso fue un error.

—¿Ah, sí?

—Sí —bufó—. Desearía que no hubiese pasado nunca.

No cabía duda de que eso era verdad. Una verdad amarga que yo ya sabía. Aun así, joder, dolió oírselo decir. Esos muros no estaban tan fortificados como creía.

—Sea como fuere —le dije—, sigues estando herida, princesa, y me vas a dejar echar un vistazo.

Esa barbilla suya se levantó al instante.

—¿Y si no lo hago?

Me reí. Su resistencia me causaba una diversión genuina. Me impresionaba. Pero no volvería a pelear con ella.

—Como si pudieras impedírmelo. Puedes permitir que te ayude o…

—¿O me obligarás a hacerlo?

No quería, pero lo haría. Estaba herida. Por todos los dioses, casi recé por que cediera.

Poppy me miró durante tanto tiempo que empecé a decirme que quizá fuese necesario utilizar la coacción. No sabía lo grave que era su herida, pero incluso las heridas leves podían torcerse para un mortal.

—¿Por qué te importa siquiera si muero desangrada? —preguntó, y apartó la mirada.

—¿Por qué crees que querría verte muerta? —rebatí—. Si fuese así, ¿no crees que hubiese accedido a lo que pedían ahí afuera? Muerta no me sirves de nada.

—O sea que ¿soy tu rehén hasta que llegue el Señor Oscuro? Planeáis utilizarme contra el rey y la reina.

—Chica lista —murmuré, aliviado de que todavía no hubiese deducido la verdad—. Eres la Doncella favorita de la reina. —Luego lo intenté de nuevo—: ¿Dejarás que vea la herida ahora?

Poppy no dijo nada, cosa que sabía que significaba que empezaba a ceder. Alargué la mano hacia su camisa, esta vez más despacio. Se puso tensa, pero no se apartó. Levanté el faldón al tiempo que bajaba la vista. El olor de su sangre aumentó, incluso antes de llegar a la herida supurante justo debajo de su pecho. El corte era fino. Apreté los dientes y repasé en mi mente quiénes habían estado lo bastante cerca de ella como para hacerle semejante herida. Un corte que podía haber acabado con su vida de haber sido un par de centímetros más profundo. Se hubiese desangrado en el jodido suelo del establo.

—Por todos los dioses —musité. Levanté la vista hacia ella—. Casi acabas destripada.

—Siempre has sido muy observador —espetó.

Me alegré de ver que su temperamento no había resultado dañado.

—¿Por qué no has dicho nada? Esto podría infectarse.

—Bueno, en realidad no hubo mucho tiempo —caviló, de pie delante de mí con los brazos a los lados—. Dado que estabas ocupado traicionándome.

—Eso no es excusa.

Soltó una carcajada ronca.

—Por supuesto que no. Tonta de mí por no haberme dado cuenta de que a la persona que participó en el asesinato de gente que me importaba, la que me traicionó e hizo planes con el que ayudó a masacrar a mi familia para utilizarme a mí con algún propósito malvado le hubiese importado que estuviera herida.

Tenía razón.

Tenía toda la razón del mundo al pensar eso.

Aunque tampoco mostraba miedo alguno.

—Siempre tan valiente —murmuré. Solté su camisa y di media vuelta—. Delano —llamé, seguro de que no se habría ido demasiado lejos. El *wolven* apareció en un santiamén. Le dije a toda prisa lo que necesitaba, luego esperé. Sabía que Poppy había vuelto a apoyarse en la pared y podía abalanzarse sobre mí en cualquier momento.

Aunque no creía que fuese a hacerlo. Esa herida le estaba causando dolor.

Delano regresó poco después. Me entregó lo que le había pedido en una cesta y noté que quería preguntar por ella antes de retirarse.

Me giré hacia Poppy.

—¿Por qué no te tumbas en…? —Miré a nuestro alrededor. Mis hombros se tensaron una vez más al ver el jergón—. ¿Por qué no te tumbas?

—Estoy bien de pie, gracias.

Mi impaciencia aumentó cuando me moví hacia ella. No había forma de que pudiese hacer esto con ella de pie.

—¿Prefieres que me ponga de rodillas? —Poppy me sostuvo la mirada y sus labios empezaron a curvarse hacia arriba...—. No me importa. —Me mordí el labio de abajo—. Hacerlo me pondría a la altura perfecta para algo que sé que te gustaría. Después de todo, siempre estoy hambriento de miel.

Abrió los ojos como platos y el enfado avivó el color de sus mejillas. Aunque no fue lo único. Por un momento, un calor de otro tipo invadió su sangre.

Poppy se apartó de la pared y se dirigió a paso airado hacia el jergón. Se sentó.

—Eres repulsivo.

Me reí mientras caminaba hacia ella y me ponía en cuclillas. Había conseguido lo que necesitaba de ella: que se sentase. Y también había descubierto que todavía se sentía atraída por mí, a pesar de todo.

—Si tú lo dices.

—Lo sé. —Sonreí al dejar la cesta en el suelo. Poppy le echó un vistazo; seguro que buscaba algo que pudiera convertir en un arma. Pues iba a llevarse una desilusión en ese aspecto. Le hice un gesto para que se tumbase— Bastardo —musitó, pero hizo lo que le pedía.

—Ese lenguaje. —Alargué la mano hacia su túnica otra vez, pero la levantó ella misma. Eso me recordó algo muy importante. El control. Poppy necesitaba tener el control porque nunca había tenido ninguno—. Gracias.

Apretó los labios y yo esbocé una leve sonrisa, al tiempo que extraía una botella de la cesta. Un aroma acre y punzante inundó la celda en el mismo momento en que desenrosqué la tapa.

—Quiero contarte un cuento —le dije, mientras examinaba la herida.

—No estoy de humor para cuentecitos… —Poppy soltó una exclamación ahogada y me agarró de la muñeca con ambas manos cuando cerré los dedos en torno a su ropa—. ¿Qué estás haciendo?

—La maldita espada casi te arranca la caja torácica. —Mi ira se avivó de nuevo—. El corte sube por el lado de tus costillas. —Esperé a que lo negara. No lo hizo—. Me da la sensación de que esto ocurrió cuando te quitaron la espada, ¿verdad? —preguntó. Poppy no respondió, pero tampoco soltó mi muñeca. No creería que…—. Lo creas o no, no estoy intentando desnudarte para aprovecharme de ti. No estoy aquí para seducirte, princesa.

Sus labios se abrieron una rendija mientras me miraba. Sus hombros se levantaron del jergón, sus dedos de una frialdad impresionante contra la piel de mi muñeca. Volvió a recorrerla un escalofrío, y yo no tenía ni idea de qué estaba pasando por su mente en esos momentos. Podía ser cualquier cosa, pero cuanto más me miraba, más sabía que no era nada bueno. Sus pensamientos eran dolorosos. Lo vi en cómo sus ojos empezaron a centellear.

Y lo oí en la ronquera de su voz cuando habló.

—¿Algo de lo nuestro fue verdad?

¿Algo de lo nuestro…?

Supe entonces lo que debí obligarme a ver cuando estuvimos en los establos: que Poppy había olvidado que el tiempo que habíamos pasado juntos antes había sido real.

Poppy soltó mi muñeca, cerró los ojos. Los míos fueron después. La ira bulló en mi interior. Se había olvidado. La ira que sentía era equivocada. Lo sabía, pero también estaba furioso conmigo mismo por esperar que lo recordase. No tenía ningún sentido decirle lo contrario. No me creería.

Abrí los ojos y me puse manos a la obra. Levanté su túnica de nuevo para examinar mejor los bordes irregulares de la herida. Tendría que cerrar el corte, y había una alternativa mucho más fácil y rápida a lo que estaba por venir.

Podía darle mi sangre, pero tendría que obligarla a tomarla. Esto le haría daño, pero ¿arrebatarle el control por completo? Me daba la sensación de que eso haría un daño duradero.

—Puede que esto escueza —la advertí al inclinarme hacia delante y verter el contenido de la botella sobre la herida. El astringente la empapó y Poppy dio un respingo. El líquido burbujeó de inmediato en el corte. Yo rechiné los dientes; sabía que tenía que picar, pero Poppy no hizo ni un ruido—. Lo siento. —Dejé la botella a un lado—. Tendrá que empapar bien para quemar cualquier infección que pueda haber empezado ya a atacar la zona.

No dijo nada. Se limitó a dejar la cabeza caer hacia atrás sobre el colchón. El pelo que siempre tenía por la cara resbaló por su mejilla.

Me reprimí de retirarlo y me concentré en cambio en lo que tenía que contarle.

—Los Demonios fueron culpa nuestra —empecé—. Su creación, quiero decir. Todo esto. Los monstruos de la neblina. La guerra. En lo que se ha convertido esta tierra. Tú. Nosotros. Todo empezó con un absurdo acto de amor de una desesperación increíble, muchísimos siglos antes de la Guerra de los Dos Reyes.

—Ya lo sé. —Poppy se aclaró la garganta—. Conozco la historia.

—Sí, pero ¿conoces la verdadera historia?

—Conozco la única historia. —Abrió los ojos y fijó la vista en los huesos por encima de su cabeza.

—Conoces solo lo que los Ascendidos han hecho que todo el mundo creyera. Y no es la verdad. —Levanté la cadena que cruzaba por su bajo vientre y la retiré—. Mi gente vivió en armonía con los mortales durante miles de años, pero entonces el rey O'Meer Malec…

—Creó a los Demonios —me interrumpió—. Como he dicho…

—Estás equivocada. —Me senté y crucé una pierna para apoyar el brazo sobre ella. No disponía de demasiado tiempo para contarle esto, pero debía hacerlo si quería tener alguna esperanza de que comprendiese la verdad—. El rey Malec se enamoró perdidamente de una mujer mortal. Su nombre era Isbeth. Hay quien dice que fue la reina Eloana la que la envenenó. Otros dicen que fue una amante despechada del rey la que la apuñaló, porque parece que él tenía bastante fama de infiel —le conté, al tiempo que trataba de imaginar a mi madre conspirando para envenenar a alguien. No fue tan difícil de imaginar—. Sea como fuere, Isbeth recibió una herida mortal. Como he dicho, Malec estaba desesperado por salvarla y cometió el acto prohibido de Ascenderla. Lo que vosotros conocéis como la Ascensión. —Los ojos de Poppy volaron hacia los míos—. Sí. —Confirmé lo que sabía que ella ya estaba deduciendo—. Isbeth fue la primera en Ascender. No vuestro rey y reina falsos. Ella se convirtió en la primera *vampry*. Malec bebió de Isbeth. Solo paró cuando sintió que su corazón empezaba a fallar y entonces compartió su propia sangre con ella. —Ladeó la cabeza, sus ojos dorados centellearon—. Tal vez si vuestro acto de Ascensión no estuviese tan rodeado de misterio, los detalles más precisos no serían una sorpresa para ti.

Poppy empezó a levantarse, pero se detuvo.

—La Ascensión es una bendición de los dioses.

—Dista mucho de ser eso —la contradije con una sonrisilla de suficiencia—. Es más bien un acto que puede crear la cuasi inmortalidad o hacer que las pesadillas se hagan realidad. Nosotros los atlantianos nacemos casi mortales. Y permanecemos así hasta el Sacrificio.

—¿El Sacrificio? —repitió.

—Es cuando cambiamos. —Retraje mi labio superior para mostrar la punta de un colmillo—. Aparecen los colmillos, que se alargan solo cuando nos alimentamos, y cambiamos de... otras maneras.

—¿Cómo? —La curiosidad se había apoderado de ella.

—Eso no es importante. —Alargué la mano hacia un paño. No había tiempo suficiente para entrar en detalles—. Puede que cueste más matarnos que a los Ascendidos, pero sí se nos *puede* matar. Envejecemos más despacio que los mortales y, si nos cuidamos, podemos vivir miles de años.

Poppy se limitó a mirarme. No me llevó la contraria, así que supuse que había hecho algún progreso. O se debía solo a su curiosidad. Debía de ser esto último.

—¿Cuántos... cuántos años tienes? —preguntó.

—Más de los que aparento.

—¿Cientos de años? —susurró.

—Nací después de la guerra —contesté—. He visto pasar dos siglos enteros. —Me miró boquiabierta y pensé que sería mejor continuar—. El rey Malec creó al primer *vampry*. Son... una parte de todos nosotros, pero no son como nosotros. A nosotros no nos afecta la luz del día. No como a ellos —precisé—. Dime, ¿a cuál de los Ascendidos has visto jamás a la luz del día?

—No caminan al sol porque los dioses no lo hacen —contestó—. Así es como los honran.

Me reí con desdén.

—Vaya, qué conveniente para ellos. Puede que los *vamprys* estén bendecidos con la cosa más parecida a la inmortalidad, como nosotros, pero no pueden caminar a la luz del día sin que su piel empiece a descomponerse. ¿Quieres matar a un Ascendido sin ensuciarte las manos? Enciérralo fuera sin refugio posible. Estará muerto antes de mediodía. También tienen que alimentarse, y por «alimentarse» me refiero a sangre. Necesitan hacerlo con frecuencia para vivir, para evitar que vuelvan las heridas o enfermedades que sufrían antes de Ascender. —Eché un vistazo a la herida de Poppy. El burbujeo había cesado—. No pueden procrear, no después de la Ascensión, y muchos experimentan una intensa sed de sangre cuando se alimentan, con lo que a menudo matan a mortales en el proceso. —Empecé a dar toquecitos con el paño sobre la herida para empapar el líquido arremolinado—. Los atlantianos no se alimentan de mortales...

—Lo que tú digas —me cortó—. ¿De verdad esperas que me crea eso?

—La sangre mortal no nos proporciona nada de verdadero valor —le expliqué, mirándola a esos ojos furiosos—, porque nunca fuimos mortales, princesa. Los *wolven* no necesitan alimentarse, pero nosotros sí. Nos alimentamos cuando lo necesitamos, de otros atlantianos. —Poppy contuvo la respiración y negó con la cabeza—. Podemos utilizar nuestra sangre para curar a un mortal sin convertirlo, algo que un *vampry* no puede hacer, pero la diferencia más importante es la creación de los Demonios. Un atlantiano no ha creado nunca a ninguno. Los *vamprys*, sí. —Levanté el paño—. Y por si no has seguido bien el hilo de la historia, los *vamprys* son lo que conoces como Ascendidos.

—Eso es mentira. —Cerró los puños a los lados.

—Es la verdad. —Fruncí el ceño mientras examinaba la herida. El líquido que quedaba ya no burbujeaba. Eso era bueno—. Un *vampry* no puede hacer a otro *vampry*. No pueden completar la Ascensión. Cuando agotan a un mortal, crean un Demonio.

—Lo que estás diciendo no tiene ningún sentido —objetó.

—¿En qué no tiene sentido?

—Porque si algo de lo que estás diciendo fuera verdad, quiere decir que los Ascendidos son *vamprys* y que no pueden hacer la Ascensión. —Su voz se endureció—. Si eso fuese verdad, ¿cómo han hecho a otros Ascendidos? Mi hermano, por ejemplo.

—Porque no son los Ascendidos los que entregan el don de la vida —mascullé—. Están utilizando a un atlantiano para hacerlo.

Su risa fue mordaz.

—Los Ascendidos jamás trabajarían con un atlantiano.

—¿No me he explicado bien? —cavilé—. Creo que no. He dicho que están *utilizando* a un atlantiano. No trabajando con uno. —Tomé el frasco más pequeño y desenrosqué la tapa—. Cuando los aristócratas del rey Malec descubrieron lo que había hecho, abolió las leyes que prohibían el acto de Ascender. A medida que se crearon más *vamprys*, muchos fueron incapaces de controlar su sed de sangre. —Sumergí los dedos en la espesa sustancia lechosa—. Agotaron a muchas de sus víctimas, lo cual creó la pestilencia conocida como Demonios, que se extendieron por el reino como una plaga. La reina de Atlantia, la reina Eloana, intentó detener aquello. Prohibió la Ascensión de nuevo y ordenó que se destruyera a todos los *vamprys* en un intento por proteger a la humanidad.

—¿Milenrama? —preguntó Poppy tras bajar la vista hacia el frasco. Asentí.

—Entre otras cosas que ayudarán a acelerar la curación.

—Yo puedo... —Poppy dio un respingo cuando toqué la piel de debajo de la zona roja e hinchada. Extendí el ungüento.

—Los *vamprys* se rebelaron —continué, después de sacar algo más de bálsamo, aunque tuve que recurrir a grandes dosis de fuerza de voluntad para hacer caso omiso del calor que se acumulaba dentro de Poppy—. Eso fue lo que desencadenó la Guerra de los Dos Reyes. No fue una guerra de mortales contra crueles e inhumanos atlantianos, sino de *vamprys* rebeldes. El número de muertos en la guerra no se exageró. De hecho, mucha gente cree que las bajas fueron mucho más numerosas. —Levanté la vista para descubrir que Poppy me observaba con atención—. No nos derrotaron, princesa. El rey Malec fue depuesto, se divorció y lo exiliaron. La reina Eloana volvió a casarse y el nuevo rey, Da'Neer, replegó sus fuerzas, llevó a su gente de vuelta a casa y puso fin a una guerra que estaba destruyendo este mundo.

—¿Y qué pasó con Malec e Isbeth? —preguntó Poppy.

—Vuestros archivos históricos dicen que Malec fue derrotado en batalla, pero la verdad es que nadie lo sabe. Él y su amante simplemente desaparecieron —Volví a tapar el frasco antes de agarrar una venda limpia—. Los *vamprys* se hicieron con el control de las tierras restantes, nombraron sus propios reyes, Jalara e Ileana, y rebautizaron el reino como Solis. —Respiré hondo para calmar mi furia—. Se autodenominaron Ascendidos y utilizaron a *nuestros* dioses, que hacía mucho que se habían ido a dormir, como razón para haberse convertido en lo que se habían convertido. En los centenares de años transcurridos desde entonces, han conseguido borrar la verdad de los libros de historia: que la inmensa mayoría de los mortales en realidad luchó en el bando de los atlantianos contra la amenaza común de los *vamprys*.

—Nada de eso suena creíble —comentó Poppy después de unos instantes.

—Supongo que es difícil de creer que perteneces a una sociedad de monstruos asesinos, que se llevan a los terceros hijos e hijas durante el Rito para alimentarse de ellos. Y si no los dejan secos, se convierten en…

—¿Qué? —exclamó—. Llevas todo este tiempo contándome solo falsedades, pero ahora has ido demasiado lejos.

Sacudí la cabeza y puse una venda limpia sobre la herida, luego presioné sobre los bordes para que se quedase en su sitio.

—No te he dicho nada más que la verdad. —Me eché hacia atrás—. Igual que hizo el hombre que arrojó la mano de Demonio.

Poppy se incorporó y se bajó la camisa.

—¿Estás afirmando que todos los entregados al servicio de los dioses son ahora Demonios?

—¿Por qué crees que todo el mundo tiene prohibido entrar en los templos excepto los Ascendidos y aquellos a los que controlan como los sacerdotes y las sacerdotisas?

—Porque son lugares sagrados en los que incluso la mayoría de los Ascendidos no entra.

—¿Has visto alguna vez a un niño que haya sido entregado a los dioses? ¿A uno solo, princesa? —insistí—. ¿Conoces a alguien aparte de un sacerdote o una sacerdotisa o un Ascendido que diga haber visto a alguno? Eres lista. Sabes que nadie lo ha hecho. Eso se debe a que la mayoría muere antes incluso de aprender a hablar. —Empezó a negarlo—. Los *vamprys* necesitan una fuente de alimento, princesa, una que no levante sospechas. ¿Qué mejor forma que convencer a un reino entero de entregar a sus hijos con el pretexto de honrar a los dioses? Han creado una religión alrededor de ello, una religión que hace que los hermanos se vuelvan unos contra otros si alguno de ellos se niega a entregar a un hijo —expliqué—. Han engañado a un reino entero, han empleado el miedo a lo que han creado en contra de la gente. Y eso no es todo. ¿Has pensado alguna vez en lo raro que es que muchos niños pequeños mueran de un día para otro de una misteriosa enfermedad de la sangre? Como la familia Tulis, que perdió a su primer y a su segundo hijo a causa de ella. No todos los Ascendidos son capaces de atenerse a una dieta estricta. Para un *vampry*, la sed de sangre es un problema muy real y muy común. De noche son ladrones que roban niños, mujeres y maridos.

—¿De verdad piensas que me creo algo de lo que dices? —exigió saber Poppy—. ¿Que los atlantianos son inocentes y que todo lo que me han enseñado es una mentira?

—En realidad, no, pero merecía la pena intentarlo —repuse, pues era consciente de que no sería algo que Poppy se creería de inmediato. Tendría que rumiarlo un poco. Solo esperaba que tuviésemos el tiempo suficiente—. No somos inocentes de todos los crímenes…

—Como el asesinato y el secuestro —espetó Poppy.

—Entre otras cosas —admití—. No quieres creer lo que digo. No porque suene demasiado absurdo de creer, sino porque hay cosas que ahora te cuestionas. Porque significa que tu querido hermano se está alimentando ahora de inocentes…

—No —me interrumpió.

—Y los está convirtiendo en Demonios.

—Cállate —gruñó, al tiempo que se levantaba de un salto. La seguí y me planté delante de ella.

—No quieres aceptar lo que estoy diciendo, por lógico que suene, porque significa que tu hermano es uno de ellos, y la reina que tanto te cuidó ha asesinado a miles de…

Poppy me lanzó un puñetazo, arrastrando la cadena por el suelo.

Atrapé su mano a un par de centímetros de mi mandíbula. La hice girar para forzarla a mirar en dirección contraria a mí. Tiré de ella hacia atrás contra mi pecho, atrapé un brazo con el mío y agarré su otra mano. Un sonido de frustración absoluta brotó de ella mientras levantaba una pierna.

—No lo hagas —la advertí, mi boca pegada a su oreja.

Poppy, como era de esperar, no me escuchó.

Gruñí cuando el talón de su pie conectó con mi espinilla; era probable que me hubiese hecho un moratón, como había hecho con la de Kieran. Una enorme parte de mí estaba más que impresionada por su tenacidad. Diablos, eso me excitaba… sus ganas de salir de esto peleando. Su fuerza. Sin embargo, no teníamos todo el día para esto.

Me moví demasiado deprisa como para que ella pudiera reaccionar. La hice girar otra vez y di varios pasos para atraparla entre la pared y mi cuerpo. Así estaba… más o menos convencido de que no podría darme una patada.

—He dicho que no lo hicieras —repetí, mi boca ahora contra su sien—. Lo digo en serio, princesa. No quiero hacerte daño.

—¿Ah, no? Ya me has hecho dañ… —Poppy cerró la boca de golpe.

—¿Qué? —Levanté su brazo para retirarlo de su estómago y de la herida que acababa de vendar. Luego apreté la palma de su mano contra la pared. No contestó, y supe que estaba pensando en formas de noquearme. Una vez más, eso era admirable y excitante, pero también inútil. Moví un poco la cabeza y mi mejilla quedó apoyada contra la suya—. Sabes que no puedes herirme de gravedad —le dije.

Todos los músculos de su cuerpo se pusieron en tensión.

—Entonces, ¿por qué estoy encadenada?

—Porque aun así, que te den patadas, puñetazos y arañazos no es agradable —contesté arrastrando las palabras—. Y aunque los otros han recibido órdenes de no tocarte, eso no significa que vayan a ser tan tolerantes como yo.

—¿Tolerantes? —Intentó empujar para apartarse de la pared. «Intentó» fue la palabra clave en este caso—. ¿A esto le llamas ser tolerante?

—Si tenemos en cuenta que acabo de pasar un tiempito limpiando y vendando tu herida, yo diría que sí. —Hice una pausa—. Y un «gracias» sería bienvenido.

—No te pedí que me ayudaras —espetó, cortante.

—No. Porque eres, o bien demasiado orgullosa, o bien demasiado insensata para hacerlo. Te hubieses dejado pudrir en lugar de pedir ayuda —proseguí—. O sea que no voy a recibir un «gracias», ¿verdad?

Dio un cabezazo hacia atrás a modo de respuesta, pero lo vi venir. Empujé contra ella hasta que no quedó espacio alguno entre su cuerpo y la pared, cosa que no le gustó. Empezó a retorcerse, a presionar hacia atrás… a menear partes blandas y bien torneadas de ella, y mi cuerpo reaccionó de inmediato.

Por todos los dioses.

—Tienes un talento excepcional para ser desobediente —gruñí—. Solo superado por tu talento para volverme loco.

—Has olvidado otro talento más.

—¿Ah, sí? —fruncí el ceño.

—Sí —bufó entre dientes—. Mi talento para matar Demonios. Supongo que matar atlantianos será casi lo mismo.

Me eché a reír, divertido por sus amenazas.

—Nosotros no estamos consumidos por el hambre, o sea que no se nos puede distraer tan fácil como a un Demonio.

—Aun así, se os puede matar.

—¿Eso es una amenaza? —pregunté, con una sonrisa.

—Tómatelo como quieras.

Vale, debía de ser una amenaza. Mi sonrisa se esfumó.

—Sé que has pasado por mucho. Y sé que lo que te he contado también es mucho para asimilar de golpe, pero es todo verdad. Cada parte, Poppy.

—¡Deja de llamarme así! —Se retorció, cambió un poco de posición… y su trasero se restregó contra mi miembro.

—Y tú deberías dejar de hacer eso —mascullé, sin tener muy claro si de verdad quería que parase—. Aunque bueno… por favor, continúa. Es el tipo de tortura perfecto.

Poppy aspiró una bocanada de aire brusca al tiempo que sufría un estremecimiento intenso y dulce.

—Estás enfermo.

—Y soy retorcido. Perverso y oscuro. —Deslicé la barbilla por su mejilla y sonreí cuando su espalda se arqueó en respuesta. Su cuerpo sabía bien lo que quería. Contra la pared, extendí los dedos por encima de los suyos—. Soy muchas cosas…

—¿Un asesino? —susurró—. Mataste a Vikter. Mataste a todos los otros.

El aire que inspiré parecía muy pesado de pronto.

—He matado, sí. Igual que lo han hecho Delano y Kieran. Tanto yo como el que llamas Señor Oscuro tuvimos que ver en las muertes de Hannes y de Rylan, pero no en la de esa pobre chica —precisé, en referencia a Malessa Axton—. Eso fue obra de uno de los Ascendidos, probablemente obnubilado por su sed de sangre. Y estoy dispuesto a apostar que fue, o bien el duque, o bien el lord. —Dio la impresión de que Poppy espiraba esa misma respiración pesada—. Y ninguno de nosotros tuvo nada que ver con el ataque al Rito —continué, lo cual era verdad—. Y lo que le sucedió a Vikter.

Pude sentir cada una de sus respiraciones mientras preguntaba:

—Entonces, ¿quién fue?

—Fueron aquellos a quienes llamas los Descendentes. Nuestros seguidores —le dije—. Sin embargo, no hubo ninguna orden de atacar el Rito.

—¿De verdad pretendes que crea que la *cosa* a la que siguen los Descendentes no les ordenó que atacaran el Rito?

—Solo porque apoyen al Señor Oscuro no significa que estén encabezados por él. Muchos de los Descendentes actúan por su cuenta. Saben la verdad. Ya no quieren seguir viviendo con el miedo de que conviertan a sus hijos en monstruos o sean robados para alimentar a otros. Yo no tuve nada que ver con la muerte de Vikter —insistí, aunque me sentía responsable, porque *era* responsable.

Poppy se estremeció.

—Pero lo de los otros lo admites. Tú los mataste. Reconocerlo no cambia las cosas.

—Tenía que ocurrir. —Moví la barbilla sin pensar, casi como un gato que busca caricias—. Igual que tú tienes que entender que no hay forma de salir de esta. Me perteneces.

Me perteneces.

Abrí los ojos, los fijé en nuestras manos unidas contra la fría piedra de la pared. Noté ese cosquilleo en la nuca.

—¿No querrás decir que pertenezco al Señor Oscuro? —me contradijo. Tragué saliva.

—Quise decir lo que he dicho, princesa.

—No le pertenezco a nadie.

—Si crees eso, entonces *sí* que eres tonta. —Volví a mover la cabeza para evitar sus posibles represalias—. O te estás mintiendo a ti misma. Pertenecías a los Ascendidos. Lo sabes muy bien. Es una de las cosas que odiabas. Te tenían dentro de una jaula.

—Al menos esa jaula era más cómoda que esta.

—Es verdad —admití. Y joder, fue como una patada en la tripa—. Pero nunca has sido libre.

—Sea verdad o no, eso no significa que vaya a dejar de luchar contra ti —me advirtió—. No pienso someterme.

—Lo sé. —La admiración hacia ella volvió a surgir en mi interior, pero también lo hizo la preocupación. No necesitaba que se sometiese. Necesitaba que viese la verdad, y había muchísimas cosas que aún no le había dicho. No había tiempo suficiente. Necesitaba ir a Berkton. Poppy se puso rígida contra mí.

—Y sigues siendo un monstruo.

Otra verdad.

—Lo soy, pero no nací así. Me *hicieron* así. Preguntaste por la cicatriz de mi muslo. ¿La miraste bien, o estabas demasiado ocupada contemplando mi pen...?

—¡Cállate!

—Debiste darte cuenta de que era el escudo real grabado a fuego en mi piel. —No tenía ninguna intención de callarme—. ¿Quieres saber por qué tengo unos conocimientos tan íntimos sobre lo que ocurre durante vuestra jodida Ascensión, Poppy? ¿Cómo es que sé lo que tú no? Porque me retuvieron en uno de esos templos durante cinco décadas —escupí—. Y me hicieron cortes y tajos y se alimentaron de mí. Mi sangre se vertía en cálices dorados de los que bebían los segundos hijos e hijas después de ser agotados por la reina o el rey u otro Ascendido. Yo era el maldito ganado. —Retraje los labios por encima de mis dientes—. Y no solo me utilizaban como alimento. Les proporcionaba todo tipo de entretenimientos. Sé exactamente lo que es no tener elección. —Toqué ese tema porque Poppy tenía que saberlo—. Fue tu reina la que me marcó a fuego, y si no hubiese sido por la insensata valentía de otro, todavía estaría ahí. Así fue como me hice esa cicatriz.

Entonces la solté. Ardía de ira y de aflicción, de vergüenza y de desesperación. Ya no había muros levantados en mi interior. Al retroceder, vi que Poppy temblaba. Sabía que lo que le había dicho la había dejado descolocada, impactada. Bien. Era terrible. Horroroso. Era la verdad sobre aquellos que ella estaba desesperada por creer que eran los héroes.

La cosa era que no había héroe alguno en todo esto. En realidad, no. Pero mi gente no eran monstruos.

Salí de la celda antes de que ella se diese la vuelta. Cruzó los brazos delante de la cintura. Yo agarré los barrotes mientras ella me miraba.

—Ni el príncipe ni yo queremos que sufras ningún daño —musité, en referencia a mi hermano—. Como ya te he dicho, te necesitamos viva.

—¿Por qué? —susurró—. ¿Por qué soy tan importante?

—Porque tienen al verdadero heredero al trono del reino. Lo capturaron cuando me liberó.

—¿El Señor Oscuro tiene un hermano? —preguntó, el ceño fruncido.

—Eres la favorita de la reina. Eres importante para ella y para el reino. No sé por qué. Quizá tenga algo que ver con tu don. Quizá no. —Me forcé a decir lo que necesitaba decir, porque ahora no era el momento de decirle que no tenía ninguna intención de dejar que volviera o se quedara con ellos. Esa conversación tendría que suceder una vez que Poppy hubiese aceptado la verdad—. Pero te devolveremos a ellos si ellos devuelven al príncipe Malik.

—Planeáis utilizarme como rescate.

—Es mejor que enviarte de vuelta en pedacitos, ¿no crees? —repliqué, al tiempo que apretaba las manos en torno a los barrotes. Una incredulidad absoluta se extendió por su cara.

—Has pasado todo este rato contándome que la reina, los Ascendidos y mi hermano son, todos ellos, malvados *vamprys* que se alimentan de mortales y ¿te vas a limitar a enviarme ahí de vuelta una vez que liberes al hermano del Señor Oscuro?

No había nada que yo pudiese decir que ella fuese a estar dispuesta a escuchar.

Una risa áspera y *dolida* brotó por su boca, y los barrotes se abollaron bajo mis manos mientras ella levantaba las suyas hacia su pecho.

—Se te proporcionará una cama más cómoda. —Me aparté de los barrotes—. Puedes optar por no creer nada de lo que te he contado, pero deberías, para que lo que estoy a punto de decir no te sorprenda. Pronto partiré para reunirme con el rey Da'Neer de Atlantia e informarle de que te tenemos. —Levantó la cabeza de golpe—. Sí. El rey vive. Igual que la reina Eloana. Los padres de aquel al que llamas Señor Oscuro y del príncipe Malik. —Di media vuelta, pero entonces me paré. Cerré los puños a los lados—. No todo fue mentira, Poppy. No todo.

PRESENTE XI

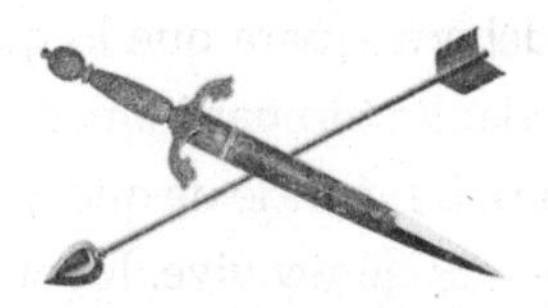

«Nunca quise que descubrieras la verdad del modo en que lo hiciste», le dije a Poppy. «Y sé que no es excusa; lo sabía ya entonces. No importa que planease contártelo todo. Debí hacerlo antes de pasar esa noche juntos, y sé que también debí obligarte a enfrentarte a lo que debías saber ya». Aspiré una bocanada de aire escasa. «Que yo era quien creías que era el Señor Oscuro. Eso hubiese sido lo correcto. Era otra cosa que ya sabía entonces, pero fui egoísta. Te quería a ti y no tuve la decencia de hacer lo correcto».

Estaba tumbado al lado de Poppy, deslizando los dedos por su brazo. Su piel se había caldeado en las últimas horas.

La esperanza era una criatura muy frágil, así que la mantenía a raya.

«La cosa es, Poppy, que si tuviese que volverlo a hacer todo desde cero, lo primero que cambiaría sería haberte dejado en esa celda. Y sé que suena muy equivocado. Que hay otro montón de cosas que debería haber hecho de forma diferente. Pero saber lo que debería haber hecho y lo que hubiese hecho son cosas muy distintas. Estaba ávido de ti entonces, incluso antes de percatarme de ello, pero esa noche…».

Seguí con mis dedos las elegantes líneas de los huesos y tendones de su mano.

«Ya había caído en tus redes, pese a lo que le había dicho a Kieran. No sabía que no era solo lujuria y obsesión. No sabía que ya estaba profunda y locamente enamorado de ti. De tu terquedad y valentía, tu amabilidad y esa deliciosa vena violenta que discurre por lo más profundo de tu ser». Sonreí. «Pero es que no sabía que eso era lo que estaba sintiendo porque el amor… no era algo que creyese que me mereciera. No después de todos mis errores, las vidas que había arrebatado y el dolor que les había causado a otras personas… el dolor que te había causado a ti. La agonía que mis acciones todavía te iban a provocar. Ni siquiera era porque creyese que no me ibas a perdonar nunca. Era que no podía ser perdonado y…». Dejé la frase en el aire mientras pensaba en mi hermano y en lo que había dicho de no contarle a Millicent que eran corazones gemelos.

Se me comprimió el pecho. Era probable que esa fuese la razón de la decisión de Malik. Estaba convencido de que ella no podría entender o perdonar las cosas que había hecho. Que no se merecía su amor… ni el de nadie más, en realidad. Y a pesar de los problemas entre nosotros, lo sentí por él.

Solté el aire despacio, en un intento de que se aflojara la tensión de mi pecho.

«Odiaba verte en esa celda, y odié dejarte ahí. Delano y Naill debían trasladarte en cuanto pudieran. Eso sí, tenían que esperar hasta estar convencidos de que Jericho se había marchado». Apreté los labios. «Y que los otros habitantes de la fortaleza estuviesen ocupados. No debían correr el riesgo de que los viera nadie mientras te trasladaban, porque New Haven se había convertido en un polvorín. Mucho más de lo que creíamos siquiera».

Una brisa cálida entró por la ventana y jugueteó con varios mechones del pelo de Poppy.

«Viajé a Berkton lo más deprisa que pude, forzando a Setti hasta el límite en aquel clima hostil. La nieve había amainado, pero era consciente de que no disponía de demasiado tiempo antes de que arreciara de nuevo. Cuando llegué a la vieja fortaleza…».

La verdad era que no tenía ni idea de lo que hubiese hecho de *haber* encontrado a mi padre ahí.

«Encontré a Alastir, no al rey. Él había convencido a mi padre de permanecer en Atlantia, porque adentrarse tanto en Solis era un riesgo demasiado grande para él. Tú ya lo sabes, pero ¿el alivio que sentí? Podría haber caído de rodillas. Alastir… fue un bastardo traicionero al final, y que le den, pero hasta el día de hoy, me alegro de que viniera».

Levanté la mano de Poppy y deposité un beso sobre el dorso.

«Pude convencerlo de que tenía las cosas bajo control y que las carreteras estaban en demasiadas malas condiciones para que su grupo realizase el viaje». Miré de reojo a las puertas cerradas. «Emil me ayudó en eso, siendo él mismo, en toda su ridiculez. ¿Y Alastir? No me presionó. No quiso hacerlo. ¿Y sinceramente? Creo que el retraso fue un alivio para él. Verás, por aquel entonces él no sabía quién eras de verdad. Lo único que sabía era que estaba a punto de ir a hacer algo que no estoy seguro de que quisiera hacer. Algo que le había asegurado a mi padre que haría».

Lo medité un poco, conciliando al Alastir con el que había crecido, con el que luego había matado. El que al final nos había traicionado.

«Solía pensar que se debía a que era un hombre bueno, aunque a veces irritante. Ahora, me doy cuenta de que era solo porque no quería más sangre inocente sobre sus manos. Aunque eso fue antes de ver quién eras».

Se me borró la sonrisa.

«¿Si mi padre hubiese estado ahí? Habría ido a New Haven de todos modos y no sé si habría sido capaz de hacerle cambiar de opinión», admití en el silencio de la habitación. «Pero sí sé que no le habría permitido hacerte daño».

Giré su mano y besé la marca dorada de matrimonio.

«Hubiese provocado el destierro de algunas personas. La muerte de otras. Hubiese dividido el reino». La verdad tenía un sabor ceniciento en mi lengua. «Lo hubiese matado», susurré. «Lo juro por los dioses, incluso entonces, antes de comprender de verdad lo que sentía por ti… que eras mi alma… lo hubiese matado».

Bajé su mano.

«Pero eso no ocurrió. Tuve suerte entonces, aunque esa suerte no duró demasiado».

Me empapé de la imagen del rosa que poco a poco regresaba a sus mejillas, aunque la imagen de cuando me entregaron el cuerpo exangüe de Poppy llenaba mi mente. Un recuerdo que no olvidaría.

El aire que aspiré quemó un poco.

«¿El miedo que sentí durante el trayecto de regreso a la fortaleza, cuando me llegó la noticia de que te habían atacado? Debí haberlo sabido entonces. Kieran lo supo». Entrelacé los dedos con los suyos. «Aún más que antes. Vio mi pánico, lo que estaba dispuesto a hacer para salvarte. ¿De haber sido cualquier otro? Kieran lo hubiese destruido por haberme apuñalado. Pero ¿a ti? No me entiendas mal. Hubo un momento en que su instinto tomó el control. Me habías hecho daño. Esa respuesta inicial está más allá de su control. Pero que yo lo detuviera no fue la razón de que no cediera a él. Él lo *sabía*. Por eso te dejó vivir». Le di un apretoncito en la mano. «Él ya sabía que yo estaba enamorado de ti».

El Señor Oscuro

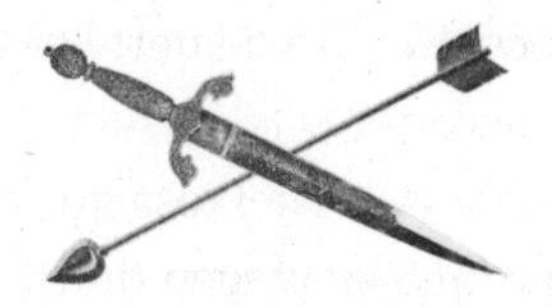

Los *aullidos*.

Una hora o así después de haber emprendido el regreso a la Fortaleza de Haven, los agudos y estridentes gemidos y los poderosos y lastimeros aullidos sembraron el caos en el bosque entre la fortaleza de Berkton y New Haven. Posados en las ramas de los pinos muy por encima de nuestras cabezas, los pájaros emprendieron el vuelo y se desperdigaron por los aires. Multitud de criaturas pequeñas corrieron a esconderse debajo de arbustos y rocas. Desde las partes más profundas y oscuras del bosque, los Demonios contestaron con sus propios lamentos agónicos.

Había oído la llamada de alarma de los *wolven* más de cien veces a lo largo de mi vida, pero esta me puso todos los pelos de punta e hizo que me hormigueara la parte de atrás del cuello.

Porque lo *supe*.

No sabía cómo. No tenía ningún sentido que lo supiera, pero cada fibra de mi ser sabía que le había pasado algo a Poppy.

Giré la cabeza hacia Kieran a toda velocidad.

—Ve.

No vaciló ni un segundo. Frenó a su caballo, se apeó de un salto y adoptó su forma de *wolven* a media zancada. No era más que un borrón de color pardo mientras yo agarraba las riendas de su caballo. Me incliné sobre el cuello de Setti para galopar como alma que lleva el diablo entre el laberinto de pinos, mientras la nieve empezaba a arreciar y caía cada vez más deprisa y con más fuerza.

El viento azotaba mis mejillas, pero aun así saltamos por encima de rocas y árboles caídos, el corazón desbocado. No sentí la humedad gélida ni los aterrizajes bruscos cuando los cascos de Setti levantaban nubes de nieve y tierra. Las respiraciones jadeantes de los caballos se unieron a las mías. El alivio de que hubiese sido Alastir el que había ido ahí en lugar de mi padre había quedado atrás al instante, mientras empujaba a Setti y al otro caballo al límite de sus fuerzas. Ahora, lo único que sentía era un miedo creciente.

Algo le había pasado a Poppy.

Esa certeza inexplicable no hacía más que aumentar a cada minuto y hora que pasaba. ¿Habría escapado? ¿Habría enfermado a pesar de cómo había limpiado su herida? ¿Alguien le habría hecho daño?

Si alguien había tocado un solo centímetro de su piel, moriría. Daba igual quién fuese. Su vida ya había terminado.

Cuando los pinos empezaron a ralear, supe que estaba cerca. Frené a Setti y al otro caballo, salté de la montura y en cuanto toqué el suelo ya estaba corriendo. Esprinté entre los árboles, volé por encima de las rocas y las gruesas ramas que cubrían el suelo resbaladizo cubierto de nieve. Algún tipo de instinto primitivo me advertía de que no había tiempo que perder.

La descolorida piedra gris de la Fortaleza de Haven apareció entre los pinos, así que apreté el paso, echando mano de cada ápice de fuerza elemental que había en mí. Salí en tromba de entre los árboles, corrí a través del patio, por delante de los *wolven* que caminaban inquietos, por delante de multitud de rostros borrosos… Solo ralenticé el paso cuando vi a Naill salir a la carrera por las puertas de la fortaleza.

—¿Dónde está? —pregunté.

Naill tenía los ojos muy abiertos. Más abiertos de lo que los había visto nunca, el blanco muy llamativo contra su piel.

—Kieran la ha llevado arriba, a tu habitación.

Di media vuelta, directo hacia la entrada a las escaleras.

—¿Cuán grave es?

—Es... es grave —repuso Naill, que me pisaba los talones.

Se me hizo un agujero en el pecho. Abrí la puerta de un tirón brusco y el olor de su sangre me golpeó de inmediato.

—¿Los responsables?

—Los que todavía viven están en las celdas —respondió Naill, mientras subíamos las escaleras a toda velocidad—. Intentamos detenerlos, pero nos superaban en número. Por mucho. Ella se defendió y... joder, le salvó la vida a Delano ahí abajo. Juro por los dioses que lo hizo. Y ni siquiera sé por qué.

Yo tampoco. Abrí la puerta de un empujón y entré en el pasillo exterior del primer piso. El olor de la sangre de Poppy era aún más fuerte.

—Quiero que los mantengan con vida. Me encargaré de ellos en persona.

—Entendido.

—Dejé a Setti y al caballo de Kieran en el bosque —le dije—. Hay Demonios...

—Iré a por ellos. —Naill dio media vuelta, agarró la barandilla y saltó sobre ella. Se puso en cuclillas—. Cas, lo... lo siento. Te fallamos.

—No, de eso nada —gruñí, al tiempo que se abría la puerta de la habitación y aparecía Elijah—. He sido yo el que he fallado.

Con los puños apretados, pasé junto a un Elijah notablemente abatido y me paré en seco.

Kieran estaba al lado del fuego crepitante. Acunaba a Poppy en su regazo, una mano apretada contra su vientre. El rojo se filtraba entre sus dedos y salpicaba el suelo. Y Poppy... tenía los ojos cerrados, la piel demasiado pálida. Por un momento, pensé que… oh, joder, pensé que ya se había ido. Pero entonces vi la daga aún aferrada en su mano.

Kieran levantó la cabeza, su expresión sombría.

—Cas…

Conocía esa mirada.

Oí la finalidad en su voz.

Me negué a aceptar ninguna de las dos. Fui hacia ellos. Por el camino, desaté mi capa y la dejé caer al suelo. Consciente de que Elijah cerraba la puerta, me quité los guantes y los tiré a un lado. Alargué las manos hacia ella mientras Kieran se levantaba. La depositó en mis brazos.

Poppy no hizo ni un ruido. No hizo nada mientras yo daba media vuelta, el corazón tronando. Sentí lo helada que tenía la piel bajo el vestido. Ahogué una exclamación al ver los irregulares desgarros frescos en su brazo y debajo de su hombro. La había arañado un *wolven*.

Con el estómago revuelto, la deposité en el suelo al lado de la chimenea, luego la giré para que descansara sobre el costado. Kieran me siguió en silencio para volver a colocar la mano sobre la herida. Una herida demasiado próxima al corazón.

—Abre los ojos, Poppy. Venga. —Solté la daga de sus dedos y dejé que cayera al suelo. El hecho de que se aferrase a ella de ese modo me destrozó. Me temblaba la mano mientras la agarraba por la barbilla—. Necesito que abras los ojos.

Aspiré un aire tembloroso mientras su sangre continuaba bombeando entre los dedos de Kieran. Era grave. La herida era profunda y nadie aquí podría arreglarlo con un poco de bálsamo y una venda. Iba a… Por todos los dioses, Poppy iba a… No, no lo permitiría.

—Por favor —le pedí. Le supliqué, en realidad.

La piel de alrededor de sus ojos se frunció. Esas espesas pestañas aletearon, después se levantaron.

—Ahí estás. —Forcé una sonrisa, porque no quería que tuviera miedo. No quería que viese en mis ojos lo que yo sabía. No quería que tuviera este recuerdo para añadir a sus otros recuerdos terribles, porque *iba* a sobrevivir a eso. Lo supe en el momento en que oí los aullidos de los *wolven*.

—Duele —boqueó.

—Lo sé. —Con un escalofrío, le sostuve la mirada—. Lo voy a arreglar. Haré que el dolor se vaya. Haré que se vaya todo. No tendrás ni una sola cicatriz más.

Su pecho se movió con una respiración superficial.

—Me… me estoy muriendo.

—No, de eso nada —gruñí, el terror mezclado con un miedo atroz—. No puedes morir. No lo permitiré.

No dudé ni un instante. No lo pensé dos veces. Me llevé la muñeca a la boca y la mordí con fuerza. Poppy dio un grito y Kieran retiró la mano de su herida de pronto, al tiempo que se tambaleaba un paso hacia atrás y mi sangre tocaba mi lengua. Me desgarré la piel con los dientes.

Vi una breve expresión de preocupación cruzar el rostro de Poppy.

—Voy a morir siendo imbécil —susurró. Levanté la muñeca, el ceño fruncido.

—No vas a morir. Y yo estoy bien, solo necesito que bebas.

Kieran se había puesto rígido.

—Casteel, ¿sabes…?

—Sé exactamente lo que estoy haciendo y no quiero tu opinión ni tus consejos. —Un hilillo de sangre resbaló por mi brazo—. Y tampoco los necesito.

Kieran recibió el mensaje y guardó silencio. Poppy, sin embargo, no lo hizo. Intentó alejarse de mí.

—No —protestó con voz rasposa—. No.

—Tienes que hacerlo. Morirás si no lo haces.

—Prefiero… morir a convertirme en un monstruo —juró.

—¿Un monstruo? —me reí ante su absurdidad—. Poppy, ya te he dicho la verdad acerca de los Demonios. Esto solo hará que te pongas bien.

Apartó la cabeza de mí.

El agujero se ensanchó en mi pecho.

—Vas a hacer esto. Vas a beber. Vas a vivir. Toma esa decisión, princesa. —Mi voz se volvió más ronca—. No me obligues a tomarla por ti.

Sacudió la cabeza con debilidad, aún forcejeando por zafarse.

Joder, no había tiempo de discutir con ella, de intentar convencerla de lo que no creía. Le había dado la oportunidad de elegir. Ella no me había dado ninguna.

—Penellaphe. —Dije su nombre mientras conjuraba el *eather* de lo más profundo de mi ser. Fluyó por mis venas y llenó mi voz del poder de los dioses—. Mírame. —Despacio, sus ojos se cruzaron con los míos. Sus labios se entreabrieron—. Bebe —le ordené, y empujé fuerte con la coacción mientras acercaba la muñeca a su boca—. Bebe de mí.

Una gota de sangre cayó de mi brazo a sus labios. Se coló entre ellos y Poppy dio un leve respingo. Apreté la muñeca contra su boca. Mi sangre entró en ella, impregnó su lengua, bajó por su garganta… pero yo contuve la respiración y esperé.

Poppy *tragó*.

—Eso es —murmuré con voz rasposa—. Bebe.

Esos ojos verdes se clavaron en los míos mientras bebía, succionando mi sangre con fuerza. No apartó la mirada mientras tragaba y tragaba, incluso después de suprimir la coacción y dejarla libre. Bebió de mí por sí sola, y dio la impresión de que el asco que pudiera causarle se pasó en el momento en que saboreó mi sangre. No sería como había esperado.

Los ojos de Poppy se cerraron despacio, los dedos apretados sobre mi antebrazo, pero yo no cerré los míos. La observé con intensidad, vagamente consciente de que Kieran abandonaba la habitación en silencio. Y mientras se alimentó, fuimos solo nosotros. Me concentré en su respiración, en su pulso. Ambos fortalecidos y tranquilos ahora, su corazón moribundo más fuerte a cada momento, a medida que yo despejaba mi mente de la furia y el terror. No quería que ella detectase nada de eso. Quería que se sintiera segura.

Sus succiones regulares contra mi muñeca se volvieron casi lánguidas, pero siguió tomando de mí, con hambre, con ansia. Apoyé la cabeza en la pared. Por alguna razón, pensé en el mar Stroud, en el aspecto que había tenido para mí cuando por fin logré salir de los túneles. El sol me había hecho daño en los ojos después de haber estado retenido bajo tierra durante tanto tiempo, pero incluso con ellos escocidos y acuosos, no había sido capaz de apartar la vista de las centelleantes aguas azules. Pence había estado en lo cierto. El mar Stroud era precioso.

La imagen del agua se dispersó cuando Poppy se contoneó un poco contra mí. Desde las profundidades de mis recuerdos, otra imagen cobró forma. Roca lisa. Un agua más clara empapada en sombras que olían a lilas. La *caverna*.

Hubiese jurado que sentí la presencia de Poppy mientras mi último recuerdo del lugar empezaba a formarse. Como si ella estuviese dentro de mi cabeza. Se me cortó la respiración.

Abrí los ojos, el corazón acelerado. Bajé la vista hacia Poppy.

—Basta —mascullé. Su piel había recuperado el color—. Ya basta.

Poppy… por todos los dioses, tan gloriosamente testaruda como nunca, estaba aferrada a mi muñeca. Estaba claro que no creía que hubiese bebido bastante. Succionó de las perforaciones que había creado con mis colmillos, y sus chupadas ávidas tocaban cada punto sensorial de mi cuerpo.

—Poppy —gemí con un ruido gutural, al tiempo que retiraba la muñeca de su boca.

Hizo ademán de perseguirla, pero entonces se relajó y cerró los ojos de nuevo. El aspecto que tenía me recordó a cuando se había quedado dormida mientras le hablaba de mis cicatrices. Saciada. Pacífica. *Feliz.*

Remetí ese mechón de pelo rebelde detrás de su oreja, mis dedos separaron los sedosos nudos y dejé que mi cabeza se apoyase en la pared una vez más. Hube de reconocer que me perdí un poco, absorto en sujetarla entre mis brazos en el silencio. Ni siquiera estaba seguro de cuánto tiempo había pasado, pero no olvidaría esos momentos de calma ni aunque el mundo exterior me lo exigiera.

—Poppy —la llamé—. ¿Cómo te encuentras?

—No tengo frío —respondió, después de un momento—. Mi pecho… no está frío.

—No debería estarlo.

—Me siento… diferente —añadió. Una pequeña sonrisa tiró de mis labios.

—Bien.

—Siento como si mi cuerpo… no estuviera conectado.

—Eso se te pasará en unos minutos —le dije. Alimentarse provocaba un poco de colocón. No era lo único que hacía, pero mientras Poppy se quedara como estaba, los efectos se le pasarían—. Solo relájate y disfrútalo.

—Ya no me duele nada. —Poppy se quedó callada unos momentos—. No lo entiendo.

—Es mi sangre. —Ese mechón había vuelto a encontrar el camino hasta su mejilla. De verdad que me encantaba ese poco de pelo. Lo retiré. Poppy se estremeció y me llegó un olor distinto al de su sangre. Lo ignoré—. La sangre de un atlantiano tiene propiedades curativas. Ya te lo dije.

—Eso… no es posible —murmuró Poppy.

—¿Ah, no? —Estiré la mano por encima de ella y levanté su brazo—. ¿Acaso no te hirieron aquí? —Miró, pero no había nada más que sangre seca y mugre sobre su piel—. ¿Y aquí? —Moví la mano de modo que mi pulgar girara en torno a la parte superior de su brazo, justo por debajo del hombro—. ¿No te arañaron aquí?

Una vez más, sus ojos siguieron la dirección que le indicaba. Poppy rebosaba asombro.

—No… no hay cicatrices nuevas.

—No habrá cicatrices nuevas. Es lo que te prometí —le recordé.

—Tu sangre… —Tragó saliva—. Es asombrosa. —Me alegraba de que pensara eso ahora. ¿Más tarde? Sería una historia muy distinta. Los ojos de Poppy volaron de vuelta a los míos—. Me forzaste a beber tu sangre.

—Exacto.

Arrugó la nariz.

—¿Cómo?

—Es una de esas cosas que ocurren al madurar —expliqué—. No todos podemos… obligar a otros.

—¿Lo has hecho alguna vez antes? —preguntó—. ¿Conmigo?

—Es probable que desees poder achacar tus acciones pasadas a ello —dije con sequedad—. Pero no, Poppy. Nunca necesité ni quise hacerlo.

La confusión se apoderó de ella, hizo que frunciera los labios.

—Pero ahora lo has hecho.

—Sí.

Entornó los ojos.

—No suenas ni remotamente avergonzado.

—Es que no lo estoy —admití, al tiempo que reprimía una sonrisa—. Te dije que no te permitiría morir. Y hubieses muerto, princesa. Te estabas muriendo. —Una punzada de dolor frío y duro cortó a través de mi estómago—. Te salvé la vida. Hay quien sugeriría un «gracias» como respuesta apropiada.

—No te pedí que lo hicieras —declaró, y jamás me había sentido más agradecido de ver cómo se levantaba esa barbilla testaruda suya.

—Pero estás agradecida, ¿no? —me burlé. Poppy apretó los labios. Sentí una oleada de diversión—. Solo tú discutirías conmigo sobre esto.

—No me volveré…

—No —suspiré. Bajé el brazo a su estómago—. Te dije la verdad, Poppy. Los atlantianos no crearon a los Demonios. Fueron los Ascendidos.

Poppy me miró. Su pecho se hinchó de pronto y creí verla entonces: una pizca de aceptación, antes de que mirase las vigas vistas del techo.

—Estamos en un dormitorio.

—Necesitábamos privacidad.

Frunció el ceño.

—Kieran no quería que me salvaras.

—Porque está prohibido.

—¿Voy a convertirme en una *vampry*? —Me reí. No pude evitarlo, porque *sí* que estaba empezando a aceptar la verdad—. ¿Qué tiene eso de gracioso?

—Nada. —Sonreí—. Sé que todavía no quieres creer la verdad, pero muy en el fondo, sí que quieres. Por eso has hecho esa pregunta. —Miré de reojo la puerta cuando oí unas pisadas que se acercaban y luego se retiraban—. Para convertirte, necesitarías mucha más sangre que esa. También requeriría que yo fuese un participante más activo.

El aire que inspiró fue suave.

—¿Cómo… cómo serías un participante más activo?

Mi sonrisa se ensanchó.

—¿Preferirías que te lo demostrara en lugar de contártelo?

—No —repuso, aunque su deseo aumentó. Cerré los ojos.

—Mentirosa.

Poppy se quedó callada otra vez. Sabía que debía ayudarla a lavarse y luego meterla en la cama para que pudiera descansar. *Sola*. Había cosas de las que debía ocuparme. Gente a la que quería matar. Despacio. Con mucho dolor.

Pero Poppy estaba caliente y viva, segura entre mis brazos, y no estaba preparado para marcharme.

Lo pagaría caro, más pronto que tarde, porque la respiración de Poppy había cambiado. Su pulso se había acelerado. Los otros efectos de mi sangre, que con gran ingenuidad había esperado que se le pasasen solos, empezaban a hacer acto de presencia en ella.

—¿Están... Naill y Delano bien? —preguntó, su voz más gruesa, más sensual.

—Se pondrán bien —le aseguré—. Y estoy seguro de que se alegrarán de saber que preguntaste por ellos.

Poppy no respondió a eso. O quizá lo hiciera y yo no la oí por encima de mi pulso atronador. Respiré hondo y me tragué un gemido. Su olor me rodeaba y sentí su mirada acalorada sobre mí. Podía sentir exactamente a dónde estaba yendo su cabeza.

—Poppy —la advertí.

—¿Qué? —Susurró. Rechiné los dientes.

—Deja de pensar lo que estás pensando.

—¿Cómo sabes lo que estoy pensando?

Abrí los ojos y bajé la barbilla.

—Lo sé.

Poppy giró la cabeza hacia mí, la piel arrebolada mientras se estremecía. Meneó las caderas y solo me faltó maldecir mientras apretaba el brazo a su alrededor. No estaba seguro de cómo ayudaba eso. No lo hizo. No cuando su trasero estaba acurrucado contra mi pene.

—No lo sabes —negó. Me observaba con los ojos entrecerrados. Se mordió el labio y gimió—. ¿Hawke? —Por todos los dioses. Poppy aprovechó ese momento exacto para estirarse como un gato. Su espalda se arqueó, presionó sus pechos contra la camisa—. Hawke.

—No —mascullé, y me puse tenso—. No me llames así.

—¿Por qué no?

—No lo hagas y ya está. —No después de esto. No después... *oh, joder*.

La mano de Poppy se había puesto en marcha, se deslizó a lo largo de su camisa desgarrada. Se me secó la boca al observar sus dedos enroscarse alrededor de su pecho, presionar contra la carne blanda.

—Poppy —mascullé—. ¿Qué estás haciendo?

—No lo sé —Esa era una mentira total y absoluta. Tenía los ojos cerrados mientras arqueaba la espalda. Deslizó el pulgar por encima de la punta de su pezón—. Estoy ardiendo.

—Solo es la sangre —dije, y oí lo pastosa que sonaba mi voz mientras la observaba—. Se te pasará, pero deberías… tienes que dejar de hacer eso.

Para sorpresa de nadie, mucho menos mía, Poppy no me hizo ni caso.

Su pulgar rodó por encima del duro pezón, que veía con claridad a través de la burda y fina camisa. Y le gustó lo que sintió. Ahogó una exclamación.

El deseo onduló a través de mí mientras ella se movía. Apretó los muslos… unos muslos que recordaba muy bien presionando contra mis hombros mientras la saboreaba.

—¿Hawke?

Una tensa punzada de placer cortó a través de mí.

—Poppy, por el amor de los dioses.

Abrió los ojos y su mano abandonó su pecho. Hubo un momento de respiro, pero entonces sus dedos estaban en movimiento otra vez. Se deslizaron por su estómago y todo respiro se esfumó.

—¿Me besas? —Su susurro sensual fue un tormento para mí. Todos los músculos de mi cuerpo se tensaron.

—No quieres eso.

—Sí lo quiero. —Las puntas de sus dedos llegaron a la cinturilla suelta de sus pantalones—. Lo necesito.

—Eso solo lo piensas ahora mismo. —Daría cualquier cosa por oírle decir lo mismo en cualquier otro momento—. Es la sangre.

—No me importa. —Su mano bajó aún más—. Tócame. Por favor.

El deseo me hizo trizas. Gemí con un sonido gutural.

—¿Ahora crees que me odias? Si hago lo que me pides, querrás asesinarme. —Mis labios se curvaron hacia arriba.

Ahora que lo pensaba…—. Bueno, querrás asesinarme más de lo que quieres hacerlo ya. En este momento no tienes el control de ti misma.

La piel de su frente se arrugó.

—No.

—¿No? —repetí, sin apartar la vista de su mano que bajaba poco a poco.

—No te odio. —Un retumbar grave brotó de mi interior. No era solo la necesidad lo que se había apoderado de mí. Era un deseo tan intenso que había agarrado su muñeca antes de darme cuenta siquiera de lo que estaba haciendo. Quería reemplazar su mano por la mía… mis dedos, mis labios, mi lengua. Mi miembro se puso duro y grueso—. ¿Hawke? —gimoteó. Estiré el cuello.

—Planeé arrancarte de todo lo que conocías, y lo hice, pero ese no es ni de lejos el peor de mis crímenes —mascullé—. He matado a gente, Poppy. Tengo las manos tan manchadas de sangre que jamás estarán limpias. Derrocaré a la reina que cuidó de ti y muchos más morirán en el proceso. No soy un buen hombre, pero estoy intentando serlo ahora mismo.

—No quiero que seas bueno. —Agarró mi túnica—. Te quiero a ti.

Negué con la cabeza. No lo haría. Poppy tiró de la mano que yo sujetaba. Aspiré una bocanada de aire poco profunda y me incliné hacia ella.

—En unos minutos, cuando esta tormenta amaine, volverás a aborrecer mi mera existencia, y con razón —le dije, nuestras bocas a apenas unos centímetros—. Vas a odiar haberme rogado que te besara, que te hiciera algo más. Pero incluso sin mi sangre en tu interior, sé que nunca has dejado de desearme. —Las palabras salieron por mi boca como un aluvión acalorado—. Pero cuando esté muy dentro de ti otra vez, y lo estaré, no serás capaz de echarle la culpa a la influencia de la sangre ni a ninguna otra cosa.

Poppy me miró mientras yo sacaba su mano de entre esos preciosos muslos y llevaba la palma a mi boca. Deposité un beso en el centro, lo cual le provocó una exclamación ahogada.

Pasó un segundo.

Quizá dos.

Entonces, la lujuria alimentada por la sangre empezó a despejarse, justo como yo había dicho que sucedería.

Cuando volvió a tirar contra mi agarre, solté su mano. Pasaron unos segundos más. Minutos.

—Jamás debí marcharme —dije, ahora que estaba seguro de que tenía la mente bastante despejada—. Debí imaginar que algo como esto podía suceder, pero subestimé su deseo de venganza.

—Querían… querían verme muerta —murmuró.

—Pagarán por lo que hicieron —le prometí.

Se movió un poco, pero nada que ver con antes.

—¿Qué vas a hacer con ellos? ¿Matarlos?

—Exacto. Y mataré a cualquier otro que pretenda seguir ese camino.

Poppy tragó saliva.

—¿Y yo? ¿Qué vas a hacer conmigo?

Aparté la vista de ella. Estaba tan cansado…

—Ya te lo dije. Te utilizaré para negociar con la reina y liberar al príncipe Malik. Pero juro que no volverás a sufrir ningún daño.

Poppy abrió la boca para hablar, pero justo entonces todo su cuerpo dio una sacudida.

—¿Casteel? —Me quedé paralizado—. Kieran… Kieran dijo ese nombre.

¿Lo había hecho?

No me había dado cuenta. Había estado demasiado preocupado por salvarla. Noté cómo su pulso se aceleraba y, en lugar de ira o pánico, sentí verdadero alivio cuando esta última mentira se desmoronaba ante mis ojos. Poppy por fin estaba aceptando lo que ya debía saber.

—Oh, por todos los dioses. —Se llevó una mano a la boca—. Eres él. —Su mano resbaló para enroscarse alrededor del cuello de su camisa rota—. Eso es lo que le ocurrió a tu hermano. La razón de que sintieras tanta tristeza por él. Él es el príncipe que esperas recuperar intercambiándolo por mí. Tu nombre no es Hawke Flynn. ¡Eres él! Eres el Señor Oscuro.

Solo el dolor del pasado me impidió reaccionar a oír cómo me llamaba el Señor Oscuro.

—Prefiero el nombre Casteel o Cas —declaré—. Si no quieres llamarme así, puedes llamarme príncipe Casteel Da'Neer, segundo hijo del rey Valyn Da'Neer, hermano del príncipe Malik Da'Neer. Pero *no* me llames Señor Oscuro. Ese *no* es mi nombre.

Poppy se quedó quieta durante un segundo, y luego su ira y su aflicción salieron en tromba de su interior. Dejé que lo hiciera. Lo encajé. El puñetazo en mi pecho. La sonora bofetada en la mejilla. Empujó mis hombros mientras gritaba. Dejé que lo hiciera, hasta que vi la humedad que se arremolinaba en sus ojos. No podía quedarme ahí sentado y no hacer nada al respecto.

—Para. —La agarré por la parte superior de los brazos y tiré de ella hacia mi pecho—. Para, Poppy.

—Suéltame —exigió. Temblaba tanto que temí que se rompiera si la soltaba.

Que esta vez se hiciese añicos. Y no habría nadie a quien culpar excepto a mí mismo. Así que la abracé con fuerza contra mí. Apreté la cabeza contra la suya.

—Lo siento muchísimo —susurré—. Lo siento.

No se le escapó ni una sola lágrima, pero temblaba como una hoja, incapaz de oírme. Empecé a apartarme, aflojé los brazos. Su corazón latía desbocado.

—¿Poppy?

Se giró otra vez. Rodó sobre el costado para engullir grandes bocanadas de aire.

—Suéltame.

—Poppy —repetí. Apoyé con suavidad los dedos contra su cuello para tomarle el pulso. Solté una maldición—. Tu corazón late demasiado deprisa.

—¡Suéltame! —gritó, con tal fuerza y ferocidad que tenía su propio peso, su propia potencia.

Bajé un brazo, pero no la solté del todo. Ningún corazón de mortal podía latir de ese modo mucho rato. Tenía que calmarse, pero había perdido el control. Maldita sea. Plantó las manos en el suelo, el cuerpo aún temblando. Esto era demasiado para ella; demasiado para cualquiera. Sabía lo que tendría que hacer. Sería otra razón más para que me odiase, pero preferiría que maldijera mi mismísima existencia antes que dejar que muriese. Empecé a tirar de ella hacia mí de nuevo cuando se giró de repente hacia mí.

—*Poppy*.

Empujó contra mi pecho…

Eso me robó el aire que había aspirado.

No… no había *empujado* contra mi pecho. Eso no me hubiese provocado la repentina y atroz agonía ardiente que sentía ahí. Un dolor que me dejó sin respiración.

Los ojos espantados y muy abiertos de Poppy conectaron con los míos. Despacio, bajé la vista.

Una daga sobresalía de mi pecho.

La incredulidad tronó en mi interior. Poppy me había apuñalado. Justo como le había dicho que hiciera debajo del sauce si hacía algo que no le gustase.

Apartó la mano del mango de la daga y retrocedió a toda prisa.

—Lo siento —susurró.

Aparté la vista de la daga y vi que las lágrimas que había estado conteniendo rebosaban ahora de sus ojos. Solo la había visto llorar por Vikter. Por alguien que le importaba.

—Estás llorando —musité con voz rasposa. Noté sabor a sangre. Mi sangre.

Un horror puro y sin adulterar llenó sus preciosos ojos. Se levantó de un salto y retrocedió. Temblaba de la cabeza a los pies.

—Lo siento —repitió.

Me atraganté con una carcajada. Luego me incliné hacia delante, planté mi mano en el suelo. Esa risa me costó caro e hizo que me ardiera el pecho.

—No —boqueé—. No lo sientes en absoluto.

Poppy negó con la cabeza. Un sonido brotó de ella cuando dio media vuelta y abrió la puerta de un tirón brusco. Y después hizo algo que no creía que hubiese hecho de verdad nunca en su vida.

Huyó.

En la nieve

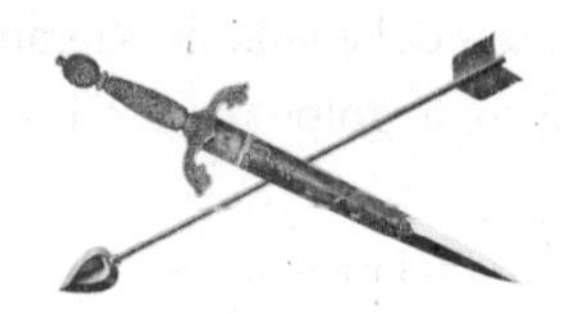

—Malditos sean los dioses —gruñí, aturdido por la miríada de emociones. Estaba conmocionado por que Poppy hubiese hecho eso de verdad, furioso porque lo había hecho en serio, y también *divertido*. Agarré el mango de la daga.

Kieran apareció de repente ante la puerta abierta.

—Santo cielo. —Dio un paso vacilante hacia mí, la respiración entrecortada—. Te ha apuñalado.

—Solo un poco. —Extraje la daga de un tirón. El dolor explotó en mi pecho, pero aun así incrusté la hoja en el suelo—. *Joder*.

—¿Un poco? —gruñó Kieran—. ¿Ha llegado al corazón?

—Casi. —O quizás un poco. Puede que un cortecito—. Y con piedra de sangre. ¿Un centímetro a la izquierda? —Se me escapó otra risa mojada y sanguinolenta mientras la ira se extendía por mis venas como un fuego—. Eso sí que hubiese… hecho daño de verdad.

Un retumbar grave de furia emanó de Kieran. Levanté la cabeza de golpe cuando el depredador que había en mí despertó. Su piel se había afinado, la mandíbula se había alargado. El azul de sus ojos brillaba como las estrellas. Su cabeza giró a toda velocidad hacia la puerta y su pecho se expandió, estiró las costuras de su túnica. Era más que solo el vínculo lo que se había activado, lo que exigía que fuese detrás de la que me había hecho daño. Si lo hacía, atraparía a Poppy…

—No. —Me levanté de un salto, haciendo caso omiso de un nuevo estallido de agonía—. No vayas tras ella. Yo la atraparé. —Respiré hondo. Picaba, pero la daga estaba fuera. La herida se curaría deprisa. El dolor cesaría—. Yo me encargaré de ella.

Todos los tendones del cuello de Kieran estaban en tensión cuando su cabeza giró de golpe hacia mí. Vibraba de la ira.

—Voy a…

—*No* —rugí. Me abalancé sobre él y lo hice retroceder de la puerta, enseñándole los colmillos—. Es mía.

Kieran se quedó de piedra, luego dio un paso vacilante hacia atrás. Se quedó boquiabierto.

—Cas…

No tenía nada más que decirle. Di media vuelta y eché a correr. *Es mía,* me repetí mientras saltaba por encima de la barandilla del primer piso. Aterricé con fuerza y otra oleada de dolor me atravesó de arriba abajo. Me puse de pie entre la nieve que caía, escudriñé el patio cubierto y deslicé una mano por mi pecho. La herida ya se estaba cerrando.

—Al bosque. —Elijah estaba de pie a la entrada de la fortaleza—. Huyó al bosque.

¿A dónde creía que iba, sin protección contra los elementos y sin un arma? Bajé la barbilla, los labios curvados en una mueca. Cualquier aspecto gracioso que hubiese podido encontrar en la situación desapareció de un plumazo. Apuñalarme era una cosa; arriesgar su vida de este modo era algo completamente diferente.

Poppy estaba decidida y empeñada en morir.

Quizá yo también.

El dolor y la pérdida de sangre afilaron mis sentidos y dejaron poco espacio para cualquier cosa que no fuese la ira. Eso era peligroso para cualquiera, pero en especial para un atlantiano elemental.

Crucé el patio entre el azote de la nieve, llegué al bosque y adquirí velocidad. Las ramas cubiertas de nieve no eran más que un manchurrón cuando capté el olor de Poppy. Giré a la izquierda para pasar a toda prisa por debajo de un pino medio caído.

Vi un destello de rojo oscuro entre el mundo de blanco y verde, y una sonrisa salvaje separó mis labios. Ahí estaba.

Unas campanillas de advertencia repicaron en un rincón lejano de mi mente. Ya había sentido este tipo de locura antes. Lo había vivido. Me había arrepentido de él. Lo había aceptado. Solo una vez. Hacía décadas, cuando mis ojos se cruzaron con los de Shea y me di cuenta de que había traicionado a mi hermano. Esa locura era como estar delante del precipicio de un acantilado, contemplando la caída.

Y aquí estaba, en ese borde una vez más.

Como un depredador, no hice ningún ruido. No le di ningún aviso mientras seguía a Poppy, ni cuando la atrapé con un brazo alrededor de la cintura.

Poppy chilló cuando sus pies abandonaron el suelo. Tiré de ella hacia atrás contra mi pecho, y la angustia que sentí no tenía nada que ver con el dolor de la herida aún en proceso de cicatrizar. Era por ella. Por mí. Por esta situación. Por nosotros. Y por la locura en cuyo borde estaba titilando… del tipo que borraba todo lo que importaba y no dejaba ningún ganador. Agarré su barbilla para forzar su cabeza hacia atrás con la misma mano que tanta gente había matado. Los que se lo tenían merecido. Y los que no. Mis dedos presionaron contra la mandíbula de Poppy igual que habían presionada la de *ella*.

—A un atlantiano, a diferencia de un *wolven* o un Ascendido, no se lo puede matar apuñalándolo en el corazón —le gruñí al oído. Mi ira por su huida temeraria se diluyó. La incredulidad por que me hubiese apuñalado desapareció. Todo ello era una agonía que discurría más profundo que lo físico—. Si querías matarme, debiste apuntar a la cabeza, princesa. —Mi mandíbula palpitó—. Pero lo peor es que lo *olvidaste*.

—¿Olvidé qué? —preguntó con voz ahogada.

—Que fue *real* —gruñí.

Empecé a caer en esa locura.

Ataqué. Hundí mis colmillos en el lado de su cuello. Sentí que todo su cuerpo daba una sacudida contra el mío cuando mi brazo se cerró con fuerza sobre ella. La sangre caliente cayó sobre mi lengua. Ni siquiera la saboreé. Estaba cayendo, mi boca sellada sobre su cuello, mis colmillos aún enterrados bien profundo en su carne. Sabía exactamente lo que se sentía cuando los colmillos permanecían clavados. El mordisco sería como si te quemaran vivo, crearía una tormenta de dolor ardiente. La piel frágil terminaría por desgarrarse. Mis manos no romperían su cuello, pero Poppy se…

No.

Esta no era Shea.

Era la Doncella.

La Elegida.

Penellaphe Balfour.

Poppy.

Mía.

Con el corazón tronando, extraje los colmillos. Su sangre caliente salpicó mi lengua, cubrió el interior de mi boca. Empecé a soltarla, pero entonces…

Su sabor me golpeó con un estallido de sensaciones inesperado e impactante. Dulce. Y fresco. *Poder*. Mi boca seguía fusionada con su cuello, y su sangre fluía con libertad. El dolor que había causado había desaparecido en el mismo momento en que mis colmillos salieron de su piel. Ahora, mi mordisco estaría creando un tipo de tormenta totalmente distinto en su interior. En el mío.

Su sabor era exuberante y rico, un lujo absoluto. Su excitación, que aumentaba por momentos, era puro pecado. El calor de la mía abrasaba mientras bebía con ansia. Gemí, perdido en todo ello mientras la sujetaba contra mí, pero su sabor…

Su *sangre*, fue como un despertar. Había algo en ella. Algo *dentro* de ella. El interior de mi boca hormigueaba. Mi sangre vibraba. Había algo en su sangre que no debería estar ahí. Que no podía estar. Era una carga de energía. De poder. El dolor de la herida no era ya tan feroz, ni de lejos.

Por todos los dioses.

Eso solo podía significar una cosa.

Ella era…

La sorpresa me atravesó como un rayo. Me separé de ella, alucinado.

Poppy se tambaleó, luego recuperó el equilibrio. Se giró hacia mí. Me había quedado ahí plantado, temblando, mientras observaba la sangre manar de mi mordisco.

Mi pecho se hinchó y deshinchó deprisa; ella se llevó una mano al cuello. Dio un paso atrás y la sorpresa de lo que acababa de descubrir se diluyó.

Poppy era mortal, pero su sangre también era de mi gente. Atlantiana.

—No puedo creerlo. —Deslicé la lengua por mi labio inferior, saboreándola. Saboreando la verdad. Cerré los ojos y un gemido de placer retumbó en mi pecho. Era medio atlantiana… y esa parte de ella era de una fuerza asombrosa. En un instante, muchísimas cosas cobraron sentido. Abrí los ojos—. Pero tendría que haberlo sabido.

Ahora lo sabía.

Una vez más, *todo* cambió. Me abalancé sobre ella antes de poder aspirar la siguiente bocanada de aire. Planté la boca sobre la suya y cerré una mano en torno a su pelo. El alivio estalló en *alegría*, brillante y diáfana. Poppy tenía una forma de salir de esto, una que garantizaría de verdad su seguridad.

No obstante, ahora mismo, el alivio y la euforia no eran las únicas cosas que bombeaban en mi interior. Ni en el *suyo*. La necesidad y el deseo se fusionaron. La besé como había querido hacerlo desde el principio. Sin esconder mis colmillos, sin ocultar mi identidad. Y Poppy me devolvió los besos con la misma ferocidad, la misma desesperación. Se aferró a mí cuando la tiré en el suelo cubierto de nieve, sin separar mi boca de la suya en ningún momento. Parte de aquello se debía a mi mordisco. Una vez que el dolor desaparecía, llegaba el placer, pero eso solo alimentaba *en parte* sus besos voraces mientras apretaba las caderas contra las de ella. Le di un mordisquito en el labio, borracho de su gemido jadeante, de cómo se movía debajo de mí, de cómo contoneaba las caderas, ansiosa por recibir más, deseosa de más.

De mí.

Poppy me quería a mí.

Eso no había cambiado cuando se había enterado de mi traición. Nuestra atracción mutua no podía negarse, pero necesitaba oír cómo lo decía.

Terminé el beso y levanté la cabeza para mirarla.

—Dime que deseas esto. —Me mecí contra ella—. Dime que necesitas más.

—Más —susurró.

—Gracias a los… Joder —gruñí. Y entonces metí la mano entre nosotros, demasiado necesitado y demasiado ansioso por estar dentro de ella. Porque Poppy lo *sabía*. Sabía la verdad sobre mí. No había mentiras entre nosotros. Tenía que estar dentro de ella. Ahora. Agarré la parte delantera de sus pantalones y tiré. Los botones salieron volando.

—A los dioses —murmuró.

Me reí al tiempo que le bajaba los pantalones. Dejé una preciosa pierna al descubierto. Eso era suficiente. Levanté la vista hacia ella.

—Sabes que esta camisa no tenía arreglo, ¿verdad?

Frunció el ceño, sin entender.

—¿Qu…?

Enrosqué la mano sobre la pechera de la camisa manchada de sangre y también la desgarré, dejando sus pechos al aire para mí. Joder. Abrí de un tirón mis propios pantalones mientras mis ojos recorrían ávidos su piel cremosa, humedecida por la nieve que caía y lograba encontrar su camino entre los árboles. Sus pezones regordetes, de un rosa más oscuro, estaban duros y fruncidos. Vi manchurrones de sangre seca, reminiscencia de cuando la habían atacado. Me quedé paralizado. Había estado muy cerca de perderla...

—Los mataré —juré—. Maldita sea, los mataré a todos.

Poppy se estremeció cuando reclamé su boca, me asenté entre sus piernas y me hundí en su calor prieto y mojado. Sus besos ahogaron mi grito. Mis embestidas fueron duras y rápidas, y fue una jodida locura. La forma en que recibía cada empujón. Cómo se aferraba a mí, a mis hombros, mi pelo y cualquier otra parte de mí sobre la que podía poner las manos. La nieve caía con más fuerza, copos más gruesos, como si respondiera a nuestra ferocidad con la suya propia.

Pero quería que esto durase.

Succioné su lengua con mi boca, obsesionado con su sabor. Luego abandoné sus labios. Bajé dando besos por su cuello hasta llegar a mi mordisco. Un gruñido de satisfacción cruda escapó por mi boca mientras lamía los pequeños agujeros. Sonreí cuando jadeó y se contoneó contra mí. Sus manos se apretaron sobre mis hombros mientras giraba la lengua por encima de la marca del mordisco.

Pero no podía quedarme ahí.

Si lo hacía, reabriría las heridas y bebería más de ella. Y no podía hacer eso. Poppy tenía mi sangre en su interior, pero ya me había mostrado ávido antes, y ella había sufrido una herida gravísima.

Besé su cuello antes de levantar la cabeza. Nuestras miradas se cruzaron. Tenía los ojos muy abiertos, de un asombroso tono verde, los mechones sueltos de su pelo carmesí espolvoreados de nieve.

Por todos los dioses, era... era tan jodidamente inesperada en todos los sentidos... Tan preciosa... Tan valiente... Tan violenta...

Deslicé los dedos por su pecho, envolví su seno con una mano mientras me movía adentro y afuera, y cada embestida casi me deshacía a mí y la rompía a ella. La notaba muy caliente, muy mojada y muy maravillosa. Mi boca volvió a la suya. Estaba tan hambrienta y tan ávida como yo. Levantó las caderas para urgirme a penetrarla más profundo, más fuerte, más deprisa. Me contuve y una risa dio paso a un gemido cuando Poppy gritó de frustración.

Levanté la cabeza.

—Sé lo que quieres, pero…

Poppy apretó las caderas del todo contra las mías y temblé.

—Pero ¿qué?

Apreté la mandíbula y la miré a los ojos.

—Quiero que digas mi nombre.

—¿Qué?

Me moví sobre ella en círculos lentos.

—Quiero que digas mi verdadero nombre. —Sus labios se entreabrieron al reprimir una exclamación. Me quedé quieto dentro de ella, el corazón tronando—. Eso es todo lo que pido. —Bajé la voz mientras jugueteaba con un pezón—. Es un reconocimiento. Es tu forma de admitir que eres del todo consciente de quién está dentro de ti, a quién deseas de un modo tan intenso, aunque sabes que no deberías. Aunque no haya nada que te gustaría más que *no* sentir lo que sientes. Quiero oírte decir mi verdadero nombre.

—Eres un bastardo —susurró, al tiempo que mecía las caderas contra las mías. Sonreí.

—En efecto, hay quien me llama así. Pero ese no es el nombre que espero oír, princesa. —Sus labios se apretaron en una línea recta y firme—. ¿Cuántas ganas tienes de esto, *Poppy*? —pregunté.

Me agarró del pelo y tiró de mi cabeza hacia abajo con la fuerza suficiente como para hacerme abrir muchos los ojos.

—Muchas —bufó—. *Alteza.*

Ese no era…

Poppy levantó las piernas, las enroscó alrededor de mi cintura y, antes de que pudiese imaginar siquiera lo que tramaba, me hizo rodar sobre la espalda. Plantó las manos en mi pecho y se echó hacia atrás como para levantarse. Sin embargo, eso hizo que me adentrase tan profundo en su interior que olvidé mi jodido nombre.

—Oh —exclamó Poppy, sus respiraciones entrecortadas. La miré con los ojos medio cerrados.

—¿Sabes qué?

—¿Qué? —susurró, mientras su cuerpo sufría espasmos en torno al mío.

—No necesito que digas mi nombre —le dije—. Solo necesito que hagas eso otra vez, pero si no empiezas a moverte, puede que me mates de verdad.

Una risa repentina brotó de sus labios.

—Yo… no sé qué hacer.

Esa risa dulce. Esas palabras aún más dulces. Notaba el pecho demasiado lleno cuando agarré sus caderas desnudas.

—Solo muévete —le dije, y luego le demostré a lo que me refería. La levanté a lo largo de mi pene rígido y luego la hice bajar de nuevo.—. Así. —Gemí ante la fricción caliente de nuestros cuerpos—. No puedes hacer nada mal. ¿Cómo es que todavía no lo has aprendido?

Poppy siguió mis instrucciones: dubitativa, empezó a moverse arriba y abajo mientras la nieve seguía cayendo sobre nosotros. Se le cortó la respiración. Deslizó la palma de la mano hacia arriba por mi camisa al inclinarse hacia delante. Su gemido de placer fue el mejor tipo de agonía posible.

—¿Así? —jadeó. Agarré sus caderas más fuerte.

—Justo así.

Succioné su labio entre mis dientes y ella siguió moviendo las caderas, y con cada subida y bajada tortuosa, sus movimientos se volvieron más confiados y yo me quedé aún más cautivado.

No podía quitarle los ojos de encima mientras me cabalgaba. El placer en su cara, en sus labios entreabiertos y en sus ojos vidriosos... Sus pesados pechos oscilaban, los pezones desaparecían detrás de la camisa hecha jirones solo para reaparecer cuando Poppy encontraba un ángulo que la hacía estremecerse. Mis ojos bajaron al punto donde nuestros cuerpos estaban unidos, justo cuando ella empezaba a moverse más deprisa, apretando y restregándose contra mí hasta que alcanzó el clímax. Contemplar cómo tomaba el control de este modo, cómo encontraba su placer, fue la cosa más sensual y caliente que había visto en la vida.

Y me destrozó.

Me moví para hacerla rodar otra vez debajo de mí. Cerré la boca sobre la suya y empujé contra su calor mientras ella se aferraba a mí, las uñas clavadas en mi piel. El éxtasis bajó en tromba por mi columna mientras la embestía, y estrellé las caderas contra ella cuando el placer estalló en mi interior. Me quedé ahí quieto, enterrado en lo más profundo de su ser, y la intensidad del placer fue impactante.

Por todos los dioses, esa liberación duró una pequeña eternidad. Seguía sufriendo breves espasmos hundido en sus profundidades cuando apoyé la frente contra la suya. Nos quedamos así durante un ratito, nuestros cuerpos unidos, mi mano sobre su cintura, mi pulgar trazando círculos perezosos mientras nuestros corazones y nuestra respiración se calmaban. Nos quedamos tirados en la incesante nieve más tiempo del que probablemente hubiésemos debido, pero estaba reacio a marcharme porque Poppy era... por todos los dioses, era *mía*.

Esa posesividad fue un poco sorprendente. Nunca me había sentido así con respecto a nadie. Fruncí el ceño.

—No... no lo entiendo —susurró Poppy.

—¿Qué es lo que no entiendes? —Me moví un poco encima de ella, levanté la cabeza.

—Nada de todo esto. Por ejemplo, ¿cómo ha pasado esto siquiera?

Empecé a salir de ella, pero capté una repentina tensión en su cara. Me detuve.

—¿Estás bien?

—Sí, sí. —Poppy tenía los ojos cerrados. No estaba seguro de creer sus palabras. Mi preocupación aumentó. ¿Habría sido demasiado rudo nuestro encuentro? ¿Habría sido yo demasiado rudo?

—¿Estás segura? —pregunté, y me apoyé en un codo. Poppy asintió—. Mírame y dime que no te duele nada.

Sus espesas pestañas se levantaron.

—Estoy bien.

—Has hecho una mueca. Te he visto.

Poppy sacudió la cabeza despacio.

—Eso es lo que no entiendo. A menos que me haya imaginado por completo el último par de días.

—No, no te has imaginado nada. —Escruté su cara mientras parpadeaba para eliminar la nieve de sus pestañas—. ¿Desearías que esto, ahora mismo, no hubiese sucedido?

Apartó la vista, luego volvió a mirarme.

—No —susurró—. Y… ¿tú?

—No, Poppy. Odio que tengas que preguntarlo siquiera. —Giré la cabeza hacia un lado, sin saber bien qué decir. Sin saber cómo expresar con palabras todo lo que sentía—. Cuando nos conocimos, fue como… No lo sé. Me sentí atraído por ti. Hubiese podido secuestrarte entonces, Poppy…

La verdad de eso era algo que no me había permitido ver hasta este momento. Podría haberla raptado la noche misma de la Perla Roja. Cuando salió de ahí. O cuando se escapó para ir a la biblioteca. Había tenido un montón de oportunidades. Hubiese encontrado una manera de salir de la ciudad. Poppy se hubiese resistido, pero no habría sido capaz de impedírmelo. Me estremecí.

—Hubiese podido evitar mucho de lo que ha pasado después, pero… perdí muchas cosas de vista. Cada vez que estaba cerca de ti, no podía evitar pensar que te conocía. —Pensé en lo que había saboreado en su sangre. Una parte de mí había reconocido lo que había en ella—. Creo que sé por qué ha sido así.

Al menos, creía que eso explicaba las sensaciones tan extrañas que notaba cuando estaba cerca de ella. No siempre reconocíamos a los medio atlantianos de ese modo, pero había historias que hablaban de casos similares… de cómo el *eather* de nuestra sangre reconocía el *eather* en la sangre de otros.

Noté que Poppy tiritaba y, de repente, se me ocurrió que estábamos medio desnudos en la nieve.

—Tienes frío. —Me levanté con fluidez y me subí los pantalones, haciendo caso omiso del dolor punzante cuando la piel sensible de mi pecho se tensó. Luego abroché los pocos botones que quedaban y le tendí la mano—. Tenemos que ponernos a resguardo.

Poppy se había sentado y sujetaba los dos lados desgarrados de su camisa. Dudó un instante antes de poner la mano en la mía.

—He intentado matarte.

Lo dijo como si yo lo hubiese olvidado, y tuve que reprimir una sonrisa mientras la ayudaba a levantarse.

—Lo sé. En realidad, no puedo culparte.

Se quedó boquiabierta, pero me agaché de todos modos, agarré sus pantalones y los subí hasta sus caderas.

—¿Ah, no? —preguntó, perpleja.

—No —insistí. Sí que la había culpado, aunque en realidad había estado más enfadado con ella por haber salido corriendo a la intemperie con este tiempo—. Te mentí. Te traicioné y he estado involucrado en la muerte de personas a las que querías. Me sorprende que esa haya sido la primera vez que lo intentaras. —Poppy me miraba en silencio—. Y dudo que sea la última. —Perdí la batalla y un lado de mis labios se curvó hacia arriba cuando traté de abrochar sus pantalones. Por desgracia, no quedaban botones—. Maldita sea. —Después intenté, bueno, hacer algo con la camisa—. Toma.

Poppy seguía ahí plantada. Me miraba como si fuese el individuo más contradictorio que hubiese conocido nunca.

Era probable que lo fuese.

—¿No estás… enfadado? —preguntó. Nos miramos a los ojos.

—¿Y tú, no sigues enfadada conmigo?

—Sí —contestó, sin dudarlo ni un instante—. Sigo enfadada.

—Pues yo sigo enfadado porque me apuñalaste en el pecho. —Y luego huiste de mí, pero bueno—. Levanta los brazos. —Hizo lo que le pedía—. Por cierto, no fallaste. Me diste de lleno en el corazón —admití. Desde luego que había sido más que un *cortecito*. Bajé mi camisa por sus brazos—. Por eso tardé un minuto en alcanzarte.

—Tardaste más de un minuto. —Su voz sonó ahogada por un momento, antes de que esa cara irritada tan mona volviera a emerger. Poppy no necesitaba saber con exactitud qué me había demorado. No había sido la herida de la daga. Había sido Kieran.

—Tardé un *par* de minutos —me corregí, al tiempo que estiraba bien las mangas.

Poppy bajó la vista hacia la camisa que llevaba ahora, luego levantó los ojos hacia mi pecho. La herida lucía de un rosa intenso, la piel un poco irregular.

—¿Se curará?

—Estará perfecta en un par de horas. Seguramente en menos.

—Sangre atlantiana —musitó con voz rasposa.

—Mi cuerpo empieza a repararse de inmediato de las heridas no letales —expliqué—. Y me alimenté. Eso ayudó.

Su mano voló hacia su cuello antes de retirarla a toda prisa. Arqueé una ceja.

—¿Me ocurrirá algo porque te hayas… alimentado?

—No, Poppy. No ingerí suficiente sangre y tú tampoco ingeriste suficiente de la mía antes —le aseguré—. Es probable que te sientas un poco cansada más tarde, pero eso es todo.

Poppy había vuelto a clavar los ojos en mi pecho.

—¿Duele?

—Apenas —la tranquilicé.

Levantó una mano para ponerla plana contra mi pecho. Me quedé muy quieto. Poppy no iba a…

Una oleada de calor se extendió por mi pecho y onduló por mi cuerpo en olas suaves. Me cubrió por entero y se llevó consigo el dolor de la herida y la angustia que residía más profundo en mi interior.

Un escalofrío me sacudió y mi mandíbula dio la impresión de desencajarse. Poppy me había quitado el dolor. No podía creer su enorme generosidad. Puse mi mano temblorosa sobre la suya.

—Debí darme cuenta entonces. —dije, la voz pastosa. Me llevé su mano a la boca. Estaba manchada con la sangre de ambos. Besé sus nudillos.

—¿Darte cuenta de qué? —preguntó.

—Darme cuenta de por qué te querían de manera tan desesperada como para convertirte en la Doncella. —La piel de las comisuras de sus labios se frunció—. Vamos. —No solté su mano cuando eché a andar.

—¿A dónde vamos?

—¿Ahora? Volvemos adentro para que podamos lavarnos y… —Vi que tenía que sujetarse los pantalones. Suspiré. Debería haberme tomado el tiempo con esos botones. Me giré hacia ella, pasé un brazo por detrás de sus rodillas y la levante para estrecharla contra mi pecho—. Y parece ser que para encontrarte unos pantalones nuevos.

—Estos eran los únicos que tenía —declaró, mientras parpadeaba perpleja.

—Yo te conseguiré unos nuevos. —Retomé nuestro camino—. Estoy seguro de que hay algún niño pequeño por aquí que estará dispuesto a ceder sus pantalones a cambio de unas cuantas monedas.

Sonreí al verla fruncir el ceño.

—¿Y después de eso? —insistió Poppy, mientras pasaba por encima de una rama gruesa.

—Te voy a llevar a casa.

—¿A casa? —Se le cortó la respiración—. ¿De vuelta a Masadonia? ¿O a Carsodonia?

—A ninguna de las dos. —Bajó la vista y esbocé una sonrisa radiante. El tipo de sonrisa que no ocultaba nada—. Te voy a llevar a Atlantia.

YO TENÍA RAZÓN

Nuestro regreso a la Fortaleza de Haven no pasó desapercibido, pero la gente se limitó a desaparecer mientras cruzaba el patio bajo la incesante nieve y con Poppy acunada contra mi pecho.

Excepto Kieran.

Estaba junto a la barandilla del primer piso, los brazos cruzados delante del pecho. Nos miramos a los ojos. Él arqueó una ceja al verme, sin camisa… al vernos a ambos.

—Puedes dejarme en el suelo —musitó Poppy—. Sé andar.

No era la primera vez que lo decía, sino más bien… la vigésima. Había hecho caso omiso de las diecinueve variantes anteriores.

—Si lo hago, se te caerán los pantalones. —Abrí de una patada la puerta de las escaleras—. Y entonces enseñarás las piernas… tus preciosas piernas.

El rubor de su cara fue visible incluso en las oscuras escaleras.

—Sí, pero es solo porque tú destrozaste mi ropa.

—Sea como fuere, dudo que quieras exhibirte ante nadie. —Hice una pausa a medio paso, luego bajé la vista hacia ella—. ¿O preferirías hacerlo?

Poppy resopló exasperada.

—No. No preferiría hacerlo.

Sonreí, antes de retomar mi camino escaleras arriba.

—Eso me parecía.

Se quedó callada mientras girábamos en el rellano y subía las escaleras restantes. Supuse que estaba reviviendo el momento en que había clavado la daga en mi pecho. A decir verdad, sus pantalones no eran la razón por la que había insistido en llevarla en brazos. Después de todo, no me iba a quejar si se exhibía ante mí. Sus muslos eran de lo más seductores. Pero la nieve caía con ganas y empapaba ya el resto de su ropa. Poppy tenía frío. Diablos, incluso yo empezaba a tener frío. Pero mantenerla cerca también la mantenía lo más caliente posible. Además, yo era más rápido.

Entré en el pasillo del primer piso y sus manos se enroscaron con más fuerza en la camisa que ahora llevaba. Se puso aún más roja. La levanté un poco más, de modo que su mejilla llegase a mi hombro. Giró la cabeza y apoyó la frente contra mí.

Sin embargo, no era necesario que ocultara la cara. Los ojos de Kieran permanecieron fijos en la intensa nevada y el bosque más allá.

Como la quería en mi habitación, dado que era más grande y un poco más agradable, pasé por delante del cuarto en que la habían alojado y la llevé hasta el mío. Una leve sonrisa se dibujó en mis labios. Kieran había limpiado la sangre.

También había retirado la daga que yo había clavado en el suelo. Ese había sido un movimiento astuto.

Llevé a Poppy hasta la enorme cama y la deposité en el colchón, agradecido de que las llamas de la chimenea aún ardieran con fuerza. Cuando me enderecé, su boca se abrió.

—Sé que tienes preguntas —la corté—. Las responderé, pero hay unas cuantas cosas de las que tengo que ocuparme antes.

Los labios de Poppy se fruncieron, pero, por una vez, no discutió. Di media vuelta, pero me paré con una mano sobre la puerta, reacio a dejarla una vez más. Giré la cabeza hacia ella. Seguía donde la había dejado, las manos sobre la cama ahora.

—Volveré pronto —le prometí, luego salí al pasillo. Me obligué a hacerlo.

Pasé una mano por mi pelo húmedo antes de volverme hacia Kieran.

—¿Quiero saber siquiera por qué lleva tu camisa y tú vas descamisado? —preguntó.

—Seguramente no. —Bajé la mano y me reuní con él ante la barandilla—. Gracias por haber limpiado el cuarto.

Kieran asintió.

—Nadie tiene por qué oler tu sangre.

Una sonrisa cómplice tironeó de mis labios y apoyé las manos en la barandilla.

—Necesito que la vigiles durante un rato.

—¿Confías en mí para hacerlo? —fue todo lo que preguntó. Era probable que ya supiese lo que pensaba hacer—. ¿Después de haber querido ir tras ella?

—Pero no lo hiciste —le recordé—. Y no lo harás.

—Porque es... —Kieran me miró entonces—. ¿Cómo lo dijiste? «¿Es mía?».

—Esa no es la razón exacta. —Roté el cuello de lado a lado—. Es medio atlantiana.

Kieran se separó de la barandilla.

—¿Estás seguro?

—He probado su sangre. Estoy seguro.

Su frente se arrugó cuando sus cejas treparon por ella.

—Vaya, tengo un montón de preguntas al respecto.

—Apuesto a que sí. —La nieve ya estaba en camino de cubrir las huellas que había dejado—. Pero lo importante ahora mismo es que es uno de los nuestros y... Kieran, ¿la parte de ella que es atlantiana? Es *fuerte*. Mira mi pecho —le dije, y él hizo justo eso—. La herida está mucho más curada de lo que lo estaría en condiciones normales.

Kieran lo miró asombrado. Sus ojos saltaron entonces hacia la puerta por la que yo acababa de salir.

—Maldita sea. —Se pasó una mano por el pelo, luego la dejó detrás de su cuello—. Eso explica muchas cosas. Sus habilidades. Por qué los Ascendidos la querían.

—En efecto. —Bajé la vista hacia mis manos. Seguían manchadas de sangre. Pronto tendrían más sangre fresca sobre ellas—. Y al mismo tiempo no lo hace.

Kieran tardó un instante en entender a lo que me refería.

—¿Sus padres? Su hermano…

Asentí despacio. Era imposible que fuesen sus padres… al menos uno de ellos no podía haberlo sido. Pero ¿Ian? Todavía podía ser medio hermano suyo. Fuese como fuere, todo esto sería un impacto fuerte para ella. Kieran guiñó los ojos.

—¿Planeaban utilizarla para Ascender a los lores y damas en espera? Pero ¿por qué? Tienen a Malik. Ellos…

Me puse tenso de la cabeza a los pies. Sabía lo que estaba pensando. Que necesitaban a Poppy porque Malik estaba…

—Sigue vivo.

—No he dicho que no lo estuviera.

Mi corazón latía con fuerza.

—Es probable que esté debilitado, por lo que utilizarlo a él para Ascender a los que están en espera podría matarlo. Por eso necesitan a Poppy. Es lo único que tiene sentido. En especial si su sangre es fuerte.

—Y para que sepan eso, deben de haber…

Bebido de ella en algún momento, seguramente sin que ella lo supiera. Mis manos se apretaron en torno a la barandilla fría hasta que oí la madera gemir. Me aparté de ella.

—No tardaré mucho.

—Por cierto, estás equivocado —me dijo Kieran cuando ya estaba a medio pasillo. Me detuve para girarme hacia él—. La razón por la que no le haré daño no tiene nada que ver con que sea medio atlantiana, ni con que sea uno de nosotros.

—Kieran me miró a los ojos—. Tiene todo que ver con el hecho de que yo tenía razón.

—¿Sobre qué? —pregunté, las cejas arqueadas.

—Sobre ti. Sobre ella. —Ladeó la cabeza y, cuando volvió a hablar, lo hizo en voz baja—. Es tuya y te importa. Esa es la razón. Y ni siquiera intentes negarlo. No después de todos los esfuerzos que has hecho para mantenerla a salvo. —Dio un paso adelante—. Los esfuerzos que estás a punto de hacer, para asegurarte de que lo que sucedió en esa celda no vuelva a suceder.

Un leve cosquilleo se avivó en mi nuca. No tenía ningún sentido negarlo.

—En efecto. Ella me importa. —Kieran sonrió como un niño que acabara de salir corriendo con un puñado de caramelos—. Esa no era la reacción que esperaba —declaré con tono seco.

—¿Quieres que sea sincero? —Levantó las manos—. Me siento aliviado.

—¿En serio? —Mis cejas habían vuelto a trepar por mi frente.

—Sí. Esto demuestra que no eres la mala persona que yo sabía que no eras.

—¿Cómo diablos demuestra eso?

—Porque estar con ella no era una cuestión de sexo. Es porque ella te importa. Eso cambia las cosas.

Era *verdad* que todo había cambiado.

Kieran sacudió la cabeza.

—En cualquier otra situación, sería gracioso que te enamorases de ella…

—¿Enamorarme de ella? —Mi estómago dio una voltereta, como si estuviese al borde de los acantilados de las Skotos—. He dicho que ella me importa, Kieran. No he dicho que me hubiese enamorado de ella. ¿Lujuria? Sí. ¿Respeto y admiración por ella? Joder, sí.

Las cejas de Kieran se fruncieron aún más mientras me miraba como si me faltase medio cerebro.

—¿Qué crees que significan lujuria, respeto, admiración y que te importe alguien, todo junto?

—No lo que tú crees que significa. Tal vez para algunas personas sí, pero no para mí. Yo no… —Me callé, pero lo que no dije quedó colgado en el aire entre nosotros.

No me merecía estar enamorado, experimentar eso. No después de que mis acciones hubiesen conducido a la captura de Malik. No después de Shea. No con toda la sangre que ensuciaba mis manos. No después de lo que le había hecho a Poppy.

Y Kieran lo sabía. Era solo que no quería decirlo. Sin embargo, esta conversación, por lo demás sin sentido, sobre amor y otras mierdas me dio una idea. Una idea demencial, pero una que no solo me daría lo que necesitaba y le daría a Poppy lo que se merecía, sino que nos daría a todos mucho más.

—Cas —empezó Kieran.

Levanté la mano para interrumpirlo. Mi mente iba a toda velocidad, llenando los huecos en blanco. Esto le daría a Poppy toda la protección que hubiese necesitado nunca, y más aún, al tiempo que garantizaría que la Corona de Sangre hiciese todo lo posible por evitar que se supiera qué era ella. Nadie se atrevería a tocarla. Ni atlantianos ni Descendentes. Ni siquiera mi padre. Mis labios se curvaron hacia arriba.

—¿Por qué estás sonriendo de ese modo? —preguntó Kieran.

—Mira, sí que me importa Poppy, pero esa no es la cuestión ahora mismo. Es uno de nosotros, y no hay forma humana de que ellos no lo supieran. —Crucé el espacio que nos separaba y me detuve delante de él—. Piensa en lo que significa eso.

—Por una vez, no estoy seguro de seguirte.

—La Corona de Sangre gobierna a través de mentiras, Kieran. Todo sobre ellos y todo lo que le dicen a su gente son mentiras. ¿Y Poppy? —Hice un gesto con la barbilla en dirección a la puerta del dormitorio—. Ella es la base de esas mentiras.

Los ojos de Kieran se abrieron de par en par a medida que todo empezaba a encajar.

—Le han dicho a la gente que ella fue Elegida por los dioses, y joder, quizá sea así, pero nosotros sabemos que es medio atlantiana.

—¿Y según las mentiras que han dicho? ¿No la convertiría entonces en medio monstruo? —pregunté, con una sonrisilla taimada—. ¿Y no harían cualquier cosa por evitar que eso se supiera?

Kieran asintió y una sonrisa lenta empezó a dibujarse en sus labios.

—Joder, sí, claro que lo harían, porque ¿si se revelara que tiene una parte atlantiana? —Soltó una carcajada amarga—. Sería el principio de su fin y daría al traste con todas sus otras mentiras. —Su sonrisa se borró—. Pero ¿cómo lo vas a demostrar? Mejor aún, ¿cómo vamos a mantenerla con vida? Alastir llegará pronto y, medio atlantiana o no, tu padre todavía podría hacer exigencias.

—Sí, mi padre podría. —Empecé a retroceder, mi sonrisa cada vez más ancha—. Pero no lo hará.

Kieran se puso rígido.

—Cas.

—No te preocupes —le dije—. Tengo un plan.

—Pero es que eso *sí* que me preocupa.

Me reí y el sonido reverberó por el pasillo.

—Vigílala.

Dejé a Kieran ocupado justo con eso y bajé a la planta principal de la fortaleza. Encontré a Magda y a Elijah en el estudio de este.

El Descendente barbudo levantó la vista de los libros de contabilidad apilados sobre su escritorio.

—No sé si te has dado cuenta o no, pero estás medio desvestido.

—Y da la impresión de que te han apuñalado. —La mano de Magda revoloteó hasta su tripa—. En el pecho.

—Estoy bien, pero ahora que mencionáis la ropa, ¿sería posible que encontrases algo que pudiera servirle a Penellaphe? —le pregunté a Magda. La joven frunció el ceño, pero se levantó de su silla.

—¿La ropa que le llevé antes ya no es lavable?

Fruncí los labios.

—Eso sería un «no».

—Vale —musitó, alargando la palabra—. ¿Y tú necesitas ropa?

—Es posible, pero puede esperar. Primero, ¿podrías pedir que llevasen agua caliente a mi habitación? Kieran está ahí con ella, y Penellaphe va a permanecer ahí.

—Oh, vaya —murmuró Elijah mientras Magda asentía.

—Y heliotropo. —Miré a Elijah—. Voy a necesitar heliotropo. Mucho.

—¿Vas a bajar a las celdas? —preguntó Elijah.

—No —respondí—. Quiero que los lleven al Gran Salón.

El hombretón se puso de pie y se frotó la barbilla a través de la barba.

—Oh, vaya; oh, vaya.

Sonreí.

No tardó demasiado en reunir un par de docenas de picas de heliotropo. Las habían metido en un saco de esparto que habían dejado en el centro del Gran Salón, el espacio por el que tenía que pasar todo el mundo para entrar en el comedor. En estos momentos estaba desierto, a excepción de Delano, las puertas cerradas en ambos extremos.

—¿Te sientes con ánimos para hacer esto? —le pregunté mientras esperaba.

Delano asintió, su mandíbula apretada con fuerza. No había nada infantil en sus rasgos ahora.

—Tengo ánimos de sobra para hacer esto.

—Bien. —Lo miré de reojo—. Me alegro de que estés bien.

—Yo también me alegro. —Esbozó una sonrisa—. No lo estaría de no haber sido por ella. Me salvó la vida, Cas, y no tenía por qué hacerlo —musitó, y me dio la sensación de que esa era la razón de que estuviese tan dispuesto a llevar a cabo esto—. Estoy en deuda con ella. Ya sabes lo que eso significa.

Sabía muy bien lo que significaba cuando un *wolven* hacía esa afirmación. Era un juramento casi inquebrantable. Delano la protegería con su vida. Incluso contra mí, si la cosa llegaba a ese punto.

Eché un vistazo hacia la puerta al oír unas pisadas. Me agaché y metí las manos en el saco. Mis dedos se cerraron en torno a una pica lisa de piedra de sangre.

—Jamás tendrás que preocuparte por que yo le haga daño, Delano.

—Lo sé —afirmó, al tiempo que estiraba el cuello de un lado a otro—. Eso lo sé.

La puerta se abrió y escoltaron a un mortal tembloroso al interior.

Uno que había recibido una segunda oportunidad, para vivir su vida con su mujer y su hijo.

La había tirado a la basura.

Naill y Elijah soltaron al señor Tulis. El hombre se tambaleó hacia delante, sus manos no atadas, pero sí cruzadas. Sus ojos muy abiertos y asustados estaban desenfocados.

—Siento haber…

—No estás aquí para disculparte. Es tarde para eso. —Fui hasta donde estaba, cada paso lento y medido—. Ella no tuvo nada que ver con lo que les pasó a tus otros hijos, tampoco tenía nada que ver con el Rito.

—Es la Doncella…

Lo agarré del cuello para silenciarlo.

—Se llama Penellaphe Balfour. Deberías conocer el nombre de la persona que sintió pena por ti y por tu familia. Deberías conocer el nombre de la persona a la que planeabas matar. —Tiré hacia arriba hasta que estuvo de puntillas—. Y deberías conocer el nombre de la persona a la que te ordené no hacer daño.

Se le pusieron los ojos saltones.

—Yo… yo lo…

—No. —Apreté mi mano a su alrededor—. Has desperdiciado tu vida, no la de tu mujer ni la de tu hijo. Deja que ese sea tu último pensamiento cuando abandones este mundo.

Con la pica en la otra mano, atravesé su pecho con ella. El heliotropo cortó a través de los tejidos y huesos mortales como si fuesen mantequilla caliente. Su muerte no fue instantánea (después de todo, dejé la pica clavada), pero fue más rápida de lo que se merecía. Estaba muerto antes de que lo clavara a la pared.

Trajeron al siguiente. Ivan. Él ya sabía lo que se le venía encima. No dijo ni una palabra. No suplicó ni luchó, y él también acabó colgado en la pared. Trajeron al resto, uno detrás de otro. *Wolven*. Atlantianos. Mortales. Algunos lucharon, columpiaron sus puños, enseñaron sus dientes, o adoptaron sus formas de *wolven*. Algunos suplicaron, cayendo de rodillas. Algunos ya estaban muertos, liquidados durante el ataque. Todos acabaron del mismo modo: una pica clavada en el pecho o en la cabeza y colgados de la pared.

Les mostré más amabilidad de la que ellos le habían mostrado a Poppy. Los vivos murieron de inmediato o en cuestión de minutos, y no sentí ni un ápice de remordimiento. Tampoco lo sentía ninguno de *ellos*. Todo lo que sentían era arrepentimiento por la vida que habían desperdiciado: la suya.

La sangre salpicaba tanto mi pecho como el de Delano cuando Elijah y Naill trajeron a rastras al último.

Jericho.

Lo empujaron hacia delante. El *wolven* recuperó el equilibrio justo antes de caer. Sus pálidos ojos azules se abrieron de par en par cuando vio la pared del Gran Salón.

—Cas —empezó, levantando ambos brazos—. Podemos…

—¿Qué podemos hacer, Jericho? —Hice girar la pica en mi mano—. ¿Hablarlo? —Me reí—. Es tarde para las palabras, amigo mío. Se te advirtió, se te dio otra oportunidad. —Señalé su muñón—. Y aun así, me traicionaste. No una vez, sino dos.

—¿Traicionarte? —Jericho se puso tenso, su piel se afinó. A mi lado, Delano suspiró. Se iba a transformar—. He estado a tu lado durante *años*. He hecho todo lo que me has pedido y más.

—Y sin embargo, te empeñabas en hacer *todo el rato* la cosa que te había pedido que no hicieras. Sé que sueno repetitivo, pero se te advirtió múltiples veces que no la tocaras. —Hice girar la pica otra vez—. Solo conservaste la vida la primera vez porque Kieran consiguió convencerme de que no te matara. Esta vez ni lo ha intentado.

—Por supuesto que no —masculló Jericho con voz gutural—. Si tú estás mojando con la Doncella, él también… —Soltó un gemido y cayó hacia atrás bajo la fuerza de la pica que le tiré. Se estrelló contra el suelo—. Joder.

Fui hacia él con pasos lentos y calculados.

—¿Sabes qué es lo más gracioso, Jericho? —Cuando hizo ademán de agarrar la pica de su pecho, estampé el pie sobre su brazo derecho rompiéndole los huesos—. Que siempre supe que algún día te mataría.

—No me… no me has dado en el corazón —gruñó—. Serás cabrón. Jam… jamás pensé que me matarías por… por la jodida Doncella —maldijo con voz rasposa. La sangre había empezado a resbalar por un lado de su boca.

—No. —Empujé aún más fuerte con el pie. Crujió otro hueso. Jericho chilló—. No apuntaba a tu corazón, hijo de puta.

Poco a poco lo entendió y entonces, *entonces* vi miedo. Le di a su brazo destrozado un último pisotón demoledor con mi bota antes de dar un paso atrás. Delano llegó al instante para agarrar a Jericho del brazo.

—Vivirás —lo informé—. Hasta que esté preparado para que mueras.

—¿Cómo puedes... hacer esto? —gruñó Jericho, que se revolvió contra Delano mientras Elijah lo agarraba del otro brazo. Lo levantaron mientras yo me acercaba al saco de esparto para sacar otras dos picas—. Estás cometiendo un error...

—No aprendes nunca, ¿verdad? —escupió Delano—. ¿Puedes al menos cerrar esa bocaza?

—¿Qué tal si tú me chupas la...? —Jericho soltó un gemido cuando Delano estampó su rodilla contra esa misma parte. Elijah se rio.

—Vaya, mi pequeña nube se está poniendo un poco durilla.

Con ayuda de Naill, llevaron a Jericho hasta la pared y estiraron sus brazos. Jericho, como era de esperar, no cerró su bocaza.

—Todos habéis... traicionado a vuestra especie y... al reino. ¿Y todo para qué? Ella es... básicamente, los Ascendidos.

—No lo es —mascullé, al tiempo que incrustaba una pica en su antebrazo. Él soltó un alarido. Luego retrajo los labios por encima de sus dientes manchados de sangre.

—¿Crees... crees que simplemente puedes obligar a la gente a... a olvidar lo que es? —Suspiré—. ¡Jamás estará... a salvo aquí! —gritó, escupiendo sangre que luego resbaló por su pecho.

—Oh, sí que lo estará. —Clavé la última pica en la mano que le quedaba mientras los otros retrocedían.

—Has per... has perdido la cabeza —juró, sus respiraciones trabajosas—. Si de verdad... crees eso.

—No lo creo, lo sé. —Agarré su mandíbula, forcé su cabeza hacia atrás contra la pared, me incliné hacia él y le susurré la verdad acerca de Poppy y lo que planeaba hacer ahora.

¿Y Jericho?

Ese hijo de puta por fin cerró la boca.

Los planes han cambiado

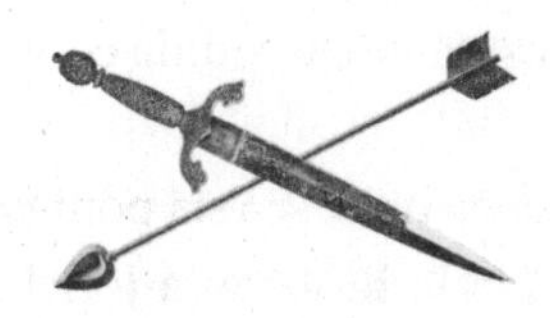

Utilicé la habitación en la que habían alojado a Poppy al principio para bañarme y ponerme ropa limpia. El agua estaba congelada, pero no quería volver a ella cubierto de sangre y oliendo a muerte. Con el pelo aún húmedo, salí otra vez al pasillo. Kieran me esperaba fuera. No había estado ahí antes.

—Es probable que esté dormida otra vez.

—¿Otra vez?

—Se quedó dormida mientras se bañaba —me informó. Entorné los ojos.

—¿La has despertado en la *bañera*?

—Llevaba ya bastante tiempo ahí. La llamé más de una vez —explicó—. Cuando no contestó, pensé que debería ir a ver si estaba bien.

—¿Y cómo se tomó tu intrusión?

Esbozó una leve sonrisa.

—Dijo que, entre su gente, era de mala educación mirar.

—¿Y la estabas mirando? —pregunté, al tiempo que me giraba hacia él. Su sonrisa se amplió un poco. Eso era… interesante.

—Un poco. —Me miró a los ojos—. Vi sus cicatrices. Algunas de ellas. —Me puse tenso, aunque no porque fuese obvio que Kieran había estado mirando más que solo un poco. De haber sido cualquier otro, ya estaría muerto. Pero sabía que ella se sentía cohibida con respecto a esas cicatrices—. Le dije que, entre mi gente, las cicatrices nunca se esconden —continuó Kieran—. Que siempre se honran.

Me relajé. Poppy… necesitaba oír eso. Saber eso.

—Tuviste suerte de que no llevase ningún arma encima.

Kieran soltó una carcajada.

—Antes de su siesta, hizo algunas preguntas sobre Atlantia.

—Sí, supongo que lo hizo. —Miré hacia la puerta cerrada—. Le dije que la iba a llevar a casa. A Atlantia.

Kieran arqueó una ceja.

—¿Esa es una parte del plan del que se supone que no debo preocuparme? Porque ya lo estoy.

Me acerqué a él.

—Planeo casarme con ella.

Kieran giró la cabeza hacia mí. Despacio. Pasó un momento, su expresión aún indescifrable.

—¿Ah, sí? —Asentí.

—Lo que le pasó en esa celda no volverá a ocurrir si es mi mujer. Eso le ofrece protección. —Arqueó la otra ceja—. Y con ella como mi mujer, la amenaza de que hagamos añicos todas las mentiras de los Ascendidos se vuelve más real. Después de todo, si los dioses han abandonado a los atlantianos, como afirman los Ascendidos, entonces seguro que la Elegida, la hija de los dioses, no podría casarse con uno. Es más probable que la Corona de Sangre libere a mi hermano.

Se produjo otro momento de silencio.

—¿Y?

—Y una vez que Malik esté libre, Poppy estará libre de mí. —Levanté la barbilla—. Ya te dije que ella me importa, así que no tengo ninguna intención de obligarla a seguir casada con alguien a quien odia.

—¿Alguien a quien odia? —repitió Kieran, y un lado de sus labios se enroscó hacia arriba—. Cuando fuiste en su busca para traerla de vuelta a la fortaleza, estuviste con ella. Sé que lo estuviste. Te olí en ella.

—Solo porque se sienta atraída hacia mí no quiere decir que vaya a querer seguir casada con el hombre que la secuestró.

—O que la liberó —sugirió él, lo cual me hizo fruncir el ceño—. Esa es otra forma de considerar lo que has hecho, ¿no crees? Liberarla.

Mientras contemplaba la nieve caer, pensé que esa era una preciosa versión revisionista de cómo habíamos llegado a este punto.

—Maté a las personas que ella más quería, ya sea de manera directa o indirecta. No espero ni busco su perdón, Kieran. No seguiremos como marido y mujer.

—Si tú lo dices.

—Lo sé. —Sentí ese cosquilleo en la nuca otra vez, más fuerte que antes.

Kieran me observaba con la cabeza ladeada.

—Últimamente, haces eso mucho.

—¿El qué?

—Frotar la parte de atrás de tu cuello.

¿Lo hacía? Tenía la mano cerca de la nuca, así que sí, lo había estado haciendo.

—Creo que me ha dado un tirón. —Kieran soltó una carcajada—. ¿Qué? Como si no fuera posible.

—Sí, sí. —Apartó la mirada—. ¿De verdad crees que Alastir se dejará engañar por este ardid? ¿Y tu padre?

—Bueno, para empezar, planeo haberme marchado antes de que él llegue aquí. Si es que deja de nevar. Nos marcharemos por la mañana si es posible. Sea como fuere, se lo tragarán… si soy lo bastante convincente —le dije—. Cosa que pienso ser.

Kieran me miró con los ojos entornados.

—Por favor, dime que le vas a contar a ella estos planes. Que no vas a…

—Les anunciaré a todos los presentes en la fortaleza que nos vamos a casar. Eso es solo para garantizar su seguridad mientras estemos aquí.

—Eso es astuto.

—Pero ella ya no es un peón, Kieran. Será consciente de todos los detalles de este ardid —juré.

—¿Y si no está de acuerdo con él?

Solté el aire despacio.

—Si no lo está, entonces… no la obligaré. Y sé lo que eso significa, lo que estaré eligiendo —me apresuré a decir, antes de que Kieran abriese la boca—. Así que solo tendré que convencer a Poppy de que me siga el juego en esto.

Kieran tosió una risa y no pude evitar sonreír.

—Por cierto —comentó—, tu plan es… una locura.

—Lo sé. —Seguí la dirección de su mirada hacia la nieve—. Pero no solo funcionará, sino que es lo menos que puedo hacer por ella.

Kieran se quedó callado durante unos segundos.

—Pero ¿será suficiente?

Sabía a lo que se refería. Era algo que no me había permitido pensar demasiado. Liberar a Malik era nuestra prioridad, pero llevarlo a casa no arreglaría todo en Atlantia, no ahora que nos estábamos quedando sin tierras. Nuestra gente se había fortalecido en los años pasados desde la guerra; nuestra población se había recuperado con creces. Eso era bueno, excepto que no en todos los sentidos. Nos estábamos quedando sin espacio y, en un futuro no demasiado lejano, los recursos empezarían a escasear. Si no nos expandíamos más allá de Spessa's End, el futuro de Atlantia sería problemático. Aparte de eso, ¿estaría Malik preparado para asumir la corona? Se me hizo un agujero en el pecho, al tiempo que se me secaba la garganta. Malik estaría bien. Con el tiempo. Yo estaría ahí para ayudarlo. También nuestros padres. Y Kieran y todos los demás. Solo necesitaría tiempo.

—Ninguno de los problemas de Atlantia atañen a Poppy —musité—. No debe cargar con ellos.

—¿Una princesa que no debe verse afectada por las dificultades de su reino? —murmuró Kieran.

—Una princesa solo en nombre —le recordé.

Giró un poco el cuerpo hacia mí.

—Si decide seguirte el juego en esto, eso significa que una parte de ella acepta la verdad acerca de los Ascendidos, y yo no la conozco tanto, pero tú sí. ¿Crees que se contentará solo con su libertad? ¿Mientras los Ascendidos continúan con sus actividades? —preguntó—. ¿Será capaz de permanecer inafectada?

Esa era una buenísima pregunta. Una para la que no tenía respuesta. Di un paso atrás.

—Ya es casi la hora de la cena. Estoy seguro de que Poppy tiene hambre.

Kieran asintió, sus labios se curvaron en una leve sonrisa al apartar la mirada.

—Estaré esperando.

Di media vuelta, crucé el pasillo y entré en mi habitación. Cerré la puerta a mi espalda.

Al principio, no llegué lejos. La vi hecha un ovillo sobre el costado, su oscuro pelo carmesí desparramado por la almohada. Su mera imagen pareció robarme la capacidad para moverme.

Sonaba de lo más absurdo, pero tuve que obligarme a dar un paso. Luego otro. Fui hasta su lado y me senté en el borde de la cama. El movimiento no la despertó. No le había quitado tanta sangre, pero Poppy había pasado un calvario. Estaba agotada, pero necesitaba comer.

¿Y si le contaba mis planes antes? Era posible que no comiera ni un solo bocado. Al final de la cena, estaría enfadada conmigo, aunque prefería su ira a que pudiesen hacerle daño. Además, su ira siempre me dejaba entre perplejo y divertido.

Debía de haber algo mal en mí.

Alargué un brazo para retirar el pelo de su cuello. Las dos heridas punzantes me provocaron una reacción visceral. El repentino e intenso fogonazo de lujuria fue superfuerte. No recordaba haber reaccionado jamás de esa manera a la imagen de un mordisco mío.

Mis dedos se deslizaron de su mejilla a la piel justo por encima del mordisco. Poppy… las cosas simplemente eran diferentes con ella.

Siempre.

Sus ojos aletearon antes de abrirse, conectaron con los míos. No dijo nada. Yo tampoco, aunque esperaba que exigiese que no la tocara. No lo hizo, pero retiré la mano de todos modos, pues había aprendido a no tentar a la suerte.

—¿Cómo te encuentras? —Poppy arrugó la nariz y luego se echó a reír—. ¿Qué?

—No puedo creer que me estés preguntando qué tal estoy cuando te apuñalé en el corazón.

—¿Crees que deberías ser tú la que me hiciera la pregunta a mí? —repliqué. Cuando no dijo nada, mi sonrisa se ensanchó—. Me alivia saber que te importa. Estoy muy bien.

—No me importa —farfulló, al tiempo que se sentaba.

—Mentira —murmuré. La cosa era que sabía que le importaba. No me hubiese quitado el dolor antes si no fuese así, pero Poppy no *quería* que le importase. Se me comprimió el pecho. No podía culparla por ello. —No has contestado a mi pregunta.

—Estoy bien. —Contempló el descolorido amarillo de la colcha que tenía por encima.

—Kieran me ha dicho que te dormiste en la bañera.

—¿También te ha contado que entró en la sala de baño? —preguntó.

—Sí. —Sus ojos volaron hacia los míos—. Confío en Kieran —dije—. Llevas varias horas dormida.

—¿Y eso no es normal?

—No es anormal. Supongo que estoy… —Fruncí el ceño—. Supongo que me siento culpable por haberte mordido.

—¿Supones? —farfulló.

No estaba seguro. Si no la hubiese mordido, jamás habría descubierto que era medio atlantiana. Aunque, a decir verdad, había muchas cosas con Poppy por las que me sentía culpable pero de las que no me arrepentía.

—Sí, creo que sí.

—¡Deberías sentirte culpable! —exclamó. Arqueé una ceja.

—¿Aunque tú me apuñalaras y me dejaras aquí tirado para que muriera?

Cerró la boca de golpe.

—Pero no moriste. Obviamente.

—Obviamente. Apenas me quedé sin respiración.

—Enhorabuena. —Poppy puso los ojos en blanco. Me reí, divertido.

A Poppy, sin embargo, no le divertía aquello. Empujó la manta a un lado y se escabulló hacia el otro lado de la cama.

—¿A qué has venido? ¿A llevarme de vuelta a la celda?

—Debería. Si alguien aparte de Kieran supiese que me apuñalaste, es lo que se esperaría de mí.

—Entonces, ¿por qué no lo haces? —dijo, y se puso de pie.

—Porque no quiero.

Sus manos se abrían y cerraban mientras me miraba.

—¿Y ahora qué? ¿Cómo crees que va a funcionar esto, *alteza*? —Apreté la mandíbula—. ¿Me vas a mantener encerrada en una habitación hasta que estés listo para que nos vayamos? —preguntó.

—¿No te gusta esta habitación?

—Es mucho mejor que una celda sucia, pero sigue siendo una prisión —dijo—. Una jaula, por muy agradables que sean las condiciones.

Tenía razón.

—Tú lo sabes bien, ¿verdad? Después de todo, llevas encarcelada desde la niñez. Enjaulada y oculta detrás de un velo.

Sorprendentemente, no lo negó. En lugar de eso, se giró hacia la pequeña ventana, los brazos cruzados delante del pecho.

Bajé la vista. Los pantalones que llevaba se ajustaban como una segunda piel. Me gustaban. Mucho.

—He venido a acompañarte a cenar.

—¿Acompañarme a cenar? —Abrió los ojos como platos.

—Me da la sensación de que en esta habitación hay eco, pero sí, supongo que tienes hambre —dije—. Y cuando tengamos algo de comida en el estómago, hablaremos de lo que pasará a continuación.

—No.

—¿No? —repetí. Cuando no recibí más explicación, me tumbé de lado y apoyé la mejilla en mi puño—. Debes tener hambre.

Poppy negó con la cabeza, pero el gesto no se correspondió con sus palabras.

—Sí que tengo hambre.

—Entonces —dije, con un suspiro—, ¿cuál es el problema, princesa?

—No quiero comer contigo. Ese es el problema.

Reprimí una sonrisa.

—Bueno, pues es un problema que vas a tener que superar, porque es tu única opción.

—Verás, ahí es donde te equivocas. Sí tengo opciones. —Me dio la espalda. Craso error. Me levanté en silencio—. Preferiría morirme de hambre antes que cenar contigo, *alteza*. —Poppy dio un gritito cuando aparecí delante de ella—. Por todos los dioses —exclamó, y apretó una mano contra su pecho.

—Y ahí es donde te equivocas tú, princesa. —La miré a los ojos—. No tienes opciones cuando se trata de tu propio bienestar y tu propia cabezonería absurda.

Sus cejas salieron disparadas hacia arriba.

—¿Perdona?

—No dejaré que te debilites ni que te mates de hambre solo porque estás enfadada. Y sí, lo pillo. Pillo por qué estás disgustada. Por qué quieres enfrentarte a mí por todo, en cada paso del camino. —Di un paso hacia ella. No se amilanó. Levantó la barbilla y supe que estaba loca por meterse en una pelea, pero poco sabía ella que eso no le conseguiría el efecto deseado—. Quiero que lo hagas, princesa. Me divierte.

Poppy pestañeó.

—Eres un retorcido.

—Jamás dije que no lo fuera. Así que enfréntate a mí. Discute conmigo. Mira a ver si de verdad puedes herirme la próxima vez. —Hice una pausa—. Te desafío a ello.

Descruzó los brazos

—Eres... hay algo mal en ti.

—Tal vez sea verdad, pero lo que también es verdad es el hecho de que no dejaré que te pongas en un peligro innecesario.

—Quizá lo hayas olvidado, pero puedo valerme por mí misma —escupió.

—No lo he olvidado. Ni siquiera te impediré blandir una espada para proteger tu vida o la de aquellos que te importan —la informé—. Pero no permitiré que atravieses tu propio corazón con esa espada solo para demostrar que tienes razón.

Se quedó callada mientras parecía procesar lo que le había dicho. Luego soltó un grito de frustración.

—¡Por supuesto que no! ¿De qué te sirvo muerta? Supongo que todavía planeas utilizarme para liberar a tu hermano.

—No significas nada para mí si estás muerta —espeté, mi irritación avivada de pronto. Aunque eso no era para nada lo que pretendía decir.

La brusca bocanada de aire que aspiró Poppy fue como un latigazo contra mi piel.

Este no era un buen comienzo.

—Vamos. Se va a enfriar la comida. —Agarré su mano, pero ella no se movió—. No me lleves la contraria en esto, Poppy. Tienes que comer y mi gente tiene que ver que gozas de mi protección, si quieres tener alguna esperanza de no encontrarte un día tras otro encerrada en una habitación.

Estaba claro que Poppy tenía ganas de pelea, pero en esto, cedió.

Por el momento.

Mi princesa

Los vasos y los platos tintineaban, y las risas y las conversaciones zumbaban a nuestro alrededor mientras Poppy miraba las puertas cerradas del comedor.

No estaba contenta.

Tal vez se debiera a la discusión que habíamos tenido antes de ir a cenar, o a la risita disimulada de Kieran cuando Poppy salió a paso airado de la habitación. Sin embargo, lo que de verdad le molestaba era lo que había visto en el salón al otro lado de esas puertas.

Lo que habían visto todos los presentes en el comedor.

Mi mensaje.

Mi advertencia a los otros, la advertencia que había dejado colgada de la pared.

Poppy se había mostrado horrorizada y molesta, sobre todo cuando se había dado cuenta de que Jericho aún respiraba, aunque lo que le había molestado no era el hecho de que aún viviese. Sino que sufriese.

El muy bastardo había intentado asesinarla y, aun así, ella sentía lástima por él. Era un nivel de decencia básica que muchas personas no tenían cuando se trataba de alguien que había intentado hacerles daño. Yo desde luego que no la tenía.

Y desde luego que no me gustó que me hiciese desear ser así de decente.

Las cosas que me habían hecho casi habían matado esa parte de mí. Lo que me habían obligado a hacer y lo que aún debía hacer habían acabado del todo con ella.

Me moví en mi silla, bebiendo sorbitos de vino mientras los demás comensales hablaban. Mis ojos se posaron en el plato de Poppy. Kieran le había ofrecido parte de su ternera. Ella la había aceptado, pero la carne seguía intacta. Kieran también había puesto un trozo de pato asado en el plato de Poppy. Yo había añadido unas cuantas patatas y había cortado un pedazo de queso, su favorito. Todo ello estaba intacto.

—Poppy —murmuré. Levantó la vista hacia mí como si saliese de un trance—. Come —la insté en voz baja.

Pinchó un pedazo de carne, luego pasó a las patatas. Vi que se estaba forzando a comer.

Apreté la mano en torno a mi copa. Estaba claro que la había conmocionado. Quizás incluso había conseguido que me tuviese miedo, tanto que había sofocado el fuego en su interior. Un dolor sordo se asentó en la parte de atrás de mi garganta.

—¿No estás de acuerdo con lo que les hice? —Poppy me miró, muda. Me eché hacia atrás, la copa aún en la mano—. ¿O estás tan conmocionada que de verdad te has quedado sin palabras?

Tragó, luego dejó su tenedor en la mesa.

—No me esperaba eso.

—Supongo que no. —Levanté la copa.

—¿Cuánto…? —Poppy se aclaró la garganta—. ¿Cuánto tiempo los vas a dejar ahí?

—Hasta que me apetezca.

—¿Y a Jericho?

—Hasta que esté seguro de que nadie se atreverá a levantar un solo dedo contra ti de nuevo —respondí, con una sonrisa de suficiencia al ver que los que estaban sentados a la mesa estaban escuchando nuestra conversación.

—No conozco a tu gente demasiado bien —dijo Poppy con voz queda—, pero me da la impresión de que ya habrán aprendido la lección.

En esos momentos, me importaba una mierda lo que pensaran. Bebí un trago.

—Lo que he hecho te molesta. —Los ojos de Poppy se deslizaron de mí a su plato. La falta de respuesta fue respuesta suficiente—. Come —insistí, y bajé la copa de vino—. Sé que tienes que comer más que eso.

Sus ojos se entornaron y casi pude ver cómo se afilaba su lengua, aunque no soltó el rápido corte verbal del que sabía que era capaz. En vez de eso, obtuve una respuesta. Una que me sorprendió.

—Cuando los he visto, me ha horrorizado. Es espantoso, sobre todo el señor Tulis. Lo que has hecho ha sido una sorpresa, pero lo que más me molesta es que… —Poppy respiró hondo—. Es que no me siento tan mal al respecto. Esa gente se rio cuando Jericho habló de cortarme la mano. Vitorearon cuando sangraba, y gritaron y sugirieron otras opciones de pedazos que Jericho podía tallar y guardar —continuó en el silencio, pues todos los que nos rodeaban se habían callado para escuchar—. Ni siquiera había visto a la mayoría de ellos hasta entonces, pero estaban contentos de ver que me iban a hacer picadillo. Así que no siento compasión.

—No se la merecen —le aseguré.

—Estoy de acuerdo —murmuró Kieran.

Poppy levantó la barbilla.

—Pero siguen siendo mortales. O atlantianos. Siguen mereciendo dignidad en la muerte.

La miré durante unos instantes.

—Ellos no creían que tú merecieras ninguna dignidad.

—Estaban equivocados, pero eso no hace que esto esté bien —objetó.

Estudié las preciosas líneas de su rostro. Poppy era agresiva y violenta, pero seguía siendo decente.

—Come.

—Estás obsesionado con asegurarte de que coma —espetó indignada. Ahí estaba ese fuego suyo. Sonreí.

—Come y te contaré nuestros planes.

Eso captó su atención.

Bebí un trago para ocultar mi sonrisa. Esperé hasta que Poppy hubiese hecho algo de progreso antes de empezar a hablar.

—Nos vamos mañana por la mañana.

—¿Mañana? —exclamó Poppy con voz aguda. Asentí.

—Como he dicho, vamos a casa.

Bebió un trago largo.

—Pero Atlantia no es mi casa.

—Sin embargo, sí lo es —insistí—. Al menos en parte.

—¿Qué significa eso? —preguntó Delano desde donde estaba sentado enfrente de ella.

—Significa algo que debí deducir antes. Hay muchísimas cosas que ahora tienen sentido cuando antes no lo tenían. Por qué te convirtieron en la Doncella, cómo sobreviviste a un ataque de Demonios. Tus dones —añadí, bajando la voz de modo que solo nuestros vecinos inmediatos pudieran oírlo—. No eres mortal, Poppy. Al menos no del todo.

Los ojos azules de Delano se entornaron.

—¿Estás sugiriendo que es…?

—¿Parte atlantiana? —terminé por él, los ojos fijos en Poppy—. Sí.

—Eso es imposible —susurró ella.

—¿Estás seguro? —preguntó Delano, pero entonces sus ojos volaron hacia Poppy, hacia lo que creía ocultar detrás de su pelo. El *wolven* dio un respingo en su asiento.

—Al ciento por ciento —contesté.

—¿Cómo? —exigió saber Poppy.

Sonreí, al tiempo que miraba al mismo punto en el que se había demorado Delano. Arqueé las cejas.

Los ojos de Poppy volaron hacia Delano y luego se desviaron hacia Kieran.

—No es frecuente, pero ocurre —declaró Kieran, mientras deslizaba el pulgar por el borde de su copa—. Los caminos de un mortal y un atlantiano se cruzan. La naturaleza sigue su curso y nueve meses después nace un niño mortal. Pero de vez en cuando, nace un niño de ambos reinos. Mortal y atlantiano.

—No. Tenéis que estar equivocados. —Poppy se giró hacia mí—. Mi madre y mi padre eran mortales…

—¿Cómo puedes estar segura? —le pregunté—. Creías que yo era mortal.

—Pero mi hermano… —murmuró—. Ahora es un Ascendido.

—Esa es una buena pregunta —apuntó Delano.

Y lo era, lo cual significaba que debía mencionar algo que, en verdad, no quería comentar, pero no había forma de evitarlo.

—Solo si damos por sentado que de verdad es tu hermano, de padre y madre.

—Y que de verdad ha Ascendido —murmuró Naill. Poppy se echó atrás, más pálida por momentos. Supe que su cabeza había ido al peor escenario posible. La copa que sujetaba empezó a resbalar.

Alargué una mano y la atrapé al vuelo. La dejé en la mesa, puse la mano sobre la suya y la llevé hacia la mesa.

—Tu hermano está vivo.

—¿Cómo puedes estar tan seguro? —susurró.

—Llevo meses vigilándolo, Poppy —le conté—. No se lo ha visto nunca de día y solo puedo suponer que eso significa que es un Ascendido.

Elijah maldijo. Otro de los presentes escupió al suelo. Los ojos de Poppy se cerraron, pero solo unos instantes. Era mucho para asimilar, pero Poppy era fuerte. Seguramente más que muchos de los que estábamos en ese comedor.

—¿Por qué querrían mantenerme con vida si lo sabían? —preguntó. Apreté los labios.

—¿Por qué retienen a mi hermano? —Poppy dio un respingo.

—Pero yo no puedo hacer eso, ¿verdad? Quiero decir, no tengo… las, uhm, partes para ello.

—¿Partes? —tosió Kieran—. ¿Qué le has estado metiendo en la cabeza?

Le lancé una mirada insulsa.

—Dientes. Creo que se refiere a estos. —Retraje el labio superior, deslicé la lengua por encima de un colmillo—. No necesitan que los tengas. Solo necesitan tu sangre para poder completar la Ascensión.

Poppy se estremeció mientras negaba con la cabeza despacio.

—Siento curiosidad, Cas. ¿Por qué tenemos que irnos a casa? —preguntó Kieran, aunque ya conocía la respuesta—. Eso nos alejará de donde tienen retenido a tu hermano. —Levantó la voz a propósito.

—Es el único sitio al que podemos ir —repuse, los ojos fijos en Poppy—. ¿Sabías que un atlantiano solo puede casarse si las dos mitades están pisando la tierra de su patria? Es la única manera de que se conviertan en uno.

Toda la sala se quedó callada como una tumba y esos preciosos y brillantes ojos verdes se clavaron en mí. Vi cómo empezaba a percatarse de lo que pretendía. Los labios de Poppy se abrieron.

Y supe que lo que estaba a punto de decir avivaría el fuego en su interior para convertirlo en un infierno violento. Mis labios empezaron a curvarse hacia arriba por la anticipación, y sí, estaba claro que había algo muy mal en mí.

Levanté nuestras manos unidas y hablé lo bastante alto para que el comedor entero pudiera oírme:

—Nos vamos a casa para casarnos, *princesa* mía.

PRESENTE XII

«Estaba convencido de que ibas a apuñalarme otra vez cuando anuncié mis planes de casarme contigo», confesé con una sonrisa, aún tumbado al lado de Poppy.

La habitación iluminada con lámparas de gas estaba silenciosa mientras hablaba, la brisa de una frescura sorprendente agitaba las cortinas de las ventanas abiertas. Nos había llegado la noticia de que mi padre estaba a pocas horas de Carsodonia, así que Kieran se había marchado para asegurarse de que su llegada no provocara ningún tipo de disturbio en la capital aún tranquila. Había enviado a Delano con él, consciente de que Perry querría verlo. Había tenido que insistir varias veces, pero Delano por fin había cedido.

De hecho, ahora me encontraba… relajado. Las sombras bajo los ojos de Poppy habían desaparecido. Su piel *casi* había recuperado una temperatura normal. Esa esperanza frágil había crecido, pero no era la única razón por la que estaba a gusto.

Poppy despertaría pronto.

No podía explicar por qué estaba seguro de eso, aparte de que la certeza, la sensación, me venía a través del vínculo. Pronto, esos preciosos ojos se abrirían y Poppy sabría quién era. No me permitiría pensar nada más.

«Así que no me sorprendió demasiado que intentases huir. Aunque, ¿forzar una cerradura? ¿Te dije lo impresionado que estaba? No solo por eso, sino por tu absoluta falta de miedo. No me entiendas mal. También estaba furioso por que huyeses con ese frío y solo con… ¿qué era? ¿Un cuchillo de carne?».

Recordaba con gran nitidez la fiereza con la que se había enfrentado a mí… y su deseo esa noche y en los días y semanas posteriores. Eso sí, no había sido la única. Yo me había encontrado en un estado de negación.

Reprimí un bostezo y apreté el brazo alrededor de su cintura. Repasé mis recuerdos en busca del momento en que había dejado de fingir.

¿Había sido en la despensa donde le había robado unos cuantos besos? ¿O antes de eso, cuando lord Chaney se la había llevado? Me había sumido en una ira oscura y apabullante cuando vi esas marcas de mordiscos. Pero no había dejado de fingir. Ni siquiera esa mañana cuando me había despertado en un estado de sed de sangre y me había dado un festín entre sus muslos en lugar de con su sangre. ¿Había ocurrido cuando llegamos a Spessa's End y vi su asombro al ver el puesto fronterizo atlantiano? ¿O había sido cuando la llevé a la caverna?

«Fue en cualquiera de esos momentos», susurré. «Jamás fingí cuando se trataba de mi deseo por ti. Desde la primera vez en la Perla Roja hasta este momento, lo que sentí fue real. Siempre fue real porque… me había enamorado de ti mucho antes de ser consciente de ello. Estaba al borde del precipicio antes de salir de Masadonia incluso, y empecé a caer cuando llegamos a New Haven. Para cuando llegamos a Spessa's End, sabía que estaba enamorado de ti».

Tragué saliva y dejé que mis ojos se cerrasen despacio. En verdad, el proceso de enamorarme de Poppy había comenzado en Masadonia. Pero luego tardé bastante tiempo en darme cuenta de que podía ser digno de semejante emoción después de traicionarla; después de todo lo que había hecho. Que podía permitirme amar y ser amado sin dudas ni condiciones.

Giré la mejilla para depositar un beso en su sien. Luego le hablé del tiempo que habíamos pasado en Spessa's End y cómo me había sentido cuando hablamos, cuando por fin fuimos sinceros el uno con el otro. Compartí con ella lo que había sentido cuando intercambiamos nuestros votos y me costó expresar esas emociones con palabras porque ninguna que conociera les hacía justicia. Y después le conté lo asombrado que me había quedado cuando luchamos contra los Ascendidos en Spessa's End y lo que ella había estado dispuesta a hacer para garantizar mi seguridad.

«Hay similitudes entre tus acciones cuando estábamos rodeados y lo que... lo que hizo Shea. Ella también había estado dispuesta a hacer cualquier cosa. Pero...». Me aclaré la garganta. «Te hablaré de eso cuando despiertes. De lo que sucedió de verdad».

Kieran tenía razón.

Poppy lo entendería.

Aunque era algo con lo que yo mismo todavía tenía que hacer las paces.

Besé el punto al lado de su oreja una vez más y seguí hablando. Le hablé de aquellos momentos en el carruaje después de la batalla de Spessa's End, y luego del viaje a las Skotos. Mantuve los ojos cerrados durante todo el relato, y las pausas entre lo que decía se volvieron cada vez más y más largas, hasta que me quedé dormido.

No estaba seguro de cuánto tiempo había dormido, pero me despertaron lo que me parecieron las yemas de unos dedos gélidos resbalando por mi nuca. Una advertencia primordial, más profunda que cualquier instinto elemental. Me desperté de inmediato.

Noté un aroma dulce y rancio y luego vi un breve atisbo de una figura de negro. Después un fogonazo de algo de un blanco lechoso, como hueso pulido, que bajaba en un arco veloz.

Levanté el brazo a toda velocidad para bloquear el golpe antes de que lo que resultó ser un borde realmente afilado impactase contra mi pecho. Mi antebrazo conectó con otro justo cuando me incorporaba de golpe y empujaba al atacante hacia atrás.

Columpié las piernas por el borde de la cama y pude echarle un buen vistazo a ese bastardo de pelo oscuro mientras me levantaba de un salto sobre mis pies descalzos. Supe de inmediato lo que era.

Un Retornado.

Y como ya antes habían pululado por todo el castillo gracias a la Reina de Sangre, era obvio que no necesitaban una invitación para entrar.

La máscara que ocultaba la mitad de su cara revelaba lo que era. Representaba unas alas que llegaban hasta la línea de nacimiento de su pelo desgreñado y bajaban hasta su mandíbula por ambos lados. Eso sí, era de un dorado intenso, no roja o negra.

Sus ojos azules con reflejos plateados, pálidos como la muerte, también eran una pista.

Tenía que ser uno de los Retornados que Malik había dicho que seguían ahí fuera y serían un problema.

—Te has equivocado de habitación, capullo —lo advertí, al tiempo que le enseñaba los colmillos.

—Qué va. —El Retornado sonrió con suficiencia—. Deberías haber cerrado esas ventanas.

—¿Ah, sí? —Observé cómo el Retornado se deslizaba con disimulo hacia el lado. El tipo asintió.

—Y quizás haber sido un poco menos arrogante en tu creencia de que estabas a salvo. De que habíais ganado una guerra que no ha…

—Empezado siquiera. Ya lo sé. —Tensé todos mis músculos y varios bucles de pelo cayeron por mi frente cuando bajé la barbilla—. ¿Podemos saltarnos esta conversación tan cliché e ir directos al punto en el que hago que desees poder morir?

La risa del Retornado fue grave y tan seca como unos huesos viejos.

—¿Qué tal si nos saltamos la conversación y vamos al punto en el que *tú* mueres?

—¿Y cómo vas a hacer eso? —pregunté con una sonrisa—. ¿Me vas a aburrir con tu palabrería hasta la muerte? ¿O pretendes hacerlo con tu cuchillito blanco?

—¿Cuchillito blanco? —Otra risa como papel de lija chirrió contra mi piel—. Menudo idiota. Este es un hueso de los Antiguos, jodido Primigenio falso.

El Retornado se abalanzó hacia mí antes de que pudiese preguntar siquiera por qué narices me había llamado así. Me preparé para el encontronazo, la sonrisa más amplia.

—Siempre he querido saber cómo consigue un Retornado hacer que le vuelva a crecer la cabeza. Supongo que lo voy a averiguar porque pienso arrancarte la tuya de cuajo.

El Retornado dio un salto a un lado a uno o dos palmos de mí. Anticipé el movimiento, me reí en voz baja y giré sobre mí mismo para lanzarle una patada que impactó contra su estómago. Resbaló hacia atrás, una rodilla en el suelo. Nuestros ojos se cruzaron justo cuando yo me enderezaba.

Apareció otro atisbo de blanco: una segunda daga en su otra mano. Un lado de los labios del Retornado se curvó hacia arriba.

El peso frío de la inquietud golpeó mi pecho cuando el hormigueo de mi nuca me lanzó otra advertencia. Oí la voz de Vikter como su estuviese de pie justo a mi lado, diciendo las mismas palabras que me había dicho aquella mañana en el patio de entrenamiento.

«Solo hace falta un segundo para que tu enemigo cobre ventaja».

El Retornado era sorprendentemente rápido. Dejó volar una de las dagas.

No me la tiró a mí.

Sino a Poppy.

«Nada más que un instante concedido o bien a la arrogancia, o bien a la venganza, para perder todo lo que importa de verdad».

Había sido un mal augurio entonces. Una lección que Vikter había prometido que aprendería. Cosa que todavía no había hecho.

Con una maldición, salté hacia el lado más deprisa de lo que lo había hecho jamás, echando mano de cada resquicio de agilidad y velocidad que tenía en mí. Mis dedos se cerraron en torno a la daga para atraparla al vuelo…

Bufé de dolor y mis dedos se abrieron con un espasmo por acto reflejo. La daga cayó al suelo al tiempo que yo aterrizaba en cuclillas. Solo un fino corte cruzaba la palma de mi mano, pero no había sido eso lo que me había causado esta quemazón. Había sido la daga en sí, abrasadora al tacto. Lo bastante caliente como para que la piel de alrededor del corte de mi mano *humeara*.

—¿Qué diablos? —Me levanté y me giré por la cintura.

Columpié el brazo al mismo tiempo para agarrar al Retornado, pero él nos hizo girar en redondo a ambos con un estallido de una fuerza completamente antinatural. Arremetió con el brazo derecho, me golpeó de lleno en el pecho y…

Una agonía ardiente explotó en mi interior mientras salía volando hacia atrás. Cortocircuitó todos mis sentidos antes de que mi espalda impactara contra la pared. Entonces me encontré sentado de culo, los ojos clavados en el mango de hierro de una daga incrustada en mi pecho. En el mismo punto exacto en el que me la había clavado Poppy en New Haven. Lo cual había sido más que solo un cortecito en el corazón.

La sangre fluyó a mares de la herida, empapó mi estómago desnudo, pero mi piel… joder, la notaba arder, retraerse de donde la hoja había penetrado. Ese dolor. Maldita sea. Nunca antes había sentido nada igual. Rechiné los dientes cuando se extendió como una ola por todo mi cuerpo.

El Retornado habló en voz baja mientras se agachaba a recoger la daga caída.

—Huesos de los Antiguos. Más afilados que la piedra de sangre. Más duros que la piedra umbra. —Un ala dorada se levantó con su media sonrisa—. Y más letal que ambas, capaz de matar a un dios con solo un pinchacito y de incapacitar a un Primigenio. —El jodido Retornado guiñó un ojo y se levantó—. Deberías haber cerrado esas ventanas, alteza. —Giró la daga blancuzca en la mano.

Mis ojos volaron hacia la cama.

Poppy.

El terror fue como un shock gélido para mi organismo y congeló por un momento el fuego de mi pecho. Me puse en pie a duras penas… o eso creía. Mi cerebro envió el mensaje, pero mis piernas no se movieron. Permanecí desplomado contra la pared mientras el Retornado se reía entre dientes y se giraba hacia la cama. No lograba meter el aire suficiente en los pulmones… nada de aire. No podía respirar.

Levántate, me ordené. *Levántate de una vez.*

Los músculos sufrieron espasmos, pero no respondieron. Mientras tanto, el Retornado se acercó a la cama. El pánico se convirtió en un terror absoluto cuando abrí la boca y mi garganta no emitió ruido alguno.

Estaba congelado. No podía moverme. No podía hablar. No podía gritar para pedir ayuda. No sabía quién estaba en el pasillo. Emil o Naill. Pero las paredes eran gruesas. Con que estuviesen a pocos metros de la puerta, no oirían una mierda…

Por todos los dioses, esto no podía estar pasando.

Ahora no.

No cuando no sabíamos lo que era tenernos el uno al otro cuando el mundo estaba en paz. No cuando no habíamos tenido la oportunidad de saber de lo que era capaz nuestro amor, lo que podíamos crear juntos.

Nunca.

—Vaya florecilla más bonita —*canturreó* el Retornado con voz dulce.

Por un segundo, el dolor abrasador se diluyó, sustituido por el horror crudo de sus palabras mientras contemplaba la espalda del Retornado. Esa maldita rima... Poppy la había oído durante años. *Años enteros.*

—Vaya amapola más poderosa —continuó, al tiempo que agarraba la fina manta.

Empezó bajito. Venía de fuera de mí, un zumbido grave... no, venía de mi interior.

—Córtala —siguió cantando. Retiró la manta de un tirón—. Y mira cómo sangra.

Levántate.

No se movió nada. Ni una maldita cosa, mientras Poppy seguía dormida, sus facciones relajadas y pacíficas.

—Ya no es tan poderosa. —El Retornado alargó una mano hacia Poppy, agarró un puñado de su pelo...

La tocó.

La estaba *tocando*, joder, y ella estaba completamente vulnerable. Se me hizo añicos el corazón; tenía que estarse haciendo añicos. Era *vulnerable* y se había prometido a sí misma que jamás volvería a serlo. Yo había jurado que jamás lo permitiría.

No podía.

No lo haría.

El Retornado tiró de la cabeza de Poppy hacia atrás para dejar al descubierto la parte de atrás de su cráneo.

—Él lleva esperando tanto tanto tanto tiempo lo que es suyo...

Como si un abismo se hubiese abierto, una ira pura y sin límites explotó de lo más profundo de mi ser, pero había... había más. No conocimiento. Estaba mucho más allá de eso. Era instinto. Un instinto antiguo y poderoso. *Primigenio*. El zumbido de mis oídos se intensificó y entonces llegó a mi sangre. Mi piel entera vibró mientras me aferraba a la furia. Mis músculos temblaron al acoger toda esa ira salvaje y dejarla entrar en tromba en mi interior, inundar cada vena y llenar cada célula de mi cuerpo hasta que la violencia sabía a cenizas en mi boca y se convirtió en hielo en mis venas.

Sangre llena de cenizas y hielo…

Un relámpago zigzagueante cortó a través del cielo en el exterior y convirtió la noche en día cuando levanté el brazo.

La cabeza del Retornado giró a toda velocidad hacia la ventana cuando otro rayo iluminó el mundo y, por un momento, hubiese jurado ver unas hebras plateadas que envolvían la habitación. Fluían desde Poppy y rielaban por el suelo, cubrían mis piernas. Mi cuerpo. La cabeza del Retornado se ladeó.

Un retumbar brotó en mi pecho cuando forcé a mis dedos a cerrarse en torno al mango al rojo vivo. Mi brazo se movió para extraer la daga de un tirón. El aire entró a raudales en mis pulmones mientras rodaba sobre el costado. La daga cayó al suelo con un repiqueteo metálico.

Un poder antiguo e implacable inundó mis sentidos. Estampé la mano contra el suelo y entonces ese poder tomó el control de mi cuerpo.

Diminutas motas plateadas aparecieron por mi piel, llenaron cada poro. Mis labios se retrajeron antes de que mi mandíbula se desencajara. Me brotaron colmillos. Las palmas de mis manos se volvieron más ásperas y mis dedos se separaron. Mis uñas crecieron y se engrosaron, se afilaron, antes de clavarse en el suelo de piedra. Los pantalones de lino se desgarraron a la altura de los muslos a medida que los huesos de todo mi cuerpo cambiaban, se rompían por las articulaciones y luego se fusionaban a toda velocidad, más largos y duros. La tela cayó cuando mi espalda se arqueó. Noté cómo mi piel se afinaba, se *movía*. De los poros iluminados de plateado, brotó pelo... un pelaje lustroso, ónice y dorado. Empujé hacia atrás sobre mis rodillas y entonces me levanté sobre mis manos y mis pies... no, sobre mis patas. Había tardado apenas unos segundos. Un puñado de latidos tartamudos. Y seguía siendo yo, pero no.

Era algo distinto.

Me puse de pie sobre las cuatro patas y me sacudí, mientras el sonido de las respiraciones rápidas del Retornado reverberaba en mi cabeza. Su olor dulce y rancio llegó hasta mí, teñido de... miedo. *Olí* su miedo. Algo en mi visión periférica llamó mi atención: un reflejo en un espejo de cuerpo entero apoyado contra la pared. Un gran felino negro y dorado de más de metro y medio de altura y casi el doble de longitud. Y ojos de un tono plata luminoso.

Ese retumbar brotó otra vez de mi pecho cuando giré la cabeza hacia el Retornado.

Sus pálidos ojos azules estaban muy abiertos detrás de la máscara dorada.

—Imposible.

No hubo ningún pensamiento, ninguna necesidad de averiguar cómo hacer que estas extremidades mucho más largas y este cuerpo mucho más grande se movieran. No fue solo un instinto el que se hizo cargo de la situación. Fue un conocimiento largo tiempo enterrado que había estado esperando durante décadas, quizá siglos, a ser despertado y utilizado.

Crucé de un solo salto la distancia que nos separaba. El Retornado intentó darme una puñalada con la daga, pero mis reflejos, ya rápidos de por sí, eran aún más vivos ahora. Cerré las fauces sobre su brazo. La piel cedió como la más frágil de las sedas, y una sangre caliente y de sabor extraño llenó mi boca. Los huesos se partieron como si no fuesen nada más que ramitas.

El hombre aulló cuando sacudí la cabeza, desgarrando los tejidos. Lo aparté de la cama. La daga cayó de su mano y él cayó hacia atrás, lejos de mí. Escupí la mitad inferior de su brazo al suelo.

—Maldita sea —masculló con voz ronca, al tiempo que se lanzaba a por la daga caída.

Sus poderosos músculos cincelados se contrajeron y estiraron mientras corría hacia un lado en un intento por pasar a mi alrededor. Di un zarpazo con una pata llena de garras y corté a través de su pierna. Su grito de dolor se convirtió en un gruñido gutural cuando clavé los colmillos en su pantorrilla y lo arrastré por el suelo. Con la mandíbula apretada en torno a su músculo, lo levanté y lo tiré hacia un lado. La sangre brotó en chorro cuando su pierna se arrancó de rodilla para abajo.

Resbaló por el suelo para luego estrellarse contra la pared. Levantó la cabeza mientras rodaba sobre una rodilla. Lo seguí acechante. Un bufido grave salió del fondo de mi garganta mientras él medio gateaba, medio se arrastraba.

Dejé que se acercase lo suficiente como para que sus dedos rozaran lo que buscaba. Entonces salté sobre él. Lo tiré de espaldas, clavé mis garras en su pecho, en sus muslos, desgarrando piel y músculos.

Fui brutal. Arañé su pecho hasta que la cavidad torácica cedió bajo mis garras. Una satisfacción salvaje se apoderó de mí. Entonces pasé a sus hombros. Desgarré tendones y arranqué lo que quedaba de sus brazos y piernas, mientras sus alaridos se convertían en gimoteos lastimeros.

Levanté mi cabeza empapada de sangre y recorrí como un depredador lo que quedaba de él. Su cuerpo aún se retorcía cuando acerqué mi cara a la suya. Abrió la boca para revelar unos dientes manchados de sangre.

Cerré las fauces sobre su cuello, luego sacudí la cabeza con violencia de un lado a otro para romperle el cuello y luego seccionarlo.

Escupí la sangre de mal sabor de mi boca, planté una pata sobre el cráneo del Retornado y lo trituré mientras pasaba por encima de los restos y escudriñaba la habitación.

Cada parte de mi ser se centró en la hembra dormida en la cama, un brazo a su lado, el otro cruzado por encima del estómago. Su cabeza estaba girada hacia mí, lo cual hacía que una catarata de pelo carmesí cayera por un lado de la cama.

Ella era… importante.

Mis garras repiquetearon contra el suelo mientras me acercaba a ella despacio. Me estiré hacia delante. Su olor. Mi hocico se acercó a su brazo inmóvil. Mis bigotes se movieron. Fresco. Suave. *Mío*. Giré la cabeza y empujé su mano con la nariz. Era *mía*. Mi princesa…

Mi corazón gemelo.

Mi reina.

Mía.

Y yo era *suyo*.

Mi cabeza giró de pronto hacia las puertas de la habitación. Oí unas sonoras pisadas. Un gruñido rasposo y gutural reverberó de mi interior mientras agachaba la cabeza, todo el cuerpo en tensión.

Las puertas se abrieron de par en par y un macho de piel marrón entró jadeando… uno que olía a rica tierra oscura y a nosotros. A ella. Sus ojos azules ultrabrillantes encontraron a Poppy primero, luego a mí.

—Santo cielo —susurró, dando un paso hacia delante.

Salté sobre la cama y me agazapé sobre ella. Emití un gruñido de advertencia.

El macho se quedó quieto por completo, luego levantó una mano por los aires…

Otro paró con un derrape detrás de él, espada en mano y pelo castaño rojizo revuelto por el viento.

—¿Eso es… es un jodido gato de cueva? ¿Uno gigantesco y de un color extraño?

—Es Cas —repuso el macho. El que olía a bosque y a ella. El que olía a nosotros. *Mío*.

Mis ojos se entornaron sobre el recién llegado. Retraje los labios. No olía a nosotros.

—¿Qué diablos? —exclamó ese, e hizo otro ruido atragantado cuando vio la sangre y los pedazos desperdigados por el suelo—. Quiero decir, ¿qué diablos está pasando?

Me desplacé al pie de la cama, mis garras arañaron la madera pulida. Él no era nosotros. Era un riesgo.

—No, no lo es —dijo el macho—. Emil es de lo más irritante. —El que se llamaba Emil frunció el ceño—. Pero no es un riesgo —continuó diciendo el macho—. Es uno de nosotros.

No era uno de nosotros. No era *mío*. No era nada más que carne y sangre. Un almuerzo.

—Carne y sangre... oh, joder —protestó el macho—. Emil es más que eso. También es tuyo. —Hizo una pausa mientras la cara entera de esa otra cosa se arrugaba—. Solo que no del mismo modo.

—Vale —murmuró despacio el que iba a morir pronto—. Voy a decirlo una vez más. ¿Qué diablos está pasando?

Bajé al suelo de piedra. Mi cola dio un latigazo, pero no le quité el ojo de encima al montón de carne parlante.

—Mierda. —El macho de ojos azules se giró por la cintura para empujar la carne a un lado—. Mantén a su padre y a los otros lejos de aquí —le ordenó.

¿Padre?

Algo se removió en el fondo de mis pensamientos.

—Átalos. Déjalos inconscientes —exigió el macho—. No me importa lo que tengas que hacer, pero mantenlos bien lejos de aquí.

El saco de carne no tuvo ocasión de responder. La puerta se cerró en sus narices. Con llave. El primer macho se giró hacia mí.

—¿Cas? —dijo con voz suave. Ladeé la cabeza. El nombre removió algo en mi interior. *Cas*—. El nombre te suena porque es el tuyo. —El macho se agachó despacio para arrodillarse delante de mí—. Tu nombre es Casteel Hawkethrone Da'Neer, y yo soy Kieran Contou.

Retazos de recuerdos emanaron de los rincones más ocultos de mi mente. Destellos de él mucho más joven... de nosotros de niños y luego como hombres.

Kieran miró de reojo hacia donde dormía ella.

—Y esa es...

Mía.

Un lado de los labios de Kieran se curvó hacia arriba.

—Sí, es tuya, pero según del humor que esté, puede que no le guste demasiado oírte gruñir eso todo el rato.

Entorné los ojos y retrocedí un poco, de modo que mi cabeza quedase a la altura del brazo de ella.

El macho respiró hondo.

—Por el estado de la habitación, deduzco que alguien intentó atacarla y no acabó bien para esa persona. —Sus ojos azules me miraron de arriba abajo—. Y eso te cambió. —Su voz se tiñó de cierto grado de asombro—. Por todos los diablos, te *transformaste*.

Lo... lo había hecho. Porque esta no era mi... existencia normal. No veía el pelo a manchas doradas y negras, sino a un macho de dorada piel broncínea y pelo oscuro.

—¿Cas?

Mis ojos volaron de vuelta a él. Se había acercado con cautela, sobre una rodilla ahora.

—¿Recuerdas cuando éramos niños y me transformé por primera vez después de haber pasado un tiempo en mi forma mortal? Después me costó separarme del lobo, pero tú estabas ahí. Me ayudaste a recordar quién era —explicó en voz baja y tranquilizadora, mientras más imágenes inconexas centelleaban y colisionaban, amontonándose unas sobre otras—. Sé que puede ser difícil salir de esta forma, pero sigues ahí dentro y voy a necesitar que vuelvas conmigo como Cas. —Me sostuvo la mirada—. *Ella* necesita que vuelvas como Cas.

Kieran.

Ella.

Penellaphe.

Poppy.

Mi reina.

Ella me *necesitaba.*

Al instante, volví a sentirme yo mismo. La sensación retornó como un rugido, encajó en su sitio al lado de esta nueva parte de mí, fusionadas. Di un paso adelante, luego me paré y sacudí mi pelaje.

—Solo tienes que desearlo —explicó Kieran—. Como harías con una coacción. Instas a tu cuerpo a volver a su forma mortal. Así es como funciona.

Separé bien las patas. ¿Como la coacción? Eché mano del *eather* del mismo modo que haría para utilizar la coacción, e hice lo que me había indicado Kieran. Insté a mi cuerpo a volver a su forma mortal, pero la oleada de poder llegó a mí más deprisa y con más fuerza que nunca. Aparecieron unas motas plateadas, emanaron de los poros de mi piel y se extendieron sobre mí. La transformación ocurrió con mucha mayor fluidez. Los huesos de mis brazos y de mi pecho se encogieron, los músculos y tendones se aflojaron para darles la posibilidad de encajar de vuelta en su sitio. Los colmillos se retrajeron y mi mandíbula se remodeló. Eché el peso atrás por instinto y mis pezuñas se convirtieron en pies. Me levanté, un poco inestable, a medida que la piel sustituía al pelo. Me enderecé y mi espalda crujió cuando mis costillas volvieron a asentarse en su sitio.

—Por todos los dioses —mascullé, la garganta rasposa mientras observaba cómo se retraían mis uñas y mis manos regresaban a la normalidad—. Creí que habías dicho que transformarse no duele.

Una risa temblorosa de alivio brotó de labios de Kieran. Se levantó.

—La primera vez puede ser desagradable, pero se va volviendo más fácil, más cómodo cada vez. —Parpadeó varias veces—. Después ya no duele.

—Bueno es saberlo. —Seguía habiendo un… un ronroneo claro en el tono de mi voz. Bajé la vista hacia mi pecho. Estaba totalmente bañado en sangre, aunque la mayoría era del Retornado. La herida de mi pecho se había cerrado, dejando atrás una línea de piel fruncida casi chamuscada.

Levanté la vista hacia Kieran.

—Creo que estaba a punto de comerme a Emil.

La piel se arrugó alrededor de sus ojos cuando se rio otra vez.

—Sí, desde luego que estabas pensando en hacerlo. —Jodido Emil—. ¿Qué diablos ha pasado aquí? —preguntó Kieran, que vino a ponerse delante de mí. Tocó la piel debajo de la herida—. ¿Qué es esto?

—Un Retornado entró por la ventana cuando me quedé dormido. Desperté justo cuando estaba a punto de… —Cerré el puño mientras comprobaba que Poppy estuviera bien. Que estuviera viva y no fuera *vulnerable*—. Me clavó su daga en el pecho. —Me agaché para recoger la más cercana a mí—. Ve a por la otra.

Kieran fue a donde había caído la otra, cerca de unos cuantos pedazos desperdigados de Retornado.

—¿Qué tipo de arma es esta? —preguntó, mirando con suspicacia la piedra blanca lechosa—. Parece del mismo tipo que utilizó ese bastardo de Callum para maldecirme.

—Es verdad. —Fruncí el ceño—. Este Retornado dijo que estaba hecha de los huesos de los Antiguos y que podía incapacitar a un Primigenio.

Los ojos de Kieran volaron hacia Poppy.

—¿Antiguos? ¿Como los Primigenios?

—No lo sé, pero me afectó de un modo horrible. No podía moverme. Era como si la hoja hubiese seccionado todo el control de mi cuerpo en el mismo momento en que perforó mi piel —comenté—. No podía moverme hasta que un… un poder me llenó. Jamás había sentido nada parecido. Sabía a cenizas y era como hielo en mis venas. —Tragué saliva y me limpié la sangre de la barbilla con la otra mano—. Y entonces pude moverme de nuevo. Extraje la daga y, ni siquiera sé cómo, pero me… me transformé.

Kieran se acercó, me miró a los ojos.

—Cuando has vuelto a tu forma normal, ha sido igual que cuando el padre de Poppy se transformó. —Bajó la vista hacia Poppy y, cuando volvió a hablar, sonaba asombrado—. Tiene que ser el vínculo forjado durante la Unión. Nos conectó a los tres, y eso te dio, de algún modo, la capacidad para transformarte como yo. —Frunció el ceño—. Pero entonces, ¿no te habrías transformado en un *wolven*?

—No. —Hice ademán de estirar el brazo y tocar a Poppy, pero me detuve al ver la sangre y los restos restregados por mi mano—. Su padre se transforma en un gato de cueva. Mi capacidad para transformarme puede haber venido de la conexión contigo, pero era el *eather* de Poppy. Eso fue lo que sentí. *Eather* primordial —afirmé, aunque me había parecido algo más. Como si hubiese sido algo en mi interior, algo que siempre había estado ahí. Esperando. Aunque eso no tenía ningún sentido—. Apuesto a que era eso a lo que se refería Nektas.

—Tiene sentido —murmuró Kieran. Se quedó callado un momento, luego sus ojos volaron hacia los míos—. En ese caso, ¿no significaría esto que Poppy puede transformarse…?

Una sonrisa perezosa se desplegó despacio por mis labios.

—Se va a emocionar muchísimo cuando se entere.

Kieran se echó a reír.

—Sí, desde luego que lo hará. —Se rio otra vez—. Por todos los dioses, vais a ser odiosos con vuestras habilidades para transformaros.

—Puedes contar con ello. —Cuando Kieran desapareció en la sala de baño para volver con una toalla, se me ocurrió algo. Acepté la toalla y limpié a toda prisa tanta sangre como pude. Me giré para agarrar un par de pantalones de un baúl cercano. No había tiempo para limpiar todo el desaguisado—. Oíste mis pensamientos, ¿verdad?

Kieran asintió mientras me ponía los pantalones.

—Y tú oíste los míos. Cuando Emil se marchó, dejé de hablar en voz alta.

Sentí una oleada de sorpresa. Me entraron ganas de comprobar si era algo que podíamos hacer en esta forma, o si era como lo que Poppy podía hacer con los *wolven*. Quería saber si este vínculo había cambiado a Kieran de algún modo. Había un montón de cosas que quería saber, quería sentarme y pensar en ellas durante un rato. Porque acababa de transformarme en un maldito gato de cueva moteado. Sin embargo, había cosas más importantes de las que ocuparse primero.

Empezando por el caos al que había quedado reducida la habitación.

No quería que Poppy despertase al espectáculo de horror que podía acabar siendo la autorregeneración de un Retornado.

—No sé cómo va a volver a la vida después de esto el muy cabrón —empecé—. Y puede que sea buena idea ver si podemos encontrar a Millicent para preguntarle al respecto, pero supongo que deberíamos recoger los pedazos y guardarlos a buen recaudo en una de las celdas subterráneas.

Kieran hizo una mueca de asco.

—¿Qué tal si nos limitamos a tirarlos al mar? ¿O los quemamos?

—Me encantaría, pero lo necesito vivo.

—¿Eso está abierto a discusión?

—El tipo empezó a recitar esa jodida rima. A cantarla, joder. Y el Retornado dijo que «él» había estado esperando mucho tiempo lo que era suyo. Sé que hablaba de Kolis y de... —La ira me hizo un nudo en el estómago—. Y de Poppy.

La tensión apretó la mandíbula de Kieran.

—Joder, no me lo puedo… —Nos llegó un temblor sordo desde abajo que sacudió suelos y paredes. Algo se cayó en la sala de baño y los ojos de Kieran volaron hacia los míos—. No puede ser que otro dios se esté despertando.

No creí que lo fuera.

Sentí un cosquilleo en la nuca al tiempo que una repentina corriente de poder llenaba el aire y me ponía de punta todos los pelos de los brazos. También los de Kieran.

El sonido de la piedra al agrietarse provenía del suelo. Una delgada fisura apareció al otro lado de Kieran y se extendió a toda velocidad a nuestro alrededor. Alrededor de la cama. Apareció otra fisura al pie de esta, en la cabecera, y por ambos lados.

Kieran dio un paso atrás cuando otra grieta poco profunda cortó a través del suelo por debajo de la cama.

—¿Qué diab…?

Una luz plateada brotó de pronto y se extendió por las grietas de la piedra. La luz de la luna palpitó y luego se mantuvo brillante, revelando la forma de un círculo con una cruz puntiaguda superpuesta en el centro. Un símbolo en atlantiano antiguo. No, eran dos símbolos. El círculo y la línea a través del centro eran la vida. La línea de la parte superior representaba la muerte.

Vida y Muerte.

Sangre y Hueso.

La intensa y brillante luz se fue difuminando y el retumbar cesó. Los dos nos giramos hacia Poppy.

Apareció un resplandor debajo de su piel, uno que iluminó el delicado entramado de venas a lo largo de todo su cuerpo… lo iluminó de *eather*.

—Por todos los dioses —susurró Kieran.

Oscilé sobre los pies. La esperanza y el miedo que había mantenido a raya desde que Poppy se sumió en su estasis colisionaron con fuerza.

Poppy sabría quién era.

Nos reconocería.

Me dije eso una y otra vez como una plegaria a los dioses que sabía que ya no dormían.

—*Por favor* —susurré, la voz quebrada.

La luz de sus venas se apagó. Apareció una franja plateada, y después se congregaron unas sombras bajo su piel, como turbulentas nubes de tormenta. Ambas cosas se deslizaron juntas por su pecho, por encima de sus brazos y piernas, un caleidoscopio de luz y oscuridad. El poder de la vida y la muerte llegó a las puntas de sus dedos.

Los dedos de Poppy se movieron.

Caí de rodillas al lado de la cama. Me arrodillé como un imbécil mientras Kieran se inclinaba de golpe hacia delante y plantaba las palmas de las manos en la cama. El tiempo dio la impresión de ralentizarse, avanzaba a paso de tortuga, cada segundo pasaba demasiado deprisa y, al mismo tiempo, no lo bastante deprisa, mientras los poderes giraban juntos en espiral bajo su piel.

Los brazos de Poppy sufrieron un espasmo. Una rodilla se flexionó un poco. Meneó los dedos de los pies, luego los estiró.

Agarré su mano y me estremecí como una maldita hoja bajo el viento.

—Su piel está caliente. Mira.

Kieran cerró la mano sobre las nuestras.

—Lo está —murmuró con voz ronca.

Me sentía jodidamente débil, mareado por el alivio cuando su brazo izquierdo dio una sacudida. Entonces, su pecho se hinchó con una respiración profunda y hubiese jurado por los dioses que los nuestros hicieron exactamente lo mismo. Sus cejas se tensaron. Sus párpados se movieron de manera espasmódica. Sus carnosos labios rosados se entreabrieron y entonces el *eather* se ralentizó bajo su piel, antes de desaparecer despacio. Inspiró una bocanada de aire profunda, y fue el sonido más bonito posible.

—Poppy —susurré, al tiempo que me inclinaba hacia delante. Su mano apretó la mía y Kieran apretó las de ambos. Sentí que se me humedecían los ojos. Iba a abrir esos párpados e iba a saber quién era. Iba a reconocer…

Sus espesas pestañas aletearon y luego se levantaron para revelar unos ojos que no mostraban ni rastro de verde primaveral. Unos ojos que ni siquiera eran los de un dios. Cuando conectaron con los míos, solo vi la pura plata fundida del *eather* giratorio. Eran los ojos no solo de una Primigenia.

Sino de la Primigenia de la Vida y la Muerte.

De Sangre y Hueso.

AGRADECIMIENTOS

Detrás de todo libro hay un equipo de personas que ayudaron a hacerlo posible. Gracias a Blue Box: Liz Berry, Jillian Stein, MJ Rose, Chelle Olson, Kim Guidroz, Jessica Saunders, Tanaka Kangara, el asombroso equipo de edición y corrección, y Michael Perlman, junto con el equipo entero de S&S por su apoyo y experiencia en la distribución del libro de tapa dura. Un millón de gracias también a Hang Le por su increíble talento como diseñadora; a mis agentes Kevan Lyon y Taryn Fagerness; a mi ayudante, Malissa Coy; mi encargada de ventas, Jen Fisher; y al cerebro detrás de ApollyCon y más: Steph Brown, y Vicky y Matt. Gracias también a las moderadoras de JLAnders, Vonetta Young y Mona Awad. Gracias a todos por ser el equipo más asombroso y alentador que un autor podría desear y por aseguraros de que estos libros se lean por todo el mundo, por crear su mercadotecnia, por ayudar con detalles de la trama y por mucho más.

He de dar las gracias también a aquellos que han contribuido conmigo a mantener la cabeza a flote, ya sea ayudándome a salir de un embrollo en la trama o solo estando ahí para hacerme reír, ser una inspiración, o para meterme en problemas o sacarme de ellos. Me refiero a KA Tucker, Kristen Ashley, JR Ward, Sarah J. Maas, Steve Berry por los ratos de contar cuentos, Andrea Joan, Stacey Morgan, Margo Lipschultz y tantos más.

Un gran gracias a JLAnders, por crear un lugar divertido y a menudo hilarante en el que relajarse. Y al equipo ARC, por vuestro apoyo y vuestras críticas sinceras.

Y lo más importante, nada de esto sería posible sin ti, lector. Espero que sepas lo mucho que significas para mí.